Johann Wolfgang von Goethe

FAUST

Der Tragödie
erster und zweiter Teil

三木正之訳

南窓社

悲劇ファウスト　目　次

献　詩　7
劇場での前曲　9
天上の序曲　17

第一部……23

夜　24
市門の外　42
書　斎（一）　57
書　斎（二）　71
ライプツィヒのアウエルバッハ酒場　92
魔女の厨　103
街　115
夕　べ　118
散　歩　124
隣　家　126
街　路　133
庭　135
庭の四阿(あずまや)　141
森と洞窟　142
グレートヒェンの部屋　148
マルテの庭　150

泉のほとり　156

　空　堀　158

　夜　159

　聖　堂　166

　ヴァルプギスの夜　169

　ヴァルプギスの夜の夢　185

　曇り日・野　192

　夜・広野　194

　牢　獄　195

第二部　205

第一幕

　優雅の地　206

　皇帝の居城　211

　　玉座の広間　211

　　大広間、小部屋付きの　224

　　遊歩庭園　262

　　暗き廊下　269

　　明るく照らされた数々の広間　275

　　騎士の間　278

第二幕

　高い丸天井のある狭いゴシック風の部屋　286

　実験室　296

　古典的ヴァルプギスの夜　304

　エーゲ海の岩礁のある入江　346

目　次

第三幕
　スパルタなるメネラス王宮殿の前で　365
　砦の中庭　391
　翳多き林　411

第四幕
　高　山　431
　前山にて　443
　反皇帝の天幕　461

第五幕
　開かれた土地　472
　宮　殿　476
　深　夜　482
　深　夜　486
　宮殿の大きな前庭　491
　埋　葬　495
　山　峡　505

　　　訳者あとがき……519
　ゲーテ晩年の叡知　521
　付論「『ファウスト』をどう読むか」　531
　参考文献　537
　あとがき以後　539

悲劇ファウスト

献　詩

帰り来るおんみらが揺るる姿よ
若き日の曇る眼に現れしもの
こたびこそ捉えんと試むるにや？
我が心今にかの想いいとしみ
されば来よ、時やよき、靄と霧より
我がかたえ籠むるまま振る舞えよかし
おんみらが群れ包む妙なる息吹
若やげるこの胸を震わするかな

伴えるかの姿愉しき日々の
はたあまた浮かびくる優しき影よ
いと古き、朧なる語りにも似て
立ち帰る初恋と友情のころ
苦しみはあらたまり、嘆きは戻す
人生が迷路なす歩みの道を
よき人ら呼べどそも、麗しの時
奪われつ、消え果つる定めなりしか

かの人ら我が歌を聞くこともなし
そが初音捧げたる魂なりしかど
集い来し友が群れ今は散り失せ
いち早く応えたる響きも消えぬ
我が歌を聞くはただ未知のともがら

称賛も我が心苦しむるのみ
ああかつて我が歌を愛でし人らの
生くるとも、世を遠く彷徨えるかな

忘れいし憧れの我を誘なう
静けくも厳けき霊の国へと
囁きの我が歌の、まどえる調べ
漂うは、風神が琴の鳴るごと
戦慄の我襲い、涙はやまず
引き締むる心とて柔くも弱く
我が持てるもの遠き彼方へと去り
消え失せしものの我が現とはなる

劇場での前曲

支配人、座付詩人、喜劇役者

支配人 あなた方ご両人には、これまでも再々私は
困った時、つらい時に助けて頂いたものだ
どうか言ってもらいたい、このドイツの国で
われわれの興行から、あなた方が何を望んでおられるか？
私は無論、大勢の人に喜んでほしいと願っている
なにしろこの世は、持ちつ持たれつですからな
支柱も建ったし、舞台もできた
誰もみな賑やかな祭りを期待しているのだ 40
お客はもう、何かあらんと眉吊り上げて
どっかと座り、驚嘆を待ちかまえていらっしゃる
民衆の精神を和ませる術なら、私にも心得はある
だが、私がこれほど弱ったことはかつてない。と言うのもお客は
なるほど、最良のものにこそ慣れてはいないものの
恐ろしく沢山読んでいらっしゃるのだ
私たちはどうすればいいのだろう、どうやってすべてを斬新奇抜
また意味深く、お客の気に入るようにもって行けるのだろう？
正直言って勿論、私は大勢来てもらいたいのだ
人の流れが私たちの小屋に詰め掛けて 50
押すな押すなで悲鳴をあげる
そして狭い入口を天国の門さながらに割り込んで
まだ日も高い、四時にもならぬうちに
ひと押しのけて、売り場に殺到する

　　　　まるで飢饉の折に糧を求めてパン屋の店先に群がるように
　　　　一枚の切符を手に入れようと、頸まで折りかねぬ勢いだ
　　　　そういう奇跡を、それもさまざまの人を相手に惹き起こせるのは
　　　　詩人のあなたを措いてない。今日にもそれをやって貰いたい！
詩人　　ああ私にはあの雑多なる大衆を言い給うことなかれ
　　　　彼らを一目見ただけで、われら詩人の精神は逃れ去る　　　　　　　　　60
　　　　波と襲う群衆を、どうぞ覆い隠してもらいたい
　　　　彼らはわれらまで、抗いようもなく渦に引き入れてしまうのだ
　　　　否、私をどうか静寂の天の一隅へお導き下され
　　　　そこにこそ詩人が純なる喜びは花と咲き
　　　　そこでこそ愛と友情が、われらが心の祝福を
　　　　神々の御手もて創造し育成してくれるというものです
　　　　ああ！　われらが深き胸のうちに湧き出でるもの
　　　　唇がひそかに羞じらいつつ口ずさむもの
　　　　時にはまずく、時にはうまく果たせもしようもの
　　　　それをば呑み込んでしまうのが、粗野な瞬間の暴力なのです　　　　70
　　　　何年もかけて心に浸透したものが、折節に
　　　　完成した姿で現れるというわけです
　　　　輝くものは、瞬間のために生まれたるのみ
　　　　純正のものが、後世に残る、失われざるもの
喜劇役者　　後世などとは聞きたくもありませんな
　　　　もし私めが後世などを問題にしようものなら
　　　　一体誰が今の世に娯しみを与えられましょう？
　　　　娯しみを現世は求め、それも当然至極です
　　　　能ある奴が現にいるということ
　　　　こいつはやはり、ちょいとしたものですぜ　　　　　　　　　　　　80
　　　　愉快に演技のできる人間

　　　　そいつは民衆の機嫌に腹を立てはしますまい
　　　　望むところは大きな人の輪
　　　　多いほど確実に、ひとの心も打てようというもの
　　　　さあ元気を出して、手本を見せてごろうじろ
　　　　お手のものの空想を、大合唱ももろともに
　　　　理性に悟性、情感に熱情あれこれ混ぜて聞かせて下され
　　　　但し、ご注意、おとぼけもどうかお忘れなく！
支配人　　出し物は特に、盛り沢山が肝心！
　　　　お客は観に来る、見るのが一番お好きときている　　　　　　　　　　90
　　　　あれこれ沢山目の前で繰り広げてもらえば
　　　　大衆はもうびっくり仰天、口あんぐり
　　　　そうなればあなたも広い世間の心をえて
　　　　人気作家というわけだ
　　　　大衆をこなすには、大量の手でいくに限る
　　　　どなたも結局それぞれに何かは探し出せようというもの
　　　　ふんだんに持ち出す人が、誰彼に多少はもたらすというわけだ
　　　　するとどなたもご満悦の態で芝居小屋を出てゆかれる
　　　　一篇出すには、小片に砕くが一番だ！
　　　　そういうごっちゃ煮なら成功間違いなし　　　　　　　　　　　　　　100
　　　　出して見せるのも簡単なら、頭で考えるのも簡単
　　　　あなたが何か纏まったものを持ち出そうとも
　　　　観衆は所詮、撮み取りするだけなのだ
詩人　　そういう片手間仕事がどんなに悪いか、お分かりでない！
　　　　純正な芸術家にそんなことができますか？
　　　　不潔な輩のいんちき仕事
　　　　それがどうやらお宅の主義とは見抜いたり
支配人　　憚りながら、その手の非難でむくれはせぬぞ

　　　　真っ当な仕事を考える男なら
　　　　最良の道具を重んじるもの　　　　　　　　　　　110
　　　　とくと考えられよ、あなたの割るのは柔かい材木
　　　　見てもご覧、誰のために書くのです？
　　　　退屈しのぎに来るのもあれば
　　　　満腹したあと来るのもいるし
　　　　何より困るのが、それ
　　　　雑誌を読んで繰り出す連中というわけだ
　　　　気晴らしに押しかける、仮装舞踏会さながらだ
　　　　どの足に羽つけて急かせるのも結局は好奇心だけだ
　　　　ご婦人方は着飾って大盤振る舞い
　　　　ギャラなしで一緒に演じて下さる　　　　　　　120
　　　　あなたが詩人気取りに夢みていても、何になる？
　　　　満員御礼ももとはと言えばたかの知れたもの
　　　　お得意様方をとくとごろうじろ！
　　　　半ばは冷淡、残りは低級
　　　　芝居のあとはカルタに賭けようと意気込む御仁
　　　　娼婦の胸で凄い一夜をという手合いもいる
　　　　こんな馬鹿もののそんなお目当に
　　　　何をまたあなた、優しきミューズの神を労することがある？
　　　　盛り沢山に、ふんだんに、これですよあなた
　　　　そうしたらきっと見当外れはありません　　　　130
　　　　人々を惑乱しようとなさるがいい
　　　　満足させるのは、並大抵じゃあ──
　　　　どうしました？　恍惚の訪れ？　それとも痛恨？
詩人　　やめて下さい、別の下郎をお探しなさい！
　　　　いやしくもそれ詩人たるもの、その最高の権利をば

自然より恵まれたるこの人権を
あなた風情のため汚辱に曝してよいものか！
詩人が万人の心を動かす、もとは何？
一切の自然要素に打ち勝つ、その源は何？
胸の奥よりこみあげる諧和の響きではありませぬか？ 140
それが詩人の心のなかに、世界を取り納め、編み直すのでは？
自然が永遠に長いその糸をただ
無造作に回しては紡錘(つむ)にかけるのみなのを
一切のものが調和もなく、雑多なままに
縺れ合い、厭わしく響くだけなのを
一体誰が、この流れ行く常に変わらぬ連なりを
生気溌刺たるものに区切り、リズムある動きにするのですか？
個々のものを、清らかな全体へと呼び入れ
壮麗な諧和音を奏でさせる人、それは誰です？
一体誰が吹き荒ぶ嵐を、人間の情熱に変えるのですか？ 150
夕映えを、静かな心のなかに燃え上がらせる人
一切の美しい春の花を
愛するひとの小径の上に振り撒く人
意味なき緑の葉を編んで
あらゆる功の名誉ある冠とする人
オリンポスの山を築き、神々を一堂に集める人、それこそ
まさに詩人、詩人に顕現する人間の力ではありませんか

喜劇役者　ならばそれを使って下さい、その美しい諸力とやらを
そして詩人の仕事を存分にやって下さい
ちょうど愛の冒険をやるようにね 160
なんとはなく近寄り、感じるところあって佇むうちに
いつしか深い仲となってゆく、あの手ですよ

幸福が芽生え、やがて厄介なことにもなる
　　　有頂天のさなかに、苦痛が忍び寄ってくる
　　　あっという間に、本物のロマンが出来ている
　　　そういう見世物を演じましょうよ！
　　　人間味たっぷりのところをむずと摑まえることです！
　　　誰もが生きておりながら、誰もが知ってるわけでない
　　　そこをあなたが捉えたならば、それが面白いというものです
　　　色とりどりの姿のなかに、ほんの少々明瞭を　　　　　　170
　　　あれこれ迷いはありながら、一閃の真実を
　　　そうすれば最良の酒が作られて
　　　世はみな喜び、教化もされる
　　　となりゃあ、咲き匂うお若い方々が
　　　あなたの芝居に集まって、啓示に耳を傾ける
　　　となりゃあ、優しい心根はみな
　　　あなたの作からメランコリックな養分を吸い
　　　あの方この方の心も燃え立とうというもの
　　　どなたもご自分の心に抱いてらっしゃるものをご覧になるのです
　　　お若い方は、泣くのも早けりゃ、笑うのも早い　　　　　　180
　　　まだ感動を崇めてもおり、仮象を愉しむ気持ちもおありだ
　　　そこへくると、仕上がったお方には手が打てません
　　　これからの人がいつも感謝してくれましょう
詩人　　ならば私にも、これからだった時を返して下さい
　　　私自身がまだ生成のなかにあった時を、もう一度
　　　ひしめくほどの歌の泉が
　　　絶え間なく新たに生まれていた、あの頃
　　　霧が私の世界を包み隠し
　　　蕾がまだ奇跡を約束していた、あの頃

　　　　　谷一面を満たしていた　　　　　　　　　　　　　　　190
　　　　　百千の花を私が手折っていた、あの頃を
　　　　　無一物でも、充ち足りていた
　　　　　真理への憧れ、幻想の喜びが心にあった
　　　　　あの衝動を、不羈奔放のままに
　　　　　あの深い、苦悩に満ちた幸福を
　　　　　憎しみの活力を、愛の魔力を
　　　　　我が青春を、私に返して下さい、もう一度！
喜劇役者　青春はどの道、良き友よ、あなたにとって必要なもの
　　　　　いくさのなかで敵に攻め寄られるとか
　　　　　それとも腕ずくで、あなたの頸っ玉に　　　　　　200
　　　　　とびっきり可愛い娘っ子がかじりつくとき
　　　　　マラソンの勝利の冠が、遥か彼方の
　　　　　到り着きそうもない決勝点から招くとき
　　　　　烈しい輪舞のあとの幾夜を
　　　　　大酒盛りで過ごすときなど、いろいろありましょう
　　　　　ですが、勝手知ったる琴糸の戯れを
　　　　　勇気と優美もろともに手摑みするのが
　　　　　自ら立てた目標をあてに
　　　　　心優しい迷いを以て彷徨いゆくのが
　　　　　老練の士の義務というものではありませんか　　　　210
　　　　　だからこそわれわれ風情も、詩人をば少なからず尊敬するのです
　　　　　老いては子の真似はせず、と言いますが
　　　　　老いてこそ本当の子に還るのですよ
支配人　言葉の遣り取りはもうよかろう
　　　　　行為を早いとこ見せてくれ給え！
　　　　　お二方がお世辞を凝らしておられる暇に

なにか役に立つことも出来ようというもの
気分の情緒のと言っていてなんになる？
躊躇う者には気分も現れはせぬ
詩人と自らおっしゃる以上は
詩に号令をかけて頂きましょう
我が興行に必要なものはご存じの筈
きつい酒を啜るのが当方の主義
さあ遅滞なく醸造にかかって下され！
今日起こらぬことは、明日も果たされはせん
一日たりとも無駄には過ごせん
可能なものが逃げぬよう、幸運の髪の毛を
心して素早く摑まえるのが、決断というもの
捉えた機会を決断は手離しはせぬ
働き続けるのがその本性なのだ

ご承知の通り、我がドイツの舞台では
どなたも自分の好き勝手を試しておられる
ならば今日という日は遠慮なく
書割りなりと装置なりと、どんどんやって下され
大小さまざま天体やら星やら
ふんだんに使われるがよい
水でも火でも、絶壁でも
獣も鳥も、余すことなく
それで以て、この狭い芝居小屋のなか
天地創造の全域を闊歩なさるのじゃ
慎重に且つ迅速に渡ってゆかれよ
天空からこの世を抜けて果ては地獄に到るまで

天上の序曲

主、天の軍勢
後にメフィストーフェレス
三人の大天使歩み出る

ラファエル　　陽は轟かす、いにしえがまま
　同胞なせる気圏のうちに
　競う歌をば。かく陽は果たす
　定めの旅の雷神が道
　仰ぐ天使に力漲る
　何びともそを究めえずとも
　解きえざるこの高きみ業は
　麗しきかな元初が如く　　　　　　　　　　　　250
ガブリエル　　いとも素速く、解しえぬまでに
　地の壮麗が回りゆくなり
　楽園がごと明るき昼に
　おどろしき夜の深みは替わる
　広き流れの海は泡立ち
　聳ゆる巌がもとに躍りつ
　かくて岩をも海をも攫い
　永遠なる圏が歩みは急ぐ
ミヒャエル　　負けじと荒るる嵐は来たる
　海より岸へ、岸より海へ　　　　　　　　　　260
　かく猛りつつ、そがいと深き
　働きの環を四囲に作れり
　稲妻なして襲う光の

　　　　　燃えて示すは雷鳴が径
　　　　　されどおんみがみ使いは、主よ
　　　　　日の穏やけき変転崇む
三人の天使　　仰ぐ天使に力漲る
　　　　　何びともそを究めえずとも
　　　　　解きえざるこの高きみ業は
　　　　　麗しきかな元初が如く　　　　　　　　　　　　　270
メフィストーフェレス　　おお主よ、またまたお出まし賜り
　　　　　われらがもとで万事が如何にとのお尋ね
　　　　　且つは私も日頃よりご愛顧蒙る身でありますれば
　　　　　かくはしもべの各位にまじり私も侍りおりまする
　　　　　お許しめされ、格調高い言葉は苦手
　　　　　この場の皆々様からはさぞや軽蔑されましょうとも
　　　　　私めがもし荘厳調をやりだしますれば、これはもう噴飯もの
　　　　　尤もこれも、神様が、笑いを忘れておいででなければの話
　　　　　陽の世界のとは、私にはとても申せませぬ
　　　　　私が見るのは、人間どもが苦しんでおる様子だけ　　　　280
　　　　　この世の小さき神とやら、一向変わりばえ致しませぬ
　　　　　まことこれ、珍妙なること元初が如く
　　　　　もし神様が人間に、天が光の仮象とやらを、お与えでなければ
　　　　　人間は、もう少し楽な暮らしもできましょうに
　　　　　この輝きを人間は理性と名付け、あろうことかそれを使って
　　　　　一切の動物以上に動物的に生きております
　　　　　私から見りゃ人間は、神様の手前、憚りながら
　　　　　脚の長い蝉だかきりぎりすもどき
　　　　　絶えず飛んでは、飛びつつ跳ねる
　　　　　そうしてすぐに草むらで、昔の歌を繰り返す　　　　　290

いっそそのまま、草のなかにおればまだしも！
　　　ありとある汚物に鼻を突っ込むのがこれ人間なるもの
主　　もう他に言うがものはないのか？
　　　お前はいつも苦情を言いに来るだけなのか？
　　　地上では何ひとつお前の気に入るものはないのか？
メフィスト　　ありませんな。そこでは相変わらず全くいけません
　　　人間どもの悩みの日々は、この私でも気の毒なほど
　　　哀れな奴らを私めですら苦しめたくは思いませんな
主　　ファウストを知っているか？
メフィスト　　　　　　　　　　　あの博士？
主　　　　　　　　　　　　　　私のしもべだ！
メフィスト
　　　なるほど！　奴は確かに一風変わったやり方であなたに仕えておる　　300
　　　あの唐変木の飲み物食い物、皆地上的じゃない
　　　胸に滾(たぎ)る何かに駆られて、彼は遠くへ押し出してゆく
　　　自分でも彼は、馬鹿さ加減を半ば自覚はしております
　　　天からは最も美しい星々を求め
　　　地からは一切最高の快楽を欲し
　　　身近のすべて、遠くのすべて、何ひとつ
　　　奴の胸の奥なる動きを満足させは致しませぬ
主　　よしや今彼は混乱したまま、私に仕えておろうとも
　　　やがて私は彼を明澄の域へと導くであろう
　　　庭師ならば、若木の緑するときに早　　　　　　　　　　　　　　310
　　　花と実が、来る年月を飾るのを弁えるというものだ
メフィスト　　何を賭けます？　きっと私の勝ちでしょうがね
　　　もしもあなたが私にお許し下さるならば
　　　奴をば私のこの道にやんわり引き入れて見せましょう

主　彼が地上に生きている限り
　　その間お前の遣り口を禁じはすまい
　　人間は努力する限り迷うものなのだ
メフィスト　　こいつはまことに有り難い。何故なら死人が相手では
　　どうも打つ手がありませぬ
　　私が一番好きなのは、ふっくら若い頬でして　　　　　　　　　　320
　　屍体ではとかく勝手が悪いのです
　　鼠を弄ぶ猫、そいつが私の流儀でさあ
主　よかろう、お前に任せておこう！
　　この人間の精神を、その源泉から引き離してみよ
　　お前にしてこの精神を把握できるなら
　　お前の道に伴なって、引きずり下ろすもよろしかろう
　　だがいずれお前は恥じて我が前に立ち、こう告白するだろう
　　およそ善良なる人間は、暗き衝動のなかにあっても
　　正しき道をよく弁えているものだと
メフィスト　　結構！　但し永くはお手をとらせませぬぞ　　　　　　330
　　私はこの賭けの成り行きを全然心配しておりませぬ
　　もし私めに満願成就の暁は
　　胸一杯の凱歌唱えて進ぜましょう
　　塵芥を奴に食わせてやる、もりもり食わせてやるぞ
　　我が従姉妹なる、その名も高き蛇同然に
主　さればお前はいつなりと遠慮せず来るがよい
　　お前の類を、私の嫌ったためしはない
　　否定する精神すべてのうちで
　　一番私の荷厄介にならぬのが、悪戯者というわけだ
　　人間の活動は、余りにたやすく萎えがちなもの　　　　　　　　　340
　　人間はすぐに絶対の静穏を望むのだ

315 / 天上の序曲

だから私は折節人間に、そういう連中を添わせておくのだ
刺激し作用し、いざともなれば悪魔役で創ってゆく仲間を ──
だがお前たち、純なる神々の子らよ
お前たちは、かの生ける豊かな美をば喜ぶがよい
永遠に働き生きる、生成するもの
その愛にお前たちは優しく囲まれ、抱かれているがよい
されば、揺らめく現象となり漂うものを
お前たちは永続する思惟を以て打ち固めよ
　　　　　　　　天界は閉じる。大天使ら分かれる

メフィストーフェレス　（独り）
ちょいちょいあの親父さんに会うのは面白いや　　　　350
だから俺は旦那とは切れないように気をつけている
なんてったって有り難いじゃないか、あれだけ偉いお方が
こうも人間的に、悪魔風情とお話もして下さるのだから

第一部

夜

<small>天井の高い、狭いゴシック風の部屋にて
ファウスト落ち着かず斜面机の席にあり</small>

ファウスト　　思えば、ああ、哲学や
　　法律学にまた医学
　　いまいましいあの神学までも
　　徹底的に、汗水流して研究してきた
　　だがどうだ、哀れ愚かなこの私は
　　昔と変わらず、賢くもならず！
　　学士とも言い、博士とも言い　　　　　　　　　　　360
　　もう十年がところ、学生どもの
　　鼻引き回し、愚弄しおだて
　　さんざん奴らを痛めてきたが ─
　　所詮われらは何も知りえぬと悟るのみか！
　　そう思うだに心は灼けつくばかりだ
　　無論私は世の伊達者より利口ではあろう
　　博士に学士、書記に坊主、奴ら皆よりましでもあろう
　　私を苦しめる躊躇もなければ疑惑も更々ありはせぬ
　　地獄も悪魔も私は恐れぬ ─
　　その代わり我が心から喜びは皆奪われてしまったのだ　　370
　　何か真っ当な事が知れようとも思えぬし
　　自分が何か教えうる身だとも思えはせぬ
　　人間改良或いは善導、そのような道もありはせぬ
　　また私には、地所もなければ金もない

世の栄耀栄華など、私には所詮無縁のもの
となればこれこそ、犬も喰わぬ生きざまではないか！
そこで私は魔法に身をば委ねたのだ
願わくば、精霊の力と口を通して私に
幾多秘密が明かされはせぬものか
もうこれ以上、苦い汗かき　　　　　　　　　　　　380
知りもせぬこと言わずにいたいと
この世界をばその内奥で一に纏めて
統べるは何か、それを私は認識したい
一切の働く力、その種子を見極めたいのだ
言葉をあれこれ漁るなど金輪際もうやめにして

おお満てる月の光よ、我が苦しみを
照らすのも今宵限りとはならぬものか
幾夜更け私はこの机に凭れつつ
君が昇るのを見守ってきたことか
そんな折、我が書の上紙面の上に　　　　　　　　390
悲しき友よ、君は姿を見せたのだった！
ああ、かの山の背を
君が優しい光を浴びて歩みえたれば
洞窟のほとりを精霊と共に漂い
牧場の上で君の薄明に包まれて動きえたれば
一切知識の煙霧から解き放たれ
君が夜露に浸されて、健やかな身となりえんものを！

悲しや、私はこの牢獄になお籠もるのか？
呪わしい、曇った壁の陋屋

そこでは優しい天の光も 400
濁って絵ガラス越しに屈折するのみか！
周りを囲む、うず高い書の山
虫に喰われ埃にまみれ
天井まで届くその書には
燻された紙が挟まっている
所狭しと散らばったグラスに容器
実験器具も詰まっておれば
父祖伝来の家具まで押し込めてある
これが汝の世界！　つまりは一個の世界というもの！

それでどうして、汝が心を締め付ける 410
胸の不安の因など問えよう？
解き難い苦痛が汝の
生の動きを妨げるなどと？　馬鹿な
神が人間を造り、置き入れ給うた
かの生ける自然には非ずして
煙と黴のただ中に、汝を取り囲むのは
動物の肋、死者の骨ばかりではないか

逃れよ！　起きよ！　出で立て、遠きかの国へ！
ここなるいとも摩訶不思議の書
ノストラダムスが直筆の書 420
これこそ汝が良き道連れではないか？
星辰の歩みを認識し
自然の教えに従うならば
汝が魂の力も解き放たれ

霊より霊へと通う言葉も悟れよう
無味乾燥の心では今
聖なる印の諸々を解き明かしはできぬ
諸霊よ来たり、我が傍らに漂えよかし
我が呼ぶを聞かば、答えよかし！
　　　　　　　彼は書を繙き、大宇宙の符に見入る
ああ、なんたる歓喜が、これを眺める私の　　　　　　430
すべての官能を貫き、どっとばかりに流れることか！
若い聖なる、命の喜びが新たに燃えて
我が神経と血脈の隅々まで逬る想いがする
かかる符を書いたのは、神でもあったろうか？
それは我が内なる狂騒を静め
哀れな心を喜びで満たし
神秘なる衝動と共に
自然が諸力を、我が身の周りに開示するではないか？
私は神でもあろうか？　かく明澄の想いがするのは！
この清浄の線画のうちに、私は観るのだ　　　　　　440
働く自然が我が魂の前に開けるのを
今にして私は識る、かの賢者が言葉
「霊の世界は閉ざされたるに非ず
汝が志閉じたるなり、汝が心死せるなり！
起て、学徒、倦まず撓まず
地上が胸を、曙光に潤せ！」
　　　　　　　彼は符に見蕩れる
なんと一切が織り合わされ、全体をなすことか
一が他の内にと、互いに働き生きていることか！
如何に天の諸力は、昇りゆきまた沈みゆき

互いに黄金の桶を差し延べ合っていることよ！ 450
そうした諸力が、香ぐわう祝福の翼に乗り
天空から大地を貫き
万有隈なく、調和の響きに満たしているのだ！

なんたる景観かな！　だが然し、景観たるのみ！
どこに私はおんみを捉ええよう、無限なる自然よ？
おんみらが胸はいずこ？　一切生の源泉よ
おんみらにこそ天地は懸かっている
そこへと我が萎れた胸は逸りゆくのだ ――
おんみらは湧き、乳を授ける、だが私は空しく焦がれるのみか？
　　　　　　　彼は不興げに書を繰り、地霊の符を見つめる
これはまたなんと違った感じを与えるものか、この符は！ 460
お前、地の霊よ、お前の方が私には近い
早くも覚える我が力の高まり
早、新酒に酔うが如くに燃えてくる
世界のなかに乗り出してゆく勇気が湧く
地上の悲しみ、地上の幸をこの身に担い
さまざまの嵐と格闘しつつ
破船の軋む音にもたじろがぬ心を覚える
我が上に雲が籠め ――
月はその光を隠し ――
ランプの灯も消える！ 470
靄が立つ ―― 赤い光線がめらめらと
我が頭べを回って揺れる ―― 吹く風は
冷気を帯びて天井から下り
我が身を摑まえる！

```
　　　　分かっている、お前だ、待望の霊が我がほとりを漂うているのだ
　　　　姿を現せ！
　　　　うひゃあ！　張り裂けるこの心！
　　　　思いもかけず
　　　　掻き毟られる我が官能のすべて！
　　　　我が心はあげてお前に委ねたぞ！　　　　　　　　　　　　　　480
　　　　出でよ！　出でよ！　我が命に賭けても！
　　　　　　　彼は書を摑み、霊の呪文を秘教めかして唱える
　　　　　　　赤紫の焰燃え上がり、霊がその焰の中に現れる

霊　　何者か、俺を呼ぶのは？
ファウスト　（顔を背け）　恐ろしい形相だ！
霊　　お前は俺を強引に引っ張り
　　　俺の領域に長々と吸い寄ったな
　　　さてどうじゃ —
ファウスト　参った！　こりゃ酷い！
霊　　俺を観たいと、喘がんばかりお前は求めた
　　　我が声を聞き我が顔を見たいとな
　　　余りに激しいお前の懇願もだし難く、俺は
　　　来たのじゃ！　なんたる惨めな恐怖にお前は
　　　捉えられていることか、それでも超人か！　かの魂の呼び声は　490
　　　何処に失せた？　一つの世界を己れの中に造った胸は何処だ？
　　　担うと言ったな、抱くとも。歓喜に震え
　　　われら霊達にも同ぜんと、膨れ上がった、あの胸は何処へ行った？
　　　何処におる、ファウスト、お前の声を俺は聞き届けたのだぞ
　　　お前は俺に全力で迫ったのだぞ、何処におる？
　　　俺の吐息に当てられて
　　　命の隅まで震えておる
```

　　　　　　意気地無しの、縮こまった蛆虫、それがお前か？
ファウスト　　なんの、お前焔の化け物、私がお前にたじろぐものか？
　　　　　　私はファウストだ、お前と同等だ！

霊　　生の潮に、業の嵐に
　　　　我は波立ちまた沈み
　　　　彼方此方と動きゆく！
　　　　生誕にしてまた墳墓
　　　　永遠の海
　　　　変転の動
　　　　灼熱の生
　　　　かくて、ざわめく時の機織り
　　　　神が生きたる衣為す我

ファウスト　　遠き世界を渡りゆく
　　　　　　勤しみの霊、私はお前に近いと惟う！

霊　　お前はお前の把握する霊に似ておるだけじゃ
　　　　俺とは違う！　（消え失せる）

ファウスト　（がっくりと崩れ）お前とは違うとな？
　　　　　　では誰に似ているのか？
　　　　　　私、神の似姿なる身が！
　　　　　　お前にさえも似てはおらぬか！　（扉を打つ音）
　　　　　　残念！　私には分かる ── あれは学僕だ ──
　　　　　　我が最美の幸もこれで壊れてしまった！
　　　　　　幻影のこの充溢を
　　　　　　あの味気ない諂い者が邪魔するわけか！

　　　　　　　　ヴァーグナー、寝間着に夜帽子姿にて登場、ランプを
　　　　　　　　手にす。ファウスト不機嫌に顔を背ける

ヴァーグナー　　御免下さいまし！　先生の朗読が聞こえましたので

　　　　きっとギリシア悲劇でも読んでおられたのでは？
　　　　朗読術で私もなにがしか利に与かりたいと存じまして
　　　　と申しますのも昨今では、これが大層物を言います
　　　　えらい評判だそうでして
　　　　喜劇役者が、牧師を教えることもございますとか
ファウスト　　かも知らん、ついでに牧師が役者じゃないのか
　　　　当節そういう事もちょくちょくあろうよ
ヴァーグナー　ですが、こうして書斎に閉じ籠もっておりますと　　　530
　　　　世の中を見るのもたまさか祝い日くらいのもの
　　　　かつかつ望遠鏡で、それもほんの遠くから
　　　　これではどうして世の人を説得指導できましょう？
ファウスト　　君が感じるのでなければ、人の心は得難かろう
　　　　魂のなかから突き上げて来るものがない限り
　　　　そして本源の力ある愉楽を以て
　　　　聴衆すべての心を縛するのでなけりゃ
　　　　まあ諸君らは安閑と、膠を捏ねて張り合わせ
　　　　他人の馳走からごっちゃ煮でも作り
　　　　それとも乏しい榾火（ほだび）に息吹きかけて　　　540
　　　　残（のこ）んの灰から火を起こしていることだね！
　　　　それでは、子供や猿が感心する位のもの
　　　　尤もそれが諸君お望みの趣味だというなら何をか言わん──
　　　　だが君は心から心へ伝わるものを造れはすまい
　　　　もしそれが君の心から出るのでないならば
ヴァーグナー　ですが雄弁は語り手の幸とか
　　　　私もよくそう思います。ただ遥かに及びませんで
ファウスト　　実直の利を求めるがよい！
　　　　頸に鈴吊る騒がしい愚者にはなるな、君！

夜 / 549

　　　　知あり正しき心のあれば 550
　　　　技はなくとも自ずと現る
　　　　言わんとする事が真剣ならば
　　　　なんで言葉を追う要のある？
　　　　全く、諸君の話というもの、よしや派手でも
　　　　人知の切れ端綴っていては
　　　　忌まわしきこと、霜月の風
　　　　霧に吹かれる枯れ葉の音だ
ヴァーグナー　これはまあ！　芸術は永く
　　　　短きは人生
　　　　私など批判の学に努めていますと 560
　　　　やはり屡々痛みます、頭と胸が
　　　　まことに得難いものではございますね
　　　　原典に昇りゆくこの手段ばかりは！
　　　　道未だ半ばにして哀れ
　　　　やつがれは早、命果てます
ファウスト　羊皮の古文書、はてそれが聖なる泉か？
　　　　ひと口飲めば渇きが永久に癒されでもするのか？
　　　　爽快はこれ、もしそれが君自身の魂から
　　　　湧いて出るのでないならば、決して得られはしないのだ
ヴァーグナー　お言葉を返すようですが、諸々の時代の精神に 570
　　　　自分を置き入れますことも、大きな愉楽でございましょう
　　　　われらより前に何処かの賢者が考えたことを知り
　　　　遂にはわれらが何処まで見事発展させたか分かるのですから
ファウスト　なるほど、星辰の極みまで、というわけか！
　　　　だがね、君、過去諸々の時代というもの
　　　　それはわれらにとって七つの封印を施した書だ

550／第一部

　　　　諸君が諸々の時代精神と唱えているもの
　　　　それは所詮、夫子自身が精神に過ぎず
　　　　そこに時代が映っているのみ
　　　　まことに以て哀れな事だ！　　　　　　　　　　　　　　　580
　　　　諸君の所業、ひと目見たなら逃げ出したくなる
　　　　在るはただ塵箱、がらくた部屋の類
　　　　たかだか時代劇また政治事件
　　　　おまけに結構めかした処世訓まで添えてある
　　　　人形芝居の口にでも合いそうなのがね！
ヴァーグナー　　とは申せ現実世界！　人間の心と精神！
　　　　誰しもそうしたものを認識したいとは思いまする
ファウスト　　認識とは聞いて呆れるというものだ！
　　　　何びとが、子供すら正しい名前で呼びえよう？
　　　　いささか認識のあったごく少数の人々をも　　　　　　　590
　　　　彼らが愚かにも心のたけを胸にしまっておかず
　　　　賤民どもに、自分の感情また観察を打ち明けたばっかりに
　　　　磔にしたり火焙りしたり、それが古来のしきたりじゃないか
　　　　済まんが君、もう夜も更けた
　　　　今宵はこれまでにしてくれ給え
ヴァーグナー　　私はいつまでも起きていまして
　　　　こうして先生と、学のあるお話が致しとうございます
　　　　ですが明日は、復活祭の最初の日
　　　　どうかあれこれ質問させて下さいまし
　　　　一生懸命、私も研究に励んで参りました　　　　　　　600
　　　　沢山知ってはおりますが、全てを知りたい所存です　（去る）
ファウスト　（独り）
　　　　よくまあああの頭からすべての希望が失せぬことよ

性懲りもなく、陳腐な証拠にしがみつき
貪欲な手で宝掘りしては
みみずを見つけて喜んでおる！
あの手の人間の声が、ここに響いてよいものか？
折しも霊の充溢が、私を囲んでいたというのに
だがまあ、今日ばかりは君に感謝もするよ
地上の子らすべてのうちで最も哀れな人間にな
君は私を絶望から引き出してくれたのだった 610
我が官能を打ち壊さんばかりだった、あの底から
でもまあなんたる巨大な現象だったことか
私は自分が全くの侏儒になった思いすらした

神性の写し絵なる私、既にして
永遠なる真理の鏡に近しとも惟い
我が身をば天が輝き明澄のうちに味わいし者
地上が子の衣振り捨て
知天使にも勝り、自由の力もて
早、自然の血脈を隈なく流れ
創造しつつ、神々が命をも享受するやに 620
予感に満ちて思い上がりいし者、我が償いのなんたる巨いさ！
雷神のひと言が、この私をば攫ってしまったのだ

お前に似ておると僭称してはならぬのか！
お前を引き寄せる力はあったものの
引き留める力は私にはなかったのだ
あの浄福の瞬間に、私は自分を
如何に小さく感じたことか、如何に大きく感じたことか

お前、地霊は無残にも私を突き戻したのだった
定めなき人間の運命へと
誰が私を教えてくれるのか？　何を私は避ければよいのか？ 630
あの衝動に私は従うべきなのか？
ああ！　われらが行為そのものが、われらの悩みと同じく
われらが生の歩みをば妨げるのだ

精神の感受する、こよなく麗しきものにすら
その都度疎遠な物質が押し寄せてくる
われらは一旦この世の善きものに到達したならば
更に善きものを、あれは虚妄迷想だとして斥けてしまう
われらに生を与えたる、壮麗なる感情も
地上の混迷のなかに凝固してしまうのだ

空想は日頃、果敢の翼を広げ 640
希望に満ちて、永遠の域へと飛翔するのに
枯渇した心は今や、狭い空間に甘んじる
幸運が相次いで時の渦潮に砕けてゆくとき
すると憂慮が直ちに、心の奥深く巣くい
そこで密かな苦痛を作り出す
そわそわと憂慮は身を揺すり、喜びも休らいも破壊してしまう
憂慮は常に新しい仮面の影に潜んでいる
家屋敷の姿をとることも、妻子の姿をとることもある
火、水、匕首、毒の姿で現れもする
憂慮に囚われた汝はとりわけ、起こらぬものを恐れて震え 650
汝の失うことなきものを早、悼んで泣くこととなるのだ

神々に私は似てはいないのか！　この感情は深刻だ
私は、塵埃を掘り返す蛆虫も同然なのだ
汚濁のなかに糧を得て生きているその暇に
旅人の足で踏み潰され、埋められてしまう身か

我が部屋の高い壁を狭めている
百とあるこの棚また仕切り、これも結局塵ではないのか？
千とあるがらくた、この古道具
蠹魚の世界に私を押し込めているこいつらも？
此処にいて我が求めるものが、どうして見出だせよう？　　660
万巻の書を読んだとて、知るはただ
到るところ人間が苦しんだということ
たまさか幸運なのがいたということだけではないか？
空の髑髏がこちらを見て、にやにや笑っているな
お前の脳も私のように、かつて混乱のうちに
軽やかな日を求め、薄明のなかで苦しみつつ
真理を求めて且つは喜び且つは悩んで迷い歩いたのか？
こちらにはまた器具の類が、私を嘲笑っている
歯車に鋸歯、気筒に帯輪、お前たちを使って私は
自然の扉を、開く鍵ともせんものと念じた、だがお前たちの　　670
老いたる髭は捩れているのに、ついぞ閂を上げてはくれなかった
白日にもああ神秘に満ちて
自然はヴェールを脱がせはしない
自然が汝の精神に開示しようとせぬものを
梃子でも螺子でも、汝はそこから奪いはできぬ
古ぽけたこの器具を、私はついぞ使ったことがない
お前がそこにあるのは、我が父の用いたものというに過ぎない

またお前、昔の巻物よ、この机のほとりで
薄暗いランプが煙る限り、お前は燻されてゆくだけだ
我が乏しい財を打ち捨てた方がずっとましだった 680
乏しい荷を負わされて此処で汗水流しているよりも！
汝が汝の父祖たちから相続したものを
所有するには、あらためて獲得することだ
使い道のないものなぞ重荷にすぎぬ
瞬間が役立てうるのは、瞬間の作り出したものだけなのだ

だが何故に、我が眼はあの場所に繋ぎ止められるのか？
あの小瓶には眼を惹きつける磁力でもあるのか？
どうしてだ、急に私の心が明るく冴えてくるのは？
夜の森でわれらを取り巻き月光が通う時のようではないか？

690

これはこれはお前、一風変わった長頸の瓶よ！
私は慎重に今お前を取り下ろす
お前に籠められた人知と技を私は尊重するからだ
優しきまどろみの液より成る、お前精髄
一切の致死的妙力を抽出したるエキス
お前の主に、お前の恵みを発揮せよ！
お前を見ていると、苦痛は和らぐ
お前を手にとると、努力は鎮まる
精神の満てる潮流も徐ろに干いてゆく
遠き沖へと私は押し出される心地がする
我が足下には潮が照り映え 700
新たの岸さして新たな日が招く

日輪の焔なす馬車が、軽やかな翼に乗り
我が方へと漂い来たる！　私には覚悟ができている
今や、新たなる道に立ち、エーテルを貫き
純なる活動の新しき気圏へと突き進むのだ
かくも高き命、かくも神々しき歓喜、それを汝は
今が今、蛆虫たりし身で享けるに値するものか？
さればとく、優しき地上が太陽に
決然として、背を向けよ！
世の人皆が足ひそめ躱（かわ）し行かんとする、かの門を　　710
敢えて汝は押し開かんと試みよ
今ぞ時なる、行為によりて証すべし
神々が高みをも避けぬが、男子の本懐たることを
かの暗黒の洞窟を前に、男一匹震えはせぬぞ
よしや空想はこの地獄に己れを突き落とし苦しもうとも
かの門を突破せんと努めて進むのだ
たといその狭き口をめぐり地獄全土が焔と燃えようとも
この一歩を踏み出すべく、心朗らかに決意するのだ
無のなかに流れて果てる危険を冒しても

されば来たれ、水晶が如き清らの杯よ！　　720
お前の古き箱を出でよ！
永の年月、私はお前を考えることもなかったが
お前は父祖らが喜びの祝いの日に
謹厳な客人たちの心を朗らかにしたものだった
そんな折、お前を人は順に手渡したことだった
幾多絵姿も豊かに、見事彫られたその杯を
詩句も巧みに讃えることが、飲み手の義務とされていた

そしてひと息で、まろき器を飲み干すのだった
そんなことを想えば我が青春の夜が蘇る
今宵はしかし、お前杯を隣席の人に渡すこともない 730
お前の巧みを讃える、機知の言葉を言うこともない
さあ此処に液がある。素早く酔わせる褐色の液だ
それがお前のまろき虚ろを、なみなみと満たすのだ
我が薫醸の、我が精選の美酒
そが最後なるひと口を、今や私は全霊籠めて
暁に向け捧げよう、祝いの高き言伝てとして！
　　　　　　　彼は杯を口に当てる
　　　　　　　鐘の響きと合唱の歌

天使らの合唱　　キリストは蘇りたり！
　　　　　　死する定めのものが喜び
　　　　　　罪汚れ忍び寄りては
　　　　　　世々伝う咎の包むも 740
　　　　　　かのひとは蘇りたり

ファウスト　　なんという深い呟き、なんという明るい音が
　　　このグラスをば強い力で、我が口より引き離すことか？
　　　お前たち殷々たる鐘の音は早
　　　復活祭最初の荘厳の刻を告げるのか？
　　　お前たち合唱団は既にして慰めの歌を歌うのか
　　　かつてかの埋葬の夜に、天使らが唇より鳴り出だし
　　　新たなる盟約を確言したる、あの歌を？

女性合唱　　香油もてわれらかのひと
　　　　　　癒しまつりぬ 750

　　　　　　　心尽くしてわれらかのひと
　　　　　　　寝かしまつりぬ
　　　　　　　衣紐も豊けくわれら
　　　　　　　かのひとを包みまつりぬ
　　　　　　　さわれ早ここにいませず
　　　　　　　キリストはみまかり給う

天使らの合唱　　キリストは蘇りたり
　　　　　　　祝福の在れ、愛のひと
　　　　　　　悲しみのいとも厳しき
　　　　　　　試練をもげに健やけく
　　　　　　　キリストは打ち勝ち給う

ファウスト　　お前たち、天の響きよ、激しくもまたかくも優しく
　　　何故に私を求めるのか、この塵芥のなかに？　お前たちは
　　　心弱き人々のいる、かしこに鳴りわたるがよいのだ
　　　福音を私は聞くが、私には信仰がない
　　　奇跡は信仰の最愛の子だ
　　　優しい告知の鳴り出でる
　　　かの域へ努めて行く気は私にはない
　　　だが然し、この響きには、子供の頃から親しんで来た
　　　それが今の刻にも、私を生へと呼び戻すのだ
　　　かつて天なる愛の接吻が、私の身へと
　　　降り注ぐことはあった、厳かな安息日の静寂に
　　　そんな折、満ち充つる鐘の音が、如何に予感を孕みつつ
　　　響いたことか。祈りはまさに火と燃える愉楽であった
　　　言い知れぬ優しい憧れに駆られては

私は森と牧場を貫き駈けて行ったものだった
滂沱として下る熱い涙のうちに
一つの世界が開き出るのを、私は感じたことだった
この歌が今、子供の頃の元気な遊びを告知したのだ
春の祭りの自由な幸せを 780
追憶は、私を今や純なる子供の感情を以て
最後の厳しい一歩から引き留めた
おお、鳴り続けよ、お前たち天なる歌よ！
涙が湧き出る。私は再び大地のものとなった！

使徒たちの合唱　　みまかりしかのひとの
　　　　　　　　早、高く昇りゆき
　　　　　　　　生ける日が気高さは
　　　　　　　　いよよ増し高まれば
　　　　　　　　生成の喜びに
　　　　　　　　創造の歓喜添う 790
　　　　　　　　ああ、われら、地が胸に
　　　　　　　　縛されつ、嘆くのみ
　　　　　　　　かのひとは、使徒なるわれら
　　　　　　　　焦がるるを、世に残されき
　　　　　　　　ああ、われら、涙しつ
　　　　　　　　崇めなん、師が幸を！

天使らの合唱　　キリストは蘇りたり
　　　　　　　　消滅の懐出でぬ
　　　　　　　　もろびとよ、身を解き放て
　　　　　　　　絆より、喜びをもて！ 800

夜 / 800

勤しみつ、かのひと讃え
愛深き業果たしつつ
はらからと糧分け合いて
み教えを伝え旅ゆき
喜びを約する身なる
いましらに師は近くして
いましらとともに師は在り！

市門の外
あらゆる種類の散歩者たちが町から出てゆく

幾人か徒弟職人たち　　なぜ、あっちへ出てゆく？
別の職人たち　　イェーガーハウスへゆくのさ
前の職人たち　　僕らは水車小屋の方へ歩いてみたいなぁ
一人の徒弟　　ヴァッサーホーフへ行くのがいいよ
二人目　　あそこへ行く道は全然綺麗じゃないよ
別の連中　　お前どうする？
三人目　　　　　　　　俺は他の連中と一緒に行くよ
四人目　　ブルクドルフへ上がろうよ、きっとあそこには
　　別嬪の子と美味いビールがあるぜ
　　それととびきり凄い喧嘩とな
五人目　　お前、元気だなぁ
　　もう面がむずむずか？　三度目じゃないか
　　俺は嫌だぜ、あんな所思ってもぞっとするよ
女中　　駄目、駄目！　あたいは町に帰るわよ
別の女中　　あの人がきっと例のポプラのところに立ってるわ

はじめの女中　　あたいには嬉しくもないことよ
　　あの人はあんたと一緒に歩くでしょ
　　ホールで踊るのだっていつも、あんたとだけ
　　あんたが喜んでも私には関係ないわ！
別の女中　　今日は確実にあの人独りじゃないと思うわ
　　ほら縮れ毛の人、連れて来ると言ってたじゃない
学生　　いよぉー、元気な娘らが歩いとる！
　　なぁ君、行こうよ！　あの連中のお供をしなきゃ
　　きついビールに辛い煙草　　　　　　　　　　　　830
　　それにおめかし女中、こいつが僕の趣味なのさ
市民の娘　　あら、見てよ、いかす人たち！
　　ほんとに恥曝しね
　　どんなにいいお相手でも見つかるというのに
　　あんな女中を追っ掛けるなんて！
二人目の学生　（はじめの学生に）
　　そう急ぐなったら！　うしろからも二人来てるぜ
　　とっても可愛い服着てさ
　　ありゃ隣の子だ、一緒にいるのが
　　僕はあの娘がとっても好きなんだ
　　ああしてひっそり歩いて行くけど　　　　　　　840
　　いずれは僕らと落ち合うわけだ
はじめの学生　　君よせよ！　お上品ぶるのは苦手だよ
　　ほら早く！　お転婆さんを逃しちまうよ
　　土曜日に箒をさすった手が
　　日曜日には一番しっぽり愛撫してくれるってわけだ
市民　　いやぁ私には気に入りませんな、今度の市長！
　　市長になったら、日増しに威張りだす

市門の外 / 847

  町のために何をしてくれました？
  日毎に暮らしにくくなるばかり
  前より一層へいこらさせられ   850
  その上税金は前よりべらぼう
乞食 （歌う） 旦那さま方、美人の奥方
  こりゃおめかしで、頬も薔薇色
  どうか私めご覧下され
  この苦しみを和らげめされ！
  琴弾く身をば、あだになさるな！
  与うる者は幸せとやら
  人みな祝う今日のひと日を
  わしの実入りの日にしてたもれ
別の市民 日曜でも祝日でも、これほど愉快なことはありませんな 860
  戦争談義に花を咲かせる
  それも何処やら遠くの方の、トルコあたりで
  諸民族がどんぱちやってる戦争騒ぎ
  こちとらは窓辺に立ってグラスを傾け
  川下りの色鮮やかな船でも眺める
  それから暮れ方ゆっくり家路につく
  そうして平和と泰平の世を寿ごうという算段
三人目の市民 いやこりゃお隣の方、そう願いたいものですな
  向こうじゃ頭をかち割るがいい
  どんでん返しも大いに結構   870
  じゃが我が家では万事昔のままが有り難い
老婆 （市民の娘たちに向かって）
  あいや、どえらいおめかしで、若い血潮の美人がた！
  お前さんがたに惚れない人がいましょうか？

まあそうつんつんしなさんな！　分かってますよ！
お望みのもの、私が出して進ぜましょ
市民の娘　アガーテ行きましょう！　あたし気を付けてるの
あの手の占い婆さんと人前では関わらないことよ
尤も聖アンドレアスの夜、あの婆さんはあたしにさ
未来のいい人見せてくれたけど、そりゃ可愛い人 ─
相手の娘　あたしにはあの婆さん水晶グラスで見せてくれたわ　　　880
兵隊さん風、他にもいろいろ向こう見ずの男たち
だからあたしは周りを見ては探しているけど
とんと現れそうな気配もないわ
兵士たち　高き城壁、銃眼の
城もものかは攻め落とし
人を人とも思わざる
気位高き娘子も
取って見んもの、勇士われ！
果敢の勇気、この苦労
素晴らしきかな、この報い！　　　890

喇叭高々吹き鳴らし
われら集めん人々を
喜びへまた
破滅へも！
これぞ突撃！
これこそ命！
娘も城も落とさずば
やめざる意気ぞどこまでも
果敢の勇気、この苦労

　　　　　素晴らしきかな、この報い　　　　　　　　900
　　　　　かくて兵士ら
　　　　　行進す
　　　　　　　　　ファウストとヴァーグナー
ファウスト　　　氷を解かれ、流れも小川も
　春の優しい、生気溢れる眼差しを浴び
　谷には希望の幸が、緑と萌える
　老いたる冬は力衰え
　荒れた山辺に退いて行った
　そこから冬は逃げながら、僅かに
　粉雪まじりの無力な霙をば
　緑野の上に点々と送ってくるが　　　　　　　　　910
　太陽は早、白いものを許しはしない
　到るところに、形成と努力の勢いは動き
　陽は一切を色彩で以て生気づけようとする
　だが、この辺りには花はまだない
　花の代わりをしているのが、着飾った人々だ
　振り返ってご覧、この高台から
　町がよく見えるよ
　虚ろな暗い市門を出でて
　色とりどりの人の群れがどっと繰り出す
　誰もが今日はこうして陽に当たろうとするのだ　　920
　人々は、主の復活を祝っている
　と言うのも彼ら自身が蘇ったからなのだ
　低い家々のむさ苦しい部屋を出で
　手仕事なりわいの絆を解かれ
　破風や屋根々々の重圧を逃れ

押し潰しそうな狭い路地から離れ
　　　教会の荘重の闇を抜け出て
　　　彼らはみんな光に浸っているのだ
　　　ご覧、ほら、なんと素早く人の群れが
　　　果樹園と畑の間に散ってゆくことか　　　　　　　　　　　930
　　　川はまた、なんと広くまた長く
　　　ああして沢山の愉しげな小舟を動かしてゆくことか
　　　もう沈みそうな程荷積みして
　　　今日最後の舟が岸を離れてゆく
　　　山の遠い小径からでも
　　　色鮮やかな服がこちらに瞬いてくる
　　　村のどよめきも早、聞こえてくるね
　　　ここに民衆の本当の天国は在る
　　　満ち足りて歓呼する、大人も子供も
　　　ここでこそ私も人間だ、ここでこそ私も人間でありうる！　　940

ヴァーグナー　　博士様、あなたと散歩をご一緒できますのは
　　　名誉でもあり収穫でもございます
　　　ですが私独りでしたなら、ここに紛れ込みは致しますまい
　　　私めは、一切粗野のものの敵でございますれば
　　　ああして下手なヴァイオリン、叫び声やら九柱戯
　　　どうも私には全く厭わしい響きばかりでございます
　　　彼らはまるで悪霊に憑かれたように騒いでおります
　　　してそれを喜びとも言い、歌とも言っておりまする

農夫ら　菩提樹のもとで
踊りと歌

羊飼いする若者が、踊りに行くとおめかしだ
色鮮やかな上着着て、ネクタイ締めて花さして　　　950
これで身なりも粋なもの
早、菩提樹の回りには人も大勢集まって
狂ったように踊ってる
ユーヘ！　ユーヘ！
ユーフハイザ！　ハイザ！　ヘー！
輪舞の調べヴァイオリン

素早く彼は人垣に
紛れ込んでは小娘に
肘でどすんと体当たり
元気な娘は振り向いて　　　960
あら、いけないわ、などと言う
ユーヘ！　ユーヘ！
ユーフハイザ！　ハイザ！　ヘー！
お行儀悪いひとだわね

速いテンポで輪になって
右に左に踊り舞う
裾のあたりも翻り
顔赤らめて、身は火照り
腕組み合って息をつき
ユーヘ！　ユーヘ！　　　970
ユーフハイザ！　ハイザ！　ヘー！

いつしか腰に肘当てて

　　　　馴れ馴れしいったらありゃしない！
　　　お嫁にすると嘘ついて
　　　騙したひとも多いでしょ！
　　　男はうまく取り入って脇へ連れてく、菩提樹の
　　　響きもいつか遠い果て
　　　ユーヘ！　ユーヘ！
　　　ユーフハイザ！　ハイザ！　ヘー！
　　　人の叫びも音楽も　　　　　　　　　　　　　　　980

老農夫　博士様、これはこれはようこそ
　今日の日に私どもをお忘れなく
　この民衆の雑踏のなか
　大学者さまのお出ましでございますか
　ではどうか一番見事な瓶をお取り下さいまし
　新酒を注いで進ぜましょう
　乾杯致しましょう、声高らかに
　この酒瓶があなた様の喉を潤すだけでなく
　瓶に抱かれた雫が数ほども
　あなた様のご長寿の栄えられますよう　　　　　　990
ファウスト　頂きましょう、清涼の酒
　皆さんがたに祝福と感謝をお返しします
　　　　　　　　民衆が輪になって集まる
老農夫　まことに結構な次第です
　あなた様がこの愉しい日にお越しとは
　あなた様は昔、私どもにとてもご親切にして下さいました

　　　　　　　　　　　　　　市門の外 / 995

あの、悪病の流行った頃
　　　父上様のお力添えで
　　　ひどい熱病から辛ろうじて逃れた者も
　　　ここに大勢元気でおります
　　　悪疫を止めて下さったお蔭にございます　　　　　　　　　　　1000
　　　その頃お若かったあなた様も
　　　患者の家を一軒一軒見舞うて下さった
　　　死骸が次々運び出されはしましたが
　　　あなた様はお達者でそこから出てこられました
　　　厳しい試練に打ち勝たれたのでございます
　　　まことに、天は自ら助くる者を助く、とやら
一同　　まことの殿に健康を！
　　　行く末永くお助け賜りますよう
ファウスト　　かの高き天なるものを崇めましょう
　　　助くることを教え給い、助けを贈って下さる神を　　　　　　1010
　　　　　　　彼はヴァーグナーと共に立ち去る
ヴァーグナー　　どんなお気持ちがなさることでしょう、偉大な方よ
　　　こうして大勢の人に尊敬なされるお身は
　　　ご自分の天賦の才から、そのような
　　　利益を引き出せる方は、なんとお幸せでございましょう
　　　父親は子に、あなた様を鑑と示し
　　　誰も皆聞き伝えては馳せ参じ
　　　音はやみ、踊り手も歩を停めます
　　　あなた様の行かれるところ、人々は立ち並び
　　　帽子を空に投げ上げます
　　　あわや膝まで折り曲げて　　　　　　　　　　　　　　　　　1020
　　　ご聖体でもお迎えせんとの風情でございます

ファウスト　　もう少し上の、あの石のところまで歩いてみよう
　ここで私たちの散歩の休憩としよう
　私はここでよく物思いに耽っては独り座ったものだった
　祈りを捧げ、断食しては我が身を苦しめたことだった
　希望は豊かに、信仰は堅く
　涙を流し溜め息をつき、手を合わせては
　あのペストの終わらんことを
　天なる主から強く求めたものだった
　群衆の賛辞は、私には今、嘲笑と響いてならぬ　　　　　　　　1030
　ああ君に、私の心の内奥が読み取れるなら
　私たち父子に、あんな賞賛を
　受ける値打ちがどこにあろう！
　私の父は在野の士だった
　自然とその聖なる圏域について
　実直に、然しどこまでも彼の流儀で
　苦き想いの努力をしては考えていたのだった
　錬金術師たちと付き合って
　魔術の厨に閉じ籠もり
　延々と続く処方箋を作っては　　　　　　　　　　　　　　　　1040
　相反する物質を注ぎ合わせていたものだ
　赤獅子という酸化水銀と、百合と呼ばれる塩酸とが
　生温い水のなかで、激しい求愛の交わりをし
　やがて燃えさかる焔を浴びて
　婚礼の寝室なる名の蒸留器へ次々押し込められる
　すると色も鮮やかにグラスのなかに
　現れたのが、若き女王というわけだった
　こうして薬は出来たのだった。患者たちは死に

　　　　　治った人など、誰も問いえぬ
　　　　　私たち父子はこうして地獄の練り薬を用いて　　　　　　　1050
　　　　　この谷、あの山、この一帯に
　　　　　ペスト以上の災厄を撒いていたに過ぎないのだ
　　　　　私自身もその毒を幾千の人々に与え
　　　　　彼らは屡れ果て、今私は味わう羽目とはなった
　　　　　不埒な殺害者どもを人が褒めるのを
ヴァーグナー　　そんな悲観をなさることが、どこにありましょう！
　　　　　有能の士というものは、伝えられました技を
　　　　　良心的に正確に実行致しますならば
　　　　　それで充分ではございませぬか？
　　　　　あなた様はお若い頃、父上様を尊敬なさっていればこそ　　　1060
　　　　　いろいろとお受け取りになられたのでございましょう
　　　　　それはちょうど壮年の身で、学問を増殖なさいますれば
　　　　　お子様が、より高い目標に到達されるのと同じでしょう
ファウスト　　おお幸いなるかな、この過誤の大海よりして
　　　　　なお浮かび上がれると望みうる者は！
　　　　　人間の知りもせぬこと、それがまさに必要なことなのだ
　　　　　人間の知っていること、それは使いものにもならぬのだ
　　　　　だが折角、この刻限の美しい恵みをば
　　　　　そんな憂愁の心で以て不愉快なものにはしないでおこう！
　　　　　よくご覧、燃える夕陽のなかになんと　　　　　　　　　　　1070
　　　　　緑に包まれた小さな家々が輝いていることか
　　　　　陽は動き去り、今日の日も暮れた
　　　　　陽は彼方へと急ぎ、新たな生を促すのだ
　　　　　おお、私をば地より引き上げる翼はないものか
　　　　　どこまでも陽を追うて昇り行かんものを！

永遠の夕映えのなか
　　　静かなる世界を足下に眺め
　　　峰という峰の燃え上がり、谷また谷の休らうさまを
　　　銀の小川が黄金の流れに注ぐを見れようものを
　　　天高く努め行く、神にも紛うその歩みを妨げる山もなく　　　　　　1080
　　　荒涼たるなか、さまざまの峡谷が見下ろせよう
　　　既にして、眼前に浮かび出る、驚嘆すべき
　　　海とまた、その暖かき入江の姿
　　　だが然し陽の女神は早、沈みゆくやに思われる
　　　ただ新たなる衝動のみが目覚め
　　　私の心は逸り行く、かの永遠の光を飲まんと
　　　我が前に日を仰ぎ、しりえには夜を従え
　　　我が頭上に天を戴き、脚下には波を湛えて
　　　美しい夢だ、その暇にも陽は離れ去る
　　　ああ！　精神のこの翼に、肉体の翼は　　　　　　　　　　　　　1090
　　　伴ない難いものなのか
　　　とはいえそれが人皆に生まれついた性ではないか
　　　われらが上の紺青の空間に消え入りながら
　　　雲雀が囀りの歌を歌うとき
　　　人の感情が高くまた前へと突き進むのも
　　　或いは、険しい唐檜の山を越え
　　　鷲が翼を拡げて舞い
　　　そして平原を渡り湖を越えて
　　　鶴が故郷を求めるとき、人は焦がれずにいられようか

ヴァーグナー　　私自身も時に気紛れを起こすことはありますが　　1100
　　　そういう衝動ばかりはついぞ味わったことがございません

市門の外 / 1101

　　　　　森や野原はじきに見飽きてしまいます
　　　　　鳥の羽なぞ、羨む気持ちはありませぬ
　　　　　私どもを引き上げます精神的喜びは、如何に違っておりましょう
　　　　　一冊また一冊、一頁また一頁
　　　　　そうなりますと冬の夜更けも優しく美しく
　　　　　幸せな命に五体みな暖まりまして
　　　　　そしてああ、立派な古文書でも繙きましょうものならば
　　　　　天空すべて下り来たるというものでございます
ファウスト　　君にはただ一つの衝動しか分かっていないのだ　　　　1110
　　　　　なろうことならもう一つを習い覚えぬがよい！
　　　　　二つの魂が、ああ、私の胸には住もうている
　　　　　そして互いに離れ離れになろうとしているのだ
　　　　　一方の魂は、激しい愛欲に浸りつつ
　　　　　この世に全力でしがみ付こうとするが
　　　　　もう一方の魂は力ずくで塵埃の世を離れ
　　　　　高き先人の域へと自らを引き上げる
　　　　　ああ、もしも地と天のあわいを領し
　　　　　漂う霊の、空中にあるなれば
　　　　　黄金の香気のなかより下り来たって　　　　　　　　　　　　1120
　　　　　私を連れ去ってはくれぬものか、新しき色も彩なる人生へ！
　　　　　魔法の外套がもし我がものなりせば
　　　　　未知の国々へと私を運んでもくれように！
　　　　　それを私は、如何に高価な衣服と換えてでも手に入れたい
　　　　　王の外套を以てしても売り渡しなどよもすまい
ヴァーグナー　　霊だなどと物騒な群れをお呼び下さいますな
　　　　　そういうものは、気圏一面に広がり流れておりまして
　　　　　四方八方から人間に

千様の危険を用意しておりまする
北の方からは、鋭い霊が牙をむき、矢のように尖った　　　　　　1130
舌を伸ばして、あなた様目掛けて押し寄せて参ります
東の方からは万物を乾燥させながら吹き寄って来ます
そしてあなた様の胸を冒して、霊気は身を養いまする
南風が、砂漠の果てから、熱気また熱気を送り
あなた様の頭を包むと致しますなら
西風はまた、始めこそ爽やかながら
野面も牧場も溺れさせます、大雨の群れをもたらします
悪霊どもは災害となれば喜んで靡いてゆきます
我々をたぶらかそうとしておりますだけに言いなり次第
まるで天から送られたような振りをして　　　　　　　　　　　　1140
天使さながらの囁きで偽りを働くのです
ですが、もう参りましょう。世も早暗くなりました
風は冷たく、霧も籠めております
夕べになると、我が家の有り難さが分かります
どうして立ったまま驚いたようにあちらをご覧になるのです？
黄昏のなかで、あなた様のお心を捉えるものは何でしょう？

ファウスト
　黒犬が苗と切り株の間を縫うてうろついているのが見えるか？

ヴァーグナー
　とうから見えておりますが、どういう風にも思えませぬが

ファウスト　　よくご覧！　あの生き物を君はなんと見る？

ヴァーグナー　　尨犬でございましょ。よくやるように　　　　1150
　ああして主のあとをせっせと嗅いで回るのですよ

ファウスト　　分かるかい、大きな渦巻きを描いて
　奴はこちらへ駆けて来る、だんだん近付いてくるじゃないか？

私の思い違いでなけりゃ、焔の渦が
         奴の道のうしろから伸びているよ
ヴァーグナー　私には黒い尨犬のほか何も見えませぬが
         あなた様の目の錯覚でございましょう
ファウスト　私には奴が魔法の細い罠で以て
         いずれ私たちを縛ろうと、足元を絡めて来ると思えるのだが
ヴァーグナー
         訝りながら怖ず怖ずと回りを飛び跳ねているのでございます　　　　1160
         主じゃなくて未知の二人を見たからでしょう
ファウスト　輪が狭くなった、もうそこに来ている
ヴァーグナー　ご覧遊ばせ、犬ですよ。亡霊などであるものですか
         唸ったり不思議がったり腹ばいになったり
         尻尾を振ったり、みんな犬のよくやる仕種です
ファウスト　こっちへおいで。私たちの仲間におなり
ヴァーグナー　正真正銘、尨犬流の馬鹿な奴
         あなた様が止まられますと、奴も待ち
         お声を掛けられますと、お体につかまって伸び上がります
         何か投げておやりになれば、取っても参りましょう　　　　　　　　1170
         杖を探しに、水にも飛び込むとういわけです
ファウスト　確かに君の言う通りだろう。霊なぞ微塵も
         ないようだ。すべては仕込まれた芸だけだ
ヴァーグナー　躾のよい犬ともなりますと
         賢い方でも、お好きになるというものです
         これは確かにあなた様のご愛顧に値しましょう
         全く以て、学生のなかの優等生でございますな
                      （彼らは市門に入ってゆく）

書　斎（一）

ファウスト　（尨犬と一緒に入って来る）
　　深い夜の闇に覆われた
　　野と牧場とを後にして来た
　　予感に満ちた聖なる畏怖と共に　　　　　　　　　　　　1180
　　夜はわれらの胸に、よりよき魂を呼び覚ます
　　激しい衝動も、また一切の狂暴な振る舞いも
　　今は早、眠りについた
　　働くはただ、人間の愛
　　神への愛が働くばかりだ

　　静かにしろ、尨犬よ、走り回るのはよせ！
　　この敷居で何をくんくん嗅いでいるのか？
　　暖炉の向こうで横になっておれ
　　そら上等の座布団もくれてやる
　　外ではあの山道で、お前は駆けたり跳ねたりして　　　　1190
　　われわれを楽しませてくれたものだが
　　今度は私から養ってもらう身だ
　　静かな客が歓迎されるというものだ

　　思えばしかし、われらが狭き独房に
　　ランプの灯が優しくもまた燃えるとき
　　われらが胸も明るくなって

己れを知る心も晴れる
理性が再び語り始め
希望が再び花開くのだ
人は生の迸る小川を憧れ 1200
ああ、生の源泉へと思慕するのだ

これ唸るな、尨犬、今が今、我が全霊を
抱擁する、この神聖の響きには
動物の音はそぐわぬぞ
われらも慣れてはおる、人間どもは兎角
自分の理解せぬことを決まって嘲笑うもの
善なるものも美なるものも、人間には屢々
厭わしい故、それらを前に不平小言の連発だ
犬もやはり、人間同様不平を鳴らそうというわけか？

だが、ああ！　既にして私は覚える、どんなに望んでも 1210
満ち足らう心が最早、胸の奥から湧いては来ぬのだ
だが何故に流れはかくも素早く涸れ尽きてしまうのか
そしてわれらはまたしても渇望に陥るものなのか？
そうした事を私は幾度も経験してきた
然しこの欠乏を補う道はある
われらが超地上的なるものを学ぶのも、その故だ
われらは啓示を憧れているのだ
この天啓が他のいずこより厳かにまた美しく燃えているのは
新約聖書を措いてない
心の促しに従って、私は原典を開いて見よう 1220
真心籠めて一度この

神聖な原文をば
我が愛するドイツ語に移してみたい
　　　　　　　　　　（彼は一巻の書を繙き着手する）
こう書かれている、「始めに言葉ありき」と
ここでもう私はつかえる。私の筆を助けてくれる人はいないか？
言葉というものを私はさほど尊重できないのだ
別の翻訳にせずにはいられぬ
私が精神の輝きに正しく照らされてあらんがためには
書かれているのは、始めに意味ありき、ではないか
最初の行にはとくと熟慮を要する　　　　　　　　　　　　　1230
筆が急ぎ過ぎてはならぬ！
一切万物を惹き起こし創るもの、それが果たして意味であろうか？
始めに力ありき、とあるべきではないのか？
だが、こう書き下ろしながら、早くも
私に警告する何かがあり、それでは落着しないのだ
精神の助け在り！　急に神意が見えてきたぞ
心休けく私は書く「始めに業ありき」と！

こら、尨犬、この部屋をお前と私で分け持つ以上
啼くのはやめろ
吠えるのはよせ！　　　　　　　　　　　　　　　　　　　　1240
そういう邪魔する仲間を
私は傍には置いておけん
お前か私か、どちらかが
この独房を出るよりない
残念ながらお前の客の権利は停止せねばならぬ
扉は開いている。勝手に出てゆくがよい

書　斎（一）/ 1246

だが、なんたる奇妙なものを見ることか！
これが自然に起こることだろうか？
影か、それとも現なのか？
我が尨犬がなんと長く太くなってゆくことか！　　　　　　　　　　1250
どえらい力で盛り上がり
とても犬の形どころでない！
なんたる化け物を私は持ち込んだことか！
もう河馬ほどにもなっている
眼は燃え、恐ろしい牙を剝き出しておる
なんの、お前如きにたじろぐ私か
この手のちんぴら悪霊どもには
ソロモンの秘伝が役に立つ

霊たち　（廊下で）　中にひとりが捕まってるぞ！
　　　　　　外のわれらは、ついては行くな！　　　　　　　　　　　1260
　　　　　　罠にかかった狐のように
　　　　　　老獪やまねこ、お困りだ
　　　　　　せいぜいみんな気をつけよう！
　　　　　　あっちこっちと漂うて
　　　　　　昇り下りをしていれば
　　　　　　奴はそのうち逃れ出る
　　　　　　奴を助ける気があれば
　　　　　　そのまま座らせてはおくな！
　　　　　　なんといってもわれらにとって
　　　　　　いろいろ恩のある御仁だから　　　　　　　　　　　　　1270

ファウスト　　この動物に立ち向かうには先ず

天地四大の呪文を唱えよう
火の霊ザラマンダー燃えよ
水の精ウンディーネうねれ
空気の精ジュルフェ消えよ
地の霊コーボルトよ勤しめ

天地四大の
要素を知らず
その力また
その性質を知らずして　　　　　　　　　　　1280
いかで精霊に打ち勝つ
大人物といえようか

焰と燃えて消え失せよ
ザラマンダー！
波音立てて共に流れよ
ウンディーネ！
流星の美に輝けよ
ジュルフェ！
家の助けをもたらせ
重き地の霊、インクブス！　　　　　　　　　1290
姿現せ、芝居はやめよ

四大のどれも
この動物には宿っておらぬ
平然と座し、笑って私を見据えておる
どうやら痛めつけはできなかったらしい

書斎（一）／ 1295

それならもっときつい呪文を
聞かせてやろうぞ

こりゃお前
お前は地獄の逃亡者か？
それならばこのＩＮＲＩの印を見よ！
これなら悪魔の群どもも
尻尾を巻いて退散じゃろう

それもう、毛を逆立てて膨れてきたぞ

呪われた生き物！
お前にこれが読めるか？
極みなき出生のひと
名指し尽くせぬひと
諸天にわたり栄光漲るひと
不法の槍に刺し貫かれたるイエスを見よ！

暖炉のかげに追い詰められ
象さながらに奴は膨れる
部屋一杯に広がってゆく
霧になり融けて行こうとする
天井までは昇って行くな
おとなしく大先生の足下に伏せよ！
私の脅しが嘘ではないと分かったか
神聖の焔を以てお前を灼き滅ぼすぞ！
ぐずぐずするな

三位一体の燃える光を当ててやるぞ！
　　覚悟しろ　　　　　　　　　　　　　　　　　　　　　1320
　　我が最強の力量を見せてくれる！

メフィストーフェレス　（霧が晴れると共に、遍歴学生の身なりで暖炉のかげ
　　　より現れ出る）
　　なんの騒ぎで？　はて、なんのご用で？
ファウスト　　さては、これが尨犬の正体なりしか！
　　旅の学生とは、こいつは全く笑わせる
メフィスト　　学者先生に心よりご挨拶を！
　　いやはやとんだ汗をかかせて下さいましたな
ファウスト　　名はなんという？
メフィスト　　　　　　　　ご質問は、ちと小さ過ぎやしませんか？
　　言葉をあれほど軽んじたお方にしては？
　　一切仮象を遠く離れて
　　諸々事物の深邃をのみ極めんとする身の　　　　　　　1330
ファウスト　　諸君ら風情の場合なら、本質なるもの
　　大概は名前から読めようというものだ
　　尤も、胡麻の蠅だの破壊者だの法螺吹きだのと
　　名指してしまえば、あからさまに過ぎようがね
　　まあいい、して君は何ものかね？
メフィスト　　　　　　　　　　　　　常に悪を欲し
　　常に善をなす、かの力の一部でございます
ファウスト　　はて、その謎の語の謂うところは？
メフィスト　　私は、常に否定する精神であります！
　　それも当然でしょう。何故ならば、生ずるもの一切は
　　滅び行くに値するからであります　　　　　　　　　1340

書斎（一）／1340

　　　　故に、なにものも生ぜざるが最良でありましょう
　　　　というわけで先生方が、罪また破壊
　　　　要するに悪と呼んでおられます一切が
　　　　私本来の活動源にござります
ファウスト
　　　　自ら一部と称しつつ、全体をなして我が前に立つ。これ如何に？
メフィスト　　謙遜の真実というものです
　　　　人間は、このささやかな愚かの世は
　　　　通常自分を一個の全体と思っております
　　　　私は、始め全たりし部分の部分でありまして
　　　　闇の一部にござります。闇が光を生んだのであります　　　　　1350
　　　　ところが奢れる光は今や、母なる夜に戦いを挑み
　　　　古き位階を奪い、空間をものにせんとしております
　　　　ですが光にそれの果たせよう筈はありません。如何に努力しても
　　　　所詮、光は物体に貼りついた囚われの身だからです
　　　　物体よりして光は流出し、物体を美しくするのも光です
　　　　一個の物体といえども光の道を妨げるに充分です
　　　　かようなわけで私は、光の世も長続きはすまいと睨んでおります
　　　　物体と共に光もやがて滅びゆくことでしょう
ファウスト　　そうか、よし、君の結構な勤めは分かった！
　　　　君は大なる規模では何一つ破壊することができぬから　　　　　1360
　　　　小なるもので事を始めようというわけだ
メフィスト　　尤もそれではさしたる事も成りませぬ
　　　　無に向かって突き付けられたもの
　　　　このほんのささやかなもの、この不細工な世界
　　　　私もこれまであれこれ試みてはきましたが
　　　　こいつばかりは手の打ちようがありませんや

　　　　　波に嵐、地震に火事とやってはみても
　　　　　悠然として結局、海も陸も変わらずに在る！
　　　　　そしてこの呪われた奴、動物どもと人間種族
　　　　　こいつは全くどうしようもありませんな　　　　　　　　　　　1370
　　　　　まあどれ位私はこれまで葬って来たことでしょう！
　　　　　けれどもいつも新しい元気な血が循環しおります
　　　　　こうして万事進むのかと思えば、気が狂いそうだ！
　　　　　空から水から大地から
　　　　　身を捩っては千の芽が生い出でる
　　　　　乾燥湿潤、寒暖問わず！
　　　　　もしも私が、焰を我が手に残していなけりゃ
　　　　　特別なものは何一つありますまいて
ファウスト　　そこでお前は、かの永遠に動くもの
　　　　　健やかに創造する力に向かって　　　　　　　　　　　　　　1380
　　　　　冷たい悪魔の拳を振り上げるわけだ
　　　　　握る悪意のなんたる空しさよ！
　　　　　なんぞ他のことでも遣り出す気はないのかね
　　　　　混沌の奇妙な息子よ！
メフィスト　　実際とくと考えましょう
　　　　　この次あたりそんな話もあれこれと
　　　　　今日のところはこれで失礼致したく
ファウスト　　よく分からんが、遠慮はいらんよ
　　　　　これで君とは知り合いになった
　　　　　いつでも訪ねてくれ給え　　　　　　　　　　　　　　　　　1390
　　　　　ほら窓もある、扉もあるよ
　　　　　煙突だって通れるんだろ
メフィスト　　打ち明けた話、出て行きますには

書　斎（一）/ 1393

　　　　　ちょいとした邪魔が入っておりまして
　　　　　お宅の敷居に魔除けの符号が
ファウスト　　あの五芒星形が具合悪いとな？
　　　　　では聞くが、地獄の息子よ
　　　　　お前を祓うものがあるのに、どうやって入って来れたのかね？
　　　　　あのような霊が誤魔化されるとは思えんが？
メフィスト　　よくご覧なさい！　筋がきちんとしておりませぬ　　　　1400
　　　　　外向きの一角が、ほれ
　　　　　ほんの少々丸くなっておりましょ
ファウスト　　そいつは偶然の幸いだった！
　　　　　それでお前は私の虜となったのか？
　　　　　そいつは思わぬ儲けものだったね！
メフィスト　　尨犬が跳び込んで来た時、奴は気付かなかったのです
　　　　　事態は今や違っております
　　　　　悪魔は家を出られませぬ
ファウスト　　だが何故君は窓から出て行かぬ？
メフィスト　　悪魔亡霊にも掟があります　　　　1410
　　　　　忍び込んで来たところから出て行くことになっていまして
　　　　　最初は自由の身ながら、二度目には私らは奴隷というわけ
ファウスト　　地獄にも正義ありということか？
　　　　　そいつはうまいぞ、ならば諸君らとは契約も
　　　　　安心して結べようというものか、ええ君？
メフィスト　　約束したものはたっぷり味わって頂けます
　　　　　お宅の分から微塵も撮み取りは致しませぬ
　　　　　ですがこの件は手短かには参りませぬ
　　　　　この次ご相談させて頂きましょう
　　　　　ただ、この度はどうか私めを　　　　1420

　　　　　　行かせて下さいますよう、切に切にお願い申し上げます
ファウスト　　だがもう少しならいいだろう
　　　先ずうまい話を聞かせてくれ給え
メフィスト　　どうかもうご勘弁を！　すぐに戻って参ります
　　　そうしたならば聞きたいだけお聞き下さい
ファウスト　　私が君を罠にかけたのではないよ
　　　君が自分から網にかかったのじゃないか
　　　悪魔を捕らえたら放す馬鹿はないと言う
　　　そう易々とその次は捕まらんからね
メフィスト　　そのおつもりなら、私もほぞを固めましょう　　　　　　　1430
　　　お話相手に残りましょう
　　　ただ条件がございます、その間、結構なお気晴らしに
　　　私の腕前のほどお聞かせ致したく
ファウスト　　そりゃ結構、ご自由に
　　　但し技芸なれば、愉しいのをな！
メフィスト　　そりゃもうあなた、あなたの官能には
　　　このひとときで、一年分の退屈を
　　　凌げるものが得られること、請け合いですよ
　　　優しい霊たちが歌って聞かせますもの
　　　運ばれて来る美しい絵姿数々、それはもう　　　　　　　　　　　　1440
　　　ただの魔笛どころじゃございませぬ
　　　鼻くすぐられるよい香り
　　　舌なめずりする美味い味
　　　身も心もとろけるばかり
　　　準備はなにも要りませぬ
　　　数揃いました、いざ始め！
霊たち　　消え失せよ、かの暗き

まどかなる天井よ！
優しくも親しげに
紺青のエーテルよ 1450
まなこをば注げかし！
早も散る、いと暗き
むら雲の消え果てぬ！
星くずは燦きて
穏やけき陽とはなり
輝きつ射し来たる
天上の子ら群れて
つくりなす霊の美の
揺れ動き瞬きつ
漂いて移ろえば 1460
憧るるこの想い
彼方へとすがるかな
もろびとが装いの
帯あでに翻り
野をこめて満ち溢れ
緑なすうてなには
愛誓うひとらいて
いと深き想い籠め
喜びに耽りたり
影交わす木群れより 1470
芽生えゆく蔓繁く
葡萄の実重くして
搾り機が器へと
迸る滴はや

滝の如落ちゆきて
泡立てる葡萄酒の
流れゆくかたえには
清らなる岩高く
山の背もいつしかに
遠のけば、川水の 1480
広ごりて湖となり
緑なす丘の辺を
長閑けくも包むかな
また鳥の群がりて
喜びを啜り飲み
陽を迎え舞いゆきて
朗らなる島々の
方さして翔べるかな
波の上に幻の
姿見せ揺るる地に 1490
聞こゆるは声合わせ
歓呼する人の歌
牧場には幾千の
人群れてのびやけく
光浴びこもごもに
さまようも見ゆるかな
山の上に登りゆく
人もあり、はたまたは
湖に泳ぎいる
人もあり、水の上に 1500
漂える長閑けさよ

書斎（一）／ 1501

　　　　　　なべて皆、生求め
　　　　　　なべて皆、愛の星
　　　　　　輝ける彼方さし
　　　　　　幸せに浸るなり
メフィスト　　彼は眠ってる！よし、もういい、空気の優しい子ら！
　　　うまく歌って奴を寝かしてくれたぞ！
　　　この演奏は恩に着るよ
　　　お宅はまだ悪魔を引き留めるほどの男ではないんだ！
　　　彼の回りにたっぷり甘い夢の姿をちらつかせて　　　　　　　　1510
　　　幻想の海に沈めてやるがよい！
　　　だが、この閾のまじないを断ち割るには
　　　ちょいと鼠の歯が要るというもの
　　　呼び出す暇もあらばこそ
　　　そらもうちょろちょろ一匹出て来たぞ。ようく聞け
　　　家鼠、二十日鼠の主
　　　蠅、蛙、南京虫、虱の王が
　　　ご命令じゃ、そりゃ出て参れ
　　　この閾をば齧るのじゃ
　　　油も塗って進ぜよう　　　　　　　　　　　　　　　　　　　1520
　　　ほらほらもう跳び出して来おったな！
　　　早く仕事にかかれ！　俺の邪魔っけなとんがりは
　　　その角のずっと先っぽだ
　　　もうひと噛み、ようし、それでよし！
　　　さて、ファウスト殿、夢を続けて下され、また会いましょうぜ！

ファウスト　（目覚めて）　またしてもたぶらかされたか？
　　　霊気に満ちた興奮もかくて消え失せたのか

1502／第一部

そして悪魔は夢のなせる業だったのか
尨犬が一匹逃げて行ったというわけか？

書　斎（二）
ファウスト、メフィストーフェレス

ファウスト　　　戸を叩く音がする。お入り。また邪魔するのは誰だ？　　1530
メフィストーフェレス　　　私にござります
ファウスト　　　　　　　　　　　　　入り給え！
メフィスト　　　　　　　　　　　　　　そいつを三回言って下され
ファウスト　　　しょうがないな、入り給え！
メフィスト　　　　　　　　　　　　　　　それで結構というわけです！
　　仲良しになれると思いますよ
　　実はあなたの塞ぎの虫を追い払おうと
　　貴公子よろしく罷り出ました
　　ほれ、赤の服には金の縁取り
　　糊のきいた絹のマントも粋ならば
　　帽子には鳥の羽
　　長くて細い剣まで提げて
　　どうです、あなたもそこはあっさり　　　　　　　　　　　　　　1540
　　こういう身なりをしてみては
　　そうすりゃあなた自由奔放
　　人生とは何か、分かりましょうよ
ファウスト　　　どんな服を着ようとも、私の感ずるのは多分
　　狭隘なる生の苦しみだろうよ
　　遊ぶには早、年をとり過ぎ

　　　　望みなきには、まだ若過ぎる
　　　　この世が私に何を与えてくれるだろう？
　　　　辛抱せよ！　ひたすらにただ辛抱せよ！
　　　　これが永遠の歌い文句　　　　　　　　　　　　　　　　　1550
　　　　万人の耳に響くはこれ
　　　　われらが全生涯にわたり
　　　　時々刻々われらに向かい、声を嗄らしてそう歌っている
　　　　朝起きるのも恐ろしい
　　　　苦い涙も出ようというもの
　　　　また今日の日を見るのかと。その一日がうちに
　　　　ただの一つの願望も満たされはせぬ、ただの一つもだ
　　　　どんな喜びの予感すらも
　　　　執拗にあらさがししては損ねてしまう
　　　　我が胸に生きる創造も　　　　　　　　　　　　　　　　　1560
　　　　千の空しい人生茶番で妨げる、それが毎日というものだ
　　　　夜の帳が下りるときにも
　　　　不安を抱いて褥の上に身を投げるのみ
　　　　そこにも憩いは恵まれぬからだ
　　　　悪夢に驚くこともある
　　　　我が胸のうちに住む神が
　　　　我が内奥のものを深く動かすことはある
　　　　だが神は、我が力のすべてを越えた上方に君臨し
　　　　されば神は、外へ向けては何一つ動かすこと能わぬのだ
　　　　こうして私には生存は重荷に過ぎず　　　　　　　　　　　1570
　　　　死の方が願わしく、生は厭わしいのみだ
メフィスト　　ですが死はなにせ嬉しい客ではありません
ファウスト　　いやいや、幸せなるかな、勝利の栄光のなかで

1547 / 第一部

血塗れた月桂冠を額に巻いて死にゆく者は
　　　激しい乱舞のそのあとで
　　　娘の腕に抱かれたまま死に見舞われる者も幸せだ！
　　　ああもし私が、高き精神の力を前に
　　　恍惚として魂を奪われ、彼方へ沈んでしまえるならば！
メフィスト　　　でもございましょうが誰やらさんは茶色の液を
　　　いつぞやの晩、飲み干しはなさいませんでしたようで！　　　　　　1580
ファウスト　　　隠密の趣味も、君にはあるらしいな
メフィスト　　　全知とは参りませぬが沢山知ってはおりまして、へい
ファウスト　　　あの恐ろしい混乱のなかから私を
　　　甘美な懐かしい調べが連れ出し
　　　幼い頃の感情の名残りをば
　　　楽しかった日々の余韻を以て誑かしたとしても
　　　私は呪わずにはいられない、魂を
　　　誘いの手品で包みこみ
　　　地上的悲嘆の洞窟のなかへと
　　　眩惑と媚態の力で以て縛する、一切のものを！　　　　　　　　　1590
　　　何よりも先ず、高き思念は呪われてあれ
　　　それこそ精神を自縄自縛に引き入れるものだ！
　　　現象の惑乱も呪わしい
　　　押し寄せて来て、われらが感覚を苦しめるのみだ！
　　　夢の姿でわれらに取り入るものも呪われよ
　　　栄誉も虚妄、名声も欺瞞だ！
　　　所有と称してわれらに諂うものを私は呪う
　　　妻が子が、作男が鋤が、なんであろう！
　　　呪いあれ、金の神マンモン、財宝を以て
　　　彼はわれらを果敢の業へと促すが　　　　　　　　　　　　　　　1600

書　斎（二）／ 1600

　　　　　所詮は彼も、懶惰な快楽のために
　　　　　安逸の褥を整えるだけだ！
　　　　　葡萄の実の薫る滴に呪いあれ！
　　　　　かの最高の愛の情に呪いあれ！
　　　　　希望に呪いあれ！　信仰に呪いあれ！
　　　　　何にもまして忍耐に呪いあれ！
霊の合唱　（姿は見せず）
　　　　　　　哀れや哀れ！
　　　　　　　汝は毀ちぬ
　　　　　　　麗しのこの世をば
　　　　　　　凶暴の拳もて　　　　　　　　　　　1610
　　　　　　　世は倒れ、世は崩る！
　　　　　　　半神のそを打ち砕きたり！
　　　　　　　われらは運ぶ
　　　　　　　瓦礫をば、彼方の無へと
　　　　　　　ただ嘆く
　　　　　　　そが失せし美を
　　　　　　　地上が子らの
　　　　　　　逞しき人
　　　　　　　更に華やぐ
　　　　　　　世をまた建てよ　　　　　　　　　　1620
　　　　　　　汝が胸にその世を建てよ！
　　　　　　　新しき生が歩みを
　　　　　　　踏み出せよ
　　　　　　　晴れやかの心もて
　　　　　　　されば起こらん
　　　　　　　新たなる歌の調べも！

メフィスト　　この連中は我が一族の
　可愛い子らだ
　聞いて下され、快楽と業を
　こまっしゃくれて勧めもしおる！ 1630
　遠いこの世へ
　孤独を出でて
　官能、果液、塞がぬように
　奴らあなたを誘っております
　おやめなされ、あなたの傷心と戯れるのを
　その手のものは禿鷹同然、あなたの命を喰い滅ぼしますぞ！
　どんなに酷い付き合い仲間でも感じさせてはくれるでしょう
　人間と一緒にいてこそ、あなたも人間でありうると
　だからと言ってあなたをまさか
　愚民どもと一緒にしようと謂うわけではありません 1640
　私は大物でこそありませんが
　私と手を組もうとおっしゃるなら
　足並揃えて人生を渡ろうとなさるのなら
　私は喜んで応じましょう
　あなたのものになりましょう、今すぐにでも
　あなたの丁稚になりましょう
　お気に召すよう致しましょう
　私があなたの下僕です、作男ともなりましょう！
ファウスト　　で、その代わりに私は君に何を果たせばよい？
メフィスト　　それにはまだ永い猶予がありましょう 1650
ファウスト　　いやいや！　悪魔はエゴイストだ
　無償では滅多にやってはくれぬ
　他人に役立つことなぞすまいよ

書斎（二）/ 1653

　　　　　条件をはっきり言ってくれ給え！
　　　　　君の謂う下僕なんか、危ないものを持ち込むだけだ
メフィスト　　私はこの地上ではあなたにせっせと仕えましょう
　　　　　眼で合図なされば、俺まず撓まず勤めましょう
　　　　　が、あの天上でまたお会いしましたならば
　　　　　今度はあなたが私に同じことをして下さるというわけ
ファウスト　　あの上のことなぞ私は少しも気にかけはせぬ　　　　　　　1660
　　　　　君がこの世を打ち砕き、瓦礫と化してしまおうと
　　　　　また別の世がそのあとに出来てくるだろう
　　　　　この地上よりして我が喜びは湧き出でる
　　　　　この天日こそ我が苦悩を照らすのだ
　　　　　私がこの地この陽から先ず別れるとするならば
　　　　　そのあと何事であれ意のままに起こるがよい
　　　　　その先のことなぞ私は聞く耳持たんよ
　　　　　先の世にも人は憎しみ愛するものか
　　　　　ましてやあの気圏の彼方にも
　　　　　上だの下だの在るのか、知ったことか　　　　　　　　　　　　　1670
メフィスト　　そういう意味ならやり甲斐はあるでしょう
　　　　　契約と参りましょう！　あなたにはこの地上の日々に
　　　　　私の凝らす技の数々たっぷりご覧頂きましょう
　　　　　これまでどんな人間も見たことのないものを供しましょう！
ファウスト　　哀れな悪魔風情の君に何が打ち出せる？
　　　　　人間一人の精神が高き努力を胸にするとき
　　　　　君ら如きに捉えられた験しがあるか？
　　　　　それともなにか、腹のふくれぬ食べ物だとか
　　　　　水銀さながら落ち着きもなく
　　　　　君の手から零れて落ちる黄金など持って来る気か？　　　　　　　1680

　　　　勝ち目のない賭け
　　　　或いは娘、私の胸に縋っていながら
　　　　もうお隣に流し目を遣る蓮っ葉さんでも？
　　　　流星のように消え失せる名声とやら
　　　　美しき神々の幸、それがいいとこじゃないのか？
　　　　剝きもせぬうち早腐る果実でも見せればよい
　　　　いっそ日毎に新たな緑を纏う樹木でも！
メフィスト　　その手のご注文にはびくともしませぬ
　　　　そういう宝をご用意しましょう
　　　　ですが我が友、時はやはり近付きますぜ　　　　　　　　　　1690
　　　　何か結構なものをゆっくり休んで御馳走になろうという時が
ファウスト　　私が心休んじて怠惰の床につくことあれば
　　　　即座に私は果ててよい！
　　　　君が手練手管で私を誑かし
　　　　余は満足じゃと言わせるならば
　　　　君が私を快楽によって欺きおおせたならば
　　　　それを私の最後の日としよう！
　　　　賭けをしよう！
メフィスト　　　　よしきた！
ファウスト　　　　　　　　そら、手打ちだ！
　　　　もしも私が瞬間に向かってこう言ったなら
　　　　留まれよ！　汝はかくも美しいものか！　と、そう言ったなら　　1700
　　　　その時、君は私を鎖に繋ぐがよい
　　　　その時、私は喜んで滅んで行こう！
　　　　その時、弔いの鐘は鳴り響くがよい
　　　　その時、君は勤めを解かれるのだ
　　　　時計は止まれ、針は落ちよ

　　　　　　　　　　　　　　　　　　　書　斎（二）／ 1705

我が時は終わりとしよう！
メフィスト　　よおくお考えなされ！　我々は忘れませんぜ
ファウスト　　おお無論忘れんでいて貰おう！
　私は不遜の冒瀆を敢えてしたのではない
　私が固執したならば、私は従僕だ　　　　　　　　　　　　　1710
　君のであれ誰のであれ、問うところではない！
メフィスト　　今日も今日とて学士会の宴会がございます
　その時早速下男として、私の義務を果たしましょう
　ただ一つだけ！　後生ですから、いや後死ですかな
　ちょいと念のため二三行だけお願いします
ファウスト　　書いたものまで要るのかね、小煩い奴だなぁ？
　男の約束、武士に二言はないと君は知らんのか？
　私の語った言葉というもの、それが永久に
　我が生ける日を左右する、それで充分じゃないのかね？
　この世はすべて激流となって変わり行かぬか　　　　　　　　1720
　それでもただ一つの約束が、この身を引き留めるというものを？
　だが、そうした妄想はわれらが心に宿っている
　それから解放されたいと、誰が望もう？
　変わらぬ心を純粋に胸に抱く者は幸せなるかな
　如何なる犠牲も、その者の悔いとはなるまい！
　ただ、羊皮紙に書き込み印判を捺すともなれば
　それは亡霊の如きもの、人みな怖じて逃げ出す始末
　言葉は既に筆もとで死に絶え
　蜜蝋と皮とが支配権を振るう
　で、悪霊の君は私から何を求める？　　　　　　　　　　　　1730
　唐金？　大理石？　羊皮紙？　ただの紙？
　書くものは、尖筆？　鑿？　筆？

1706 / 第一部

　　　　　君の自由な選択に任せるよ
メフィスト　　どうしてそうすぐに捲し立て
　　息巻くのです、大袈裟な？
　　どんな紙きれでもよろしいよ
　　署名のところは一滴の血で頼みます
ファウスト　　それで君がご満悦なら
　　そんな茶番も厭わんよ
メフィスト　　血はなにせ格別の液ですからな　　　　　　1740
ファウスト　　私がこの盟約を破るとは、懸念しないでくれ給え
　　我が全力よりする努力
　　これこそ、私が約束するものなのだ
　　私の自負は高過ぎた
　　所詮は君程度のところなのだ
　　あの偉大な霊は私を軽く一蹴した
　　我が前に自然は自らを固く閉ざしている
　　思考の糸も千々に裂かれた
　　永らく私は一切の知識に嘔吐を催していたのだ
　　官能の深みに下り　　　　　　　　　　　　　　　　1750
　　燃える情熱を鎮めようではないか！
　　究め難き魔法のヴェールのうちに
　　あらゆる神秘をすぐにも用意してくれ給え！
　　われらは時の波立つ中に墜ちて行こう
　　出来事の逆巻く中へ！
　　さすれば苦痛も愉楽も
　　成就も不満も
　　如何ようなりと融合変転するがよい
　　ただ休みなく働くにこそ、男子の真価は在る

　　　　　　　　　　　　　　　　　　　書　斎（二）/ 1759

メフィスト　　お宅には節目も目処も堪ったもんじゃない　　　　　　1760
　　ようがす、到る所掻っ攫おうとお望みならば
　　逃げるを捕らえひっ摑もうとおっしゃるならば
　　嬉しい目にも逢えましょう、乾杯！
　　ただ私をしっかり摑まえ、ぼんやりしないでいて下さいよ！
ファウスト　　よく聞いてくれ給え、嬉しいことが当てではないんだ！
　　目も眩む、苦痛の極みを享受しようと、私はこの身を捧げるのだ
　　愛故の憎悪、心弾ます憤怒に浸るのだ
　　知識欲から快癒した、この我が胸を
　　如何なる苦痛に対してもこの先は閉ざすまいとしているのだ
　　およそ全人類に分与されたるものを　　　　　　　　　　　　　1770
　　私は私の内なる自己において享受したい
　　我が精神を以て最高最深のものを摑み取りたい
　　人類の喜び悲しみを我が胸の上に積み重ね
　　こうして我が固有の自己を人類の自己にまで拡張し
　　そして人類そのものと同様、最後には私も破砕しようと思うのだ！
メフィスト　　いやはや、私の話も聞いて下され、何千年というもの
　　この硬い食い物を齧ってきたのですぜ
　　揺籃から棺台に到るまで、人間誰一人として
　　この古い酸っぱいパン種を消化しきれた験しはない！
　　われわれ風情の言うことも信じて下され、この全体なるもの　　1780
　　それはただ神御一人のために出来ているのですぜ
　　神様は永遠の輝きのなかに身を置いておられる
　　われわれを神は闇に落とされた
　　そしてあなた方にはただ昼と夜とが適しているというわけ
ファウスト　　だが、私はやって見ようと思う！
メフィスト　　　　　　　　　　　　　その意気その意気！

1760 / 第一部

    ただ一つ心配なことがございますな
    時は短し、芸は長し、とか申します
    いろいろ学ばれるがよろしいのでは
    例えば誰ぞ詩人とでも仲間になられては
    詩人先生に頭のなかで遊戈闊歩して貰うんですな   1790
    そいですべての高貴な性質を
    あなたの名誉あるおつむの上に積み重ねることですよ
    獅子の勇猛
    鹿の迅速
    イタリア人の火と燃える血に
    北方人の辛抱強さも
    詩人ならあなたに秘訣を見つけてもくれましょう
    寛容と奸策とを結び付けるのも
    熱い青春の衝動に
    計略通り耽るのも、手のうちだ！   1800
    私でさえそういう御仁を存じ上げたいものでして
    ついでにそのお方を小宇宙の旦那ともお呼びしましょう
ファウスト もし私にして人類の王冠をかち得ざりせば
    この身は一体なんであろうか？
    我が想いのすべてが焦がれ求める王冠を？
メフィスト お宅は結局 ― お宅のままでさあ
    幾百万の捲き毛の鬘を被ろうと
    何尺の高下駄を履かれましょうと
    お宅は所詮、お宅に変わりありません
ファウスト 分かっておる。人間精神がすべての財宝を   1810
    私はこの身に引き寄せんとしたが、空しかった
    結局のところ腰を下ろしてみれば

            書　斎（二）/ 1812

　　　　　心中なんの新たな喜びも湧いては来なかった
　　　　　髪の幅一つだに高くはなっておらず
　　　　　無限なるものに少しも近付いてはいなかった
メフィスト　　でしょう。あなたの事物の見方といえども
　　　　　通常人の見方と別段選ぶところはないわけですよ
　　　　　私たち二人して事をもっと賢明に運びましょうよ
　　　　　人生の喜びが逃げ失せぬうち
　　　　　何をくよくよ！　そりゃあ両手も両足も　　　　　　　1820
　　　　　頭もお尻も、それはみんなあなたのもの
　　　　　ですが例えば私が元気に享楽するもの、それが皆
　　　　　だからといって私のものでない筈あるまい？
　　　　　私が六匹の若駒の代金そっくり払えたならば
　　　　　六匹分の馬力だって私のものじゃござんせんか？
　　　　　私しゃ立派に乗りこなし、大旦那ってわけ
　　　　　二十四本の脚もつようなもの
　　　　　ですから元気よく行きやしょう！　思慮分別はさておいて
　　　　　相共に世の中へまっしぐら！
　　　　　本当ですぜ、思弁の輩は　　　　　　　　　　　　　　1830
　　　　　枯れ野の上で、悪霊に憑かれ
　　　　　堂々巡りする畜生同然
　　　　　回りには綺麗な緑の牧場があるのも知らずにさ
ファウスト　　で、どうやって始める？
メフィスト　　　　　　　　　　　　　　　直ちに出発
　　　　　この拷問部屋がなんになる！
　　　　　我と若者どもを退屈させる
　　　　　この生きざまがなんになる！
　　　　　その手のものはお隣さんのでぶに任せておけばよい！

1813 / 第一部

　　　　相も変わらぬ無駄骨折って苦しむことがありますかい？
　　　　お宅の知りうる最善のこと　　　　　　　　　　　　　　　　　1840
　　　　それをお宅は若僧どもに言いはなりますまい
　　　　そう言うそばから廊下に一丁来てますぜ！
ファウスト　　　私は会うわけに行かんよ
メフィスト　　　気の毒に奴は長いこと待ってます
　　　　がっかりのまま帰すわけにも行きますまい
　　　　ようがす、お宅の上着と帽子をこれへ！
　　　　仮面は結構似合う俺様だ　（彼は着替える）
　　　　さあ私めの頓智にお任せあれ！
　　　　ちょいと十五分ばかりかかりますがね
　　　　その間にあなたはよき旅立ちのご用意を！　（ファウスト去る）　1850
メフィスト　　（ファウストの長い衣を付けて）
　　　　軽蔑あるのみ、理性に学問
　　　　人間最高極致の力もなんのその
　　　　ただひたすらに眩惑魔法の業に浸り
　　　　虚妄の精神によって身を鍛えるあるのみ
　　　　さすればお前を絶対確実我がものにしてくれる
　　　　奴に精神を吹き込んで来たのも運命の悪戯
　　　　その精神が禦しようもなく前へ前へといきりおって
　　　　焦りの努力をするものだから
　　　　地上の喜びをすっとばして来たものだが
　　　　そいつを俺様が波瀾の人生引っ張り廻し　　　　　　　　　　1860
　　　　浅薄無意味をくぐらせてやる
　　　　奴にじたばたさせるも勝手、強張りしがみつきさせてもくれるぞ
　　　　飽くこと知らぬ奴の精神に
　　　　食い物飲み物、貪欲な唇目掛けてぶら下げてやる

　　　　　　　　　　　　　　　　　　　　　　書　斎（二）／ 1864

　　　　　清涼を懇願しようったってもう遅いよ
　　　　　たとい奴が悪魔に身を売らなかったとしてからが
　　　　　奴はどの道、滅んでゆくには相違ないんだから
　　　　　　　　　　　　一人の学生登場
学生　　こちらへはつい最近に参りました
　　　　慎んでお目にかかり
　　　　人皆畏敬の念を以て言う　　　　　　　　　　　　　　1870
　　　　お方様を存じ上げたく
メフィストーフェレス　　ご丁重なる挨拶忝い！
　　　　ご覧のように、ひとと変わりはしませぬわい
　　　　してもう貴下は他に当たられましたかな？
学生　　お願いでございます、是非私を弟子にして頂きたく！
　　　　一生懸命やる気で参りました
　　　　相応の金も元気な血も携えております
　　　　母はなかなか私を遠くへやりたがらなかったのでございますが
　　　　私はなんとか真っ当なことをこの地で学びたい所存です
メフィスト　　それはちょうどよい場所に来られた　　　　　　1880
学生　　正直申しまして、もうまた出て行きたい気持ちです！
　　　　この壁のなか、この広間のなかでは
　　　　どうも気に入りそうに思えませんので
　　　　全く以て窮屈なところでございますね
　　　　緑も見えなきゃ立木一本ございませぬ
　　　　講堂の長椅子に座りましても
　　　　聞くもの見るもの考えること皆うわの空
メフィスト　　そりゃただ、習慣の違いだ
　　　　子供でも母親の胸をすぐに初手から
　　　　喜んで吸い付きはせぬものじゃ　　　　　　　　　　　1890

　　　　　が、やがてもりもり身を養うのだ
　　　　　知恵の乳房とて同じこと
　　　　　やがて日を追い君も気乗りがして来るだろうよ
学生　　知恵の首っ玉には喜んでしがみつきたく思っております
　　　　　ですが、どうかお教え下さい、どうすれば到り着けましょうか？
メフィスト　　先へ行こうにも先ずその前に、自分で
　　　　　どういう学部を選ぶのか、はっきりさせることだね
学生　　博学になりたいと願っております
　　　　　地上にあるもの、天上にあるもの
　　　　　それを捉えたいと存じております
　　　　　人知と自然の把握が念願であります
メフィスト　　それは真っ当な道と言えよう
　　　　　だが君は散漫であってはなるまい
学生　　全身全霊やるつもりです
　　　　　ですが勿論ちょっぴりは
　　　　　自由と気晴らしも味わいたく
　　　　　楽しい夏の祝い日なぞには
メフィスト　　時間をうまく使うことだ。諺に言う、光蔭矢の如し！
　　　　　だが規律があれば、時間のとり方も分かって来よう
　　　　　そこでだ君、先ず勧めたいのは
　　　　　論理学の講義だね
　　　　　そこでは君の精神がたっぷり調教されるだろう
　　　　　スペイン風長靴なる足枷にがっちり縛られてね
　　　　　お蔭で精神はその先ぐんと慎重になり
　　　　　思想の軌道を、摺り足で行くことになる
　　　　　そうそう縦横十文字、かなたこなたと
　　　　　鬼火もどきの動きはできぬ

　　　　　　　　　　　　　　　　　書　斎（二）/ 1917

そこで君は何日もかけて教えられる
君が以前は、ひと跳びでやれたこと
飲み食いと同じ程自在に済ませていたことも 1920
一！　二！　三！　と、それには手順が要るわけだ
確かに思想工場も
織匠の芸と同じこと
ひと足踏めば、千本の糸が動き出す
梭（ひ）はせわしなく彼方此方と走り出す
糸の流れは、目にも止まらぬ早業だ
一挙にして仕上がる千の繋がり
ご登場の哲学者先生
見事に君に証明されよう、これぞ物の理
第一はこう、第二はこう 1930
故に第三第四はこれこれしかじか
もしそれ第一第二のなかりせば
第三第四も決して在りえぬ、とね
それを讃える学生は、到るところに溢れているが
ついぞ織匠の出た験しはない
およそ生命あるものを認識記述せんとする者が
先ず精神を追い出しにかかっていては
手に残るのは個々部分のみ
欠けるはただ、如何せん、精神の帯
それをしも自然の配剤と化学では謂うておる。つまりお手上げと 1940
自嘲しているようなもの、何故かは人の知るよしもない

学生　おっしゃることが、どうもよく分かりませぬが
メフィスト　いずれもう少し分かりよくなろう
　　もし君にして、一切を還元し

　　　　　正しく分類することを学んだならばね
学生　　そういう事をあれこれ伺っておりますと、気がおかしくなり
　　　頭のなかに水車がぐるぐる回っているみたいです
メフィスト　　ま、それはあとでだ、先ず何事より先に
　　　形而上学にとりかかる必要がある！
　　　それでこそ君は意味深く理解するのだ
　　　何が人間の頭脳に適さぬものかをね！
　　　脳味噌のなかに入って行くもの、行かざるもの
　　　それに役立つ立派な言葉のあることもね
　　　だがさしあたりこの半年は
　　　規律正しい生活を守り給え！
　　　毎日五時間授業がある
　　　鐘と同時に教室に入る！
　　　その前にきちんと予習をしておくことだ
　　　要綱の箇条を修得しておく
　　　そうすれば君はあとでよく分かるよ
　　　先生、本に書いてあることの他、何一つ言ってはおらぬと
　　　だが精出して筆記はすべし
　　　さながら聖なる霊が君に書き取らせるようにだ！
学生　　それはもう二度とおっしゃるまでもなく！
　　　筆記の有益は分かっております
　　　なんと申しましても、白い上に黒く書いておきますと
　　　安心して家へ持って帰れますからね
メフィスト　　だがまあ学部を選び給え！
学生　　法律学には私は向いておりませんようで
メフィスト　　それでいかんとは私も思わんよ
　　　この学問の現状は私にも分かっている

　　　　法と正義をさながらに
　　　　永久の病のように相続しているだけのもの
　　　　法と正義が世代から世代へ引き摺られ
　　　　場所から場所へ緩慢に動いて行くだけ
　　　　理性が無意味となり、善行が苦渋となる
　　　　君のようにわれわれの孫みたいな人は気の毒だ
　　　　われわれの生まれた頃の正義など
　　　　当節、問題には誰もせんからね
学生　　嫌悪の念がお蔭で一層増しました　　　　　　　　　　1980
　　　　先生に教えてもらえる者はなんと幸せなことでしょう！
　　　　では神学の勉強でもと存じますが
メフィスト　　君を邪路に導きたくはないね
　　　　神学なる学問と言えばだ、そこでは
　　　　誤った道を避けるのが難しいのだ
　　　　神学には隠れ潜んだ毒が余りにも多いのだ
　　　　それが而も薬石と殆ど区別しかねるのだね
　　　　この場合にも最良のことは、君がただ一人の先生の
　　　　話を聞いて、その言葉をひたすら信奉することだ
　　　　総じて、言葉に縋り付くべし！　　　　　　　　　　　　1990
　　　　されば君は、確かな門をくぐり抜け
　　　　確証の神殿にも到り着けよう
学生　　ですが概念が、言葉を聞いても、なくてはなりますまい
メフィスト　　よろしい！　ただ余りくよくよ悩むがものはない
　　　　何故ならまさに概念の欠けるところ
　　　　そこに言葉は、うまい具合に現れても来るからだ
　　　　言葉で以て立派に論争も出来ようし
　　　　言葉で以て一つの体系も作られよう

1972 ／ 第一部

　　　　　言葉に対する信仰は君、たいしたものだよ
　　　　　ギリシア文字イオータの点一つでも大問題なのだからね　　　　　2000
学生　　済みません、あれこれ質問しましてお手をとりますが
　　　　　もう少しご面倒をおかけ致します
　　　　　医学について私に
　　　　　ずばり一言おっしゃっては頂けませぬか？
　　　　　三年は短い歳月でございます
　　　　　だのにああ！　学問分野はまことに広うございます
　　　　　ちょっと指でお示し願えましたなら
　　　　　きっともう少し余裕がもてましょう
メフィスト　（独り言）
　　　　　この無味乾燥の調子にはそろそろ飽きがきたぞ
　　　　　本式の悪魔役に戻るとするか　（今度は声をあげて）　　　　　2010
　　　　　医学の精神はすぐに摑める！
　　　　　大世界、小世界を君は隈なく勉強するが
　　　　　結局は成り行きに任せるだけだ
　　　　　神の思し召し通りにね
　　　　　君が八方、学問的に遍歴しようと、それは無駄だ
　　　　　人間誰しも、学べることしか学べはしない
　　　　　だがね、瞬間をひっ捉える者が
　　　　　大人物というわけだ
　　　　　君はその上結構いい体つきをしている
　　　　　大胆さもないではなかろう　　　　　2020
　　　　　君が自信をもってさえいれば
　　　　　ほかの人々も君を信頼してくれる
　　　　　特に、ご婦人どもの扱い方を学ぶべし！
　　　　　女性がたときたら年中、痛いの苦しいのと

書斎（二）／ 2024

そりゃもう千差万別
だが一点で、治療はできる
まあ君がそこそこ真面目にやっておればだ
女ども皆まとめて面倒見てやれる
博士になってご婦人がたの信望を得ることだ
そうすりゃ君の腕は抜群という事になる。ようこそとばかり君は
女性の着けた七つ道具をあれこれみんないじくり回す
ほかの男なら何年がかりでやっと触らせて貰えるものを
可愛い脈をうまあく抑えるすべを知ること
それからやおら、火と燃える狹い目付きで
ほっそりした腰のあたりでも思いきって摑むのだね
ほほうしっかり締め付けとるわいと分かるってわけだ

学生 こりゃずっと面白そう！　どこがどうって分かりましょうな

メフィスト 灰色だよ、君、すべての理論は
だが緑なのだ、生の黄金の樹は

学生 先生のお言葉を信じます。まるで夢のようです！
また一度お邪魔させて頂いてよろしいでしょうか？
先生のお知恵をとことんお聞かせ願いたく

メフィスト 私に出来ることなら、喜んでしてあげよう

学生 なかなか立ち去り難うございます
私の記念帳まで差し出さずにはおられません
どうぞここに一筆お書き賜りたく！

メフィスト ああよろしい　（彼は書いて渡す）

学生 （読む）

Eritis sicut Deus, scientes bonum et malum.
（汝は神が如くならん、善と悪とを弁えつ）

（恭しく記念帳を閉じ、一礼して去る）

メフィスト　　この古き箴言と我が従姉妹なる蛇に従うがよい
　　お前は必ずやいずれ、自分が神に似ていることに怖じるであろう！　　2050
　　　　　　　ファウスト登場
ファウスト　　さてどこへ行くのかね？
メフィスト　　　　　　　　　　お気の向くまま！
　　われわれは小世界、次に大世界を見るでしょう
　　どれほど喜んでまたどれほど有益に
　　あなたは食客の身でこの経路を隈なく渡ることでしょう！
ファウスト　　だがこう長い髭をたくわえていては
　　気軽な生き方も出来まいて
　　君の謂う試みも私にはうまく行くまい
　　世の中に順応する仕方を私はこれまで知らずにきた
　　他の人達より自分が小さく思えるのだ
　　しょっちゅうまごまごすることだろう　　　　　　　　　　　　2060
メフィスト　　何をおっしゃる。万事うまくゆきますよ
　　自信をお持ちになればきっと、生き方も分かりましょう
ファウスト　　一体どうやってこの家を出る？
　　馬や御者それに馬車はどこかね？
メフィスト　　外套を拡げさえすればいいのです
　　それに乗って空中を運んでもらう算段ですよ
　　なんてったって冒険の旅
　　大荷物は御免ですぜ
　　ちょっぴり熱風を用意しましょう
　　そしたら忽ち地上から舞い上がれます　　　　　　　　　　　　2070
　　それには身軽なほど素速く上がって行けましょう
　　先ずは言わせて貰いましょう、新生活おめでとう！

書　斎（二）／ 2072

ライプツィヒのアウエルバッハ酒場
陽気な若者の酒盛り

フロッシュ　　誰も飲まず、誰も笑わずか？
　　しかめっ面でも伝授しようか？
　　どうした、今日の諸君は濡れ藁みたいだ
　　日頃はよく燃え火がつくのにさ
ブランダー　　お前のせいだよ。お前が何も持ち出さず
　　巫山戯もしなきゃ猥談もせんからだ
フロッシュ　（相手の頭へグラスの葡萄酒をぶっかける）
　　どうだ巫山戯と汚れもろともじゃ！
ブランダー　　　　　　　　　　　二重に酷いや！
フロッシュ　　お望み通りよ、どうせ身の咎めよ！　　　　　　　　　　2080
ジーベル　　喧嘩する奴ぁおもてへ出て貰おう！
　　胸張り上げてロンドを歌え、大いに飲んで叫ぶんだ！
　　そりゃやれ！　ほらやれ！
アルトマイヤー　　　　　いててて―、やられたぁ！
　　綿花をくれ！　奴めおいらの耳をぶった切りおった
ジーベル　　この丸天井はよく響く
　　バスの底力が余計分かるよ
フロッシュ　　それでいい！　機嫌の悪い奴は出て行くがいい！
　　アア！　タラ　ララ　ダァ！
アルトマイヤー　　アア！　タラ　ララ　ダァ！
フロッシュ　　　　　　　　　　　　　声は合うたぞ
　　（歌う）愛しの神聖ローマ帝国　　　　　　　　　　　　　　　　　　2090

　　　　　　　いつまで命脈保つやら？
ブランダー　嫌らしい歌！　糞食らえ！　政治の歌は
　真平御免だ！　朝毎に神に感謝せよ
　諸君がローマ帝国の心配せずともよいことを！
　俺様はせめても結構得したと思っとる
　我が身が皇帝宰相ではないことをな
　じゃがわれらにも長たる者はいなけりゃならぬ
　そこでじゃ、われらが教皇選出といこう！
　分かっとるじゃろ諸君、如何なる特性が
　決定権を与えるか、男の偉大を決めるかは　　　　　　　2100
フロッシュ　（歌う）　翔び立て夜啼き鶯さん
　　　　　愛しの君に千万挨拶伝えておくれ！
ジーベル　愛しの君に挨拶するな！　そんな話は聞く耳もたん！
フロッシュ　愛しの君に挨拶と口づけ！　お前に邪魔立てさせん！
　（歌う）　閂開けよ！　静かな夜に
　　　　　閂開けよ！　恋人は待つ
　　　　　閂閉めよ！　明日朝早く
ジーベル　まあいい。歌わば歌え、愛しの君を誉めよ讃えよ！
　俺様なぞは若かった頃を思えば吹き出すくらいのものよ
　彼女には俺も一杯食わされた、お前にも同じ手口だろうよ　　　2110
　あんな女の情人にゃ河童の類をあてがうに限る
　それなら女と磔刑の手前までふざけてくれようってもの！
　ブロック山帰りの老獪悪魔にそそくさと
　猫撫で声で言わせりゃいいのさ、今晩はとでも！
　血肉純良の真っ当な男なら
　あの手の阿魔には勿体ないよ
　挨拶なんぞ聞きたくもない

　　　　　　　女の窓でもぶっ壊すがいいや！
ブランダー　（机を叩いて）
　　　　　　　謹聴謹聴、我が言を聞け！
　　　　　　　諸君、認めよ、私は生きざまを心得ておる！
　　　　　　　恋のやつがれ共がここには座っておいでだ
　　　　　　　その面々のため、分相応に
　　　　　　　私が今宵一曲歌って進ぜよう
　　　　　　　よおくお聞きを！　最新仕立ての歌にござい！
　　　　　　　リフレインのところはひとつ元気にご唱和を！
　　　　　（歌う）　昔、鼠がおったとさ、地下のねぐらにおったとさ
　　　　　　　　　脂肪とバターを餌にして奴は悠々暮らしてた
　　　　　　　　　太鼓腹なぞ蓄えて
　　　　　　　　　ルター博士もさながらに
　　　　　　　　　料理女が毒盛った
　　　　　　　　　鼠はこの世が狭くなり
　　　　　　　　　恋を抱えた身のようだ
合唱　（歓声あげて）　恋を抱えた身のようだ
ブランダー　あっちへ走りこっちへ走り
　　　　　　　どぶというどぶ吸いあさり
　　　　　　　家じゅう引っ掻き嚙みまくる
　　　　　　　どう暴れてもおさまらぬ
　　　　　　　切ないままに飛び跳ねて
　　　　　　　やっと満足したものか
　　　　　　　恋を抱えた身のように
合唱　　　　　恋を抱えた身のように
ブランダー　不安のあまり昼日なか
　　　　　　　鼠は厨へ駆け込んだ

    竈にぶつかり、ぶっ倒れ
    いとも哀れな喘ぎ声
    これには下女も笑いだす
    もうおしまいさ、豚鼠
    恋を抱えたその身では
合唱 恋を抱えたその身では
ジーベル 品のない若者たちが喜んどるわい！   2150
 哀れな鼠どもに毒を盛るなんて
 ひどい話じゃぁないか！
ブランダー お宅はどうやら鼠びいきのご様子で
アルトマイヤー 太鼓腹につるつるの禿げ頭！
 可哀そうにと奴は同情してるのさ
 膨れ上がった雌鼠のなかに奴は当然
 自分自身の似姿を見ているんだろうよ
     ファウストとメフィストーフェレス登場
メフィストーフェレス 何はさておき私はこれからあなたを
 陽気な仲間にお連れしたいと存じます
 この世の暮らしがどんなに気楽なものか、見て頂こうとね 2160
 ここにいる連中には毎日がお祭りってわけですよ
 ほんの僅かの機知さえあれば大満足
 どいつもこいつも狭い輪舞のなかで跳ね回る
 まるで仔猫が尻尾にじゃれるようなもの
 二日酔いで頭が痛くならないうちは
 店の主がつけを許してくれる限り
 奴らは満足、なんの憂いもありません
ブランダー この人らはご旅行中のようだ
 奇態な身なりでそれがわかる

        ライプツィヒのアウエルバッハ酒場 / 2169

　　　　　　　ここに来てまだ一時間とはたつまいよ　　　　　　　2170
フロッシュ　　全く君の言う通り！　我がライプツィヒこそ良けれ！
　　　　　　　そは小パリにして、そこに住まう者らには気品あり、だ
ジーベル　　あの余所者たちを君は何と見る？
フロッシュ　　俺に任せろ。ぐいっと一杯ひっかけりゃ
　　　　　　　奴らの本性まんまと見抜いてみせようぞ
　　　　　　　乳歯を抜くより簡単さ
　　　　　　　あの連中どうやら高貴の出らしいぞ
　　　　　　　威張っとるし、ご不満のようじゃ
ブランダー　　香具師に決まっとる、賭けてもいいぞ
アルトマイヤー　　かも知れん
フロッシュ　　　　　　気をつけろ！　俺が奴らの鼻あかしてやる　2180
メフィスト　　（ファウストに）悪魔とはまさかこの連中
　　　　　　　気づきはしませんぜ、よしんば首ねっこ押さえられても
ファウスト　　これはこれはようこそ、皆さん！
ジーベル　　　　　　　　　　いやどうも、こちらこそ宜しく
　　　　　　　　　（メフィストーフェレスを横から見て、小声で）
　　　　　　　何故かこいつ片足びっこじゃわい
メフィスト　　皆さんとご一緒しても構いませんかな？
　　　　　　　旨い酒にはありつけませんが、その代わりに
　　　　　　　ひとつ賑やかにやって大いに楽しみましょう
アルトマイヤー　　口の奢ったおかたのようじゃ
フロッシュ　　お宅らきっと遅くにリッパッハを発ったんでしょう？
　　　　　　　あそこの馬鹿ハンスとついさっきまで食事でもして　　2190
メフィスト　　今夜はそこは素通りでしたよ！
　　　　　　　この前のときは会って話もしましたがね
　　　　　　　彼の仲間たちのことをいろいろ言ってましたよ

2170 / 第一部

　　　　　　皆さんお一人お一人にくれぐれも宜しくとね
　　　　　　　　　　　　（彼はフロッシュに向かってお辞儀する）
アルトマイヤー　（小声で）
　　　　　　言わんこっちゃない、おまえの負けだ。相手は心得とる
ジーベル　　　　　　　　　　　　　　　　　抜け目のない野郎だ
フロッシュ　　まぁ待て、俺がきっととっちめてやるから！
メフィスト　　聞き違えでなければ、さきほど
　　　　　　慣れたお声でコーラスを歌っておられたようですな
　　　　　　確かに、歌はここではきっと素晴らしく
　　　　　　反響致しましょう、これほどの丸天井ですから　　　　　　2200
フロッシュ　　お宅はひょっとしてその道の達人？
メフィスト　　いやいや、力量弱く、楽しみだけ大の方で
アルトマイヤー　　一曲聞かせてくれたまえ！
メフィスト　　　　　　　　　　　　　　　お望みとあれば、いくらでも
ジーベル　　最新の歌もひとつ是非！
メフィスト　　私どもはスペインから帰ってきたばかりです
　　　　　　ワインと歌の美しい国から
　　　　　（歌う）昔或る所に王様がいて
　　　　　　　　　大きな蚤を一匹飼っていた
フロッシュ　　聞いたか、蚤だって！　お前さんそいつをきっと
　　　　　　捕まえたんだろ？　蚤は俺には困った客だよ　　　　　　2210
メフィスト　（歌う）昔或る所に王様がいて
　　　　　　　　　大きな蚤を一匹飼っていた
　　　　　　　　　その可愛がりようときた日には
　　　　　　　　　息子をさえも凌ぎかねぬほど
　　　　　　　　　そこで王様お抱えの仕立屋を
　　　　　　　　　呼びつけ、仕立屋がやって来た

　　　　　　　　　　　　　ライプツィヒのアウエルバッハ酒場 / 2216

　　　　　　　　この騎士殿に合う服と
　　　　　　　　ズボンを測れ、とのお言いつけ
ブランダー　　忘れちゃならんよ諸君、仕立屋にはこう厳命だ
　　　何がなんでもきちんと測れ　　　　　　　　　　　　　　2220
　　　首が惜しけりゃ、ズボンには
　　　皺ひとすじも寄ってはならんと
メフィスト　　ビロードの服、絹のズボン
　　　　　　　　こうして蚤殿の身支度完了
　　　　　　　　服には飾りの緩(ふさ)もついて
　　　　　　　　それに十字勲章が下がっている
　　　　　　　　立ちどころに彼は大臣様
　　　　　　　　大星形勲章まで受ける身だ
　　　　　　　　となれば一族郎党も
　　　　　　　　宮廷じゅうのお偉方　　　　　　　　　　　　　2230

　　　　　　　　一方、宮廷の貴顕の士らまた淑女たち
　　　　　　　　これには全く大弱り
　　　　　　　　女王様から侍女たちまで
　　　　　　　　刺されるわ齧られるわの有り様だ
　　　　　　　　それでも蚤をつぶしちゃならん
　　　　　　　　引っ掻いて払うわけにもいかん
　　　　　　　　こちとらはそれ、蚤に刺されりゃ
　　　　　　　　押しつぶそうと殺そうと勝手次第というものさ
合唱　（歓声張り上げて）　こちとらはそれ、蚤に刺されりゃ
　　　　　　　　押しつぶそうと殺そうと勝手次第というものさ　2240
フロッシュ　　ブラーヴォ！　ブラーヴォ！　結構でした！
ジーベル　　どの蚤の身もこう来なくっちゃ！

2217 / 第一部

ブランダー　　　指とんがらし、ばっちり捕まえるんじゃ！
アルトマイヤー　　　自由万歳！　ワイン万歳！
メフィスト　　　私も高らかに自由を愛でて一口やるところですが
　　　ただお宅らのワインがもう少々上等じゃぁないもんで
ジーベル　　　そりゃ聞き捨てならんぞ！
メフィスト　　　いやただ店の主人に悪かろうと思ってね
　　　でなけりゃお客の皆さんがたに
　　　当方産の上物を御馳走するんですがね　　　　　　　　　　　2250
ジーベル　　　さっさと寄越せ！　そいつを頂こう
フロッシュ　　　上物グラスをもってくりゃ、立派なもんだ
　　　だがちょっぴり味見ではいかんぞ
　　　なんせ俺様、判決を下す以上は
　　　口満々と貰わんことにはな
アルトマイヤー　（小声で）　連中ラインの出か、そんなにおいがするぞ
メフィスト　　　錐を一本ご用意下され！
ブランダー　　　　　　　　　　　　　　　それでどうする？
　　　まさか酒樽を戸口に置いてるわけじゃぁなかろうに？
アルトマイヤー　　　あの隅に主人の置いてる道具箱があるぞ
メフィスト　（錐を取る）
　　　（フロッシュに）　さあ言って下され、お宅は何を召し上がりたい？　2260
フロッシュ　　　どういう意味だ？　そんなに色々お持ちなのか？
メフィスト　　　どなた様もお望み次第！
アルトマイヤー　（フロッシュに向かって）
　　　なんと！　こやつもう舌舐めずりまでしおって
フロッシュ　　　よし！　俺が選ぶとなりゃ、ライン酒じゃ
　　　おらが国こそ最良の賜物を授けるなれば
メフィスト　（フロッシュの立っている場所で机の端に穴を開けながら）

ライプツィヒのアウエルバッハ酒場 / 2265

綿を少々手になされ。すぐに詰めができるように！
アルトマイヤー　　ははぁん、手品師の手口か
メフィスト　（ブランダーに）で、お宅は？
ブランダー　　　　　　俺はシャンペン酒だ
　　　　　　それも勢いよく泡の出るやつをな！
メフィスト　（錐を揉む。一人がその間に詰め綿をこしらえ穴を塞ぐ）
ブランダー　　人間、いつも余所ものを厭うとってはならん　　　　　2270
　　　　　　いいものはよく遠い所にあるからな
　　　　　　純ドイツの男ならフランス人に我慢ならんが
　　　　　　あちゃらの酒はまた格別じゃからのう
ジーベル　（メフィストーフェレスが自分の席に近づいたときに）
　　　　　　正直なところ、俺は酸っぱいのは嫌だ
　　　　　　本物の甘いやつを一杯くれたまえ！
メフィスト　（錐を揉む）お宅にはすぐにトカイ酒が流れて来ますぜ
アルトマイヤー　　いや、客人たちよ、私の顔をまともに見て下され！
　　　　　　分かったぞ、お前さんがたはわれわれをただからかうつもりだな
メフィスト　　とんでもない！　こんな立派なお客さん方を
　　　　　　からかうなんて、そりゃ少々行き過ぎですわ　　　　　　　　2280
　　　　　　さぁ急いで！　率直に言って下さい！
　　　　　　どんな酒を差し上げましょう？
アルトマイヤー　　なんでもいいや！　長々と聞いてくれるな
　　　　　　穴がすべて錐で掘られ、詰めがなされたあとで
メフィスト　（奇妙な仕種をしながら）
　　　　　　房を垂らすは葡萄樹なるぞ！
　　　　　　角突き立つる雄山羊これあり
　　　　　　葡萄酒は液、葡萄樹は材
　　　　　　材なる机、酒をも生まん

　　　　　深き眼差し自然に入れよ！
　　　　　ここなる奇跡ただ信ずべし！
　　　さぁ、栓を抜いて、味わいたまえ！ 2290
一同　（栓を抜くと、それぞれに望みの酒がグラスに注がれる）
　　　おお、結構な泉、身にしみわたる！
メフィスト　　どうか気をつけたまえ、一滴も零してはなりませんぞ！
　　　　　　　（一同杯を重ねる）
一同　（歌う）　人喰いカンニバーレンもどき、大満腹のいい気持ち
　　　　　　　聖書に謂う五百の豚の海に跳び入る酔い心地！（マタイ 8.28）
メフィスト　　民衆は自由なんです。ご覧なさい、あのご機嫌ぶりを！
ファウスト　　私はもう出掛けたい気持ちだがね
メフィスト　　まぁよく注意していて下さい。やがて凶暴性が
　　　きっと派手に露顕してくるでしょう
ジーベル　（ぞんざいな飲み方をして、ワインが地面に零れ、それが炎となる）
　　　助けてくれ！　火事だ！　助けてくれ！　地獄の火だ！
メフィスト　（炎に向かって呪文を唱える）
　　　鎮まれ、我が友、炎！ 2300
　　　　　　　　（学生たちに向かって）
　　　今回はただ一滴の煉獄の火で済んだ
ジーベル　　そりゃどういう意味だ？　待て！　ただじゃ措かんぞ！
　　　われわれの腕前を知らんようじゃな
フロッシュ　　いいか、二度とこの手は食わさせまいぞ
アルトマイヤー　　あいつをそっと脇へ行かせるのがよいと思うがな
ジーベル　　なんだって？　君はあいつに従う気か
　　　ここで奴の子供騙しをやらせる積もりか？
メフィスト　　黙れ、古酒樽め！
ジーベル　　　　　　　　何を、この痩せ箒めが！

　　　　　　　　　　　　　ライプツィヒのアウエルバッハ酒場 / 2308

無礼千万にも向かってくる気か？
ブランダー　　待ってろよ、殴打の雨を降らしてやる！
アルトマイヤー　（栓の一つを机から抜く。すると炎が噴き出してくる）
火傷する！　火傷する！
ジーベル　　　　　　　　こりゃぁ魔法だ！
打ちかかれ！　こいつは治外法権の身だぞ
　　　　　彼らは剣を抜いてメフィストーフェレスに襲いかかる
メフィスト　（生真面目な身振りで）
偽りの像と言葉は
心と場所とを変える！
ここにても在れ、かしこにても在れ！
　　　　　彼らは驚いて立ち止まり、互いに顔を見合わす
アルトマイヤー　　俺はどこにいるのだ？　なんと美しい国！
フロッシュ　　葡萄山！　俺の眼は確かか？
ジーベル　　葡萄の房が手の届く所に
ブランダー　　この緑なす葉陰に
見よ、なんたる枝ぶり！　見よ、たわわの房を！
　　彼はジーベルの鼻を掴む。他の者たちも交互に同じ仕種をして剣を持ち上げる
メフィスト　（先ほどと同じく）錯誤なり、眼帯を外せ！
そしてよく覚えておけ、これが悪魔の冗談なるぞ
　　　　　彼はファウストと一緒に姿を消し、学生たちも散り散りになる
ジーベル　　何があったんだ？
アルトマイヤー　　　　どうなった？
フロッシュ　　　　　　　これは君の鼻だったのか？
ブランダー　（ジーベルに）そして俺は君の鼻を手にしてたってことか！
アルトマイヤー　　いやはや骨身に堪える一撃だったなぁ！
椅子を一つ寄越せ。俺はもうぶっ倒れそうだ！

フロッシュ　　全くだ。言ってくれ、一体何が起こったんだ？
ジーベル　　あいつはどこにいる？　奴を見つけたら
　　絶対生かしては措かんのだが！
アルトマイヤー　　俺は奴の姿が酒蔵の戸口から ──
　　樽に馬乗りになって出て行くのを見たよ ── ──
　　両脚が鉛のように重くて動かん
　　　　　　　　　（机の方に体を向けて）
　　恐れ入った！　ひょっとして酒はまだ流れてくるのかい？
ジーベル　　ペテンだよ、すべて。嘘偽りにして仮象なりだ
フロッシュ　　でもまぁ俺には酒を飲んでる気がしたがなぁ
ブランダー　　だがあの葡萄の房ときた日には？
アルトマイヤー　　一つだけ俺に言うがいい、奇跡を信ずる勿れとな

魔女の厨

低い竈の上に大きな深鍋が火にかけられている。そこから高く昇ってゆく蒸気のなかに様々の形をした生き物たちが現れる。一匹の雌尾長猿が鍋のそばに座っており、鍋の中の泡をかき回しては、吹きこぼれないように、見張っている。雄尾長猿は仔猿たちと一緒にその脇に座って暖をとっている。壁にも天井にもぎっしり魔女一家の奇態な家財道具が飾られている。

　　　　　　　ファウスト、メフィストーフェレス登場

ファウスト　　あんな馬鹿げた魔法騒ぎは私の性には合わんな！
　　君は私が、おまけにこのごたごたの中で
　　あの錯乱から立ち直れるとでも思うのかい？
　　私がどこぞの婆ぁから、助言を求めるとでも？
　　そしてこの汚らしい煮物が私の身から

　　　　　三十歳がところ拭い落としてくれるとでも言うのか？
　　　　　君がもう少ししましなことを知らんとは情けなや！
　　　　　もう私の希望は失せてしまった
　　　　　自然でも高貴の精神でもこれまでに
　　　　　なにか慰めとなる香油を見つけて来なかったものか？
メフィスト　　我が友よ、またまたあなたは賢しらな口ぶりをなさる
　　　　　あなたを若返らせるには、実際、自然な手立てがあるんです
　　　　　但しそれはまた別の本に書いてある
　　　　　それが驚くべき一章でしてね　　　　　　　　　　　　　2350
ファウスト　　是非知りたいね
メフィスト　　　　　　　　　　結構！　金も要らず
　　　　　医者も魔法も必要ない。そこには曰く
　　　　　汝、直ちに野に出でよ
　　　　　土を削り土を掘る、これより始めよ
　　　　　いとささやかなる暮らしの圏にありて
　　　　　汝が身と心とを保ち
　　　　　混じり気なき食物もて汝が身を養うべし
　　　　　家畜とともに家畜となりて生くるべし。なんの不足かこれあらん
　　　　　汝が収穫せるその畑を、自ら肥やすものなれば、とね
　　　　　これこそ最良の手立てですよ、信じて下さい、あなた　　2360
　　　　　八十歳になってもきっと、若いまんまでいられますよ！
ファウスト　　それは私には無縁のことだ。鋤を手に取るなんて
　　　　　私はとてもその気になれんよ
　　　　　狭い範囲の暮らしなんぞ、私には向いていない
メフィスト　　でしょ？　だから魔女の出番ってわけですよ
ファウスト　　なんでまたそんな婆ぁでなきゃならん！
　　　　　君は自分で飲み薬を拵えることが出来んのか？

メフィスト　　作るとなりゃあ結構時間潰しにはなりましょうな
　　　私だったらその暇に、千の橋でも設けるでしょうよ
　　　技や知識だけじゃぁないんです　　　　　　　　　　　　　2370
　　　忍耐ってものがどうしても、制作には必要なんです
　　　静かな精神が何年もの間働いており
　　　ただ時間だけが極上の醸成を果たせるってわけですよ
　　　おまけにそれに必要なこと一切
　　　これがまた実に驚嘆に値する多種多様！
　　　悪魔は連中にそれを教えは致しますが
　　　悪魔本人はそれを作りません　（動物たちを見やりながら）
　　　ご覧なさい、なんて可愛い一族でしょう！
　　　こちらが女中、あちらが僕！
　　　（動物たちに向かって）　上さんはご不在みたいだね？　　　2380
動物たち　　宴会にお出でだ
　　　　　煙突からうちを出て
　　　　　宴会にお出ましだ！
メフィスト　　普段はどれくらいの間出歩いてるんだい？
動物たち　　私らが手足を温めている間さ
メフィスト　　（ファウストに）　この可愛い生き物たちをどう思います？
ファウスト　　悪趣味この上なし！
メフィスト　　いやいや、今やってるような対話が
　　　まさしく私の一番好む類のものです！
　　　（動物たちに）　じゃぁ言ってくれ、生意気娘っこども　　　2390
　　　お前さんたちがかき回しているどろどろ煮、そりゃ一体何かね？
動物たち　　ゆるい乞食スープを煮てるのさ
メフィスト　　大勢お客があるだろう
雄尾長猿　　（傍へやって来てメフィストーフェレスの気を惹く）

魔女の厨 / 2393

　　　　　　　さぁ早く賽を振りなされ
　　　　　　　私を金持ちにしておくれ
　　　　　　　どうぞ私の籤が当たりますように！
　　　　　　　実は困っているんです
　　　　　　　もし私にお金ができたら
　　　　　　　正気になれることでしょう
メフィスト　　この猿め、きっと有頂天になるだろう　　　　　　2400
　　　　　もし富み籤にも賭けることができたらば！
　　　その間に若い尾長猿たちが、大きな球で遊んでおり、それを転がしてくる
雄尾長猿　これが世界だ
　　　　　　　昇っては落ち
　　　　　　　絶えず転がる
　　　　　　　球は鳴る、グラスのように ─
　　　　　　　だがなんと素早く壊れることよ！
　　　　　　　中は虚ろだ
　　　　　　　このあたりがよく光る
　　　　　　　あちらはもっと輝いて、こう言うておる
　　　　　　　「我は生きものなり！」と　　　　　　　　　　　　2410
　　　　　　　愛する息子よ
　　　　　　　球からは離れておれ！
　　　　　　　お前も必ず死ぬ身なのだ！
　　　　　　　球は土焼きのもの
　　　　　　　あとには破片が残るのみ
メフィスト　　この篩はなんのためか？
雄尾長猿　もしもお前が泥棒ならば
　　　　　　　たちどころに見抜けるってもんだ
　　　　　　　（彼は雌猿の方に駆け寄り、篩で透かし見をさせる）

	篩の隙間から見よ！	
	泥棒だと分かるかい	2420
	そうは言えんのか？	
メフィスト	（火に近づきながら）　そいでこの深鍋は？	
雄雌猿とも	なんたる間抜け！	
	深鍋も知らなきゃ	
	大鍋も知らんとは！	
メフィスト	無礼な畜生ども！	
雄尾長猿	この団扇をもって	
	安楽椅子に掛けていなされ！	
	（彼はメフィストーフェレスに座るように勧める）	
ファウスト	（この間ずっと鏡の前に立ち、それに近づいたり離れたりしている）	
	これは驚いた。なんという素晴らしい絵が	
	この魔法の鏡に映っていることか！	2430
	おお愛の神よ、おんみが最も素速い翼を我に与えよ	
	そして私を、この女性のいる野原へと運べ！	
	ああ、私がこの場に留まっておらず	
	敢えて近くに行こうとすると	
	彼女を私はただ霧のなかでのようにしか見られない！——	
	女性を描いた最高の姿だ！	
	ありうることか、女性とはかくも美しいものなのか？	
	このすんなりと伸ばした体において、私は	
	諸天の精髄を見ざるをえぬのか？	
	これほどのものがこの地上に見出だされえようか？	2440
メフィスト	勿論ですとも。神様も六日間苦労したあと	
	やっと最後に快哉を叫んだのですから	
	多少はまともなものが生じなきゃ話になりませんや	

この場はとくと見とれていなされ
　　　あなたのためにこんな恋人を見つけ出す術を、私は知ってます
　　　それにしても、運よくこんな女性の許婚にでもなって
　　　彼女をうちに連れて帰れる男は、幸せってもんでしょうな！
　　　　（ファウストはいつまでも鏡に見入っている。メフィストーフェレスは安楽
　　　　　　椅子に凭れ、団扇を弄びながら、話を続ける）
　　　ここに座っとると、玉座の王ってところじゃわい
　　　王笏もほれ、ここにある。ないのは王冠のみ
動物たち　（これまでいろいろ奇妙な動きを雑多にしていたが、大声を上げてメ
　　　フィストーフェレスに冠を運んでくる）
　　　　　　どうぞどうぞ、お願いします　　　　　　　　　　　　　　　2450
　　　　　　汗と血とで以て
　　　　　　冠を接ぎ合わせて下さいませ！
　　（彼らは冠を持って不器用に歩き回り、それを真っ二つに割ってしまうが、
　　　　　今度はそのかけらを持って飛び跳ね回る）
　　　　　　それ見たことか！
　　　　　　われらは語り、われらは見る
　　　　　　われらは聞いて詩をつくる
ファウスト　（鏡に向かい）
　　　哀れなるかな！　私はもう全く気が狂ってしまった
メフィスト　（動物たちを指さして）
　　　俺の頭まで大方ぐらつき始めとるわい
動物たち　われらの運がよかったら
　　　　　　事がしっくり運ぶなら
　　　　　　それが思想というものになる！　　　　　　　　　　　　　2460
ファウスト　（同上）　私の胸は燃え上がらんばかりだ！
　　　さっさとここを立ち去ろうよ！

メフィスト　（さきほど同様の態度で）
ともあれ、少なくともこの連中が
正直な詩人らたることは認めなくてはなりますまい
　　　雌尾長猿がこれまで注意していなかった大鍋が吹きこぼれ始める。
　　　大きな炎が立ちのぼり、煙突から外へ抜けてゆく。魔女は、その
　　　炎のなかを通って、凄まじい叫び声を上げながら現れ出る

魔女　　あっちっち！　あっちっち！　こりゃたまらん！
忌ま忌ましいこん畜生！　呪われた豚め！
大鍋を見てないもんで、上さんを焼き殺すとこだ！
しょうのない奴だ！　（ファウストとメフィストーフェレスを見て）
　　　　こりゃぁ一体どうした？
　　　　お前さんらは何者かね？　　　　　　　　　　　　　　　2470
　　　　なんの用あってここに来た？
　　　　何者じゃ、勝手に忍び込みおって？
　　　　火の苦しみをお前たちの
　　　　骨身に呉れてやる！
　　　魔女は泡取り杓子を大鍋に突っ込み、炎をファウスト、メフィスト、
　　　動物たちの方に向い撒き散らす。動物たち悲鳴を上げる
メフィスト　（手にしている団扇を逆さにして、グラスや深鍋の間をあちこち叩
いて回る）

　　　　割っちまえ！　そりゃこっちもじゃ！
　　　　粥はこぼれた！
　　　　グラスは転がる！
　　　　これも一興
　　　　この腐肉めが、お前の悲鳴に
　　　　合わせたまでの、ひと祓いじゃ　　　　　　　　　　　2480
　　　魔女が満面憤怒と驚愕の態で後じさりする暇に

魔女の厨 / 2480

　　　　俺様が分からぬのか？　この骸骨め！　案山子めが！
　　　　お前のあるじ、お前の親方が分かるか？
　　　　我慢にも程がある、ぶっ叩いてやる
　　　　お前もお前の幽霊猿どもも木っ端みじんに！
　　　　この赤い胴着に対してもう尊敬を払わんのか？
　　　　この雄鶏の羽根の印が目に入らぬか？
　　　　俺様がこの顔を隠していたことがあるか？
　　　　それとも俺に名乗り出てもらう気か？
魔女　　おお旦那様、ご挨拶不手際にてお許し下さいまし！
　　　　でも馬のお脚が見えませぬが　　　　　　　　　　　2490
　　　　いつもの二羽の烏はどこに？
メフィスト　　今回はまぁ勘弁しとこう
　　　　お互い一別以来もう
　　　　随分久しいことになるからなぁ
　　　　世界じゅうを舐めつくした文化というもの
　　　　これがやはり悪魔の上にも及んどるわけじゃ
　　　　北方的なお化けなんぞはもう見られんし
　　　　角だの尻尾だの爪だの、どこにも見られやせん
　　　　ところで脚と言えば、こればかりは欠かせんからなぁ
　　　　人目につくと俺には不都合なんだが　　　　　　　　2500
　　　　そこで俺様も、若造が当今ちょいちょいやってるように
　　　　ここ何年来義足用の脹脛（ふくらはぎ）を使っとるんじゃ
魔女　（踊りながら）　正気も悟性も失わんばかりです
　　　　サタンのナイトにここでまた再会しようとは！
メフィスト　　その呼び名は御免蒙りたいね、お上さん！
魔女　　何故です？　お気に召しませんか？
メフィスト　　その呼び名はもうとうから寓話本に書かれている

　　　　だが人間たちちっともそれで良くはなっとらん
　　　　悪魔を追っぱらったが、悪人どもは一杯残ったままだ
　　　　俺のことを男爵様と呼ぶとよい。それだと具合がいい
　　　　俺は貴公子、女たらしのナイト並みだ
　　　　お前はよもや俺の高貴の血を疑いはすまい
　　　　見ろ、これが俺様の掲げる紋章じゃ！
　　　　　　　　　（彼は猥褻な身振りをする）
魔女　　大声で笑う　あっはっは！　それが旦那様いつもの流儀！
　　　　相変わらずの剽軽者でいらっしゃる！
メフィスト　（ファウストに向かって）
　　　　我が友よ、ここんところをよく会得なされ！
　　　　これが魔女どもと付き合うやり口ですぜ
魔女　ところで旦那様方、ご用件は？
メフィスト　　例の液をグラス一杯貰いたい！
　　　　だが一番年期入りのでなくっちゃあならん
　　　　年月は効き目を倍にするからな
魔女　　承知しました！　こちらがその瓶でございます
　　　　私もちょいちょい舐めております
　　　　これにはもう臭みは全くありません
　　　　喜んで小グラス分一つ差し上げましょう
　　　　　　　　　　（小声で）
　　　　でもこちらの方、なんの準備もなしに飲まれたら
　　　　お分かりかしら一時間と生きていられまい
メフィスト　　これはいい友人で、元気でいて貰わにゃならん
　　　　お前んとこの厨最良の吟醸を差し上げたいのだ
　　　　まじないの輪を描いて、例の呪文を唱えてくれ
　　　　それから一杯なみなみと注いでくれ！

> 魔女、奇妙な仕種で輪を描き、そのなかへ色々不可解なものを置き入れる。そうこうするうちグラスが幾つも鳴り響き始める。大鍋も音を出し音楽となる。最後に魔女は大きな本を一冊持ち出し、尾長猿たちを輪の中に立たせる。猿たちは魔女の本台役になり、松明を何本も持たされる。魔女はファウストにこちらへ寄れと合図する

ファウスト　（メフィストーフェレスに向かって）
　そもこれは、一体どうなるんだ？
　馬鹿げた代物、気違いめいた仕種
　悪趣味この上ない欺瞞
　私には分かっている。うんざりする程厭わしいものだ
メフィスト　冗談ですよ！　ただのお笑い向きでさぁ
　そう謹厳ぶらんで下さい！
　魔女は医者として奇術をやらなきゃならんのです
　この液があなたのお役に立ちますようにね
> 　　彼はファウストに輪のなかへ入るように仕向ける

魔女　（大変な勢いで本のなかからの朗読を始める）
　　　汝これをば理解せよ！　　　　　　　　　　2540
　　　一より十を作れ
　　　しかして二は去らせよ
　　　直ちに三を作れ
　　　しからば汝は富まん
　　　四を失え！
　　　五と六とよりして
　　　かく魔女は謂う
　　　七と八とを作れ
　　　かくして事は成就せり
　　　蓋し九は一にして　　　　　　　　　　　　2550

2532 / 第一部

　　　　　　十は零なればなり
　　　　　　これぞ魔女の九九
ファウスト　　婆さん、熱に浮かされたような喋り方と思える
メフィスト　　まだまだ終わっちゃあいませんぜ
　　私にはよく分かっている。この本全体がこの調子なんです
　　私もこれで何年も費やしましたよ
　　それと言うのも、およそ完全な矛盾というものは
　　賢者にとっても愚者にとっても等しく不可思議千万ですからね
　　我が友よ、芸術は古くして新たなりです
　　これが万世にわたる流儀でした　　　　　　　　　　　　2560
　　三にして一と謂うかと思えば、一にして三だとも謂う
　　それやこれやで真理の代わりに誤謬を広めてきたんです
　　そうやって人はなんの妨げもなしに喋りまた教えて来たんですな
　　誰が愚者どもに関わっていられましょう？
　　通常人間は言葉を聞くだけで、そこに何やらきっと
　　考えさせられるものがあるに違いないと思うもんです
魔女　（先を続ける）　学問の
　　　　　　高邁なる力は
　　　　　　全世界に隠されたり！
　　　　　　しかして思考せざる者　　　　　　　　　　　　2570
　　　　　　そのような者に真理は贈り来たされる
　　　　　　その者は真理を苦慮なく手にす
ファウスト　　なんたる無意味を言って聞かせるのだ？
　　私の頭はすぐにもはじけそうだ
　　まるで十万の愚者どもが一斉に
　　喋っている合唱を聞く思いがするよ
メフィスト　　よし、もうよろし、巫女婆さんよくやった！

　　　　　お前さんの飲み物をこっちへ寄越せ。そして杯を
　　　　　縁まで一杯に満たせ、素早く
　　　　　何故なら我が友にはこの飲み物は毒にならんのだ　　　　　2580
　　　　　立派な腕前をお持ちの方だ。これまでにも
　　　　　色々と上物を嗜んでこられたんだ
　　魔女　（あれこれと儀式をやりながら、飲み物を一つの皿に注ぐ。ファウストが
　　　　　それを口に当てがうと、少しばかり炎が起こる）

メフィスト　　さぁすかっとおやりなされ！　もう一つぐいーっと！
　　　　　あなたの心臓がすぐに躍り出すでしょう
　　　　　あなたも悪魔と君俺の仲だ
　　　　　その君が炎に怖じけるのかい？
　　　　　　　　　　魔女は輪を解く。ファウストが出てくる
メフィスト　　元気に出てきたまえ！　休んじゃぁいかん
　　魔女　　このひと飲みがあなた様のお体に召しますように！
メフィスト　（魔女に）
　　　　　ところで俺が何かあんたのためにしてあげられる事があれば
　　　　　ヴァルプルギスの晩に言ってくれるといい　　　　　　　　2590
　　魔女　　歌を一つご用意しました。それを時折歌われましたら
　　　　　格別の効き目を感じられましょう
メフィスト　（ファウストに）
　　　　　さっさと来たまえ、案内に従ってくれ
　　　　　君はきっと発汗するだろう
　　　　　それによって体力が内へも外へも漲って行くことになる
　　　　　高尚な閑居の味わい方は、またあとで教えて進ぜよう
　　　　　そうすればやがて君は内なる愛の喜びを以て感じるだろう
　　　　　キューピッドが活動し、かなたこなたと跳ね回るのを
ファウスト　　その前に是非もう一度あの鏡のなかを観させてくれ！

　　　　　　　実に見事だったなぁ、あの女性像は！
メフィスト　　いや、駄目だ！　君にはやがて、すべての女性の
　　　　手本たる人を生身の姿で眼前にして貰うことにしよう
　　　　（小声で）　この飲み物を体に入れてりゃ君は
　　　　やがてはヘレナをどの女のなかにも見るだろう

街
ファウスト、マルガレーテ通りすがる

ファウスト　　これはこれは、美しいお嬢様、失礼ながら
　　　　腕をお貸ししてお送りさせて頂けないでしょうか？
マルガレーテ　　私、お嬢様でもありませんし美しくもございません
　　　　送って頂かなくてもうちへ帰れます　（彼女は離れて去る）
ファウスト　　天に誓って、この子は美しい！
　　　　あんな子は見たことがない
　　　　行儀がいいし、品がある
　　　　おまけに少々つんとしたお澄し風情
　　　　赤い唇、頬の輝き
　　　　終生私は忘れまい！
　　　　あの眼の伏せ方
　　　　じーんと心に滲みたなぁ
　　　　あのちょっと突慳貪なところ
　　　　それが全く私を夢中にさせる！
　　　　　　　　　　メフィストーフェレス登場
ファウスト　　いいか、あの娘っこを是非私に世話してくれ！
メフィスト　　で、どの娘なんです？

ファウスト　　　　　　　　今しがた通って行った子だ
メフィスト　　あの娘？　あれは坊さんの所へ行ってましてね
　　一切の罪は拭われた、そう聞いてからの帰りですよ
　　私は聴問席のすぐ傍に忍び込んでたんですがね
　　ありゃ全く無垢の子だ
　　何一つ懺悔することもないのにお参りに行く
　　ああいうのには私も手の出しようがない
ファウスト　　それでも十四歳は越してるだろ
メフィスト　　その口ぶりはまるで遊冶郎みたいですな
　　可愛い花と見たらみんな自分のものにしたがる
　　どんな名誉も、どんな恩寵も
　　摘み取れざるはなしと自惚れている手合いです
　　だがいつもそうとは問屋が卸さない
ファウスト　　我が衒学者先生よ
　　法律のことで私を悩まさないでくれたまえ！
　　だから君にごく手短に言うんだが
　　もしあの優しい若い子が
　　今晩にも私に抱かれて眠らないなら
　　私らの仲も深夜にはもうおさらばだ
メフィスト　　よく考えて下さいよ。物には手順というものがある
　　私でも最小限二週間はかかりましょうな
　　逢引のきっかけを編み出すだけで
ファウスト　　私の気持ちでは、七時間ぐっすり眠れたら
　　悪魔の手を借りずとも
　　あの可愛子ちゃんを誘惑できそうに思うがなぁ
メフィスト　　今度は全くフランス人並みの口ぶりだ
　　だがお願いだ。気を悪くせんで下さいよ

ただ早々と楽しんで何になります？
喜びは暇をかけてこそ大きいもんです
先ず最初、あっちこっちと持ち上げたり撫で回したり
ありとあらゆる手練手管の空騒ぎをしながら 2650
可愛子ちゃんを捏ねては調理する、これが一番です
外国の物語によく出てくる教えじゃありませんか

ファウスト　そんな事せんでも、食指は動いておる
メフィスト　じゃぁ冗談も巫山戯(ふざけ)も抜きで申しますが
あの綺麗な子ばかりは、どんなにしたって
事は素早くは運びませんぜ
疾風の勢いでは落とせんのです
われわれは策略を弄するよりありませんな

ファウスト　あの可愛い天使の持ち物を何か手に入れてくれ！
私をあの子の寝る場所へ連れていってくれ！ 2660
彼女が胸につけるスカーフがいい
靴下留めも。ああ思うだにぞくぞくしてくる！

メフィスト　だからお分かりでしょ、私がどんなに
あなたの苦衷を察してお役に立とうお助けしようとしているかが
一瞬間も無駄にしまいとするならば
今日にも彼女の部屋へお連れしましょう

ファウスト　そこで彼女に会えるのか？　ものにでき？
メフィスト　　　　　　　　　　　　　　　　　　　ませんよ！
彼女はきっと隣の上さんの所にいるでしょう
その合間にあなたは一人っきりで
将来の喜びをあれこれ思い描いてはたっぷりと 2670
あの子のささやかな暮らしの雰囲気を味わえるってわけです

ファウスト　出掛けられるか？

街 / 2671

メフィスト　　　　　　　　まだ早すぎますよ
ファウスト　　じゃぁ君は、彼女への贈り物を手配してくれたまえ！
　　　　　　（去る）
メフィスト　　早くも贈り物か？　こりゃ凄い！　成功間違いなし！
　　我輩には土地勘がある
　　昔からの埋もれた宝もいろいろ分かっとる
　　ちょっぴり探索に行くとしよう　（去る）

夕　べ
小さなさっぱりした部屋

マルガレーテ　（お下げ髪を編んだり結い上げたりしながら）
　　今日のあの方はどういう人だったのかしら？
　　それさえ分かれば、なんでも上げるわ
　　とってもしっかりした人みたいだった
　　良家のお方なんだわ
　　あの方のおでこを見て、あたしすぐにそれが読めた ─
　　でなきゃああは淡白でいられないもの　（去る）
　　　　　　　　メフィストーフェレス、ファウスト
メフィストーフェレス　　お入り、そっとですよ、さぁどうぞ！
ファウスト　（暫く沈黙したあとで）
　　私を一人にしておいてくれ！
メフィスト　（あたりを嗅ぎ回りながら）
　　どの娘もみなこうまで清潔にしているとは限らんぜ　（去る）
ファウスト　（周りを見上げながら）　来たれ、優しき夕べの光
　　この聖なる域に隈なくたなびくものよ！

おんみ妙なる愛の苦しみ、我が心をしかと捉えよ
焦がれつつ希望の露を糧として生きるもの！ 2690
あたりに息づかう静寂と
秩序また満足の、この感情！
この貧しさのなかに、なんたる充足のあることよ！
この陋屋になんたる浄福！
　　　　　　（彼はベッド脇の安楽椅子に身を投げる）
おお私を受け止めよ、やさしき椅子、おんみは前世をも
喜びにつけ苦しみにつけ腕を拡げて迎え入れたのだ！
ああ幾たびも！　父親たちが座ったこの椅子を取り巻いて
子供らの群れが寄りすがったことだろう！
恐らくは、クリスマスの贈り物に感謝して
我が愛しの人もここで、幼い頬をふくらませては 2700
一家の長の痩せた手に恭しく口づけしたことだろう
私は感じる、おお愛しの娘、充足と秩序との
君の霊が私をめぐってさやさやと鳴りわたるのを！
その霊こそ、母親のように君を教えて
この織物をテーブルにああも綺麗に拡げさせているに違いない
その上、足元には飾りの白砂が波形に撒かれている
おお愛しい手よ、さながら神々にも似たる！
山小屋もその手によって天国となるのだ
そしてここは！　（彼はベッドカーテンを持ち上げる）
　　　　　　なんたる喜びが胸苦しいまでに私を捉えることか！
ここで私はすべての時間を貪りたい 2710
自然よ！　ここでおんみは幾夜もの軽やかな夢のうちに
あの生まれながらの天使を育て上げたのだ！
ここにあの子は寝ていたのか、温かい命で以て

夕べ / 2713

柔らかい胸を満たしていったのか
　　　そうしてここで聖なる清らの機織りがなされ
　　　あの神々のような姿が織り上げられたのだ！

　　　だが、お前自身はどうだ！　何がお前をここへと導いたのか？
　　　いかに心の奥深く、打たれるものを私は感じることだろう！
　　　ここでお前は何を求める？　何故にお前の心が重くなるのか？
　　　哀れなるファウスト！　私はもうお前が分からない　　　　　2720

　　　ここで私を包むもの、それは魔的な雰囲気ではあるまいか？
　　　私はただひたすらに享楽せんと焦ってきた
　　　その私が今、愛の夢に溶け入ろうと感じている！
　　　われらは所詮周りの大気の圧すままに弄ばれるだけなのか？

　　　もしも彼女がこの瞬間にも入って来たならば
　　　いかにお前は自分の不埒を悔いることであろう！
　　　思い上がった愚か者、ああそれがなんと小さく思えることか！
　　　溶け去るように、彼女の足下に伏するよりあるまい
メフィスト　　早く早く！　彼女が下に来るのを見たぞ
ファウスト　　あっちへ行け！　私はもう二度と戻っては来ないから！　2730
メフィスト　　宝石箱を持ってきた、結構重たいぜ
　　　よそのさる場所から取り出したものだ
　　　さぁ早くそれを厨子のなかに置きなさい
　　　彼女はきっと気を失いますぜ、誓ってもいい
　　　あなた用に、あれこれ宝を入れときましたからね
　　　もう一つの宝を手に入れるために
　　　なんてったって子供は子供、遊びは遊びだ

ファウスト 　　　分からんね、私がこれをどう？
メフィスト 　　　　　　　　　　　まだ訊ねる気か？
　　　君は恐らくこの宝物をとっときたいんだろ？
　　　だったら俺は君の色好みに対して言うてやる　　　　　　　　　2740
　　　昼日中からはないぜとな
　　　その上で俺にはこの先苦労させんでくれと
　　　お宅がけちけちするのは、望まんな！
　　　こちとらは、頭を引っ掻き手を揉んでは心配しとるのに ──
　　　　　　　彼は小箱を厨子のなかに入れ、鍵をまたかける
　　　さぁ出よう、早く！
　　　これであの優しい若い子が、お宅の方へ
　　　気を寄せてくる、胸の思いの赴くままに
　　　それだというのにお宅はなんと、ただ眺めとる
　　　まるで講義室のなかを見るような目で
　　　さながらお宅の前には、灰色ながらありありと　　　　　　　　2750
　　　物理学と形而上学とが立っているみたいにさ
　　　さ、行くぞ！　（去る）

マルガレーテ　（ランプを提げて）
　　　なんだかむし暑いわ、煙ってるみたい、ここ
　　　　　　　彼女は窓を開ける
　　　それでいて外はそう暑くはないのに
　　　そんな気がする、どうしてかしら ──
　　　母さんが帰って来ればいいのに
　　　寒けがするわ、体じゅう ──
　　　あたしってお馬鹿さんねぇ、怖がりの
　　　　　　　彼女は服を脱ぎながら歌い始める

夕　べ／2758

むかしトゥーレに王ありき
まことの心かわらぬを
愛でし妃は与えけり
形見に金の杯を

こよなきものと王はそを
宴のおりに干しにけり
涙あふれぬ王の目に
杯干せばそのたびに

やがて王にも死は迫り
国の町々数えけり
なべて世継ぎに与えしも
杯のみはとめおきぬ

宴の席に王は座し
騎士らは王をとりまきぬ
父祖伝来の大広間
海辺の城の高みにて

老いの飲み手はそこに立ち
命の血潮飲みおわり
やがて聖なる杯を
王は潮に投げ入れぬ

杯は落ち潮を酌み
海の底へと沈みゆく

2759 / 第一部

王のまなこも沈み早
　　　ひと滴だに飲まざりき

　　　　彼女は衣類を納めようとして厨子を開け、装飾品箱を見つける

こんな綺麗な小箱がどうしてここに入ってるのかしら？
確かにちゃんと厨子の鍵をかけておいたのに
なんて素晴らしいんでしょう！　中には何が入ってるのかしら？
多分誰かが質草にもって来たんだわ
そいで母さんがお金を貸してあげたのね
ここに小さな鍵がリボンに繋いである
用心して開けてみましょう！
これはなんでしょう？　まぁ驚いた！　ご覧　　　　　　　　2790
こんなのこれまでに見たことがないわ
綺麗な飾り！　これをつけたら貴婦人だって
婚礼の日に出られるわね
この鎖がどう？　あたしに合うかしら？
こんな素晴らしいもの一体どなたのものかしら？
　　　　　彼女は飾りを身につけて鏡の前へ行く
せめてこのイヤリングだけでもあたしのものだったらいいのに！
人はきっと目の色変えて覗き込むでしょう
若い子は綺麗なだけじゃ駄目なのね
どの子もみんな綺麗だしいい子だもん
けれど世間の人はあたしたちをそのまんま放っておくのよ　　2800
褒めてはくれても、半分は憐れんでるだけ
人はお金を欲しがって
結局お金にすべてが

　　　　　　　　　　　　　　　　　　　夕　べ / 2803

懸かってるの。ああ、あたしたち貧乏人は！

散　歩
ファウスト、物思いに耽りつつあちこち歩いている
そこへメフィストーフェレス

メフィスト　　愛もへちまもあるものか！　地獄の火に誓って言うぞ！
　　これほど腹立たしいことはない。この俺様が呪ってやる！
ファウスト　　どうした？　何が君をそんなにかっかとさせてるんだ？
　　そんな顔を私はこれまでに見たことがないよ！
メフィスト　　俺は我が身をすぐにも悪魔に売り渡したいよ
　　もし俺自身が悪魔でさえなけりゃ！　　　　　　　　　　　　　　2810
ファウスト　　君の頭はどこかずれとるのかい？
　　君が狂人みたいに暴れる恰好は似合っちゃいるがね
メフィスト　　考えてもみてくれ、グレートヒェン用に手に入れた
　　あの飾り物を、坊主が横取りしやがった！
　　母親は見るが早いか
　　すぐにぞっとして気味悪がりだしたんだ
　　あの女なかなか鼻の効く奴だ
　　祈祷書を読みながらでもしょっちゅう鼻をうごめかしとる
　　家具を見るにも先ず嗅いでみる
　　この物は神聖か世俗か、嗅ぎ分けるんだ　　　　　　　　　　　　2820
　　あの飾り物を見て上さんはすぐ嗅ぎつけた
　　これにはどうやら祝福はなさそうだとね
　　娘や、と上さんは叫んだ、真っ当でない代物は
　　魂を虜にする、血を啜る

　　　　私たちはこれを聖母さまに捧げて清めて貰いましょう
　　　　私たちは天の食物、信心を喜びとしよう！　と
　　　　マルガレーテちゃんは渋い顔
　　　　貰い物の品定めはするなっていう諺もあるし
　　　　と彼女は心の中で思った、そしてきっとこれをそんなに
　　　　巧くここへ持ち込んだ方は罰当たりとは思えないけど、と　　　2830
　　　　母親は坊主を呼びにやった
　　　　坊主はろくに顛末を聞きもしないで
　　　　じっくり眺めて楽しんだ
　　　　そうして言いも言ったり、それは結構なるお考え！
　　　　打ち勝つ者は、それを得んです
　　　　教会は丈夫な胃袋をしとります
　　　　国じゅうをすっかり食いつくしても
　　　　まだ一度だって食い過ぎということがない
　　　　教会だけです、ご婦人方よ
　　　　不当の品を消化することができるのは、とな　　　　　　　　　2840
ファウスト　　それはごく普通の仕来たりだ
　　　　ユダヤ人でも国王でもやりかねまい
メフィスト　　そして坊主は平然と、髪留め、鎖、指輪をかっ攫う
　　　　まるで一文の値打ちもない杏茸並みの扱いだ
　　　　礼は言うが、それ以上でも以下でもない
　　　　胡桃の入った籠を受け取るみたいにさ。そして言った
　　　　ご婦人方には、天の報いが皆さんにありますように、と ──
　　　　皆さん大いに有り難がったよ
ファウスト　　で、グレートヒェンは？
メフィスト　　　　　　　　　　　　落ちつかずに座ってるよ、今は
　　　　どうしようかも、すればいいかも分からずにね　　　　　　　　2850

散　歩 / 2850

　　　　　宝石のことを昼も夜も考えている
　　　　　それ以上に、それを彼女に持って来た人のことを
ファウスト　　可愛い人の心痛は私にも悲しい
　　　　　すぐにも新しい宝石を都合してくれ！
　　　　　初めのはそう沢山でもなかったからな
メフィスト　　これはご挨拶。旦那にとっちゃぁ万事子供の遊びだ！
ファウスト　　それも私の思い通りに作って、事を運んでくれたまえ！
　　　　　あの隣の上さんに取り入るといい！
　　　　　おい悪魔、粥みたいにのろのろするな
　　　　　そして新しい飾り物を持って来い！　　　　　　　　　　2860
メフィスト　　へい旦那様、喜んで致します
ファウスト　（去る）
メフィスト　　ああいう恋のやつがれときた日には
　　　　　太陽であれ月であれ、すべての星をもぶっ飛ばして憚らん
　　　　　可愛子ちゃんの暇つぶしにとなりゃ、天の涯てまで　（去る）

　　隣　　家

マルテ　（独り）　神様、どうぞ私の愛する夫をお許し下さいませ
　　　　　あの人は私になんにも尽くしてくれませんでした
　　　　　さっさと世の中へ飛び出して
　　　　　私を独りぼっちにしております
　　　　　それでも私はあの人を悲しませたくございません
　　　　　ほんに心から愛していたいのです　　　　　　　　　　　2870
　　　　　　　　　　　彼女は泣く
　　　　　ひょっとするとあの人はもう死んでるかも ― ああ悲しい！ ― ―

　　　　　　だったらせめて死亡証明なりとあれば！
　　　　　　　　　　　マルガレーテ来たる
マルガレーテ　　マルテ小母さん！
マルテ　　　　　　　　グレートヒェン、どうしたの？
マルガレーテ　　あたしもう膝がくずれ落ちそうなの！
　　　またこんな小箱が見つかったのよ
　　　あたしの箪笥のなかに。この箱黒檀よ
　　　それにとっても素晴らしい物がいろいろ
　　　初めのよりもずっと上等のが
マルテ　　それを母さんに言っちゃぁ駄目よ
　　　またすぐに懺悔に持ってっちゃうからね　　　　　　　　2880
マルガレーテ　　これ見て！　ほらこれ見て！
マルテ　　おおあんた、なんて幸せな子！
マルガレーテ　　でもあたし、まさかこれをつけて通りには出られず
　　　教会で人に見てもらうわけにもいかないわ
マルテ　　ちょいちょい私のところへお出でよ
　　　そいでその飾りをここでこっそりつけるといい
　　　小一時間でも鏡の前であちこち歩くのさ
　　　そしたら見ている私たちだって嬉しいじゃないか
　　　そのうちなにかの機会があるよ、お祭りもあるし
　　　そんな時にだんだんと人さまの目にかけるのさ　　　　　　2890
　　　初めは小さな鎖、そのあと耳に真珠って具合に
　　　母さんだって多分見てないよ。なんとか誤魔化す手もあるしさ
マルガレーテ　　誰が一体こんな小箱を二つも持って来たのかしら？
　　　真っ当な物事の運びようじゃないわ！　（ノックの音がする）
　　　あら困った！　母さんかしら？
マルテ　（カーテンの隙間から覗いて）

　　　　　　　　　　　　　　隣　家 / 2895

　　　　　　よその殿方だわ ─ お入り！
　　　　　　　　　　　　メフィストーフェレス登場
メフィストーフェレス　　失礼ながら、早速入らせて頂きます
　　　ご婦人方にお許しを願わねばなりません
　　　　　　　　　　恭しくマルガレーテの前から引き下がる
　　　　マルテ・シュヴェールトライン夫人はどちらさまで？
マルテ　　私です。お方さまはどういうお話で？　　　　　　　　　　　　　2900
メフィスト　　（小声でマルテに）
　　　あなたを存じあげるのは今が初めてですが、それでもう充分です
　　　高貴の方がご来客のようで
　　　御免下さいまし、勝手を致しまして
　　　午後にでもまた参りましょう
マルテ　　（大声で）　分かる？　グレートヒェン。驚くじゃぁないか
　　　こちらの方あんたをどこかのご令嬢様だと思ってらっしゃる
マルガレーテ　　あたしは貧乏な若い娘です
　　　まぁどうしましょ！　この方人がよすぎますわ
　　　飾りも宝石もあたしのじゃないんです
メフィスト　　いや、飾りだけのせいじゃありませんよ　　　　　　　　　　2910
　　　あなたには気品がある。目元がしっかりしてらっしゃる！
　　　このままいて宜しいようなら、嬉しいです
マルテ　　で、どういうご用向きで？　是非伺いたくて ─
メフィスト　　もっと愉快な話だと宜しいのですが！
　　　だからと言ってそれを私の罪にはしないで頂きたいのですが
　　　実は、お宅の旦那が亡くなって、それをお伝えしに伺いました
マルテ　　死んだって？　あの実直な人が。なんて悲しいこと！
　　　主人が死んだ！　ああ、私死にそう！
マルガレーテ　　ああ小母さん、気を落とさないで！

メフィスト　　ではこの悲しい話を聞いて頂きましょう！　　　　　　2920
マルガレーテ　　だからあたし金輪際人を愛したりしたくない
　　その人を失ったらあたし死ぬほど悲しむことでしょう
メフィスト　　喜びには悲しみ、悲しみには喜びが付き物です
マルテ　　あの人の人生の終わりを話して下さい！
メフィスト　　ご主人はパドゥアで埋葬されました
　　聖者アントニウスのお墓の傍で
　　充分に清められた或る場所で
　　永遠に冷たい休らいの床についておられます
マルテ　　他に何か私宛の言伝てはないのですか？
メフィスト　　いや、一つお願いがあります、大きなそして難しい　2930
　　どうぞ彼のためにミサ曲を三百歌って貰って下さい！
　　その他には私の鞄は空っぽです
マルテ　　なんですって！　古銭も宝石もないのですか？
　　どんな修行中の職人でも財布の底には
　　蓄えた記念になるものを納めているものなのに
　　たとい飢えても、乞食をしても！
メフィスト　　マダム、心からお気の毒に存じます
　　けれども彼は自分の金を実際無駄遣いしたわけではありません
　　彼は自分の失敗を大層悔いておりました
　　左様、その上自分の不運をなお一層嘆いておりました　　　　2940
マルガレーテ　　ああ、人間って本当にこうも不幸なものなのね！
　　きっとあたしもあの方のために沢山故人ミサを唱えましょう
メフィスト　　あなたは早く結婚なさるがいい
　　あなたは愛すべき子供です！
マルガレーテ　　いえいえ、今はまだまだそうは参りません
メフィスト　　亭主でなければ、情夫でもいいじゃないか

隣　家 / 2946

　　　　　こんなに可愛い娘を腕にできたら
　　　　　最大の天の恵みってもんですな
マルガレーテ　　それは当地の仕来たりではありません
メフィスト　　仕来たりであれどうであれ　それで通って行くんだ　　2950
マルテ　　私にお話しして下さい！
メフィスト　　　　　　　　私は彼の死の床に居合わせました
　　　　　それは厩肥よりはましといったもので
　　　　　半分腐った藁床でしたが、彼はキリスト信者として死にました
　　　　　だから彼はあちこちまだ沢山借りがあるとも分かっていました
　　　　　「俺はつくづく」と彼は言うのです「自分が嫌になるよ
　　　　　こうして仕事も女房も置き去りにしてさ！
　　　　　ああ思い出すと俺は死にそうだ
　　　　　俺の生きているうちに家内が俺を許してくれたらいいのに！」と
マルテ　　（泣きながら）
　　　　　善良な人！　私はあの人をとうから許しているのに
メフィスト　　「だが全く！　女房の方が俺よりもっと罪深い」とも　　2960
マルテ　　それは嘘よ！　なんてこと！　死に際にまで嘘つくなんて！
メフィスト　　確かに彼は息を引き取る時には妄想してましたね
　　　　　私の生かじりの知識によれば
　　　　　「俺は」と彼は言いました「ただの暇つぶしをしてたんじゃない
　　　　　先ずは子供たち、それから家族のためにパンを手に入れる
　　　　　パンって最大限の意味でだ
　　　　　俺は自分の分さえのんびり食ってはいられなかったよ」と
マルテ　　あの人、あれほどの誠意と愛とをすっかり忘れてたのね
　　　　　夜も昼もさんざんひとに苦労させときながら
メフィスト　　まさか。彼はお宅らのことを心から思ってましたよ　　2970
　　　　　彼は言いました「俺がマルタ島から離れた時なんぞ

　　　　　俺は女房や子供らのために熱烈な祈りを捧げたもんだ
　　　　　そしたら実際、天もわれわれに好意を示したんだ
　　　　　われわれの船がトルコの船を捕まえたんだ
　　　　　大君主の宝を運ぶやつをさ
　　　　　となりゃ報酬は勇敢な者の手さ
　　　　　俺もほどほど分け前を
　　　　　思いどおりもらっちゃったね」と
マルテ　　なんですって？　一体どこにあの人それを埋めたんです？
メフィスト　　誰も知りません。東西南北風吹くままに散ったでしょ　　　2980
　　　　　彼が勝手知らずのナポリをぶらぶら歩いていた時
　　　　　綺麗なお嬢さんが彼の世話をしたんですよ
　　　　　この女が彼にいろいろやさしく尽くしたもんで
　　　　　彼は亡くなる最後までその折貰った災いを感じていましたね
マルテ　　ならず者なんだから！　自分の子供たちの分まで盗まれて！
　　　　　どんなに惨めでも、どんなに貧乏しても
　　　　　あの人の破廉恥な生き方は変わらなかったのね！
メフィスト　　ご覧なさい！　その代わり彼はもう死んでるんです
　　　　　もしも私が今あなたの立場だったら
　　　　　一年間は喪に服するでしょうが　　　　　　　　　　　　　　2990
　　　　　そのあとは合間に新しい恋人を物色するでしょう
マルテ　　まぁ酷い！　私の初めの夫みたいな人は
　　　　　簡単にはこの世で二度と見つからないでしょう！
　　　　　あれほどやさしいお馬鹿さんがそうそういるもんですか
　　　　　あの人はただ余りにも放浪好き過ぎたわね
　　　　　だからよその女たちや外国のお酒
　　　　　挙げ句は賭博に走ったのよ
メフィスト　　まぁまぁ、それが成り行きってとこですかな

隣　家 / 2998

　　　　　彼もあなたを大方同じくらい
　　　　　大目に見ていましたからね、彼なりに　　　　　　　　　3000
　　　　　私はあなたに誓っていいが、この条件なら
　　　　　私だってあなたと指輪を交換して構いませんよ！
マルテ　　　まぁ、あなたってお方は冗談がお好きね！
メフィスト　（独り言）さぁそろそろ出掛けるとするか！
　　　　　この女どうやら本物の悪魔からさえ言質を取りかねんぞ
　　　　　（グレートヒェンに）あなたのお気持ちはどうです？
マルガレーテ　それってどういう意味ですか？
メフィスト　（独り言）なんと善良で無邪気な子！
　　　　　（声を大きくして）では左様なら、ご婦人方！
マルガレーテ　左様なら！
マルテ　　　　　　　あ、ちょっと、早いとこ言って下さい！
　　　　　私、証明書が一通欲しいんです
　　　　　どこで、どんな風に、いつ、私の愛する夫が死に、葬られたかの　3010
　　　　　私は前からきちんとした事が好きでして
　　　　　主人が死んだことも週報なんかで読みたいんです
メフィスト　なるほど、奥さん。二人の証人の口を通して
　　　　　いずこにおいても真実は知られると言いますからな
　　　　　実は私にはもう一人立派な連れがいるんです
　　　　　その人をあなた方のため判定人ということに致しましょう
　　　　　ここへ連れて参りますよ
マルテ　　　　　　　　　　　是非そうして下さい！
メフィスト　で、ここにはこちらのお嬢さんもおられますか？　―
　　　　　立派な青年ですよ！　よく旅行もしていて
　　　　　お嬢様方には実に慇懃な態度を示す人です　　　　　　3020
マルガレーテ　お会いしたら恥ずかしくて真っ赤になりますわ

メフィスト　　あなたなら世のいかなる王者を前にしても大丈夫
マルテ　　うちの裏にあります私の庭で
　私たちは今晩お待ちしています

街　路
ファウスト、メフィストーフェレス

ファウスト　　どうだ？　捗りそうか？　近々うまく行きそうかい？
メフィストーフェレス　　ああ結構！　なかなか燃えてますな？
　近いうちにグレートヒェンはお宅のものになりますぜ
　今晩あなたは隣のマルテさんの所で彼女に会うことになります
　これがまたうってつけの女でしてな
　取り持ち役にもジプシーもどきの密売でもなんでもござれだ！
ファウスト　　そりゃあいい！
メフィスト　　　　　　だがまたちょいと私らにも用事がありましてな
ファウスト　　用事は一つやりゃまた次のが起こってくる
メフィスト　　われわれは正式の証明を文書にすることになります
　マルテの旦那のくたばった体が
　パドゥアの神聖な場所で眠っていることのね
ファウスト　　考えたねぇ！　じゃ先ず旅行をしなきゃならん！
メフィスト　　これぞ聖なる単純！　そんなことをする必要はない
　証言するだけでいいんです、よくは知らなくとも
ファウスト　　君にもっとましな考えがないなら計画は打ち切りだね
メフィスト　　おお聖なる人！　あなたってじきにこれだ！
　そもそもこれが生涯初めてですかい
　あなたが偽りの証言をするのは？

　　　　　　神だの世界だの、またそこで動いているものだの
　　　　　　人間だの、その頭と心のなかで働いている事柄だのについて
　　　　　　定義をする時、あなたは大変な勢いでそれをやりませんでしたか
　　　　　　厚かましい顔をして、胸まで張って？
　　　　　　だけどもしあなたが本当に心の奥深く入って行こうとなされば
　　　　　　正直に告白するよりありますまい、あなたはそんな全てについて
　　　　　　シュヴェールトライン氏の死亡以上に多くは知らなかったと！
ファウスト　　君はあくまで嘘つきだ、詭弁のソフィストだ　　　　　3050
メフィスト　　そうかも。だが私にはもうちょい深い所が分かってる
　　　　　　だってあなたは明日にもきっと大真面目で
　　　　　　気の毒にグレートヒェンの心を虜にして
　　　　　　彼女に魂の愛を誓うつもりじゃないのかい？
ファウスト　　そりゃ本心からそうするよ
メフィスト　　　　　　　　　　　　　でしょ、結構！
　　　　　　その時、永遠の真心だとか愛だとか
　　　　　　唯一普遍全能の心の促しだとかって ─
　　　　　　それもやっぱり心からの言葉ですかい？
ファウスト　　やめてくれ！　そうに決まっとる！ ─ 私が感じる時
　　　　　　その感情に対して、その惑乱に対して　　　　　　　　　3060
　　　　　　呼び名を探しても得られぬ時
　　　　　　私は世界じゅうを、あらゆる感覚を以て彷徨い
　　　　　　ありとある最高の言葉を摑み取ろうとする
　　　　　　私の燃え上がるそんな熱情、これを私が
　　　　　　無限と呼ぼうが、永久、永遠と謂おうが
　　　　　　それが悪魔風情の嘘八百と混同されてたまるか！
メフィスト　　やっぱり思った通り愛の告白だ
ファウスト　　　　　　　　　　聞いてくれ。これは覚えていたまえ ─

3043 / 第一部

お願いだから俺の肺を労ってくれ、息がつまる ─
言い分を通そうとする者は、押しの一手に限る
それが結局勝つ道だ、とね 3070
さぁ行こう。お喋りには飽き飽きした
君の言う通りだ。なんてったって私はそうする外ないんだから

庭
マルガレーテはファウストの腕に依りながら、
マルテはメフィストーフェレスと一緒にそぞろ歩きしながら

マルガレーテ　あなた様があたしに恥ずかしい思いをさせまいと
　　わざと気安くなさっているのがあたしにはよく分かりますわ
　　旅をなさる方ってそうやってご好意から
　　我慢することに慣れていらっしゃるものです
　　そんな世馴れたお方には、あたしの乏しい話なんか
　　きっと面白くございませんでしょ
ファウスト　君の一瞥、君の一言、それはこの世の
　　一切の知恵にも勝る喜びだ　（彼は彼女の手に接吻する） 3080
マルガレーテ　どうぞ無理なさらないで！　こんな手に
　　キスして下さるなんて！　酷い手でしょ、とっても荒れた！
　　だってあたし何から何までやらなきゃなりませんでしたから！
　　母はとても厳しいんです
　　　　　　　　二人は通り過ぎる
マルテ　そいで、そうやってあなた方いつも旅行なさってるの？
メフィスト　ああ、仕事と義務とが私たちを追いかけるものでね！
　　立ち去るのが心苦しい場所もよくありますよ

　　　　でもやっぱり留まってはいられないんですからね！
マルテ　　光陰矢の如し、それもいいじゃありませんか
　　　　そうやってどこまでも世の中を巡って行けるのですから　　　　3090
　　　　けどいずれ苦しい時がやって参ります
　　　　そしたら独り身のまんまひっそりお墓に入るなんて
　　　　どなたにとっても愉快じゃありますまい
メフィスト　　ぞっとしますな、それを遠くから見るだけで
マルテ　　だから、あなた、いい潮時にとくとお考えなさるといい
　　　　　　　　　　二人は通り過ぎる
マルガレーテ　　ほんとに、去る人日々に疎しですわ！
　　　　それだけに人には丁重にってことがお分かりなんですね
　　　　でもあなた様にはお友達が沢山いらっしゃる
　　　　あたしなんかよりずっと物の分かった方々が
ファウスト　　最愛の人よ！　物分かりがいいなんてよく言うけれど　3100
　　　　それは大抵虚栄か短慮に毛の生えたようなもの
マルガレーテ　　　　　　　　　　　　　　　　　どうして？
ファウスト　　ああ、君の単純さ、その無邪気さ、それが
　　　　君自身とその神聖な値打ちとを分からなくさせているんだ！
　　　　謙虚さ、卑下、それこそ愛深く分与する
　　　　自然の最高の恵み ──
マルガレーテ　　ほんの一瞬間でも、あたしのことをお考え下さい
　　　　あたしにはあなたのことを考える暇がたっぷりあるでしょう
ファウスト　　君はよく独りでいるのかい？
マルガレーテ　　ええ、あたしたちの世帯はほんの細やかなものです
　　　　それでもいろいろ気配りが必要なんです　　　　　　　　　　3110
　　　　うちに女中はいませんし、炊事や掃除、編み物や
　　　　縫い物と、朝から晩まで走り回っています

    おまけに母が何事にまれ
    とっても几帳面で！
    なにもそんなに切り詰める必要はないんですけど
    他のおうちよりずっとゆったり暮らしても行けるでしょう
    父が結構財産を遺してくれましたから
    小さいながら家も庭も町のすぐ外にあります
    けれどあたしは今かなり静かな日々を持っています
    兄は兵士です   3120
    あたしの小さい妹は死にました
    あの子のことでは随分苦労も致しましたが
    それでもあたしはもう一度あの面倒なら引き受けたい気持ちです
    そりゃぁとっても可愛い子でしたよ
ファウスト   天使のような、君に似てたらきっと
マルガレーテ あたしが育てたんです。その子もあたしに心から
  懐いていました。父が亡くなったあとで生まれた子でした
  あたしたちは母が死んだものと思いました
  それほど惨めな姿で母は臥せっておりました
  でもおもむろに回復しました、少しずつ少しずつ
  けれど母はとても自分で、その可哀相な子に   3130
  乳を飲ませるなんて気にはなりません
  そこであたしが全く独りでその子を育て上げたんです
  ミルクとお水で。だから赤ん坊はあたしのものになりました
  あたしの腕に抱かれ、あたしの膝のなかで
  喜んで、手足をぴちゃぴちゃさせながら、大きくなりました
ファウスト 君はきっと最も純粋な幸福を味わったんだね
マルガレーテ けれどまたとても苦しい時間もよくありました
  その子の揺籠は夜もあたしのベッドの傍に

庭 / 3138

　　　　　ありましたから、赤ん坊がちょっとでも体を動かすと
　　　　　すぐにあたしは眼を覚ますのです
　　　　　お乳を飲ませたり、あたしの横に寝かせたり
　　　　　それでも泣きやまないと、床から起き上がって
　　　　　踊るように部屋んなかをあちこち歩き回ったものです
　　　　　翌朝はもう早くから洗濯桶の脇に立ち
　　　　　そのあとは市場へ行ったり、竈の傍で煮炊きの心配
　　　　　それがずっと続くのです、今日も明日も
　　　　　ですからあなた、そういつも愉快にとは参りません
　　　　　その代わり食事は美味しく、休らいは格別でした
　　　　　　　　　　　二人は通り過ぎる
マルテ　　生憎、女にはそこが困るんですね
　　　　　独りやもめを改心させるのは難儀ですから
メフィスト　私を宗旨変えさせることができるのは
　　　　　さしずめお宅のような方だけでしょう
マルテ　　正直におっしゃい、あなたまだ誰も見つけていらっしゃ
　　　　　らないの、あなたの心どこにも繋がれてはいないの？
メフィスト　諺に謂いますね、己が家の竈
　　　　　己がまめなる妻、これぞ黄金、真珠の値、と
マルテ　　私が言うのはあなた一度もその気にならなかったかって事
メフィスト　私はどこでも大変丁寧に迎えられましたよ
マルテ　　私が申すのはあなたが本気で考えた事はないのか？よ
メフィスト　ご婦人方をからかうような無礼をしてはなりません
マルテ　　じれったいわねぇ、全然分かってらっしゃらない
メフィスト　　　　　　　これはどうも相済まぬことで！
　　　　　けど私には分かってます、あなたがとても気のいい方だと
　　　　　　　　　　二人は通り過ぎる

ファウスト　　　すぐにそれと分かっただろ、可愛い天使
　　私が庭に入って来た時に？
マルガレーテ　　気づかなかった？　あたし眼を伏せたでしょ
ファウスト　　　じゃぁ君は私がやった失礼を許してくれるんだね
　　あんな厚かましいご無礼をやらかしてさ
　　先日君がドームから出て来た時に
マルガレーテ　　びっくりしたわ、あんなこと一度もなかったもの
　　あたしのことを悪く言う人はこれまで一人もいません　　　　　　　　3170
　　あたし思ったの、あの方あたしの身のこなしに
　　どこか恥知らずの、お行儀の悪いところを見られたんだわって
　　この尼っちょとならすぐにも話はつくって
　　ついそんな気になられたんじゃないかと思ったの
　　それは本当よ！　だってあたし知らなかったんですもの
　　まさかこんなに早くあなたの名誉回復が動き始めるなんて
　　けれどこれは確かよ、あたし自分があなたに対してもっと
　　つっけんどんになれなかったことで、自分を叱ってたの
ファウスト　　　なんたる愛らしい人！
マルガレーテ　　　　　　　　　　　構わないで！
　　　　　　彼女はアスターの花を一輪摘んで花びらを毟る
　　　　　　　　　　一つまた一つと
ファウスト　　　　　　　　　どうしようというのかね？　花束でも？
マルガレーテ　　いいえ、これはただのお遊びです
ファウスト　　　　　　　　　　　　　　　　　どうするんだ？
マルガレーテ　　あっちへ行って！　きっとあたしをお笑いになるわ　3180
　　　　　　　　彼女は毟りながら呟く
ファウスト　　　何をぶつぶつ言ってるの？
マルガレーテ　　（声半分で）あの方あたしを愛してる ─ 愛してない

庭／3181

ファウスト　　　なんて優しい天の顔！
マルガレーテ　（続ける）お好き ― じゃない ― お好き ― じゃない
　　　　　　最後の花びらを毟り取りながら、にっこり笑う
　　― あの方あたしを愛してらっしゃる！
ファウスト　　　　　　　そうさ、お前！　この花占いの言葉こそ
　　神々のお告げと思うがいい。彼がお前を愛している！
　　分かるかい、その意味が？　天がお前を愛しているのだ！
　　　　　　　　彼は彼女の手を取る
マルガレーテ　　あたし寒けがするわ！
ファウスト　　おお怖がることはない！　私のこの眼で
　　この握手を通して、君に言わせてくれたまえ
　　とても口では言えないことを
　　自分をすっかり与えきって、喜びを感じる
　　この喜びこそ永遠のものに違いない！
　　永遠の！　これの終わりは絶望でしかありえない
　　いや、終わりはない！　断じて終わりはない！
マルガレーテ　（彼の手を握り、身を離して走り去る。彼は一瞬物思いに耽り、
　　　　　　　　やがて彼女のあとを追う）

マルテ　（やってきて）もう夜です
メフィスト　　　　　　　そうですな。われわれもお暇しましょう
マルテ　もっと長くお引き止めしてもいいのですが
　　ここは口喧しい所でしてね
　　噂話の他には何もすることがなく
　　なんの用事もないみたいに
　　隣の人の一歩一歩を窺ってばかりいるんですよ
　　だからどんなに振る舞っていても、嫌な話の種にされてしまう
　　ところで、私たちのペアは？

メフィスト　　　　　　あちらの道を舞い上がって行きましたよ
　　意気揚々と、蝶みたいにね！
マルテ　　　　　　　　あの方あの子がお好きのようね
メフィスト　あの子もあの人が好き。それがこの世の運びでさぁ

庭の四阿(あずまや)

マルガレーテ　跳び込んできて扉の陰に隠れ、指先を唇に当て
隙間から覗く

マルガレーテ　　あの人だわ！
ファウスト　　　　　　この悪戯もの、私をからかうんだな！
　　そら捕まえた！　（彼は彼女に接吻する）
マルガレーテ　（彼に縋り、キスを返しながら）
　　最良の人！　心からあたしあなたを愛してるわ！
　　　　　　　メフィストーフェレス、ドアをノックする
ファウスト　（地団駄を踏み）誰だ、そこにいるのは？
メフィストーフェレス　　良き友です！
ファウスト　　　　　　　　　畜生め！
メフィスト　　　　　　そろそろお別れの時間ですぞ
マルテ　（来る）ほんと、もう遅いわ、あなた
ファウスト　　　　　　　あなた方をお送りしましょうか？
マルガレーテ　母があたしをどう ─ 左様なら！
ファウスト　　　　　　　では私も行かなきゃならんか？
　　左様なら！
マルテ　　　　　　アデー！
マルガレーテ　　　また近いうちにね！

　　　　　　　　ファウストとメフィストーフェレス退場

マルガレーテ　　ほんとにたまげるわね、ああいうお方は
　　なんてあれこれ何でもお考えなされることでしょう！
　　恥ずかしい思いであたしはただあの方の前に立っているだけ
　　どんな事にも、はいはいと言うばかり
　　あたしってやっぱり哀れな無知の子供なんだわ
　　あの方があたしに何を見てらっしゃるのか、理解できない　（去る）

森と洞窟

ファウスト　（独り）　崇高なる霊よ、おんみは私に与えてくれた
　　私が望む一切のものを。おんみが私に炎のなかで
　　おんみの顔を向けてくれたのも徒ではなかった
　　おんみは私に壮麗なる自然を、王国として与えたのだ　　　　　　3220
　　自然を感じ享受する力を。ただ冷たい驚嘆の眼を以て
　　自然を訪ねることを私に許してくれたばかりでない
　　自然の胸深く、さながら友の胸に見入る如くに
　　直観する術をば、おんみは私に恵み与えた
　　おんみは次々と生けるものらを私の前にもたらし
　　通過させ、こうして私に、はらからたちを知らしめた
　　静かなる茂みのなか、大気と水のなかにいる友らを
　　よしや嵐が森に騒いで、破壊の響きを起こそうとも
　　巨大なる唐檜が倒れ、隣り合う枝々や
　　傍らの幹なぞを押し潰し、なぎ倒そうとも　　　　　　　　　　3230
　　そしてその倒壊の響きに岡が鈍い虚ろの雷音を返そうとも
　　おんみは私を安全な洞へと導き、私自らの姿を

私に示してくれる。されば私自身の胸にも
　　　神秘なる深き奇跡が啓示されたのだ
　　　やがて我が眼前に清らの月が昇り来たり
　　　私の心を宥める時、我がいる洞の岩壁から
　　　はたまたは雨に濡れたる叢林よりして
　　　遠き昔の銀色の幻影が浮かび漂い
　　　観照の厳しくも愉しきひとときを和らげてくれたのだった

　　　おお、人間には何一つ完全なものは与えられていない　　　3240
　　　そのことを私は今痛感する。おんみ霊は、この喜びに
　　　私をば神々にも近く、いやましに近く運んでくれた
　　　この喜びに対して、あの仲間を連れ添わせたのだ
　　　この者を私はすでに欠かすことができない。たとい彼が
　　　冷酷無礼にも、私を私自らの前で貶しめ、おんみが賜物を
　　　ただ一息の言葉で以て無へと化してしまおうとも
　　　あの者は我が胸に一つの業火を焚きつけ、私にかの
　　　美しき姿をば孜々として求めしめるのだ
　　　かくて私は、欲望から快楽へとよろめき
　　　快楽のなかにいながら欲望へと憔悴してやまぬ　　　　3250
　　　　　　　　　メフィストーフェレス登場
メフィスト　　これでもう大方人生には堪能したってところですかな？
　　　どうやってこの先永く楽しんで行けますか？
　　　一度試みたら二度三度、なんぞまた新しいことどもに
　　　手を出す、それが宜しいようで！
ファウスト　　お前こそこの良い日に、私を煩わせる代わりに
　　　もっと他のことがやれんのか
メフィスト　　まぁまぁ！　俺は君をそっとしておいて上げたいよ

　　　　　　　　　　　　　　　　　　　　　森と洞窟／3257

　　　　だが本気でそう言ってもらっちゃぁ困る
　　　　君の仲間たる俺のことを情け容赦なく悪しざまに
　　　　これでは身も蓋もないってとこだ　　　　　　　　　　　3260
　　　　こっちは一日じゅう手一杯にやっとる！
　　　　何が旦那の気に入るか、何をやらぬがいいか
　　　　一々ご機嫌伺ってばかりもいられませんや
　ファウスト　　それがまさしく本音というやつだ
　　　　君は私を退屈させといて、まだ礼を言わせようってのか？
　メフィスト　　哀れなる地上の息子よ、いかにして君は
　　　　君の人生を俺なしに送って来られたと思う？
　　　　空想の混乱から、俺は君を
　　　　何年もずっと治療してきたではないか
　　　　たとい俺がいなくとも、君はもうとっくに　　　　　　3270
　　　　この地球からおさらばしていたんだぜ
　　　　こんな洞窟に君は何の用がある？　何故、岩の裂け目に
　　　　鷲ミミズクみたいに張りついて虚しく座っておるのか？
　　　　黴臭い苔やら滴る岩石やらから
　　　　まるで蟇みたいに、養分を啜りこんで、一体何になる？
　　　　結構な、甘い暇つぶしもいいとこだ！
　　　　君の身には博士が未だに染みついとる
　ファウスト　　お前なんぞに分かって堪るか、いかほど新たな活力を
　　　　荒野のなかのこの変転が私の身にもたらすことか？
　　　　もしもお前がそれを予感できるならば　　　　　　　　3280
　　　　お前は悪魔の身とはいえ、私に幸福を恵まずにはいられまい
　メフィスト　　超地上的満足というものだ！
　　　　夜と露のなか、山上に横たわり
　　　　天と地を歓喜のうちにかき抱く

3258／第一部

　　　　己が身を神の域まで膨れ上がらせる
　　　　大地の髄を探さんと、予感の突き進むまま掘り返す
　　　　天地創造六日の業を胸中に感ず
　　　　誇りに満ちた力のうちに、我しらず何事かを享受する
　　　　果ては愛の喜びとともに万有のなかに溢れ入る
　　　　地上の子たる身は今や全く消え去って　　　　　　　　　　　3290
　　　　かの高遠なる内観がってとこ ──
　　　　　　　　　　（或る身振りをして）
　　　　俺には言えませんなぁ、その ── 結論は
　　ファウスト　　ゲェエーッ、この野郎！
　　メフィスト　　　　　　　　　　　それはお宅に似合いませんな
　　　　もっと上品になら、ゲェエーッとでも言う権利はお宅にもある
　　　　それをしかし無垢の耳の前で言っちゃあいけませんぜ
　　　　そこを無垢の紳士方は忘れてはなりません
　　　　要するに、俺はお宅に、時折何かでたらめを言う
　　　　楽しみぐらいは恵んでやっていいが
　　　　長くはあんた辛抱できまい
　　　　あんたはまたしても疲弊してしまった　　　　　　　　　　　3300
　　　　このまま行けば完全に消耗するだろうよ
　　　　愚行のなかで、それとも不安だか恐怖だかのなかで！
　　　　それはそうと！　あんたの可愛子ちゃんは家にじっと座っている
　　　　何もかもが彼女には窮屈で陰気に思える
　　　　あんたのことが心から全然離れないって始末だ
　　　　彼女はあんたを身に余るほど愛してる
　　　　最初あんたの愛の言葉が洪水みたいに襲ってきた
　　　　まるで雪解けで小川が氾濫するみたいにさ
　　　　あんたはその言葉を彼女の心臓に注ぎ込んだのだ

　　　　　　　　　　　　　　　　　　　　　　　森と洞窟 / 3309

　　　　　今ではあんたの小川の方がまた浅くなっている　　　　　3310
　　　　　俺は思うが、森のなかで君臨してなんぞいないで
　　　　　あの可哀相な、うら若い血を
　　　　　その愛故に報いてやるのが
　　　　　大なるお方には向いていやせんかね
　　　　　時間は彼女にとって惨めなほど永い
　　　　　彼女は窓辺に立って、行く雲を眺めている
　　　　　雲はあの古い城壁の上をゆっくりと渡って行く
　　　　　あたしが小鳥であったなら！　そう彼女の歌は流れる
　　　　　一日じゅう、夜更けまでずっと
　　　　　時折陽気なこともあるが、大抵は悲嘆に沈んでいる　　　3320
　　　　　一度泣けるだけ泣いたらば
　　　　　また落ちつくこともありそうだが
　　　　　変わらぬのはただ恋心
ファウスト　　この狡猾な蛇めが！
メフィスト　（独り言）分かったか！　俺はきっとお前を捕まえるぞ！
ファウスト　　呪われた奴！　ここから立ち去れ、悪魔め
　　　　　あの美しい女の話をするな！
　　　　　あの優しい肢体への欲望を
　　　　　二度と再びこの半ば狂った感覚の前に持ち出すな！
メフィスト　　そりゃ一体どういうこと？　彼女はあんたが逃げたと　3330
　　　　　思ってますぜ、実際あんたは半分逃げたも同然だ
ファウスト　　私は彼女の傍にいる、どんなに遠く離れていても
　　　　　彼女を忘れることはない、失うことも決してない
　　　　　私は既に主イエスの肉体に対してさえも羨望を覚えたのだ
　　　　　彼女の唇がいつかそれに触れたと思えば
メフィスト　　結構、我が友よ！　俺もお宅を屢々羨んだものだ

薔薇のもとに楽しむ双子の仔鹿さながらの乳房が故に
ファウスト　　逃げ去れ　この取り持ち野郎！
メフィスト　　　　ただ今！　こうお叱りを受けると俺も笑わずには
いられない。男と女をこしらえた神は
すぐに最も高貴なる職業に気づいたのさ　　　　　　　　　　　3340
今度は取り持ち役まで勤めにゃなるまいと
さぁ急げ、大きな悲嘆が待っている
お宅には愛人の部屋へ直行してもらおう
まさか死地に赴くわけじゃあるまいし
ファウスト　　なんたる天の喜びがあることか、彼女の腕に抱かれて！
この身を彼女の胸で暖めしめよ！
私はずっと彼女の苦しみを感じてこなかったか？
私は逃亡者ではあるまいか？　家なき者では？
目的も休らいもない、人でなしではあるまいか？
さながらに滝の如く岩から岩へと荒れ狂い　　　　　　　　　　3350
欲望に猛り立って深淵へと墜ちてゆくのみの？
そうしてあちらでは彼女が、あどけない心を以て
アルペンの牧場に立つささやかな山小屋で
あれこれと家の仕事をやっている
小さな世界のなかに包まれて
だがこの私、神に嫌われたる身
私はこの岩を摑んで
粉々に打ち壊しても
まだ足りぬ思いでいる！
彼女と彼女の平和とを、私は埋めてしまう羽目となった！　　　3360
お前、地獄よ、お前はこの犠牲を必要としたのか！
悪魔よ、どうかこの不安の時を縮める助けをしてくれ！

森と洞窟 / 3362

　　　　　どうせ起こることなら、早く起こるがいい！
　　　　　彼女の運命がこの身の上に落ちかかってくるがよい
　　　　　そして彼女も私とともに滅びゆくがよい！
メフィスト　　　またすぐに沸騰し、また興奮する！
　　　　　馬鹿者め、さっさと行って彼女を慰めてやれ！
　　　　　そういう小賢しい奴に限って、出口が見えないと
　　　　　すぐにも終わりを思い描くものだ
　　　　　自らを勇敢に保つ者にこそ栄えあれ！　　　　　　　　　　3370
　　　　　お前さんだって日頃はもうかなり悪魔の道に深入りした人間だ！
　　　　　絶望する悪魔くらい悪趣味な奴を
　　　　　俺はこの世で知らないぞ

グレートヒェンの部屋

グレートヒェン　（紡ぎ車の傍で独り）
　　　　　　休らぎは去り行きて
　　　　　　我が心いと重し
　　　　　　休らぎを我は早
　　　　　　いずこにも見出だせず

　　　　　　かの人を離れては
　　　　　　墓場ある定めかな
　　　　　　世はなべて我が身には　　　　　　　　　　　　　　　　3380
　　　　　　苦くのみ思わるる

　　　　　　あな悲し我が頭

3363 / 第一部

狂いたる如くにて
我が心千々に裂け
崩れ落ち行かんとす

　休らぎは去り行きて
我が心いと重し
休らぎを我は早
いずこにも見出せず

　かの人を求めては
窓に立ち眺めやり
かの人をあくがれつ
我が家をも出づるかな

　逞しきかの歩み
高貴なるその姿
かの口の微笑みよ
眼にこもるその力

　かの人の言の葉の
流れまた妙にして
握る手の激しさよ
口づけの優しさよ！

　休らぎは去り行きて
我が心いと重し
休らぎを我は早

いずこにも見出せず

　　　我が胸は駆けり行く
　　　かの人のもとへのみ
　　　ああ我にかの人を
　　　抱く日のあるらんか

　　　されば我思うさま　　　　　　　　　　　　　　　　3410
　　　口づけを交わさんに
　　　かの人の口づけに
　　　この身よし果てんとも！

マルテの庭
マルガレーテ、ファウスト

マルガレーテ　　ハインリッヒ、約束して！
ファウスト　　　　　　　　　　　私に出来ることならなんでも！
マルガレーテ　　じゃ言って。あなた宗教をどう思ってらっしゃる？
　　あなたはほんとにいい方だわ。だけどあたし思うの
　　あなたあまりそれを大事に考えてらっしゃらないみたいって
ファウスト
　　それはやめてくれ可愛い人！　君は私が君に対して優しいのを
　　感じるだろ。私の愛する人たちに私は身も血も委ねているよ
　　誰からも私は、その人の感情や教会を奪いはしない　　　　3420
マルガレーテ　　それは正しくないわ。それを信じるのでなくちゃ！
ファウスト　　そうかね？

マルガレーテ　　　ああ！　もしあたしの力で何とかできたら！
　　あなたは聖餐や他の儀式も敬っていらっしゃらない
ファウスト　　私はそれらを尊敬しているよ
マルガレーテ　　　　　　　でも心から望んでじゃぁないわ
　　ミサにも懺悔にも永いこと来られてない
　　あなた神様を信じてる？
ファウスト　　　　　愛する子よ、なにびとにそれが言えよう
　　我、神を信ずなどと？
　　牧師にでも賢者にでも聞いてみるがいい
　　そうしたら彼らの返事は、質問者を
　　あざ笑うだけのようにしか思えないだろう
マルガレーテ　　　　じゃぁあなたは信じていらっしゃらないのね？　3430
ファウスト　　聞き違えないでくれ、そんな優しい顔をして！
　　なにびとに神を名指すことが許されよう？
　　なにびとが敢えて告白しえようか
　　我、神を信ず、などと？
　　物事を感受する以上
　　なにびとも敢えて言うことはできまい
　　我、神を信ぜず、とは？
　　一切を抱き包む者
　　万有を保持する者
　　その人が抱き保ってはいないか　　　　　　　　　　　3440
　　君をも私をも、その人自身をも？
　　天空はあの高みにまどかに懸かっているではないか？
　　大地はこの下にしっかりと横たわっているじゃないか？
　　そうして優しい光を放ちながら
　　永遠なる星々が昇ってくるではないか？

マルテの庭 / 3445

　　　　私は君を、目と目を合わせて見ているじゃないか
　　　　一切が君の顔と心へ向かって
　　　　押し寄せており、永遠なる秘密のうちに
　　　　目には見えずとも明らかに生きて動いているではないか
　　　　君のすぐ傍らで？　　　　　　　　　　　　　　　　　3450
　　　　かくも偉大なものを以て、君の心を満たしきるがいい
　　　　そして君がその感情のなかで充全の至福を覚える時
　　　　それを名指してみるがいい、思うがままに
　　　　幸福！　心！　愛！　神！　なんとでも
　　　　私にはそれに相応しいいかなる名称も
　　　　ない！　感情がすべてだ
　　　　呼び名は音響、煙に過ぎぬ
　　　　天の輝きを包む霧が如き
マルガレーテ　仰しゃることはすべてほんとに美しく立派ですわ
　　　　大方そんなことを牧師様も言われます　　　　　　　3460
　　　　ただほんのちょっぴり違った言葉でね
ファウスト　到る所で言っている
　　　　すべての心がそれを、この天日のもと
　　　　それぞれの人がその人の言葉で言っているんだ
　　　　どうして私が私の言葉で言ってはならん？
マルガレーテ　こうして聞いてると、それで通るように思えるけど
　　　　でもやっぱりどこか変なのよね
　　　　だってあなたキリスト教の精神をお持ちじゃない
ファウスト　可愛い人！
マルガレーテ　ずっと前からあたし気掛かりだったの
　　　　あなたがあのお仲間と一緒にいらっしゃるのを見ると　3470
ファウスト　どうして？

3446 / 第一部

マルガレーテ　　　あなたがいつも傍にしてらっしゃる人
　　あたし、魂の奥底で嫌いなのよ
　　あたしこれまで生きてきたなかで
　　あんなに心をぐいっと刺すようなものに出会ったことがない
　　あの人の嫌らしい顔くらい
ファウスト　　可愛いお人形さん、彼を怖がることはないよ！
マルガレーテ　　あの人が目の前にいるだけで、あたし血が騒ぐのよ
　　あたし普段はどなたにもやさしくしているんだけど
　　だけどどんなにあたしがあなたにお会いしたいと望んでも
　　あの人のことを思うとぞっとする感じがするの　　　　　　　　3480
　　それにあたしあの人ならず者だと思うわ。そんなことを言って
　　神様どうぞお許し下さい、もしもあたしが間違ってるなら！
ファウスト　　世の中ああいう変わり者が必ずいるものだ
マルガレーテ　　あんな連中とは暮らしたくないわ！
　　あの人、ひょいっと扉のところから入って来ると
　　いつだってとても軽蔑するような眼で中を覗き見るの
　　半ば怒ってるみたいに
　　あの人が何事にも関心を持っていないことが見てとれるわ
　　それがあの人の顔に書いてあるし
　　およそどんな魂も愛さないだろうことも見えてくる　　　　　　3490
　　あなたの腕に抱かれていると、あたしこんなにいい気持ち
　　とっても自由で、うっとりするような暖かさに浸れる
　　だけどあの人が目の前にいると、あたしの心は締めつけられる
ファウスト　　予感の才ある天使だね、君は！
マルガレーテ　　そんな感じがあたしを圧倒するもんだから
　　あの人があたしたちの方へ歩み寄ろうものなら
　　あたしあなたをもう愛していないみたいな気にさえなるの

マルテの庭 / 3497

あの人がそこにいるだけで、あたしお祈りができなくなる
そのことがとってもあたしの心のなかを蝕むのです
ハインリッヒ、あなたもきっとそうでしょう。 3500
ファウスト　　君は嫌悪感を持ってるんだ！
マルガレーテ　　あたしもう行かなくちゃ
ファウスト　　　　　　　　ああ、私は一時間とすら
君の胸に休らかに縋ってはいられないのか？
そして胸と胸、魂と魂を通わせ合うことができないのか？
マルガレーテ　　ああ、もしあたしが独りで眠っているのだったら！
そしたら今晩、閂を掛けないままにしといたげるんだけど
けれどあたしの母は眠りが深くないわ
だからもしもあたしたちが母に見つかったら
すぐにその場であたし死んでしまうでしょう！
ファウスト　　天使のような君、それには苦労は要らないよ 3510
ほらここに小さな薬瓶がある！　お母さんの飲み物に
三滴そっと入れておくだけで
自然と眠りがやってくる
マルガレーテ　　あなたのためだったら、あたしはなんでもするわ！
これ多分、体の毒にはならないんでしょうね！
ファウスト　　でなきゃ愛する人、それを君に勧める筈がないだろ？
マルガレーテ　　あなたをただ見てるだけでは、愛しい人よ
何があたしをあなたの意志へ駆り立てるのか、分からない
あたしはもうあれこれあなたのために尽くしてきたから
もうあまりすることも残ってないみたい　（去る） 3520
メフィストーフェレス登場

メフィストーフェレス　　小生意気な奴！　行ったかい？
ファウスト　　　　　　　　　お前また盗み聞きしてたな？

3498 / 第一部

メフィスト　　一部始終聞き取りましたよ
　　博士さん、信仰問答で諮問されましたな
　　うまく行ったら結構
　　とかく娘っ子は興味津々
　　男が昔ながらの仕来たりに忠実で素直かどうか知りたがる
　　そこで言うこと聞く奴は、自分らにも従うものと考えている
ファウスト　　お前、化け物め、お前は分かっとらんな
　　この忠実な優しい魂が
　　どんなに信仰に満たされているかを　　　　　　　　　　　3530
　　信仰だけが、彼女には、自分を幸せにしてくれる
　　ものなんだ。だからこそ神聖な苦しみを覚えているのだ
　　最愛の男を失ったと思う日が来やしないかと
メフィスト　　この超感覚的に感覚的女たらしめ
　　あんな小娘にたぶらかされおって
ファウスト　　この塵埃と炎とから生まれた出来損ないめ！
メフィスト　　おまけに人相学まで彼女立派に理解しておる
　　俺が目の前にいると、勝手が分からなくなるだとか
　　俺の顔だちは隠れた意味を予言しておるだなんて
　　彼女きっと、俺が全くの天才だと思ってるんだ　　　　　　3540
　　それどころか多分、悪魔だとさえ感じている
　　そいで、今晩 ─？
ファウスト　　それがお前になんの関わりがある？
メフィスト　　そこが俺にも楽しみだもんで！

泉のほとり

グレートヒェンとリースヒエン　水桶を持って

リースヒエン　　ベルベルちゃんのこと何も聞いてない？
グレートヒェン　　ちっとも。あたし殆ど人前に出ないから
リースヒエン　　そうね。私もジビュレから今日聞いたんだけど！
　　あの子もとうとう馬鹿をみちゃったんだね
　　あんなにお上品ぶってたけど
グレートヒェン　　　　　　　　どうして？
リースヒエン　　　　　　　　　　　　臭うのさ！
　　あの子食べたり飲んだりする時、二人分摂ってるんだよ
グレートヒェン　　まぁ！
リースヒエン　　言わんこっちゃぁないよ
　　あの子長いことあの男にくっついてたじゃん！
　　散歩する時も
　　村んなかでも踊り場でも連れ立ってさ
　　どこででも自分が一番でなきゃ気がすまない
　　そらパイだワインだってご機嫌とってもらって
　　美人を相当鼻にかけてた
　　だけど恥知らずもいいとこね、汚らわしい
　　奴からとんだ貰い物をしちまった
　　美味しい美味しい食べ物さ
　　これで花の処女も散っちゃったってわけ！
グレートヒェン　　まぁ可哀相！
リースヒエン　　　　　　気の毒がることなんかあるものか！

　　　　私らが紡ぎ車で働いてる時にさ
　　　　夜には私らを母さんが町に出してはくれないのにさ
　　　　あの子は恋人の傍に立ってうっとりしてたのよ
　　　　玄関先の椅子に掛けたり、暗い廊下で
　　　　あの子らには退屈する暇がなかった
　　　　けど今度ばかりはあの子も降参するよりなかろ
　　　　罪人の衣を着て、教会で懺悔をすることになる！
グレートヒェン　　彼があの子をきっとお嫁さんにするわ　　　　　　　3570
リースヒェン　　それなら馬鹿よ！　身早い若者は
　　　　どっか他の所でせいせいしてるよ
　　　　男は実際行っちまったのさ
グレートヒェン　　　　　　それはいけないわ！
リースヒェン　　もしもあの子が彼を掴まえたら、却って不幸になるよ
　　　　男の子らは汚れた婚礼だと怒って花束を奪うだろうしさ
　　　　私たちは切り藁を戸口に撒いてやるよ！　（去る）
グレートヒェン　　（家路につきながら）
　　　　以前なら、あたしもどんなに酷く罵ったことだろう
　　　　哀れな娘が間違いをやったとき！
　　　　よくもあんなに他人の罪に対して
　　　　ありったけの言葉を尽くせたものだ！　　　　　　　　　　　3580
　　　　そんな事があたしには真っ黒に思えたし、それを一層黒く
　　　　してたのね、自分の身はあんなに酷くないと思って
　　　　だから我が身を祝福して、あんなに偉そうにしてたのね
　　　　だけど今は、あたし自身が罪に曝されている！
　　　　それにしても ― あたしをそこへと駆り立てたもの、神様
　　　　それはなんと美しかったことでしょう、愛しいものだったことか！

　　　　　　　　　　　　　　　　　　　　　　泉のほとり / 3586

空　堀

壁龕に悲しみの聖母の祈る像あり、その前に花瓶

グレートヒェン　（新しい花を花瓶に挿し）　ああ、傾けて下さいまし
　　　　　　おんみ、悲しみに満てる聖母様
　　　　　　おんみが顔をどうぞ優しくあたしの苦しみへと

　　　　　　剣を胸に　　　　　　　　　　　　　　　　　　　　3590
　　　　　　千の苦痛を以て
　　　　　　おんみはおんみが息子の死を見ておられます

　　　　　　父なる神をおんみは見上げ
　　　　　　嘆息を送っておられます
　　　　　　おんみが息子とおんみ自身の苦しみ故に

　　　　　　誰が感じてくれましょう
　　　　　　どれほど深く
　　　　　　苦痛があたしの骨身を抉っているかを？
　　　　　　何故にあたしの哀れな心がここで不安を覚え
　　　　　　何故に心が震え、何を求めているのかを　　　　　　3600
　　　　　　おんみだけしか知りません、おんみお独りしか！

　　　　　　あたしがどこへ行こうとも
　　　　　　悲しや、悲しや、ああ悲しや
　　　　　　あたしのこの胸は痛むのです

3587 / 第一部

あたしはああ、独りになるとすぐ
泣けてくるのでございます。泣いて泣いて
あたしの心は張り裂けます

うちの窓の前にあります花鉢を
あたしは涙で濡らします。ああ
今朝早くあたしがこの花を聖母様にと   3610
摘んだときにもそうでした

今朝早く、太陽が昇り、あかあかと
あたしの部屋に射し入ったとき
あたしはもう起きていて、悲痛のうちに
ベッドに座っておりました

お助け下さい！　あたしを恥辱と死からお救い下さい！
ああ、傾けて下さいまし
おんみ悲しみに満てる聖母様
おんみが顔をどうぞ優しくあたしの苦しみの方へと！

夜
グレートヒェンの玄関先の街路

ヴァレンティン　（兵士、グレートヒェンの兄）
　　よくわしが酒の席なんかに座っていると   3620
　　いろんな奴らが自慢話をしていたもんだ
　　仲間の連中、わしの目の前で娘っ子の

花の盛りを声高らかに讃えたものだった
グラス一杯掲げては賛辞の限りを尽くしたもんだ ─
肘でつっかい棒をしながらわしは
悠然と座っていた
黙って奴らのほら吹き話を聞いておった
そうしてにやにや笑いながら髭を撫でつつ
満ちたグラスを手にとるや
こう言ってやった「各人各様いろいろあろう！　　　　　3630
だがな、この国一番の娘となりゃあ
わしの大事なグレーテルに並ぶ女がいるじゃろか？
我が妹の足元にすら、及ぶ女はおらんじゃろ」と
合点！　合点！　チリンチャリンとグラスが鳴って大賑わい
「奴の言う通りだ、彼女はまさに
全女性中の鑑ってもの」そう言う者らもいたものだ
となりゃさっきまで褒めてた連中も黙るしかない
だが今はどうだ！　髪の毛を毟り取ろうと
壁の上まで駆け上がろうと！　どう焦っても ─
あてこすりやら罵詈やらで、悪者どもが　　　　　　　3640
どいつもこいつもわしを罵る！
わしはまるで払いの悪い債務者みたいに座っておって
一言一言洩れる言葉に汗かく始末！
奴らをみんなぶっ倒さんにも
嘘つき呼ばわりすることもならず、残念至極というよりないわい

やや、誰か来おるぞ？　忍び足で、何者じゃ？
思い違いでなけりゃ、件の二人だ
奴がそれなら、すぐにも皮ごと攫まえて

　　　　生かしちゃおかんぞ、この場から！
　　　　　　　　　ファウスト、メフィストーフェレス
ファウスト　　さながらにかの聖堂の香部屋から　　　　　　　　　3650
　永遠なるランプの光がほのぼのと立ちのぼり
　次第次第に弱まりつつ、かたえさし霞み行くとき
　夕闇が周り一面押し寄せてくる
　そのように我が胸の内もまた夜となる
メフィスト　　こちとらはまるで仔猫の気持ち、がつがつしとります
　消防用の避難梯子を、そろりそろりと伝って行って
　鼠どもの周りをうろつく猫の
　俺にはこれが至極愉快で
　ちょいとしたこの盗みの心、ちょっぴりお色気も
　そう言えばもう俺の体じゅうに妖しく漲る　　　　　　　　　　　3660
　聖なるヴァルプルギスの夜
　それがもう明後日にも巡ってくる
　その時やおら人は知る、何故眠らんかその訳を
ファウスト　　あのうしろでちらちら光っているように見える
　宝は多分やがて天高く動いて行くのだろう
メフィスト　　お宅はすぐにも味わえますぜ
　その宝の鍋蓋を取り上げる喜びを
　俺は先だって覗き見したんだが
　見事な銀獅子ターレルが詰まってたなぁ
ファウスト　　我が恋人を飾れるような　　　　　　　　　　　　3670
　宝石だとか指輪だとか、一つもないのか？
メフィスト　　その折、俺は見たように思う
　一種の真珠の紐みたいなのをね
ファウスト　　それならよかろう！　なんの贈り物も持たずに

夜 / 3674

　　　　　　彼女のところへ行くのは、心苦しいからな
メフィスト　　　ただでなんぞを楽しむなんて
　　　　嫌な思いはさせませんぜ
　　　　今や満天の星が輝いておる
　　　　ひとつ本物の芸を聞いて貰いましょう
　　　　俺は彼女のために、道徳的な歌を一曲歌いますよ　　　　3680
　　　　そしたら彼女すっかり心を奪われる

　　　　　　　　　　（七弦琴に合わせて歌う）
　　　　愛しい人の門口で
　　　　あんたは何をする気かい
　　　　カトリンちゃんよ、ほらここで
　　　　夜も明けようという時分？
　　　　およし、およしよそんなこと
　　　　彼はあんたを引き入れる
　　　　娘で入ったその体
　　　　娘のままじゃ帰れない

　　　　皆さんとくとご用心！　　　　　　　　　　　　　　3690
　　　　事が一旦終わったら
　　　　あとはお休み、さようなら
　　　　哀れ、哀れや娘ども！
　　　　もしも我が身が可愛いけりゃ
　　　　泥棒さんに愛想よく
　　　　ゆめゆめしてはなりませぬ
　　　　指にリングをはめるまで

ヴァレンティン　（登場）
　　誰をお前はここで誘惑する気だ？　こん畜生め！
　　この呪われた鼠取りめが！
　　悪魔にでも食わせろ、その楽器！　　　　　　　　　　　　　3700
　　ついでに悪魔に攫われろ、この歌うたいめ！
メフィスト　　七弦琴は真っ二つ！　これでは持ってても役に立たん
ヴァレンティン　ならば頭をぶち割ってやる！
メフィスト　（ファウストに）
　　博士、退いてはなりませんぞ！　そら早く！
　　俺につかまって、俺がリードするから
　　あなたの剣を抜いて下さい！
　　突きの一手だ、俺が防ぐから
ヴァレンティン　これを受けてみよ！
メフィスト　　　　　　　　　　　わけないさ！
ヴァレンティン　これでもか！
メフィスト　　　　　　　　この通り！
ヴァレンティン　　　　　　　　　　　こりゃ悪魔の戦法だ！
　　一体どうしたんだ？　もうわしの手が痺れてきたぞ　　　　　3710
メフィスト　（ファウストに）突きかかれ！
ヴァレンティン　　　　　　　　　　いてて！
メフィスト　　　　　　　　　　　　少尉殿がたじろいだぞ！
　　だがもう行こう！　俺たちすぐに消えなきゃならん
　　もう人殺しぃっの声が起こっとるからな
　　警察の方は俺が悪魔の手でなんとかするが
　　神様の流血裁判権とは、俺は折り合いがつきにくいんでな
マルテ　（窓辺で）みんな出て来て！
グレートヒェン　（窓辺で）　　　　　明かりを持って来て！

夜 / 3716

マルテ　（先ほど同様）
　　　罵ったり摑み合ったり、叫んだり剣で打ち合ってる
群衆　　もう誰か一人倒れて死んでる！
マルテ　（跳びだして来て）　人殺したち、もう逃げてったの？
グレートヒェン　（歩み寄りながら）　誰、ここに倒れてるのは？
群衆　　　　　　　　　　　　　　　お前の母さんの息子だ　　3720
グレートヒェン　　全能の神様！　なんて苦しみ！
ヴァレンティン　　わしは死ぬ！　言うは早いが
　　　言う間に事は終わっとるぞ
　　　なんでお前たち女ども、そこに立って泣いたり嘆いたりしとる？
　　　こっちへ来てわしの話を聞いてくれ！　（一同彼の周りに歩み寄る）
　　　グレートヒェン、見よ！　お前はまだ若い
　　　まだ物事がよく分かっとらん
　　　身の周りの事がちゃんとやれん
　　　わしがお前にこれを言うのも、お前を信じてこそじゃ
　　　お前はしようのない売女じゃ　　　　　　　　　　　　　　3730
　　　ならばそれで行くよりあるまい
グレートヒェン　　まぁお兄様！　神様！　それどういう意味なの？
ヴァレンティン　　神様なんぞ担ぎ出すな
　　　起こったことは起こったこと、しょうがない
　　　成り行きに任せるほかあるまい
　　　お前は一人の男と関わり始めた
　　　やがてそんなのが何人もやって来る
　　　お前を一ダースほどもの男がものにしたら
　　　お前は町じゅうの男のものだ

　　　恥辱の子が一旦生まれたからには　　　　　　　　　　　3740

それはひそかに世の中へ出される
そして夜の衣を纏わせる
恥辱の子の耳にも頭にも
そうさ、そんな子は殺したいとすら思う
それがしかし成長して大きくなると
昼日中でも素顔で歩くようになる
だがやっぱりより美しなったわけじゃない
恥辱の顔が醜くなればなるだけ
一層それは昼の光を求めるものだ

わしには真実、もうとうからこの時が見えていた 3750
真っ当な市民たちならみんな
伝染病に罹って死んだ死体から逃れるみたいに
お前を離れて脇へ逃げて行く、お前娼婦よ
人々がお前の目を見るとき
お前の心は体のなかで怯むに違いない！
金の鎖なんぞもう身に着けられない！
教会でももう祭壇の傍には立てない！
綺麗なレースの襟をつけて
踊りの場で楽しんだりできはせん！
暗い悲惨の片隅で 3760
乞食や不具者の間に隠れ潜む身だ
よしんばそれでも神がお前を許したまうとも
この地上では呪われたままだ！

マルテ　　あなたの魂を神様のお恵みに委ねなさい
　　あなたはまだ誹謗の罪まで背負いなさるおつもり？
ヴァレンティン　　お前の痩せた体に近寄ることができるなら

この恥知らずの取り持ち女め！
　　　わしのすべての罪の許しを
　　　たんまり見つけることができようものを
グレートヒェン　　お兄様！　なんという地獄の苦しみでしょう！　　3770
ヴァレンティン　　言っとくが、涙は見せるな！
　　　お前が名誉を棄てた時に、お前は
　　　わしの心に一番苦しい打撃を与えたのだ
　　　わしは死の眠りを渡り
　　　神のもとへ入って行く、兵士として勇敢に　（死ぬ）

聖　堂

聖餐、パイプオルガンと歌
グレートヒェン、大勢の民衆とともに。瞋恚の霊、グレートヒェンの後ろで

瞋恚の霊　　いかに違っていたことか、グレートヒェンよ
　　　お前がまだ純無垢のまま
　　　この祭壇に歩み出たとき、お前の心は
　　　手垢の染みた小さな聖書から、幼い口で
　　　お前は祈りの言葉を唱えていた　　　　　　　　　3780
　　　半ばは子供の遊び
　　　半ばは神を心にして
　　　グレートヒェン
　　　どこにお前の頭はある
　　　お前の心のなかに
　　　なんたる悪業が宿っていることか！
　　　お前はお前の母親の魂のために祈っているか、お前によって

3767 / 第一部

　　　　　長い長い苦しみの彼方へと眠って行かされた母親の魂のために？
　　　　　お前の敷居の前には誰の血がある？
　　　　　─　そしてお前の胸の下には、既にして　　　　　　　　　　3790
　　　　　湧き出る泉のように動いているものがありはせぬか？
　　　　　それがお前を不安がらせ、そしてそのもの自身をも
　　　　　予感に満ちた現在となって苦しめておりはせぬか？
グレートヒェン　　ああ！　ああ辛い！
　　　　　この想いを逃れることはできないのか
　　　　　どこへ行こうと絶えずあたしに付きまとう
　　　　　防ぎようのない、この想い！
合唱　　怒りの日、かの日はやがて
　　　　　時あるものを灰塵に散らさん
　　　　　　　　　　　パイプオルガン鳴る
瞋恚の霊　　瞋恚がお前を捉える！　　　　　　　　　　　　　　3800
　　　　　トロンボーンが鳴る！
　　　　　墓石は震える！
　　　　　そしてお前の心は
　　　　　灰の休らぎより出でて
　　　　　炎の苦しみへと
　　　　　またしても蘇生する
　　　　　身を震わせつつ、立ち昇る
グレートヒェン　　あたしがここを離れられたら！
　　　　　あたしにはまるでこのオルガンが
　　　　　息を止めさせそうに思えるし　　　　　　　　　　　　　　3810
　　　　　歌はあたしの心を奥底で
　　　　　ばらばらにしてしまいそう
合唱　　審判者やがて裁きの座につけば

　　　　　　　　　　　　　　　　　　　　　　聖　堂／3813

隠れいしもの明らかとなり
報復を受けけざるものなし
グレートヒェン　　ああ、あたし胸が詰まりそう！
壁の支柱が
あたしを捕らえる！
天井があたしに
迫ってくる！　—　ああ息ができない！ 3820
瞋恚の霊　　身を隠そうとも！　罪と恥とは
隠されぬままだ
空気が欲しいか？　光が欲しいか？
哀れ、お前は！
合唱　　哀れこの身はその折になんとや言わん
いかなる守護神に哀願しえんや
正しき者も己を信ずる能わざる時に？
瞋恚の霊　　清められたる者らはその顔を
お前からそむける
その手をお前に差し出すことは 3830
清き人らの身震いを招く
哀れなるかな！
合唱　　哀れこの身はその折になんとや言わん？
グレートヒェン　　お隣の方！　薬瓶を！
　　　　　　　　彼女は気を失って倒れる

ヴァルプルギスの夜
ハルツ山。シールケ村とエーレント村の辺り
ファウスト、メフィストーフェレス

メフィストーフェレス　君も箒が欲しくないか？
　　俺は一番頑丈な雄山羊が欲しいな
　　この道じゃぁまだわれわれ目的地から遠いですぜ
ファウスト　まだこの両脚で元気に立っていられるうちは
　　私はこの節くれ杖でいけるよ
　　近道なぞしてなんになる！ ―　　　　　　　　　　　　　3840
　　谷また谷の迷路のなかを抜けて行く
　　やがてこうして巌を登り
　　そこから湧き水が永遠に滾り墜ちるさまを見る
　　これぞ山道を行く妙味というものだ！
　　春はもう白樺の樹間に息づいている
　　そして唐檜ですら春を感じている
　　春が私らの四肢の上にも働きかけてはくれぬものか？
メフィスト　そうかな、俺には一向そんな感じがしないが
　　俺は体じゅう冬ってとこだ
　　俺の道には雪と氷のあるのが願わしい　　　　　　　　　3850
　　なんと悲しげに、半月にも満たぬ月面が
　　遅れた輝きを帯びた赤い月が、昇ってくるではないか
　　明かりが悪くてこちとらは一歩一歩
　　樹だの岩だのを避けて走らにゃならん！
　　ご免よ、俺は鬼火に頼むとしよう！

ヴァルプルギスの夜 / 3855

　　　　　ほらあそこに一つ見えるよ、ちょうど今愉快に燃えている
　　　　　おい君、我が友よ！　こっちへ来て貰えないか？
　　　　　そうやって無駄に燃えててもしょうがあるまい？
　　　　　頼むから俺たちの登りの道を照らしておくれ！
鬼火　　畏まりました。なんとかうまくやってみましょう　　　　　3860
　　　　　私の気軽な本性抑えましょう
　　　　　私らの歩みは普段ちかちかちかっと走るだけだから
メフィスト　　こりゃ参った！　あいつめ人間様を真似るつもりだ
　　　　　ただ真っ直ぐに行きゃぁいいんだ、悪魔の名において！
　　　　　さもないと俺はお前の揺らめく命を吹き消すぞ
鬼火　　分かってますよ、あなたはこの家の主でしょ
　　　　　だから私をご自分の意志通りにやらせようっておつもりですね
　　　　　けれどもようくお考えを！　お山は今日は魔法で大賑わい
　　　　　鬼火があなた方に道案内をしようにも
　　　　　本気にしてもらっちゃぁなりませんよ　　　　　　　　　　3870

ファウスト、メフィストーフェレス、鬼火　（交互歌唱の形で）
　　　　　夢と魔法のこの領域へ
　　　　　われらは紛れ込んだみたいだ
　　　　　うまく導け、名誉にかけて
　　　　　われらはやがて上に進んで
　　　　　広い荒れ野の域に到ろう！

　　　　　　樹々また樹々とうち続くなか
　　　　　いつしかそれも通り過ぎれば
　　　　　今度は断崖、身を屈めおる
　　　　　してこの長い巌の鼻よ

3856 / 第一部

なんたる鼾、なんたる吐息！ 3880

　石のあわいを草のあわいを
谷水は行き小川は下る
聞くはざわめき、それとも歌か？
優しい恋の嘆きの声か
天なる日々のかつての調べ？
われらが望み、愛するものよ
古い時代の遠い語りが
こだまとなって響きを返す

　うーふー！　しゅーふー！　声は近づく
梟、たげり、果てはかけすも 3890
みんな眠らず起きておるのか？
あれはいもりか、茂みのかげに？
長いその脚、太った腹よ！
樹の根はまるで蛇さながらに
岩と砂から身をくねらせて
いとも不思議な絆を伸ばし
捕まえるぞとわれらを脅す
生気を帯びた木の瘤からも
クラゲもどきの紐が伸び出て
旅人襲う。して鼠らは 3900
千の色して群れをなしつつ
苔の合間や荒野を駆ける！
してまた蛍は物狂おしく
群れをなしつつ飛び交いながら

ヴァルプルギスの夜 / 3904

　　　　　行く手惑わす道連れとなる

　　　　われらは立ったままでいるのか
　　　　それとも先へ行くのか、知れず
　　　　一切はただ廻ると見える
　　　　しかめっ面の岩も樹木も
　　　　そして迷える鬼火の群れも　　　　　　　　　　　　　3910
　　　　ますます増える、膨らんでくる

メフィスト　　俺の裾んところをしっかり摑まえろ！
　　かれこれ山の中腹だ
　　見るも驚き、山にはなんと
　　黄金が輝いていることよ
ファウスト　　なんと妖しく、地面の隙間を縫うて
　　朝焼けにも似た暗い光が輝き出ていることよ！
　　しかもその光は深淵の
　　奥底までも潜り入っている
　　そこからは蒸気が立ちのぼり、煙が流れる　　　　　　　　3920
　　またこちらでは靄とヴェールの中から炎が輝く
　　やがて炎は細い糸のようにたなびき
　　やがてまたそれは泉の如くに現れ出る
　　そうしてここで炎が辺り一帯を、百の血脈で以て
　　巻き込みながら、谷に入るかと見れば
　　またこちらでは岩角に打ち当たり
　　たちまちに分散する
　　その近くでは火花が飛び散る
　　まるで黄金の砂を撒き散らすように

だが見よ！　あれほどの高みにあって　　　　　　　　　　3930
　　　岸壁が燃えているではないか！
メフィスト　　今日の祝いのために黄金王が
　　　宮殿を派手に照らしているのではないか？
　　　君がこれを見れたのはラッキーだった
　　　熱烈なお客たちの押し寄せるのが見える
ファウスト　　この旋風の空中を駆けめぐる様はどうだ！
　　　風は激しく私の頸に打ち当たる！
メフィスト　　岩の古い肋骨を摑んでいなきゃいかん
　　　さもないと風で君はこの谷の奈落の底に突き落とされてしまうぞ
　　　霧が籠めて夜は深まる　　　　　　　　　　　　　　　　　3940
　　　森じゅうで、がぁがぁ啼いてるのが聞こえるだろ
　　　驚いて梟たちが飛び交っているんだ
　　　聞きたまえ、永遠に緑なす宮殿の
　　　支柱も砕けると見える
　　　枝々が折れ、泣いているのだ！
　　　幹は頑張って呻いておる！
　　　根は軋みつつ欠伸する！
　　　恐ろしい混乱のなかで倒れてゆくとき
　　　どの樹もみんな重なり合って破砕の響きをあげる
　　　そして一面廃墟となった谷間を圧して　　　　　　　　　　3950
　　　風がひょうひょうと鳴り渡り、叫びをあげるのだ
　　　聞こえるかい、その声が、あの高みにも
　　　彼方にも、そしてこの近くにもしているのが？
　　　然り、全山遍く
　　　荒れ狂う魔法の歌が流れているのだ！
魔女たちの合唱　　魔女たちが行くブロッケン山

　　　　　　　　　　　　　　　　　ヴァルプルギスの夜／3956

　　　　　切り株は黄で、苗木は緑
　　　　　かしこに群れる大勢のもの
　　　　　閻魔大王ウリアン様が
　　　　　上座につけば、どんちゃん騒ぎ　　　　　　　　　　　3960
　　　　　魔女はぷすっと臭い一発
声　　バウボ婆さん独りでお見え
　　　　　母親豚の背中に乗って
合唱　されば敬え、名だたるものを！
　　　　　バウボ先頭、ご案内せよ！
　　　　　豚さんでかした母さん乗せて
　　　　　あとに続くは魔女の一団
声　　どの道をやって来たんだ？
声　　　　　　　　　　　イルゼシュタインを越えて来た
　　　　　そこで私は梟の巣を覗き込んだんだが
　　　　　奴めぱっちり両眼を開けた！
声　　　　　　　　　　　おお、悪魔にでも攫われよ！　　3970
　　　　　何をそう急いで駆けるのか！
声　　その梟が私を傷めやがった
　　　　　この傷をまぁ見てくれ！
魔女たちの合唱　　道は広いし、行く手は遠い
　　　　　これはなんたる押し合いへし合い？
　　　　　フォークは刺すもの、箒は掻くもの
　　　　　子供は窒息、母親破裂
魔女らの親方　（合唱前半部）
　　　　　われらは家を匍う蝸牛
　　　　　女らは皆、先にと行った
　　　　　それが悪魔の家の仕来たり　　　　　　　　　　　　3980

　　　　　女は千歩先に出ておる
後半部の合唱　　そう厳密に言うこともない
　　　　　千歩をかけて女は果たす
　　　　　だけどどんなに女が急いても
　　　　　一歩で男はやり遂げる
声　（上方より）　一緒に行こう、ついてお出で、岩山の湖から！
声　（下方から）　私たちも一緒に上まで行きたいけれど
　　　　　洗っているの、ほらこの通りぴっかぴか
　　　　　けど永久に生めない体
両者の合唱　　風は静まり、星は逃げ行く　　　　　　　　　3990
　　　　　悲しみの月姿を隠す
　　　　　騒ぎのなかに魔法の合唱
　　　　　幾千とない火花を散らす
声　（下方より）　待って、待って！
声　（上方より）　その岩の裂け目から呼ぶのは誰よ？
声　（下方より）　私を連れてって！　一緒に連れてって！
　　　　　私はもう三百年来登ってるんだけど
　　　　　頂上までは届かないのよ
　　　　　私も仲間と一緒にいたいわ
両者の合唱　　箒は担う、杖は支える　　　　　　　　　　4000
　　　　　　フォークは運ぶ、雄山羊は乗せる
　　　　　　今日登れないような奴なら
　　　　　　永劫敗者で終わるよりない
半人前の魔女　（下方で）
　　　　　私はもう長いことちょこちょこ歩きをしています
　　　　　他の連中はあんなに遠くまで行ってるのに！
　　　　　私はうちでは休らげない

　　　　　　　そうしてここでもそうは行かない
魔女たちの合唱　　　膏油は魔女に勇気与える
　　　　　　　ほろ布貼ると帆かけの感じ
　　　　　　　どんな桶でも立派な舟だ　　　　　　　　　　　　4010
　　　　　　　今日飛ばなけりゃ、二度と飛べない
両者の合唱　　　われらが頂上巡るときにも
　　　　　　　地面に触れて歩くにしかず
　　　　　　　されば荒れ野を辺り一面
　　　　　　　魔女一族の群れ覆うべし
　　　　　　　　　　　　一同腰をおろす
メフィスト　　こりゃ酷い押し合いへし合いだ、この雑踏、この騒音！
　　　走り出すやら蠢めくやら、引っ張るやら喋るやら！
　　　光るもあれば飛び散るもあり、臭いのもあり燃えるのもある！
　　　これぞまことの魔女の本領！
　　　しっかり俺に摑まって！　でないとじきにはぐれてしまうぞ　　4020
　　　君、どこにいる？
ファウスト　（遠くの方で）ここだ！
メフィスト　　　　なんだ！　もうそんな所まで引っ張られたのか？
　　　ならば俺はこの家の主の権利を行使せにゃならん
　　　どいたどいた！　誘惑者ヴォラント貴公子様のお通りじゃ
　　　下がれ下がれ、賤民ども！　下がりおろう！　ここだ、博士！
　　　俺に摑まって！　さて今や一っ跳びでこの混雑から逃れよう
　　　これでは余りにも乱痴気だ、俺様でさえかなわんよ
　　　あの脇に何やら格別な光を放っているものがある
　　　あの繁みの方へ俺の心は惹かれてならん
　　　こっちこっち！　中に入り込んでみよう
ファウスト　　汝、矛盾の精神よ！　どんどんやれ！　君は私を　　4030

　　　　　リードしてよい。私は思う、これは全くいい考えだった
　　　　　ブロッケン山へ旅をする、それもヴァルプルギスの夜にだ
　　　　　だが今は騒ぎを離れてここらで一息するも一興というわけか
メフィスト　　　まぁ見てくれたまえ、何たる色とりどりの炎だろう！
　　　　　愉快な一つの集団がここに来あわせておる
　　　　　小なるものにおいても孤立はないのだ
ファウスト　　　だが、あの上へ私はむしろ行ってみたい！
　　　　　火炎と渦巻く煙とが私にはもう見えている
　　　　　群衆はそこで閻魔大王のもとへ殺到するのだろう
　　　　　ならばそこで色々の謎が解けるに違いない　　　　　　　　　　4040
メフィスト　　　だが色々の謎はまた纏れ合ってもいるぜ
　　　　　大きな世界は勝手にざわつかせておくがいい
　　　　　われわれはこの静けさのなかに住むことにしよう
　　　　　大きな世界のなかに小さな世界を幾つもつくる
　　　　　これにはやっぱり永い由来があるからな
　　　　　ほら、あそこに素っ裸の若い魔女がいるだろ
　　　　　もう一人年とった方のは慎ましく身を覆っている
　　　　　済まないが、後生だから一つ頼むよ
　　　　　苦労は小さいが、楽しみは大きいってものだ
　　　　　俺には楽器のようなものの鳴ってるのが聞こえるが　　　　　　4050
　　　　　がやがやと嫌な音だ！　これには馴れるよりなかろう
　　　　　来たまえ！　一緒に来たまえ！　こうなったら他に道はない
　　　　　俺はなかに入るよ、君を案内するから
　　　　　これで俺は君にまた恩をきせられるってわけだ
　　　　　どうだ、友よ！　こりゃ小さな空間じゃぁないぞ
　　　　　向こうを見てみろ！　殆ど果てが見えんじゃないか
　　　　　百の火が並んで燃えておる

　　　　　　　　　　　　　　　　　　　　　　　ヴァルプルギスの夜 / 4057

　　　　　　踊ったり喋ったり、煮たり飲んだり、抱き合ったりしとる
　　　　　　どうだい、これ以上良い場所はなかろう？
ファウスト　　君は今こうして、ひとをここに連れ込み　　　　　　4060
　　　　　　魔法使いの役を演ずるつもりか、それとも悪魔役か？
メフィスト　　俺は普段は匿名で通すのを習慣にしているが
　　　　　　一世一代晴れの日には、誰でも自分の勲章を見せるもの
　　　　　　ガーター勲章ではさまにならない
　　　　　　馬の脚がここでは名誉あるものと決まっている
　　　　　　あそこに蝸牛がいるだろ？　こちらへ匍ってくるあいつ
　　　　　　奴は触覚の利く目で
　　　　　　もう俺から何かを嗅ぎつけておる
　　　　　　俺はもうここでは逃げも隠れもならん身だ
　　　　　　こっちへ来たまえ！　火のある所を次々回ってみよう　　　　4070
　　　　　　俺は人探し、君は女探しってことにして
　　　　　　　　　消えかけた石炭の周りに座っている何人かに向かって
　　　　　　ご老人方、こんな隅っこで何をしておいでかな？
　　　　　　皆さんがこうして、周りは大騒ぎ、若者どもの賑わいというのに
　　　　　　その真ん中ででんと構えておられるのは、慶賀の至りですな
　　　　　　心足らえば閑居も休けしってとこですかな
将軍　　誰が国民どもを信用できよう
　　　　　　いかに多くを彼らのために尽くして来たにもせよだ
　　　　　　所詮、民衆も女どもも同じこと
　　　　　　若いものが上に立つのは、この先もずっと変わらん
大臣　　当今、人は正義というものから余りにも遠く離れ過ぎている　　4080
　　　　　　私が称揚するのはただ古き良き時代の人々だけだ
　　　　　　何故ならば勿論われわれみんなが認められていたあの頃こそ
　　　　　　正しき黄金時代だったからだ

成金貴族　　われわれも全く馬鹿じゃぁなかった
　　してはならんことを屢々やりはした
　　だが今は万事とことん引っ繰り返ってしまった
　　しかもわれわれが正に保持しようとした場所でだ
著作家　　誰が今時そもそも読みたがることだろう
　　多少とも知的な内容のある書物なぞ！
　　それでいて若い奴らときた日には　　　　　　　　　　　　　4090
　　生意気なること、かつてないほどの有り様だ
メフィスト　　（急に老け込んだような様子で）
　　この面々は、最後の審判に備えておられるように俺は思う
　　そう言う俺も魔女の山に登るのは、これが最後やも知れん
　　俺の酒瓶まで残り少なく、濁ったのしか出んところを見ると
　　この世もどうやら傾いとるのか
古物売りの魔女　　旦那様方、素通りしないで下さいませ！
　　この機会をどうぞお見逃しなく！
　　私の品物にお目をかけて下さい
　　ここにはいろんな物がございますよ
　　でも私どもの店には、この世の他のお店では　　　　　　　　4100
　　滅多に見られない物しか置いておりません
　　一度でも人間と世界とのしたたかな危害に
　　役立たなかった物はございません
　　これなる匕首、これは血が流れなかった代物じゃぁない
　　これなる高脚杯、これぞまさしく元気そのものの肉体に
　　止めの熱い毒物を注ぎ込んだ、本物でございます
　　愛らしい女を誘惑しなかったような飾り物など一つとしてなく
　　剣にいたしましても、同盟を破らざりしはなく
　　返す刀で敵対者を突き通さざりしもないというわけです

ヴァルプルギスの夜 / 4109

メフィスト　女将さん！　どうやらあんたは時代を悪く見すぎとる
　　　やった事はやったこと！　起こった事は起こったこと！
　　　新しい事に鞍替えするがいい！
　　　新しい事が結局ひとを引き寄せるんだから
ファウスト　私もどうか騒ぎに紛れて、自分自身を忘れぬように
　　　したいものだ！　これぞ見本市の賑わいってところだからな
メフィスト　渦をなして群衆が上へ上がって行く
　　　君は押す気でも、押されてしまうよ
ファウスト　ありゃ一体何者か？
メフィスト　　　　　　　　　　　　よく見たまえ！
　　　リリットだ
ファウスト　何者だ？
メフィスト　　　　　　　　アダムの最初の妻だ
　　　あの美しい髪には気をつけろよ
　　　これはあの女が唯一自慢する飾り物でな
　　　それで以て若い男を手に入れると、あの女
　　　男を立ちどころに二度と帰れんようにしてしまうんだ
ファウスト　あそこには二人座っているね、若いのを連れた年増が
　　　あの二人もう大分跳ねて踊ったあとみたいだぞ！
メフィスト　今日は休む暇なしさ
　　　新しい踊りが始まった。行って加わってみよう！
ファウスト　（若い方のと踊りながら）
　　　　　　前に私はいい夢を見た
　　　　　　林檎が一本立っていた
　　　　　　綺麗な実が二個下がってた
　　　　　　それに惹かれてのぼったよ
美女　男って皆林檎好き

	もう楽園の昔から
	それが私にゃ嬉しいよ
	うちの庭にもあるからね
メフィスト	（年増と踊りながら）
	前に見た夢悪い夢
	私は見たよ、割かれた木
	その木（大きな穴）してた
	その（でっかさ）が気に入った
年増	お初にお目に掛かります　4140
	馬の脚したナイト様
	（合う詰め物）のご用意を
	（大穴）お嫌でなかったら

臀部見霊主義者

呪われたる輩よ！　今更なんたることを敢えてする？
もうとうから証明はされておるではないか
幽霊が真っ当な足で立っておらんことは！
それをお前たち、われわれ他の人間並みに踊ろうというのか！

美女　（踊りながら）　あの男、私たちの舞踏会で何するつもり？
ファウスト　（踊りながら）　なぁに！　あんなのはどこにでもいる
　　ひとが踊っているものを、評価せずにはいられないんだ　4150
　　どのステップも自分が論議せん限り
　　なきに等しいと考えておる
　　われらが一寸でも先へ進もうものなら、奴はそれを一番怒る
　　君たちがもし、あの男の古い水車でやってるように
　　丸い輪を描いて回るつもりなら、それをあいつは
　　とにもかくにも結構と言うだろう
　　まして何卒ご高評をなんてご挨拶したら、格別喜ぶだろう

ヴァルプルギスの夜 / 4157

臀部見霊主義者
　　君たちまだそこにいたのか！　いやこれは不届き千万！
　　さっさと消え失せろ！　われわれは啓蒙したのだ！
　　悪魔どもは、規則を問わん。われわれは既に　　　　　　　　　　4160
　　充分に賢明である。それでもベルリンのテーゲルに幽霊は出る
　　その妄想を掃き出そうと、わしはどんなに永くやって来たことか
　　それでも少しもきれいにならん。全く以て不届き千万！
美女　　そうやって私らをここで退屈させるのはやめて！
臀部見霊主義者　　わしはお前たち霊どもに面と向かって言ってやる
　　幽霊専制政治をわしは我慢ならんのじゃ
　　わしの精神はそれを叩き直すことができん　（踊りは続く）
　　今日でわしにも分かった、わしには何事もうまく行かんと
　　じゃがな、わしは旅行記をいつも携えておる
　　未だにわしが最後の一歩を踏み出す前に　　　　　　　　　　　4170
　　悪魔どもと詩人らとを屈伏させずには措かんぞ
メフィスト　　奴はそのうちどっかの水溜まりにしゃがみ込むぞ
　　それが奴さんの流儀なんだ、うんと出して身軽になる時の
　　そこで蛭が奴の尻を喜んで舐めてくれると
　　奴は幽霊どもや霊なぞの病も治療されるってわけだ
　　　　　（踊りから出てきたファウストに向かって）
　　何故君はあの綺麗な子を行かせてしまうのだ
　　踊りながら君に合わせてあんなに愛らしく歌ってたのに？
ファウスト　　ああ！　歌の最中に、赤い小鼠が
　　あの子の口から跳び出したんだ
メフィスト
　　そりゃ凄いな！　だがそう気にすることはない　　　　　　　　4180
　　要するに、鼠は普通の灰色じゃぁなかったわけだ

　　　　　逢瀬の暇にそんなこと聞く野暮はおるまい？
ファウスト　　そのあと私は見たんだ ―
メフィスト　　　　　　　　何を？
ファウスト　　　　　　　　　　メフィスト、あそこに見えるだろ
　　　　　青ざめた綺麗な子が独り、遠く離れて立っているのが？
　　　　　あの子はゆっくりとしかその場から動いて行けない
　　　　　私には両足が縛られているように見える
　　　　　正直に言うと、あの子は優しいグレートヒェンに似ているように
　　　　　私には思えてならんのだ
メフィスト　　放っておけ！　そんな事聞くといい気持ちがしないよ
　　　　　あれはただ魔法の像だ、命のない偶像だ　　　　　　　　　　4190
　　　　　偶像にでっくわすなんて縁起でもない
　　　　　そのこわばった眼に触れて、人間の血は凝固して
　　　　　体は石と化されてしまうのだ
　　　　　メドゥーサのことは聞いてるだろ
ファウスト　　確かに。あれは死人の目だ
　　　　　それも愛の手が閉じさせなかった目だ
　　　　　あれはグレートヒェンが私に差し出した胸だった
　　　　　私が味わった甘い肉体だった
メフィスト　　ただの魔法さ。簡単にたぶらかされて君は馬鹿だなぁ！
　　　　　あの子は誰にでも自分の恋人と思われるだけだよ　　　　　　4200
ファウスト　　なんたる喜び！　なんたる悩み！
　　　　　私はこうして見ていることから離れることができないよ
　　　　　なんと奇妙に、この美しい頸を
　　　　　ただ一本の赤い首紐が飾っていることだろう
　　　　　刀の背幅ほどもない、細い紐が！
メフィスト　　その通り！　俺にもそう見える

ヴァルプルギスの夜 / 4206

あの子は頭を腕の下にも抱えることができそうだ
ペルセウスがメドゥーサから斬り落とした頭を
いつまでそんな妄想に耽ることがある！
来たまえ、その小さな岡を上がってこちらへ 4210
ここはプラーター庭園みたいに愉快だぜ
これまでは俺にはもう一つ面白くなかったが
今度はほらほら劇場が見えるぞ
何をやっとるんだ？

劇場使用人　　　すぐにまた始まりますよ
新作ですよ。七本中の最後です
それほど沢山の演し物がここの仕来たりでして
作者は素人
演ずるもこれ素人
ちょいと失礼、御免蒙ります
幕開けがまた私めの副業でして 4220

メフィスト　　お前さん方をこのブロッケン山で見るのは
結構というものだ。お宅らにはお誂え向きの場所だからなぁ

4207 / 第一部

ヴァルプルギスの夜の夢
別名
オーベロンとティターニアとの金婚式

幕間劇

劇場支配人　今日はわれわれ一息つこう
　　　　　　道具方ミーディングの跡継ぐ若者たち
　　　　　　昔ながらの山と湿った谷と
　　　　　　それが舞台の全部だからな！
先触れ　　結婚式が金ともなれば
　　　　　　五十年早過ぎているわけ
　　　　　　だが争いはもう過去のもの
　　　　　　私は金だけ欲しいもの　　　　　　　　　　　　　4230
オーベロン　私と一緒にいるなら霊たち
　　　　　　姿現せ、この時の間に
　　　　　　王とお妃お二人は今
　　　　　　またあらためて結ばれた
パック　　パック出て来てくるり反転
　　　　　　足をぐるっと回しますれば
　　　　　　百人の客その後ろから
　　　　　　パックとともに楽しみなさる
アリエル　アリエルさんの歌心こそ
　　　　　　天にも通う清らの響き　　　　　　　　　　　　4240
　　　　　　しかめっ面の人もうっとり

　　　　　　　　だがお目当てはやっぱり美人
オーベロン　　仲良くやろうと願う夫婦は
　　　　　　　習うがよろし、われわれ二人
　　　　　　　二人互いに愛する道は
　　　　　　　先ずは分かれてみるが一番
ティターニア　夫がむくれ、妻が悲しむ
　　　　　　　その時早くつかまえること
　　　　　　　妻を南の方へ導き
　　　　　　　夫は北の果てへやる　　　　　　　　　　　　　　4250
オーケストラ　（Tutti. Fortissimo.）　蠅の髭やら蚊の鼻や
　　　　　　　またその輩も一緒くた
　　　　　　　蛙、蟋蟀、草葉かげ
　　　　　　　それがどうやら音楽家
ソロ　　　　　ご覧、お出でだバグパイプ！
　　　　　　　シャボン玉とはあれのこと
　　　　　　　聞けあのがしゃがしゃがしゃを
　　　　　　　団子鼻から洩れ出とる
出来かけの精神　蜘蛛の脚して蟇の腹
　　　　　　　やんちゃ坊主に翅つけて　　　　　　　　　　　　4260
　　　　　　　そんな生き物おりやせん
　　　　　　　それでも在るのがつまり詩さ
一組の男女　ちょこちょこ歩き、でも高く跳ぶ
　　　　　　　蜜の露抜け風を切り
　　　　　　　君は小走り、だがそれでいい
　　　　　　　まさか天まで昇るじゃないし
好奇心の強い旅人　仮装舞踏のからかいなりや？
　　　　　　　我と我が目を信じるならば

4242 / 第一部

オーベロンなる美の神を我
ここブロッケン山に今日見る！ 4270

固陋の信者　　爪を立てるな、尻尾を振るな！
疑問の余地は一点もない
ギリシャの国の神々同様
彼オベーロンも悪魔ということは

北方の芸術家　　我が描くもの、そは未だなお
素描の域を出でずと言えど
時到りなば果たさんものと
我は備うる、イタリアの旅

言語浄化主義者　　ああ！　なんたる不運、ここまで来たか
このだらしなさ、いやはや参った！ 4280
全魔女群のうちただ二人しか
ちゃんと化粧をしておらんとは

若い魔女　　そのお化粧の粉やなんかは
老婦人には、ドレス同然
だから私は堂々裸
雄山羊に乗って体見せるの

老貴婦人　　人生さまざま見てきた私ら
ここでとやかく申しますまい
けれどお若い皆さんやがて
花の命も移りにけりなよ 4290

オーケストラ指揮者　　蠅の髭やら蚊の鼻どもよ
裸女に見とれているな！
蛙、蟋蟀、草葉のかげの
タクトばかりはしっかりとれよ！

風見鶏　（一方へ向いて）

ヴァルプルギスの夜の夢 / 4294

　　　　　　　望める限り最高の
　　　　　　　花嫁たちのお集まり
　　　　　　　男同士の独り身も
　　　　　　　希望に満ちた連中だ
風見鶏　（他方に向いて）
　　　　　　　ところで地面が口開けんかい
　　　　　　　あの連中をみんな呑み込め　　　　　　　　　　4300
　　　　　　　そうすりゃ俺は足震わせて
　　　　　　　地獄へ跳ぶぞまっしぐらにさ
風刺短詩　昆虫もどきのわれらもいるぞ
　　　　　　　小さい鋭い鋏でもって
　　　　　　　われらがパパなる閻魔大王
　　　　　　　品位相応敬いまつる
批評家ヘニングス　　見よ、この連中、押し合いへし合い
　　　　　　　それでも素朴にふざけ合っとる！
　　　　　　　終わりに奴ら言いもしようぞ
　　　　　　　善なる心われら持てりと　　　　　　　　　　　4310
ミューズの指導者　　この魔女たちの軍団のなか
　　　　　　　ただ呆然としていたいもの
　　　　　　　こちらの方が導きやすい
　　　　　　　ミューズの女神操るよりも
Ci-devant（かつての）時代の天才
　　　　　　　正しい人となら何かは出来る
　　　　　　　来たれ、しかして我が裾捉えよ
　　　　　　　ブロッケン山、ドイツ・パルナス
　　　　　　　いずれも広い頂をもつ
好奇心の強い旅人　　あのごちごち男、ありゃ何者か？

	さも偉ぶって歩いておるが	4320
	あいつはどこでも嗅ぎ回るのさ	
	「ジェズイットらの臭いがする」と	
鶴	清らかな天空に私は住むが	
	濁った水で魚を捕らえる	
	さればあなた方、敬虔な人も	
	悪魔どもらと、混じられるのか	
世俗の子	然り、敬虔なる人らにとって	
	一切はこれ伝達の具	
	彼らはこの地ブロッケン山で	
	幾多同志の会合を作る	4330
踊り手	やって来るのは新たなコーラス？	
	遠い太鼓の音が聞こえる	
	邪魔してくれるな！　葦の葉かげで	
	五位鷺がほら斉唱するのを	
舞踏教師	なんと誰もが足つり上げて	
	目立たんものと気張っとるわい！	
	がに股が跳ね、下手くそが跳ぶ	
	お構いなしだ、どう見えようと	
下手なバイオリン弾き	この無頼の徒嫌い合ってる	
	果ては殺しもやりかねんほど	4340
	ここに集まる下手くそどもは	
	オルフォイスの琴に群れた野獣か	
独断家	私は徒に叫ぶのではない	
	批判によるも疑問によるも	
	悪魔もやはり何かではある	
	さもなくて何故悪魔はありや？	

ヴァルプルギスの夜の夢 / 4346

理想主義者	我が心なるこの空想は
	このたびまさに専断の極
	もし我かかる全てなりせば
	我も今宵は愚にこそあらめ	4350
現実主義者	本質はげに我が苦悶なり
	我を不快に駆り立つるのみ
	我ここに立ち初めて知れり
	己れが足に立たざることを
超自然主義者	大満足で私は今いる
	この連中とも愉快にやれる
	悪魔どもから私はやおら
	良き霊なるもの推論する故
懐疑家	人は小さい炎の跡を
	追って宝のありかを探る	4360
	悪魔と悪夢、この語呂よろし
	懐疑の夢に悩む身に合う
オーケストラ指揮者	墓に蟋蟀、草葉のかげの
	呪われたるこの素人芸人！
	蠅の髭やら蚊の鼻どもよ
	お前らやはり芸術家だろ！
器用な連中	無憂宮とは、かの愉快なる
	被造物らの軍団を謂う
	足で立つ者もうおりはせぬ
	われらは逆立ちして歩くのみ	4370
不器用な連中	以前われらはへつらいながら
	食べ物得たが、今はおさらば！
	この靴にしろ踊りで裂けた

	だから裸足で歩くよりない
鬼火	沼からわれらはやって来た
	そこからやっと成り出たばかり
	それでもすぐにこの列に入り
	今じゃ小粋な人気者
流れ星	かの高みから私は射てきた
	星の輝き、炎をなして　　　　　　　　　4380
	今、草原に横たわるのみ ——
	誰か私を立たせておくれ！
肥満の衆	さ、さ、下がりおれーい！　四方八方！
	雑草どもよ、下に―、下に―
	幽霊様のお通りじゃぁ。幽霊様は
	おみ足がちとご不自由じゃが
パック	そう肥満体見せびらかすな
	まるで若象みたいじゃないか
	今日一番の不格好者
	それは私だ、でぶのパックだ　　　　　　4390
アリエル	愛ある自然また霊は
	おみらに翼与えけり
	我が軽やけき跡追いて
	薔薇の丘へと登り行け！
オーケストラ	（Pianissimo）　流るる雲と霧の衣
	明るみ来たる高きより
	葉群れに大気、葦に風
	かくて物みな散り果てぬ

曇り日・野

ファウスト、メフィストーフェレス

ファウスト 悲嘆のなかで！ 絶望して！ 哀れにもこの世を永くさまよったあと、今は囚われの身となって！ 犯罪者として、恐ろしい苦しみを抱えながら、獄に閉じ込められているのか、あのやさしい、不幸な子が！ そこまでとうとう来てしまったか！ ── 汝、裏切り者、役立たずの霊よ、お前はしかもその事を私に隠していたんだな！ ── 立て、さあ立て！ 悪魔の目玉を剥き出して、憤怒を籠めて頭の中を回転させろ！ 立て！ いつまでここにいて私に逆らう気だ、忌ま忌ましい！ 捕まっているのか！ 取り返しのつかぬ悲嘆のなかで！ 悪霊どもに引き渡され、無情の裁き手に委ねられて！ よくもお前はその間に私を唆して、悪趣味な暇つぶしに連れ込んだな、あの子の悲惨が増してゆくのを私に隠しておれたな、あの子を救いのないままに破滅させる気か！

メフィストーフェレス なにも彼女が初めてというわけじゃなし

ファウスト 犬め！ なんたる厭わしい畜生だ！ ── こいつの姿をどうか変えたまえ、おんみ無限なる霊よ！ あの犬の姿に再び戻したまえ。こいつはよく夜の間に、犬になって私の前へやって来たものだ。罪なき旅人の足の前で転がったり、倒れる人の肩口にぶら下がったりもしたものだ。こいつをどうかまたあの好みの姿に変えさせたまえ。こいつが私の前で砂地に腹這いになり、私に足蹴にされていたあの姿に、この呪われた奴めを！ 初めてじゃない、と！ 哀れ、哀れ！ 人間の魂というものをちっとも分かっておらん。人の子一人以上のものが、この悲惨の底へと沈んだのだ。最初の一人が、他万人すべての

I / 第一部

罪のために、身を捩らせつつ彼の死の苦しみのなかで果たしたること、永遠に許しを与えたまう神の眼前でなしたること、それすらもなお充分ではなかったのだ！　それを思うと、我が骨髄を掻きむしるものがある、この唯一なる女性の悲惨には。それなのにお前は平然として、幾千幾万の人らの運命をにたにた笑って済ませる気か！

　　メフィスト　となればわれわれは既にまた、われわれの知の限界に来たことになる。そこへ来ると、お前さん方人間どもの頭が逆上せ上がってしまう。何故あんたは俺と付き合っているんだ、この交際をやり遂げること出来んのならば！　君は飛ぶつもりか、目眩は大丈夫か？　無理強いしたのはこちとらか、それともむしろお前さんの方じゃぁないのか？

　　ファウスト　お前の食い意地の張った歯を、そう私の方へ剥きだすな！　吐き気がするよ！ ― 偉大なる、壮麗なる霊よ、おんみ忝けなくも我に現れ給うたるものよ、我が心また魂を知りたまうおんみ、何故にこの汚辱の道連れに我を繋ぎ留めらるるのか、この者は危害を見て楽しみ破滅を味わって喜んでいるのみなのに？

　　メフィスト　足りたかい？

　　ファウスト　彼女を救ってくれ！　さもなければ、お前の身に災いあれ！　この上ない恐怖の呪いをその身に浴びせてやる、千年万年にわたる呪いを！

　　メフィスト　俺は復讐する者の絆を解くことができん、その閂を開けることも叶わん。― 彼女を救えだって！ ― 彼女を破滅に突き墜としたのは誰だったのか！　俺か、それともお前さんか？

　　ファウスト　（険しい眼で辺りを見回す）

　　メフィスト　雷でも摑む気か？　その火玉がお前さん方人間どもに与えらえなかったのは幸いだ。罪なくして向かって来る者を打ち砕こうなんぞ、それは独裁者の流儀、行き詰まったなかで気を晴らそうと

いう手合いのものだ。
　ファウスト　私をそこへ連れて行け！　彼女を自由にしなければならん！
　メフィスト　危険もあるよ、あんたはそれに曝されるぞ、いいのか？　よく聞け、町にはまだお前の手による血の罪が残っている。打ち殺された者の現場の上には、復讐の霊たちが漂うては、戻って来る殺害者を待ち受けているのだ。
　ファウスト　それを今ごろお前の口から聞こうとは！　世の殺戮と死を挙げてお前の身にぶつけてやる、この化け物め！　私の案内をしろと言ってるんだ。彼女を救い出せ！
　メフィスト　案内はするし、出来ることはやるよ。だが聞いてくれ！　天上天下、万能の力がこの俺にあるか？　獄の番人の頭は俺が眩まそう。その暇にお前さんが鍵を奪うんだ。そして人間の手で、彼女を外へ連れ出すのだ！　俺は見張っている！　魔法の馬も用意しておく。俺があんたたちを連れて出る。これが俺のやれることだ。
　ファウスト　そら飛び立て、行け！

夜・広野
ファウスト、メフィストーフェレス、黒馬に騎り驀進し来たる

ファウスト　　　向こうの刑場の周りで動いているのは何だ？
メフィストーフェレス　　知らんなあ、何をしでかすつもりか
ファウスト　　　舞い上がり舞い降りたり、傾いたり曲ったりしておる
メフィスト　　　魔女の仲間たちだろう
ファウスト　　　清めの砂を撒いている
メフィスト　　　見過ごしておけ！　行くぞ！

牢　獄

ファウスト　（一束の鍵とランプを持ち、鉄の小さな扉の前で）
　　とうに忘れていた戦慄が今、私を捉える
　　人間存在の悲痛全体が私を捕まえるのだ
　　ここで彼女は暮らしているのか、この濡れた壁の向こうで
　　彼女の犯罪は良き妄想であったというのに！
　　お前は彼女の所へ行くのを躊躇っている！
　　彼女に再会するのを恐れている！　　　　　　　　　　　4410
　　進むのだ！　お前の躊躇いはおもむろに死を招くのみだ
　　　　　　　　彼は錠前を手にとる。中で歌声がする
　　　　私の母さん娼婦なの
　　　　私を殺した母さんは！
　　　　私の父さん悪い人
　　　　私を忘れて逃げてった！
　　　　私の妹小さいの
　　　　私の骨を拾い上げ
　　　　涼しい場所に葬った
　　　　そこで私は美しい
　　　　小鳥になって飛んで行く！　　　　　　　　　　　　4420
ファウスト　（鍵を開けて）
　　彼女は予感していない、恋人が聞いているのを
　　鎖ががちゃがちゃ鳴る音や、藁ががさがさしているのも
　　　　　　　　彼は中に入る
マルガレーテ　（藁床の上で身を隠しながら）

牢　獄 / 4422

　　　　　ああ！　ああ！　人が来る。つらい死が来る！
ファウスト　（小声で）
　　　　　静かに！　静かに！　私が君を救いに来たのだ
マルガレーテ　（彼の前でのたうち回りながら）
　　　　　あなたが人間なら、あたしの苦しみを感じて
ファウスト　君が叫ぶと、番人たちを眠りから起こしてしまうよ！
　　　　　　　　（彼は鎖を解こうとして手にとる）
マルガレーテ　（跪いて）誰があなたに、刑吏さん、あたしを罰する
　　　　　権能を与えたのですか？
　　　　　まだ夜中なのにもうあたしを連れて行くの？
　　　　　憐れんで下さい、あたしを生かしておいて！　　　　　　　4430
　　　　　明日の朝でも間に合うじゃないの？
　　　　　　　　　　（彼女は身を起こす）
　　　　　だってあたしまだこんなに若いんですもの、こんなに！
　　　　　だのにもう死ななきゃならないの？
　　　　　あたしだって綺麗だった。それがあたしの命取りとなった
　　　　　愛しい人は傍にいたのに、今では遠くに行ってしまった！
　　　　　花輪は千切られ、花は散った！
　　　　　あたしをそんなにきつく摑まえないで！
　　　　　あたしをいたわって！　あたしがあなたに何をした？
　　　　　あたしの懇願を無にしないでよ
　　　　　だってあたしこれまであなたなんか見たこともないわ！　　4440
ファウスト　この悲嘆に私が打ち勝てるなら！
マルガレーテ　あたしは今は全くあなたの手中にあります
　　　　　どうぞ先ずあの子に乳を与えさせて
　　　　　あたしあの子を一晩じゅう抱いてるわ
　　　　　町の人たち、あたしからあの子を奪ったの、嫌がらせのために

4423 / 第一部

そして今になって、あたしがあの子を殺したって言ってるわ
　　　もう二度とあたしは楽しくなれないの
　　　あたしに向かって人々は歌ってる！　人々は怒ってる！って
　　　古いお伽話の終わりがそうよ
　　　でも誰にその意味が分かるでしょう！ 4450
ファウスト　（身を伏せて）　愛する者が君の足元に伏しているのだ
　　　悲嘆の獄舎をこじ開けるために
マルガレーテ　（彼に身を投げかけて）
　　　おお、あたしたち跪きましょう、聖者らを呼び迎えるべく！
　　　ご覧なさい、この石段の下
　　　この敷居の下で
　　　地獄が煮えくりかえっているのです！
　　　悪魔が
　　　恐ろしい憎悪を籠めて
　　　轟音を立てています！
ファウスト　（大声で）　グレートヒェン！　グレートヒェン！ 4460
マルガレーテ　（気がついた様子で）　あれは愛しい人の声だわ！
　　　　　　　　　　彼女は跳び上がる。鎖は落ちる
　　　どこなの？　あの人の呼ぶ声が聞こえたわ
　　　あたしは自由なんだ！　誰にもあたしの邪魔はさせない
　　　あの人の頸に飛んで行こう
　　　あの人の胸に寄り添っていたい！
　　　グレートヒェンって呼んだわ！　あの人敷居に立っていた
　　　地獄のわめき声、騒音の真っ只中で
　　　悪魔の憎しみの嘲りを突き破って
　　　あたしにははっきり分かった、あの甘い愛の音が
ファウスト　　私だよ！

牢　獄／4469

マルガレーテ　　　あなたなのね！　ああ、もう一度そう言って！　　4470
　　　　　　　（彼を抱きながら）
　あの人だわ！　あの人だわ！　悩みはすべてどこへ行った？
　牢屋の不安、鎖の苦しみはどこへ行った！
　あなただわ！　あたしを救いに来たのね！
　あたしは救われた！　—
　もうあの通りがまたそこにあるわ
　あたしがあなたに初めて会った、あの街路
　それからあの愉快な庭園
　あたしとマルテ小母さんがあなたを待ち受けた所
ファウスト　（先を急いで）お出で！　一緒にお出で！
マルガレーテ　　　　　　　　　　　　　　　　ここにいて！
　だってあたし、あなたのいる所にいたいのよ　　　　　　　　4480
　　　　　　　（愛撫しながら）
ファウスト　急いでくれ！
　急がなかったら
　取り返しのつかないことになる
マルガレーテ　どうして？　あなたもうキスができないの？
　愛しい方、ほんの僅かの間あたしから離れただけなのに
　キスをもう忘れてしまったの？　どうしてあたし
　あなたの頸に縋りながら、こんなにおどおどするのかしら？
　以前は、あなたの言葉から、あなたの眼差しから
　空全体があたしを覆って迫って来たのに
　そしてあなたはあたしにキスをした、まるで窒息させるみたいに　4490
　あたしにキスをして！
　でなきゃあたしがキスするわ！
　　　　　　　　彼女は彼を抱く

4470 / 第一部

　　　　ああ、なんてこと！　あなたの唇冷たいわ
　　　　それに黙ってる
　　　　あなたの愛は
　　　　どこへ行ったの？
　　　　誰があたしからそれを奪ったの？
　　　　　　　　　　　彼女は彼から身をそむける
ファウスト　　お出で！　私について！　愛しい子、勇気を持って！
　　　　私は君を抱きしめる、千倍の熱を籠めて
　　　　さあついて来たまえ！　お願いだ、この通り！　　　　　　　　4500
マルガレーテ　（彼の方を向いて）
　　　　ほんとにあなたなのね？　あなたもそう思ってらっしゃる？
ファウスト　　私だ！　一緒にお出で！
マルガレーテ　　　　　　　　　　あなたが鎖を外して下さる
　　　　あたしをまたあなたの膝に抱いて下さる
　　　　あたしを前にして怖がらないのは、どうしてなの？　—
　　　　分かってらっしゃる、愛しい方、あなたが何者を解放するのか？
ファウスト　　お出で！　お出で！　深い夜がもう逃げて行く
マルガレーテ　　母さんをあたしは殺しました
　　　　自分の子供を水に漬けて殺しました
　　　　あの子はあなたとあたしに恵まれた子じゃなかった？
　　　　あなたにもよ！　—　本当にあなたなのね！　あたし信じられない　4510
　　　　手をかして！　これは夢じゃない！
　　　　あなたのやさしい手！　—　けどその手は濡れてる！
　　　　それを洗い落としてよ！　なんだか血が
　　　　付いてるみたい
　　　　ああ神様！　なんてことをあなたしたの？
　　　　その剣を鞘におさめてよ

　　　　　　　　　　　　　　　　　　　　　　　　　　　牢　獄／4516

　　　　　　お願いだから！
ファウスト　　過ぎたことは過ぎたことにしておくれ
　　　　　　君は私を殺してしまう
マルガレーテ　　いいえ、あなたは生き残らないといけません！　　　4520
　　　　　　あたしはお墓のことを言っとくわ
　　　　　　その世話をあなたにして頂きたいの
　　　　　　明日の朝すぐにでも
　　　　　　母さんには一番いい場所をあげてね
　　　　　　兄さんにはそのすぐ隣
　　　　　　あたしのは少し離れて
　　　　　　でもあんまり遠くじゃ嫌よ！
　　　　　　子供はあたしの右の胸に抱かせて
　　　　　　他には誰一人あたしの傍には寄せないで！
　　　　　　あなたの横にぴったり寄り添う　　　　　　　　　　　　4530
　　　　　　それはあたしの甘い、やさしい幸せだった！
　　　　　　けれどもそれはもう叶えられそうもない
　　　　　　あたし自分をあなたの方へ押しつけなきゃならないみたいな
　　　　　　気がするの。まるであなたがあたしを突き戻そうとしてるような
　　　　　　でもこれあなたなのね。そんなに善良で敬虔な目で見てるもの
ファウスト　　私だってことが分かるのか。じゃぁお出で！
マルガレーテ　　外へ出るの？
ファウスト　　自由の野外へだ
マルガレーテ　　　　　　外にはお墓がある
　　　　　　死神が窺っている、さぁお出でって！
　　　　　　ここから永遠の休らいの床へ　　　　　　　　　　　　　4540
　　　　　　その先へは一歩も出ることはない ― あなたもう行くの？
　　　　　　おおハインリッヒ、あたしもついて行けたら！

ファウスト　　　一緒に来れるよ！　その気になるんだ！　扉は開いてる
マルガレーテ　　行けません。あたしにはなんの希望もありません
　　　逃げ出して何になるの？　町の人らがあたしを窺ってるわ
　　　乞食するよりないなんて、そんな惨めなこと嫌よ
　　　それに良心の呵責まで加わって！
　　　見知らぬよその地をさまようのも悲惨だわね
　　　それでも人々はあたしをきっと捕まえるわ！
ファウスト　　　私がずっと君の傍にいるよ　　　　　　　　　　　　　4550
マルガレーテ　　早く！　早く！
　　　あなたの可哀相な子供を助け出して！
　　　ほらこの道を
　　　小川に沿って上がるのよ
　　　橋を渡って
　　　森の中に入って行くの
　　　板塀のある左手
　　　そこの池に
　　　子供をすぐに摑まえて！
　　　体を起こそうとしてる　　　　　　　　　　　　　　　　　　　4560
　　　まだ手足をばたつかせてる
　　　救って！　救って！
ファウスト　　　よく考えておくれ！
　　　あと一歩じゃないか。そうしたら君は自由の身なんだ！
マルガレーテ　　あたしたちがあの山を通り抜けさえすれば！
　　　あそこの石の上にあたしの母さんが座ってる
　　　あたしは髪の毛を冷たい手で摑まれたような気がする！
　　　そこで母さんが石の上に座っている
　　　そして頭をこくりこくりさせてるわ

　　　　　　　　　　　　　　　　　　　　　　　　　牢　獄 / 4569

　　　　母さんはこっちを見ないし頷きもしない、頭が重いの　　　　4570
　　　　ずっと眠ったままだった。もう目を覚ますこともない
　　　　母さんは眠ってたの、あたしたちが楽しんでいる間に
　　　　あれはとっても幸せな時だった！
　ファウスト　　これでは哀願しても役には立たん、話しても無駄だ
　　　　君を摑まえて運び出すよりない
　マルガレーテ　　放して！　駄目！　あたしは暴力は嫌よ！
　　　　あたしをそんなに摑まえないで、人殺しみたいに！
　　　　前にあたしはあんなにあなたのために尽くして来たじゃないの
　ファウスト　　空が白んできた！　愛する子よ！　お願いだ！
　マルガレーテ　　朝が来る！　日が昇る！　最後の日が迫って来る！　4580
　　　　あたしの婚礼の日になる筈だった！
　　　　あなたがもうグレートヒェンの所にいたなんて言っちゃぁ駄目よ
　　　　哀れ、あたしの花冠！
　　　　起こった事はしようがない！
　　　　あたしたちはまた再会するでしょう
　　　　でも踊りの場でってわけには行かない
　　　　大勢の人たちが押し寄せてくる、聞こえないけど
　　　　広場にも、通りにも
　　　　おさまりきらないほどの群衆
　　　　鐘が鳴って、死刑宣告の杖が折られる　　　　4590
　　　　獄吏があたしを縛り、押さえ込む
　　　　血の椅子へあたしはもう引き出された
　　　　あたしの頸を狙って光る刃が
　　　　誰の頭にも不気味に閃く
　　　　この世はまるで墓場のように森閑としている！
　ファウスト　　ああ、私は生まれなければよかった！

4570 / 第一部

メフィスト　（外に現れる）立て！　さもないとお前さん方終わりだぞ
　　　愚図愚図していてなんになる！　躊躇ってお喋りしていて！
　　　俺の魔法の馬が怖がっておる
　　　朝日がほのぼのしてきたからだ

マルガレーテ　この床から立ち上がって来たのは何？
　　　あの男だ！　あれだ！　この人をどこかへやって！
　　　この神聖な場所でこの人何をする気なの？
　　　あたしを摑まえるつもりだわ！

ファウスト　　　　　　　　君には生きてもらわねばならん！

マルガレーテ　神様の裁き！　おんみにあたしは身を委ねます！

メフィスト　（ファウストに向かって）
　　　来い！　来い！　あの子ともども置き去りにするぞ

マルガレーテ　父なる神様あたしはおんみのもの！　お救い下さい！
　　　おんみら天使！　聖なる群れよ
　　　あたしを取り囲み、あたしをお護り下さい！
　　　ハインリッヒ！　あたしあなたが怖い

メフィスト　彼女は裁かれた！

声　（天上より）　　　　　　救われたのだ！

メフィスト　（ファウストに）　　　こっちへ来い！
　　　　　　　　ファウストとともに消える

声　（内より、消え入るように）ハインリッヒ！　ハインリッヒ！

第二部

第一幕

優雅の地

ファウスト、花咲く芝地で床についており、疲れて落ち着かず、眠りを求める
薄明
霊の一群、輪をなして漂いつつ動く。優美なる小さき形姿

アーリエル　（歌、風神エーオルスの風琴の伴奏で）
　　　　とりどりの花々の春の雨
　　　　ものなべて覆うごと漂いつ
　　　　沈むとき、野の緑ことほぎて
　　　　地に生れし者らにも輝けば
　　　　小さなる妖精の集い来て
　　　　急ぎ行き助けめや、霊の群れ
　　　　聖なると悪なるを問わずして
　　　　幸薄き男には悲哀もて　　　　　　　　　　　　　　4620

　お前たち、この頭をめぐって、風の輪をなし漂うものら
　ここでその実を示せ、高貴なる妖精の常のままに
　この心の苦痛なす縺れを和ませよかし
　悲憤に燃える鋭い矢をも取り除き
　彼の内奥を清めよ、その体験したる恐怖よりして
　夜の時の間は四の数よりなる

されば怠りなくその一つ一つをやさしく満たせ
先ず彼の頭を涼しい枕に沈める
次に彼を忘却の川の露に浸すがよい
痙攣し硬直していた手足もやがてしなやかになる 4630
彼が丈夫になって日を迎えるまで休ろうたならば
妖精たちの最美の義務を果たすことになる
彼を送り返せ、聖なる光の手に

合唱　（個々に、また二人ずつ、もしくは数人で。代わる代わる、一緒になり）

　　　　風穏やけく満ち来たり
　　　　緑の牧場包むとき
　　　　甘き香りと霧の衣
　　　　黄昏は地に呼び招く
　　　　甘き平和を囁きつ
　　　　心を癒す無垢の床
　　　　疲れし人のまなこにも 4640
　　　　昼の扉は閉ざさるる

　　　　夜のとばりは早降りて
　　　　聖なる星も次々と
　　　　大小あまた輝けり
　　　　近き炎よ、遠き灯よ
　　　　湖水に映ゆるその光
　　　　玲瓏の夜いよよ冴え
　　　　深き休らぎ、その幸に
　　　　王者満月晧々と

優雅の地 / 4649

　　　　　既にあまたの時は去り　　　　　　　　　　4650
　　　　　苦痛も幸も消え失せぬ
　　　　　先立ちてそを感ずべし！
　　　　　新たなる日を見て生きよ！
　　　　　谷は緑し、丘繁り
　　　　　日陰やさしき憩いなれ
　　　　　やがて揺るるは銀の波
　　　　　取り入れ近き豊けさよ

　　　　　望み求むる者はかの
　　　　　輝きをこそ視るべけれ！
　　　　　静けき光汝を包む　　　　　　　　　　　　4660
　　　　　眠りは器、そを捨てよ！
　　　　　怠るなかれ、敢えてなせ
　　　　　人は躊躇いさまようも
　　　　　すべて果たすは高貴なる
　　　　　理解と果断ある者ぞ

　　　　　　　　　大音響、太陽の接近を告げる
アーリエル　　聞け！　時の神ホーレンが嵐！
　　　　　鳴り渡るかな、妖精の耳に
　　　　　新たなる日は早生まれたり
　　　　　巌の扉軋みつつ鳴る
　　　　　日の神の車輪、轟然と廻り　　　　　　　4670
　　　　　光は運ぶこの音響を！
　　　　　太鼓の響き、喇叭の調べ
　　　　　目はしばたたき耳は驚く

4650／第二部　第一幕

　　　　　　未聞の轟き、聞くに耐ええず
　　　　　　されば妖精花冠に潜れ
　　　　　　深きに入りて静けく暮らせ
　　　　　　岩の中へも、葉陰へも入れ
　　　　　　響き当たらば、耳破れなん
ファウスト　　　生の脈拍は爽やかに生き生きと打ち
　エーテルに包まれた薄明をやさしく迎える　　　　　　　　　　　　4680
　お前大地よ、お前はこの夜も休むことなく在り
　今や新たに私の足下で晴れやかに息づかう
　そして早くも歓喜を以て私を包み込もうとする
　お前大地は私の心を動かし揺すぶり、力強い決意を呼び起こす
　最高の生存を目指して常に努力し続けるべく ──
　薄明の光のなかに世界は開かれている
　森は百千の鳥の声に、命の響きを立て
　谷を出で谷に入り、たなびく霧は流れ来る
　だが、天の清明は谷底深くに射し入って
　枝という枝すべて若やぎ芽ぶき始める　　　　　　　　　　　　　　4690
　木々はその眠りに落ちていた深淵から香ぐわしく生い立ち
　とりどりの色も鮮やかに地底から輝き出で
　花も葉も、震える真珠の雫をたらす ──
　我が身を取り巻き、現れる楽園の姿

　見上ぐれば ── 連なる峰の巨大な頂は早
　荘厳の刻を告げている
　高き峰々はいち早く、永遠の光を享受しうるのだ
　光がやがて下方のわれわれに注がれるより前に
　今やアルプスに寄り添う緑の牧場にも

　　　　　　　　　　　　　　　　　　　優雅の地 / 4699

新たな輝きと明澄が施されてきた
段をなして次第に下方へ、光は移る──
陽が現れるのだ！　だが惜しいかな、早、眼は眩み
射てくる痛みに浸されて、私は顔を背けてしまう

さもあらん、焦がれる想いが
最高の希望に向かい、親しく迫りゆくとき
充足の扉が腕を開くと見えることもある
だが、かの永遠の地底よりして、現れる巨大な
焔の塊が噴き出ると、われらは立ち竦んでしまう
生の炬火(かがりび)を点そうとわれらは望むが
焔の海がわれらを包むのだ、なんという火だ！　燃えるように
われらを囲繞するもの、それは愛なのか、それとも憎なのか？
火は途方もない苦痛と歓喜とを以て交々にわれらを包み込む
かくしてわれらは再び大地へと眼を向け
若々しい薄明に身を隠すよりないのだ

されば太陽は、我が背にあるがよい！
岩場を滑り落ちる、あの瀑布を
私は、つのる狂喜の念とともに振り仰ぐ
墜ちまた墜ちて滝は今や千々に波打ち
また幾千の流れをなして注ぎ来たる
高き空中へ無数の飛沫を散らしつつ
それにしてもなんたる壮観であろう。この嵐から湧き出て
色ある弧状が束の間まどかに懸かってはまた変わりゆく
純なる姿を描いては早、大気のうちに飛散して
四囲一面に香ぐわしい冷気の雨を拡げてゆく！

4700 / 第二部　第一幕

この虹こそ、人間の営為を映し出すものだ
その意味を熟慮するなら、汝はよりよく理解できよう
色ある反映においてわれらは生を持つのだと

皇帝の居城
玉座の広間

枢密顧問官、皇帝を待ち受ける
トランペット
各種の廷臣ら礼服姿で登場
皇帝、玉座に着く。その右手に占星術師

皇帝 朕が忠良なる家臣、遠近各地より参集せる
　　諸君を迎えるは、欣快の至りである
　　ところで、賢者を我が右手に見るのみにして　　　　4730
　　愚者がおらぬが、いずこへ参ったか？
貴公子 陛下のマントの裾すぐ後ろにて
　　奴めは階段に倒れたのでございます
　　脂肪脹れの巨体は担ぎ出しましたが
　　生死のほどは分かりませぬ
別の貴公子 直ちに、驚くべく速やかに
　　別の愚者が入れ代わり罷り出ました
　　その者、なかなか派手に身を繕っております
　　顔は醜く、誰しもたじろぐほどでございます
　　番兵はその者を門前にて制止しまして　　　　4740
　　矛槍を横ざまに構えましたが ──
　　あれ、もうやって参りました、大胆不敵の愚者が！

メフィストーフェレス　（玉座に寄って跪きながら）
　　　嫌われながら、常に歓迎されるものは何？
　　　求められながら、また常に追い出されるものは何？
　　　招かれざる客とは誰？
　　　きつく叱られ、難じられるのは何？
　　　陛下がお傍に呼び寄せられてはならぬは誰？
　　　陛下の玉座に侍るのは何？
　　　自分から放逐の憂き目を招いたのは何？　　　　　　　　　　　　4750
皇帝　　今回はお前の言葉を控えよ！
　　　ここは謎々の場ではない
　　　それはここなる面々に任しておこう　──
　　　ではお前が解いてみよ！　それを聞きたいものじゃ
　　　前の愚者は遠くへ行ってしもうた、やも知れぬ
　　　その代わりになれ、我が横に来るがよい
　　　　　　　　　　メフィストーフェレス上座に登り、左手に座る
大勢の呟き声　　新手の愚者だ　──　やれやれ、また悩みの種だ　──
　　　あいつどこから来たんだ？　──　どうやって入って来たのか？　──
　　　前のは倒れた　──　身を滅ぼした　──
　　　奴はビヤ樽、──　今度のは瘦せっぽち　──　　　　　　　　　　　4760
皇帝　　さて、朕が忠良なる家臣
　　　遠近各地より見えたる諸君、よう来られた！
　　　諸君の参集は良き星とともにある
　　　かの天上にわれらが幸と栄とが書かれておる
　　　だが、言われよ、何故にこの数日
　　　折しもわれら諸々の憂慮を払い去り
　　　仮装舞踏会もどきの飾り髭などたくわえ
　　　愉快なる事どもをのみ享受せんものと望みいる時

何故に協議なぞして苦労することがある？
じゃが諸君の意見では、それもやむなき由　　　　　　　　4770
かく相成ったる以上、早速事を始められよ

官房長官　皇帝陛下のおん頭上をめぐり、さながら聖なる光の如く
　最高の御徳が包んでおりまする。この美徳をば
　正当に発揚なさるは、ただ陛下御一人にござります
　正義！　── 万人が愛するもの
　人みな求め、望み、欠かしえざるもの
　それを人民に許し与えることは、陛下の御手に懸かっております
　然るに、ああ！　人間精神にとり悟性がなんの役に立ちましょう
　心に善意、手に進取とは申しながら
　国じゅうを熱病の如きが荒れ狂い　　　　　　　　　　　　4780
　悪行に継ぐ悪行が横行しております現状のもとでは？
　この高殿より見下ろし、広大なる帝国を見る者には
　国は重苦しき夢が如くに思われます
　そこでは奇々怪々が蔓延り
　不法が法の面してのさばっております
　まさに迷誤の世界が展開している次第であります

　或るは家畜を奪い、或るは女を凌辱し
　聖杯、十字架、燭台を祭壇より奪い
　それをば何年も自慢して憚らぬ有り様
　まさに鉄面皮そのものの態たらく　　　　　　　　　　　4790
　そこで訴願者の群れが法廷に押しかけますが
　裁判官はどっかと腰を据えたまま
　その暇にも、怒る大浪の如く反乱の気運が起こり
　その騒擾は日毎に増しております

皇帝の居城 / 4794

　　　　汚辱と不埒を平然と誇るもあれば
　　　　共犯の親玉にすがるもあり
　　　　そうしてまさに罪なき者が自らの身を守ろうとする場所で
　　　　有罪！　が告げられますのを、陛下はいかに聞こし召さるるや
　　　　かくては世界は粉々に砕け
　　　　己に相応しきものを無に帰せしめるよりございますまい　　　　　　　4800
　　　　いかにしてかかる所に、われらを唯一正義へと導きまする
　　　　そのような心が発展しえましょうか？
　　　　しまいには、思慮ある男も
　　　　諂い者や贈賄者に靡き
　　　　罰しえざる裁判官は遂には犯罪者に
　　　　与するものと成り果てましょう
　　　　私は事態を黒く描き過ぎた嫌いはございますが、この真相の前に
　　　　より厚いベールを纏わせたい、それが本心でございます　（間）
　　　　大英断が不可避であります
　　　　万人が傷つけ、万人が苦しむ時、　　　　　　　　　　　　　　　　4810
　　　　尊厳も煙霧と化するでありましょう
最高司令官　ここ数日の酷い騒ぎは何事か！
　　　　互いに殺し殺されておる
　　　　司令部の命令に耳藉さぬ
　　　　市民は己の壁に隠れ
　　　　騎士は岩山の巣にあり
　　　　われらよりも長持ちすることを誓い合って
　　　　それぞれの力を堅持している
　　　　傭兵どもはいらいらしながら
　　　　騒ぎ立てては賃金を要求する有り様でございます　　　　　　　　　4820
　　　　われわれが奴らにもう借りがなくなりますれば

奴らはすたこらさっさと逃げて行きましょう
これらすべての要求を禁ずる者あらば
蜂の巣をつついたも同然の憂き目に逢いましょう
彼らを庇護すべき帝国が
略奪され、荒らされている現状であります
彼らの乱暴狼藉を放置しております以上
既にして世界は半分失われたも同然
よそにはまだ幾人か国王がおられますが
皆、我関せず焉の構えであります　　　　　　　　　　　　4830

財務長官　　今どき連邦同盟なんぞ唱える者はおりますまい！
軍事援助金などと約しておりましたが
樋の水のように途絶えたままであります
また、陛下、おんみが遠き国々で
何びとの手にその所有は帰したでありましょうか？
行く先々で、新しい人が所帯を作っております
独立独歩、その精神で生きて行くつもりです
彼のやり方を、われわれは傍観するよりありません
われわれはあれほど沢山の権利を与えてしまいました、その結果
われわれには最早なにものに対する権利も全く残っておりません　4840
諸々の党派、その名はどうであれ、これにも
今日、信用は置けません
彼らは非難、もしくは称賛を好みます
愛と憎悪とで所詮は無関心になり果てました
皇帝党ギベリンの、教皇党グェルフェンのと申しましても
身は隠したまま、休息しております
誰が現在、近隣の人を助けようとするでしょうか？
各人己のことで手が一杯という有り様です

皇帝の居城 / 4848

　　　　黄金の門は塞がれております
　　　　誰もが引っ掻き、削り、集めています　　　　　　　　　　4850
　　　　して、われわれの金庫は空っぽのままでございます
主馬頭　　なんたる不祥事を私めも経験したことでございましょう！
　　　　われわれは日毎節約を心掛けております
　　　　ですが支出は日毎に増すばかり
　　　　そして私の苦しみは日に日につのります
　　　　料理人らは不足も平気で
　　　　猪、鹿、兎、のろしか
　　　　七面鳥や鶏やら、鵞鳥に鴨
　　　　現物納付、確かな貢物
　　　　それはまだかなり入っては参りますが　　　　　　　　　　4860
　　　　それでも最後はワインに事欠きます
　　　　以前は酒蔵に樽の山が積まれていましたが
　　　　それも最高の山と年度のものばかり
　　　　それも今は、高貴の方々の果て知れぬ酒盛りで
　　　　とうとう最後の一滴まで飲み干された次第でございます
　　　　市議会はその貯蔵樽まで抜く始末
　　　　それっとばかり大ジョッキやら鍋やらに手が伸びる
　　　　そして机の下には吐かれた御馳走が
　　　　さて勘定は私め、みな支払わねばなりませぬ
　　　　ユダヤ人は私を労ってはくれませぬ　　　　　　　　　　4870
　　　　彼は先取りとやら申し、前貸しを致します
　　　　その計算で年々先回りして食っている有り様です
　　　　豚に脂肪のつく暇もありませぬ
　　　　ベッドの枕も担保のお蔭
　　　　食卓に来るのは未払いで食うパン

4849 / 第二部　第一幕

皇帝　（しばらく考え込んでからメフィストーフェレスに向かって）
　　言うがよい、お前愚者もまだ何か困っておることがあろう？
メフィスト　　私ですか？　何もありません。この周りの輝きを眺め
　　皇帝陛下とご家臣を仰ぎ奉る！　──　ご威光遍ねく行き渡り
　　備えの軍勢、敵を追い払う所
　　そこに信頼の欠ける筈などございません　　　　　　　　　　4880
　　悟性によって強められたる善意
　　多面的なる行動性、この二つを駆使遊ばします所に
　　そのような所で一体何が結束して災いを起こしえましょうか？
　　かくも星々の輝く所、そこに闇を呼びうるでありましょうか？
呟きの声　　あれは狡猾な奴だ　──　ちゃんと心得とる　──
　　嘘をついて取り入る手合いだ　──　成り行きまかせの　──
　　もう分かっとる　──　後ろに潜んどるものがな　──
　　この先どうなる？　──　なんぞ計画を持ち出すんじゃろ　──
メフィスト　　この世界で不足のない所がどこにありましょう？
　　あれにはこれ、これにはあれ。欠けているのは金でございます　4890
　　まさか地面から金をかき集めるわけには参りません
　　けれども知恵が、最深のものをたぐり寄せる術を弁えております
　　山の鉱脈に、岸壁の底に、黄金は見つかります
　　そのまま貨幣として使えるのもあり、鋳造するのもありますが
　　誰がそれを採掘するのかとお訊ねならば
　　才ある男の自然力と精神力だと申しましょう
官房長官　　自然と精神　──　それはキリスト教信者向きの言ではない
　　だから人は無神論者を火炙りの刑に処してきたのだ
　　そういう言説は極めて危険であるとしてな
　　自然は罪なり、精神は悪魔なり　　　　　　　　　　　　　　4900
　　両者は互いの間で疑惑を抱えておる

皇帝の居城 / 4901

　　　　この疑惑が、両者の生んだ両性具有の奇形児というわけだ
　　　　われわれの所はそうなって欲しくない！　我が帝国の
　　　　古き国々からは、ただ二つの氏族のみが生じた
　　　　両者は厳かに玉座を支えてきた
　　　　聖職者たちと騎士たちとである
　　　　ともにあらゆる嵐に耐え
　　　　それぞれ教会と国とを以て報われておる
　　　　混乱した精神をもつ民心からは
　　　　反抗が勢いを得つつある　　　　　　　　　　　　　4910
　　　　これが異教徒らであり、魔法使いどもである！
　　　　この者らが町と国とを荒廃させている
　　　　ところでお前はそういう連中を、冗談まじりに不敵にも
　　　　この高遠なる集いの中へ持ち込もうとするのだな
　　　　諸君、この破滅せる心には用心されよ
　　　　愚者と魔法使いとは近縁であるからな
メフィスト　　貴下が学あるお方だということがよく分かりました！
　　　　貴下がお手になさらぬものは、何マイルも遠きにあり
　　　　貴下が捉えぬものは、なくて宜しい
　　　　貴下が計算なさらぬものは、真ならず、とのお考え　　　4920
　　　　貴下が測られぬものは、貴下にとって重さなし
　　　　貴下が鋳造なさらぬものは、価値なし、と思っておられる
皇帝　　それでわれわれの幾多の不足が解消されるわけではない
　　　　で、お前は今、お前の四旬節説教で以て何を言おうとするのじゃ？
　　　　朕はこのいつ果てるともない方途やら仮定やらには飽き飽きした
　　　　金がない、よし、それならば金を調達せよ
メフィスト　　私がお望みのものを調達。いや更に作りましょう
　　　　それはいとも容易ですが、その容易なものが困難なのです

4902／第二部　第一幕

それはもう現に在るのですが、それを手に入れますには
技術が要ります。誰がその手始めを弁えておりましょう？ 4930
考えてもご覧召され、あの戦争騒ぎの最中
人間の洪水が国と民とを溺れ死にさせました折
どんなに誰も彼もが、恐怖のなかにいてさえ
自分の最愛のものをあっちやこっちに埋めて隠したかってことを
昔からそうでした。強大なローマ人の時代にも
これがずっと続いているのです。昨日まで、いや今日まで
そのすべては土中に静かに横たわったまんまです
土中のものは皇帝のもの。陛下がそれを所有なさるべきです

財務長官　　愚者にしては、なかなか結構なことを言いますなぁ
確かにそれは古き帝国のものではある 4940
官房長官　　閻魔大王が諸君に黄金造りの罠をかけとるのですぞ
これは敬虔な真っ当な物事の運びではない
主馬頭　　どうか我が宮廷にその有り難い贈り物を運んでもらいたい
少々の不正は私が負うてもよい
司令長官　　あの愚者、賢いぞ。誰にでも役立つものを約束しておる
兵士は、どこから来た金かを問いはせん
メフィスト　　もし皆様方が私めにたぶらかされているとお思いなら
ここに一人の男がおります。この占星術師にお訊ねあれ！
星の圏をめぐり圏に入り、その刻と座とを彼は知っております
では言うて下され、天の模様は如何なりや？ 4950
呟きの声　　いたずら者が二人か？ ── もう話がついとるようだ ──
愚者と夢想家 ── あんなに玉座に近寄って ──
ひそひそ話だか歌だか ── 昔からある作り話だ ──
愚者がこっそり教えとる ── 賢者が話すぞ ──
占星術師　（話す。メフィストーフェレスが小声で口上を教える）

皇帝の居城 / 4954

　　　　太陽自体、それは純金である
　　　　使者なる水星は恩寵と給金とを得るべく仕える
　　　　優しきおみな金星は諸君ら皆を魅了した
　　　　朝早くまた夕べにも、彼女は諸君を親しげに見つめる
　　　　汚れなき月ルナは悲しみの面持ち
　　　　火星は、打ち当たりこそせぬが、その力で諸君らを脅かす
　　　　そして木星にはやはり最高の輝きが残されている
　　　　土星は大きい。眼からは遠く小さいが
　　　　この星をわれらは金属としてはさして尊敬せぬものの
　　　　価値こそ少なけれ、重量は重い
　　　　然り！　太陽に月がかそけく伴う時
　　　　それは銀に金が和するもの故、世界は晴れやかとなる
　　　　他の一切は獲得されうる
　　　　宮殿、庭園、可愛い胸、紅の頬
　　　　そのすべてをば造るのが博覧強記の男
　　　　彼こそは、われらの誰もがなしえぬ事を、なし能う
皇帝　　二重に聞こえたぞ、この者の話す言葉が
　　　　しかもなお、朕を説得するには到らぬ
呟きの弧　われわれには何の意味がある？　── 月並みの冗談さ ──
　　　　暦の星占い ── 錬金術か ──
　　　　あんなのちょいちょい聞くよ ── 当て外れの元 ──
　　　　あんなのまで来おって ── ならず者だ ──
メフィスト　周りに人が立って驚いておる
　　　　この結構な発掘を信用しておらん
　　　　宝探しの魔法の樹を口にするのもいれば
　　　　黒犬まで担ぎだす奴もいる
　　　　一方は小賢しいが、他方は魔術を非難する

こりゃ一体どういうことなんだ？
　　　ちょっとでも足の裏が痒くなったら
　　　足取りがおぼつかなくなったら、悪魔だ魔法だと言いおる
　　　　お前さん方皆さん、永遠に支配する自然の
　　　密かな働きを感じておられるであろう
　　　その一番深い領域から
　　　匍い上がってくるのが、生ける痕跡だ
　　　それが手足のあちこちを抓るとき
　　　そのあたりがむずむずして落ち着かないとき　　　　　　　　　4990
　　　直ちに断固引っ掻くあるのみ、掘り返すのみ
　　　躓きもあり、財宝もあり！
呟きの声　　俺の足に鉛の重しが乗っかってるみたいな感じだ —
　　　俺は腕が痙攣しとる — 痛風だよ —
　　　俺は足の親指がちくちくする —
　　　俺は背中じゅうが痛む —
　　　こういう徴候が出て来た以上、ここは
　　　最高に豊かな宝石地帯やも
皇帝　　さぁ急げ！　お前は二度と抜け出しはならんぞ
　　　お前のほざいた嘘八百を実証せよ　　　　　　　　　　　　　5000
　　　そして直ちにわれわれに高貴なる領域を示せ
　　　朕は剣も王笏もここに外し置き
　　　己が尊き両手で以てその仕事をば成し遂げよう
　　　もしもお前が嘘をついておらぬなら
　　　だが嘘の場合は、お前を地獄に送り込むぞ！
メフィスト　　地獄へ行く道はどうやら見つかりそうに存じますが
　　　何が到る所持ち主もないまま、救いを待っていることか
　　　その辺のことは私めも充分には申し上げられません

　　　　　　　　　　　　　　　　　　　　皇帝の居城 / 5008

　　　　畦を耕す百姓が
　　　　黄金の壺を土くれごと掘り出すこともございます
　　　　硝石を塗り壁のなかで探しているつもりが
　　　　金ぴか金製の巻物を見つけたのでございます
　　　　びっくりしてそれを、皺くちゃの手に取り喜びました
　　　　およそ宝掘りを心得た者は
　　　　どんな穴蔵を爆破し
　　　　どの谷間に、どの隘路に
　　　　割り込まなくてはならぬことでしょう
　　　　遠くの方の、昔ながらの地下酒蔵で
　　　　黄金のジョッキや大皿小皿が並ぶなか
　　　　周りをぐるっと囲まれていると知るのです
　　　　高脚杯はルビー製
　　　　それを使おうとする矢先
　　　　脇にはちゃんと最古の美酒が
　　　　けれど ─ もし皆様方がその道の通人を信じられますなら ─
　　　　樽板はとうに腐っておりますし
　　　　酒石がワインの樽をなしております
　　　　さような高貴の本質成分は
　　　　黄金や宝石のみではございません
　　　　夜と恐怖に包まれているのです
　　　　賢者はここで飽きることなく探究を致します
　　　　昼間の認識、それは道化芝居
　　　　闇のなかにこそ神秘劇は住まう、であります
皇帝　その手のものはお前に任せておこう！　暗きに役立つは何か？
　　　　価値あるものは明るみに来たらねばならん
　　　　何びとが悪者を深夜に見分けられようか？

　　　　　牛は黒く、猫は灰色、いずれも夜は区別がつかぬ
　　　　　地下なる壺、黄金の重きに満てる ──
　　　　　汝が犂を振るえ、してその宝壺を光のもとへ掘り出してみよ
メフィスト　　鎌と鋤とを手に、御自らお掘り遊ばせ
　　　　　百姓仕事がおんみを偉大たらしめます
　　　　　されば黄金の牛の群れ
　　　　　土中よりして躍り出でます
　　　　　最早躊躇うところなく、歓喜のうちに
　　　　　陛下はご自身と、ご寵愛の姫君様をお飾りなされます
　　　　　輝く色と光の石は
　　　　　美と栄光をともに高めることでしょう
皇帝　　さぁすぐに、それ急げ！　いつまで暇どるのじゃ！
占星術師　（先ほど同様）　陛下、その性急なお望みは抑えて下さいませ
　　　　　先ずは色とりどりの祝賀劇をお通し遊ばされませ
　　　　　気もそぞろなる振る舞いは、目的に到る道ではございませぬ
　　　　　先ずわれわれは落ち着いて、自らの罪を償わねばなりません
　　　　　下々をお上よりして手に入れるのです
　　　　　善を欲する者、先ず己より善たるべし
　　　　　喜びを欲する者、その血を鎮めよ
　　　　　葡萄酒を望む者、熟せる実を搾れ
　　　　　奇跡を願う者、己の信心を強めよ、そう申します
皇帝　　では時を愉悦のうちに過ごすとしよう！
　　　　　願ったり叶ったり、灰の水曜日が来る
　　　　　その間にわれわれはともかく祝いをしよう
　　　　　謝肉祭を一層愉快に暴れるために
　　　　　　　　　　喇叭。全員退場
メフィスト　　功績と幸運とがどう繋がっているものか

愚者らの知るところではない
たとい愚者らにして賢者の石を得ることあらんも
その石には早、賢者の姿なし

大広間、小部屋付きの
仮装舞踏会用に種々装飾が施されている

先触れ　皆さんは、あの悪魔やら、愚者や死者らの踊りの国
　　　ドイツの地にいると思ってはなりません
　　　愉快な祭りが皆さんを待ち受けているのです
　　　皇帝陛下はローマ遠征のみぎり
　　　高いアルペンを越えられた
　　　ご自身の利益のため、また皆さんを喜ばすため　　　　5070
　　　そして明るい国を獲得された
　　　皇帝の身として、法王の足下で彼は
　　　支配の権利を請い受けられたのだ
　　　かくして王冠を受け取りに赴かれた際
　　　彼はわれらにも帽子を携えて帰られた
　　　今やわれらは皆新しく生まれたのだ
　　　世馴れた男は誰も皆、それを被って
　　　頭から耳まですっぽり包んでご機嫌だ
　　　お蔭でその姿は頭の変な愚者そっくりだが
　　　本人は結構、賢いつもりでいるのが面白い　　　　　5080
　　　そらもうみんなが集まって来たぞ
　　　よろめいて離れるもあり、仲良くくっつくもあり
　　　合唱団も次々と押し出して来る

入るも出るも飽きることなく
所詮はいつもと変わらぬまま
幾千万の巫山戯(ふざけ)で以て
世界は唯一の大馬鹿者だ

庭造りの女たち　（歌、マンドリンの伴奏で）
　　　皆様方に喜んで頂きましょうと
　私たち今宵着飾って参りました
　若いフィレンツェの娘たち　　　　　　　　　　　　5090
　ドイツ宮廷の華やかさに倣って

　　　鳶色の捲き毛のなかに私たち
　いろいろ明るい花飾りをつけ
　絹のリボンや、絹の花びら
　それぞれここで賑わってます

　　　私たちよく心得てます
　それがお役目、褒めて頂戴
　輝いてるでしょ、造花なの
　年中咲き続ける花なんです

　　　あらゆる色の切り花が　　　　　　　　　　　　5100
　左右きちんと整ってます
　一つずつでも楽しめますが
　やはり全体がお気に召しましょ

　　　可愛く見える私たち
　粋な花造りの娘たち

皇帝の居城 / 5105

　　　　　　だって女の天性は
　　　　　　芸術とこんなに近いんですもの

先触れ　君たちが頭に載せて運んでいる
　　　　その見事な籠を見せておくれ
　　　　色とりどりに腕からもはみ出してるね
　　　　どなた様も、お気に召すままお選びをって感じだ
　　　　どうぞ急いで、園亭に廊下に
　　　　花園が現れ出ますように！　そう言っている
　　　　人が集まるのも無理からぬ
　　　　品物もよし、売り子もよしだ
庭造りの娘たち　　陽気の場所よ、どんどん買って
　　　　　　けど値切られるのはお断り！
　　　　　　洒落た言葉は花言葉
　　　　　　どなたも運勢分かります
実のついたオリーブの枝
　　　　咲き匂う花の盛りを私は羨まない
　　　　すべての反抗を私は避ける
　　　　それは私の本性に合わない
　　　　だって私は国々の果芯
　　　　そして確かな証となるもの
　　　　あらゆる土地の平和の印
　　　　今日は私は願っています
　　　　綺麗な頭を立派にお飾りできたらと
麦の穂の花輪　（黄金色）
　　　　穀物の女神ツェーレスの賜物が皆さんを飾ります
　　　　優しくそして愛らしく、きっと似合うでしょう

	有益にとって一番望ましいもの	5130
	それを皆さんの綺麗な飾りになさいませ	
空想の花冠	色鮮やかな花々よ、銭葵に似て	
	苔より出でた不可思議の花！	
	自然にとっては普通じゃないが	
	流行りがそれを作り出す	
空想の花輪	私の名前を皆さんに言うとなれば	
	植物学者テオフラストスでも辟易しよう	
	だが私は、万人にとは叶わぬまでも	
	幾人かの女性の気には入られたいと願う	
	その方々に私は身をば捧げたい	5140
	私を髪に編み込まれる時	
	心に私の居場所を恵むべく	
	決心がお出来になるような、そんな時	
薔薇の蕾 (挑戦)		
	さまざまの空想が	
	時の流行に添って栄えようとも、またそれが	
	自然すらおよそ展開しえなかった程に	
	奇々怪々の姿をとろうとも	
	だから緑の茎やら、黄金の花房なぞが	
	豊かな髪から覗いていようとも！	
	でもやっぱり我々薔薇の蕾は ─ 身を隠したままでいる	5150
	朝まだき、新鮮な我々を発見する人こそ幸せなるかな	
	夏が自らを告げ現れるとき	
	薔薇の蕾が燃え出でるとき	
	なにびとがその幸福を欠かしえよう？	
	約束、許諾	

それが花の国を支配するもの
眼差しにして意味、そして同時に心、これである

緑の園亭通路の下で庭造りの娘たちがそれぞれの商品を拡げて粋に飾っている

庭師たち　（歌。低音弦楽器の伴奏で）

静かに開く花を眺めよ
おんみらの頭に巻いて飾れよ
果実は人を誘惑しない 5160
心行くまで愛撫するがよい

日焼けした顔の娘らが
並べている、桜桃、桃、李
買って下され！　舌や顎とは違っていて
目は審判者としては不出来ですから

お出でなされ、一番熟した果実から
お試しなされ、味と喜び！
薔薇のことなら詩になるが
林檎は嚙まなきゃなりませぬ

どうぞ我らを仲間にして下され 5170
おんみら豊かな青春の花の
きっと我らは熟した品の
山を隣に飾り上げます

愉快な花環に立ちまじり
見事な園亭の合間々々に

すべてが同時に見出だせる
蕾に葉っぱ、花に実と

ギターと低音弦楽器の伴奏による交互歌唱のもと、二組の合唱団が
自分々々の品物を段状に積んで飾り、売りに出す仕事を続けている

母親と娘

母親　娘や、お前が生まれたとき
私はお前を頭巾で飾ったものだよ
とっても可愛い顔をしていた　　　　　　　　　　　　　5180
そして体は柔らかだった
お前をすぐに花嫁として考えた
すぐにもお金持ちの人のお嫁さんに
してやりたいと思ってね

ああ！　今じゃもう何年もが
無駄に飛び去ってしまった
あれこれ言い寄る人は山といたけど
すぐに通り過ぎて行ったよね
お前が軽やかに踊った相手もいたし
別の人にはそっと肘で　　　　　　　　　　　　　　　5190
合図をしたこともあったわね

どんなお祭りを人が考え出しても
空しい祝いに過ぎなかった
罰金遊びだの、はみ出し第三の男だの
でも誰も摑まりそうになかった
今日という今日は、馬鹿者天国

皇帝の居城 / 5196

　　　　　　娘や、膝を開いてお置き
　　　　　　誰か網にかかってるやも
女友達の群れ　（若く美しい。仲間に入る。親しげなお喋りが大きくなる）
　　　　　漁師たちと鳥の猟師ら、網、釣り具、鳥もち竿その他の道具を携えて登
　　　　　場、美しい娘らの間に混じる。得よう、捕まえよう、逃げよう、放すま
　　　　　いとする相互の試み、それが極めて優美な対話のきっかけとなる

樵たち　（入って来る。荒々しく、粗野）
　　　　　　そらどいた、どいた！
　　　　　　わしらには場所が要る　　　　　　　　　　　　　5200
　　　　　　樹を倒すんじゃ
　　　　　　樹はめりめりと打ち合うぞ
　　　　　　わしらが運べば
　　　　　　材木の山
　　　　　　わしらを褒めて
　　　　　　ここを分かってくれ
　　　　　　武骨のわしらも
　　　　　　田舎で働くだけじゃない
　　　　　　お上品なる方々も
　　　　　　自分らだけではおられまい　　　　　　　　　　5210
　　　　　　いくら頭が働いても
　　　　　　ここんところを弁えよ！
　　　　　　わしらが汗をかかなけりゃ
　　　　　　皆さん凍えてしまうじゃろ
道化たち　（よたよたと、殆ど子供じみた恰好で）
　　　　　　お前さんたちゃ馬鹿ものだ
　　　　　　生まれつきぺこぺこしてる
　　　　　　その点わしらは賢いぞ

　　　　　物なぞ担いだこともない
　　　　　何故ってわしらのこの帽子
　　　　　布切れもほらこの通り　　　　　　　　　　5220
　　　　　実につけるもの皆軽い
　　　　　そこで気楽にのんびりと
　　　　　暇にまかせて出歩くさ
　　　　　下履き姿そのままで
　　　　　広場も人出もものかはと
　　　　　悠然たるさまご覧あれ
　　　　　あれまぁと皆驚いて
　　　　　わしらに向かって叫びよる
　　　　　そんながぁがぁいう音も
　　　　　人混み賑わいかき分けて　　　　　　　　　5230
　　　　　鰻のようにすり抜ける
　　　　　一緒になって飛び跳ねる
　　　　　揃ってどっと暴れ出す
　　　　　たとい皆さん褒めようと
　　　　　たとい皆さん叱ろうと
　　　　　わしらの流儀変えられぬ

食客たち　(諂いながら、物欲しげに)
　　　　　皆さん、薪運びや
　　　　　その御一党
　　　　　炭焼きさんは
　　　　　私らのご主人筋　　　　　　　　　　　　5240
　　　　　精一杯身を屈め
　　　　　はいはいと頷き
　　　　　凝った文句も挟んでは

　　　　　　　　　　　　　　　皇帝の居城 / 5243

　　　　　二度も三度も盛り立てる
　　　　　これが人の感情を
　　　　　熱くもすれば冷たくもする
　　　　　それがどういう役に立つ？
　　　　　なるほど熱そのものが
　　　　　物凄い勢いで
　　　　　天からやって来ることもあるだろう　　　　　　　　5250
　　　　　だがもしも薪や炭の
　　　　　ひとかけらすらなく
　　　　　竈一面を燃え立たせなければ
　　　　　なんにもならない
　　　　　それでこそ焼いたり蒸かしたり
　　　　　煮たり沸かしたりもできるのだ
　　　　　本物の美食家というものは
　　　　　皿の底まで舐めつくす
　　　　　焼肉を匂いで嗅ぎ分け
　　　　　魚を味で感じ取る　　　　　　　　　　　　　　　5260
　　　　　それが後援者の食卓で
　　　　　人気を博する励みともなる

酔っ払い（無意識で）今日は俺に逆らうものがないように願うよ！
　　　　　気分はすっきり、自由なもんだ
　　　　　空気はいいし歌は朗らか
　　　　　俺も幾つか歌うてきたぞ
　　　　　そこで俺は飲む。チャリンチャリン！
　　　　　グラス合わせよ諸君！　チャリンチャリン！
　　　　　その隅っこの奴こっちへ来い！
　　　　　グラスを打ち合わせよう、それでよし　　　　　5270

女房は俺に噛みついて
この派手な上着嘲笑いおるが
威張って見せても俺のこと
仮装の棒じゃとぬかしおる
じゃが俺は飲む、チャリンチャリン
ああいい音だ！　チャリンチャリン！
仮装の棒ども、グラスを合わそう！
杯が鳴る、それで結構

俺の頭が変だなんて言うな
俺の楽しい所にいるんじゃから　　　　　　　　　　5280
亭主が貸さなきゃ、上さんが貸す
しまいにゃ女中がつけにしてくれる
いつだってただ俺は飲む、チャリンチャリン！
立ってくれ、他のお方々！　チャリンチャリン！
誰もが誰もと打ち合わせ！　それが続いて行く！
俺にはそんな気がするぞ、これで結構

どこでどう俺が楽しもうと
それはともかく起こったこと
俺の寝る所に寝かせておいてくれ
もう立っちゃぁおれんからな　　　　　　　　　　5290

合唱　　みんな兄弟、飲んで飲んで！
　　　　あらためて乾杯、チャリンチャリン！
　　　　ベンチと板の上にしっかり座っててよ！
　　　　机の下に潜るようじゃ駄目

先触れがさまざまの詩人たちを予告する。自然詩人、宮廷歌人、騎士歌人らだが、心優しい人もあり熱血漢もいる。あらゆる種類の志望者が一緒に雑踏するなかで、誰もが他の人を先にやらせまいとする。そのうちの一人が、すり抜けながら、言葉少なに言う

風刺詩人　　詩人たる私を先ず喜ばせるもの
　　　　　　　それは何か、皆さんご存じか？
　　　　　　　誰も聞きたくなかろうもの
　　　　　　　それを歌い、語ることだ

夜の詩人や哀悼詩人は、折しも最近出て来た吸血鬼との興味津々たる対話に携わっているため、欠席する旨の報告があった。この対話からは多分、新しい一作詩法が発展しうる由である。先触れは、その申し出を妥当と認め、代わりにギリシャの神話学を呼び出す。これは現代風の仮面を着けてこそいるが、性格も好感を招く趣も失ってはいない

　　　　　　　　優美の女神たち

アグライア　　優美を私たちは人生にもたらします
　　　　　　　与えることのなかに優美を籠めて下さい

ヘゲモーネ　　受け取ることのなかに優美を籠めて下さい
　　　　　　　望みを得るのは愛あってこそです

オイフロジューネ　　そして静かな日々の囲みのなかで
　　　　　　　最高に優美なのが、感謝でありますように

　　　　　　　　運命の女神たち

アトローポス　　最古の女神、私を今回皆さんは
　　　　　　　糸紡ぎの場へ招かれました
　　　　　　　考えること想うこと沢山あります
　　　　　　　か細い人生の糸のもとには

　　　　その糸が皆さんにとりしなやかで
柔らかでありますよう、私は極上の亜麻糸を選びます　　　5310
その糸が滑らかで細く、一様であるようにと
賢い指が整えてくれましょう

　　　　もし皆さんが愉快に踊って
あまりはしゃぎ過ぎたりなさったならば
この糸の端っこのことをお考え下さい
ご用心！　糸が切れるかも知れません

クロートー　　ご存じあれ、この日ごろ
私に委ねられているのがこの鋏です
我が姉たちの振る舞いに
好ましからぬ節ありということで　　　　　　　　　　5320

　　　　一番無益な紡ぎ糸を、永く
光と風にあてて引き伸ばしたり
最も輝かしい功績の希望を絶ち切って
墓所へ引きずって行ったりしたのです

　　　　けれど私も若さにまかせて
何度も何度も失敗しました
今日は自分を抑えるために
鋏は容器におさめています

　　　　こうして私はここに参りまして
この場所を親しく眺めております　　　　　　　　　　5330
この自由な時に皆さんは

　　　　　　　　　　　　　　　皇帝の居城 / 5331

　　　　　　　どうぞご盛んに、いつまでもどこまでも
ラケーシス　　唯一心得のある私に
　　　　　秩序の役割が与えられました
　　　　　私の糸車は常に生きていて
　　　　　一度も急ぎ過ぎたことがありません

　　　　　　糸が来る、糸車に巻き取る
　　　　　どの糸にも私はその軌道を操る
　　　　　どれにも私ははみ出しを許さない
　　　　　束になってくっついて来ても　　　　　　　　　　　5340

　　　　　　もし私が一度でも我を忘れることあれば
　　　　　この世はどうなることでしょう
　　　　　時間を数え、年を計る
　　　　　それでこそ織り手の神は綱が握れる

先触れ　　これから来るのは、皆様ご存じでない連中です
　　　たとい皆さんが古い書物にどれほど通じておられましても
　　　あの沢山な災厄を惹き起こしてきた、この連中を
　　　見られたら、これは歓迎さるべき客だと思われましょう

　　　　　復讐の女神たちです。どなたも信じて下さらないでしょう
　　　　可愛くて、姿もよく、やさしくて年も若いのです　　　　5350
　　　　この女神らと関わられたら、皆さんきっと分かられましょう
　　　　こんな鳩たちがどうして蛇のように人を傷つけるのかを

　　　　　この女神らは意地悪ではありますが、今日という日には

どんな馬鹿者も自分の馬鹿さ加減を自慢するのですから
この連中も、天使としての名声を得たいとは望まず
自分たちは町と国との悩みの種だと告白しております

復讐の女神たち

アルケトー　　悩んだとてどうなります？　私たちを信用して下さい
　私たちは可愛いし、若くて、じゃれる仔猫です
　皆さんのなかでもし何方か愛する娘っ子をお持ちなら
　私たちは彼の耳をいつまでもくすぐってあげましょう　　　　　　　　　5360

　　やがて彼に、目と目を合わせて言う時が来ます
　どうもあの子はあっちやこっちへ同時にウインクしてますよと
　頭は悪いし、背中には瘤が、足もびっこで
　お嫁さんになっても全然役には立ちませんよと

　　同じように私たち、花嫁候補にも迫るでしょう
　あなたのお友達、つい一二週間前
　あなたについて酷いことを、あの女に話してたわよと
　仲直りはしても、やっぱりしこりは残ります
メゲーラ　　それはただの冗談！　やっと二人が結びついた時
　私があとを引受けます。いつの場合にも私は知ってます　　　　　　5370
　どんなに美しい幸せでも、気まぐれで苦くする術を
　人間は一様ではないし、時刻もまちまちなものです

　　だから誰一人、望んだものを腕にしっかり抱いてはいません
　より望ましいものを愚かにも憧れない人はいません
　最高の幸福が来ても、すぐにそれに慣れてしまうだけ

皇帝の居城 / 5375

そんな人は太陽を逃れて、氷で身を温めようとする類

　　　こんなすべての人と付き合う仕方を私は知っています
　　　だから忠実なる友、妻殺しのアスモーディを連れています
　　　いい潮時に不幸の種を蒔かせるために
　　　こうして人間という種族を対の形で破壊するのです　　　　　　　　5380

ティジフォーネ　　毒と刃を、悪口の代わりに
　　　　　　混ぜ込むのが私、私は裏切り者の刃を研ぎます
　　　　　　もしもお前が別の子を愛するなら、早かれ遅かれ
　　　　　　破滅がお前の身を貫き通しているでしょう

　　　　　　　瞬間の甘美も
　　　　　　飛沫となり胆汁とならざるをえません！
　　　　　　ここには商談はなく、ここでは取引もなりません ─
　　　　　　その人の為したるままに、償うのみです

　　　　　　　何びとも許しを歌うなかれ！
　　　　　　巌に向かって私は私の苦衷を訴える　　　　　　　　　　　5390
　　　　　　こだまがする！　聴け！　答えだ！　復讐！　と
　　　　　　居場所を変えても、彼は死ぬ身だ

先触れ　　相済みませんが、少々脇へお寄り下さい。と申しますのも
　　　ただ今参りますのは、皆さんとは同類でございません
　　　ご覧の通り、山が押し出してきたような図体をしております
　　　脇腹には色とりどりの絨毯を誇らしげに垂らし
　　　長い牙と蛇のような鼻のある頭は神秘的です

　　　　ですが私はその謎を解く鍵をお示ししましょう
　　　　この象の背中には、楚々たる綺麗な婦人が座っています
　　　　細い棒一本で彼女は巧みに象を操っております　　　　　　　　　5400
　　　　もう一人、その上に立つ厳かで堂々とした女性
　　　　その人の周りには栄光があり、私なぞ目も眩むほどです
　　　　脇を行くのは鎖に繋がれた貴婦人たち
　　　　一人は不安げ、もう一人は陽気に見えます
　　　　一人は望みを持ち、もう一人は自由を感じています
　　　　それぞれご自分が何者かを告げて下さい

恐怖　　　　煙る松明、ランプと明かり
　　　　　　祝いの雑踏を通して霞む
　　　　　　この偽りの顔の間に
　　　　　　私を縛るがよい、ああ！　この鎖の固さよ　　　　　　　　5410

　　　　　　　去れ、おんみら滑稽なる笑いの人ら！
　　　　　　おんみらのにやけた笑いは疑惑を与える
　　　　　　私に逆らう者らすべてが今宵
　　　　　　私を押し退ける

　　　　　　　ここで！　一人の友が敵となった
　　　　　　彼の仮面を私は既に知っている
　　　　　　かの者は私を殺そうとした
　　　　　　今や彼は仮面を剝がれてこそこそと逃げて行く

　　　　　　　ああ、どんなに私はこの世から
　　　　　　逃げ出したいことか、四方八方！　　　　　　　　　　　　5420

　　　　　　　　　　　　　　　　　　　　　　　皇帝の居城 / 5420

　　　　　だがかの高みから破滅が迫ってくる
　　　　　それが私を靄と戦慄との中間に引き留める

希望　　　あなた方優しい姉妹たち！
　　　　　今日も昨日も、もう充分に
　　　　　仮装の楽しみを味わったことでしょう。けれど私には
　　　　　そんなすべてのなかでよく分かっていることがあります
　　　　　明日あなた方は仮面を脱ぐおつもりでしょう
　　　　　たとい私たちが松明のもとで
　　　　　さほど楽しめなかったとしても
　　　　　私たちは晴れた日々に　　　　　　　　　　　　　5430
　　　　　自分々々の意志に従って
　　　　　時には人と一緒に、時には独りで
　　　　　美しい野を自由に歩いて行くことでしょう
　　　　　休むも働くも好み通りに
　　　　　そうして悩みのない人生において
　　　　　なんの不足もなく、常に努力して得て行くでしょう
　　　　　どこへ行っても喜んで迎えられ
　　　　　私たちは安心して入ってゆけます
　　　　　確かに、最善のものは
　　　　　どこかで見つけられるに違いありません　　　　5440

知恵　　　人間最大の敵二つ
　　　　　恐怖と希望、鎖に繋がれて
　　　　　これを私は社会から引き離す
　　　　　下がって貰いたい！　あなた方は救われている

　　　　　生ける巨人を
　　私は導くご覧あれ、塔ほどにも高く積み上げられたこの姿
　　彼は歩み行く、飽きることなく
　　一歩一歩その茨の道を

　　　　　彼方なる銃眼の上にはしかし
　　かの女神が座しておられる　　　　　　　　　　　　　5450
　　素速くも広い翼を以て、獲得すべく
　　あらゆる方角へ身を向けつつ

　　　　　彼女を取り巻く光輝と栄光
　　四方八方遠くまで輝き渡る
　　その名はまさにヴィクトーリア
　　一切の活動の女神であられる

ツォイロ・テルジーテス　（この辛辣な批評家二人を合体させた仮面のもとに
　　　　　　メフィストーフェレスが隠れている）
　　ふーふー！　ちょうど間に合った
　　お前さんたちひっくるめてみんな駄目じゃ！
　　だが俺の目当てにしていたものは
　　あの上のヴィクトーリアなんだ　　　　　　　　　　　5460
　　ああして白い翼をつけて
　　自分が鷲だと思っているんだろう
　　どこであれ、ひょいと顔を向けさえすれば
　　民も国もすべて自分のものだとな
　　だが、何か称賛されるようなことが成就する場所では
　　俺は直ちに甲冑を着けずにいられんのだ

　　　　　　　　　　　　　　　　　　皇帝の居城 / 5466

　　　　低きが高く、高きが低い
　　　　歪みが真っ直ぐ、真っ直ぐが歪み
　　　　それだけが俺を健康にする
　　　　この流儀で、俺は丸い地球を渡るつもりだ　　　　　　　　　　　5470
先触れ　だからお前、ぼろ衣犬め、お前なんぞは
　　　　巨匠の下す敬虔な杖の一撃に見舞われればいい！
　　　　立ち所に身を縮め、のたうち回るがいい！　—
　　　　侏儒の合体、お前なんぞは
　　　　さっさと嫌な土塊に固まってしまうがいい！　—
　　　　— だが、これは驚いた！　土塊が卵になったぞ
　　　　それが膨れ上がって、二つに裂けた
　　　　そこに双子のペアーが罷り出る
　　　　蝮と蝙蝠だ
　　　　一方は塵埃のなかを匍い回り　　　　　　　　　　　　　　　　5480
　　　　他方は黒々と天井へ飛ぶ
　　　　向こうへ行って一緒になろうと急いでいる
　　　　私も除け者にはなりたくない
呟き声　急げ！　向こうでもう踊りが始まったぞ —
　　　　いや！　俺は離れていたいよ —
　　　　この幽霊じみた双子野郎がわれわれを
　　　　取り巻いているのを、君は感じるかい？ —
　　　　俺は頭がざわついてるみたいだ —
　　　　俺は足元がふらついとる —
　　　　われわれ誰も怪我はしとらんのに —　　　　　　　　　　　　5490
　　　　みんな恐怖に突き落とされておる —
　　　　この悪巫山戯は全く滅茶苦茶だ —
　　　　それをあの野獣どもが狙ってるんだ —

先触れ　　仮想行列で案内役を勤めることが
　　　この私に課されて以来、私はずっと
　　　入口のところで一生懸命見張ってきました
　　　皆さんの身に、この愉快な場所で
　　　何一つ不祥事が降りかからぬようにと
　　　迷うことなく、逃げることなく
　　　けれどもこれは恐ろしい、窓を抜けて　　　　　　　　　5500
　　　気体のような幽霊たちが進んで行く
　　　この馬鹿騒ぎと魔術から、皆さんを
　　　解放するには、どうしたらよいか私には分からない
　　　侏儒が怪しげな振る舞いをするかと見れば
　　　今度はだ！　後ろの方で物凄い人波だ
　　　これらの形姿の意味を私は
　　　お役柄、展開したいのは山々ながら
　　　把握できないものを
　　　私はやはり説明するわけには行くまい
　　　みんな私を助けて、どうか教えてくれ！　　　　　　 5510
　　　あの大勢のなかを揺れ動いてゆくものが見えるだろ？
　　　四頭立ての見事な竜車だ
　　　それがすべてのなかを縫うて運ばれている
　　　だがその馬車は群衆を分けたりはしない
　　　どこにも混乱は見られない
　　　色鮮やかに遠くできらめくものがある
　　　とりどりの星が鬼火のように光るさまは
　　　まるで魔法のランプみたいだ
　　　鼻息荒く押し寄せて来る、嵐のように
　　　どいた、どいた！　こりゃ恐ろしい！

皇帝の居城 / 5519

少年御者　　　　　　　　　　　止まれ！
　　　竜よ、汝らの翼を抑えよ
　　　常なる手綱捌きを覚えよ！
　　　我が御するがままに、汝らも己を御せよ
　　　我が心昂るとき、汝らも音高く駆け行け ―
　　　この地に敬意を払うとしよう！
　　　周りを見よ、人が増しておる
　　　賛嘆の群れが次ぎ次ぎに輪をなして
　　　先触れよ、立て！　お前のいつも通り
　　　われらがお前たちから離れ去る前に
　　　われらを描き、われらを名指せ
　　　何故ならわれらは寓意なのだ
　　　そのようにわれらを知るがよい
先触れ　　君をどう名付けるか、私は知らぬが
　　　君の様子を話すことなら出来るだろう
少年御者　　では、やって見よ！
先触れ　　　　　　　　　　正直、こう言わねばなるまい
　　　先ず、君は若くて美しい
　　　成長半ばの少年だ、だが女性方は
　　　君を完全に成熟したとして見たがるようだ
　　　君は私には将来の色男だと思われる
　　　根っからの誘惑者ってところだ
少年御者　　それは面白い！　先を続けろ！
　　　その謎の愉快な言葉を考え出してくれ
先触れ　　眼は黒く輝き、捲き毛も夜の色
　　　それが宝石の帯に照らされている！
　　　そしてなんたる綺麗な衣装が

　　　　　　流れるように、君の肩から足先まで届いていることか
　　　　　　真紅の縁取りもあり、光るものも付いている！
　　　　　　君を娘だと誇る人もありえようが
　　　　　　君は今にして早、良きにつけ悪しきにつけ
　　　　　　娘たちに持て囃されている　　　　　　　　　　　　　5550
　　　　　　彼女たちから君は恋のいろはを教えられるだろう
　少年御者　　してこのお方、壮麗の像として
　　　　　　ここ車の頂点に燦然と座しておられるお方は？
　先触れ　　王者と思われる、富裕にして穏和
　　　　　　その恩恵に浴しうる者こそ幸せならめ！
　　　　　　このお方はもう何一つ努力して獲得する要はない
　　　　　　どこかに何か不足していれば、その眼光がそれを見抜き
　　　　　　その与えんとする純なる喜びは
　　　　　　所有にも幸福にも勝るというお方だ
　少年御者　　お前はここに立ったままでいてはならない　　　　5560
　　　　　　あのお方をもっと詳しく説明して貰いたい
　先触れ　　品位あるものは、とても口では説明できない
　　　　　　けれどもこの健康な、月のような形のお顔
　　　　　　膨らんだお口、ターバンの飾りのもとで
　　　　　　誇らしげに燃え上がる頰
　　　　　　襞のついた衣装に籠もる、豊かな満ち足りた風情！
　　　　　　この上品さを私はどう言えばいいだろう？
　　　　　　支配者として、このお方は私には知られていると思う
　少年御者　　プルートゥス、富みの神と言われるお方だ！
　　　　　　他ならぬこの神が豪華なお姿でやって来られる　　　5570
　　　　　　皇帝陛下お望みの出で立ちだ
　先触れ　　君自身についても事と次第を言って貰いたい！

皇帝の居城 / 5572

少年御者　私は浪費だ、つまりは詩だ
　　　　　己が最も固有の財を使い果たす時に
　　　　　自らを完成する、詩人だ
　　　　　私も測り知れぬほど豊かであって
　　　　　プルートゥスにも並びうると自分を評価している
　　　　　私は踊りと宴とを賑わしまた飾る
　　　　　そこに欠けるものあれば、それを私は分け与えるのだ
先触れ　そうやって自慢するのが、まさに君のいいところだ　　　5580
　　　　　だが、われわれに君の芸を見せて欲しい
少年御者　では一寸した悪戯をお目にかけよう
　　　　　そらもう馬車の周りにぴかぴか光るものがある
　　　　　そこに真珠のレースが跳び出して来るのだ
　　　　　　　（絶えず周りに向かって指を打ち鳴らしながら）
　　　　　金のブローチを取って頸と耳とに着けなさい
　　　　　櫛も小さな冠もあるよ
　　　　　指輪にはとても高価な宝石がついている
　　　　　小さな焔も私は時折ばら撒くだろう
　　　　　火のつきそうな所を期待してね
先触れ　それっとばかり、皆さん手を出し摑み取り！　　　5590
　　　　　与える人も揉みくちゃにされかねない
　　　　　宝石を彼は夢のように振り撒く
　　　　　すると誰もが皆、広い空間で手探りをする
　　　　　だが私は新しい要領が分かったぞ
　　　　　人はどんなに一生懸命摑まえようとしたって
　　　　　実際に手にするのは、その最悪の報酬に過ぎない
　　　　　本当の賜物は飛び去ってしまっている
　　　　　真珠のリボンは解けてしまい

彼の手のなかでばたばたしているのは甲虫に過ぎない
彼はそれをあっさり投げ捨てる、哀れな愚か者だ 5600
それでも虫は彼の頭の周りでぶんぶん鳴っている
堅実な物の代わりに、別のものを
厚かましい蝶たちは捕らえる
悪戯者の詩人がいかに多くを約束するとしても
彼が与えるのはただ、黄金に輝くものだけだ！

少年御者　仮面については確かに君も告げることが出来るようだね
だがしかし器の本質を究めることは
先触れが宮廷でやる仕事ではない
それにはもっと鋭い眼力が要るのだ
だが私は一切の抗争を控えておこう 5610
おんみ、命ずる人、おんみに私は問いと語りを向けたい
　　　　（ファウストの扮する、プルートゥスの方を向いて）
おんみは私に、この四頭立て竜車の
風切るような驀進を委ねられませんでしたか？
おんみのお導き通りに私は無事に駒を進めておりませぬか？
おんみの思し召す方へと来てはいませぬか？
果敢の翼に乗って、おんみがために
勝利の印、棕櫚を獲得する術を私は弁えていないでしょうか？
おんみがために私は幾度も戦って参りましたが
いつの時も私は成功してきました
月桂冠がおんみの額を飾るとき、私はそれを 5620
心と手とを籠めて編んで来なかったでしょうか？

プルートゥス　余がお前に証明をする必要があるなら
喜んでこう言おう、お前は我が精神の精神であると
お前の行動は常に余の意に適っておる

皇帝の居城 / 5624

お前は余自身よりも富裕である
　　　余は、お前の功績に報いるべく、余が得たる
　　　すべての冠にも勝る、この緑の枝が相応しいと考える
　　　真の言葉を余はすべての人らに告げる
　　　我が愛する息子、お前は余の気に入っていると
少年御者　（群衆に向かって）
　　　私が手にする最大の恩恵　　　　　　　　　　　　　　　5630
　　　ご覧あれ！　私はそれを四囲一面に送ってきた
　　　どの人の頭にも、私が振り撒いた
　　　小さな焔が燃えている
　　　人から人へ、それは跳び移り
　　　この人の所に留まるかと見れば、あの人からはするりと抜け去る
　　　だがその火は滅多に燃え上がりはしない
　　　束の間華やぎ、素早く輝く
　　　だが多くの人々にとって、知らぬ間に
　　　それは消え、悲しく燃え尽きる
女たちの陰口　あの上の方の四頭立て馬車に乗ってる　　　5640
　　　　あの男、あれは法螺吹きだよ
　　　　そのすぐ後ろに屈んでるのが道化ってわけ
　　　　でも飢えと渇きで窶れ果て
　　　　これまで見たこともないくらい哀れな姿
　　　　あれじゃぁ抓ってやっても、感じないよ
痩せ細った男　あっちへ行け、忌ま忌ましい女ども！
　　　俺が真っ当に見えないことは、ようく分かっとる ─
　　　　女房が竈をとりしきってた頃
　　　　俺はアヴァリーチア（けちん坊）と呼ばれていた
　　　　その頃は我が家もいい具合だった　　　　　　　　　　5650

　　　　入りは多く、出る方は全くなかった！
　　　　俺は箱やら櫃やらの心配に精を出していた
　　　　今じゃあそれが悪癖だとされているみたいだがね
　　　　ところがこの最近の数年ときたら
　　　　女はもう節約に慣れとらん
　　　　おまけに誰も彼もの払いが悪いし
　　　　ターレルよりも欲望の方が多いってわけだ
　　　　旦那に残ってるのは、辛抱の山さ
　　　　どこを見たって借金ばかり
　　　　女は、紡ぎで金ができると、そいつを使う　　　　　　5660
　　　　身に着けるもの、男付き合いに
　　　　女の食い物だって前よりはよく、それ以上によく飲む
　　　　言い寄る男らも一連隊、嫌なこった
　　　　これが俺の金欲を高める
　　　　男性である限り、俺は吝嗇たらざるをえぬ！
女の頭目　　竜とともなら竜がけちん坊でも構わない
　　　　所詮は嘘と偽りのみさ！
　　　　あの男、男たちを奮い立たせようとやって来たけど
　　　　男たちもうみんな不愉快な奴らばっかり
群衆のなかの女たち
　　　　　あの麦藁みたいな痩せ男あれにびんたを喰わせておやり！　5670
　　　　　あの十字架めいた痩せっぽち、私らを脅してどうする気？
　　　　　あの嫌な顔に怖じるとでも思ってるの？
　　　　　馬車の竜は材木と厚紙とから出来ている
　　　　　さぁみんなお出で、奴を目掛けてあのなかへ突っ込もう！
先触れ　　我が杖に賭けて！　静粛にして貰いたい！
　　　　だが私の助けを要するまでもなく

皇帝の居城 / 5676

　　　　見よ、あの恐ろしい巨体が
　　　　急ぎ獲得された空間のなかで揺すぶられつつ
　　　　二重の翼を二つながら拡げているではないか
　　　　怒ったように竜の、鱗のついた、火を吐く口が　　　　　　　　5680
　　　　左右に振られている
　　　　群衆は逃げ、場所は綺麗になった
　　　　　　　　　プルートゥスが馬車から降りる
先触れ　　彼が降りてくる。なんという王者の風格！
　　　　彼は合図する。竜は動く
　　　　箱を人々が馬車から持ち出してきた
　　　　黄金と吝嗇とが入った箱だ
　　　　それが彼の足元に置かれている
　　　　どうしてこういう事が起こったのか、それは奇跡だ
プルートゥス　（御者に向かって）
　　　　今やお前は、あまりにも厄介だった責務から解放された
　　　　お前は自由闊達の身だ。早くお前の領域へ行くがよい！　　　5690
　　　　ここにそれはない。混乱し、けばけばしく、乱雑に
　　　　醜悪な絵図がここではわれわれに押し迫ってくるだけだ
　　　　お前が清らかに、優しい清浄の域に眺め入る所、そこでのみ
　　　　お前は自分のものとなり、唯一自分を信頼できるのだ
　　　　そこへと急げ、美と善とのみが好まれる所
　　　　孤独へと！ ── そこでお前の世界を創造するがよい
少年御者　　それでこそ私は自分を価値ある使者だと認められます
　　　　それでこそ私はおんみを最も身近な縁者として愛します
　　　　おんみの留まる所に充溢あり、それが私であります
　　　　何びとも最高に輝かしい獲得において自らを感じ　　　　　　5700
　　　　また誰もが矛盾する生のなかで屢々動揺も致します

5677 / 第二部　第一幕

　　　　　人はおんみに身を捧げるべきか、それとも私に従うべきか？
　　　　　おんみに従う人々は勿論のんびりと休らうことができます
　　　　　けれども私に従う者は、常に何かを為さねばなりません
　　　　　私は自分の業を密かに遂行するのではありません
　　　　　私は呼吸するだけで、既にして表に現れているのです
　　　　　ではご機嫌よろしゅう！　おんみは私に我が幸福を恵み給うた
　　　　　しかし小声で囁いて下さい、直ちに私は戻って参ります
　　　　　　　　　　　　退場、来た時と同様
プルートゥス　　今や財宝を鎖から解く時だ！
　　　鍵を余は先触れの筰で打つ　　　　　　　　　　　　　　　　5710
　　　そら開いた！　これを見よ！　銅鍋のなかで
　　　繰り広げられるもの、それは黄金の血に沸いている
　　　先ずは冠、鎖、指輪といった装飾品。鍋の中は膨れ上がり
　　　飾りものを溶かしながら、呑み込まんばかりの勢いだ
群衆の交々の叫び声
　　　　　　　あれ見て、ほら！　なんてどんどん沸き出すことか
　　　　　　　箱の縁まで一杯になった ─
　　　　　　　黄金の器が溶けて行くんだ
　　　　　　　出来上がった金貨の束が転がってる ─
　　　　　　　鋳造されたばかりのドゥカーテンが跳ねている
　　　　　　　おお、あれを見ると私の胸は躍るなぁ ─　　　　　　5720
　　　　　　　まるで私の欲望のすべてを見るみたい！
　　　　　　　それが地面でころころ鳴ってるわ ─
　　　　　　　それが君らに提供されるんだ、すぐに頂くがいい
　　　　　　　頭を下げさえすればよい、そうしたらもう金持ちだ ─
　　　　　　　わしらは別じゃ、迅しきこと、稲妻が如し
　　　　　　　わしらはこの鞄を貰うとしよう

　　　　　　　　　　　　　　　　　　　　　　　　　皇帝の居城 / 5726

先触れ　馬鹿者らめが、そりゃ一体どういうことか？
　　　　これはただの仮装行列の冗談じゃぁないか
　　　　今夜はもうこれ以上欲張るのはよすがいい
　　　　お前たちに黄金と価値とが与えられると思うのか？　　　　　　　　5730
　　　　この戯れのなかでは、算数用の模造硬貨ですら
　　　　お前らには過ぎたものだ
　　　　鈍馬な奴らだ！　上辺がうまく出来ていりゃ
　　　　すぐにもあっさり本物と思いおる
　　　　お前たちにとって真理とは何か？　—　愚かな妄想を
　　　　お前たちは、裾のところでせっせと摑んでいるだけだ　—
　　　　仮装したプルートゥス、マスクのヒーロー
　　　　この民衆を、我が視野より打ち払い下され
プルートゥス　お前の杖は多分もうその用意をしているであろう
　　　　その杖を暫し余に貸し与えよ　—　　　　　　　　　　　　　　　　5740
　　　　余はそれを素早く沸騰と焔火の中に漬けるであろう　—
　　　　さて、仮面の者ら、とくと用心致せ！
　　　　電光走り、爆発起こり、火花飛び散る！
　　　　杖には既に燃え移っておる
　　　　あまり近くへ押し寄せる者は
　　　　情け容赦なく焼き殺されてしまうぞ　—
　　　　今や余はひと巡りを始めるとしよう
叫びと雑踏　こりゃ酷い！　俺たちみんなやられるぞ　—
　　　　　　逃れ出よ、逃げうる者は皆！　—
　　　　　　退れ退れ、お前、しんがりの者！　—　　　　　　　　　　　　5750
　　　　　　私は顔に火花が入って痛いわ　—
　　　　　　あの燃える杖の威力には圧倒されるね　—
　　　　　　やられたわ、私たちみんな、みんなすっかり　—

　　　　　　退れ、退れ、お前仮装の洪水よ！ ―
　　　　　　退れ、退れ、愚かなる群れ！ ―
　　　　　　おお、もし私に翼があれば、飛び立ちもしように ―
プルートゥス　　もう一団の人々は押し戻されてきた
　　誰一人焼け死にはしなかったようだ
　　群衆は逃げた
　　追っ払われてしまったのだ ―　　　　　　　　　　　　5760
　　だがこの秩序の保証として余は
　　目には見えぬ絆の輪を描こう
先触れ　　おんみは見事な業を成し遂げられました
　　おんみの賢明なるお力に感謝します！
プルートゥス　　まだ要るものがある、高貴の友よ、忍耐だ
　　なおあれこれの騒動が迫っている
吝嗇　（メフィストーフェレス）
　　というわけでどうぞ、もしお許し頂ければ
　　この一団をとっくりと眺めさせて下さい
　　何故ならいつも真先にいらっしゃるのがご婦人方
　　何か唖然とするもの、何か撮（つま）めるものあれば、必ずそこに　　5770
　　私、吝嗇はまだそう充分にはこの道に馴染んでいませんが！
　　美女はいつでも美しい
　　そして今日、私には全く金のかからぬことでして
　　われわれ男性は安心して色遊びにも行こうというもの
　　ところが満員の場所では
　　誰の耳にもすべての言葉が聞き取れるわけではないので
　　私は頭を使ってうまく行くことを願っております
　　パントマイムみたいに自分をはっきり表現する術でして
　　とは申せ、手足身振り、それが私に充分とは参りませぬ故

　　　　　　　　　　　　　　　　　皇帝の居城／5779

　　　　　　　ちょいとした悪戯をやってみるよりありません　　　　　5780
　　　　　　　湿った粘土のように黄金を扱うことを、私は心掛けております
　　　　　　　何故なら金属は一切のものに変身する故
　　先触れ　　何を始めようと言うんだ、この痩せ馬鹿奴が！
　　　　　　　そんな飢餓人間にユーモアがあるか？
　　　　　　　奴はすべての黄金を練り粉にこねる
　　　　　　　手で揉むうちに柔らかくなる
　　　　　　　押したり丸めたりしていても
　　　　　　　依然として不格好なままだ
　　　　　　　奴はそこでご婦人方のところへ向かって行く
　　　　　　　みんな叫んで、逃げようとする　　　　　　　　　　　　5790
　　　　　　　いとも不快な振る舞いだ
　　　　　　　そこでこの悪者、粘土の金で災厄作りの本領発揮
　　　　　　　奴が道徳性を損ねては喜ぶことを
　　　　　　　私は恐れてやみません
　　　　　　　それには黙ったままでいるわけに参りませんので
　　　　　　　私の杖をお返し下さい、こいつめを追っ払います
　　プルートゥス　　この者は、外部からわれわれに迫っておるものを
　　　　　　　予感しておらん。こんな奴には勝手に悪巫山戯をやらせておけ！
　　　　　　　かような冗談をやる余地はもう残っていない
　　　　　　　法は強大なり、必然は更に強大なり　　　　　　　　　　5800
　　混雑と歌声　　敵の軍勢、そは常に
　　　　　　　　　　山より来たる、谷より来たる
　　　　　　　　　　抗い難く歩み来る
　　　　　　　　　　人は大なる牧神パンを
　　　　　　　　　　祝いいて、知ることもなし
　　　　　　　　　　空なる圏に押し寄するのみ

プルートゥス
　　余はそちたちをよく知っておる、そちらの偉大なるパンをも！
　　そちらは一緒に果敢の歩を遂げた
　　余は、誰もが知るとは限らぬこともよく弁えている
　　それ故、皇帝の威を借りて、この圏を開いている　　　　　　　　5810
　　この仲間らに良き運命の伴わんことを！
　　不可思議の最たるものが生起しうるのだ
　　人々はまだ、自らの行く手を知らぬ
　　彼らは予見してはいないのだ
放歌高吟　　飾られたる民、虚飾の見物！
　　　　　　乱れて来たる粗野なるままに
　　　　　　高く跳びはね、素早く走り
　　　　　　野卑なれど健やけく出づ
森の神ファウンたち　　ファウンの群れは
　　陽気に踊る　　　　　　　　　　　　　　　　　　　　　　　　5820
　　槲(かしわ)の冠を
　　もつれた髪に被り
　　細く尖った片耳を
　　捲き毛の横に突き出して
　　鷲鼻小さく、顔は幅広
　　それでもご婦人方に厭われはせず
　　ファウンが手を差し出せば
　　どんな美人も踊りを断りかねる
山の精サテュロス　　サテュロスが躍り込んでくる
　　山羊の足もち、細い脚　　　　　　　　　　　　　　　　　　　5830
　　痩せてはいても強靱なのが肝心だ
　　羚羊のように高嶺の上で

皇帝の居城 / 5832

楽しみながら睥睨しておる
　　　自由の風に爽快を覚え
　　　子や妻、夫なんぞは蔑む
　　　低い谷間の煙霧のなかで
　　　人は気楽に、生きていると思っておろうが
　　　世界はやはり、かの高みにおいてこそ
　　　純にして無碍なるままサテュロスのものとなる
地の精、侏儒グノーメンたち
　　　ちょこちょこっとやって来ました小さな一団　　　　　　　　　　5840
　　　ペアを作るのは好みません
　　　苔の衣を着て、小さな灯をつけ
　　　入り乱れて素速く動くのが、この集団です
　　　何事も自分のために果たし
　　　光の蟻さながらに群がっています
　　　せっせせっせと忙(せわ)しなく
　　　四方八方働き回っているのです
　　　信心深い侏儒らに近い縁者で
　　　岩の外科医としてよく知られ
　　　われらは高山に瀉血を施す　　　　　　　　　　　　　　　　　　5850
　　　満ちた血脈より汲み出すのだ
　　　諸々の金属をわれらは掘り上げては落とし、山と積む
　　　無事でな！　無事でな！　の挨拶交わして
　　　それは根底よりして善意の仕事
　　　われらは善なる人々の友なのだ
　　　だがまたわれらは黄金を日のもとにもたらす
　　　それで以て、盗みや色事をする人もあろう
　　　鉄はまた勇猛の男子には欠かせぬもの

5833／第二部　第一幕

それが大量殺人の因ともなってきた
盗み、姦淫、殺人と三つの戒律を軽んじる者は 5860
他の戒律のどれをも尊重しはしない
そのすべてはしかし、われらの罪ではない
されば方々よ、先ずは忍耐を持て、われらが如く

巨人ら　勇猛の男子らとわれらは呼ばれ
ハルツの山でよく知られている
自然なままの真裸で、力に満ちている
その揃い踏み、まさしく巨大
唐檜の幹を右手に保ち
分厚い帯を体には巻く
枝と葉とよりなる、頑丈この上なき守り 5870
法王様でも持てないほどの護衛じゃ

森と水の精ニュンフェたちの合唱　(彼女らは大いなる牧神パンを取り巻く)
お見えになった！
世界のすべてが
表わされています
大いなるパンの姿に
あなたたち、快活至極の娘ら、この方を取り囲むがいい
ひらひらと舞い踊り、周りを漂うがいい
この方は真面目で善良な一方
人が陽気でいることを、お望みなのだから
青い天蓋のもとでも 5880
パンはいつでも見張り続けていることでしょう
けれども小川のせせらぎが彼に寄り添い
そよ風に揺すられると、彼は優しい眠りに入ります
そうして真昼時、パンが眠り

皇帝の居城 / 5884

枝の葉がさゆらぎもしない時
元気な植物の癒しの芳香が
物言わぬ静寂の大気を満たすのです
ニュンフェは起きてはいられません
立ったままで眠り込んでいます
やがてしかし思いもかけず 5890
パンの声が稲妻の張り裂けるように
荒海のように激しく鳴り響く時
なに人も手の舞、足の踏むところを知りません
戦にある勇壮の軍勢も四散してしまい
英雄も混乱のなかで震えるばかり
パンにこそ栄誉あれ、パンにこそそれは相応しい
われらを導き来たった彼に栄えあれ！

侏儒たちの代表 （大いなるパンに向かって）
　　　　輝く富の財が、糸のように
　　　　峡谷を縫うてかすめ行くとき
　　　　ただ賢明な、鉱脈を探る占い棒にしか 5900
　　　　財の迷路を示さないとき

　　　　われらは暗い洞のなかで
　　　　洞窟住人のように、丸屋根を張っている
　　　　だが清らかな天日のもと風に吹かれて、おんみは
　　　　宝を吝しみなく分け与えている

　　　　今やわれらは、不思議にも
　　　　この近くで一つの泉を発見した
　　　　かつては到底得られなかったものを

　　　　　嬉しいことにそれは約束してくれている

　　　　　　これを成し遂げうるのが、おんみパンだ　　　　　　　5910
　　　　　　主なる神、これを受け、おんみが手に守り給え
　　　　　　あらゆる宝はおんみが手においてこそ
　　　　　　全世界に益するものとなる

プルートゥス　（先触れに）
　　われらは高い意味において心を抑えねばならぬ
　　今起こっていることは、安んじて起こるに任せておこう
　　お前は普段から極めて強い勇気に満ちている
　　今やすぐにも或る極めて恐ろしいことが出来するであろう
　　それをこの世と後世も執拗に否定し続けることだろう
　　だからお前が忠実に記録に書き込んでくれることを余は願う

先取り　（プルートゥスが手にしている杖を取り上げながら）
　　侏儒らが大いなるパンを導き　　　　　　　　　　　　　　　5920
　　焔の源へおもむろに近づく
　　焔は一番深い底から沸き立っている
　　やがてそれはまた地底へと沈む
　　だがその開いた口は暗いままだ
　　またまた火焔と沸騰のなかで沸き起こってくる
　　大いなるパンはご機嫌でそこに立っている
　　この珍しいものを楽しみながら
　　すると真珠の泡が右に左にと飛び散り始めた
　　この仕業をパンはどうして信じられよう？
　　彼は深々と中を覗き込む ——　　　　　　　　　　　　　　5930
　　その付け髯が中に落ち込んでしまった！ ——

　　　　　　　　　　　　　　　　　　　　皇帝の居城／5931

あのつるつるの顎のお方は誰であろうか？
手が陰になってわれわれにはよく見えないが ―
今や大きな不手際が起こる
髭が燃えて、飛び返ってくるのだ
冠にも頭にも胸にも点火する
喜びが苦痛に転換する ―
それを消そうと。群衆が駆け寄る
だが誰も火焔を免れない
叩いたり打ったりすればするほど
新たな焔が燃え上がるのだ
四大の力に編み込まれて
仮装道具はすべて丸焼け
何を私は聞き知ることか
耳から耳へ、口から口へ伝わっている！
いつまで続く、不幸な夜
なんたる苦痛をそれはわれらにもたらしたことか！
明日にもそれは告知されるのだろう
誰一人喜んでは聞きたくないことだ
だが既に、到る所で叫んでいるのが私には聞こえる
「皇帝陛下があの苦痛を受けられたご本人だ」と
ああ、もっと別のことが真実ならよいが！
パンの仮装をした皇帝陛下が焼けておられる
それなのに誘導した廷臣たちは逃げて行った
樹脂の多い枝に締めつけられ
罵声をあげて暴れ回るだけ
破滅を八方へ撒き散らすのみ
おお、若者よ、若者よ、お前はついぞ

喜びの純なる尺度で区切る術を弁えぬのか？
　　　おお、君主よ、君主よ、おんみはついぞ
　　　理性的にして全能なる働きを為しえぬものか？
　　　既にして飾りの森は焔のうちに現れる
　　　焔はめらめらと、その舌を尖らせつつ燃え上がり
　　　木で仕切られた箱の蓋にも燃え移る
　　　大火事にもなりかねぬ勢いだ
　　　これ以上の悲惨はもう耐えられない
　　　誰がわれらを救ってくれるか、私は知らない
　　　一夜にして明日はもう灰の山となって横たわるのか
　　　豊かだった皇帝の栄華も
プルートゥス　　　恐怖は充分に拡がった
　　　　　今や助けが導入されねばならぬ！
　　　　　打て、聖なる杖の力よ
　　　　　地面が震え、響かんばかりに！
　　　　　汝、広大なる大気よ
　　　　　冷たい風で汝自らを満たせ！
　　　　　雨を孕む筋雲よ、周りに漂い来たり
　　　　　霧と蒸気を引き寄せよ
　　　　　燃え盛る火を覆い尽くせ！
　　　　　お前たち、宥めるもの、湿ったる風よ
　　　　　さやさやと鳴りながら、小さな雲を巻き
　　　　　波立ちつつ滑り行け、静かに抑えよ
　　　　　到る所で火を消し、打ち勝て
　　　　　かかる空しい焔の戯れを
　　　　　遠雷の姿に変えよ！　──
　　　　　悪霊どもがわれらを損ねんと脅すとき

魔術は真価を発揮せねばならぬ

遊歩庭園
朝　日

皇帝、廷臣たち及びファウスト、メフィストーフェレス
儀礼通りに、目立たぬように、礼装している。この二人は跪いている

ファウスト　　おんみ陛下は、あの焰の手品芝居を許されますか？
皇帝　（身を起こすよう合図して）
　　　朕はあの種の冗談をいくらでも望んでおる ──
　　　突然、自分が燃える領域にあることを見たとき
　　　自分が殆ど冥府の王プルートーであるかのように思ったぞ　　　5990
　　　夜と炭よりなる岩場があって
　　　それが小さな焰で照らされていた。そこここの谷間から
　　　何千という焰が烈しく渦を巻いて立ち昇っていた
　　　その火が揺らめいて、一つの丸屋根へと集まってゆく
　　　最高のドームにまで火の手は及ぶ
　　　ドームは現れては消え、また現れては消える
　　　うねるような火柱の遠い空間を透かして
　　　民衆の長い行列を見て、朕は感動した
　　　彼らは大きな輪を描いて押し寄せてくる
　　　そして、これまで通り、朕に敬意を表する　　　6000
　　　この宮廷の者らも幾人か散見された
　　　朕は幾千の火の精ザラマンダーの君主と思えたぞ
メフィスト　　おんみはまさしくそうでございます、陛下！
　　　四大の要素すべてがご威光を絶対と認識しているのですから
　　　火の忠実を陛下は既に確認なさいました

　　　　海に飛び込まれましたら、どんなに荒れておりましょうとも
　　　　真珠豊かな海底に届かれますや否や
　　　　そこに波立つ見事な輪が出来ておりましょう
　　　　陛下はうす緑の揺れる波を見上げ、見下ろし
　　　　それが真紅の縁取りとともに、最高に美しい住居となって　　　6010
　　　　中心たる陛下を取り巻く様子をご覧になりましょう
　　　　おんみの行く先一歩毎に、宮殿がそのまま伴って歩みます
　　　　海の宮殿の壁には隔てがなく、生きる命を喜びまして
　　　　矢のように早く群がり、彼方此方と動きます
　　　　海の不思議な生き物たちが、新たな穏やかな光の方へと押し寄せ
　　　　それらは突進してくるが、中へは入れません
　　　　そこには色も鮮やかに、金の鱗した竜が踊り
　　　　鮫は大きな口を開けますが、おんみはその奥を見て笑われるだけ
　　　　今やおんみを取り巻く宮廷が歓喜するさま、それほどの
　　　　どよめきを、おんみはかつてご覧になったこともありますまい　　6020
　　　　けれどもおんみは、最愛のものから隔てられてはおられません
　　　　海神ネレウスの美しい娘たちが物珍しげに近づくのです
　　　　永遠の若さのなかに燦然と立つこの館へと
　　　　一番若い娘たちは魚同様おずおずと、また媚びるように
　　　　年上の娘たちは抜け目なく。娘たちの母親テーティスにも
　　　　伝わって、彼女は夫ペレウスに代わる方に手と口を与えます ―
　　　　となりますとオリュンポス統治の礎も夢ではございません…

皇帝　　火、水に次いで空気の領域か、それはお前に任せておこう
　　　　その前に、朕はあの世の玉座に昇っているであろう
メフィスト
　　　　さりながら陛下は既に四大のもう一つ、地を所有しておられます　6030
皇帝　　なんたる幸運がお前をここに呼び寄せたことであろう

皇帝の居城 / 6031

>千一夜の物語からじきじきに？
>汲めども尽きぬその語り、シェヘラザードが如し
>お前に最高の恩恵を与えるぞ
>常に備えよ、お前たちの日常世界が
>屢々起こる如く、朕が意に反して好ましからぬ運びとなる時

主馬頭 （急ぎ登場）
>陛下、私の生涯におきまして
>かくも見事なる幸運につきご報告できましょうとは
>ゆめゆめ思っておりませんでした。まさに最高の悦楽
>陛下の御前にて私忘我の喜びに浸っております
>次々に勘定が払い済みとなり
>高利貸しらの爪も抑えられたのでございます
>地獄の苦しみから私は解放されました
>青天白日、これに過ぐるはありませぬ

司令長官 （急ぎあとに続く）
>分割払いで給与が支払われ
>全軍あらためて契約と相成りました
>傭兵は意気盛ん
>酒場の主も女どもも満足しております

皇帝　さぞやお前たち安堵の胸を撫で下ろしたであろう！
>皺の顔が晴れやかじゃ！
>誰もみな急ぎ駆け寄ってくる！

財務長官 （姿を見せる）
>この方々にお聞き遊ばせ。仕事を果たしたのはこの方々です

ファウスト　　事情の説明には、官房長官が相応しいと思われます

官房長官 （ゆっくり歩み寄りながら）
>老いの日に、これはなんとも嬉しうございます ―

　　　　　ではお聞き下さい。そしてこの運命のかかった紙片をご覧下さい
　　　　　これが一切の悩みを好転させた紙片であります
　　　　　（彼は読む）「求むる者すべてに知らしむべし
　　　　　これなる紙片には一千クローネンの価値あり
　　　　　それを保証するものなり。その確かなる担保は
　　　　　帝国領土内に埋蔵されたる無数の財にして　　　　　　　　　　　6060
　　　　　目下、この豊富なる財宝が逸早く掘り起こされ
　　　　　代償の役を果たしうるよう、手配中なり」
皇帝　　　朕には悪業の予感がする、途方もない欺瞞だ！
　　　　　何びとがここで皇帝の署名を偽ったのか？
　　　　　かかる犯罪が処罰されずに済むと思うか？
財務長官　　思い出して下さいませ！　陛下ご自身署名されたのです
　　　　　昨夜のことでございます。陛下は大なるパンとしてお立ちでした
　　　　　官房長官が私らとともにお側へ寄り言上致しました
　　　　　「おんみに祭りの満足を与えられますならば
　　　　　庶民の幸せのためにも、ほんのひと筆を」と　　　　　　　　　6070
　　　　　陛下は記されました、墨痕鮮やかに。それが今朝がたへかけて
　　　　　器用な職人の手で素早く何千枚となく刷られ
　　　　　御善行が万人に等しく行き渡るようになったのでございます
　　　　　そこで私どもは直ちに全部に検印を押し
　　　　　それぞれ十、三十、五十、百という具合に整備致しました
　　　　　それがどれほど庶民を喜ばせたか陛下にはご想像もつきますまい
　　　　　町をご覧遊ばせ、日頃は死んだように黴臭かった町がなんと全て
　　　　　生き生きと、喜びを味わいながら蠢いていることでしょう！
　　　　　陛下のお名前はつとに、この世を幸せにしては来ましたが
　　　　　これほど親身に人が御名を崇めたことはかつてありません　　　6080
　　　　　アルファベットはもう不要です

　　　　　　　　　　　　　　　　　　　　　　　　　皇帝の居城 / 6081

　　　　　　陛下のこのご署名さえあれば、誰もが幸せなのでございます
皇帝　　して我が国民には、これは良い金として通っているのか？
　　　　軍隊、宮廷の分割払いには、それで事足りるのか？
　　　　朕にはなんとも奇妙な気がするが、それでよしとせずばなるまい
主馬頭　　逃げ足速いこの札を、引っ捕らえるのは不可能でしょう
　　　　稲妻の瞬きのように飛散し、駆けて行きます
　　　　両替屋は大手を拡げて店を開けています
　　　　どの紙幣でもそこで現金化することができます
　　　　金貨にでも、銀貨にでも。無論手数料は取られますが　　　　6090
　　　　そこから早速、肉屋、パン屋、酒場へ人は駆けつけます
　　　　世界の半分は食べることしか考えていないみたい
　　　　あとの半分は新しい衣装を着けて得意顔です
　　　　小売り商は切り売りし、仕立屋は縫い合わせる
　　　　「皇帝陛下、万歳！」の叫びのもと酒蔵ではシャンパンが抜かれ
　　　　煮たり焼いたり、皿の音も賑やか
メフィスト　　台地を独り散歩する人は
　　　　素晴らしい衣装の、この上ない美人に気づきます
　　　　片方の眼は、誇らしい孔雀の扇子で画されており
　　　　彼女は私らに微笑みますが、お目当てはやはりそんな紙幣　　　　6100
　　　　となれば稲妻よりも弁論術よりも早く
　　　　極めて高価な恋の恵みが仲介されます
　　　　紙入れだの財布だのと苦慮することはなく
　　　　紙幣一枚、胸にしていりゃ運ぶも簡単
　　　　愛の手紙も似合うというもの
　　　　牧師様は恭しくそれを祈祷書に挟んでお持ち
　　　　兵隊さんは、もっと早く使えるように
　　　　急いで彼の腰の帯を楽にする

6082 / 第二部　第一幕

　　　　　皇帝陛下、何卒お許しを。折角の
　　　　　高い御業を私め、些細な下世話に引き下ろしましたようで　　　6110
ファウスト　　財宝の充満、それは凝固したまま
　　　　　この国の地下深くにあって、じっと待っております
　　　　　利用されることなく横たわって。いかに広大な思想といえども
　　　　　そのような富みの最も貧弱なる制限に過ぎません
　　　　　また空想は、その最高の飛翔にあってさえ
　　　　　自らを引き締め、決して己が満足に到ることはありません
　　　　　けれども諸々の霊たちは、深く観ることに値すべく
　　　　　無限なるものへの、無限の信頼を抱いております
メフィスト　　このような紙幣は、黄金や真珠の代わりなのでして
　　　　　大層便利でございます。人は自分の持ち物の値打ちが分かります　　　6120
　　　　　先ず取り引き、更には交換といったことの必要がありません
　　　　　人はお好み次第で恋なり酒なりに酔うことができます
　　　　　硬貨が欲しければ、両替屋がおりまして
　　　　　そこで駄目なら、暫しの間掘ります
　　　　　掘り出した高脚杯や鎖は、競り売りに出されますし
　　　　　紙幣は、償却が終わった時にも、値打ちがありますから
　　　　　私らを嘲笑っていた猜疑派連中は恥ずかしく思うことでしょう
　　　　　他意はありません。要は慣れることです
　　　　　こうしてこの先すべての皇帝領土において
　　　　　宝石、黄金、紙幣の蓄えは充分ということに相成ります　　　6130
皇帝　　朕が帝国はその高き好況を汝らのお蔭とする
　　　　　その報酬が功績に匹敵しうる所では
　　　　　国の内なる地を汝らに委ねてよかろう
　　　　　汝らは諸々の財宝の、最も価値ある見張り人である
　　　　　広範囲にわたる、よく保存された宝庫を汝らは知っている

　　　　　　　　　　　　　　　皇帝の居城 / 6135

　　　　人が掘る時、それは汝らの言葉に基づくがよい
　　　　されば汝らわれらが宝の指導者よ、心を一にして
　　　　汝らの地位に相応しく、その勤めを果たせ
　　　　そこにおいては地下の世界が、上なる世界とともに
　　　　めでたき一体をなして共存しているのである　　　　　　　　6140
財務長官　われわれの間にこの先いかなる不和も生じませぬよう
　　　　この魔術師を私の同僚とさせて頂きます　（ファウストとともに退場）
皇帝　これより宮廷の者一人一人に贈り物を遣わそう
　　　　何に使うかを正直に言うがよい
小姓　（受け取りながら）　私は愉快に、陽気に、上機嫌で暮らします
別の小姓　（同様に）
　　　　私はすぐに恋人に鎖と指輪を買ってやります
侍従　（押し戴きながら）
　　　　この先私は倍上等の瓶を飲むことに致します
別の侍従　（同じく）
　　　　賽子(さいころ)がすでに私の懐で騒いでおります
旗手　（恭しく）
　　　　我が城と畑、私はそれを借金なしに致します
別の旗手　（同様に）
　　　　宝でございますれば、宝といとおしむ者らに加えます　　　　6150
皇帝　朕は新たなる活動への喜びと勇気とを望みたいが
　　　　汝らを知る者は、それぞれの意を容易に言い当てるであろう
　　　　よく覚えておこう。いかほど宝の花が咲こうとも
　　　　汝らはこれまでありし如く、この先も変わらぬままだ
愚者　（やって来て）
　　　　おんみは恩賞を賜っておられる。私めにもおこぼれを！
皇帝　お前生き返ったのか。だがまたこれを飲み潰すだけだろう

愚者　　魔法のお札！　よくは分かりませんが
皇帝　　そうだろう。お前はその使い方が悪いのだ
愚者　　別のお札が落ちました。どうすればいいか分かりません
皇帝　　それを取っておくがいい。お前に落ちかかって来たのだから　6160
　　　　　　　　（退場）
愚者　　五千クローネン、俺の手に入ったぞ！
メフィスト　　二本足の大酒飲み、お前また生き返ったのか？
愚者　　こういう事もよくありまさぁ。今度位旨く行ったことはない
メフィスト　　よほど嬉しいんだな。汗びっしょりになっておる
愚者　　ご覧下せぇ。これが金と同じ値打ちなんでしょうな？
メフィスト　　お前はそれで喉と腹の欲しがるだけ買えるよ
愚者　　じゃぁ俺は畑でも家でも家畜でも買えるんですかい？
メフィスト　　勿論だ！　見せりゃいい。この先お前に不自由はない
愚者　　お城でも、森と狩り、魚のいる小川でも？
メフィスト　　　　　　　　　　　　　　　　　　信用せい！
　　お前が厳めしい殿様になるのをとくと見物したいものじゃ！　6170
愚者　　今夜はひとつ大地主になった夢でも見て寝るか！　（退場）
メフィスト　　（独り）
　　あの愚者だけがよう分かっとるとは、なんたる皮肉じゃ！　（退場）

暗き廊下

ファウスト、メフィストーフェレス

メフィスト　　何故君は、俺をこんな陰気な廊下へ引き込むのだ？
　　あちらの中に楽しみはたっぷりあろうじゃないか
　　宮廷のいろんな連中で混み合ってる賑わいの中で
　　巫山戯や欺瞞のチャンスもあろうのに？

ファウスト　　それを私に言ってくれるな。お前はとうの昔に
　　その手のことをやり尽くしている。それは履き潰した靴同然だ
　　だが今、お前が右往左往するのは
　　私に申し開きをするまいとしての事だろう　　　　　　　　　　　6180
　　私はしかしやるべき事があって苦しんでいる
　　主馬頭と侍従長が私に催促しているのだ
　　皇帝は、すぐにもそれをやってもらいたいとお望みだ
　　実はヘレナとパーリスとを眼前にしたいとの仰せなのだ
　　男たちまた女たちの手本たる姿を
　　はっきりした形で観たいと仰しゃっている
　　急いで仕事にかかってくれ！　私は約束を破るわけにいかない
メフィスト　　軽々しくそんな約束をするなんて馬鹿なことして
ファウスト　　お前だって、友よ、よくは考えていなかったろ
　　自分の手管がどこへ行くかを　　　　　　　　　　　　　　　　6190
　　先ずわれわれは彼を金持ちにした
　　今度は彼を楽しませなければならんのだ
メフィスト　　そんな事がすぐにうまく行くと思うのか
　　ここでわれわれは一層急な階段を前にして立っている
　　君は全く未知の領域のなかへ手を差し入れることになる
　　君は臆面もなく、しまいに新たな借財までこしらえる
　　ヘレナをそうも簡単に呼び出そうなんて
　　グルデン金貨の手品紙幣みたいには行かんぞ ──
　　魔女やらうつけ、幽霊やら嘘話、竜骨瘤の侏儒ども
　　そういうのを相手にしてなら、俺はすぐにもお役に立とう　　　6200
　　だがな北方悪魔の愛人たち、責めるわけじゃぁないが
　　それはギリシャの英雄たちには通じないんだ
ファウスト　　またまたお決まり嘆きの琴音だ

6177 / 第二部　第一幕

　　　　　お前といるといつも不確実のなかへ引き込まれる
　　　　　お前は一切の邪魔立ての父だ
　　　　　どんな手段に対してもお前は新たな報酬を要求する
　　　　　ごちょごちょっと呪文を唱えりゃ事は成る、私には分かっている
　　　　　辺りを見回す暇もあらばこそ、お前は二人をこの場に持ち出せる
メフィスト　　異教の民は俺と関わりがない
　　　　　それは固有の地獄に住もうている　　　　　　　　　　　　6210
　　　　　だが、一つだけ手段がある
ファウスト　　　　　　　　　言ってくれ、遅滞なく！
メフィスト　　これ以上の秘密は明かしたくないんだが
　　　　　女神たちは、孤独のなかに、荘厳に君臨している
　　　　　その周りには空間もなく、ましてやただ一つの時間もない
　　　　　この女神らのことを話すのは困惑するところだが
　　　　　それは母たちなのだ！
ファウスト　（驚愕して）　　母たちか！
メフィスト　　　　　　　　　　　　震えたか！
ファウスト　　母たち！　母たち！ ─ なんとも不思議な響きだなぁ！
メフィスト　　実際そうだ。君たち死する定めの者らには
　　　　　知られていない女神たち、われわれからも好んで呼ばれはせぬ
　　　　　その女神らの住んでいる所を、地下深く君は啜ることになる　　6220
　　　　　君自身のせいだ、われわれがヘレナを必要とするのも
ファウスト　　そこへの道は？
メフィスト　　　　　　　　道なぞない！　未踏の域へ入る道なぞ
　　　　　踏み入ることを許されぬ所。仮借なきものに迫る道
　　　　　求めることも許されぬものへの道、君にその覚悟はあるのか？ ─
　　　　　鍵はなく、押し退けるべき閂もない
　　　　　周囲に籠める孤独の思いに、君は追われる

　　　　　　　　　　　　　　　　　　　皇帝の居城 / 6226

　　　　　　荒寥そして孤独、君にそれが分かるか？
ファウスト　　そういう箴言めいた言辞は控えるがよいと思うよ
　　　　　　ここには何か魔女の厨のような臭いがするぞ
　　　　　　とうに過ぎた遠い日の
　　　　　　私はこの世と交わる定めではなかったか？
　　　　　　空を学び、空を教えるに過ぎなかったではないか？　―
　　　　　　私が直観するままに、理性的に語った時
　　　　　　反論は二重の大きさになって響き返してきた
　　　　　　更には、厭わしい所業を避けて孤独へと
　　　　　　荒野へと逃れなければならなかったではないか
　　　　　　そして、打ち捨てられ、独り生きるわけにも行かぬ故
　　　　　　最後には悪魔に身を委ねる外なかった
メフィスト　　ところで君が、仮に大海を泳ぎきり
　　　　　　無限なるものをそこで観たあと
　　　　　　君はそこに波また波の寄せ来るのを見るであろう
　　　　　　沈むやもと不安を覚えるではあろうが
　　　　　　それでも君は何かを観るわけだ。恐らくは
　　　　　　凪いだ海の緑のなかを掠(かす)めてゆく海豚が見えよう
　　　　　　雲は行き、太陽、月そして星々　―　だが
　　　　　　永遠に空虚なる遠き彼方にあっては、君は何も見ないだろう
　　　　　　君の踏む足音も聞こえぬだろう
　　　　　　君が休めるような堅固なものも見出だせまい
ファウスト　　お前は全ての神秘教司祭らの筆頭めいた口ぶりをする
　　　　　　あの忠実な新信者たちを欺いた連中だ
　　　　　　尤もそれを逆にした形だ。お前は私を空虚の中に送り込む
　　　　　　私がそこで芸と力と、その両方を増すようにと
　　　　　　栗の実を火中より掻き出してくれる、あの猫さながらに

　　　　　　私を扱おうというのだな
　　　　　　さぁ取りかかろう！　それを究めようではないか
　　　　　　お前の無において私は全を見つけるつもりだ
　　メフィスト　　俺から離れて行く前に、君を讃えるよ
　　　　　　君が悪魔ってものをよく知っていることも分かった
　　　　　　この鍵を受け取ってくれ
　　ファウスト　　　　　　　このちっぽけな物がか！
　　メフィスト　　先ずそれをしっかり持て、過小に評価するな　　　　6260
　　ファウスト　　私の手の中で大きくなって行く！輝き、閃いておる！
　　メフィスト　　それの所有が何たるか、やがて君にも分かるかな？
　　　　　　その鍵が正しい位置を嗅ぎつけるだろう
　　　　　　そのあとについて行けばよい。鍵は君を母たちのもとへ導く
　　ファウスト　（身震いしながら）
　　　　　　母たちか！　それは私の身に幾度も衝撃のように打ち当たる！
　　　　　　私が聞きたくないこの言葉、これは一体何だろう？
　　メフィスト　　新語が邪魔になる程、君は料簡の狭い人間であるまい？
　　　　　　君は既に聴いていることしか聴きたくないのか？
　　　　　　この先どんな音がしようとも、君をまごつかせはしないよ
　　　　　　もう大概、相当驚くべき事柄にも慣れていようじゃないか　　　6270
　　ファウスト　　だが、凝固において私は自分の救いを求めない
　　　　　　戦慄こそ、人間存在に与えられた最良の持ち前だ
　　　　　　いかに世の中が人間にその感情を鈍磨させようとも
　　　　　　驚愕してこそ人間は深く、巨大なるものを感じうるのだ
　　メフィスト　　では下り行け！　俺はこう言ってよい、上り行けと！
　　　　　　同じことだ。成り立ったるものから逃れ
　　　　　　形姿の縛より解放された国に赴け！
　　　　　　とうに最早現前せぬものにおいて、君の歓喜を覚えるがよい

　　　　　　　　　　　　　　　　　　　　　皇帝の居城 / 6278

　　　　　　雲の流れのように、群がって纏いついてくるものがある
　　　　　　鍵を振るとよい、その群れを近づけないことだ！　　　　　　　　　6280
ファウスト　（感動して）　よし！　これをしっかり摑まえていると
　　　　　　新しい勇気が湧いてくる。胸は拡がり、大いなる業へと向かう
メフィスト　　　灯火を載せた三脚の鼎が最後に君に教える
　　　　　　君は一番低い、最深の底にいることを知る
　　　　　　その灯のもとで君は母たちを見ることになろう
　　　　　　座っておるもの、立って歩いているものもある
　　　　　　成り行きのままだ。形成、変形
　　　　　　永遠なる心の永遠の対話がそこにある
　　　　　　一切の創造の、さまざまな姿が漂うなかに包まれて
　　　　　　母たちは君を見ない、ただ幻影しか見ないからだ　　　　　　　　6290
　　　　　　そこで心を引き締めよ。何故なら危険は大きいのだ
　　　　　　そして真っ直ぐにあの三脚鼎を目指して進め
　　　　　　それをこの鍵で触れよ！
ファウスト　（鍵を手に、決然たる命令者の姿勢をとる）
メフィスト　（彼を見つめて）　それで結構！
　　　　　　鼎はついて来る。忠実な僕として従う
　　　　　　悠然と君は昇ればよい。幸運が君を引き上げる
　　　　　　母たちが気づかぬ間に君は鼎とともに戻っている
　　　　　　そして君が鼎をなんとかここまでもたらしたならば
　　　　　　君は英雄と女傑とを夜のなかから呼び出すのだ
　　　　　　あの偉業を敢行した、最初の人間というわけだ
　　　　　　その業は為された。君がそれを果たしたのだ　　　　　　　　　　6300
　　　　　　さればこの先、魔法の扱いによって
　　　　　　聖なる香煙が神々の姿に変わるに違いない
ファウスト　　　して今は何をする？

メフィスト　　　　　　　　全身全霊、下りに努めるがよい
　　　足を踏み踏み沈んで行け。踏みながら君はまた昇ってくる
ファウスト　（踏む。そして沈んでゆく）
メフィスト　　あの鍵がどうか巧く彼の役に立ってくれればいいが！
　　　彼がまた帰ってくるかどうか、俺は興味津々だ

明るく照らされた数々の広間
皇帝、諸侯、廷臣、動いている

侍従長　（メフィストーフェレスに向かって）
　　　貴下はまだ、あのお約束の亡霊シーンを残しておられますよ
　　　すぐに取りかかって頂きたい！　陛下は焦っておられる
主馬頭　　たった今、あれはどうなったかとのご下問じゃ
　　　躊躇してご尊厳を辱めぬように致せ　　　　　　　　　　6310
メフィスト　　そのために私の相棒が出掛けているのでございます
　　　やり方を彼は既に承知しています
　　　そこでひっそりと籠もって実験をしております
　　　格別熱心な仕事が必要であります
　　　何故ならば、美という宝を持ち出そうとする者は
　　　最高の術、即ち賢者の魔術を要するからです
主馬頭　　貴下がどういう術を用いるかは、どうでもよい
　　　皇帝が望んでおられるのは、万端整っていることじゃ
ブロンドの女性　（メフィストーフェレスに）
　　　一言だけ、貴方！　ご覧の通り、すっきりした顔でしょ
　　　でも嫌な夏場にはそうは参りませんの！　　　　　　　　6320
　　　茶っぽい赤みの斑点が幾つも幾つも吹き出して来るんです

皇帝の居城 / 6321

　　　　　　それが酷いったら、白い肌をすっかり覆ってしまうんです
　　　　　　いいお薬を！
メフィスト　　それは困りましたな！　こんな輝くばかりのお嬢様の
　　　　　　お顔が、五月にはお宅の仔豹みたいに斑点だらけになるとは
　　　　　　蛙の卵塊、蟇の舌を濃縮したのを摂取なさい
　　　　　　満月の夜に念入りに蒸留するのです
　　　　　　そして月が虧けて来たら、むらなく塗るといい
　　　　　　春が来れば斑点は姿を消しています
褐色の髪の女性　　大勢の人があなたのご機嫌伺いに詰めかけてます
　　　　　　私にも一ついいお薬を！　私は足が凍えまして　　　　　　6330
　　　　　　歩行にも踊りにも難渋しております
　　　　　　ご挨拶するにも、よたよたとしか動けません
メフィスト　　失礼ながら私の足で踏んで上げましょう
褐色の髪の女性　　でもそれは愛人同士の間ですることでしょ
メフィスト　　お嬢様！　私の謂う踏み足には、もっと大事な
　　　　　　意味があります。類は友を呼ぶ。病気だって同じことです
　　　　　　つまり、足は足で治す、手足全部がそうなっています
　　　　　　こちらへ！　ご注意下さい！　反応してはなりません
褐色の髪の女性　（叫び声を立てる）
　　　　　　痛っ！　痛っ！　灼けつくみたい！　酷い踏んづけようったら
　　　　　　まるで馬の蹄みたい
メフィスト　　　　　　　これで治りましたよ　　　　　　　　　　　6340
　　　　　　もうダンスでも思う存分やれます
　　　　　　お食事のとき、お好きな方にこっそり足で触れられたらいい
貴婦人　（急ぎ駆け寄りながら）
　　　　　　私を通して！　私の苦痛はとっても大きいの
　　　　　　胸の奥で煮え滾るように荒れ狂っています

6322 / 第二部　第一幕

　　　　　　昨日まで彼は私の眼差しに救いを求めておりました
　　　　　　その彼が他の女とお喋りしてて、私には背中を向けるのです
メフィスト　　それは深刻ですなぁ。だが私の言う事聴いて下さい
　　　　　　彼の傍に寄って、軽く体を押しつけたらいいです
　　　　　　この炭をお取りなさい。彼に一筋印をつけるといい
　　　　　　袖でも、外套でも、肩でも、ご勝手に　　　　　　　　　　　6350
　　　　　　彼は心の中で、優しい悔悟のひと刺しを感じますよ
　　　　　　その炭をしかしあなたはすぐに呑み込まなくてはなりません
　　　　　　ワインも水も唇に持っていってはいけません
　　　　　　彼はお宅の玄関で今夜のうちにもため息をつくことでしょう
貴婦人　　まさか毒じゃないでしょうね？
メフィスト　（憤然として）　　　　　　場所柄を考えて下さい！
　　　　　　そんな炭を得るには、あなたは遠くまで行かねばなりません
　　　　　　これは或る火炙りの刑場から採られたもので、われわれは
　　　　　　以前その火を今よりも熱心に搔き起こしたことでした
小姓　　私は恋してます。周りからはまだ年が不足と見られてます
メフィスト　（脇を向いて）
　　　　　　どっち向いて聞けばいいのか、もう分からん　　　　　　6360
　　　　　　（小姓に）　君の幸運を一番若い娘にかけてはなるまい
　　　　　　年のいった女性たちの方が、君を評価する術を弁えている　—
　　　　　　　　他の人たちがまだ押し寄せてくる
　　　　　　またまた新手の連中だ！　なんたる悪戦苦闘！
　　　　　　こうなりゃ俺も本当のところを言って切り抜けるよりあるまい
　　　　　　それが最悪の逃げ口上か！　だが困った時のなんとやらだ　—
　　　　　　おお、母たち、母たち！　ファウストを無事逃がしてやってくれ！
　　　　　　（周りを見ながら）　既に広間では灯が鈍く燃えている
　　　　　　宮廷全体が急に動きだしたぞ

人々が礼装して次々に入って来るのが見える
　　　長い通路を通り、遠い廊下を抜けて　　　　　　　　　　　　　　6370
　　　今や！　人々は、昔からの騎士の間の
　　　あの大きな広間に集まり、そこが溢れんばかりになっている
　　　幅の広い壁の上には、絨毯が掛けられている
　　　部屋の角や壁龕には武具が飾られている
　　　ここでは魔法の言葉なぞ要りはすまいと俺は思う
　　　霊たちは自ずとその場所を見つけるであろう

騎士の間
薄暗い照明
皇帝と宮廷の人々が入場している

先触れ　　この見物の予告をする、私のいつもの仕事も
　　　霊たちの密かな働きを前に、萎んでしまいそうに思われる
　　　この混乱した活動の空気を分かりよい理由を挙げて
　　　自分に説明しようなんて、無謀且つ無益でしかあるまい　　　　6380
　　　椅子も机も既に手近にある
　　　皇帝陛下を人は壁のすぐ前に据え奉った
　　　絨毯の上に、恐らく帝は、あの偉大な時代の
　　　戦争を、心休けくご覧あそばされることであろう
　　　こちらに宮廷関係の全ての人々が座っている、丸い輪をなして
　　　長椅子席は後ろへ行くほど混み合っている
　　　娘たちも、薄暗い霊の時間をいいことに
　　　恋人の傍で愛らしく空間を見つけている
　　　こうしてみんながそれぞれ相応しい場を得た今
　　　われわれの準備は出来た。霊たちよ、来たれ！　（太鼓）　　　6390

占星術師　　ドラマよ、その歩みを直ちに始めよ
　　　　君主のご命令なるぞ、壁よ、開け！
　　　　妨ぐるもの、最早なし、ここに魔術あり
　　　　絨毯は消え、めらめらと燃えて巻かれる如く
　　　　壁は分かれて裏返される
　　　　地下の劇場が現れ出たかと見える
　　　　神秘に満ちて一つの光線が、われらを照らす
　　　　そこで私は前舞台に昇る
メフィスト　（後見台より現れ出て）
　　　　ここから俺は方々のご愛顧を見物しよう
　　　　陰からの囁きが悪魔の語り口だからな　　　　　　　　　　　6400
　　　　　　　　　（占星術師に向かって）
　　　　君は、星々の動いてゆく拍子を知っている
　　　　俺の囁く口上もよく理解している筈だ
占星術師　　奇跡の力により、ただ今ここにご覧に入れまするは
　　　　堂々たる、古代神殿の建物であります
　　　　かつて天をも支えたるアトラスにも似て
　　　　無数の円柱がここに段をなして立っております
　　　　それらは恐らく岩の重みにも適いましょう
　　　　この二本の柱が既に大きな建造物を担ったと謂われます
建築家　　これが古代風と謂うものか！　私はそれをどう褒めたら
　　　　いいか分からぬ。無骨と謂うか、余りに重きを担いと謂うか　　6410
　　　　粗野を人は高貴と呼び、不器用を偉大と称している
　　　　細い柱が私は好きだ。限りなく高く昇り行くその勢い
　　　　先端が弓形をなす頂点は、精神を引き上げる
　　　　そのような建て方はわれわれの心を一番よく奮い立たしめる
占星術師　　畏敬の念を以て、よき星の恵みなるこの暫しの時を

皇帝の居城 / 6415

　　　　　　受け止めよ。魔法の言葉により理性が縛られてあらんことを
　　　　　　これに反して、遠き方より、自由に動き来たる
　　　　　　大胆不敵の空想は見事なるかな
　　　　　　おんみらが果敢にも欲したるものを、今こそ両の眼で見よ
　　　　　　不可能なるが故に、信じらるべきものなるぞ　　　　　　　　　6420
　　　　　　　　　　ファウスト　前舞台の別の側に昇って来る
占星術師　司祭の衣装着け、冠を戴き、奇跡の男
　　　　　　今や、その自らを信じて始めたる業を成し遂げ、ここに立つ
　　　　　　三脚の鼎とともに空なる墓所より昇り来て
　　　　　　すでに我は銀盤よりして聖なる香煙の籠むるを覚ゆ
　　　　　　そはこの高き業を祝福せんと備えたるものなり
　　　　　　将来、ただ幸あることのみ生ぜんことを願いて
ファウスト　（尊大に）
　　　　　　母たち、無限なるものの中に君臨し、永遠に孤独のまま
　　　　　　されど集まりて住み給う、おんみらが名において言わしめよ
　　　　　　おんみらが頭をめぐり漂う
　　　　　　生の形姿、命なくも、動きあり　　　　　　　　　　　　　　6430
　　　　　　かつて在りしもの、あらゆる光輝と仮象のうちに在りしもの
　　　　　　そはかしこにおいて動く。蓋しそは永遠たらんと欲する故ならん
　　　　　　おんみらはそを分かつ、万有を支配する力よ、
　　　　　　昼の天蓋と、夜の蒼穹とに分かつ
　　　　　　一を捉うるは生の優しき歩みにして
　　　　　　他を求め集むるは勇猛の魔術師
　　　　　　吝しみなく喜捨しつつ、信頼をもて魔術師は
　　　　　　何びとも望むもの、奇跡にも値するものを眺め入る
占星術師　火のついた鍵が皿に触れるや否や
　　　　　　蒸気のように霧が忽ち部屋を覆う　　　　　　　　　　　　　6440

6416 / 第二部　第一幕

霧は忍び入り、また雲の如くに波立つ
延びては丸まり、交差しては分かれ、また組み合わされる
今こそ霊の傑作を認識されよ！
霊は渡り行きつつ、音楽を奏でる
風のような音調のなかから、何やら知れぬものが湧き出でる
その調べの動きにつれて、一切は音楽となる
柱身も三本縦溝も、響きを発する
神殿全体が歌っているように思えてならぬ
靄は沈み、明るい花輪のなかから
一人の美青年が歩み出てきた　　　　　　　　　　　　　6450
こうなれば私の職務は沈黙する。この若者を名指す必要はない
この美しいパーリスを知らぬ人はありえまい！
パーリス現れ出る

婦人　　ああ、なんという花開く青春の力の輝きでしょう！
第二の婦人　　まるで桃の実みたい、新鮮で果汁が一杯！
第三の婦人　　上品なつくりの、甘く膨らんだ、あの唇！
第四の婦人　　あんな杯を舐めてみたいと思ってるんでしょ？
第五の婦人　　彼はとっても可愛いわね、でも上品とはいかないけど
第六の婦人　　もうちょっと器用に振る舞えそうなものね
騎士　　羊飼いの僕みたいな臭いがそこいらじゅうにするって感じだ
　　プリンスらしいところがない。宮廷式の行儀ってものがない　　　6460
別の騎士　　それもそうだが！　半分裸故、この若者綺麗なのだろう
　　だが甲冑着けたらどうなるか、そこを見たいもんだ
婦人　　彼は腰を下ろす、柔らかに、品よく
騎士　　あの膝にのっかったら、ご婦人さぞや気持ちよかろう？
別の婦人　　彼は腕をまぁあんなに愛らしく頭の上へ凭せてるわ
侍従　　不作法だ！　ありゃ許されんと思うよ！

皇帝の居城 / 6466

婦人 殿方はとかく何事にもどっか難癖をつけたがるものね
同じ侍従 皇帝陛下の御前で、悠々と手足を伸ばすなんぞ！
婦人 彼は演じてるだけよ！　自分が独りっきりだと思ってるわ
同じ侍従 この見せ物自体、ここではやっぱり宮廷風でなきゃ 6470
婦人 そっと眠りがヒーローを襲いました
同じ侍従 もう鼾をかいている。ごく自然に、いやぁ完璧だ！
若い婦人 （うっとりとして）
　　　香煙の漂うなかへ何の匂いが混じったのかしら？
　　　私の心臓が隅々まで蘇るみたい
年長の婦人 確かにそう！　何か吐息のようなものが
　　　心の底に滲んでくるわ。それが彼の吐息なのね！
最年長の婦人 　　　　　　　　　　　　それが成長の花です
　　　若者のなかに、不老不死の薬として用意されている
　　　それが辺り一面に雰囲気となって拡げられるのです
　　　　　　　　　　　ヘレナ歩み出る
メフィスト これがヘレナか！　だったら俺は安心していられよう
　　　なるほど可愛いが、もう一つ俺の好みじゃぁないからな 6480
占星術師 私にはもう今回はこの先なんの用事もありません
　　　紳士として、私はそれを認め、正直に申します
　　　美女到来、よしんば我に焔の舌あらんとも、他に言う術なし！ ―
　　　その美しさについてはこれまでにも幾多歌われてきた ―
　　　彼女が眼前に現れると、人は我を忘れて恍惚となる
　　　彼女を物にした人間は、あまりの幸福に酔い痴れた
ファウスト 私はまだ眼を持っているのだろうか？　心の中に深く
　　　美の泉が豊かに注ぎ込まれたままその姿を示しているだろうか？
　　　我が驚嘆の道は、至福の収穫をもたらした
　　　在来の世界は私にとっていかに無、いかに未開だったことか！ 6490

　　　　　今それは我が司祭役のあと、どうなっているか？
　　　　　先ず望ましきもの、次いで基礎付けられ、永続するものとなった！
　　　　　もしも私がいつかこの世界から離れ日頃の自分に戻ることあれば
　　　　　我が命の呼吸する力は、私から消え去ってもよい！ ―
　　　　　あの美事な肢体、かつて私を夢中にさせた
　　　　　あの魔法の鏡に映っていた悦楽の姿
　　　　　あれはただ、かかる美の泡藻に過ぎなかったか！
　　　　　おんみこそ私が一切の力の動きを捧げるもの
　　　　　情熱の髄を傾けるもの
　　　　　おんみに私は注ぐ、情、愛、崇敬、妄想を　　　　　　　　6500
メフィスト　（後見席より）
　　　　　気を確かに持て。君の役割から外れるな！
年長の婦人　　大きいわねぇ、体つきもいい、ただ頭が小さ過ぎるわ
年下の婦人　　あの足を見て！　あれ以上不格好にはなれないでしょ！
外交官　　侯爵夫人方でこういうのに私はお目にかかったことがある
　　　　　私には彼女は頭の天辺から足の先まで美しく思われますが
廷臣　　彼女は眠っている男の方へ巧みににじり寄る
婦人　　若くて純な姿に並べると、なんて醜いことでしょう！
詩人　　彼女の美によって彼は照らされているのです
婦人　　エンデュミオンとルナ！　まるで絵に描いたよう！
同じ詩人　　全くその通り。月の女神は、身を沈めようとしています　6510
　　　　　彼女は全身を傾けました、彼の息を飲み込むように
　　　　　なんとも羨ましい！　キス！ ― 辛抱できません
女家庭教師　　衆人環視のなかで！　これは酷いわ！
ファウスト　　恐ろしい恩恵が若者に！
メフィスト　　　　　　　　　　　黙って！　静かに！
　　　　　幽霊なんだから、したいようにさせてやるがいい

廷臣　　彼女は摺り足で離れる、その軽い足の運び。彼は目覚める
婦人　　彼女は辺りを見回す！　そうするだろうとは思ったわ
廷臣　　彼は驚く！　自分の身に起こったことが、奇跡なんだ
婦人　　彼女には、自分が眼前にしている事はなんの奇跡でもないわ
廷臣　　きりっとして彼女は彼の方を振り返る
婦人　　私にはもう分かる、彼女は彼に教え込もうとしてるのね
　　　　こういう場合には男ってみんな馬鹿だと
　　　　彼は自分が最初の男だと思ってるでしょうからね
騎士　　二人をそのままにしておきなさい！　貫禄もあり上品だ！　—
婦人　　娼婦よ！　私はやっぱり下品と呼びたいわ！
小姓　　私は彼の代わりになりたい！
廷臣　　ああいう罠にかかりたくない者はあるまい？
婦人　　あの宝石にしたって、もう何人もの手を経ているのよ
　　　　金鍍金もかなり剝げてるし
別び婦人　　十歳の頃から先、彼女はなんの役にも立たなかったわ
騎士　　折々に誰もが最善のものを摑めばいいのです
　　　　私ならこの美しいお下がりでも喜んでしがみつきますね
学者　　私は彼女をはっきりと見る。だが正直に言うが
　　　　彼女が本物かどうか、疑わしい
　　　　現に在るものは誇張されたものへ人を誘惑する
　　　　私は就中、書かれたものを尊重するな
　　　　現に私は読んでいる。彼女は実際トロヤの
　　　　すべての口髭男たちに格別気に入られたようだ
　　　　そしてその事がこの場合完全に当て嵌まるような気がするね
　　　　私は若くない。だが彼女は私の気に入るわけだから
占星術師　　もう少年じゃぁない！　果敢の勇士だ
　　　　彼は彼女を抱きしめる。彼女は殆ど抗えない

6516 / 第二部　第一幕

　　　　　腕に力を籠めて彼は彼女を高く持ち上げる
　　　　　彼女を誘拐するんだろうか？
ファウスト　　　　　　　　　　大胆不敵のこの馬鹿者め！
　　　遣り過ぎだ！　聞こえないのか！　待て！　それは酷過ぎる！
メフィスト　　君は自分でやってるんじゃないかこの醜悪幽霊劇を！
占星術師　　もう一言だけ！　今起こったすべての事に照らして
　　　私はこの芝居を、ヘレナの掠奪と名付けよう
ファウスト　　何が掠奪だ！　私がこの場で何の役にも立たんとは！
　　　この鍵が私の手の中にあったではないか！　　　　　　　　6550
　　　それが私を導いて、孤独しかない岩礁を抜け
　　　大浪小波を渡って、この堅固な岸へと戻してくれたのだ
　　　ここに私は足を据える！　ここに現実は在る！
　　　ここよりして精神は、霊たちと戦いうる
　　　現実と霊界との、偉大なる二重の国を作ることができるのだ
　　　かくも遠きにあった彼女が、どうすればより近くなりうるのか！
　　　私は彼女を救う、そのとき彼女は二重に我がものとなる
　　　断固為すあるのみ！　おんみら母たち、母たちよ！　許し給え！
　　　彼女を知ったる者は、彼女なしにはいられないのだ
占星術師　　何をするんだ、ファウスト、ファウスト！ ― 力ずくで　6560
　　　彼はヘレナを摑まえる。既に彼女の姿は曇ってきた
　　　鍵を彼は若者の方へ向ける
　　　彼に触れた！ ― なんたることか！　哀れ！　瞬時にして！
　　　　　　爆発。ファウスト地面に倒れる。霊たちは煙霧の中に溶けて行く
メフィスト　（ファウストを背に負う）
　　　それ見たことか！　馬鹿者どもを背負いこんで
　　　結局は悪魔本人の損で、けりというわけか
　　　　　　　　　　　　闇、騒動

　　　　　　　　　　　　　　　　　　　　　　皇帝の居城 / 6565

第二幕

高い丸天井のある狭いゴシック風の部屋

以前ファウストのものたりしも、変わらず

メフィストーフェレス　（カーテンの陰より現れる。彼がカーテンを引き上げ
　　　て後ろを見ると、ファウストが古びた寝床に寝かされている姿が見える）
　　ここで寝ておれ、不運な奴！　解き難い
　　愛の絆に誘惑されおって！
　　ヘレナに麻痺させられた男は
　　そう簡単に正気には戻れまい　（周りを見回して）
　　上を見ても、このあたりあのあたり　　　　　　　　　　　　6570
　　どこもなんにも変わってないし、傷んでもいない
　　色硝子は少し曇ったみたいだし
　　蜘蛛の巣が増えている
　　インクは干からび、紙は黄ばんでいる
　　だがすべては元の場所にそのままある
　　あのペンもまだここにある
　　ファウストが悪魔に署名した時に使ったものだ
　　そうだ！　この管のずっと底には
　　俺が彼から掠め取った血の一滴ぐらいは固まっとるだろう
　　そんな一品物を見つけて喜ぶ、熱烈な収集家があれば　　　　6580
　　俺はおめでとうと言ってやりたい

　　　　昔の毛皮マントも、昔のままの鉤に掛かっている
　　　　思い出すなぁ、あのとき、新米学生相手に
　　　　俺がぶった冗談の数々
　　　　その諧謔を、奴は若者になった今でも信奉していることだろう
　　　　毛皮で暖かく身を包み
　　　　大学講師然としてもう一度胸を張ってみたい
　　　　正直そんな気持ちが起こってくるなぁ
　　　　自分の言うことに間違いなしと思ってるんだ
　　　　学者はそれを手に入れる術を知っている　　　　　　　　　6590
　　　　悪魔にとってはそれはとうに過去のものだ
　　　　　　　　彼は取り下ろした毛皮を飾う。バッタや兜虫、衣蛾
　　　　　　　　などがぞろぞろ出てくる

昆虫たちの合唱　　ようこそ！　ようこそ！
　　　　昔馴染みのパトロンさん！
　　　　われらは漂い、ぶんぶんと鳴る
　　　　あなたのことはとうに知ってる
　　　　ただ一つずつあなたは
　　　　そっと植えただけ
　　　　それがわれら幾千にもなって、お父さん
　　　　こうして踊りながらやって来た
　　　　胸のあたりの悪戯者は　　　　　　　　　　　　　　　　　6600
　　　　身を隠すのがとっても上手
　　　　毛皮から虱どもは
　　　　いち早く姿を見せる

メフィストーフェレス
　　　　若い創造には俺も驚くほどの喜びがある！
　　　　種を蒔いておくだけで、時が来れば収穫できる

　　　　　　　　　　　　　高い丸天井のある狭いゴシック風の部屋 / 6605

俺はもう一度この毛のコートを篩ってみよう
　　まだ一つ二つあちこちから飛び出して来よる ―
　　上へ！　周りへ！　百千とある隅っこに
　　急げ、お前たち、可愛いものら、身を隠せ
　　そこに古い箱がある 6610
　　ここには褐色になった羊皮紙がある
　　古い壺の埃まみれのかけらもあるぞ
　　あそこには骸骨の虚ろな目もある
　　そんな黴が雑然と生きているなかで
　　永遠に蟋蟀どもは存在しなければならん　（毛皮に腕を通す）
　　来い。俺の肩をもう一度包め！
　　今日俺は再びこの家の主だ！
　　だがそう自らを名乗っても、なんにもならん
　　俺をそれと知る連中はどこにおるんだ？
　　　　　彼は鐘の紐を引く。がらんがらんと浸み渡るような音がして
　　　　　そのため広間は震え、扉が跳ねて開く程である

助手　（長い暗い廊下を渡り歩いてきて）
　　なんたる音響だろう！　なんたる戦慄だろう！ 6620
　　階段は揺れ、壁は震う
　　窓の色硝子が身震いするさまは
　　まるで遠雷の閃きのようだ
　　三和土の敷石は飛び散り、上からは
　　石灰や瓦礫が押し出されてこぼれてくる
　　しっかり錠をかけてあった扉が
　　不思議な力で閂ごと外されている ―
　　あそこに！　なんと恐ろしいことか！　一人の巨人が
　　立っている、ファウスト先生の昔の毛皮コートを着て！

6606／第二部　第二幕

  あの方の眼、あの方の合図   6630
  それには私は膝が崩れ落ちそうだ
  逃げるべきか？　立っているべきか？
  ああ、私の身はどうなるんだろう！
メフィスト　（手招きしながら）
  こちらへ、我が友！ ── ニコデームス君だったな
助手　尊敬至上のお方！　私の名はそう申します ── 祈りましょう
メフィスト　　それには及ばん！
助手　　　　　なんと嬉しいことか、私を知っておられるとは！
メフィスト　　俺にはよく分かっている。年をとって未だに学生か
  万年学生君！　学のある男でも
  研究を続ける、他にすることもないから
  そうやって人は程々の砂上の楼閣を建てる   6640
  偉大な精神はしかしそれを完全には仕上げない
  だが君の師匠は万事に明るい人間だ
  人も知るヴァーグナー博士
  今や学界の第一人者だ
  この世界を纏めることができるのは彼ただ一人だ
  彼は英知を日毎に増進している
  一切を知ろうとする聴講者、受講者が
  彼の周りに山と集まっている
  彼は唯一教壇から輝いておる
  さまざまな鍵を彼は聖者ペテロが如くに駆使する   6650
  下界も上界も開示してやまない
  いかに彼が、誰にもまして輝き燃えていることか
  どんな声望も名声も到底彼には叶いっこない有り様だ
  かのファウストの名前すら翳らされている

        高い丸天井のある狭いゴシック風の部屋 / 6654

　　　　　　発明をしたのは、ヴァーグナー先生だけだからだ
助手　　御免下さいまし、尊敬に値するお方！　一寸申しますが
　　　　お言葉を返すようですが
　　　　仰しゃることはどうも頂きかねます
　　　　謙虚ということが、彼に授けられた持ち前だからです
　　　　かの大先生、ファウスト博士の、理解に苦しむ失踪　　　　　　6660
　　　　これを彼はどうしても解せないお気持ちなのです。この方が
　　　　帰って来られることから彼は慰めと救いを得たいと祈っています
　　　　部屋はファウスト博士の頃のまま、去られたあとも
　　　　未だに手もつけずに残されておりまして
　　　　もとの主人を待ち受けています
　　　　私なぞそこに踏み入る勇気さえございません
　　　　一体、星の位置はどうなっておりましょうか？　—
　　　　壁は怖じて震えているように思われました
　　　　扉の側柱は揺れて、閂も飛散しました
　　　　でなければ、あなた様はお入りになれなかったでしょう　　　　6670
メフィスト　　ご当人はどこへ行った？
　　　　俺を彼の所へ案内してくれ、それとも彼をこちらへ！
助手　　ああ！　彼の面会謝絶の言いつけはとても厳しいのでして
　　　　私には申し出る勇気がございません
　　　　何ヵ月来、大きな仕事のために
　　　　彼は全くひっそりと静かに暮らしています
　　　　学者のなかでもとりわけ繊細な彼が
　　　　今はまるで炭焼き人のように見えます
　　　　耳から鼻まで真っ黒になって
　　　　目は火を吹き起こすために赤く充血し　　　　　　　　　　　6680
　　　　こうして彼は成就の瞬間を今か今かと渇望しているのです

　　　　　鉗子の鳴る音が音楽になっています
メフィスト　　俺が入って行くのを断る筈はない！
　　俺は、彼に幸運を早める人間なんだ
　　　　　　助手退場。メフィストーフェレス厳然たる構えで腰を下ろす
　　俺がこの席につくや否や、あの後ろの方で何やら
　　動きがある。俺には見覚えのある客だ
　　だが今回は奴さん、最新派の一員とて
　　さぞや滅法威張りおるじゃろう
学士　（廊下を急ぎ歩いて来る）
　　　　　門も扉も開いている
　　　　　いよいよこれで希望が持てる　　　　　　　　　　　　6690
　　　　　従前のように黴のなかで
　　　　　生けるものが死者同然に
　　　　　縮こまり腐ってゆくことはない
　　　　　生きながら死んでいることもない

　　　　　この壁もあの塀も
　　　　　しまいには傾き崩れる
　　　　　われらがすぐに消え去らなければ
　　　　　われらは転倒墜落を免れぬ
　　　　　我は大胆不敵なること、余人の比ならず
　　　　　さりながら我はこの先へは進みえず　　　　　　　　6700

　　　　　だが俺は今日何たることを経験する羽目になったか！
　　　　　あれはここではなかったか、何年も前
　　　　　俺がおずおずと胸騒ぎを覚えつつ
　　　　　新米学生の身でやって来た、その場所は？

　　　　　　　　　　　高い丸天井のある狭いゴシック風の部屋 / 6704

　　　　俺があの髭の男らを頼りに
　　　　彼らの戯言を有り難く頂戴した、その場所は？

　　　　古い書物のがらくたから、彼らは俺に
　　　　彼らの知っている嘘八百を並べ立てた
　　　　彼らが自分でも信じていない、その知識
　　　　それは彼らからも俺からも、命を奪うものだった　　　　6710
　　　　一体どうしたことなのか？　― 向こうの部屋の片隅に
　　　　今も一人の男が座っている、暗いながらはっきり分かる

　　　　近寄って見て、俺は心底驚いた！　なんと彼は
　　　　未だにあの褐色の毛皮マント姿で座っているではないか
　　　　忘れもせん、俺が立ち去った時の
　　　　あの粗いコートにそのままくるまっているのだ！
　　　　あの頃彼は、如才のない人間と思われた
　　　　当時俺にはまだ彼が理解できなかったのだ
　　　　今日はもうなんのこだわりもない
　　　　あっさり傍へ寄ってみよう！　　　　　　　　　　　　6720

もしも、ご老体、忘却のレーテの濁水が
その斜めに傾いた禿げ頭を洗い去っていなければ
ここにあの学生がやって来たのをお分かりでしょう
今では大学の過酷な鞭なぞ抜け出していますがな
お見受けしたところ、先生は昔のままでいらっしゃいますな
私は全く別人になって帰って来ました

メフィスト　　呼び鈴で君が来てくれて、俺も嬉しいよ

6705 / 第二部　第二幕

　　　　俺はあの頃から君にはなかなか見所があると思っていた
　　　　Chrysalide 即ち幼虫や蛹は既にして
　　　　将来の、色も艶なる蝶を告げるの類だ　　　　　　　　　　6730
　　　　捲き毛の頭、詰め襟姿で
　　　　君は子供っぽい快適さを味わっていたね ─
　　　　君は弁髪を結ったことがないんだろ？ ─
　　　　今日は君は短く刈ったスウェーデン・カットだね
　　　　とてもきりっとしていて元気そうに見えるよ
　　　　流行りの絶対的、つまり無縁で帰っちゃぁいかんよ
学士　　ご老体、われわれは昔のままの場所におります
　　　　けれども最新の時代の歩みをご勘考下さい
　　　　そして曖昧な言葉はお控え下さい
　　　　われわれは今や全く違った形で注意しています　　　　　　6740
　　　　あなた方は、善良で忠実な若者を馬鹿にされる
　　　　それはあなた方にとってなんの苦もなく叶うことです
　　　　今日びそれを敢えてする人間はおりません
メフィスト　青春なんて有り体に言えばこういう事なんじゃないか
　　　　それは、まだ嘴も黄色い連中には快からぬことではあろうが
　　　　彼らもしかしそのあと数年もすれば
　　　　学んだすべてを否応なく己が身に照らして経験することになる
　　　　その時彼らはそれが己の頭から出たものだと自惚れる
　　　　そこで師匠は間抜けだったというわけ、これが青春の仕組みさ
学士　　ふざけやがってとも言うでしょう！ ─ どんな先生も真実を　6750
　　　　われわれに面と向かってじかに語ってはくれないでしょう？
　　　　どなたも増やしたり減したりする術を弁えておられます
　　　　時には真面目に、時には愉快に、慎ましい子らを考えて
メフィスト　学ぶには無論時間というものがある

　　　　　　　　　　　高い丸天井のある狭いゴシック風の部屋 / 6754

　　　　　教える用意が、君自身にはもう出来ている、そう俺は思うね
　　　　　何年来、月日の経つまま
　　　　　君も豊富な経験を積んで来たんだろ
　　学士　　経験なるもの！　それは泡沫にして塵埃！
　　　　　精神とは同列たりえません
　　　　　はっきり仰しゃって下さい！　人がこれまで知ってきたこと　　6760
　　　　　それは全く知るに値するものではなかった
　　メフィスト　（暫く間をおいて）
　　　　　俺もとうからそう思ってきた。俺は馬鹿だが
　　　　　今では自分が本当に気の抜けた、愚か者だと思われるね
　　学士　　これは嬉しいことです！　悟性の声が聞こえますからね
　　　　　あなたは、私が理性的と見た最初のご老人です
　　メフィスト　　俺は隠された黄金の宝を探してきた
　　　　　だが厭わしい石炭を運び出しただけだ
　　学士　　仰しゃって下さい。あなたの頭、あなたの禿げ頭
　　　　　それはそこにあるあの虚ろな頭蓋骨以上には値しますまい？
　　メフィスト　（気楽に）
　　　　　友よ、君は自分がいかに不躾か、分かっておらんようだな？　　6770
　　学士　　ドイツでは、丁重なのは嘘の始まりと申します
　　メフィスト　（その車椅子をますます前舞台に近く寄せながら観客席に向かって）
　　　　　この上にいては、どうも光と空気が奪われるようでいけません
　　　　　皆さんのお傍で暫くおらして貰いましょう
　　学士　　不遜と私が思いますのは、猶予期間がぎりぎり迫ってる時に
　　　　　もはや何者でもないのに何物かであろうとする人間のことです
　　　　　人間の命は血のなかに生きています。そして血が
　　　　　若者においてほど動く所が、他のどこにありましょうか？
　　　　　新しい生命を命のなかから創造するもの

6755 / 第二部　第二幕

　　　　それが新鮮な力に籠もる、生ける血に外なりません
　　　　そこに一切は動き、そこに一切は為されるのです　　　　　　　　　6780
　　　　力弱きものは倒れ落ち、有能なるものが現れ出る
　　　　われわれがこの世界半分を獲得した時
　　　　あなた方は一体何をしましたか？　頷き、考え
　　　　夢み、考量したでしょう、計画に次ぐ計画を
　　　　それは確かです！　老年は冷めた熱です
　　　　悲嘆と困窮のなかに凍結しています
　　　　人は三十歳を過ぎれば
　　　　既に死せるも同然です
　　　　あなた方を早いめにぶち殺す、それが最良というものでしょう
メフィスト　　こうなると悪魔はもはや何一つ言わぬがよかろう　　　　　　6790
学士　　我にして意志せざれば、悪魔は在る要なし、です
メフィスト　（脇を向いて）
　　　　悪魔はしかし近々君に邪魔するやも知れんぞ
学士　　これこそまさに青春の最高に高貴なる使命だ
　　　　世界は、私がそれを創造するより前には、存在しなかった
　　　　太陽を海から引き上げ導くのは私だ
　　　　私とともに、月はその盈ち虧けの歩みを始める
　　　　昼は我が道の上に自らの装いを飾る
　　　　大地は緑して、我に向かい花咲く
　　　　我が合図によりて、かの最初の夜に
　　　　すべての星の壮麗なる姿は展開したのだ　　　　　　　　　　　　　6800
　　　　私以外の何びとが、おんみら天地万物を、俗人どもの
　　　　狭隘なる思想の制限束縛すべてから解放しえたであろうか？
　　　　私はしかし自由に、我が精神の中で語る声がまま
　　　　心愉しく、我が内奥の光を追い続けよう

　　　　　　　　　　　　　　　高い丸天井のある狭いゴシック風の部屋 / 6804

　　　　そして速やかに、己自身の歓喜のうちに歩み行こう
　　　　我が前に光明を仰ぎ、闇を我がしりえにして　（退場）
メフィスト　　奇人天才！　汝が壮麗に浸って歩むがよい！　—
　　　　誰が何か愚かなことを、誰が何か賢明なことを考えるにもせよ
　　　　すでに前の世で考えられていないものはない。この洞察が
　　　　出来ればお前は、さぞや苦き思いがすることだろう！　—
　　　　だがわれわれはもうこの男のことで嫌な思いをすることもない
　　　　数年もすれば様子は変わっているだろう
　　　　搾りたての葡萄はどれほど珍妙な身振りをしようとも
　　　　最後には立派に酒になる
　　　　　　　　（まだ拍手しない若手の人たちの観覧席に向かって）
　　　　皆さんは俺の言葉を聞いても冷たいままだ
　　　　皆さんいい子だから、それでよしとしましょ
　　　　だがお考えあれ、この悪魔年寄りながら
　　　　やがては皆さんも年をとり、彼のことを分かる日が来る

実験室

中世風の意味でのそれ。幻想的な目的のための不格好な器具や装置が
辺り一面に置かれている

ヴァーグナー　（竈の傍で）　鐘が鳴っている。恐ろしい音だ
　　　　煤けた壁もがたがた震えている
　　　　これ以上長くは続くまい
　　　　極めて重大な事が起こるやもと待ち受ける、この不安も
　　　　既に闇は明るみ始めた
　　　　既に一番内側のフラスコの中で

　　　　生きた石炭のように燃えるものがある
　　　　そうだ、まるで壮麗この上ない紅玉さながらに
　　　　光を放つ閃光が、暗がりを破って走る
　　　　一つの明るい白光が現れ出る！
　　　　おお、今度こそ私はそれを取り逃がすまいぞ！
　　　　ああ神よ！　扉でがちゃがちゃする音は何だ？ 6830
メフィストーフェレス　（入って来て）　ようこそ！　とは嬉しいね
ヴァーグナー　（不安げに）　ようこそと迎えたいのは、運命の刻限だ！
　　　（小声で）　言葉も息も口の中にしっかり仕舞っておいてくれ給え
　　　大仕事が今にも成就しようって瀬戸際なのだ
メフィスト　（小声で）　一体、何が起こるんだ？
ヴァーグナー　（一層小声で）　　　　　　一人の人間が作られるのだ
メフィスト　　人間？　して、どういう愛人ペアを
　　あんたはその煙の穴に閉じ込めたんだい？
ヴァーグナー　　とんでもない！　これまで通常の生殖なんぞ
　　　われわれは空疎な戯言と解しておる
　　　生命が発生する、かそけき一点 6840
　　　内奥より突き出でたる優しき力
　　　それは取り且つ与え、己自身を示すべく定められて
　　　最初は最も近きものを、やがて遠きものをも身に付ける
　　　かかる力が今やその尊厳より引き離されたのだ
　　　動物にしてなおこの先も生殖を喜ぶものなれば
　　　人間は、その大なる諸々の才を以て
　　　将来、より高い、一層高い根源を持ちうるのでなければならん
　　　　　　　　　（竈の方に向かって）
　　　輝いておる！　見よ！　— いよいよ実際に希望が持てるぞ
　　　われわれは幾百の物質から

混合しつつ ― 何故ならこの混合の仕方が肝心だから ―　　　6850
人間素材をおもむろに合成してきた
一つのフラスコの中へ密閉し
それを何度も蒸留しては純化し
こうして仕事はひっそりと成し遂げられたのだ
　　　　　　　　　　（竈の方に向かって）
それは成る！　塊がより明瞭に動き出したぞ！
確信が、より真実のものとなる、一層真実になる
人が自然における神秘の極みと讃えてきたもの
それをわれわれは悟性によって試そうと敢えてするのだ
そして自然がかつては内から有機的に結合させてきたもの
それをわれわれは外から結晶させて作成するのだ　　　　6860

メフィスト　　長生きする者には幾多経験する事があると謂うが
そういう者にはこの世で新たなることは何一つ生じえない
俺はもう自分の遍歴時代において
結晶化した人間種族を見ておる

ヴァーグナー　（これまでずっとフラスコに注目していたが）
盛り上がってくる、ぴかっと光る、積もり寄る
一瞬にして事は成った
大いなる企ては、その最初馬鹿げて見える
だがわれわれはその偶然を将来は笑おうではないか
そうしてかくも卓越した思考をなしうる頭脳を
将来は誰か思索家もまた作ることとなるだろう　　　　　6870
　　　　　　　　　（陶然としてフラスコを見つめながら）
グラスが鳴り響く、愛らしい力に揺すぶられて
グラスは曇り、また澄んでくる、いよいよ生成だ！
可愛らしい姿をして

6850 / 第二部　第二幕

一人の上品な小人が身振りしている、それが見える
　　　今やこれ以上何をわれわれは、世界は欲することがあろう？
　　　創造の秘密が、天日のもと明らかにそこに在るのだ
　　　この音に傾聴するがよい
　　　創造の秘密、それが声となる、言葉となるのだ
　ホムンクルス　（フラスコの中でヴァーグナーに）
　　　さてお父ちゃま！　どんな具合？　冗談じゃなかったのね
　　　こちらへ来て、うんと優しく僕を胸に抱いて！
　　　けどあんまりきつく抱いちゃ駄目、グラスが弾けちゃうから
　　　これが物事の性質ってわけ
　　　自然のものには、宇宙でもまだ広さが足りないの
　　　人工のものは、閉じられた空間を要求するけど
　　　　　　　　　　（メフィストーフェレスに対して）
　　　ところであなた、面白い方、僕の従兄弟、あなたはここに
　　　本当にいい瞬間に来ましたね？　どうも有り難う
　　　いい運勢があなたを僕たちの所へ運んでくれたのでしょう
　　　こうして僕がある以上、僕も活動的でなくてはなりません
　　　すぐに仕事に取りかからなくっちゃ
　　　あなたは僕の道を短くする方法をご存じでしょう
　ヴァーグナー　もう一言！　従来私は随分恥ずかしく思ってきた
　　　老いも若きも色々の問題を抱えて私の所へ押しかけてきたからだ
　　　ほんの一例だが、未だかつてただの一人もこれを理解しなかった
　　　いかにして霊魂と肉体とがかくも美しく適応しうるのか
　　　かくも固く、分かちえぬばかりに、支え合うことができるのか
　　　それでいて日々の暮らしを常にぶち壊しているのか
　　　そうなると──
　メフィスト　　　　　　やめろ！　俺はむしろこう問いたいよ

　　　　　　　　　　　　　　　　　　　　実験室 / 6897

何故に男と女とはそんなに折り合いが悪いのか？
　　　君は、我が友よ、この点がさっぱり分かっとらん
　　　ここに為さるべき事がある。それを為そうと言うのがこの小人だ　6900
ホムンクルス　　為さるべき事というのは？
メフィスト　（脇の扉を指しながら）
　　　　　　　　　　　　　　　ここでお前の才を示せ！
ヴァーグナー　（ずっとフラスコの中を見ながら）
　　　確かにそうだ。お前は実に愛すべき少年だ！
　　　脇の扉が開いて、ファウストが寝床で寝そべっている姿を観客は見る
ホムンクルス　（驚いて）　これは凄い！　——
　　　　　フラスコがヴァーグナーの手から落ちて、ファウストの上を漂い
　　　　　　　　　　彼に光を当てる
　　　　　　　　　　　　　　周りは美しい！　——　澄んだ水が
　　　こんもり繁った林に！　裸身の女性たち
　　　この上なく愛らしい！　——　周りはますますよくなる
　　　だが一人だけ輝くばかり一際目立つ人がいる
　　　最高の英雄の血統、いや神々の一族かも知れない
　　　彼女は足を、透明な水に浸す
　　　高貴な肉体の優しい命の焔が
　　　纏い寄る波の結晶のなかで冷やされる　——　　　　　　　　　6910
　　　だが何たる騒音が、素速く打ち振られる翼からすることか
　　　滑らかな水面になんというざわめき、水音がすることか？
　　　娘たちは怖じて逃げる。だが独り
　　　女王だけは落ち着いて水音の方を眺めている
　　　そして見る、誇らしい女の満足を浮かべながら
　　　白鳥たちの君主が彼女の膝に身を寄せてくるのを迫るように
　　　しかし穏やかに。白鳥は馴染もうとしているようだ　——

　　　　突然しかし煙霧が立ちのぼり
　　　　細かく織られたヴェールで以て覆ってしまう
　　　　この世にも愛らしい、最高の情景を　　　　　　　　　　　　　6920
メフィスト　　なんとお前はすべてを物語ることができる奴だ！
　　　　そんなにちっぽけなのに、お前は大なる空想家だ
　　　　俺にはなんにも見えぬ──
ホムンクルス　　　　　　　　　だろ。あなたは北方の出だ
　　　　霧の時代に生まれた
　　　　騎士や坊主どもが跋扈しているなかで
　　　　あなたの眼が自由でありうる筈がない！
　　　　陰鬱のなかでのみあなたは住まいうる　（辺りを見回しながら）
　　　　褐色を帯びた岩石、黴が生えていて厭わしい
　　　　尖頭アーチ型、渦巻き風で下劣だ！──
　　　　もしもこの人、そこに寝ている人がそんな空気の中で目覚めたら　6930
　　　　またまた厄介だ。彼は立ちどころにその場で死んでしまうだろう
　　　　森の泉、白鳥たち、裸身の美女ら
　　　　それが彼の予感に満ちた夢だったのです
　　　　その彼がここの暮らしに慣れようと思う筈がない！
　　　　円転滑脱、この僕には、ここは我慢ならない
　　　　さぁ彼を連れて出て行こう！
メフィスト　　　　　　　　　出るのは俺も喜ぶところだ
ホムンクルス　　戦士を戦場へと命ぜよ
　　　　娘を輪舞へ誘なえよかし
　　　　それで万事かたがつく、そう古人は言いました
　　　　ちょうど今、僕が素早く考案したところでは　　　　　　　　6940
　　　　古典的ヴァルプルギスの夜だ
　　　　起こりうる最善のことだ

　　　　　　　　　　　　　　　　　　　　　　　　実験室 / 6942

　　　　　　彼をその本領の地へ連れて行こう！
メフィスト　　その種のことを俺は聞いたこともないなぁ
ホムンクルス　　それがあなたの耳に届く筈はない
　　　　浪漫的幽霊だけしかあなたはご存じないのです
　　　　本物の幽霊はまた古典的でなければならない
メフィスト　　どこへ向けてその旅は動き出せばいいのか？
　　　　古典古代の同僚連中はどうも俺の気にくわんがなぁ
ホムンクルス　　北西方向にあなたのお得意領域はある　　　　　　　6950
　　　　南東方向に今回僕らはしかし帆走することになる　―
　　　　大平原をペネイオス河が自在に流れている
　　　　周りの叢林や立木に囲まれ、静かな湿った入江を作りながら
　　　　平地は山々の峡谷にまで延びている
　　　　その上手にファルサルスの町がある、古いのと新しいのと
メフィスト　　こりゃ弱った！　そんな彼方か！　だがどうか俺には
　　　　あの専制君主と奴隷との戦争噺は勘弁してくれよなぁ
　　　　ありゃ退屈だ。何故なら、一件落着という間もあらばこそ
　　　　もう既に最初からまたまた悶着を始めておる
　　　　そして誰も気づいておらんが、人はただからかわれているだけだ　6960
　　　　悪霊アスモーデウスにな。これが陰で糸を引いておる
　　　　戦争している奴らは、自由のためだと称しているが
　　　　よく見れば、奴隷対奴隷の争いに過ぎん
ホムンクルス　　人間には彼らの反抗的振る舞いを許しておけばいい
　　　　誰もが己が身を守るべく、可能な限り抗わざるをえないのだ
　　　　子供の頃に始まって、そのまましまいには一人前になるのだ
　　　　ここで問題なのは、この目の前の人をどうやって回復させるかだ
　　　　あなたに何か手立てがあるなら、それをここで試されたらいい
　　　　それが出来ないのなら、僕に任せて貰いたい

メフィスト　　ブロッケン山の芝居の数々、それを試みてもよいが　　6970
　　異教の地の門がぐいと前に立ちはだかっているのが見える
　　ギリシャの民はそもそも余り有為ではないんだ！　俺はそう思う
　　だが彼らは、自由な感覚芝居で以てお前たちの目を眩まし
　　人間の胸を誘惑して、愉快な罪へ引き入れるというわけだ
　　では行こう。どうした？
ホムンクルス　　　　　　　　あなたは普段は内気じゃない
　　けれども僕がテッサリアの魔女たちのことを話題にすると
　　何かあなたの気に障ることを言ったように見えたんだけど
メフィスト　（淫らな調子）で
　　テッサリアの魔女たちか！　よかろう！　ありゃね
　　俺が永く問題にしてきた連中なんだ　　　　　　　　　　6980
　　奴らと来る夜も来る夜も一緒に暮らすとなりゃ
　　それはどうも面白くなかろう
　　だが訪問ということなら、それも試みでは ―
ホムンクルス　　　　　　　　　　　マントをこちらへ
　　それでこの騎士をくるんでやって下さい！
　　この布が、これまで通り
　　あなた方二人を運ぶでしょう
　　僕は行く先を照らします
ヴァーグナー　（不安げに）で、私は？
ホムンクルス　　　　　　　　　　そうだなぁ
　　あなたは家にいて下さい。もっと大事な仕事がおありでしょう
　　あの古い羊皮紙を繙かれるといい
　　規定に従って生命要素を集め　　　　　　　　　　　　　6990
　　それらを慎重に一つずつ繋ぎ合わせるのです
　　何を？　を考え、それ以上に如何に？　を熟考することです

　　　　　　　　　　　　　　　　　　　　　　実験室 / 6992

その間、僕はちょっぴり世界を漫遊してきます
多分ｉの上の小さな点のような仕上げの一点を見つけるでしょう
そうなれば、大きな目的が達成されたことになります
そのような報酬に値するのが、そうした努力なのです
黄金、名誉、名声、健康な長命
そして学問と美徳 ― 恐らくはまた
さようなら！

ヴァーグナー　（悲しげに）
さようなら！　その言葉は私の心を突き落とす
既にして私は恐れるのだ、お前には二度と再び会えまいと

メフィスト　さぁペネイオス河畔目指して元気に下り行け！
我が従兄弟、なかなか見くびったものじゃない
（観客席に向かって）　結局はやはり、われわれ
われわれが作ったものに、依存しているというわけ

古典的ヴァルプルギスの夜

ファルサルスの野

闇

エリヒトー　（テッサリアの魔女）　今夜の戦慄的祭りのために
これまで通り、私現れて来ました。エリヒトー、私、陰鬱の女です
とは申せ、さまで嫌忌さるべき者ではありません。嫌な詩人らは
私をそんな風に、それも誇張しては誹謗しておりますが…
詩人たちは所詮称賛でも讃美でも終わる所を知らないのです…
私には既に灰色の天蓋の大浪は谷の彼方に薄れ去ったと思えます

あの不安と恐怖に満ちた夜の残像がかすかにあるばかりです
幾度それはしかし繰り返されることでしょう！　この先もずっと
永遠に反復されることでしょう...　誰も自分の国を他人に与えず
凡そ自らの力で獲得し、強力に支配しているものを、他人に恵む
者はいません。何故ならば自らの内なる自己を統治する術を
弁えざる者は、隣人の意志をもとかく、己の高慢な心に応じて
統治したがるものだからです...
この地でしかし行われた戦闘が、一つの大きな実例となりました
それはいかに権力が、より強大な権力に対置されるものか
自由の優しい幾千の花冠が引き裂かれるものか　　　　　　　7020
支配者の頭を巡って強い月桂樹がいかに撓められるものかを示す
実例となったのです。ここでマグヌスは初期の偉大の花咲く日を
夢みました。あそこでカエサルは秤の針の揺れる音を聞きながら
目覚めていたのです！　どちらが勝ったかを世界は知っています

警備所のかがり火は燃える、赤い焔を撒き散らしながら
大地は流された血潮の反映を吐く
そして夜の希有な神秘の輝きに誘い出されて
ギリシャ伝説の軍団が集まって来る
すべての火の周りに、昔日の物語そのままの形姿が
朧げに揺れ動き、或いは心地よげに座っている...　　　　　7030
月は、盈ちてこそいぬものの、明るく輝きながら
昇り来たり、優しい光を四囲一面に拡げる
幕舎の幻影は消えた。火は青く燃える

だが、我が頭上に！　思いもかけず、なんたる流星が？
それは輝き、肉体めいた球を照らす

古典的ヴァルプルギスの夜 / 7035

生命が感じられる。生けるものに近づくことは
　　　しかし相応しくあるまい、私はそれを損ねる故
　　　それは私の評判を悪くするし、私の役には立たない
　　　もう下へ沈んで来たぞ。よく注意して避けるとしよう！
　　　　　　　　　　（遠ざかる）
　　　　　　　　空中飛行のものら　上方で
ホムンクルス　　浮かんだまま、もう一度円を描こう　　　　　　　　　　7040
　　　焰と戦慄の逆まく上で
　　　それにしても谷と低地の様子は
　　　全く亡霊めいて見えるなぁ
メフィストーフェレス　　まるで古ぼけた窓越しに
　　　北方の荒廃と恐怖を眺めるみたいだ
　　　全く嫌らしい幽霊どもだ
　　　俺はここでも向こうでも勝手は分かっているがね
ホムンクルス　　ご覧！　あそこにのっぽの女が
　　　大股で僕たちの前を歩いている
メフィストーフェレス　　不安げな顔で　　　　　　　　　　　　　　　　7050
　　　俺たちが空中を行くのを見ている
ホムンクルス　　彼女はそのまま歩かしておこう！　それより彼を
　　　下ろして下さい、あなたのナイトを。そうしたらすぐに
　　　彼に命が戻ります
　　　彼はそれをこのお伽の国に求めているのです
ファウスト　（地面に触れながら）
　　　彼女はどこだ？　──
ホムンクルス　　　　それは言えません
　　　けれどもここで恐らく探し当てることができるでしょう
　　　夜の明ける前に、急いであなたは

　　　　焔から焔へと探りながら進んで下さい
　　　　母たちのもとへすら押し出した人にとって　　　　　　　　7060
　　　　この先何一つ乗り越えられないものはない
メフィスト　　俺もここでは俺なりに参加できる
　　　　だがあまりわれわれの救いになる結構な目には逢うまいて
　　　　何者も煉獄の焔を通り抜けてこそ
　　　　己自身の冒険を試みうるって所が関の山かい
　　　　さてわれわれがこのあとまた一緒になれるように
　　　　小人よ、お前の明かりが鳴るようにしてくれんか
ホムンクルス　　そうしましょう。光りもし、鳴りもし
　　　　　　　　グラスは音響とともに力強く燃える
　　　　では新しい奇跡の数々へ向けて出発！
ファウスト　（独り言）
　　　　彼女はどこにいる？ ── この先はもはや問うまい...　　　　7070
　　　　この土くれも、彼女を支えた土ではなかったか
　　　　この波も、彼女に向かって打ち寄せた波ではなかったか
　　　　さればこの風、これまた彼女の言葉を語った風そのものだ
　　　　ここ！　不可思議にもここギリシャの地に！
　　　　私は直ちに感じる、我が立てる地盤を
　　　　眠れる私の身内を通して、爽やかに一つの霊が燃え立った時
　　　　私は立つ、不死なる半神アンテーウスを心に、大地を踏みしめて
　　　　私はここに驚嘆の極みが合して在ることを知る
　　　　この焔の迷路を私は隈なく真剣に探究しようと思う
　　　　　　　　　　（去る）

　　　　　　　　　　　　　　　　　　　　古典的ヴァルプルギスの夜 / 7079

ペネイオス河上流にて

メフィストーフェレス　（周りを窺いながら）
　　俺はこういう小さな焰のなかを渡っていると　　　　　　　　　　7080
　　どうしても自分が完全に疎外されているように思えてならん
　　どいつもこいつも大方裸、そこここほろを纏っている位のもんだ
　　スフィンクスらは恥知らずだし、鷲頭の怪獣なんぞ破廉恥の極み
　　それにどうしてこうみんな捲き毛やら羽根やらつけてるのか
　　前から見ても後ろから見ても、目に映るもの皆これだ…
　　なるほどわれわれも心底不行儀じゃぁある
　　だが古代のものを俺は余りにも生身のまま過ぎると思う
　　そこんところを人は最新の感覚でこなさなければなるまい
　　あっちこっちモードに合わせて張りぼてすることだなぁ…
　　とにかく気にくわん民じゃ！　だが一向に苦しうはない　　　　7090
　　新客の身とてここの連中に恭しくご挨拶する段には…
　　美女らに多幸を、賢なる老人らに多幸を！
グライフ　（怪獣。がらがらっと大きな音を立てながら）
　　老人（Greisen）ではない！　Greifenじゃ！　― 老人と呼ばれて
　　喜ぶ者はおらんぞ。どんな単語にも、その由来する
　　起源が残って響いておるものだ
　　灰色、気難しい、不機嫌な、ぞっとする、墓場、怒った
　　そのどれにも通う >gr< の響きは語源学上一致して
　　われわれの気分を害するものだ。
メフィスト　ですが、話を外らすまでもなく
　　ご称号グライフェンの >Grei< は「摑む」で、人も喜ぶところ
グライフ　（上と同様、このあとも）

勿論だ！　同属性は実証済みだ 7100
非難もされるが、称賛される方が多い
娘でも、金貨でも、黄金でも、人は今では手に取り摑む
捉える者に、幸運の女神は一番優しいのだ

蟻たち　（巨大な種類の）
皆さんは黄金の事をお話しです。われわれも沢山集めてきました
岩穴や洞窟に密かに詰め込んでいます
ところが一眼のアリマスペン種族がこれを嗅ぎつけまして
彼らはそれを、遠くまで運び去ったことを喜んで笑っています

グライフェ　われわれはきっとそいつらに白状させてやろう

アリマスペン　自由な歓喜の夜だけはどうぞご勘弁を
明日の朝までに全部遣い果たしてしまうでしょう 7110
そうしたら今回はわれわれの得ということになりそうで

メフィスト　（スフィンクスたちの間に腰を下ろして）
この辺りから先は俺も慣れるのが容易なようだ、嬉しいわい
どいつの言うこともよく分かるからな

スフィンクス　私たちは私たちの霊の響きを吐き出します
そうしたら皆さんはその音を形のあるものにします
先ずお名前を。後学のためにお聞きしましょう

メフィスト　沢山の名で人は俺を名付けうると見てるようだが ─
イギリス人はここにいるか？　彼らはよそでも大勢いる
古戦場を調べたり、滝を見たり
墜ちた岩石、古典的に不明の箇所なぞ調査している 7120
ここは彼らにとって価値ある目的地だと思うが
彼らがいたらきっとこう証言したろう、昔の舞台劇では
人はこの人物を老悪役と呼んでいたと

スフィンクス　どうしてそんな話になったの？

古典的ヴァルプルギスの夜 / 7123

メフィスト　　　　　　　　　　　俺自身にも何故かよく分からん
スフィンクス　　でしょうね！　あなたは星について何かご存じ？
　　現在の星回りをどう言う？
メフィスト　（見上げながら）
　　星また星と連なっている。半月は明るく照る
　　そして俺はこの親しみのもてる場所にいていい気持ちだ
　　俺は君の獅子の手に凭れて体を温める
　　かの上方へ昇ろうなんて思い上がりは不埒であろう　　　　　　　　　7130
　　謎をかけてくれ、いろいろ言葉遊びがあるだろ
スフィンクス　　あなた自身を語りなさい。そしたら既に謎ができる
　　まぁやってご覧なさい、ご自分を心底解き明かそうと
　　「敬虔なる男にも悪人にも必要にして
　　前者にとっては禁欲的に身を守る胸当ての防具
　　後者にとっては悪戯をやり抜く仲間
　　ともにただ全能のゼウスを喜ばすのみ」―　これあなたじゃない？
最初のグライフ　（がらがら声で）　あいつを俺は好かん！
第二のグライフ　（もっと強くがらがら言わせて）
　　　　　　　　　　　　　　　　　俺たちに何の用があるんだ？
二人で　　あの痩せっぽちはここには相応しくない！
メフィスト　（残忍な調子で）
　　お前は多分こう思ってるんだろう、客人の爪が　　　　　　　　　　7140
　　お前の鋭い爪ほどには引っ掻けまいと？
　　一度やってみるか、どうだ！
スフィンクス　（穏やかに）
　　あなたはずっとここにいて構わないんですよ
　　あなた自身私たちの中心から出て行きたいお気持ちでしょうけど
　　あなたのお国ではいろいろいい事があっても

　　　　　　ここでは、私の思い違いでなければ、居心地が悪いんでしょう
メフィスト　　君の上半身は実に食欲をそそるなぁ
　　　　　　だが下の方へかけて野獣風のところが俺をぞっとさせるよ
スフィンクス　　あなた間違ってる。必ず苦い後悔することになるわ
　　　　　　だって私たちの前脚は健康です
　　　　　　あなたみたいに縮んでしまった馬蹄じゃぁ　　　　　　　　7150
　　　　　　私らの仲間うちで楽しい筈がないわ
　　　　　　　　　　海の精ジレーネンたちの歌声。上方で前奏風に
メフィスト　　あの鳥たちは何者だ？　流れに沿うた
　　　　　　ポプラの枝で身を揺すっている
スフィンクス　　よくご覧なさい！　最善の人たちの心をも
　　　　　　かつてあの歌声は動かしたことがあるのです
ジレーネン　　ああ何故におんみらは甘んじるのか
　　　　　　醜くも奇妙なるものに！
　　　　　　聴くがよい、われらは群れてここに来たる
　　　　　　いとも妙なる調べのうちに
　　　　　　海の精なるジレーネンに相応しく　　　　　　　　　　　7160
スフィンクス　　（ジレーネンをからかいながら、同じメロディーで）
　　　　　　あの娘らが下りて来るように仕向けよう！
　　　　　　あの娘らは小枝のなかに、醜悪な
　　　　　　大鷹の爪を隠しているんだよ
　　　　　　うっかり耳を貸そうものなら
　　　　　　襲って来るよ、やられてしまうよ
ジレーネン　　憎しみを捨てよ！　妬みを棄てよ！
　　　　　　われらは最も清らなる喜びを集めよう
　　　　　　喜びを天日のもと一杯に撒き拡めよう！
　　　　　　水の上、地の上、いずこにあっても

古典的ヴァルプルギスの夜 / 7169

　　　　　いと晴れやかなる身振りこそ 7170
　　　　　客を迎える姿勢たれかし
メフィスト　　これぞ斬新最近のもの
　　喉より溢れ、弦より流れ
　　調べが調べへと織り合わされる
　　陽気な歌は俺の中では失われたが
　　耳をくすぐるのが面白い
　　けれども心にはどうも凍み通って来ないな
スフィンクス　　心のことは言わないで！　それは空疎です
　　革の、皺くちゃの財布
　　それがどうやらあなたの顔には合いそうね 7180
ファウスト　（歩み寄って）
　　なんと素晴らしいことか！　観ているだけで私は満足する
　　厭わしいもののなかに、偉大な有効な趣がある
　　私は既に幸運を予感する
　　この厳粛な眼差しは、どこへ私を置き入れることか？
　　　　　　　スフィンクスたちに関わらせながら
　　こういうものらの前にかつてエディプスは立ったのだ
　　　　　　　ジレーネンに関わらせながら
　　こういうものらの前でウリセウスは麻の絆に巻かれ身悶えたのだ
　　　　　　　蟻どもに関わらせながら
　　こういうものらによってあの最高の宝は保管されたのだ
　　　　　　　グライフェに関わらせながら
　　これらによって忠実に、誤りなく守られていればこそ
　　私は今、新鮮な精神によって身内が満たされるのを感じる
　　形姿は偉大なるかな、追憶は偉大なるかな 7190
メフィスト　　日頃君はこの種のものを呪い退けてきた

7170 / 第二部　第二幕

　　　　だが今はそれが君の役に立ちそうだ
　　　　恋人を探すところでは
　　　　怪物どもでさえ歓迎されるってわけか
ファウスト　（スフィンクスたちに向かって）
　　　　婦人像の君たち、どうか私にはっきり言ってくれ
　　　　君たちの仲間の一人でもヘレナを見たことがあるのか？
スフィンクスたち　　私たちは彼女の時代までは届きません
　　　　最後のものらをヘルクレスが殺していますから
　　　　ヒロンからならあなたはいろいろ聞き出せるかも知れません
　　　　彼は今夜、この亡霊の夜、跳ね回っていますよ　　　　　　　7200
　　　　彼が手伝ってくれたら、あなたはずっとよく分かるでしょう
ジレーネン　　あなたにもご満足頂けたらいいけど！
　　　　　　ウリセウスが私たちの所にいた時みたいに
　　　　　　あの方は素っ気なく通り過ぎはしませんでした
　　　　　　そしていろいろお話しして下さったものです
　　　　　　私たちはなんでもあなたに打ち明けるでしょう
　　　　　　もしもあなたに、私たちの肥沃の地
　　　　　　緑の海へついて来る気がおありなら
スフィンクス　　騙されてはなりませんよ、高貴なるお方
　　　　ウリセウスが麻縄で身を縛らせたことの代わりに　　　　　7210
　　　　私たちの良策があなたを縛るようであればいい
　　　　あの気高いヒロンを見つけることができたら
　　　　私があなたに約束したことを、あなたは経験するでしょう
　　　　　　　　　　ファウスト離れる
メフィスト　（不機嫌に）
　　　　なんの音だ、羽ばたきとともにけたたましく過ぎて行くのは？
　　　　あんまり速いので、よく見えないが

古典的ヴァルプギスの夜 / 7215

　　　　一つまた一つと過ぎて行く
　　　　狩人を疲れさせるだけだ
スフィンクス　　冬の風の荒ぶにも似て
　　　　アルキドの呼び名もつヘルクレスの矢も届きえぬほど速く
　　　　それがあの素速い怪鳥スチュンファリーデンです
　　　　ですがそのがぁがぁ鳴く挨拶は善意のものです
　　　　幽霊じみた嘴と鷲鳥のような脚をして
　　　　彼らは私たちの圏のなかで
　　　　同族であることを示したがっているのです
メフィスト　（怖じ気づいたように）
　　　　また別の奴らがその中へ滑り込んできたぞ
スフィンクス　　この連中にはなんのご心配もなく！
　　　　これはレルナの蛇の頭です
　　　　胴体から斬り離されても、頭はまだ在ると思っています
　　　　けれど言って下さい、あなたは一体どうなるのですか？
　　　　なんという不安げな身振りでしょうか？
　　　　どこへ行きます？　とにかく出掛けて下さい！…
　　　　私には見えますが、あそこの合唱団、あれがあなたを
　　　　蟻吸い啄木鳥みたいに日和見させています。自分を抑えずに
　　　　さっさと行きなさい！　沢山の魅力ある顔に逢って下さい！
　　　　あれはラーミエンたちです、あの吸血鬼の女たち
　　　　口には微笑、不敵の顔立ち
　　　　森の半神サチュロス族にはお気に入りってわけ
　　　　だからきっと山羊の足した好色男はいろいろやってみることです
メフィスト　　君たちはここに留まるのか？　また会えるね
スフィンクスたち　　そう！　あなたは風の種族に混じりなさい
　　　　私たちは、エジプト人の頃以来ずっと慣れています

われわれだけが千年万年一つ所に君臨しているのです
われわれの所在を尊重して下さい
そのようにわれわれは、陰暦と陽暦とを規制しています
　　　ピラミッドの前に座り
　　　諸民族の最高法廷となる
　　　洪水、戦争そして平和 ―
　　　顔一つ顰めることもなく

ペネイオス河下流にて
ペネイオス。水と水の妖精ニュンフェンたちに囲まれて

ペネイオス　　そよげよ、汝芦の囁き！
　息吹け柔くく、葦(よし)のはらから　　　　　　　　　　7250
　ざわめけ、軽ろき柳の繁み
　囁け、ポプラの震える小枝
　途切れたままの夢に向かって！...
　我を呼び覚ます恐ろしい予感がするのだ
　密かに万物を揺り動かし、呼び起こす震動がある
　波打つ流れと静穏のなかから
ファウスト　（河の方へ歩み寄りながら）
　聞き違いでなければ、私はこう考えざるをえない
　この縺れ合った葉群れの陰に
　この小枝や灌木の向こうに
　人間に似た音声が響いているのだろう　　　　　　　　　7260
　波がお喋りしているように思える
　そよ風がこう ― ふざけて喜んでいるみたいだ

ニュンフェンたち（ファウストに）
>あなたの身に一番いいのは
>ここに身を横たえること
>この冷たさのなかで、あなたの
>疲れた手足を回復させること
>あなたを常に避けて通る
>休らいを享受しなさい
>私たちはざわめき、さやさやと鳴る
>私たちはそうやってあなたに囁きかける　　　　　　7270

ファウスト　私は現に目覚めている！　おおニュンフェンたちを
>この譬えようもない者らを、思うさま振る舞わしめよ
>我が目がかしこに彼女らを見やるがままに
>かくも不可思議に、私は身も心も浸透されているのか！
>これは夢であろうか？　追憶であろうか？
>前に一度、お前はそんな幸せに浸ったことがある
>水はおもむろに流れる、こんもりと繁った
>かそけくも揺れる木立の爽やかな風のなかを
>木々はざわめかず、さやさやと鳴る気配もない
>四方八方から幾百もの泉が集まり　　　　　　　　　7280
>一つになって、清らかで明るい
>水浴に適した遠浅の空間を作っている
>健康で若い女性たちの肢体は
>水鏡に映じて二重となり
>楽しむ眼へとまた運び来たされる！
>仲間と集い、陽気に水を浴び
>勇敢に泳ぐもあれば、こわごわ渡るもあり
>最後は歓声と水かけ戦争

7263 / 第二部　第二幕

この娘たちを見て私はもう満足すべきでもあろう
我が眼はここで享受すべきやも知れぬ   7290
だが更に遠くへ我が心は逸る
眼は豁然として、かの囲みへと迫る
溢れる緑の豊かな葉が
気高き女王を覆っているのだ

不思議だ！　白鳥たちも、あの入江から
泳いで来ている
荘厳な純粋な動きを見せながら
休らかに漂いつつ、心優しい群れをなし
しかし誇らしく、それぞれ己に満足して
頭を動かし、嘴を動かすその様子…   7300
一羽の雄だけ他に抜きんでて
胸を張り、勇ましく、愉悦を覚えているらしく見える
帆走するように、他のものらの間を素速く抜けて行く
彼の羽毛は猛々しく膨らむ
波すらも、大浪に盛り上げながら
彼はかの聖なる場所へと突き進む…
他の鳥たちはあちこちを
穏やかに輝く羽毛を見せて泳いでいる
時にはまた活発な華やかな争いのなかで
内気な娘たちを引き離そうともする   7310
そんな娘たちは自分に寄せられる好意を気にもせず
自分自身の安全をしか考えていないからだ

ニュンフェンたち　　姉妹らよ、おんみらの耳を
　　　　　　この岸の緑の階段へ寄せよ

　　　　　私に聞こえる通りなら
　　　　　馬蹄の響きと思われる
　　　　　知りたいものだ、一体誰が
　　　　　この夜に速達便を運ぶのか
ファウスト　　大地が轟く、そんな気がしてならぬ
　　　急ぎ行く馬の下で鳴っている
　　　そこへと我が眼は向かう！
　　　幸運だ
　　　それがもう私に届くのであろうか？
　　　おお不思議、比類なき驚き！
　　　一人の騎士が馬で駆け寄ってきた
　　　精神も勇気も具わっていると見える
　　　眩いばかりの白馬に乗って来た…
　　　私の間違いではなかった。私は既に彼を知っている
　　　オケアノスの娘フィリューラの有名な息子！ー
　　　止まれ、ヒロン！　止まってくれ！　君に話がある…
ヒロン　　どうした？　何だ？
ファウスト　　　　　　　　　その歩を緩(ゆる)めてくれ！
ヒロン　　わしは休まぬ
ファウスト　　　　　　　　　では頼む！　私を連れて行ってくれ！
ヒロン　　乗れ！　そうしたらわしは随意に聞くことができる
　　　道はどちらだ？　お前はこの岸に立っている
　　　河を渡してやるくらいのことはできる
ファウスト（馬に乗りながら）
　　　あなたの思う所へ。永久に私はあなたに感謝します…
　　　偉大なお方、高貴なる教育者
　　　英雄の民を育てて名声を得た方

7315 / 第二部　第二幕

　　　　　貴きアルゴー船に乗り組んだ、美しい一族を
　　　　　また詩人の世界を打ち立てたすべての人々を作った方　　　　　7340
ヒロン　　それはまぁそのままにしておこう！
　　　　　女神パラス（アテーネ）ですら教育者としては名声に到らなかった
　　　　　所詮、人はそれぞれの流儀によってしかやって行けない
　　　　　教育なんぞされていないも同然だ
ファウスト　あらゆる植物を名付けた医師
　　　　　草木の根をその最深部に到るまで知り尽くし
　　　　　病人には治療を、傷には癒しを与えた人、そのご当人を
　　　　　私はここで、精神と肉体との力のうちに抱いているのだ！
ヒロン　　わしの横に一人の英雄が傷ついて倒れていたこともある
　　　　　わしは救助と助言とを与えたものだ　　　　　　　　　　　　7350
　　　　　だがわしは自分の業を結局
　　　　　木の根を好む女たちや坊主どもに委ねただけだった
ファウスト　あなたは真に偉大なお方です
　　　　　称賛の言葉を聞こうともなさらない
　　　　　そういうお方は謙虚に身を引こうとなさる
　　　　　自分のような者は存在しなかったとでも言わんばかりに
ヒロン　　お前はわしに巧みに取り入ろうとしているようだね
　　　　　君主にも民衆にも気に入られるようにと
ファウスト　では私にどうぞ仰しゃって下さい
　　　　　あなたはあなたの時代の最大の人々に会っておられる　　　　7360
　　　　　最も高貴な者の業績を追い求めて努力なさった
　　　　　半ば神の如くに真摯に日々を生き抜かれた
　　　　　だが英雄的人物のうちで、誰をあなたは
　　　　　最も有能だった人と思われますか？
ヒロン　　崇高なるアルゴー船の仲間では

古典的ヴァルプルギスの夜 / 7365

いずれも皆それぞれ固有の仕方で健気であった
　　　またそれぞれを生気づける力に応じて優れていた
　　　だから皆、他の者らには欠けている所で、満足を得た
　　　かの双子の兄弟たちは、溢れる若さと美とが
　　　立ち勝るところで常に勝利することができた　　　　　　　7370
　　　他の人らの救いとなるべく、果断実行すること
　　　それが風の神ボーレアスの息子たちの良き持ち前となった
　　　慎重に考え、強力且つ賢明、助言を吝しまず、かくてヤーゾンは
　　　黄金羊皮を得たる一族の長たりえたし、女たちにも優しかった
　　　またオルフォイスもいる。繊細で、常に静かに思慮していた
　　　彼は七弦琴を誰よりも見事に奏でた
　　　炯眼のリュンコイスもいる。彼は日毎夜毎
　　　聖なる船を導き、断崖と岸壁のあわいを運んだ…
　　　相い和してのみ危険は試される
　　　一人の働きを、他の者らが認めるのだ　　　　　　　　　7380
ファウスト　　ヘルクレスのことを仰しゃらないのは？
ヒロン　　おおこれは拙かった！　我が憧憬をかき立ててくれるな…
　　　わしは太陽神フェーブスに会うたことがない
　　　戦の神アーレスとも、神の使者ヘルメスとも呼ばれるが
　　　だからわしが眼前にするのはただ
　　　万人が神的として讃えている姿だけだ
　　　彼は生まれながらの王者だったと言われる
　　　若者として最も崇高に見られるわけだ
　　　兄たちにはよく仕え
　　　またこの上なく愛らしい婦人たちにも尽くした　　　　　7390
　　　地の母ゲアももう一人の兄弟を生まなかった
　　　ゼウスの娘ヘーベは彼を天に運ばなかった

  幾多の歌は虚しいまま
  徒に彫刻の石を苦しめるのみ
ファウスト たとい彫刻家たちが彼の像を誇りとしても
  そんなに素晴らしく彼が見えてはきませんでした
  最高に美しい男性のことをあなたはお話しになりました
  では最高に美しい女性のことを語って下さい！
ヒロン 何と！...　女性美はさして意味がない
  あまりにも屢々一つの固定した像になっているからね 7400
  ただこういう姿ならわしは讃えることができる
  快活にして生の喜びが湧き出ているといった姿だ
  美女は己自身として浄福を得ている
  優美が人を抗い難くするからだ
  ヘレナがそうだった。わしは彼女を乗せたことがある
ファウスト あなたが彼女を運んだのですか？
ヒロン   そうだ、この背に載せて
ファウスト 私は既に頭が混乱するに充分なまでになっている
  そこへまたまたこの席が私を有頂天にさせようとは！
ヒロン 彼女もそんな風にわしの鬣を摑まえていた
  今のお前と同じだ
ファウスト   おお、完全に私は 7410
  自分を失いそうだ！　話して下さい、どんな風だったか？
  彼女こそ私の唯一の願望です！
  どこから、どこへ、ああ、あなたは彼女を運んだのですか？
ヒロン その問いは容易に叶えられるよ
  双子の兄弟たちが、あの折
  幼い妹を、掠奪者の手から解放していたのだ
  だが負けを知らぬ掠奪者らは

勇を揮って怒濤の如く、背後から攻めてきた
そのとき兄妹たちの急ぐ足を引き留めたのが
エレウシス近郊の沼地だった 7420
兄たちは渡り、わしが水を撥ね飛ばして泳ぎきったのだ
彼女は跳び下り、濡れた鬣(たてがみ)をさすった
馬の機嫌をとるかのように
そして愛らしく抜け目なく、自らを弁えて
なんと魅力的だったことか！ 若く、しかも老人の喜びとなる！

ファウスト　　まだ十歳でしょう！…
ヒロン　　　　　　　　わしには分かる、古典学者というものは
そうやってお前を、また自分自身を騙してきたのだ
神話に出てくる女性たちには全く独特のものがあるのだ
詩人は、そういう女性を必要に応じて見せてくれる
彼女は大人にはならず、年をとることもない 7430
常に食欲をそそる形姿のままだ
幼くして誘拐され、後年にも男たちに取り巻かれた
要するに、詩人を拘束する時間というものはない

ファウスト　　ならば彼女も、時間によって拘束されはすまい！
アキレスがフェラで彼女を見つけたとき、これもやはり
一切の時間の外にあったのだ。なんたる希有な幸運か！
運命に抗してかち得られたるこの愛は！
されば私は、最も激しい憧憬の念を心に
この生のなかへかの唯一無比なる形姿を引き入れてよかろう？
神々にも匹敵しうる、この永遠の存在 7440
偉大にして繊細、崇高にして愛らしきこの存在を？
あなたはかつて彼女を見た。今日は私が彼女を見たのです
かくも美しく魅力的で、かくも憧れを誘う美しさ

    今や私の心、私の命はがっちりと抱き包まれています
    かの人を得ずんば、生くること能わず
ヒロン 異国の男よ！　人間としてお前は夢中になっている
    だが霊たちのなかにあってはお前は狂っておるとしか思われまい
    ところで今日はここでお前にとって幸運なことが起こる
    何故なら毎年、ほんの数瞬間とはいえ
    わしはマントーの所に立ち寄ることにしている   7450
    わしの教え子アスクレピオスの娘だ。静かな祈りのなかで
    彼女は父に乞うている、どうか彼の名誉のためにも
    彼が医師らの心を清める日の来たらんことを
    そしてあの非道の撲殺から彼らを改心させるようにと…
    わしには巫女の一群のなかで一番愛すべき娘だ
    醜悪な心根にはあらず、善行をなす温和なる娘だ
    あの娘ならきっと、暫く傍にいたならば
    薬草の根の働きによってお前を根本から治療してくれるだろう
ファウスト 癒して貰う気はありません。私の心は確かです
    癒されるようなら私も他の人間同様下賤にすぎますまい 7460
ヒロン 高貴なる源泉の救いをむざむざ逃すな！
    早く下りよ！　われわれは場に着いたぞ
ファウスト 教えて下さい！　どこへあなたは、この恐ろしい夜
    戦の水を通って私を陸地に運んだのですか？
ヒロン ここはローマとギリシャとが戦った所だ
    ペネイオス河が右、左手にオリンポスの山を控えている
    砂に埋もれた最大の帝国
    王は逃げ、民衆が凱歌を挙げる
    仰ぎ見よ！　ここに立っている意味深く、身近に
    永遠の神殿が、月光を浴びて　（去る）   7470

マントー　（内で、夢見るように）
　　　　　馬の蹄に鳴り響く
　　　　　聖なる階段
　　　　　半神たちの到来か
ヒロン　　その通り！
　　　　　目を開けよ！
マントー　（目覚めて）
　　　これはようこそ！　分かっております、貴方が来られぬ筈はない
ヒロン　　お前の神殿の家もしっかり立っている！
マントー　　相変わらず回っておいでですか、お疲れの様子もなく？
ヒロン　　お前はいつも静かな平和に囲まれて暮らしている
　　　　だが、旋回するのがわしの喜びなのじゃ　　　　　　　　　　　　7480
マントー　　私はじっと待っています。私を巡って時間が回るのです
　　　　で、この方は？
ヒロン　　　　　　　　呪われた夜が、渦を巻きながら
　　　この人をここまで運んで来た
　　　ヘレナを、心も狂わんばかりに求め
　　　彼はヘレナを我がものにしようと望んでいる
　　　だが、どこでどうやって事を始めればよいかが分からぬ
　　　お前の父アスクレピオスの伝えた治療が誰よりも必要なのだ
マントー　　不可能なることを欲する人間を、私は愛する
　　　　　　　　　　ヒロン既に遠く去っている
マントー　　お入りなさい、向こう見ずのお方、喜んで下さい！
　　　この暗い廊下は冥府の女王ペルゼフォーネに通じています　　　　7490
　　　オリンポスの虚ろの足下で
　　　彼女は密かに、禁じられた挨拶を窺っています
　　　ここで私はかつてオルフォイスを密かに入れてやりました

彼より巧くこの機会を利用なさい！　さぁ早く！　用心して！
二人はともに下って行く

ペネイオス河上流にて
前場同様

ジレーネン　　ペネイオスの流水に跳び入れ！
　　　　　　水音立てて泳ぐに相応しい
　　　　　　歌また歌と唱和するもよい
　　　　　　それが不幸な民のためにもなる
　　　　　　水なくしては救いもない！
　　　　　　明るい軍勢とともにわれらが　　　　　　　7500
　　　　　　エーゲの海へと急ぎ進むならば
　　　　　　あらゆる喜びがわれらのものとなろう

地震

ジレーネン　　泡立って波は返ってくる
　　　　　　もはや河床では水が下らない
　　　　　　地底が打ち震え、水は堰止められる
　　　　　　砂礫も岸も弾けて煙をあげる
　　　　　　逃げよう！　来い、みんな来い！
　　　　　　この不可思議は誰にも益しない

　　　　　　先へ！　高貴で陽気な客人方
　　　　　　海の楽しい祭典へ、急がれよ　　　　　　　7510
　　　　　　震える波が岸を濡らしつつ
　　　　　　微かに脹れる辺りに目をやりながら

月が二重に輝くところ
そこで聖なる露を浴びよう
そこに自由に動く生がある
ここでは不安な地震があるのみ
すべての賢者は急ぎ行け！
この地帯は恐ろしい

地震の神ザイスモス　（地底で唸り轟音を発しつつ）
今一度、力をこめて押し上げよ
肩ごとぐいと持ち上げるのだ！　　　　　　　　　7520
そうすればわれらは上へ出られる
そこではすべてがわれらを避ける

スフィンクスたち　　なんと嫌らしい震動だ
醜くも恐ろしいざわつきだ！
なんたる動揺、なんたる震動
彼方此方と揺すぶる動き！
なんとも耐え難い不快！
だがわれわれは場所を変えない
たとい全地獄が破裂しようとも

今や一つの穹窿が盛り上がる　　　　　　　　　　7530
不思議だ。あれだ
あの老人だ、とっくに灰色になった
かつてデロスの島を建てた男
陣痛に苦しむ女のために
大浪のなかかからあの島を押し上げたのだ

　　　　努力、衝動、圧迫の男
　　　　凛々しい腕と曲がった背中
　　　　その振る舞いはアトラスに似て
　　　　彼が持ち上げるのだ、大地も芝生も土も
　　　　砂礫、砂利、砂に粘土　　　　　　　　　　　　　　7540
　　　　われらが岸の静かなる床を持ち上げる
　　　　こうして彼は一筋の道を切り裂く
　　　　谷の休らかな天井に対して横ざまに
　　　　倦まず撓まず、彼ザイスモスは
　　　　巨大なる女人柱像を支えているのだ
　　　　この恐るべき石の骨組みを
　　　　土中にあっても、その胸部に到るまで
　　　　それ以上にはしかし彼もなりえない
　　　　スフィンクスたちが場所を領しているからだ

ザイスモス　　それをわしは全く独りで世話したのだ　　7550
　　人はやっとそれを認めてくれることであろう
　　もしもわしが体を震わせ、揺すりさえしなかったならば
　　そもそもこの世界は、こうも美しくありえたろうか？──
　　向こうのお前たちの山々が、どうして立っている筈があろう
　　壮麗純粋なエーテルの紺碧のなかに
　　もしもわしがそれらの山々を押し出して
　　絵のように恍惚とさせる光景を作り上げていなかったならば？
　　あの頃、最高の祖先たち、夜と混沌を前にして
　　わしは勇敢に振る舞った
　　巨人族の者らと一緒になって　　　　　　　　　　　7560
　　ペリオンやオッサといった山々と球打ちに興じたものだ

　　　　　　　　　　　　　　　　古典的ヴァルプルギスの夜 / 7561

若い情熱にまかせてわれわれは暴れ回った
最後には飽いて、われわれは
パルナスに二重の帽子を被そうと
無謀にも、山二つを頭に載せたりもした…
アポロンはよくそこで楽しく滞在し
至福の詩神らと合唱していた
ユピターとその電光の矢石にすら
わしは椅子を高く押し上げたものだ
今ではこうして、大変な努力をしながら　　　　　　7570
深淵からわしは突き上げているわけだ
だからお前たちの生活のために
陽気な住民たちが来てくれることを声高く要求するね

スフィンクスたち　　この高地に山となって立つものたちを
　　太古のものと言わざるをえまい
　　もしわれわれが自分で見ていなかったとするならば
　　大地のなかからそれらがどれほど苦労して匍い上がったかを
　　灌木の森が上へ上へと拡がって行く
　　岩また岩と積み重なって押し上げて来る
　　スフィンクスたるものはそちらを振り向かない　　　　　　7580
　　われわれは聖なる所在にあって邪魔されはしないのだ

グライフェ　　葉陰に震える黄金、燦き映える黄金
　　それを私は隙間から見る
　　お前たち、それほどの宝を奪われるままにしていてはならん
　　蟻ども、起て！　黄金を掻き出すのだ

蟻族の合唱　　かのザイスモスを巨人らが
　　　　　高く押し上げたが如く
　　　　　お前たち、せわしない足取りの者らも

　　　　　素速く上へ出て来い！
　　　　　急ぎ出入りするがよい　　　　　　　　　　　7590
　　　　　こういう隙間では
　　　　　パン屑一つといえども
　　　　　手に入れる価値がある
　　　　　どんなにささやかなものでも
　　　　　お前たちは見つけ出さねばならん
　　　　　大急ぎで
　　　　　あらゆる隅に
　　　　　懸命に働かねばならん
　　　　　お前たち、群がる集団は
　　　　　さぁ黄金を携えて入って来い！　　　　　　　7600
　　　　　金属を含まぬ山などに気をとられるな
グライフェ　　入って来い！　中へ！　黄金を山と積め！
　　　われらはわれらの爪をその上に載せる
　　　われらは最善の閂なのだ
　　　最大の宝がこうしてしっかりと守られる
小人ピュグメーエン　　やれやれやっと本拠地ができた
　　　どうしてそうなったかは分からぬが
　　　われらがどこから来たかは問うてくれるな
　　　来た以上はここにおるしかないのだから！
　　　生の愉しき居場所には　　　　　　　　　　　　　7610
　　　どんな国でも相応しい
　　　岩の隙間が現れたなら
　　　それは早、小人が手にするものとなる
　　　小人の夫婦は仕事も速い
　　　どのペアも互いの手本となる

　　　　　　　　　　　　　　　古典的ヴァルプルギスの夜 / 7615

果たしてかつてかの楽園のペアもまた
同様だったか、そこは分からぬ
だが、夫婦相い和しがここでは一番と見て
われらは感謝しつつ、われらが星を祝福する
何故ならば東においても西においても 7620
母なる大地は生殖を喜ぶからだ

親指族ダクチュレ　　大地は一夜のうちに
　　　小人族を作り出した
　　　大地は最小の者らをも生み出すであろう
　　　お互い似た者らを見つけるだろう

ピュグメーエンの最年長者　　急げ、快適の
　　　座を占拠すべく！
　　　急いで仕事にかかれ！
　　　強さに代わり速さを示せ！
　　　今はまだ平和だ 7630
　　　鍛冶場を作れ
　　　甲冑や武器を
　　　軍に引き渡すべく
　　　お前たち蟻族一同
　　　活力に溢れる者ら
　　　われらに金属をもたらせ！
　　　そしてお前たち親指族
　　　最小にして多勢の者らには
　　　命じられてあれ
　　　材木を運ぶことが！ 7640
　　　それを合わせて積み重ね
　　　密かな焔を起こし

	われらに炭を提供せよ
最高指導者	矢と弓を携えて
	元気に出征せよ
	あの村の辺りの
	鷺どもを射落とせ
	無数に巣くっておる
	猛々しく胸張って
	あれを一撃で打ち落とせ　　　　　　7650
	一網打尽に！
	さすればわれらは現れる
	兜と飾りを合わせ持って
蟻族と親指族	誰がわれらを救ってくれることか！
	われらは鉄を運ぶ
	彼らは鎖を鋳造する
	われらを引き攫うためだ
	まだ勝負はついていない
	されば抜け目なくやれ、お前たち
イビュクスの鶴たち	殺戮の叫声、瀕死の嘆き！　　7660
	不安げに羽ばたく翼の音！
	なんたる喘ぎ、なんたる呻きが
	われらのこの高空まで響いて来ることか！
	彼らはみんな殺された
	湖はその血で赤く染まっている
	異形の欲望が
	鷺の高貴な飾りを奪う
	それは既に兜の上で舞っていたのだ
	この脹れ腹、曲がり脚した悪者どもの

古典的ヴァルプルギスの夜 / 7669

お前たち、我が軍の同盟者たち
列なして海を渡り行く者ら
お前たちをわれらは召集する
かくも身近の問題で復讐せんがために
何者も力と血とを吝しむな
この一族の永遠の敵に対して！
　　　　があがあ鳴きながら空中に飛散する

メフィスト　（平原で）
　北方の魔女たちなら俺も勝手は分かっているが
　今こういう異国の霊どもとなると、そうもなるまい
　ブロッケン山はやはり快適な場所だなぁ
　人はどこにいても、その都度自分を見つけ出す
　イルゼ小母さん(川)は、その名に因む巌の上でわれわれの
　番をしてくれており、ハインリッヒは、その名の高みで元気だ
　鼾と呼ばれる岩は不幸を意味するエーレント村に接しているが
　どれもこれも何千年にわたり渝わることなく続いて行く
　ここでは一体誰が知ろう、どこに行きどこに立とうと
　いつなんどき足元で地が脹れ上がらんとも限るまい？…
　俺が楽しく平らな谷を歩いていると
　突如、俺のうしろで山が盛り上がるのだ
　山と言うほどのものではないまでも
　俺のスフィンクスたちと俺とを分かつには
　充分の高さだった。─　ここでは未だに幾多の焰がちらちらと
　谷を下って動いており、冒険をめぐって燃えている…
　今も我が前で踊ったり漂うたりし、誘ったり逃げたりしては
　悪戯坊主めいた手品を操る、粋な合唱団がいる
　こっそりそっちへ行って見よう！　撮み食いに慣れたせいか

　　　　　　　どこへ行ってもつい撮み取りしたくなる
吸血鬼ラミーエンたち　（メフィストを自分たちの方へ引き寄せながら）
　　　　　　　速く！　もっと速く！
　　　　　　　もっとずっと先へ！
　　　　　　　そこでまた躊躇って
　　　　　　　長々とお喋りをする
　　　　　　　とっても愉快　　　　　　　　　　　　　　　　　7700
　　　　　　　この老罪人を
　　　　　　　私たちの仲間に引き入れるのは
　　　　　　　たっぷり懺悔をさせてやる
　　　　　　　強張った足取りでよろめきながら
　　　　　　　彼はやってくる
　　　　　　　ほらまた躓いた
　　　　　　　彼は足を引きずっている
　　　　　　　私たちが逃げると
　　　　　　　そのあとからついて来る
メフィスト　（立ち止まって）
　　　　　　　呪われたる運命！　騙された男ども！　　　　　7710
　　　　　　　アダム以来誘惑された馬鹿ハンスたち！
　　　　　　　年はとっても、賢くはならんのか？
　　　　　　　お前はもうさんざん馬鹿にされてきたではないか！
　　　　　　　民なるものが根本的には何の役にも立たんとは誰でも知っている
　　　　　　　体を締めつけ、顔に化粧して
　　　　　　　人々は何一つ健康なものを返しえない
　　　　　　　彼らを手に取れば、四肢全体がほろぼろになっている
　　　　　　　見ればそれが分かるし、掴むこともできる
　　　　　　　それでも人は踊る、あばずれどもが笛を吹くとき

　　　　　　　　　　　　　　　　　　古典的ヴァルプルギスの夜 / 7719

ラーミエンたち　（ちょっと控えて）
　　お待ち！　彼は思案している。躊躇し立っている
　　彼がお前たちから逃げないように、向かってお行き！
メフィスト　（進み出て）
　　向かって行け！　疑惑の罠に落ち込むような
　　愚を演じていてはならんぞ
　　何故ならば、もし魔女たちが存在しなければ
　　どの悪魔が悪魔たろうとするであろうか！
ラーミエンたち　（ごく上品に）　このヒーローを取り囲もう！
　　愛が彼の心のなかに芽生えれば
　　きっと誰かにお相手をと申し込んでくるよ
メフィスト　確かに、定かならぬ微光のもとでは
　　お前たちも可愛い女に見える
　　だからお前たちを非難する気は俺にはない
吸血鬼エンプーゼ　（割り込んできて）　私のことも非難しないで！
　　というわけで私をひとつあんたたちの仲間に入れておくれ
ラーミエンたち　あれは私たちの仲間には余分よ
　　だってしょっちゅう私たちの遊びをぶち壊すんだから
エンプーゼ　（メフに）　遠縁のエンプーゼからご挨拶
　　驢馬の足もつ身内の者です！
　　お宅はただ一方だけ馬の足
　　ともあれ、お従兄弟さん、どうぞ宜しく！
メフィスト　ここでは俺は未知の者らしか考えていなかった
　　それがなんと近親者に逢おうとは、こりゃ拙かったな
　　古い昔の本を繰ってみる必要がある
　　ハルツからヘラスまでどこへ行っても従兄弟らはおる！
エンプーゼ　断固、行動の道を私は知っている

　　　　　幾多のものに変身することが私にはできる
　　　　　だがお宅への敬意を表すべく私は今
　　　　　驢馬の頭を載っけているんです
　メフィスト　　それは分かる。この連中のもとでは
　　　　　同族ということに重大な意味があるからな
　　　　　だがたとい何が起ころうとも　　　　　　　　　　　　　　7750
　　　　　驢馬の頭ばかりはお断りしたいな
　ラーミエン　この嫌らしい女は放っておおき。この女は決まって
　　　　　何か結構で愛らしいと思えるものを追っ払うんだから
　　　　　何か結構で愛らしいものがあれば ―
　　　　　この女がやって来る、そうしたらもうお終いさ！
　メフィスト　　こちらの従姉妹たちも華奢でしなやかながら
　　　　　俺にはどれも皆、胡散臭く思われる
　　　　　こういう頬の紅のかげにはどうも俺には
　　　　　変容という奴がちらついてならんのだ
　ラーミエン　試してご覧よ！　私たち大勢いるわ　　　　　　　　7760
　　　　　手をお出し！　あんたに遊びの運がよけりゃ
　　　　　最良の籤を摑み取るがいい
　　　　　淫らなお喋りしていて何になる？
　　　　　あんたは哀れな色男
　　　　　威張って歩き回り、大きく構えている！ ―
　　　　　その彼が今、私たちの群れに混じってきた
　　　　　さぁ、みんな、マスクを次々に剝がしてお行き
　　　　　そうして奴に私たちの本領を見せてやるのさ
　メフィスト　　一番の美女を俺は選び出した...
　　　　　（その女を抱きながら）痛てて！　なんたる痩せ箒！　　7770
　　　　　　　　（別の女を摑まえて）

古典的ヴァルプルギスの夜 / 7770

　　　　　　そいでこいつは?...　酷い顔だ！
ラーミエン　　もっといい目に遇いたい？　自惚れなさんな
メフィスト　　この小さい子を俺は貰っときたいが...
　　　　　その手から蜥蜴が滑り出してきた！
　　　　　蛇のような、ぬるぬるの頭
　　　　　それと反対に俺はのっぽの女を摑まえる...
　　　　　と思いきや、酒神バッカスゆかりの葡萄と蔓を絡めた杖
　　　　　頭には松毬を付けておる！
　　　　　さてどうするか?...　まだもう一人でぶが
　　　　　これなら多分楽しめそうだ　　　　　　　　　　　　　7780
　　　　　これを最後とやってみる！　これはいける！
　　　　　全くぶよぶよしてて肉付きがいい、水母だかお玉杓子だか
　　　　　オリエントの商人も高値で取引するだろう...
　　　　　だが、ああ！　その丸く膨らんだ茸が真っ二つに弾けた！
ラーミエン　　別れよ、ゆらゆら漂うて
　　　　　稲妻のように素速く、黒い飛翔のなかで取り囲め
　　　　　この侵入者、魔女の息子を！
　　　　　目に見えぬ恐るべき圏をなして！
　　　　　物言わぬ翼打ち振れ、蝙蝠たちよ！
　　　　　奴はまんまと逃げて行くぞ　　　　　　　　　　　　　7790
メフィスト　　（身震いしながら）
　　　　　どうやら俺はあまり賢くなっとらんようじゃなぁ
　　　　　ここは馬鹿げている、北の国も馬鹿げている
　　　　　ここでもあちらでも幽霊どもが奇怪に振る舞っておる
　　　　　民も詩人も悪趣味だ
　　　　　ちょうど今ここで仮装舞踏会が行われているが
　　　　　　いずこも同じ官能踊りだ

　　　　俺は優しい仮装行列に探りを入れた
　　　　摑まえてみれば、身の毛もよだつ奴らだった…
　　　　いっそ我と我が身を騙していたい
　　　　もしこれがもう少し続くものならば　　　　　　　　　　　7800
　　　　　　　（岩の間に迷い込みながら）
　　　　俺は一体どこにいるのか？　この道はどこへ行くのか？
　　　　小径はあったが、今は砂利だけだ
　　　　そこで俺は平らな道を通ってきた
　　　　ところが今や岩屑が眼前に立っている
　　　　攀じ登り、また下るが、益もない
　　　　どこでまたスフィンクスらに会えるのだろう？
　　　　こんなに馬鹿な目に逢うとは思ってもいなかったなぁ
　　　　こんな山脈が一夜にして出来しようとは！
　　　　これを俺は新魔女の騎乗と呼ぼう
　　　　魔女らはそのブロッケン山を一緒に運ぶのだ　　　　　　7810
山の妖精オレアス　（自然岩から）こちらへ上がって！　私の山は古い
　　　　本来の姿で立っています
　　　　敬われてきた険阻な山道です
　　　　ピンドゥス山脈の枝分かれした最後の山です！
　　　　カエサルに追われてポンペイウスが、私を越えて逃げた時
　　　　私はこうして身じろぎもせず立っていました
　　　　その傍らで狂想の姿は既に消え
　　　　聞こえるのはただ鳥の鳴き声ばかり
　　　　そのような昔語りが生まれては
　　　　突如また没してゆくのを、私は見ています　　　　　　　7820
メフィスト　　お前に栄誉あれ、尊敬さるべき頭よ
　　　　高き樛の力もてその葉に囲まれよ！

　　　　　　　　　　　　　　　　　　　古典的ヴァルプルギスの夜／7822

いかに明澄の月光といえども
その闇の中へは浸透して来れまい ─
だが、あの藪に近く、一筋の
光が走る。それはいとも慎ましく燃えている
なんとすべてが合わさって生じるものか！
確かに、あれはホムンクルスだ！
どこからどの道を通って、小人の友よ、君は来たのか？

ホムンクルス　僕はこうして場所から場所へ漂っています　　7830
そしてなんとか最良の意味で生成したいと望んでいます
我がグラスを真っ二つに砕くべく焦燥を覚えています
けれども、僕がこれまで見た限りでは
そちらの中へ僕はまだ入って行く勇気が持てません
ただ、あなたに打ち明けて申しますなら
二人の哲人のあとを僕は追いかけています
よく聞いているとしきりに、自然、自然！　と言われています
この哲人たちから僕は離れたくありません
二人はきっと地上の本質を知っているに違いありません
そこで僕は多分最後には会得するでしょう　　7840
自分はどこへ向かうのが最も賢明な道であるかを

メフィスト　それを君自身の手でやるがよい
何故ならば、幽霊たちが場を占めている所では
哲人も歓迎されるからだ
彼の業と才とを人が喜ぶように
彼は直ちに一ダースほどの新知識を創造する
君が迷わなければ、君は了解に到りえないだろう
君が生成することを欲するなら、自らの手で生成するがよい！

ホムンクルス　結構なご忠告、これまた斥けられません

メフィスト　　では行きたまえ！　先のことはまた先で　（別れる）　　7850
アナクサゴラス　（ターレスに）
　　君の頑固は曲げられそうにないね
　　君を説得するのに、これ以上何が必要かね？
ターレス　　波はどんな風にも喜んで屈する
　　だが波は険しい岩からは身を遠く離している
アナクサゴラス　　焔の蒸気によってこの岩は存在する
ターレス　　水分を含んだものにおいて、命あるものは生じたのだ
ホムンクルス　（二人の間に入って）
　　お二方の側に行かせて下さい
　　僕自身、生じたくて堪らないのです！
アナクサゴラス　　君は、おおターレス、かつて一夜のうちに
　　あのような山を粘土の中から造り出したことがあるか？　　7860
ターレス　　自然とその生ける流れとは決して
　　日や夜また時間に依拠するものでない
　　自然は規制しつつ一切の形態を作ってゆく
　　そして大なるものにおいても、そこに働くのは力ではない
アナクサゴラス　　ここに然しそれはあった！冥界プルートーが如き
　　怒りの焔、風神の蒸気の爆発力、これまた巨大
　　それが平地の殻を突き破ったのだ
　　かくて新たに一個の山がすぐさま生じることとなった
ターレス　　それによってこの先何が継続されるのか？
　　山は確かに現に在る。またそれで結局はよいであろう　　7870
　　そんな論争で人は時間と暇とを失うだけだ
　　そしてただ辛抱強い民衆を縄で引っ張っているに過ぎない
アナクサゴラス　　山は素早く、蟻族の棲むミュルミドーネンの
　　地から湧き、岩の裂け目を住まえるようにする

古典的ヴァルプルギスの夜 / 7874

　　　　　侏儒族、蟻族、親指族
　　　　　その他よく働く小さなものたちがそれだ
　　　　　　　　　（ホムンクルスに向かって）
　　　　　君は大きなものを目指して努力して来なかった
　　　　　隠者のように、限られた生き方をして来た
　　　　　君が支配というものに馴染むことができたら
　　　　　私は君を侏儒族の王者として冠を被らせるだろう　　　　　　7880
ホムンクルス　　我がターレスはどう言われますか？
ターレス　　　　　　　　　　　　　　　その忠言はするまい
　　　　　小なるものらと共に、人は小なる行為をなす
　　　　　大なるものらと共に、小なるものが大となる
　　　　　あれを見よ！　黒い鶴の雲！
　　　　　それは興奮した民を脅かし
　　　　　そして王者をも脅かすことになろう
　　　　　鋭い嘴と鉤爪の足で以て
　　　　　彼らは地上の小さなものたちを突き刺す
　　　　　宿命は既に遠雷の如く轟いている
　　　　　一つの悪事が鷺たちを殺した　　　　　　　　　　　　　7890
　　　　　静かな平和の女たちを取り囲んで
　　　　　だが、あの殺戮の矢の雨は
　　　　　残忍な血の復讐を叫ばせる結果となった
　　　　　近親のものらの憤怒をかき立て
　　　　　侏儒族らの悪しき血を求めしめた
　　　　　今や楯も兜も槍もなんの役に立とう？
　　　　　鷺の羽根の輝きが侏儒族らにとってなんの助けになろう？
　　　　　親指族、蟻族の身の隠しようときたら！
　　　　　よろめき、逃れ、軍勢は崩れる

アナクサゴラス （暫し間をおいて、重々しく）
　私がこれまで地下のものらを褒めることができたとすれば　　　　7900
　この場合、上に目を向けたいと思う…
　おんみ！　頭上なる永遠に老いることなき
　三様の名前持ち、三様の姿せるもの
　おんみを私は呼び寄せたい、我が民の悲嘆に際して
　ディアナ、ルナ、ヘカーテ！
　おんみ、胸を拡げるもの、最深において思うもの
　おんみ、休らけく照るもの、力あり内なる愛
　開けよかし、おんみが翳の恐ろしき深淵を
　古き力の魔性なく開示されんことを！　（合間）
　　　　早、我が願い聞き入れられしか？　　　　　　　　　　　　7910
　　　　かの高みへの
　　　　我が懇望
　　　　自然の秩序を妨げざりしか？
　より大きく、ますます大きく既にして
　女神のまどかに描かれたる王座は近づく
　眼には恐ろしくも巨大に！
　暗闇のなかへ、その焔は赤みを差し入れる…
　これ以上は近づき給うな、脅かすまでに強大なる円蓋よ！
　おんみはわれらを、また陸と海とを裁き滅ぼす！

　さればあれは真実であろうか、かのテッサリアの女たちが　　　　7920
　不埒にも魔法を用いておんみに近づき、歌いつつ
　おんみをその軌道より引き下ろし
　破壊的なる力をおんみから奪ったと謂われるのは？…
　明澄の円盤が暗転した

　　　　　　　　　　　古典的ヴァルプギスの夜 / 7924

　　　　突然それは裂け、稲妻が走り、閃光が散った！
　　　　なんたる破裂音！　なんたる摩擦音！
　　　　轟音と風の荒ぶ響きがその間にも！　——
　　　　恭しく玉座の石段に額ずくのみ！
　　　　お許しあれ！　私が呼び出したのです　（顔を地に伏せる）
ターレス　　この男は実に沢山のことを見たり聞いたりしている！
　　　　私は、われわれにどういう事が起こったのか、よくは知らない
　　　　彼と一緒に感じたわけでもない
　　　　狂った時間であったと告白するよりあるまい
　　　　それにしてもルナは全く気持ちよげに身を揺すっている
　　　　もとのままの自分の位置で
ホムンクルス　　侏儒族のいる辺りをご覧なさい！
　　　　山は丸かったのに、今では尖っています
　　　　僕は途轍もない衝突音を感じました
　　　　あの岩は月から落ちてきたものでしょう
　　　　すぐに岩は、なんのお構いもなく
　　　　敵も味方も一様に押し潰して殺してしまいました
　　　　けれども僕は、そういう業を褒めないではいられません
　　　　創造的ということ、一夜のうちに
　　　　下からも上からも同時に
　　　　この山容を実現させたのですから
ターレス　　落ち着きなさい！　あれはただ考えられただけのこと
　　　　あの嫌らしい種族は、どこへなりと行くがいい！
　　　　お前が王様でなかったのは結構じゃ
　　　　今度は愉快な海の祭典へ行こう
　　　　そこでは不思議な客人たちが期待され尊敬される
　　　　　　　　一同場を離れる

7930

7940

7950

メフィスト　（反対側から攀じ登ってくる）
　　やれやれ、険しい岩の階段を、足引きずって来たもんだ
　　古い檞の頑固な根元を抜けてなぁ！
　　我がハルツでは、特有の樹脂の香りに
　　脂のような節があり、俺の好みだったし
　　先ずは地獄で必須の硫黄にも使われた... ここじゃぁ、この
　　ギリシャじゃぁ、そんなものは匂いすら嗅がして貰えんわい
　　好奇心はしかし湧いてくるなぁ、探りたいものだ
　　彼らはどうやって地獄の苦痛と焔とを焚きつけるのか
檞の精ドリヤス　あんたの国ではお国柄利口ぶってもいいけれど
　　よその国ではあんたなんかとても器用にやってけまい　　　　7960
　　心を故郷に向けてはならん
　　聖なる檞の品位をここでは尊敬しなくちゃいかん
メフィスト　人は自分が後にしたものの事を考える
　　馴染んでいたもの、それがいつまでも楽園だ
　　だが言ってくれ、あそこの洞穴に
　　弱い光のもとで三重になってうずくまってるのは何だ？
ドリヤス　一つ目一つ歯の醜女フォルキアーデンだ
　　あそこへ行って彼女らに話しかけてみよ、もし怖くなかったら
メフィスト　いいとも！ ─ 俺は何かを見る、そして驚嘆するのだ！
　　と威張ってはみたが、正直なところ　　　　　　　　　　　　7970
　　こんなのを俺は見たことがない
　　魔法の樹の根アルラウネンよりまだ酷い...
　　この三つ重ねの怪物を見た以上
　　古来さまざまに誹謗されてきた罪悪といえども
　　これほど醜悪だったとはもはや言えまい？
　　われわれは、われわれの一番恐ろしい地獄門の敷居にだって

古典的ヴァルプルギスの夜 / 7976

あんなのを置いては我慢できないだろう
ここ、美の国で、それが根づいているのだ
それが称賛を籠めて古典古代風と呼ばれているのだ…
彼女らは動いている。俺に気づいたようだ 7980
笛のような声で囁っている、蝙蝠族の吸血鬼らめ！

フォルキアス　　その目を貸して、妹たちよ、そうしたら聞けるだろ
何者があんなに近く私たちの神殿を侵そうとしているのか

メフィスト　　尊敬する方々！　失礼ながらお傍へ寄り
皆さんの祝福を三重に受けさせて頂きます
罷り出ましたるは、まだ無名の者ながら
私の思い違いでなければ遠縁に当たります
古式床しき神々にも私お目にかかっております
ゼウスの母君オープス様またの名レア様にも伺候致しました
かの混沌の娘ご、復讐の女神らパルツェン、あなた方の姉妹すら 7990
私は昨日 ── いや一昨日でしたか、お会いしております
けれども、あなた方のようなのは見たことがありません
口を緘し、ただ見蕩れるばかりです

フォルキアーデン　　この幽霊、なかなか物分かりがいいみたい

メフィスト　　ただ不思議な事に詩人はあなた方を讃えていませんね
どうしてそうなったのか、何があったのか？　言って下さい
絵画では、私はまだあなた方に値するものを見ておりません
またあなた方に匹敵する物を彫る鑿があって良さそうなものだが
ユーノーやパラス、ヴィーナスなんぞの類よりも

フォルキアーデン　　孤独と最も静かな夜に身を沈めているもの故 8000
われら三名といえども未だそのような事は考えてはおらぬ

メフィスト　　そりゃそうでしょう。あなた方は世を離れて、ここで
誰とも会わず、誰からも見られずにいらっしゃるのだから

　　　　　　ですが、ああいう場所に馴染まれるのも必要じゃありませんか
　　　　　　華美と芸術とが、等しい座に君臨している所
　　　　　　日毎速やかに歩調を揃えて
　　　　　　英雄を表す大理石像が、生活の中へ登場する所
　　　　　　つまり ──
フォルキアーデン　　お黙り、気を惹くような事は言わないで！
　　　　　　そんな事が何の役に立つ、仮にわれわれの知が増したとて？
　　　　　　夜の中に生まれ、夜の類と同族のまま、われら自身にとっても　　　8010
　　　　　　すべてのものらにとっても全く知られざる身で
メフィスト　　そういう場合、多くを言うまでもない
　　　　　　人は自分自身を他人に移し入れることができます
　　　　　　あなた方には、一つの目、一つの歯で事は足りているのです
　　　　　　ならば恐らく神話学的にもこうすればうまく行くでしょう
　　　　　　二人で三人分の働きを持つことです
　　　　　　三人めの姿をこの私に委ねて下さい
　　　　　　暫くの間です
その一人　　　　　　　何を考えてるのか？　それでどうなる？
他の二人　　やってみよう！ ── だが目も歯もないんだよ
メフィスト　　あなた方は最善のものを取り去った　　　　　　　　　　　　8020
　　　　　　これじゃああの厳しい姿がそっくりというわけには行くまい！
その一人　　一つ目をぐっと瞑るんだ。よしうまく行った
　　　　　　今度は一つ出っ歯を見せてご覧
　　　　　　横顔で見る限り、あんたはもう出来上がってるよ
　　　　　　われわれと完全に姉妹みたいに似ている
メフィスト　　これは有り難い！　これで行こう！
フォルキアーデン　　　　　　　　　　そうしよう！
メフィスト　　（横顔はフォルキアスとなり）　　　これで足が地についた

古典的ヴァルプルギスの夜 / 8026

　　　　　　　　　混沌の最愛の息子だ！
フォルキアーデン　　われわれが混沌の娘たちたることに異議はない
メフィスト　　これで俺は両性具有者と謗られるのか、恥ずかしい
フォルキアーデン　　新しい姉妹三人、なんて結構なこと！　　　　　　8030
　　　　　私たち、目が二つ、歯が二本になった
メフィスト　　すべての目に対して俺は身を隠しておこう
　　　　地獄の沼で悪魔たちを驚かしてやるんだ　（去る）
　　　　以後第三幕の間中、メフィストーフェレスはフォルキアスとして現れる

エーゲ海の岩礁のある入江
月、天頂にあり動かず

ジレーネン　（断崖の上で丸く陣取り、笛を吹き歌いながら）
　　　　かつておんみを、夜陰にまぎれて
　　　　かのテッサリアの魔女たちが
　　　　不埒にも地上へと引きずり下ろしたものですが
　　　　今は休らかに、おんみが夜の天蓋よりして
　　　　震える浪をご覧頂き
　　　　穏やかな目で光の乱舞を眺めて下さい
　　　　そして浪のなかから起こってくる　　　　　　　　　　　　8040
　　　　命の群れを明るく照らされよ！
　　　　おんみがために働くわれらに
　　　　恵み深くあれ、美しきルナよ！
海神の娘たちネレイーデンと半人半魚のトリトーネン　（海の神秘として）
　　　　音高く、より鋭い響きのうちに鳴らせ
　　　　広大の海に轟き渡る調べを

8027 / 第二部　第二幕

海底の種族らをも呼び上げよ！
恐ろしい嵐の開いた口を避けて
われらはいとも静かなる水底へと逃れた
優しい歌に惹かれるまま
見よ、いかにわれらが、高らかな歓喜のなかで 8050
黄金の鎖で身を飾るかを
また冠や宝石にも
留め針或いは帯留にも力を合わせている！
そのすべてがおんみらの結実なのだ
ここで波に打たれ破砕してゆく宝の数々を
おんみらは歌でわれらの方へ招いたのだ
おんみら、我が入江の霊デモーネンたちよ

ジレーネン　　よく分かっている、海の爽やかさのなかで
魚たちが滑ってゆくのを、揺れる命を
楽しみながら、なんの苦もなく 8060
けれどもあなたたち、祭りに心踊る群れよ
今日は私たち知りたいと思う
あなたたちが魚以上のものだということを

ネレイーデンとトリトーネン　　ここへ来る前にわれわれは
そう考えていたんだ
姉妹たち、兄弟たち、さぁ急げ！
今日は最小の旅でも役に立つ、われわれが
魚以上のものだということを
充全に証明するのに　（遠ざかる）

ジレーネン　　もう行ってしまった、瞬時のうちに！ 8070
サモトラケへ、真っ直ぐに
順風をえて消えていった

エーゲ海の岩礁のある入江 / 8072

　　　　　彼らは何をやるつもりだろう
　　　　　あの気高い、海難の救い手カビーネンの国で？
　　　　　あの神々たち！　不可思議にして独特なる
　　　　　絶えず自らを造り出し
　　　　　その身が何たるやを知ることがない
　　　　　優しきルナよ
　　　　　おんみが高みに留まって、恵み深きままにてあれ！
　　　　　この夜が留まり　　　　　　　　　　　　　　　　8080
　　　　　昼がわれらを追い払うことなきよう！
　ターレス　（岸辺でホムンクルスに）
　　　　　私はお前を老海神ネーロイスの所へ案内したいと思う
　　　　　われわれは彼の洞窟から遠くは離れていないが
　　　　　なにしろ彼は頭が固くて
　　　　　人からは好かれない気難しい人間だ
　　　　　全人類が、この陰気な者にとっては
　　　　　真っ当でないと思われるのだ
　　　　　だが未来のことは彼には開示されているから
　　　　　それに対して誰もが尊敬を抱く
　　　　　そして彼を、その不動の位置において敬っているのだ　　8090
　　　　　実際彼も幾多の人のために尽くしてはきたのだから
　ホムンクルス　われわれも試みましょう、その門を叩きましょう！
　　　　　すぐにはグラスも焔も壊れてしまいはしないでしょう
　ネーロイス　我が耳に聞こえるのは、人間の声か？
　　　　　なんとそれは我が心底を損ねることか！
　　　　　諸々の形姿を得んと努め、神々の域にも到らんとする
　　　　　だがしかし、所詮は己自身に似るのみ、それが彼らの宿命だ
　　　　　大昔よりわしは神の如くに休らうことができた

だが、最良の者らに善行をなしたいという促しがわしにはあった
そして最後に彼らが成し遂げた業を眺めたとき 8100
すべてはわしが助言しなかったも同然という有り様だ

ターレス　　　だが、おお海のご老体よ、人はおんみを信頼している
おんみは賢者故、どうかわれわれをここから追わないで下され！
この焰をご覧あれ、人間に似てはおりますが
これはおんみの助言にどこまでも従う所存でおります

ネーロイス　　何が助言だ！　助言が人間に通用した験(ため)しがあるか？
賢明なる言葉も、頑な耳では凝固する
たとい行為が幾度苦き思いで自らを責めようとも
民衆は自分勝手なるままで変わりようもない
わしはパーリスに、父親のように警告したものだ 8110
奴の恋心を、異国の女が取り絡める前にな
ギリシャの岸に彼は勇ましく立っていた
わしは、精神において見たものを、彼に告げたのだ
煙る大気、溢れ流れる赤
燃える梁そして下には殺戮と死
トロヤの裁きの日、それは詩のリズムのなかに固く守られ
何千年来、恐ろしいままに知られている
老人の言葉が、不敵の者には戯れと思われたのだ
彼はその快楽に従い、トロヤの都イリオスは落ちた ─
夥しい死屍、それは長い苦しみのあと硬直し 8120
ピンドゥス山の鷲どもには絶好の餌食となった
ウリッセスにもだ！　わしは彼に予め言わなかったか
魔女キルケの奸計を、また一眼巨人ツュクローペンの恐ろしさを？
彼の躊躇い、部下たちの軽率
その他いろいろ、それが彼に収穫をもたらしたか？

エーゲ海の岩礁のある入江 / 8125

　　　　　結局さんざん漂流した挙げ句、それも遅まきに
　　　　　浪の恵みに運ばれて、客となる岸に辿り着いたのだ
ターレス　　この賢い男に、そのような振る舞いは苦痛を与える
　　　　　善良な彼はしかしもう一度それを試みます
　　　　　ごく僅かの感謝といえども、彼を高く満足させるならば　　　　8130
　　　　　何層倍もの忘恩すら充全に打ち負かすだけの重みを持つでしょう
　　　　　実は他でもありません。お願いしたき儀これあり
　　　　　この少年は健気にも生成したいと望んでおります
ネーロイス　　滅多にない上機嫌を壊さないでもらいたい！
　　　　　全然別のことをわしは今日まだ抱えておるんじゃ
　　　　　娘たちを皆呼び寄せている
　　　　　海の優美神グラーツィエン、妖精ドリーデンだ
　　　　　オリュンポスも、またお前たちの大地も
　　　　　かくまで優美に動く、美しき姿を養ってはおらんぞ
　　　　　我が娘たちはいとも優雅なる身振りとともに　　　　　　　　8140
　　　　　水の竜より海神ネプトゥヌスの馬に飛び移り
　　　　　四大の要素に柔和に調和している
　　　　　それ故、泡沫さえも娘らの体を持ち上げる趣がある
　　　　　ヴィーナスの貝車が色美しく照り映えるなか
　　　　　一番美しいガラテエが運ばれてくる
　　　　　これはキュプリスがわれわれから離れて以後
　　　　　パフォスの地で女神として敬われている
　　　　　それ故この優しき女神は既に永く、ヴィーナスの相続者として
　　　　　神殿の町を所有し、車の玉座を占めているのだ
　　　　　向こうへ行け！　父親の喜びの時間に　　　　　　　　　　　8150
　　　　　憎しみを心に、誹謗を口にするは相応しからず
　　　　　あちらのプロートイスの所へ行け！　変幻自在のこの男に聞け

　　　　　　いかにして生成しうるか、変身しうるかを
　　　　　　　　　　　　（海へ向かって去る）
ターレス　　われわれはこの一挙で何物も得られなかった
　　　　　　プロートイスに会えても、彼は直ちに壊れ去る
　　　　　　たとい彼がお前たちを見ても、最後にはただ
　　　　　　お前を驚かせ、混乱に陥れるような事しか言いはしない
　　　　　　だがお前にはともかくそんな助言が必要なのだ
　　　　　　われわれは試みよう、そしてわれらの道を歩み行こう！
　　　　　　　　　　　　（両人去る）
ジレーネン　（上の岩で）　何だろう、遠くから見える　　　　　8160
　　　　　　あの浪の国を渡り滑って行くものは？
　　　　　　まるで風の法則に従って
　　　　　　白帆が引き寄せるかのように
　　　　　　あんなに明るく見えてくる
　　　　　　清らかな海の女たち
　　　　　　下へ下りて行こう
　　　　　　あんたたちこの声を聞いて
ネレイーデンとトリトーネン　　われらが手にして運ぶものは
　　　　　　お前たちすべての気に入るだろう
　　　　　　鼇甲の大盾から　　　　　　　　　　　　　　　　　8170
　　　　　　輝き出る厳めしい姿
　　　　　　それがわれらの運ぶ神々だ
　　　　　　崇高な歌を歌ってくれ
ジレーネン　　形こそ小さけれ
　　　　　　偉大なるその力
　　　　　　破船の救い手
　　　　　　太古より敬われた神々

　　　　　　　　　　　　　　　　　　エーゲ海の岩礁のある入江 / 8177

ネレイーデンとトリトーネン
　　　　　われらはその海の守護神カビーレンを運ぶ
　　　　　平穏のうちに祭典がなされるよう
　　　　　何故ならこの神々が神聖に統べる所　　　　　8180
　　　　　そこでは海神ネプトゥーンも優しく事を運ぶから
ジレーネン　　われらはお前たちには及ばない
　　　　　船が破砕したとき
　　　　　力においては抗し難いほど
　　　　　お前たちは乗組員を守る
ネレイーデンとトリトーネン　　三人われわれは連れてきた
　　　　　四人めは来ようとしなかった
　　　　　彼は言った、自分は、お前たち
　　　　　みんなのことを考える、正しい者だと
ジレーネン　　一人の神が他の神を　　　　　　　　　8190
　　　　　笑うとはまた面白い
　　　　　お前たちはみんな恩寵を尊び
　　　　　あらゆる災害を恐れるがよい
ネレイーデンとトリトーネン　　彼らは本来は七人だったのだ
ジレーネン　　あと三人はどこにいるのかしら？
ネレイーデンとトリトーネン　　われわれにはそれは言えない
　　　　　オリュンポスで訊ねるよりなかろう
　　　　　あそこでは多分八人めも生きているよ
　　　　　それを考えた者はまだ誰もいないが！
　　　　　恩恵においてわれわれに尽くしてくれる　　8200
　　　　　だがまだ仕上がってはいないのだ
　　　　　この比類なき者らは
　　　　　どこまでもやろうとする

憧憬の念に満ちた貧乏人だ
到達し難きものを追い求める故の

ジレーネン　　われわれはもうとうから
　　　どこに君臨するのであれ
　　　太陽と月とを見上げて祈ることに
　　　慣れている。それは甲斐のあることだ

ネレイーデンとトリトーネン　　われらの名声は最高に高まる　　8210
　　　この祭典を推進するわれらの！

ジレーネン　　古代の英雄たちすら
　　　その名声を失うほどに
　　　彼らがどこで、どのように輝くにせよ
　　　彼らが黄金羊皮に到達したとすれば
　　　お前たちは海の守護神カビーレンを手に入れたのだ
　　　　　（全員合唱として繰り返される）
　　　彼らが黄金羊皮に到達したとすれば
　　　われらは　　　｝カビーレンを手に入れたのだ
　　　お前たちは
　　　　　ネレイーデンとトリトーネン通り過ぎる

ホムンクルス　　形をなさないものたちを僕は見た
　　土製の不出来な鍋として　　　　　　　　　　　　　8220
　　今度は賢者たちがそれにぶつかって
　　固い頭を砕くことになる

ターレス　　それがまさに人の渇望するところだ
　　錆あって初めて古銭の値打ちも出ようというもの

プロートイス　　（気付かれずに）
　　そういうのが俺のような老語り手を喜ばす
　　奇妙なるほど、尊敬される

　　　　　　　　　　　　　エーゲ海の岩礁のある入江 / 8226

ターレス　　どこにいるのか、プロートイス？
プロートイス　（腹話術めいて、近くなったり遠くなったりしながら）
　　　　　　　　　　　　　　　　　　　ここだ！　ほら、ここだ！
ターレス　　昔ながらの諧謔を、お前には許しておこう
　　だが、一人の友には空疎な言葉を許さんぞ！
　　私には分かっておる、お前は自分のいない場所を言うのだ　　　　8230
プロートイス　（遠くからのように）　さようなら！
ターレス　（小声で、ホムンクルスに）
　　　　　　　　　　　　彼はすぐ近くにいる。さぁ元気に光を放て！
　　彼は魚みたいに好奇心が強い
　　だから、どこでどんな姿で隠れていても
　　焰によって彼はおびき出される
ホムンクルス　　すぐに光の全量を注いでみましょう
　　グラスが弾けないように、控えめにですが
プロートイス　（巨大な亀の姿になって）
　　何だろう、あんなに優美に綺麗に光っているのは？
ターレス　（ホムンクルスを覆い隠すようにして）
　　宜しい！　興味があるなら、お前はもっと近くで見てもいいぞ
　　ちょっとした骨折りをお前は厭うまい
　　人間らしく両足で立った恰好を見せてくれ　　　　　　　　　　8240
　　われわれの好意なり意志なりを得ている必要があろう
　　われわれが隠すものを、見ようとする者なら
プロートイス　（高貴の姿をして）
　　世俗の遣り口をあなたはまだご存じだ
ターレス　　姿形を変えること、それがお前の渝わらぬ喜びだ
　　　　　　　　　（ホムンクルスの姿を開示して）
プロートイス　（驚いて）

8227 / 第二部　第二幕

　　　　　　光輝く侏儒か！　これまで一度も見たことがない！
ターレス　　　この子が助言を求めている。生成を望んでいるのだ
　　　　　　この子は、私が聞いたところでは
　　　　　　実に不思議だが、半分だけしかこの世に生まれていないのだ
　　　　　　彼は精神的な諸性質に欠けるところがない
　　　　　　けれども具体的な有用性となると、全く欠如している　　　　　　8250
　　　　　　今までこのグラスだけが、彼に重みを与えてきたのだ
　　　　　　だが彼は先ず肉体を得たいと願っている
プロートイス　　お前は真の処女の子だ
　　　　　　お前は在るべき以前に、既に存在しているのだ！
ターレス　　（小声で）
　　　　　　私には別の側面からも批判的な節があるように思える
　　　　　　どうもこの子は両性具有者のようだから
プロートイス　　それなら一層速やかに事は運ぶに違いない
　　　　　　行く所まで行きゃ、恰好がついてくるだろう
　　　　　　だがここではあれこれ思案していてはならん
　　　　　　広大なる海でお前は事を始めなければならない！　　　　　　8260
　　　　　　先ず小なるものにおいて取りかかる
　　　　　　そして最小のものらを取り込むことを喜ぶがいい
　　　　　　そうやって次第次第に成長して行くんだ
　　　　　　そして、より高い完成へと自らを形成するのだ
ホムンクルス　　ここにはとても柔らかい風が吹いています
　　　　　　緑が生い立ち、その香りが心地よい！
プロートイス　　そうだろう、実に可愛い子だ！
　　　　　　この先ますます楽しくなって行くよ
　　　　　　この狭い岸辺の突端で
　　　　　　靄の輪が一層言い難いまでになる　　　　　　　　　　　　　8270

　　　　　　　　　　　　　　　　　エーゲ海の岩礁のある入江 / 8270

　　　　　その向こうに一連の者らが見える
　　　　　ちょうど漂うて来るところだ、すぐ近くだ
　　　　　あちらへ行ってみよう！
ターレス　　　　　　　　　私も一緒に行く
ホムンクルス　　三様の奇妙な霊たちの行進！
　　　　　　ロードス島の原住民テルヒーネン、河馬や海竜に乗って
　　　　　　海神ネプチューンの三叉の戟を操りながら
合唱　　われらはネプチューンのために三叉の戟を鋳造した
　　　　　それで以て彼はどんなに激しい浪でも宥めることができた
　　　　　雷神が大浪を展開するとき
　　　　　ネプトゥヌスは、その恐ろしいうねりに立ち向かう
　　　　　たとい上方からじぐざぐの電光が走ろうとも
　　　　　浪また浪が下方から飛散しようとも　　　　　　　　　　　8280
　　　　　そしてまたその間に何が戦い取られたにもせよ
　　　　　すべてはとうに投げ倒されて、最深のものに呑み込まれている
　　　　　それ故彼は今日われわれにこの王笏を手渡した ——
　　　　　今やわれらは祭典に相応しく、心休らかに軽々と漂う
ジレーネン　　おんみら、日の神ヘリオスに捧げられたる者ら
　　　　　　祝い日の祝福受けたる者ら
　　　　　　今しもルナへの崇敬が心躍らせる
　　　　　　この刻限に、よくぞ来られた！
テルヒーネン　　かの高みなる穹窿におわす、最愛の女神よ！
　　　　　おんみは歓喜を以て聞かれよう、兄なる神への称賛を　　8290
　　　　　至福の島ロードスにおんみは耳を貸し給う
　　　　　かしこにおいて彼太陽神への永遠の讃歌が起こる
　　　　　彼が日の歩みを始める時、既にそれは果たされている
　　　　　彼はわれらを、燃える光の眼差しを以て見つめる

　　　　山々、町々、岸また波
　　　　いずれも神の気に入り、愛らしく晴れやかだ
　　　　霧がわれらを包むことはなく、たとい忍び入ろうとも
　　　　一筋の光線、一陣の微風、既にして島は清らかとなる！
　　　　そのとき気高き彼は、百の姿のうちに自らを観る
　　　　若者として、巨人として、偉大なるまた温和なる者として　　　　8300
　　　　われわれ最初の者ら、われらこそこの神々の力を
　　　　相応しい人間の姿にして提示した、最初の者らなのだ
プロートイス　　あの連中には歌わせておこう、自慢させておこう！
　　　　　太陽の聖なる命の光線にとっては
　　　　　死せる作なぞ冗談に過ぎない
　　　　　形成するもの、溶解しつつ、倦むことなきもの
　　　　　それを彼らは鋼に鋳造したのだ
　　　　　それがひとかどのものだと彼らは考えている
　　　　　それで結局、この誇る者らはどうなる？
　　　　　神像は確かに偉大な姿で立った ——　　　　　　　　　　8310
　　　　　ひとたび大地の一撃があれば、それは崩れ去る
　　　　　とっくの昔に数々の神像は再び溶け落ちている

　　　　　地上の営み、それはいかにてもあれ
　　　　　常にただ無駄骨折りだ
　　　　　波の方が生命にはずっと役立つ
　　　　　お前を永遠の水へと運ぶのは
　　　　　プロートイスの海豚たちだ　（彼は変身する）
　　　　　　　　　　　　　　　　早くもそれは成った！
　　　　　そこでこそお前には最美のものが果たされよう
　　　　　わしはお前を我が背に乗せる

　　　　　　　　　　　　　　エーゲ海の岩礁のある入江 / 8319

　　　　　　　大洋の婿となれ
ターレス　褒むべき欲求に従うがよい
　　最初から創造を始めるのだ！
　　素速い活動に備えよ！
　　その場合お前は、永遠なる規範に従って動く
　　千の、幾千の形を通って
　　そして人間に到るまでお前はまだ暇がかかる
　　　　　　ホムンクルス、プロートイスの海豚に騎乗する
プロートイス　来たれ、精神として共に、湿潤の彼方へ
　　そこでお前はすぐに丈も幅も大きくなって生きることができる
　　思うさま体を動かすのだ
　　ただ、より高い勲章を求めてはならん
　　何故なら、お前がやっと一個の人間になった時には
　　今のお前では全くなくなっているからだ
ターレス　そこまで行ったあとは、こうするのが多分よかろう
　　一個の立派な男子として自らの時代に対すること、これだ
プロートイス　（ターレスに）
　　そういうのがあなた好みのタイプでしょう！
　　それはなお暫くはもつでしょうがね
　　と言うのも私は青ざめた霊の群れの間で
　　あなたをもう何百年来見ているんですから
ジレーネン　（岩の上で）　なんという小さな雲の輪が、月を取り巻いて
　　豊かな圏を丸くかたどっていることでしょう？
　　それは、愛に燃える鳩たちです
　　翼はさながら光のように白色です
　　パフォスの町が鳩を送ってきました
　　美の女神アフロディーテの到来を告げる、熱烈な鳥の群れを

　　　　私たちの祭典も、いよいよこれで完成です
　　　　快活な歓喜、充全にして明瞭！
ネーロイス　（ターレスに歩み寄り）
　　　　たとい夜の旅人が
　　　　この月の輪を大気の現象と名づけようとも
　　　　われら霊の国の者たちは、全く別の意見です
　　　　そしてそれが唯一正しい考えです　　　　　　　　　　　　　8350
　　　　それは鳩たちなのです、我が娘アフロディーテの
　　　　貝殻の乗物に付き添うている
　　　　特別な種類の、神秘の飛翔をなしうるもので
　　　　大昔に習得された術です
ターレス　　私もその考えが最善だと思う
　　　　静かな暖かい巣のなかで
　　　　一つの神聖なものが命を養っている
　　　　これは、元気な男の気に入るところだからね
プシューレンとマルセン　（蛇を祓い、ガラテー＝アフロディーテを守る
　　　　　　プシューレンとマルセン海の生き物、海牛、海山羊に乗って）
　　　　キュプロスの荒々しい洞窟で
　　　　海神に怯えることなく　　　　　　　　　　　　　　　　　8360
　　　　地震の神に潰されることもなく
　　　　永遠の風のそよぎに包まれて
　　　　さながら最古の日々における如く
　　　　静かに自らを意識する快適さのなかで
　　　　われらはアフロディーテの車を守ってきた
　　　　そして夜々のざわめきのもと
　　　　愛らしい波の編み目を縫うて
　　　　新しい時代の者らには見えざるまま

　　　　　　　　　　　　　　　エーゲ海の岩礁のある入江 / 8368

　　　　　この最も愛らしい娘を導いて来たのだ
　　　　　われらやさしく勤しむ者は　　　　　　　　　　　8370
　　　　　鷲をも、翼もつ獅子をも恐れず
　　　　　十字にも半月にもたじろがない
　　　　　かの北方に住まいし君臨する者ら
　　　　　彼らは交代して動き働きしては
　　　　　互いに追放と殺戮をなし合いながら
　　　　　国と町とを圧伏している
　　　　　われらは、こうして将来も
　　　　　最も愛すべき女主人を運び来たる
ジレーネン　　身軽に動き、程よく急ぎ
　　　　　車をめぐり輪を重ね　　　　　　　　　　　　　8380
　　　　　やがて幾列にも纏れつつ
　　　　　蛇さながらに連なって
　　　　　近づき来たれ、おんみら勇ましきネレイーデン
　　　　　荒き女たちよ、勇壮を好む者ら
　　　　　運べよ、優しきドリーデン
　　　　　母の像なすガラテーを
　　　　　その姿、真摯なること、神々に似ると見え
　　　　　不死の気品を具えたり
　　　　　されどまた優しき人の子のおみなが如く
　　　　　魅惑的なる優美さ湛う　　　　　　　　　　　　8390
ドリーデン　（合唱しながら海の老雄ネーロイスの傍を通過。
　　　　　　　　　　全員海豚に乗っている）
　　　　　ルナよ、われらに光と翳とを与え給え
　　　　　この青春の華やぎに明澄を！
　　　　　何故なら私たちは愛する夫らを是非

　　　　　　　私たちの父に会わせたいからです　（ネーロイスに）
　　　　　　　これは私たちが救った若者たちです
　　　　　　　難破の恐ろしい牙から救ったのです
　　　　　　　彼らを、芦と苔の上に寝かして
　　　　　　　体を温め、日の光に当てました
　　　　　　　彼らは今や熱い接吻で以て
　　　　　　　私たちに真心籠めた感謝を示すところです　　　　　　8400
　　　　　　　どうかこの優しい人らを恵み深くご覧下さい！
ネーロイス　　この二重の収穫は高く評価されねばならん
　　　　　　憐れみの心をもち、同時に自らの喜びを得るということ
ドリーデン　　お父様、私たちの働きを褒めて下さるのなら
　　　　　　よくかち得られた喜びをもお恵み下さい
　　　　　　この人たちを、永遠の青春の胸に
　　　　　　固く、不死のものとして抱きしめましょう
ネーロイス　　この美しい獲物を喜ぶのなら、お前たちは
　　　　　　若者を、お前たちの夫として育ててゆくがよい
　　　　　　だがわしは、全能のゼウスのみが許しうる　　　　　　8410
　　　　　　不滅ということを与えるわけには行かない
　　　　　　お前たちを動かし揺すぶるこの波は
　　　　　　愛にも恒常を許しはしまい
　　　　　　されば情愛の幻影が消えたなら
　　　　　　おもむろに彼らを陸上に下ろしてやるがよい
ドリーデン　　優しい若者ら、あなたたちは私どもと同等です
　　　　　　けれども私たちは悲しみながら別れなければなりません
　　　　　　私たちは永遠の誠実を望みましたが
　　　　　　神々はそれを認めてくれませんでした
若者たち　　あなた方がわれわれ勇敢な船乗りたちを　　　　　　8420

　　　　　　　　　　　　　　　　エーゲ海の岩礁のある入江 / 8420

　　　　　この先もずっと元気にして下さるなら
　　　　　これに勝る幸せはありません
　　　　　それ以上を望むつもりもありません
　　　　　　　（ガラテー、貝殻の車に乗って近づく）

ネーロイス　　お前か、我が愛娘！
ガラテー　　　　　　　　　　　お父様！　なんたる幸せ！
　　　　　海豚たちよ、留まれ！　あの眼差しが私を繋ぎ留める
ネーロイス　　もう行ってしまった、彼らは円を描く翼の
　　　　　動きのなかで、素速く通過する
　　　　　心の内なる動きなど気にもかけておらん！
　　　　　ああ、彼らがわしを彼方へ連れて行ってくれたら！
　　　　　だが一目、ただの一目が喜ばせる　　　　　　　　8430
　　　　　それは一年じゅう補って余りあるものだ
ターレス　　愛でたし！　愛でたし！　もう一度！
　　　　　私は萌え出でる喜びを覚える
　　　　　美にして真なるものが全身を浸透する…
　　　　　一切は水から発生したのだ！
　　　　　万物は水によって保持されている！
　　　　　大洋よ、おんみが永遠の働きをわれらに恵み与えよ
　　　　　もしもおんみが雲を送り来たさざれば
　　　　　豊かなる小川を施与せず
　　　　　彼方此方と諸川のうねることなく　　　　　　　　8440
　　　　　大河を完成することもなかりせば
　　　　　山脈も、平原も、世界も何でありえたろう？
　　　　　おんみこそ、最も新鮮なる命を養うものなのだ
反響　（周り全員の合唱）
　　　　　おんみこそ、最も新鮮なる命の湧き出る源

ネーロイス　　彼らは揺れながら遠くへ帰って行く
　　もはや目に応える目をもたらしはしない
　　拡がった鎖の輪をなして
　　祭典に相応しく振る舞うべく
　　無数の群れがうねって行く
　　だがガラテアの貝殻車の玉座を　　　　　　　　　　　　　　8450
　　わしは既に何度も見ている
　　それが星のように輝く
　　大勢のものを貫いて
　　愛されるものは、群衆の間を透かして光るのだ！
　　これほど遠くなった今も
　　それは明るく清らかに微光を放っている
　　常に近くして真実のまま
ホムンクルス　　この優しい水気のなかでは
　　　　僕がここで何を照らそうとも
　　　　すべては魅力的で美しい　　　　　　　　　　　　　　　8460
プロートイス　　この生命の水気のなかで
　　　　お前の光明が初めて輝き出るのだ
　　　　壮麗なる響きとともに
ネーロイス　　なんと新しい秘密が、あの群れの中心において
　　われらの眼に開示されようとすることか？
　　貝殻をめぐり、ガラテーの足元で燃えるのは何か？
　　時にそれは力強く燃え立ち。時に愛らしく、また甘く照らす
　　さながら愛の脈拍によって動かされているかのようだ
ターレス　　あれはホムンクルスだ。プロートイスに誘惑されて…
　　あれは支配者的憧憬の前兆だ　　　　　　　　　　　　　　　8470
　　私には、不安な鳴動の喘ぎが感じられる

　　　　　　　　　　　　　　　　　エーゲ海の岩礁のある入江 / 8471

　　　　彼は輝く玉座のもとで粉々に砕けるだろう
　　　　今度は燃える、今は閃光だ、遂に光は注ぎ出された
ジレーネン
　　　　なんという焔の奇跡が私たちの波を浄化することでしょう？
　　　　波は互いに火花を散らし合っては破砕して行きます
　　　　こうして輝き、揺れ、そうして上へ明るんで行くのです
　　　　天体は夜の軌道の上で燃え
　　　　辺りは一切、火の流れに包まれます
　　　　されば支配せよ、万物を始めたるエーロスよ！
　　　　　　　　海に栄えあれ！　浪に栄えあれ！
　　　　　　　　聖なる焔に包まれて！
　　　　　　　　水に栄えあれ！　焔に栄えあれ！
　　　　　　　　類稀なる冒険に栄えあれ！

全員揃って　　穏やかに揺すられる風に栄えあれ！
　　　　　　　神秘に満てる岩窟に栄えあれ！
　　　　　　　高く崇められよ、今ここに
　　　　　　　水火風土、四大のすべて！

8472 / 第二部　第二幕

第 三 幕

スパルタなるメネラス王宮殿の前で

ヘレナ登場。囚われのトロヤの女たちの合唱
パンタリス、合唱指導者

ヘレナ　　称賛されること多く非難されることも多い、この身ヘレナ
　　　われらが今しがた上陸した岸辺から、私は来た
　　　未だに激しかった浪の揺れに酔うている　　　　　　　　　　　　8490
　　　その浪が小アジアなるフリュギアの平原よりしてわれらをここに
　　　運んだのだ。逆らう高い波の背に乗り、海神ポセイドンの恵みと
　　　朝風エウロスの力とにより、われらは祖国の入江に着いた
　　　浜辺では王メネラスが、その最も勇敢なる戦士らとともに
　　　全員で無事なる帰還を喜び合っている
　　　だが私をとりわけ歓迎して欲しいのは、この高い館だ
　　　我が父チュンダレオスが、やはり凱旋した折に
　　　パラス・アテネの丘に近いこの場所に建てた家だ
　　　私はここでクリュテムネストラとは姉妹として育ち
　　　カストルやポルックスとも楽しく遊んだものだった　　　　　　　8500
　　　スパルタのどの家にも勝って見事に飾られていた
　　　鋼鉄の門の扉も懐かしい！
　　　この扉が客を迎えるべく大きく開いたのが縁となり
　　　メネラスが、多くの求婚者のなかから選ばれて

　　　　　許婚として晴れやかに私の前に立ったのだ
　　　　　門よ、その扉を再び開け、私は王の急ぎの命令を
　　　　　忠実に果たさねばならない、妃たる身に相応しく
　　　　　私を中に入れよ！　さすればすべては我が背後に去る
　　　　　私をめぐってこれまで宿命の如くに荒れていた一切が
　　　　　何故ならば、私がこの敷居を、なんの憂いもなく後にし　　　8510
　　　　　聖なる義務に従ってキュテーレの神殿を訪ねたとき以来
　　　　　かの地でフリュギアの盗賊が私を奪うなど
　　　　　幾多のことが起こったからだ。それを人々は到る所で
　　　　　好んで話している。だがそんな語りの元、お伽噺の出自たる
　　　　　私がそれを聞きたがらぬのは当然であろう

合唱　　　　斥けたもうな、お妃さま
　　　　　　最高の財の名誉ある所有を！
　　　　　　最大の幸がおんみ一人に授けられている故に
　　　　　　美の名声はなにものにも勝る
　　　　　　英雄にとってその名は先んじて鳴る　　　　　　　　　　8520
　　　　　　それ故に彼の歩みは誇らしい
　　　　　　だが、いかに頑な男もその心を屈する
　　　　　　一切を従えしめる美を前にするとき

ヘレナ　　もうよい！　我が夫とともに私は航海してきた
　　　　　だが今、彼によって彼の町へ先に行くようにと送られた
　　　　　しかしどういう考えを彼が隠しているのか、私には思い当たらぬ
　　　　　私は妻として来たのか？　妃であるのか？　そこが分からぬ
　　　　　私は、君主の酷なる苦痛の犠牲として来たのであろうか？
　　　　　ギリシャ人の永く耐えてきた不運を償う犠牲であろうか？
　　　　　私は征服された。囚われの身か否かは知らぬ！　　　　　　8530
　　　　　何故ならば、評判と運命とは確かに不滅のものらをも二様に

8505 / 第二部　第三幕

規定してきたからだ。この二つが美しい形姿には常に付き纏う
それはこの我が敷居においてさえ、暗く迫るような気配で
ひしひしと我がかたえに籠めている
それと言うのも、既に広い船のなかですら、夫は私を滅多に見ず
嬉しい言葉の一つすら掛けてくることがなかったからだ
さながら凶事を思案するかのように、彼は私の前に座っていた
今やしかし、オイロータス川の深い入江に接岸し
前を行く船の舳先が陸に触れるや否や
彼は神に打たれたかのように言った 8540
「ここで我が戦士らは位階の順に船を下りる
余は、彼らを海岸に整列させて閲兵の儀を行う
汝はしかし更に先へ行け、聖なるオイロータスの
実り豊かな岸をずっと上れ
湿った牧場が飾る上を、若駒の手綱とりつつ
やがて汝は美しい平原に着くであろう
そこがラケデーモンの建てた地だ。かつて実り多い野として
それは厳めしい山々に近く囲まれている
そこで高い塔の立つ君主の館に入るがよい
さすれば、余がそこに残してきた小女たちに 8550
当たってみよ。賢い老女執事もおる
その女が汝に、宝物の豊かな収集を見せるであろう
それらは汝の父親が遺したもので、余自身も
戦と平和のなかで常に増やしながら積み上げてきたのだ
汝はすべてが秩序よく並んでいるのを見るであろう。何故ならば
これが君主の特権だからだ、己の館の一切を
帰還したときに、元の場所にそのままあるか
すべて出て行った時と同じかどうか、それを確かめるのが

スパルタなるメネラス王宮殿の前で / 8558

　　　　　　一方なにものをも変えざることを、家臣は自らの権能とする」と
合唱　　　見事な財宝を見て楽しまれよ　　　　　　　　　　　　8560
　　　　　　常に増やされてきた宝に、眼も胸も輝かせて！
　　　　　　この鎖の飾り、冠の装飾
　　　　　　それらは誇らしく休ろうているが、何かを考えている
　　　　　　さぁお入り下さい、そしてお取り下さい
　　　　　　それらは素速く身構えます
　　　　　　美がどう戦うかを見るのも一興です
　　　　　　黄金、真珠、宝石に対して
ヘレナ　　そのあと主人の支配者たる言葉は更にこう続いた
　　　　　　「汝が今や一切を順に点検しおえたならば
　　　　　　必要と思うだけ香炉を取れ　　　　　　　　　　　　　8570
　　　　　　またあれこれの器も取れ、犠牲の儀式をなす者が
　　　　　　聖なる祭りの慣習を行う際に手にしようとするすべてを
　　　　　　大鍋も深皿も平らの盤も
　　　　　　聖なる泉から汲まれた至純の水を
　　　　　　高い壺に入れよ、更にはまた乾いた木を用意せよ
　　　　　　焔を速く受け入れるように
　　　　　　よく研いだ刀も最後に欠かされぬ
　　　　　　その他のものを余は汝の裁量に任せる」
　　　　　　こう彼は語った、私を別離に促しながら、けれども何一つ
　　　　　　生きた呼吸を、この命令者は私に示さなかった　　　　8580
　　　　　　彼がオリュンピアの神々を敬って犠牲にしようとするのが何者か
　　　　　　気掛かりではあるが、私はそれ以上憂慮はしない
　　　　　　それ故一切は高き神々の秘め事としておこう
　　　　　　神々はその御心に浮かぶところを成し遂げ給うものなれば
　　　　　　人の身からは、善くも悪しくも解されえようが

　　　　　死すべき定めのわれらはそれを耐えるのみ
　　　　　既に幾度となく犠牲の執行者はその重き斧を、清めとて
　　　　　地に伏した哀れな者の頸向かって振り上げたものだ
　　　　　だが、果たせずに終わることもありえた。何故ならば
　　　　　近づく敵或いは神が割って入り、彼は妨害されたからだ　　　　　　　8590
合唱　　　何が起こることか、それはおんみの考ええざることです
　　　　　女王様、その来たる方へお進み下さい
　　　　　勇気を持って！
　　　　　善きことも悪しきことも
　　　　　期せずして人間には来たるものです
　　　　　たとい告げられはしても、私たちはそれを信じません
　　　　　トロヤが焼けた時、私たちは見たではありませんか
　　　　　死を眼前に、恥ずべき死を
　　　　　そして私たちは、ここにこうして
　　　　　おんみのお供として喜び仕え　　　　　　　　　　　　　　　　8600
　　　　　天の眩しい太陽を眺めつつ
　　　　　地の最美のお方、恵み深いおんみを前に
　　　　　私たち自身を幸せに感じているではございませんか？
ヘレナ　　なるようにしか、なるまい！　何が前に立っていようとも
　　　　　躊躇わず、王の館へ上って行くが私には相応しかろう
　　　　　永く離れていて、懐かしく、また大方忘れてもいたが
　　　　　その館が再び我が眼前にある、不思議な気持ちだ
　　　　　足は私をさまで快く運び上げてくれぬ
　　　　　子供の頃は飛び跳ねて上がった階段なのに　（去る）
合唱　　　　　おお、姉妹たち、悲しくも　　　　　　　　　　　　　　8610
　　　　　　　囚われの身たる、お前たち
　　　　　　　すべての苦痛を投げ捨てよ、遠き方へと

　　　　　　　　　　　　　　　スパルタなるメネラス王宮殿の前で / 8612

女主人の幸せを分かち持て
　　　ヘレナの幸を分かち持て
　　　ヘレナは父の家の竈に近づいておられる
　　　こうして遅く帰って来られた歩みは重く
　　　だがそれだけに一層固く
　　　喜びを以て進んでおられる

　　　　讃えよ、聖なる神々を
　　　幸せにも再生と　　　　　　　　　　　　　　　8620
　　　再帰とをもたらす神々を！
　　　鎖を解かれたる者は
　　　さながら翼に乗る如く、荒海を越え
　　　渡り行くではないか、他方囚われの者は
　　　憧れつつも徒に
　　　獄舎の壁の彼方へと、腕拡げては
　　　空しく奪（やっ）れてゆくばかり

　　　　だが神は手に取り給うた
　　　遠くにあられたこのお方をば
　　　トロヤの都イリオスが瓦礫よりして　　　　　8630
　　　神は彼女をここへと運ばれ
　　　新たに飾られた、由緒ある
　　　父王の館へ戻されたのだ
　　　言い難きまでの
　　　喜びと苦しみとのあとで、彼女は
　　　若かりし日々をあらためて
　　　思い出しておられる

パンタリス　（合唱指導者として）
　　合唱の、喜びに包まれた径を離れて今や
　　ドアの扉へと、あなた方の眼を向けなさい！
　　何を私は見ることか、姉妹たちよ？　お妃様は　　　　　　　　　8640
　　素速い足取りでまた私たちの方へ戻って来られるではないか？
　　どうなさいましたお妃様。何かあなたの身に胸を震わせるような
　　事が起こったのですか、あなたの家の広間で
　　あなたの親しい方々の挨拶に代わって、思い掛けぬ事が？
　　あなたはそれを隠されない。お顔に不快が見られます
　　驚愕と戦う、高貴な憤りが
ヘレナ　（ドアの扉を開けたままにして、動揺しつつ）
　　ゼウスの娘に、凡俗の恐怖はそぐわない
　　一時的な軽い驚きの手が触れてくることもない
　　だが驚嘆は、古き夜の懐ろより
　　元初以来立ちのぼり、さまざまの姿をとりつつも　　　　　　　　8650
　　燃える雲の如くに、山の焔の深淵から
　　押し寄せてきて、英雄の胸をも震撼する
　　そのように今日恐ろしくも、冥界の神々スチュクスらが
　　この家に入る私の足取りに刻印を捺したのだ。それ故私は
　　幾度も踏み慣れた、永く憧れたこの敷居から離れたい
　　追われた客のように遠くへ別れて行きたいと思う
　　だが、否！　私は光のもとへ逃げてきたのだ。さればおんみら
　　諸々の力よ、おんみらが何者であるにせよ、もしおんみらが
　　私を追わぬならば、清めの祓いを私は考えよう。さすれば
　　純化された竈の火も、主婦と主人とを快く迎えてくれるであろう　8660
合唱指導者
　　おんみに仕える女たちに心を打ち明けられよ、気高きお方

スパルタなるメネラス王宮殿の前で / 8661

　　　　　女たちは、何が起ころうとも、おんみを尊敬する味方です
ヘレナ　　私が見たものをお前たちは自分の眼で見ることができよう
　　　　もしもその像を、古き夜が直ちに取り戻し
　　　　その深みの神秘の懐ろに纏わせていなければ
　　　　だが、お前たちにも知ってもらえるように、私はこう言おう
　　　　私が王家の厳めしい中庭に入った時
　　　　目前の義務を思案しながら、厳かな気持ちでいたとき
　　　　私は荒れた通路の沈黙に驚いた
　　　　心ひそめて歩いている者の響きが耳に帰って来ず　　　　　　　8670
　　　　忙(せわ)しなく働く姿も目には映らなかった
　　　　普段ならどんなよその人をも親しく出迎える筈の
　　　　下女たちも女執事も現れなかった
　　　　だが私が竈の中心に近づいた時
　　　　私は見たのだ、燃え尽きた灰の温かい残り火の傍に
　　　　地べたに座っている、何やら被った灰色の大女を
　　　　眠っていると言うよりは、思案している風情だった
　　　　支配者の言葉で私は女に、仕事に就けと呼びかけた
　　　　女執事かとのみ思い、夫が留守の間、先を配慮して
　　　　雇ったまま残して去った人だろうぐらいに考えていた　　　　　8680
　　　　だがその女は身動きもせず、着物の襞にくるまって座っていた
　　　　やおら女は私の脅しで右腕を動かし
　　　　竈と広間から私を追い払おうとするかのような身振りをする
　　　　私は腹を立ててそっぽを向き、女から離れて、すぐに
　　　　階段の上へ急ぐ。その上に高々と、見事な装飾を施されて
　　　　夫婦の寝台が立っており、それと並んで宝物部屋がある
　　　　だが不可思議の者は逸早く地面から立ち上がる
　　　　命令するように私の道を塞ぎながら、現れたのが

痩身で大きく、虚ろな血走って暗い眼をしており
見る者の眼と精神とを混乱させる如き、奇妙な恰好のものだ 8690
だが私の言葉は空疎に響く。何故なら言葉は、さまざまの形姿を
創造的に打ち建てようと努力をするが、それは空しいだけだ
お前たち自分で見るがよい！　それは光のもとへ押し出して来る！
ここでわれわれは主だ、主なる王が来るまでは
この身の毛もよだつ夜の落とし子どもを洞窟へと追い払い
矯めるのがまさに、美の友なる太陽神フェーブスに外ならぬ
　　　　　　　（フォルキアス、ドア柱の間の敷居に登場）

合唱　　　　幾多のことを私は経験してきた、捲き毛は私の
　　　　　　鬢をめぐって波打っている年頃ながら
　　　　　　恐ろしいものも私は数々見てきた
　　　　　　戦の悲惨、都イリオスが落ちた 8700
　　　　　　あの夜も

　　　　　　　轟めく戦士らの、煙に巻かれ
　　　　　　塵の舞う騒乱を通して、神々が
　　　　　　恐ろしく叫ぶのを聞き、不和の生む
　　　　　　不屈の声が戦場に鳴り響くのも聞いた
　　　　　　城壁を目指して

　　　　　　　ああ、それは立っていた、イリオスの
　　　　　　城壁はなお。だが焔の海は
　　　　　　隣家より隣家へと既に移っていた
　　　　　　ここ、またかしこから火の手は拡がり 8710
　　　　　　焔の嵐が嵐を呼んで
　　　　　　夜の町全体に吹き荒れていった

　　　　　　　　　　　　スパルタなるメネラス王宮殿の前で / 8712

逃げながら私は、煙と火炎を通して
またしてもめらめらと燃える火勢のあわいに
憤怒に燃える神々が近づくのを見た
その歩む不可思議の姿は
巨大にして、焔に包まれて光る
黒い濃煙を縫うて渡って行った

　　私はそれを見た。それともあれは
私の不安に呑み込まれた精神が思い描く　　　　　　　8720
混乱の様であったか？　そうは決して
言いえない。だが私がこの恐ろしいものを
現にここで我が目で見ているということ
そのことを確かに私は知っている
手で捉えることすら出来るであろう
もしもこの危険なものから、恐怖が私を
引き戻さなかったならば

　　醜女フォルキアスの娘らのうち
どの娘なのだ、一体お前は？
と言うのも私はお前を　　　　　　　　　　　　　8730
この一族の者と見るからだ
恐らくお前は、この灰色に生まれたる
老女たちの一人として来たのであろう
一つ目、一つ歯を
交互に分かち合う姉妹らの？

　　お前、怪物は敢えて

美と並んで、お前の姿を
　　　日の神フェーブスの炯眼の前に
　　　曝そうとするのか？
　　　それでもお前は一歩一歩歩み出る　　　　　　　　　　　8740
　　　醜きものをフェーブスは視られぬ
　　　その聖なる眼は未だ一度も
　　　影を照覧されたことがない

　　　　だが哀れ、われら死すべき定めの者を、ああ
　　　悲しき不運は
　　　言い難い目の苦しみへと強いてやまない
　　　美を愛する人間の心に、この苦しみを起こさせるのが
　　　打ち捨てらるべき、永遠に不幸なるものなのだ

　　　　然り、されば聞け、もしもお前が不埒にも
　　　われらに立ち向かって来るならば、呪いを聞け　　　　　8750
　　　あらゆる非難の脅しをも聞け
　　　それは、神々によって形成されたる、幸せな者らの
　　　呪う口から発せられるものなのだ

フォルキアス
　　　その言葉は古い、だがその意味は高くして真たることを諭えぬ
　　　曰く、羞恥と美とは、共に手を携えて歩むことなし
　　　相い共に地の緑する径を渡り、その道を行くことなし
　　　両者のなかには古くからの憎しみが深く根付き住もうている
　　　この二つはどの道のどこで出会おうとも、必ず
　　　一方が相手に背を向けるというわけだ
　　　そしてどちらも歩を速め、それぞれ先へ進んで行く　　　8760

　　　　　　　　　　　　スパルタなるメネラス王宮殿の前で / 8760

羞恥は物悲しげに、美は威張った表情で
だが共に最後には冥界の虚ろな夜に抱かれてしまう
もしも年齢がその前に両者を矯めていなければ
お前たちを私は既に見ている、不敵の者らよ、異境より
高慢を身に浴びて、さながらに鶴どもの声高に嗄れて鳴く
隊列のように、あのわれらが頭上を越えて
長々と雲をなし、騒がしくその雑音を下方に送ってくる
そして静かな旅人を誘っては彼方なる上方を見やらせる
鶴の群れの如くに、お前たちは帰ってきた。だが鶴どもは去り
旅人は、その道を行くのみ。われらの境遇もそのようであろう 8770
お前たちは一体何者か、王の高き宮殿をめぐり、酒神を祝う
酔える者らが如く暴れて平気でいるが、そのお前たちとは何者か？
この家の女執事に向かって、まるで月に叫ぶ犬の群れのように
吠えている、お前たちとはそもそも何者であるのか？
お前たちがどんな種族か、それがこの私には隠されているとでも
思うのか？　お前、戦争に生まれ戦闘に育った若い芽よ
またお前、男を求め、誘惑されつつ誘惑する子よ
戦士のまた市民の力を共に鈍らせる者よ！
大勢のお前たちを見ていると、私には飛蝗の大群が
墜ちかかってくるように思えてならぬ、緑の畑の苗を覆うて 8780
他人の勤勉を食い物にする奴らだ！　芽吹く安楽を
無にする女どもだ、お前たちは！
奪われ、市で売られる、交換商品だ、お前は！

ヘレナ　　主婦の面前で召使の女たちを罵る者は
　　　　　命令者が持つ一家の尊厳を、不当にも侵害している
　　　　　何故ならば、賞賛に値するものを褒め
　　　　　非難さるべきものを罰するは、唯一女主人に帰属するからだ

　　　　　私は、この者たちが私に為してくれた働きに
　　　　　充分満足している。イリオスの高き力が
　　　　　包囲されて立ち、やがて落ち、倒れた時がそうだった　　　8790
　　　　　また、われらがかの迷路の苦難に満ちた交代を耐えた時にも
　　　　　この者たちはよく尽くしてくれた。人は己が身のみ庇うだろうに
　　　　　ここでも私は、この元気な群れから同じことを期待している
　　　　　家臣が何者かではなく、いかに仕えるかをのみ問うのが主人だ
　　　　　それ故お前は黙っていよ、それ以上歯を剝き出すな
　　　　　お前は王の館をこれまでよく守ってきた
　　　　　主婦に代わって。そのことはお前の評判に役立とう
　　　　　だが今や女主人自身が帰ってきたこと故、お前は退っておれ
　　　　　お前が受けるべき報酬に代わり、処罰されることなきよう
フォルキアス　　同居人を脅すことは女主人の大なる権利であろう　　　8800
　　　　　それは、神に祝福された支配者の気高き夫人が
　　　　　長年の賢明なる指導を通してかち得られたものである
　　　　　今そなたが、認められた人として新たに、妃にして主婦なる
　　　　　元の場所にまた就こうとするに際して
　　　　　永く弛んでいた手綱を握り、支配さるるは結構である
　　　　　宝物を所有し、加えてわれら全員を掌握されるがよい
　　　　　わけてもしかし、この老女、私をお庇い下され
　　　　　この者らに勝って。彼女らはそなたの美の白鳥と並んでは
　　　　　翼も乏しい、があがあ鳴くだけの鵞鳥に過ぎない
合唱団指導者　　なんと醜く、美の傍らで、醜悪は現れることよ　　　8810
フォルキアス　　なんと無理解に英知の傍らで、無知は現れることよ
　　　　　　　これより合唱団の踊り手たちが答える。一人ずつ出てくる
合唱団の踊り手1　　父なる闇エレブスを語れ、母なる夜を語れ
フォルキアス　　されば海の怪物スキュラを語れ、お前の兄弟の子ぞ

スパルタなるメネラス王宮殿の前で / 8813

合唱団の踊り手2　お前の家系からも幾多怪物が出ておる
フォルキアス　　冥府へ行け！　そこでお前の一族を捜し出せ...
合唱団の踊り手3　かの地に住まう者らはすべてお前には若過ぎる
フォルキアス　　お前は老予言者ティレージアスに言い寄るのがよい
合唱団の踊り手4　　漁師オリオンの乳母はお前の曾・曾孫に当る
フォルキアス
　　　怪物ハルピュエンがお前の食べ物に汚物を入れて食わせたんだぞ
合唱団の踊り手5　　何に養われてお前はそんなに痩せているのか？　8820
フォルキアス　　血ではない。お前は酷く血に飢えとるようだが
合唱団の踊り手6　　お前こそ死骸に飢えている、嫌らしい死体め！
フォルキアス
　　　吸血鬼ヴァンピーレンの歯がお前の無礼な口に光っておる
合唱団指導者　　お前の口を私は塞ぐ、お前が誰かを私が言えば
フォルキアス　　では先に自分を名乗れ。謎は帳消しになる
ヘレナ　　怒ってではなく悲しんで、私はお前たちの間に割り込もう
　　さような激しい言葉の遣り取りはやめよ！
　　何故ならば支配する者にとって、忠実な家臣ら同士の
　　密かに皮膚の下で化膿してゆく争いほど有害なものはないからだ
　　彼の命令の反響は、その場合最早、急ぎ果たされた業においても　8830
　　一致した声としては帰って来ないからだ
　　否、彼の周りで得手勝手に波立ち騒ぐものがある
　　彼は自分でも迷い、無益に叱るばかりだ
　　それだけではない、お前たちは不道徳な怒りにまかせて
　　さまざまの不幸な像の恐ろしい形姿を呼び出した
　　それらが私の周りに押し寄せるので、私は自分まで
　　祖国の牧場にいながら、冥界に引き浚われたかと思ったほどだ
　　これが追憶であろうか？　私を捉えるのは妄想であったのか？

   自分はこのすべてであったのか？　自分はそれで在るのか？
   自分は将来それで在るのか？　あの町々を荒廃せしめた女の　　　8840
   夢と恐怖との像、それが自分ではあるまいか？　娘たちは怖がる
   だが、最年長のお前は落ち着いている。物の分かった言葉を言え
フォルキアス　　幾様もの幸福の長い歳月を回想する者には最終的に
   最高の神々の恩寵といえども一つの夢だったように思われる
   そなたはしかし、際限もないほどの幸せに恵まれて
   生い立つ中でただ愛に燃える者らしか見なかった。そなたは人を
   あらゆる種類の大胆不敵の振舞いへ素速く燃え立たせた
   既に王子テセウスが、幼いそなたを、欲情に駆られて摑まえた
   猛きヘラクレスの如くに、勇壮にして姿美しき男
ヘレナ　　私を誘拐した。まだ十歳のほっそりした仔鹿の私を　　　　8850
   そして私をアッティカなるアフィドヌスの城に匿った
フォルキアス　　カストルとポルックスによってやがて解放され
   より抜きの英雄たちに囲まれてそなたは立っていた
ヘレナ　　だが静かな愛顧を誰よりも得たのは、と私は告白したいが
   パトロクルスだった、かのアキレスの似姿とも言うべき
フォルキアス　　だが父王の意志でそなたはメネラスに嫁いだ
   果敢なる航海者にして家の守り手たる人に
ヘレナ　　娘を父は、国の政務とともに彼に与えた
   夫婦の共在よりしてやがてヘルミオーネが生まれた
フォルキアス
   だが彼が遠く離れてクレタの遺産を獲得せんと戦っていた時　　　8860
   孤独なそなたの前に、余りにも美しい客が現れた
ヘレナ　　何故お前はあの半ば寡婦だった頃の私の事を持ち出すのか
   どれほどの破滅がそこから恐ろしくも我が身に生じたことか？
フォルキアス

またかの遠征は、自由の身として生まれた私、クレタの女に
囚われの身という境遇をもたらした。永い奴隷生活だった

ヘレナ　女執事としてお前を彼はすぐに任命し、ここへ送ってきた
幾多のものを、城も果敢に得られた財宝も任せたのだ

フォルキアス　そなたがあとにしたイリオスの塔に囲まれた町
汲めども尽きぬ愛の喜びに眼を向けられよ

ヘレナ　喜びを思い出させるな！　余りにも厳しい苦悩の　　　8870
無限の連鎖が、胸と頭の上に注がれてきた

フォルキアス　だが人は言う、そなたは二重の像として現れる、と
イリオスで見られた像と、エジプトでのそれと

ヘレナ　乱れた感覚が作りだす無分別を更に混乱させること勿れ
今も今とて、私は自分がそもそも何で在るかが分からぬのだ

フォルキアス　ならば人は言うであろう、虚ろなる影の国よりして
今なおアキレスは熱烈にそなたに添わんとしている！　と
すべての運命の決定に抗して、そなたを逸速く愛したる彼

ヘレナ　偶像たる私は、偶像たる彼に、我が身を縛したのだ
それは一場の夢であった。言葉自体がそれを語っている　　　8880
私は消え失せる、そして自分自身にとっての偶像となる

　　　　　　　（合唱団の半分の腕に崩れる）

合唱　沈黙せよ、沈黙せよ！
汝、見誤る者、語り誤る者！
かくもおぞましき一つ歯の
口よりして、何の息が洩れ来たることか
かくも恐ろしき嫌悪の喉よりして！

何故なれば、善行をなすやに見えて悪意ある者
それは羊の毛皮の下に狼の憤怒を宿すもの

8864 / 第二部　第三幕

　　　　私には彼は三つ―
　　　　頭せる、地獄の番犬ツェルベルスの大口よりも恐ろしい　8890
　　　　不安を抱きつつわれらはここにいて聞き耳を立てている
　　　　いつ？　いかにして？　どこで、それは勃発するやを
　　　　かかる策略の
　　　　深所で窺う怪物は？

　　　　今やしかし、親しみある、豊かな慰めを具えたる
　　　　忘却の川レーテの恵みある、優しさに満てる
　　　　言葉には非ずして、すべての過去の
　　　　善きものよりは最悪のものを、汝は煽り立てる
　　　　しかして汝は直ちに曇らせる
　　　　現在の輝きも　　　　　　　　　　　　　　　　　　8900
　　　　未来のそれも
　　　　穏やかに微光を放たんとする希望の光をも

　　　　黙れ、黙れ！
　　　　妃の魂が
　　　　既に逃れ去ろうとしている今
　　　　自らを保ち
　　　　かつて太陽が照らしたる
　　　　すべての形姿のうちの最高の形姿を堅持されるように
　　　　　　　（ヘレナは回復し、再び中央に立つ）
フォルキアス　　歩み出でよ束の間の雲より、今日の日の高き太陽よ
　　　　覆われてなお麗しく、今眩しくも輝き支配する光よ　8910
　　　　この世が展開するものを、おんみは自ら優しい眼差しを以て観る
　　　　彼女らは私を醜いと非難するが、私は美をよく知っている

　　　　　　　　　　　　　　スパルタなるメネラス王宮殿の前で / 8912

ヘレナ　　目眩の中で私を囲んでいた荒涼から私はよろめき歩み出る
　　　　この静けさを私はまた保ちたい。手足が非常に疲れている故
　　　　だが女王には、いやすべての人間にとってもこれが相応しかろう
　　　　己を把持し、何が脅し驚かそうとも、自らに打ち勝つことが
フォルキアス
　　　　そなたがそなたの偉大さ、美においてわれらの前に立たれる時
　　　　その眼は、そなたが命令されることを語っている。仰って下さい
ヘレナ　　お前たちが口論し怠っていた埋め合わせにこれを用意せよ
　　　　急ぎ犠牲の儀式を準備せよ、王が私に命じておられた如くに　　　　　　8920
フォルキアス　　すべて館に揃っている。大皿も香炉も鋭い斧も
　　　　清めの水も、燻らせる香も。犠牲とされるものをお示しあれ！
ヘレナ　　王はそれをはっきり言っておられぬ
フォルキアス　　言明されなかった？　おお、これは悲しい言葉だ！
ヘレナ　　どういう悲しみがお前を襲うのか？
フォルキアス　　　　　　お妃様、そなたが考えられているのだ！
ヘレナ　　私が？
フォルキアス　　そしてここにいる女たち
合唱　　　　　　　　　　痛ましや、なんたる悲哀！
フォルキアス　　　　　　倒れるのはそなたです、斧のもと
ヘレナ　　恐ろしい！　でも予感はあった。哀れ、私が！
フォルキアス　　　　　　　　　避け難いと私には思われる
合唱　　ああ！　そして私たちには！　何が起こるのだろう？
フォルキアス　　　　　　　　彼女は高貴な死を遂げる
　　　　だが、屋根の破風を支える、高い梁の辺りに、鳥もちに掛かった
　　　　鶫が並んで羽をばたばた動かしている、あの恰好がお前たちだ
　　　　　　（ヘレナと合唱団、驚き恐れて立ち、
　　　　　意味ありげな前もって準備されているグループに分かれる）

8913 / 第二部　第三幕

フォルキアス
 幽霊ども！　硬直した絵のようにお前たちはそこに立っている　　8930
お前たちのものでない昼間から別れることに恐れをなして
人間たちは全部、お前たちと同様、亡霊だ
彼らには、神聖な日の光を諦める意志はなく
それでも誰一人彼らを終局から救おうとはせず、乞い請けもせず
彼らは皆それを知っている。だがそれをしも善とする者は少ない
まぁよい、お前たちは失われた！　さぁ仕事にかかれ
  両手を打つ。それに応えて扉の所に、仮装した侏儒の姿が現れる。
   それらは言われた命令をすぐさま素早く実行する

こっちへ来い、お前陰気な球状の怪物！
転がって来い、ここには好きなだけ壊せるものがある
金の角のある聖餐台に場所を与えよ
斧は銀縁の上に光らせておけ　　8940
水桶を満たせ、それは黒い血の恐ろしい汚れを
洗い落とすためにある
絨毯を派手に、この塵の上へ拡げよ
それは生贄が王者として跪き
そのあと首はなくとも、直ちに包み込んで
身分に相応しく気品ある弔いを結局はなすためのものだ

合唱団指導者　　お妃様は物思いに耽りつつこの脇に立っておられる
娘たちは牧場の刈られた草のように萎れている
最年長の私にはしかし、お前と言葉を交わすことが
神聖な義務に適っていると思われる。お前超古老の女よ　　8950
お前は経験あり賢くもある。われわれに好意も持っているようだ
なんの間違いかこの群れが無思慮にもお前を襲いはしたが
だから言っておくれ、どうすればまだ救えるとお前は思うのか

        スパルタなるメネラス王宮殿の前で / 8953

フォルキアス
　　言うは容易ながら、お妃自身にのみそれは懸かっている
　　自分を保持できるかは。また添え物のお前たちもだ
　　決断が必要なのだ、それも即刻の決断が
合唱　　パルツェンのうち最も位高く賢明なるおんみジビュレよ
　　黄金の鋏を閉じられよ。しかしてわれらに日と救いとを告げ給え
　　何故ならわれらの手足は既に浮遊、動揺、恐怖のなかにあり
　　耐え難いほどなる故。われらは先ず、踊りに興じたあと
　　愛する人の胸に休らいたいと望んでいるのに
ヘレナ　　この不安の者らは措け！　苦痛を私は感じる。恐怖に非ず
　　だがお前が救済の道を知っているなら、感謝して認められよう
　　賢明なる者、広く見渡せる者には確かに、不可能なるものが
　　なお可能として現れることがよくある。ではそれを今告げよ
合唱　　語り告げよわれらに早く。いかにしてわれらはこの恐ろしい
　　厭わしい罠から逃れうるのか？　それは最悪の飾りとして
　　われらの頸の周りに脅す如く纏いついている。哀れなるわれらは
　　それを予感する、息も切れ、窒息せんばかりに、もしもおんみ
　　レア、すべての神々の母なるおんみが憐れみ給わざれば
フォルキアス
　　お前たちにして、その話の長く続く連なりをじっと聞くだけの
　　辛抱があるか？　いろいろの経緯がそこにはあるのだ
合唱　　辛抱は充分できる！　聞いている限りわれらは生きている故
フォルキアス　　館に蟄居して高貴な財宝を見張っている者
　　そして高い住居の壁を隅々まで固めることを弁え
　　襲う雨に対しても堅固な屋根を張りうる者、さような者には
　　永い生涯の日々を通して、すべては無事に運ぶであろう
　　だが己の敷居の聖なる本道を、軽率にも

8960

8970

8954 / 第二部　第三幕

　　　　　軽々しい足取りで踏み越える如き、不逞の者は
　　　　　帰還した際、なるほどすべて元の場所にあるとはいえ、一切が　　　8980
　　　　　壊されてこそいなくも、変わってしまっていると思うであろう
　ヘレナ　　何のためにそのような周知の言説をここで？
　　　　　だが汝は語ろうとしている。ならば退屈なことを持ち出すな
　フォルキアス　　歴史的という事である。譴責の意ではない
　　　　　掠奪の旅でメネラスは、湾から湾へと船を進め
　　　　　岸も島々もすべて彼は敵として掠め取る
　　　　　獲物を得て帰れば、家に獲物が待っている
　　　　　イリオスを前にして彼は十年という長の年月を過ごした
　　　　　帰還に当たってどれくらいかかったかを私は知らぬ
　　　　　だが今ここに、チュンダレオスが優雅なる館をめぐって　　　　8990
　　　　　情勢はどうなっているであろうか？　周りの国はどうか？
　ヘレナ　　汝には一体それほども非難が全身に染みついているのか
　　　　　譴責なしには口が動きえぬまでに？
　フォルキアス　　それほど長年の間、この谷ある山は放置されてきた
　　　　　スパルタの背後北へかけて高く昇るこの地帯
　　　　　うしろにはタイゲトスの山脈あり、そこに発する、快活の
　　　　　オイロータス川は波立ち、やがてわれらが谷を経て
　　　　　芦の畔を拡がりつつ流れては、そなたらの白鳥をも養う
　　　　　その背後で静かに、山の谷間に、さる勇敢な一族が
　　　　　住み着いている。北方の常闇の国より進入し　　　　　　　　9000
　　　　　登り難い堅固な砦を構築したのだ
　　　　　そこよりして彼らは、気の向くまま国と人民とを苦しめている
　ヘレナ　　そんなことをやれるのか？　全く不可能に思われる
　フォルキアス　　暇はかかった、恐らくは二十年がところ
　ヘレナ　　誰か一人が頭目か？　盗賊共は徒党を組んでいるのか？

スパルタなるメネラス王宮殿の前で / 9005

フォルキアス　　盗賊ではない、だが一人が主ではある
　　私は彼を非難しない。前に彼が私の所へ押し掛けてきた時にも
　　なんでも持って行くこができたのに、僅かばかりの、好意からの
　　贈り物で彼は満足した。彼はそれを貢ぎ物とは呼ばなかった
ヘレナ　どんな顔の人か？
フォルキアス　　　　　　　悪くない！　私には気に入っている　　9010
　　明朗で、大胆、ギリシャ人の間でも稀なほど
　　体格のよい、物分かりのいい男だ
　　人はその種族を野蛮人と呼んでいるが、私はむしろ
　　残忍と言えば、イリオスを前にして、人喰い英雄として
　　名を馳せた奴以上のがありうるとはとても思えない
　　私の謂う彼には偉大さがあると私は見ている。彼を信頼している
　　特にその砦だ！　そなたに是非一度じかに見て頂きたい！
　　それは不格好な壁造りとは全く別のものだ
　　そなたの父祖らがいきなり石を転がして建てたもの
　　それは一つ目巨人ツュクローペンがその名の通り一つ目で　　9020
　　原石を原石に落として造ったものだ。あの砦はこれに反して
　　すべて垂直水平に規則正しく建てられている
　　外からそれを見るがいい！　天高く昇ってゆく勢いがある
　　堅固にしてよく組み合わされ、鋼鉄のように滑らかだ
　　ここを攀じ登るなんぞ — 思うだに滑り落ちるというもの
　　そして内部には大きな中庭が幾つもとれるゆとりもある
　　周りはあらゆる種類と目的に適う建物に囲まれている
　　そこには大小さまざまの円柱、迫持(せりもち)、露台、回廊が
　　外からも内からも見られ
　　わけても紋章が
合唱　　　　　どんな紋章？

フォルキアス　　　　　　　　トロヤの英雄アヤックスは　　　　　　9030
　お前たちも見た通り、とぐろ巻く蛇をその楯に掲げたが
　かのテーベを囲む七人の英雄たちはそれぞれ己が楯に
　豊かな意味ある、彫像を刻していた
　それ故、人は夜空に浮かぶ月と星のみならず
　女神や英雄、梯子や剣、松明のほか
　良き町々を圧迫するものの恐ろしい接近をそこに見たものだ
　そのような形姿を、今話している英雄の群れも打ち出している
　その曾・曾祖先から伝わったものを色鮮やかにして
　獅子、鷲、爪、嘴もあれば
　水牛の角や鳥の翼、薔薇、孔雀の尾羽根　　　　　　　　　9040
　その縞模様も見られる、金、黒、銀、青、赤と
　そのような物が広間に幾筋となく掛かっているのだ
　世界もかくやと思わせるほど際限なく
　そこでは踊りもできるよ！
合唱　　　　　　　　言って、踊り手もそこにいるの？
フォルキアス　最良のだ！　金髪の元気な若者たちだ
　青春の香を放つ！　パーリスだけが香りえたほどの
　彼がお妃に近づいた折
ヘレナ　　　　　　　　汝は役割から
　全く逸れている。究極の言葉を言うがよい！
フォルキアス
　そなたは究極のと言われる。されば真剣に、聞こえるように
　宜しい！　と告げられよ。直ちに私はそなたをかの砦に包もう
合唱　　　　　　　　　　　　　　　おお、語り給え　9050
　短い言葉を。しかしておんみと我らを同時にお救い下され！
ヘレナ　　なんと？　私はメネラス王が、私をあやめるような

スパルタなるメネラス王宮殿の前で / 9052

　　　　　　　残酷な振る舞いをすると恐れねばならぬのか？
フォルキアス　　王がそなたのデイフォブス、かの死に至るまで
　　　　　　　共に戦ったパーリスの弟を、事もあろうに
　　　　　　　切り刻んだことを、そなたは忘れたのか？　王は、彼が
　　　　　　　操を守る寡婦たるそなたを奪い取り、まんまと側女にしたかどで
　　　　　　　鼻と耳その他を切り取り小刻みにした。見るも無残なものだった
ヘレナ　　　　彼はそれをかの人に為した。私故にそれを為したのだ
フォルキアス　　かの人の故に彼はそなたに同じことをするであろう　　9060
　　　　　　　美は分かたれえぬ。美を充全に所有する者は
　　　　　　　むしろそれを破壊する、いかなる者の所有になることをも恐れて
　　　　　　　　　　　（遠くで喇叭の響き。合唱団恐れて身を縮める）
　　　　　　　なんと鋭く喇叭の轟音が耳と腸に堪えることか
　　　　　　　引き裂かんばかりに響くことか。かくも激しく嫉妬の念は
　　　　　　　かの男の胸に爪を立てたのだ。彼はついぞ忘れることがない
　　　　　　　自分がかつて所有し、今や失い、この先所有することなきものを
合唱　　　　　角笛の鳴るのが聞こえぬか？　武器の燦きが見えないか？
フォルキアス　　折もよし、主なる王、私が釈明しようぞ
合唱　　　　　だがわれらは？
フォルキアス
　　　　　　　お前たちはよく分かっていよう。眼前に死を見ているのだ
　　　　　　　お前たちの死をあのなかに認めるのだ。お前たちに救いはない　9070
　　　　　　　　　　　　　　　　合間
ヘレナ　　　　私は、自分が敢えて為しうる最も手近なことを考え出した
　　　　　　　汝は反抗の悪霊だ。私にはそう思われる
　　　　　　　善なるものをすら汝は悪に変える
　　　　　　　何はともあれしかし私は汝に従って砦へ行こう
　　　　　　　その他の事は私が弁えている。王妃がその際

深き胸に秘密として隠しておこうとするものは
何びとであれ及びえまい。老女、先に立て！

合唱　　　おお、いかに好んでわれらはかしこへ行くことか
　　　　　足取りも素速く
　　　　　死をわれらの後にして 9080
　　　　　われらが前には再び
　　　　　聳え立つ砦の
　　　　　到り難い城壁がある
　　　　　それはさながらイリオスの城が如くに
　　　　　よく守ってくれよう
　　　　　かの城は所詮ただ木馬の
　　　　　下賎なる奸計に屈したるのみ

　　　　霧が拡がり、背景を包む。好みによっては近くを翳らせてもよい

　　　　　　これはどうした？　一体どうした？
　　　　　姉妹たちよ、周りを見よ！
　　　　　晴れた日ではなかったか？ 9090
　　　　　霧が筋をなして立ち籠めてくる
　　　　　オイロータスの聖なる流れから
　　　　　既にして芦に頭を包まれた
　　　　　愛らしい岸辺も視界から失せた
　　　　　自由に、華麗のうちに誇りを見せて
　　　　　相い集い喜び泳ぎつつ
　　　　　柔らかに滑り行く白鳥たちも
　　　　　私は、ああ、もう見えない！

　　　　　　だがしかし、だが私は聞く
　　　　　白鳥の鳴らす音を 9100

スパルタなるメネラス王宮殿の前で / 9100

遠くで鳴らす嗄れた音を！
死を告げる音だと人は言う
ああ、どうかそれがわれらに
期待された救いの祝福に代わって
没落をも最後に告げるものでなきように
われら、白鳥にも似て、長く－
美しく－白き頸もてる者らに。そして、ああ！
われらが白鳥より生まれし人に
悲しや、悲しや！

  辺りはすべて既に 9110
霧に包まれた
われらは互いの見分けもつかぬ！
何が起こったのか？　われらは歩いているのか？
それとも漂うているだけなのか
足取りも定かならぬまま地上を彼方へと？
お前は何も見ないか？　死者を冥界に伴う
ヘルメスが先頭に浮かんでいないか？　その黄金の杖が
光ってはいないか、われらを再び嬉しからぬ
灰色の日の、捉ええざる像に満ち溢れたる
かの永遠に虚なる黄泉へと 9120
戻すべく、要求し命じてはいないか？

然り、突如として薄暗くなった。輝きはなく霧は漂い去る
暗く侘しく、壁土の色なして。壁が目に浮かぶ
自由な目に不動のまま映じてくる。これが庭であろうか？
それとも深き塚穴か？　いずれにせよ恐ろしい！　姉妹たちよ

ああ！　われらは捕らわれたのだ。以前のままの囚われの身だ

砦の中庭
豊かな、空想的な中世の建物に囲まれている

合唱団指導者
　急ぎ過ぎては馬鹿を見る、それが正真正銘、女の描く姿！
　瞬間に左右され、お天気具合で
　幸の不幸のと振り回される！　その二つの一つをもお前たちは
　平静に耐ええない。両者は常に互いに矛盾し会い 9130
　そこへ他の要素が十文字に立ちはだかってくる。喜びにつけ
　苦しみにつけお前たちは同じ調子で泣いたり笑ったりするだけだ
　今や沈黙せよ！　そして聞きながら待て、お妃様が気高いお心で
　ご自分のためにも私らのためにもここで決断遊ばすことを

ヘレナ　どこにいる、女予言者ピュトーニッサ？　名はどうであれ
　この暗い砦の丸屋根から現れ出よ
　それとも汝は不思議なる英傑に私の到来を告げ
　歓迎して貰えるように計らっていたのか。ならば感謝する
　さぁ早く私を彼の所へ案内せよ
　迷路の終結を私は望む。急速をのみ私は望む 9140

合唱団指導者
　お妃様、お身の周りをいくらご覧になっても無駄でございます
　あの嫌な姿は消えてしまっております。恐らくそれは、私たちが
　その胸からここへ逃れて参りました霧の中に残っておりましょう
　どうやって来たか分かりませんが、とても素速い足取りでした
　多分あの女も迷路のなかで行き暮れて迷子になったのでしょう

　　　　なにしろ沢山の建物が一つになっている砦ですから
　　　　主から迎賓のもてなしを懇請するべく奔走しているうちに
　　　　ですがご覧遊ばせ、あの上の辺り既に大勢の人が動いています
　　　　廊下にも、窓辺にも入口にも、忙しげに
　　　　あちらこちらと沢山の召使たちが動いています
　　　　高貴な方の歓迎をそれは予告しております

合唱　　これでほっとした！　おぉかしこを見よ
　　　　なんとしとやかに、おもむろな足取りで
　　　　若い優雅な群れが、気品ある動きのうちに
　　　　整った行進をすることよ。どうして？　誰の命令で
　　　　現れたものか、こうも早く列をなし隊形を整えて
　　　　若者たちが見せるこの見事な集団は？
　　　　とりわけ私が感心するのは？　それは見事な歩みか？
　　　　頭の捲き毛が眩しいまでの額を包んでいる
　　　　両の頬はまるで桃の実のように紅く
　　　　まさにそのように柔らかい産毛を帯びている
　　　　噛みつきたいばかりだ。だが私は躊躇する
　　　　何故ならば同じような場合その口は
　　　　言うも恐ろしいことながら！　灰で満たされようから

　　　　　　だが最も美しい
　　　　　　彼らはやってくる
　　　　　　何を運んでいるのか？
　　　　　　玉座への階段
　　　　　　絨毯と椅子
　　　　　　肩掛けと天蓋 –
　　　　　　のような飾り

9150

9160

9170

それは上方に波打って
雲の冠を形どりながら
われらがお妃様の頭を包むもの
既にお妃様は招かれて
見事な座席に着かれる
歩み寄れ、お前たち
一段また一段と
恭しく列をなせ
厳かに、おお厳かに、重ねて厳かに 9180
祝福されてあれ、この歓迎の！

合唱団によって言われたことが次々と起こる
ファウスト。少年たちや近習らが長い列をなして下ってきたあと
彼は階段の上方に、中世の騎士の服装で現れ、
ゆっくりと厳かに下りてくる

合唱指導者 （ファウストを注意深く観察しながら）
もしもこの人に神々が、これまで屢々そうだったように
暫しの間しか驚嘆に値する姿を与えているのでないならば
高貴なる挙措、愛さるべき存在感を
ただ移ろう時の間に恵まれるのでないとすれば、彼はその都度
己の始めたる事を必ず成功させるであろう、男の戦闘においても
最美の婦人らとのささやかな戦いにおいても
彼は確かに他の誰にもまして好まれてよい人物だ
私がこれまで尊敬に値するとこの眼で見てきた誰よりも
ゆっくりと厳粛な、畏敬に満ちた落ち着いた足取りで歩む 9190
この君主を私は見る。そちらをご覧下さいまし、おお、お妃様！

砦の中庭 / 9191

ファウスト　（歩み寄りながら。脇に一人の男が捕らえられている）
　　　相応しかるべき最高に丁重なご挨拶に代わって
　　　畏敬の念籠もる歓迎の言葉に代わって、私はそなたに
　　　鎖に固く縛られた、かような僕をお見せしております
　　　この者は、義務を怠り、私より義務を奪ったのでございます
　　　ここに跪け、この最高の女性たるお方に
　　　お前の罪の告白を為せ
　　　これは、崇高なる女支配者よ、稀なる眼力を以て
　　　高き塔より四囲を見守るべく
　　　雇われている男でございます。その塔より天空を　　　　　　　9200
　　　また地平を鋭く見渡すのが、この者の使命です
　　　何かあちこちに姿を現すものがありはしないか
　　　丘の圏から谷へかけ、この堅固なる砦に到るまで
　　　何か動きはないか、羊の群れであれ
　　　ひょっとすると軍隊やも知れぬ。われわれは羊を守り
　　　敵は防がねばなりませぬ。ところが今日、なんたる怠慢か！
　　　そなたが来られた時、この男は申告しなかったのです
　　　かくも高い賓客の、名誉ある、最も欠かしえざる歓迎が
　　　為されぬまま終わりました。恥ずべきことに彼は命を
　　　無駄にしました。すんでのことに、受けるべき死罪の　　　　9210
　　　血に染まっているところでした。ですがそなた様お一人が
　　　罰しうるお方です。どうぞ良しなに、お恵み給わらんことを

ヘレナ　　そなたが恵まれる、かくも高き栄誉
　　　裁き手として、女主人として遇されます以上、よしんばそれが
　　　私の推測しまするに、ただ試みにとの意でありましょうとも ―
　　　私は早速、裁判官の第一の義務を行使して

罪ありとされる者の言い分を聞きたいと存じます。されば語れ

塔の番人リュンコイス
  跪かせて下さいませ。仰ぎ見させて下さいませ
私を死なせて下さいませ。私を生かして下さいませ
何故なら私は既に身を委ねております   9220
この神より与えられしご婦人に

  朝の喜びを待ち受けながら
東の方、日輪の歩みを窺っていましたところ
突然南の方に、不思議にも
太陽が昇ったと私には思われたのです

  眼をその方へ動かしますと
谷には非ず、丘には非ず
天空に代わり地平に代わり
かの人、唯一なるお方を見る思いが致しました

  私には眼光が与えられております   9230
一番高い木の上の大山猫にも似た
けれども私は力を振り絞らねばなりませんでした
さながら深い、暗い夢から覚めるかのように

  なんとか自分を見出だせる道はないのか？
胸壁？　塔？　閉じられた門？　と目を配っておりますと
霧は動揺し、霧は消えます
そのような女神が出現したのです！

         砦の中庭 / 9237

　　　　眼と胸とを女神の方へ向け
　　　　私はその優しい輝きを吸い込みました
　　　　眩しいばかりのその美しさが　　　　　　　　　　　9240
　　　　哀れな私を完全に盲目にしました

　　　　私は見張り役という義務を忘れ
　　　　忠節を誓った角笛も全く忘れました
　　　　私を処分すると脅し給え ―
　　　　美が一切の怒りを鎮めてくれましょう

ヘレナ　　私がもたらした悪行を、私は処罰するわけに行かない
　　哀れな私！　なんという厳しい運命に、私は
　　追われていることか、私故に、到る所で男たちの胸はかき乱され
　　彼らが自らを、また他の価値あることを顧みぬまでになっている
　　掠奪し、誘惑し、闘争し、　　　　　　　　　　　　　9250
　　彼方此方と引き攫っては
　　半神、英雄、神々や悪霊たちまで
　　彼らは私を混乱のうちに引きずり回した
　　一人身として私は世界をかき乱したのだが、二重にも
　　いや三重四重にも、私は災いに継ぐ災いをもたらしている
　　この善良な男を向こうへやって、自由にしてやりなさい
　　神によって現を抜かした者には恥辱も当たりえまい
ファウスト　　驚いて、おおお妃様、私は見ております、確実に矢を
　　当てられるお方と、その矢に射当てられたこちらの男とを共に
　　私は矢を放った弓を現に見ております。　　　　　　　9260
　　当たって傷ついた者も見ました。矢継ぎ早にそれは続き
　　今度は私に当たりましょう。到る所、砦にも広場にも縦横に

羽をえた矢が唸りをあげて飛び交うのを私は予感します
私は今や何でありましょう？　突如そなたは私に
我が最も忠実なる者らを反抗的になさいました。我が城壁をも
危うくされました。既にして私は恐れます、我が軍勢が
勝ち誇る無敵の婦人に従うのではないかと
私に残された道は、私自身と、我がものと思い誤っていた一切を
そなたの手に委ねるよりございますまい？
そなたの足下で私をして、自由且つ忠実に　　　　　　　　　　9270
そなたを女主人として認めさせて下さい。そなたは直ちに
所有と王冠とを獲得したお方として登場なさるのです

リュンコイス　（箱を持っている。兵士らそのあとに従い他の箱を持って続く）
　　　　お妃様、ご覧下さいませ、私戻って参りました！
　　富んだ者が一目頂きたいと乞うております
　　彼はおんみを見て、自らが乞食のように貧しく
　　しかも同時に、君主の如く富めるものと感じております

　　　　私は先ず何でありましたか？　今、何でありましょうか？
　　何が望まれ？　何が為さるるべきでしょうか？
　　この眼がいかに鋭い電光を放ったとて役に立ちません！
　　おんみの座に当たれば撥ね返されるばかりです　　　　　　9280

　　　　東方からわれわれはこちらへ参りました
　　それで西部は潰されたのです
　　長い、幅広い民族団で
　　先頭からは殿（しんがり）が見えないほどでした

砦の中庭 / 9284

先頭が倒れても、二番手がおりました
　　三番手の槍も控えています
　　誰もが百倍の勇気をえて
　　倒された千名は気付かれぬままでした

　　　われわれは進撃し、突進を続けました
　　村から村へわれわれは征服者でした　　　　　　　9290
　　そして私が今日支配者として命じた所
　　そこで明日は別の者が奪い、盗みしました

　　　われわれは観ました ── その光景は急速に展開し
　　或る者は一番の美女を摑まえ
　　或る者は足取り確かな雄牛を捕らえ
　　他の者らは総掛かりで馬を手に入れました

　　　私はしかし、人の見る一番珍しいものを
　　窺い知るのが好きですから
　　他の者も所有しているもの
　　それが私にとっては干し草だったのです　　　　　9300

　　　宝物を私は探しておりました
　　鋭い眼光に従ったまでです
　　すべての鞄の中身を見ました
　　私にはどんな櫃もお見通しでした

　　　黄金の山が私のものとなったのです
　　一番素晴らしかったのは宝石です

このエメラルドだけは、そなたのお心を
緑に輝かすだけの値打ちがございましょう

　　今やお耳とお口との間で
深海で採れた真珠の玉が揺れることでしょう　　　　　　　9310
ルビーなぞは追い払われるかも知れません
頬の紅がそちらの艶を抑えてしまいますから

　　こうして最大の財宝を私はここに
おんみの座の上に置かせて頂きます
おんみの足下に、幾多血濡れた戦闘の
収穫がもたらされようとしております

　　これほど沢山の箱を私は引きずって参りました
鉄の箱も私はまだ幾つも持っております
おんみの進まれます軌道で私をお許し遊ばしますなら
宝物殿の天井まで積み上げ満たすことでしょう　　　　　9320

　　何故ならばおんみが玉座に就かれますや否や
既にして悟性も富も権力も
おんみが唯一のお姿の前に
身を傾け、早、身を屈しているからでございます

　　そのすべてを私は堅持し、我がものとして参りました
今や然しお開け下さいませ。それはそなた様のものです
私はそれを価値ある高貴の純粋のものと思ってきました
今、私はそれが無であったと見ております

　　　　　　　　　　　　　　　　　　砦の中庭 / 9328

　　　　　私が所有していたものは消え去りました
　　　　　刈り取られた、萎れた草に過ぎません
　　　　　おお、一目、晴れやかな眼差しを以て
　　　　　それにその全ての価値を与え返して下さいませ！

ファウスト　　素速く遠ざけよ、果敢に獲得されたるその荷を
　　非難されたものではないが、報いられなかったものだ
　　既に一切はこのお方のものだ、この砦がその懐に
　　隠している全てが。とりわけて差し上げる要はない
　　お前は行って、宝また宝と整理しつつ
　　積み上げよ。これまで見られなかった華麗の
　　崇高な姿を展示せよ！　丸天井を、新鮮な天空の如くに
　　光輝かしめよ。命なき命の楽園を
　　設えるがよい
　　このお方が歩まれるのに先んじて、絨毯に花を撒き
　　絨毯を幾重にも拡げさせよ。このお方の歩みには
　　柔らかい床のお出迎えが相応しい。そして御眼差しには
　　眩し過ぎない神々しさ、最高の光輝こそ願わしい

リュンコイス　　主人の命令は口数少ない
　　部下が為せば、遊びのように簡単だ
　　なにしろこの地、この血の上には
　　これなるお方の美の誇りが支配している
　　既に全軍がおとなしくなっている
　　すべての剣が鈍り、萎えている
　　壮麗なお姿を前にして
　　太陽すらも弱く、冷たい
　　お顔の豊かさの前に

　　　　　一切が空となり、一切が無となる　（退場）
ヘレナ　（ファウストに）
　　　　あなたとお話したいと存じます。どうぞこちらへ
　　　　私の脇へ来て下さい！　空いている席は主人を呼んでいます
　　　　そして私には別の席を確保しています
ファウスト　　先ず跪いて、そなたへの忠実な献身を申させて下さい
　　　　高貴なるお方。私をそなたの傍へ引き上げ給うた　　　　　　9360
　　　　そのお手に接吻をお許しあれ
　　　　そなたの果て知れぬ国を共に統治する者として
　　　　私を力づけて頂きたい。どうぞ私をお受け取り下さい
　　　　崇拝者、僕、見張り、それを一にした人間として！
ヘレナ　　いろいろ不思議なことを私は見、また耳にしました
　　　　驚嘆が私の心を捉えています。お聞きしたい事は沢山あります
　　　　ですがお教え願いたいのは、何故先ほどの男の言葉が私に
　　　　不思議に響くのかという事です、不思議にして親しみがあります
　　　　一つの音が別の音にうまく従っているように思われます
　　　　ですから一つの単語が耳に馴染んだかと思うと　　　　　　　9370
　　　　別の単語がやってきて、始めの単語を愛撫するかのようです
ファウスト　　われわれの諸民族の物の言い方がお気に召しましたか
　　　　おお、それならばきっと歌もそなたを喜ばせるでしょう
　　　　耳と心とを最深の根底において満足させてくれましょう
　　　　けれども一番確実なのは私たちがそれをすぐにやってみる事です
　　　　交互の語りをそれは誘います。それを呼び出すわけです
ヘレナ　　では言って、どうすれば私もそんなに美しく話せるのか？
ファウスト　　それは全く簡単です。只心から出なければなりません
　　　　今更に何をか思はむうちなびき
　　　　こころは君に　—

　　　　　　　　　　　　　　　　　　　　　　　　　砦の中庭 / 9380

ヘレナ	よりにしものを	（万葉　IV-505　安倍女郎）	9380
ファウスト	生者遂にも死ぬるものにあれば 今世なる間は －		
ヘレナ	欒しくをあらな	（111-349　大伴旅人）	
ファウスト	銀も金も玉もなにせむに もとなぞ戀ふる －	（V-803　山上憶良）	
		（XIII-3255　柿本朝臣人麻呂）	
ヘレナ	氣の緒にして		

合唱　　お妃様は、銀にも金にもまさる愛の担保として
　　　　御手を委ねられた、この砦の主に
　　　　そのお優しい表明を誰が怪しむだろうか？
　　　　何故ならば、告げよ、われらは皆
　　　　囚われの身だ、これまでも再々そうだったように
　　　　あのイリオスの恥ずべき陥落以来　　　　　　　　　　　　9390
　　　　そしてあの不安な－
　　　　迷路のような苦難の旅このかたというもの

　　　　　男の愛に馴染んだ女たちは
　　　　誰彼と選んだりはしない
　　　　けれども男のことはよく弁えている
　　　　だから金髪の牧童でも
　　　　恐らく黒い剛毛の牧神でも、女たちは
　　　　折あれば、同じように
　　　　膨れた手足を満遍なく摩っては
　　　　力が充全に配分されるようにする術を知悉している　　　　9400

9380 / 第二部　第三幕

　　　　　近く、一層近く寄り添ってお二人は
　　　　互いに身を凭せて座っていらっしゃる
　　　　肩と肩、膝と膝を絡ませ
　　　　手と手を合わせて身を揺すっておられる
　　　　玉座の華麗な
　　　　膨らんだ褥の上で
　　　　王者の尊厳というものは拒まない
　　　　内輪の喜びを
　　　　民衆の眼前で
　　　　おおっぴらに表すことを　　　　　　　　　　　9410

ヘレナ　　私は自分をとても遠く、だのにとても近く感じます
　　　ただこう申したいのです、私は在る、現に在る！　と
ファウスト　　私は殆ど息ができません。身は震え、言葉は閊えます
　　　それは夢です。日時も場所も消えてしまいました
ヘレナ　　私は人生が終わったような、だのにとても新しい感じです
　　　あなたの中に織り合わされ、未知のものに身を捧げる想いです
ファウスト　　この唯一の運命を詮索なさらぬがいい！
　　　現存は義務です、たとい一瞬間であれ

フォルキアス　（激しい勢いで駆け込んでくる）
　　　愛の馬鹿噺を一語一語ほじくり返すがよい
　　　屁理屈捏ねては　　　　　　　　　　　　　　　　9420
　　　呑気に恋愛遊戯に耽るがいい
　　　だがその暇が今はない
　　　お前さんたち、あの鈍いどよめきを感じないのか？
　　　喇叭の響きを聞くがよい

　　　　　　　　　　　　　　　　　　　　砦の中庭 / 9424

　　　　　破滅は遠くないぞ
　　　　　メネラス王が全軍あげて
　　　　　お前さんたち目掛けてやって来たのだ
　　　　　激戦に備えよ！
　　　　　勝者の群れに囲まれて
　　　　　デイフォブスのように切り刻まれて　　　　　　　9430
　　　　　お前は同行女を犠牲にすることになる
　　　　　先ずは身軽のねたがぶら下がる
　　　　　それへ直ちに祭壇に
　　　　　研ぎたての斧が用意される

ファウスト　　乱暴な妨害！　嫌な時に侵入してきたものだ
　危険にあっても私は無意味な混乱を好まぬ
　最美の使者をも、不幸の音信は醜くする
　お前、最も醜悪なる者はなおさら悪い報せを好んで運ぶ
　だが今回はそうはさせまい。虚ろな息でお前は
　空気を振動させているがよい。ここに危険はない　　　　　9440
　どんな危険もただ空疎な脅しとして現れるのみであろう
　　　　　　信号、周りの塔から爆発音。喇叭、鼓笛、
　　　　　　戦闘的音楽。強大な軍勢の通過

ファウスト　　否、そなたにはすぐに、勇士たちの
　　　　　切れ目のない圏が集結するのを見て頂こう
　　　　　婦人たちの寵愛を受けることの出来る者は
　　　　　最も力強く彼女らを守ることを知れる人間です
　　　　　　（隊列から離れて、歩み寄ってくる指揮官たちに向かって）

これまで諸君に確かに勝利をもたらしてきた
あの抑制されたる、静かなる熱情を以て
北方の若々しい血たる諸君
また東方の花も豊けき力たる諸君

鋼に覆われ、光線に包まれたる 9450
軍勢、国また国と打ち破ってきた集団
それが今立ち上がるのだ、大地は震える
軍団は前進し、雷音が後に続く

ピュロスにわれらは上陸した
老ネストルは最早いない
そして小王国の連合を
自由奔放の軍が粉砕したのだ

躊躇なく、この城壁を出て突進せよ
メネラスを海の方へ追い返せ
そこで彼は迷うであろう。略奪し待ち伏せもしよう 9460
それが彼の好みであり宿命でもある

領主たる諸君に余は挨拶をする
それがスパルタ女王のご命令でもある
今や諸君は女王に山と谷とを貢ぎ物として捧げよ
されば国の利益は諸君のものとなる

ゲルマンの汝！　コリントの入江を守れ
堤防と防塁を以て防御せよ！

砦の中庭 / 9467

   百の峡谷あるアカイアの地を次に余は
   ゴートよ、汝の防衛に委ねる

   西の方エーリスへはフランケン軍が赴く   9470
   メッセネはザクセン人の持ち番だ
   ノルマン人は掃海の任に当たれ
   されば北東なるアルゴリスを大きく開拓できよう

   こうして各人休けく住まいえたならば
   力と眼とが外へと向かう
   だがスパルタは諸君の上になお高く君臨し
   お妃様の永代の座であらねばならぬ

   全体且つ個々までお妃様は見ておられる、諸君が国土を
   享受するのを。そこに安寧が欠けてはならぬ
   諸君は心安んじてお妃様の足下にあって   9480
   確証と正義と光とを求めるがよかろう

  （ファウスト下へおりる。彼を取り巻いて諸侯たち圏をつくり
   命令や指図をより近くで聞こうとする）

合唱   最美の人を自らに欲する者は
   何にもまして精力的に
   己が周りの武器を点検しておくことが願わしい
   彼はなるほどこの世の最高のものを
   媚びるようにして獲得したものの
   それを安楽に所有しているわけでない
   忍び寄る者たちは巧みに彼から美女を掠め取ろうとする

盗賊どもは不敵にも奪い取ろうとするであろう
それを防ぐべく、彼は慎重であらねばならぬ　　　　　　　　9490

　われらが君主をそれ故に私は讃える
他の誰よりも高く評価する
彼はかくも見事にまた賢明に連帯を造ることができた
それ故武将たちも従順に振る舞っている
あらゆる合図を待ち受けながら
彼の命令を武将らは忠実に実行する
誰の働きも己自身の利益となるのだ
支配者にとってはそれは報いる感謝となり
両者にとって高い名声を得る所以ともなる

　何故ならば一体誰がかの美女を掠め取れようか　　　　　　9500
この強大なる所有者よりして？
彼女は彼のもの、彼に恵み与えられたるもの
われらからも彼は二重の意味で恵みを与えられている
一つには彼はわれらを彼女と共に内に堅固な城壁で守り
また、外へ向け最強の軍を以てわれらを囲んでいる故に

ファウスト　　ここにいる者らに与えられたる恩典 ―
各人それぞれに一個の豊かなる国土を ―
これは大にして壮なるものである。進軍開始！
われらはその中心を守る

そして皆はこの半島を守る、競い合って　　　　　　　　　9510
周りには波が跳ね寄せている

砦の中庭 / 9511

島ならぬこの地、軽やかな丘の連なりによって
ヨーロッパ最後の山なみに繫いでいるここを

当地アルカーディエンは他の全ての土地の太陽にまして
永遠にあらゆる種族に恵まれてあれ
今や我がお妃様の所有となったが
早くよりそれは彼女を仰ぎ見ていたものだ

オイロータス河の芦の囁きとともに
彼女が輝きつつ卵の殻を破り出たとき
かの高き母また兄弟たちにまさって　　　　　　　　　　9520
彼女の目の光は周りを圧して射たのだった

この地は唯一そなたの方を見て
その最高の美を捧げる
そなたのものなる地球にもまして
そなたの祖国、この地を好み給え！

よしやその山の背にあって
尖ったる峰の頭が太陽の冷たい矢をば耐えるとはいえ
岩は緑を帯びて輝く姿を見せ
山羊は乏しい分け前を探してつまみ食いする

泉は湧き出で、小川は合わさって墜ちる　　　　　　　　9530
見れば早、峡谷も崖も牧場も緑している
平地のあちこち突き出た幾つもの丘の上には
羊の群れの拡がってゆくのが見られる

分かれ分かれに、用心深く歩を運びつつ
角ある牛が急な崖縁に近づいてゆく
だが庇護はすべてのものに用意されている
幾百の洞穴に岩壁がまどかな天井を懸けているのだ

牧羊神パンがそこを守っている。命を恵む泉の妖精も
繁った谷の、濡れて蘇った空間に住んでいる
そして憧れに満ちて、かのより高い気圏へと 9540
枝さし交わし樹また樹が押し合いながら高まってゆく

古代の森だ！　槲は強大にして動かず
枝と枝とは思い思いの刻みを見せる
楓はやさしく、甘い樹液を滴らし
真っ直ぐに伸びて、その荷と戯れる

そして母親のように、静かな翳なす圏のなかで
温いミルクが沸く、子供と仔羊のために
果実も傍にある。それは平地の熟した食物となる
そうして蜜が零れてくる、空洞になった幹から

ここでは生きる喜びが代々伝わり 9550
人の頬も口も晴れやかだ
誰もが皆その場所にあって不死なのだ
人は皆満足しており健康である

このようにして、かの純なる日に
父親の力へと優しい子供が発展したのだ

砦の中庭 / 9555

われらはそれに驚嘆する。依然、問いは残っている故
それは果たして神々か、それとも人間であるのか？

それ故アポロは羊飼いたちの仲間にされ
一番美しい者の一人はアポロに似ていたという
何故ならば自然が純粋な圏で支配する所　　　　　　　　9560
そこでは全ての世界が互いに噛み合わされるからだ
　　　　　　（ヘレナの近くに座って）
こうして私は勝利した。そなたも勝利した
過去をわれらの背後に葬り去ろう！
おお、おんみを感じられよ最高神より出でしものとして
最初の世界にそなたは唯一所属しておられる

堅固な砦がそなたを囲み制約してはなりません！
今もなお永遠の青春の力のうちに
われらにとっては、喜び溢れる永続へと
アルカディアはスパルタの隣に位置しています

聖なる地に住みたいとの気持ちに惹かれて　　　　　　　9570
そなたは最も明るい運命のなかへ逃れられた！
葉陰の四阿へと玉座も変わった
楽園アルカディアの自由こそわれらが幸！

翳多き林

　　場面は完全に変化する。一連の岩の洞窟に沿うて、閉じられた四阿が並んでいる。翳多き林が周囲を包む岩の傾斜面まで続く。ファウストとヘレナの姿は見えない。合唱団は眠ったまま周囲に分かれている

フォルキアス
　　どれ位長い時間この娘たちが眠っているのか私には分からない
　　私が眼前にはっきりと見たものを果して彼女らが夢見たかどうか
　　それも私には分からない
　　だから彼女らを起こそう。この若い連中を驚嘆させてやるんだ
　　あなた方、この下に座って待ってらっしゃるお髭の方々
　　信じられる奇跡の解決がやっと見れると思っておられるでしょう
　　どうぞ前へ！　前の方へ！　髪の毛を揺すって下さい、さ早く！　9580
　　眠気を振り払って！　そう目をぱちくりさせず、聞いて下され！
合唱　語って、さぁ話して、どんなに不思議な事が起こったのか！
　　自分たちの信じられないことを聞くのが私たちは一番好きよ
　　だってこの岩ばっかり見てて、退屈してるんですもの
フォルキアス
　　目を擦り終えたばかりでもう退屈か？　しようのない子らだ
　　では聞くがいい。この岩屋、洞窟のなかで、この四阿のなかで
　　庇護と隠れ場が与えられていたのだ、まるで牧歌の
　　愛人たちのように、われらが主、われらがご婦人に
合唱　　　　　　　　　　　なんですって、じゃぁこの中に？
フォルキアス　　　　　　　　　　　　　　　切り離されて
　　世の中から。ただ私だけ呼ばれてこっそりお世話をしていたのさ

これは名誉と私はお手伝いしたが、頼られている身に相応しく　　9590
他の人が来ないかと周囲を見たり、あっちこっち見回しては
木の根や苔、樹皮なぞ、知ってる限り有効なものを探したよ
それであの人たちは二人っきりでここにいられたわけだ
合唱　　まるでこの中に全世界空間があるかのような口ぶりね
森も牧場も小川も湖も。あなたなんというお伽噺を持ち出すの！
フォルキアス
尤もだ、お前さんたち！　そこには探りきれない深さがある
広間が広間に続き、中庭が幾つもある。そう私は睨んでいる
だが突如笑い声が洞窟の壁に当たって反響したのだ
そちらを見ると、男の子が一人ご婦人の膝から主の方へ跳び撥ね
今度は父親から母親の方へという具合だ。愛撫、愛戯　　9600
馬鹿げた愛の巫山戯やら、嬌声、歓声交々で
いやはや耳を聾するほどなのさ
素裸、翼がないだけの守護神。牧神ファウンに似ているが
動物性がなく、その子は固い地面の上で跳ぶ。だが地面は
反動して彼を空中高く弾き返す。二度三度跳ねているうちに
天井にまで届きそうになる
不安がって母親は呼ぶ、何度でも好きなだけ跳ねるがいい。でも
飛ばないように用心して。自由に跳ぶ事は許されてないのよと
すると忠実な父親は警告する、地に弾力が籠もっているのだ
それがお前を上方へ駆り立てる。足指でしかと地面に触れておれ　　9610
大地の息子アンテーウスのように、お前はすぐに元気になる、と
こうしてこの子は岩の塊の上を跳び岩角から別の岩へと
跳び回る、まるで球が打たれて跳ねるみたいだ
だが突然粗い断崖の割れ目に彼の姿は消える
彼はいなくなったように見えた。母親は泣き、父親は慰める

9590 / 第二部　第三幕

肩を竦めて私は不安げに見ている。だがまたまた何たる出現か！
財宝がそこに埋まっているのか？　花の筋模様の衣装を彼は
恭しく身に纏うている
腕からは綏飾りが下がり、胸のあたりにはリボンが舞っている
手には金の七弦琴、全く日の神フェーブスの小型といった風情だ　　9620
彼は上機嫌で岩角の突き出た所へ歩んでゆく。われわれは驚く
両親は歓喜して何度も抱き合う
なんと彼の頭へかけて光輝く物があるではないか？　何が光って
いるのかは言い難い。金の飾りか、強大な霊の力の焔なのか？
こうして彼は、既に少年であることを告げるかのような
将来はすべての美の巨匠であるかのような身振りをして動く
永遠のメロディーが手足に漲り、我が調べを聴けと言わんばかり
いずれお前さんたちもそれを聞き唯一無二の賛嘆を覚えるだろう

合唱　　　　汝はこれを奇跡と呼ぶのか
　　　　　　クレタに生まれたお方？　　　　　　　　　　9630
　　　　　　詩作しつつ教える言葉に汝は
　　　　　　聞き入ったことがないのか？
　　　　　　イオニアの、またヘラスの
　　　　　　遠き祖先の語りを聞いていないのか
　　　　　　神の如き、英雄の豊かなる宝を
　　　　　　一度も聞いていないのか？

　　　　　　　今の世に
　　　　　　起こることなど
　　　　　　壮麗なる祖先の日々の
　　　　　　悲しき余韻に外ならない　　　　　　　　　　9640
　　　　　　汝の語りはかつての語りに同じえぬ

翳多き林 / 9641

それは愛ある偽りながら
真実に勝り信じられるものであった
豊穣の女神マイアの息子ヘルメスの話など

　この美しくも力ある
まだ生まれたばかりの乳飲み子を
清潔なむつきの綿毛に包み込み
立派な産着の飾りのなかに納めて
世話する女たちの群れは拍手しながら
理に合わぬ妄想に耽ったことだった　　　　　9650
力あり美しき子はしかし
既にして悪戯者であった故、その機敏な
だが柔軟な手足をば
巧みに突き出し、胸苦しく
深紅の衣類を
自分の代わりに残して去っていた
さながら成長した蝶の如くに
固い蛹の束縛を出て
羽根を拡げつつ素速く抜け出していたのだ
その姿は陽光に輝くエーテルの間を　　　　9660
勇猛果敢に舞う蝶そのものであった

　そのように彼はまた、極めて素速い彼は
盗賊や悪戯者
すべての利益を求める者らにとって
永遠に好ましい悪霊となるであろうことを
彼は早くも

　　　　　極めて器用な技によって証明した
　　　　　海の支配者ネプチューンから彼は早々と
　　　　　三叉の戟(ほこ)を盗んだ。ゼウスの息子軍神アーレスからさえ
　　　　　彼は狡猾にその剣を鞘から抜き取った　　　　　　　9670
　　　　　弓と矢は日の神フェーブスから奪い
　　　　　火神ヘフェストスからも火掻き棒を取った
　　　　　父親たるゼウスの稲妻まで、彼は盗んだろう
　　　　　もしも火が彼を恐れしめなかったなら
　　　　　だがエーロスに彼は勝った
　　　　　足を掛け合う格闘技において
　　　　　ツュープリエン（アフロディーテ）が彼を愛撫している
　　　　　その隙に、彼女の胸から帯を奪ったのだ
　魅力的な、純メロディー風の弦楽演奏が洞窟のなかより響いてくる。
　　　全員耳を澄まし、やがて心から感動した様子。
　　　これより先、休憩の印あるまで終始全開音楽が伴う

フォルキアス　　聴け、この愛らしい響きを
　　　　　素速くお伽噺より自らを解放せよ！　　　　　　　9680
　　　　　そなたらの神々の古き集いを
　　　　　追いやれ。それはもう過ぎた

　　　　　　何びとも最早そなたらを理解しようとはせぬ
　　　　　われらはより高い通関税を要求する
　　　　　何故ならば、心に働きかけようとするものは
　　　　　心より出たるものでなければばらぬからだ
　　　　　　　フォルキアス、岩のあるうしろに退がる
合唱　　　恐ろしい女、汝もこの媚びる如き
　　　　　響きを好むのか

　　　　　　　　　　　　　　　　　　翳多き林 / 9688

　　　　　　　われらは元気を回復したように感じ
　　　　　　　心は泣きたいばかりに柔らかになっている　　　　　　9690

　　　　　　　　　太陽の輝きを消え失せしめよ
　　　　　　　魂のなかに日が昇るとき
　　　　　　　全世界が与えぬものを
　　　　　　　われら自身のなかに見い出すとき
　　　　　　ヘレナ、ファウスト、オイフォーリオン上記の服装で
オイフォーリオン　　童謡を歌っているのが聞こえますか
　　　　　　　それはすぐにあなた方自身の楽しみとなります
　　　　　　　僕が拍子をとって跳び撥ねるのを見ると
　　　　　　　あなた方の心も親として踊ります
ヘレナ　　　愛は、人間的に幸せを与えるものとして
　　　　　　　一組の高貴な二人を近づけます　　　　　　　　　　9700
　　　　　　　けれども神の如き陶酔へと
　　　　　　　二人を形成するのは、かけがえのないもう一人です
ファウスト　　一切はこうして見つかった
　　　　　　　私はお前のもの、お前は私のもの
　　　　　　　このようにわれわれは結ばれた
　　　　　　　これはなんとしても変わってはならない！
合唱　　　　幾年もの悦楽は
　　　　　　　少年の穏やかな顔だちのなかで
　　　　　　　この夫婦の上に集まっている
　　　　　　　おお、この一家はいかに私の心を打つことか！　　　9710
オイフォーリオン　　では僕を跳ばせて下さい
　　　　　　　撥ねさせて下さい！
　　　　　　　すべての大気のなかへ

     高く突き進むことが
     僕の欲望です
     それは僕を既に捉えています
ファウスト ただ適度に！　程よく！
     度はずれなものへ行ってはならない
     墜落と事故とが
     お前に出会うことなきよう   9720
     貴重な息子がわれわれを
     どん底に突き落としてはならぬ
オイフォーリオン 僕はもうこれ以上永く
     地上に止まってはいられない
     僕の両手を放して下さい
     僕の捲き毛を放して
     僕の服を放して！
     だってそれらは僕のものです
ヘレナ おお、考えよ！　おお、考えよ！
     お前が誰のものかを！   9730
     それがどんなにわれわれを苦しめることか
     どんなにお前が
     この美しくも獲得された
     私の、お前の、彼のものを破壊するかを
合唱 やがてこの一家の纏まりは
     解消すると私は懸念する！
ヘレナとファウスト 抑えよ！　抑えよ
     両親のために
     あまりにも生きんとする
     激しい衝動を！   9740

          翳多き林 / 9740

　　　　　　　田園に相応しく、平穏に
　　　　　　　この踊り場を飾っておくれ
オイフォーリオン　　ただあなた方のめにのみ
　　　　　　　僕は自分を引き留めます
　　　　　（合唱団の間をすり抜けながら、団員を踊りにひっぱって）
　　　　　　　ここで愉快な連中をめぐって
　　　　　　　浮かんでいる方が僕には容易だ
　　　　　　　このメロディーは合ってるかい
　　　　　　　この動きでいいのかい？
ヘレナ　　　そう、それでいいのよ
　　　　　　　美人たちをリードして　　　　　　　　　　　　　9750
　　　　　　　巧みな輪舞にするといい
ファウスト　早く終わればいいが！
　　　　　　　私にはこの誤魔化しが
　　　　　　　全然楽しくない
　　　　　　オイフォーリオンと合唱団、踊り歌いしながら
　　　　　　　　絡み合った輪をなして動く
合唱　　　お前が腕の組み合わせを
　　　　　　　愛らしく動かすとき
　　　　　　　輝きのなかでお前の髪を
　　　　　　　さっと揺すぶるとき
　　　　　　　お前の足がそうも軽やかに
　　　　　　　地面の上を掠めるとき　　　　　　　　　　　　　9760
　　　　　　　あちらへまたこちらへと
　　　　　　　踊り手が次々に変わって引かれるとき
　　　　　　　お前は目的を果している
　　　　　　　愛らしい子よ

9741 / 第二部　第三幕

　　　　　　　　　私たちみんなの心が
　　　　　　　　　揃ってお前に靡いている
　　　　　　　　　　　　　　　　休憩
オイフォーリオン　　あなた方はみんな
　　　　　　　　　足取り軽い羚羊だ
　　　　　　　　　新しい遊びへ
　　　　　　　　　この近くから跳び出して行け！　　　　　　9770
　　　　　　　　　僕が狩人
　　　　　　　　　あなた方は野獣
合唱　　　　　私たちを捕まえる気なら
　　　　　　　　　急ぐ必要はないわ
　　　　　　　　　だって私たち
　　　　　　　　　おしまいには
　　　　　　　　　お前を抱きたいと望んでいるんだから
　　　　　　　　　お前、美しい子！
オイフォーリオン　　さぁ、林を抜けてお行き！
　　　　　　　　　草も石も構わず、がむしゃらに！　　　　　9780
　　　　　　　　　簡単に手に入る子は
　　　　　　　　　僕の気に入らない
　　　　　　　　　無理やり捕まえた子だけが
　　　　　　　　　僕をとっても喜ばす
ヘレナとファウスト　　なんたる豪気！　なんたる暴れよう！
　　　　　　　　　抑制なんぞ期待できない
　　　　　　　　　角笛を吹くような響きがする
　　　　　　　　　谷と森の上にどよもしている
　　　　　　　　　なんたる乱暴！　なんたる叫喚！
合唱　　　　　　　（一人ずつ素速く入ってくる）

繁多き林 / 9789

　　　　　　　私たちをあの子は置いてけぼりにした
　　　　　　　見くびるようにあざ笑いながら
　　　　　　　集団全体のなかで一番荒っぽい娘を
　　　　　　　彼は引きずって行く
　オイフォーリオン　（一人の若い娘を運び込みながら）
　　　　　　　この頑丈な小さい子を引っ張って
　　　　　　　無理やり僕は楽しむんだ
　　　　　　　僕の喜び、僕の快楽のために
　　　　　　　抗う胸を押しつけてやる
　　　　　　　抵抗する口にキスをして
　　　　　　　力と意志を知らしてやる
　娘　　　　　私を放して！　私の体にも
　　　　　　　精神の勇気と力があるわ
　　　　　　　あんたと同じだけ私たちの意志も
　　　　　　　そう簡単に奪い去られはしないわよ
　　　　　　　私を押さえつけたと思うんでしょ？
　　　　　　　あんたは自分の腕を買いかぶり過ぎてる！
　　　　　　　しっかり抱いて、そうしたら私あんたを
　　　　　　　焼いて、うつけにして、私の遊びにしてやる
　　　　　　　　　　彼女は焔に包まれ、空中へ燃え上がる
　　　　　　　私についておいで、軽い空へ
　　　　　　　ついておいで、不動の墓穴へ
　　　　　　　消え失せた目標を摑み取るがいい！
　オイフォーリオン　（最後の焔を裾から払い落としながら）
　　　　　　　この混み合った岩と岩
　　　　　　　森の繁みに挟まれたこの地
　　　　　　　その狭苦しさは僕には意味がない

9790 / 第二部　第三幕

　　　　　　　僕は若くて元気だ
　　　　　　　風はざわめき
　　　　　　　波は騒ぐ
　　　　　　　どちらも遠くで鳴るのが聞こえる
　　　　　　　その近くへ行きたい
　　　　　　（彼は跳び上がり、岩の上の方へますます上がって行く）
ヘレナ、ファウスト及び合唱団
　　　　　　　お前は羚羊の真似でもする気か？
　　　　　　　落ちたらどうする、ああ怖い　　　　　　　　　　　9820
オイフォーリオン　　どんどん高くへ僕は昇らずにいられない
　　　　　　　ますます遠くが見たくて堪らないのだ
　　　　　　　僕の在る場所を、僕は知っている！
　　　　　　　あの島の真ん中
　　　　　　　ペロプの地の真ん中
　　　　　　　陸と－海との、相い和する国
合唱　　　　山と森のなかでお前は
　　　　　　　平和に留まろうと思わないのか？
　　　　　　　やがてわれらは葡萄を集めるだろう
　　　　　　　幾筋もの葡萄畑　　　　　　　　　　　　　　　　9830
　　　　　　　また丘のはずれの実を
　　　　　　　無花果も、黄金色の林檎もある
　　　　　　　ああ、この優しい国で
　　　　　　　お前は優しく留まれように！
オイフォーリオン　　あなた方は平和の日を夢みているのか？
　　　　　　　夢みるもよし、そうしたい者は
　　　　　　　戦争！　それがスローガンだ
　　　　　　　勝利！　そんな響きが続いて行く

　　　　　　　　　　　　　　　　　　　　　　　翳多き林／9838

合唱	平和のなかで
	戦争を思い返し望む者は 9840
	希望の幸せから
	切り離されている

オイフォーリオン　この国が生んだ人々
　　　　　　　危険の中から危険の中へと生んだ人々
　　　　　　　自由にして無制限なる勇気を持ち
　　　　　　　己の血をも捨てて顧みず
　　　　　　　抑え難き
　　　　　　　聖なる心を胸にして
　　　　　　　かく戦う者らすべてに
　　　　　　　国は勝利をもたらすであろう！　　　　　9850

合唱　　　　あの上をご覧、あんなに高く昇っていった！
　　　　　　それでも彼は私たちにはそんなに小さく思われない
　　　　　　甲冑を着け、勝利に向かうかのよう
　　　　　　青銅と鋼鉄のような輝きがある

オイフォーリオン　防塁も城壁もない
　　　　　　　各人が自らを意識している
　　　　　　　耐えきるための堅固な砦
　　　　　　　それは男子の鋼の胸にある
　　　　　　　あなた方が占領されずに暮らそうと思うなら
　　　　　　　身軽に武装して素速く戦場へ赴け　　　　9860
　　　　　　　女たちは女丈夫となり
　　　　　　　どの子も一人の英傑となるのだ

合唱　　　　聖なるポエジー
　　　　　　天高く昇り行け！
　　　　　　輝け、最美の星よ

　　　　　　　遠くまた一層遠く！
　　　　　　　されば詩は必ずやわれらに届こう
　　　　　　　常に、人は詩をやはり聞く
　　　　　　　それを好んで聞き取るのだ
オイフォーリオン　　否、僕は子供として現れたのではない　　　　9870
　　　　　　　武具を着け、若者としてやって来たのだ
　　　　　　　強者、自由人、果敢の人らの仲間として
　　　　　　　彼は精神において出来上がっている
　　　　　　　いざ進め！
　　　　　　　かなたにこそ
　　　　　　　栄誉への道は開かれている
ヘレナとファウスト　　やっと命の中へ呼び入れられたばかりなのに
　　　　　　　晴れやかな日の目も見るや否やに
　　　　　　　お前はもう目も眩む階段よりして
　　　　　　　苦しみ多き空間へと憧れるのか　　　　　　　　　　　　9880
　　　　　　　ならばわれらはお前にとって
　　　　　　　なにものでもありえないのか？
　　　　　　　優しい絆は一場の夢なりしか？
オイフォーリオン
　　　　　　　あなた方にはあの海上のどよめきが聞こえませぬか？
　　　　　　　かなたでは谷また谷が響きを返しています
　　　　　　　塵埃と波のなか、軍は軍に反響し
　　　　　　　動乱に次ぐ動乱のなか、苦痛と困苦に呼応して
　　　　　　　そして死が
　　　　　　　最高命令です
　　　　　　　それは動かし難い自明の理です　　　　　　　　　　　　9890
ヘレナ、ファウスト及び合唱団

　　　　　　　　　　　　　　　　　　　　　　　翳多き林 / 9890

　　　　　　　　なんという驚愕！　なんという恐怖！
　　　　　　　　死が本当に命令でしょうか？
オイフォーリオン　僕に遠くから見ていろと仰しゃるのか？
　　　　　　　　いいえ！　僕は憂慮と苦悩を共にします
先の人々　思い上がりと危険
　　　　　　　　死の定め！
オイフォーリオン　でもやはり！　一双の翼が
　　　　　　　　羽ばたいている！
　　　　　　　　かなたへ！　僕は行かねばならない！　どうしても！
　　　　　　　　僕に飛翔をお許しあれ！　　　　　　　　　　　9900
　　　　　　（彼は空中に身を投げる。衣装は一瞬にして彼を運ぶ。
　　　　　　　彼の頭は光を放ち、光の尾があとに靡く）
合唱　　　イカルスだ！　イカルスだ！
　　　　　　　　この苦衷、堪らない
　　　　　（一人の美青年となって彼は両親の足下に墜落する。この死者のなかに
　　　　　　人は或る見知った形姿を見るように思う。だが肉体的なものは直ちに消
　　　　　　えて、一筋のオーロラが、彗星のように天空へ昇って行き、衣装とマン
　　　　　　トと七弦琴とが横たわったままあとに残る）

ヘレナとファウスト　　喜びに続いて、こうも速く
　　　　　　　　苦い苦痛が
オイフォーリオンの声（深いところから）
　　　　　　　　僕を暗い国で
　　　　　　　　お母さん、僕を独りにしないで！　（間）
合唱　哀悼の歌　独りにしない！ ― お前がどこに留まろうとも
　　　　　　　　何故ならわれらはお前を知っているように思うからだ
　　　　　　　　ああ！　お前が日の目から急ぎ去ろうとも
　　　　　　　　誰の心もお前から離れはしまい　　　　　　　9910

われらは嘆くことをも知らぬのだ
羨む気持ちでわれらはお前の運命を歌う
お前には、明るく－また暗い日々のなかで
歌と勇気とが美しくも偉大に恵まれたのだ

　ああ！　地上の幸福へと生まれ
気高い祖先、偉大な力に恵まれて
惜しいかな若くしてお前自身から失われ
青春の血潮は奪い取られた！
世界を見つめる鋭い眼光
あらゆる心の動きにも寄せる共感　　　　　　　　　　9920
最良の婦人らに対する愛の焔
そして唯一独自の歌

　だがお前は止まる所を知らず
自由に、意志なき網のなかへと駆けて行った
そうしてお前は無理やりに
お前と慣習また法律との仲を引き裂いた
だが最後には最高の思念が、お前の
純なる勇気に重みを与えた
お前は壮大なものを獲得しようとした
けれどもそれは成就しなかった　　　　　　　　　　9930

　誰にそれが果たせようか？　暗い問いだ
この問いに、運命は自らの姿を隠している
最悪の不幸の日々にあって
すべての民が血を流しつつ沈黙するとき

翳多き林 / 9934

　　　　だが、新しい歌を蘇らせよ
　　　　これ以上永く、身を深く屈したままでいてはならぬ
　　　　何故ならば大地は再び歌を生むからだ
　　　　かつてより大地が歌を生みなしてきたように
　　　　　　　　全面的休止。音楽止む

ヘレナ　（ファウストに向かって）
　　　　古くからの一つの言葉が本当だとつくづく思い知らされました
　　　　幸福と美とは永くは一つに合わさっていないものです　　　　　　9940
　　　　氣(いき)の緒も、うち靡くこころも今は、共に千切れてしまいました
　　　　二つながらを悲しみつつ、心苦しいお別れを申し上げます
　　　　そしてもう一度あなたの腕に我が身を投げ入れます
　　　　常闇の国の女王ペルゼフォーネ、我が子と私を迎え入れよ！
　　　　　　　　（彼女はファウストを抱く。肉体的な部分は消え失せ、
　　　　　　　　　衣装と薄絹だけがファウストの腕に残る）

フォルキアス　（ファウストに）
　　　　すべてのうちで君に残ったものをしっかりと摑め！
　　　　着物を手放すな。ほらもう悪霊たちが
　　　　端っこのあたりを抓んでは
　　　　冥界へ攫って行きたがっておる。しっかり摑め！
　　　　それは君が失った女神ではもうないが
　　　　神的なものではある。高い、かけがえのない　　　　　　　　　　9950
　　　　恩愛を頂戴して、自分を高く引き上げるがよい
　　　　それは君を一切の俗なものを越えて素速く
　　　　エーテルの彼方へ運ぶだろう、君が耐えうる限り
　　　　われわれはまた会おう、遠くここからはずっと遠い所で
　　　　　　　　ヘレナの衣装は雲となって溶解し、ファウストを包み、
　　　　　　　　彼を空高く引き上げる。そして彼とともに過ぎ去って行く

9935 / 第二部　第三幕

フォルキアス　（オイフォーリオンの衣類、マント、七弦琴を地面か
　　　　　　ら取り、舞台前景に立ち、それらの遺物を高々と掲げて言う）
　　　　　どうやら無事に見つかった！
　　　　　焰は無論消えてはいるが、何が燃えようと
　　　　　俺には全然惜しい気がしないよ
　　　　　これだけ残ってれば充分だ。詩人たちに拝ませてもやれるし
　　　　　骨董品を扱う同業者仲間には羨望をかき立てることもできる
　　　　　俺は才能を与えることこそできないまでも　　　　　　　　9960
　　　　　最小限この着物を貸し出してはやれるからな
　　　　　　　　　　フォルキアスは舞台前景の柱の傍に腰を下ろす
パンタリス　　さぁ急いで、娘たち！　私たち魔法を解かれた以上
　　　　　あのテッサリアの魔女の乱暴な精神的強制を脱したのだから
　　　　　あの下手くそな混乱した響きの陶酔からも離れて
　　　　　耳を惑わすだけでなく、内なる心まで更に酷くする雑音を捨てて
　　　　　常闇の国へ下りましょう！　お妃様は既に
　　　　　厳粛な足取りで急ぎ下られたではないか。お妃様のみ足に継いで
　　　　　忠実な娘らの歩もあとに従わねばなりません
　　　　　われらは彼女を、究め難きものらの玉座に見い出すであろう
合唱　　　女王様たちは勿論、到る所で迎えられます　　　　　　9970
　　　　　黄泉にあっても一番上席に着いておられます
　　　　　昂然として同じご身分の方々と並んで
　　　　　冥界の女王ペルゼフォーネと親しくお心を交わしつつ
　　　　　けれども私たちは、死者らの留まるアスフォデロスの
　　　　　百合咲く牧場の奥深い背後にあって
　　　　　長く伸びたポプラの樹々や
　　　　　実を結ばない柳に交わり
　　　　　どうやって私たちは暇つぶしをすることでしょう？

　　　　　　　　　　　　　　　　　　　　　　　翳多き林 / 9978

蝙蝠のようにぴーぴー鳴いているばかりでしょうか
喜びのない、幽霊みたいな囁きを交わして　　　　　　9980

パンタリス　　名を得ることなく、高貴を望みもせざる者は
四大の要素に属するのみ。されば行け！
我がお妃様と共にあること、それを私は熱烈に希求する
功績のみならず、忠誠もまた我らに人格を保証する　（去る）

全員　　日の光にわれらは与え返される
生ける者としてでは最早ないまでも
われらはそれを感じ、それを弁える
だが黄泉へはわれらは決して帰るまい
永遠に生くる自然が
死すべき定めのわれら霊に対して当然の要求をする如く　9990
われらは不滅の自然に対して充全の要求をしてよい

合唱団の一部　（木の妖精）
われらはこの千の枝の震える囁きのうちに、ざわめき漂う
なかで動き戯れつつ、生の源泉を静かに根から枝々へと
誘い上げる。時には葉で、時には花で、われらはふんだんに
靡く髪を飾り、風の如き生育へ向けて自由に育てる
実が落ちれば直ちに、生を楽しむ民も家畜も、摑み取ろうと
集まってくる。実を齧ろうと急いで大勢詰めかける
そして最初の神々を前にすべてのものがわれらの周りで跪く

別の一部　（反響）
われらはこの岩壁の遠くまで輝く滑らかな鏡のほとりで
柔らかい波の中を動きつつ、媚びるように身を寄せ合っている　　10000
われらはあらゆる音を聴く、鳥の歌、芦の笛
牧羊神パンの恐ろしい声にも返事はすぐにできる
枝がざわめけばわれらも答えて鳴り、雷音にはわれらもどよもす

　　　　天地を震わせ二倍も三倍も十倍も次々と轟音を返す
第三の部分　（水の妖精）
　　　　姉妹らよ！　われらは更に心動かし小川とともに逸り進む
　　　　何故ならばかの遥けさの豊かに飾られた山なみが招くからだ
　　　　ますます下方へ更に深くわれらは潤してゆく、メアンデル河の
　　　　ようにうねりながら、今は牧場、やがて草地、庭また家と
　　　　そこでは糸杉のしなやかな梢が水の働きを示している、田園と
　　　　岸のうねりまた波の反射を越えて、エーテルへと高まりつつ　　10010
第四の部分　（葡萄酒）
　　　　あなた方はご随意に彷徨うがいい。われらは包囲し、辺りに騒ぐ
　　　　遍く植えられた丘を、そこには杖を伝って葡萄が緑している
　　　　四六時中働く葡萄畑の農夫らの情熱がわれらに
　　　　愛籠もる勤勉の、成就を気づかう心根を悟らせるのだ
　　　　鋤を手に、鍬を手に、束ね、切り、結びしながら
　　　　農夫は全ての神々に祈る、わけても太陽の神に
　　　　酒神バッコスは臆病者、忠実な働き手にはお構いなく
　　　　四阿で憩い、岩壁に凭れて、一番若いファウンと戯れている
　　　　彼が夢想しつつ半ば酔うては求めていたもの、それは
　　　　ワインの革袋、瓶と容器のなかで　　　　　　　　　　　　　10020
　　　　涼しい洞穴の右に左に、永遠の時にわたって保管されている
　　　　だが全ての神々が、とりわけ日の神ヘリオスが
　　　　風を送り湿りを与え、温め燃やし、葡萄の豊穣を積み上げると
　　　　静かな農夫が働いていた所、そこでは突如一切が生気を帯びる
　　　　それがあらゆる葉のなかでざわめき、枝から枝へと流れるのだ
　　　　籠は軋み、桶は鳴り、背負い桶は喘ぐ。すべてが
　　　　大きな搾り桶に移されたあと、搾り手の元気な踊りとなる
　　　　こうして純粋に生まれたみずみずしい葡萄の聖なる充溢が

　　　　　　　　　　　　　　　　　　　　　翳多き林／10028

果敢に踏み潰され、泡立ち、飛び散り、混じり合い押し潰される
今や耳を聾する喇叭やシンバルの金属的な響きが轟く
何故ならばディオニュソスが神秘劇から姿を現したのだ
山羊足をした男たち、山羊足の腰振り女たちと一緒にやって来る
その間にも予言者シレノスを運ぶ長い耳した獣が絶えず叫ぶ
遠慮会釈もない！　山羊足の裂けた爪がすべての作法を踏み潰す
全感覚が渦巻く、陶酔し、恐ろしくて耳も破れんばかりだ
酔っ払いは大盃を手探りする。頭も太鼓腹も一杯一杯だ
心配する者も一人また一人といるが、騒ぎを増すばかり
新しい酒を納めるべく、人は古い革袋を急ぎ空にするものだ

> 幕が下りる。舞台前景のフォルキアスは巨人のように身を起こし、然し高脚靴から降りてマスクと薄絹とをうしろに掛けメフィストーフェレスとして姿を現す。必要とあれば、エピローグの形でこのヘレナ劇の注釈をするためである

第四幕

高　山
峨々たる巌峰

ひとひらの雲が流れてきて、突き出した岩棚の上に降りる。雲は分かれる

ファウスト　（登場）
　　言い知れぬ深い孤独を我が足下に眺めつつ
　　私は感慨こめてこの峰の際に立つ　　　　　　　　　　　　　10040
　　かつての明るい日々、海と陸とを越えて穏やかに私を
　　運んでくれた、我が雲の担いの業も今は遠い
　　雲はおもむろにほぐれ、散りはせぬまま私から離れる
　　東をさして雲塊は固まって進みに進む
　　我が眼は驚嘆と鑚仰のうちに、行く雲の動きを追い求める
　　遍歴する雲は分かれ、波打ち、軽やかに変わり行く
　　だがまた形をとろうとする。――　よもや眼の錯覚ではあるまい
　　陽光に照らされた褥に悠然と身を横たえ
　　巨人さながら、だが神にも紛う女性の姿
　　私には分かる！　ユーノーに似て、いやレダかヘレナか　　　10050
　　なんと威厳あり且つ愛らしく、それは我が眼前に浮かぶことか！
　　ああ！　その暇にも動き去る！　形は解け、広がり、伸び上がり
　　東の空に休ろうそのさまは、遥かな雪嶺が如くだ
　　そして目も眩むほど速やかな日々の大いなる意味を反映する

だが我が胸と額を包み覆う、かそけくも明るいひとすじの霧
それはなお我が心を楽しませつつ爽涼のうちに寄り縋ってくる
霧は軽々と昇りゆき、暫し躊躇いまた高く昇ってゆく
やがて合わさって一つとなる ── あのいとも愛らしい姿は
若き日の、とうに過ぎた最初にして最高の財を偲ばせるのか？
心の奥の若々しい宝が次々に湧き起こってくる　　　　　　　　10060
オーロラの愛、軽快な躍動が、私の胸に描き出され
素速く感じ取られた初めての解し難かった眼差しが浮かぶ
心に抱き留められたその眼はどんな宝にも勝って輝いたのだった
魂の美をなして、その優美な形は高まり行き
溶解することもなく、エーテルの彼方に昇っては
我が内奥の最良のものを共に引き上げてゆく

　　一歩で七マイルという魔法の靴片方が音立てて登場。別のもすぐに続く。
　　　　　メフィストーフェレス下りてくる。長靴、急ぎ歩み去る

メフィスト　　ようやく事が一歩前進というものだ！
ところで言ってくれ、何かいいこと思いついたかい？
君はこんな恐怖の真っ只中へ下って行くのか
ぞっとするような口を開いた岩のなかで？　　　　　　　　　　10070
俺にはもうよく分かっている。だがこんな場所ではない
何故なら本来これが地獄の地盤だったのだから
ファウスト　　お前はどこまでも馬鹿げた伝説を持ち歩いているな
またぞろその手の話を持ち出そうってのか
メフィスト　　（真面目な顔で）
主なる神が ── 俺は何故そうなのかもよく分かっているが ──
われらを空中から最深の深みへと追放した時
そこでは、中心が燃えており、周りへ向けてますます盛んに
永遠の焔が燃え拡がっていた

　　　　われらは余りにも大きな明るさのもとで
　　　　非常に窮屈な不愉快な状態にあるのを知った　　　　　　　10080
　　　　悪魔たちは皆咳き込み始めた
　　　　上からも下からも喘ぐ叫びが起こった
　　　　地獄は硫黄と硫酸の臭いで充満した
　　　　それを与えたのがガスだ！　ガスは途方もなく拡がり
　　　　遂にやがて諸大陸の平らな地殻まで
　　　　それがどれほど分厚かろうと、弾けて裂けるまでになった
　　　　そこでわれらは別の尖端にしがみつくことになった
　　　　かつて地底だったものが、今は峰になっていた
　　　　学者どもはまたこれを元に結構な説を立てている
　　　　最低のものを最高のものに切り換えるというわけだ　　　　10090
　　　　何故ならばわれらは奴隷状態の炎暑の墓穴から逃れ出て
　　　　自由な大気の支配圏なる過度の域へと入ったからだ
　　　　これ明らかなる秘密というもの。それは保持されて
　　　　後になって漸く諸国民に開示されるであろう　（エフェソ 6.12）
ファウスト　　　山脈山塊は私にとってあくまで高貴且つ寡黙のままだ
　　　　それがどこからかまた何故かを私は問わぬ
　　　　自然が自らを自己自身のなかに基礎付けた時
　　　　自然は純粋にこの地球をまどかに仕上げたのだ
　　　　峰々をまた諸々の渓谷を喜び
　　　　岩に次ぐ岩、山に次ぐ山と連ならせ　　　　　　　　　　10100
　　　　おちこちの丘を快適に下方へ向けて形成し
　　　　柔らかな繋がりを以てそれらを谷へと和らげた
　　　　谷は緑し草木が育つ。自然は自らを喜ばすべく
　　　　荒々しく渦巻く動きを要さない
メフィスト　　　それがお前さんの言い方だ！　それはお前さんには

　　　　　　　　　　　　　　　　　　　　　高　山 / 10105

　　　　　太陽のように明らかだ。だがその場にいた者は別の見方をする
　　　　　俺は現場にいた、まだ下の方で深淵が煮えたぎって膨れ上がり
　　　　　地響きを立てて焔を支えていた時に
　　　　　犠牲の神モロッホの槌が次々に岩を鍛えながら
　　　　　山脈の残骸を遠くへ投げ飛ばしていた時にだ　　　　　　　10110
　　　　　今でもまだ陸地は迷子石の巨大な塊で凝固している
　　　　　そんな投擲力に誰が説明を与ええようか？
　　　　　哲学者も捉え方を知らない。だが岩は現に在る
　　　　　人はそれを在るがままにしておくよりない
　　　　　われらもとことん考え抜いたが無益であった
　　　　　誠実 - 凡庸の民だけが理解しており
　　　　　その理解を惑わされることがない
　　　　　そういう民には英知が既に熟している。即ち曰く
　　　　　これは奇跡なり、閻魔大王が栄誉を受ける、と
　　　　　われらを信じる巡礼者は、足を引きずりつつ、信仰の杖に縋って　10120
　　　　　悪魔岩だの悪魔架け橋だのへお参りに行くのさ

ファウスト　　悪魔が自然をどう観ているか、これは確かに
　　　注目に値するところだ

メフィスト　　俺には関係なし！　自然は在るがままに在ればよい！
　　　　　悪魔がそこに居合わせたということ、それが名誉ある一点だ！
　　　　　われらは偉大なるものを達成する種族である。乱行、暴力
　　　　　無意味、何とでも言え！　この紋章が目に入らぬか？──
　　　　　だがそろそろ俺も分かり易い言葉で言うとするならば
　　　　　われらの表面で君の気に入るものは何一つなかったのか？
　　　　　君は見逃していたんだ、測り知れぬ広大の域で　　　　　10130
　　　　　世の富とその壮麗さを　（マタイ4章）
　　　　　だが君は相も変わらず、足るところを知らず

　　　　　多分なんの楽しみも感じなかったんじゃぁないか？
ファウスト　　そんなことはない！　偉大なるものは私を惹きつけた
　　　当ててみろ！
メフィスト　　　　　　それは簡単だ
　　　俺ならそれに恰好な大都市を探し出すね
　　　中心には市民の食い物という貪欲がある
　　　曲がった狭い露地、尖った屋根
　　　仕切られた市場、キャベツに蕪に玉葱
　　　肉屋の屋台、そこには大黒蠅がたかっていて　　　　　　　　10140
　　　脂ぎった焼肉の味見をしようと狙っている
　　　そんな所で君はいつの時代にも
　　　きっと悪臭と活動とを見つけるだろう
　　　それから大きな広場やら幅広い通りが幾つもあって
　　　さも上品そうな外見を見せびらかしている
　　　そしてしまいに、市門の区切りがなくなると
　　　郊外の町々が限りなくうち続くというわけだ
　　　となりゃ俺なんざ自転車にでも乗って楽しむよ
　　　騒がしくあっちこっちと滑って回り
　　　追い散らされた蟻どもの集団が　　　　　　　　　　　　　　10150
　　　あっちへこっちへといつまでも逃げ惑うのを面白がってさ
　　　そうやって乗り回してりゃ
　　　俺は彼らの中心という気にもなろう
　　　何十万人もに尊敬されてさ
ファウスト　　それでは私を満足させることが出来ない
　　　民が増え
　　　自分流に楽しく身を養い
　　　更には自らを形成し、教化すること、それが人を喜ばせる　――

　　　　　　　　　　　　　　　　　　　　　　　高　山／10158

　　　　　　だが人はただ反逆者を育てているに過ぎない
メフィスト　　ならば俺は、堂々と、自らを意識して　　　　　　　10160
　　　　　　愉快な場所に一つ城でも建てて楽しむか
　　　　　　森、丘、平地、牧場、畑が
　　　　　　庭園に続いて綺麗に周りを囲んで設備されている
　　　　　　緑の壁の前にビロードのような草地
　　　　　　細い小径、芸の凝った木陰
　　　　　　階段状の滝の水が、対をなして岩から岩へ間を縫っている
　　　　　　あらゆる種類の噴水が照り映え
　　　　　　ここでは厳めしく立ち昇るかと見れば、両脇では何千と
　　　　　　細かく分かれ、水音さやかに噴き上げている
　　　　　　また俺は最高に美しいご婦人たちの手に　　　　　　10170
　　　　　　安心して楽しめる四阿作りを任せたいな
　　　　　　そこで無限の時を過ごしたいものだ
　　　　　　こよなく好ましい－交わりを二人っきりで
　　　　　　ご婦人たち、と俺は言う。何故ならばなんといっても
　　　　　　俺は美女たちを複数形でしか考えられないからだ
ファウスト　　悪趣味且つ現代風！　サルダナパール流の豪奢だ！
メフィスト　　君が得ようと努力するものがこれじゃないのか？
　　　　　　あれは確かに高潔果敢の業だった
　　　　　　君は月にあれほど近くまで浮遊した身ではないか
　　　　　　その君を引きつけたのはやはりそこへの君の欲求だったろ？　　10180
ファウスト　　決してそうじゃない！　この地球の圏はまだまだ
　　　　　　偉大なる諸々の行為のために余地を許し与えている
　　　　　　驚嘆に値するものが生じなければならない
　　　　　　私は果敢なる勤勉のための力を感じている
メフィスト　　では君は名声をかち取ろうとするのだな？

人にはそれが分かる、君は女傑たちの所から来たのだ
ファウスト 私が獲得するのは支配だ、所有だ！
行為が全てだ、名声は無だ！
メフィスト だが、後世に君の栄光を告げるべき
詩人たちも見つかるだろう 10190
愚行を通して愚行に点火してゆくことだろう
ファウスト その全てのうち何一つお前は真価を捉えていない
人間が何を欲求するものか、お前なんかに何が分かる？
お前の厭わしい本姓、苦く鋭いもの
それがどうして知りえよう、人間が何を必要とするかを？
メフィスト では君の意志通りにやればよい！
君の気まぐれの輪郭を打ち明けてくれ
ファウスト 私の眼は沖の彼方に惹かれてきた
海は満ちて高まり、それ自身のなかで沸き上がった
やがてそれはおさまり、浪を散らして 10200
平地の岸一面を襲った
これが私の心を不快にしたのだ。それはさながら驕慢が
すべての正義を守らんとする自由精神を
情熱で昂った血によって
感情の不快へと置き換えるが如きではないか
私はこれを偶然だと見て、我が眼光を鋭くした
浪は止まり、やがて巻き返しては
誇らしくかち取った目標から遠のいて行ったのだ
時が来れば、また浪は同じ遊びを繰り返す
メフィスト （観覧席に向かって）
俺にはなんの新しい経験にもならん 10210
何十万年来知っておることじゃ

高　山 / 10211

ファウスト　（情熱的に続ける）
　　　　潮は忍び寄ってくる、幾千幾万の端々にまで
　　　　自らは何も生まず、不毛なるものを授けるのみだ
　　　　だが潮は満ち、育ち、波打ち、そして覆う
　　　　荒れて続く、逆らう地帯を
　　　　そこでは浪また浪と力を得つつ、潮が支配する
　　　　やがてそれは引き、何事も果たされてはいない。それが
　　　　まさしく私を絶望へと不安がらせる事なのだ！　これでは所詮
　　　　抑え難い四大の要素の、目的なき力というよりないではないか！
　　　　だが我が精神は敢えて自らを越えて飛翔せんとするのだ　　　　　　　10220
　　　　ここで私は戦いたいと思う。私はこれに打ち勝ちたいのだ

　　　　しかもそれは可能なのだ！　—　いかに潮が満ちようとも
　　　　どの丘の畔もそれは擦り寄っては通り過ぎるだけだ
　　　　潮がどれほど高慢に暴れようとも
　　　　僅かながら高地はそれに抗して昂然と聳えており
　　　　僅かな低地をのみ潮は強力に引きつけるだけだ
　　　　そこで私は素速く精神のなかで次々と計画を立てる
　　　　この貴重な享受を共にすることを私はお前から要求する
　　　　支配する海を岸から遮断するのだ
　　　　水の拡がりの限界を狭めるのだ　　　　　　　　　　　　　　　　10230
　　　　そしてずっと遠くまで、潮をそれ自身のなかへと押しやるのだ
　　　　一歩一歩、私はそれを自分に説明することができた
　　　　これが私の願望だ！　それをなんとか促進してくれ！
　　　　　　太鼓と戦闘的音楽、観客席のうしろで。また遠くから、右手より
　　ﾒﾌｨｽﾄ　　　それはお安いご用！　遠くの太鼓が聞こえるかい？
　　ファウスト　　またまた戦争か！　賢者はそれを聞きたがらぬ

メフィストーフェレス
　　戦争か平和か。賢なるは、自らに利するべく
　　何事かを引き出さんとする努力なり
　　人は注意し、あらゆる好都合なる今に注目する
　　今がチャンスだ。さぁファウスト、摑み取れ！
ファウスト　　そういう謎仕掛けは御免だね　　　　　　　　　　　10240
　　手短に言ってくれ、どういう事なんだ？　説明しろ
メフィスト　　俺の行進中、俺には隠されていなかったんだが
　　実は例の皇帝が大変な心配事を抱えて動揺している
　　君は彼を知ってるだろう。われわれが彼を楽しませた折
　　彼を騙して、贋の富をその手に握らせたものだが
　　そこで全世界が彼にとっては銭で買えるものになった
　　と言うのも若くして玉座が手に入った彼には
　　とかく間違った推論をする節もあって
　　統治と同時に享楽と
　　この二つが一緒に歩んで行けるんじゃないか　　　　　　　　10250
　　それが望ましくもあり結構でもある、そう考えたわけだ
ファウスト　　大間違いだ。命令するべき人間は
　　命令することにおいて浄福を感受しなければならない
　　そういう人の胸は、高き意志に満ちている
　　だが彼の意志するものを、何びとも究め難い
　　彼が最も忠実な者らの耳に囁いたこと
　　それが果たされ、世界じゅうが驚嘆する
　　それでこそ彼は常に最高の人間でありえよう
　　最重要の人間たりえよう。── 享楽は人を下賤にするのだ
メフィスト　　皇帝は然らず。彼は自ら享受した。その仕方が酷い！　10260
　　その間に帝国は無政府状態に陥ってしまった

　　　　大も小も縦横十文字に反目し合い
　　　　兄弟は互いに追放し合い殺し合うまでになった
　　　　砦対砦、町対町
　　　　職人組合対貴族階級と抗争が続き
　　　　僧正は参事会や教区の信徒らと争う
　　　　およそ目に入るものすべてこれ敵対者といった恰好だ
　　　　教会のなかで殺人やら撲殺、町を一歩出れば
　　　　商人も旅人もみんな行方知れずとなる
　　　　そして誰の心にも大胆さが少なからず芽生えてくる
　　　　何故ならば生きるとは防ぐだ。— それが事の成り行きだ
ファウスト　　成り行きだ — 足を引きずり、倒れ、また立ち上がる
　　　　こうして物事は転覆し、無様な回転を山と積む
メフィスト　　そういう状態を誰も非難するわけには行かない
　　　　誰もがしたいように出来、誰もが自分を正当と思っているから
　　　　最小の人間ですら、たっぷり持っているということになった
　　　　だが結局最善の人らにとって、これは余りにも愚劣だと思われた
　　　　有能な人たちが力を以て立ち上がった
　　　　そして言った、「われらに安寧を与える者が主である
　　　　皇帝はそれを為しえずその気もない — われらをして選ばしめよ
　　　　新しい皇帝をして新しく帝国に生気を吹き込ましめよ
　　　　新しい皇帝がわれら各人を安定させ
　　　　彼をして、新しく創造された世界のなかで
　　　　平和と正義とを結び合わさしめよ」と
ファウスト　　その言い方はとても坊主風だな
メフィスト　　　　　　　　　　　　実際、坊主どもの言だ
　　　　彼らはよく養われた腹を確保した
　　　　彼らは他の誰よりも多く関与した

>   反乱が膨張すると、反乱は神聖なりと奴らは言った
>   われわれが喜ばせた件の皇帝は、この近くで
>   出陣している、多分これが最後の合戦となるだろう　　　　　　　10290
> ファウスト　　私は気の毒に思う。とても善良で闊達な人だからな
> メフィスト　　来給え一緒に見てみよう！　生くる者には希望ありだ
>   彼をこの狭い谷から救い出してやろう！
>   一度救ったからには、千度も同じだ
>   賽がどちらに転ぶかはまだ誰にも分からない
>   彼が幸運を得たら、家臣たちも彼の手に入る
>   二人は中間の山脈を越えてきて、谷間にいる軍勢の配置を観察している。
>   　　　　太鼓と戦闘的音楽が下方より響いてくる
> メフィスト　　布陣はうまくされているように俺は見る
>   われわれも加担しよう。そうしたら勝利は完璧だ
> ファウスト　　何がそこで期待できるのか？
>   欺瞞じゃないか！　魔術だ！　空疎な見せかけに過ぎん　　　　10300
> メフィスト　　合戦に勝利するための戦術さ！
>   心を大きく持って自らを堅持するがよい
>   君は君の目的を考慮することだね
>   われわれが皇帝に玉座と領土とを保持してやれば
>   君は跪いて受領することになる
>   涯しない岸辺の封土を
> ファウスト　　これまでにも幾多お前はやってのけた
>   では一つ戦闘にも勝利してくれ！
> メフィスト　　いや、君が勝利するのだ！　今回は
>   君が最高司令官なのだ　　　　　　　　　　　　　　　　　　10310
> ファウスト　　それは私には高嶺の花というものだ
>   自分が何も理解しないことを、どうやって命令できるか！

高　山 / 10312

メフィスト　君は事を参謀本部に心配させたらよい
　　そうしたら元帥たる者の身は安泰さ
　　戦争の無謀を俺はもうとうから知り尽くしている
　　参謀会議も早々と組織してある
　　山奥の原始人的力を選りすぐって
　　その力を纏め上げる者こそ幸せなれ
ファウスト　あそこに見えるものは何だ、なんたる武器を
　　持っていることか？　お前は山の住民を唆したな？ 10320
メフィスト　そうじゃない！　ペーター・スクヴェンツ氏流に
　　言えば、ありったけのがらくたから精髄を取り出したのだ
　　　　　　三人の暴力男たち登場　（サムエル下 23. 8）
メフィスト　そら、我が若者たちがやって来た！
　　分かるだろ、年もひどく違っているし
　　服装だって武具だっててんでまちまちの出で立ちだ
　　この連中とやって行けば、悪いことにはなるまい
　　（観覧席に向かって）　今やどの子も、この甲冑と
　　騎士の詰め襟を好むようになりますよ
　　このぼろ姿は寓意的なものとはいえ
　　それだけ一層人を愉快にさせるものです 10330
喧嘩男　（若く、身軽な武装、派手な衣装）
　　誰かが俺の目を見ただけで
　　俺はそいつの口に拳を喰らわせてやるぞ
　　逃げて行くような弱虫だったら
　　俺はそいつの髪の端っこを捕まえる
早取男　（壮年風、武具を固め、衣装も立派）
　　そんな空しい喧嘩なんぞ、茶番に過ぎない
　　こうして人はその日その日を無駄にする

取ることにだけ専念せよ
　　余のことは皆、俺はあとから問う主義だ
握り男　（年配、充分に武装し、衣装はなし）
　　それだけではまだ多くは得られぬ！
　　大財産もやがては流れ去る
　　ざわめいて生の奔流を下り行くのみ
　　取るは確かに結構なれど、更によいのはしっかり握ること
　　この灰色の男に働かせよ
　　さすれば誰もお前から何かを奪って行きはせん
　　　　　三人とも揃って下って行く

前山にて

　　　太鼓と戦闘的音楽、下方より
　　　皇帝の天幕が建てられている。
　　　　皇帝、最高指揮官、護衛たち

最高指揮官　われわれは現在地の谷へ
　　全軍を集結し後退させましたが、目下のところ
　　この決断は充分熟慮されていたものと思われます
　　この選択は成功すると確信しております
皇帝　この先どうなるか、それは必ず明らかとなろう
　　だが余は後退は半ば敗走であって甚だ不愉快に思う
最高指揮官　ご覧あれ、我が君主、友軍右翼の一隊を！
　　あのような地形を戦略は望むのであります
　　丘は険しからず、しかも簡単には通れません
　　我が軍には有利、敵には厄介であります
　　われわれは半ば隠れた恰好で、波状の平地におります

　　　　　騎兵隊は敢えて近寄っては来れません
皇帝　　褒める以外に、余には何も残っておらぬ
　　　　ここが腕と胸との正念場というわけか
最高指揮官　　ここ、中間の牧場の平らな空間で、陛下は
　　　　密集方陣が気勢をあげて戦うのをご覧になれましょう　　　10360
　　　　長槍が空中にきらきらと光っております
　　　　陽光のなか、朝霧の靄を透かして
　　　　なんと黒々と強力な方形が波打っていることでしょう！
　　　　何千もの兵がここで偉大な行動へと燃え上がるのです
　　　　陛下はそこに集団の力をお認めになりましょう
　　　　私はその力が敵の力を分断するものと信じております
皇帝　　この見事な光景を余は初めて経験する
　　　　そのような陣形は倍の軍勢にも相当しよう
最高指揮官　　友軍左翼につきましては何もご報告できません
　　　　頑固な岩を勇敢な戦士らが占領しております　　　　　　　10370
　　　　今武器で光っています岩礁が
　　　　狭い峡道の重要な通り道を守っております
　　　　ここで敵の軍勢は思いがけず流血の惨事に見舞われ
　　　　総崩れに陥ることと早予感致します
皇帝　　あそこから彼らはやって来る、偽りの親族どもだ
　　　　彼らは余を伯父とも従兄弟とも兄弟とも呼んでいた
　　　　無礼のほどはますます高まり
　　　　王笏からは力を、玉座からは尊敬を奪うまでになった
　　　　それから、互いの間で分裂し、国を戦火の坩堝と化した
　　　　そして今や挙って余に刃向かってくる始末だ　　　　　　　10380
　　　　大衆は不確かな精神のなかで動揺している
　　　　人は流れに引き攫われるまま、そのあとを追って流れてゆく

最高指揮官　偵察のために遣わされていた忠実な男が
　　　急いで岩を下りやって来ました。成果あらんことを！
第一偵察兵　幸いうまく行きました
　　　　　巧みにして勇敢、われらの業は
　　　　　われわれはあちらへもこちらへも偵察に忍び込みました
　　　　　けれどもわれわれはさして結構な話をもたらしません
　　　　　多くの領主たちまた幾つかの忠実な集団は
　　　　　陛下に対し奉り純なる忠誠を誓っておりますが　　　　10390
　　　　　何の行動もせず‐言い訳するだけのもいて
　　　　　内紛やら民の危険やらを持ち出して来ます
皇帝　自己自身を保存することは、あくまで我欲の教えである
　　　感謝や情愛、義務や名誉が自己保存の因ではない
　　　諸君は、自分たちの家計が潤沢なとき
　　　隣家の火事が自分たちを蕩尽するやもと恐れはしないか？
最高指揮官　二番手が参りました。ただ彼はゆっくり下って来ます
　　　疲れているらしく、手足が震えております
第二偵察兵　最初われわれは面白がって見ておりました
　　　　　乱暴者たちが迷走する様子を　　　　　　　　　　　10400
　　　　　ところが思いがけず、間髪を入れずに
　　　　　新しい皇帝が登場したのです
　　　　　そして予め決まっていた軌道を通り
　　　　　大勢の民衆が田畑の間をやって来ます
　　　　　贋の軍旗が掲げられ
　　　　　それに続いて全員が ― 羊群さながらに！
皇帝　反皇帝は余の利となる
　　　今にして漸く余は、自分が皇帝たることを感じる
　　　ただ兵卒として余は甲冑を纏ったのだが

　　　　　　　　　　　　　　　　　　　　前山にて／10409

より高い目的へ向けて、それは脱ぎ換えられた　　　　　　　　　　　10410
どれほど華やかな祭りの際にも常に
何一つ欠けたるものはなく、余の身に危険はなかった
諸君はその辺を弁えて流鏑馬競技を勧めたりもした
余の心は躍り、武芸試合を満喫した
もしも諸君が戦闘を諌止していなかったならば
今ごろ余は既に明るい英雄的栄光に酔うていたであろう
自立せるものとして余は我が胸の定まったことを感じた
あの焔の国に自分の姿が反映していた時がそうだった
火は恐ろしい力で以て余を目掛けて襲いかかった
それは仮象に過ぎなかったが、その仮象は偉大であった　　　　　　10420
勝利と名声とを余は混同したまま夢想してきた
不埒にも怠り過ごしてきたものを、取り戻そうと余は思う

　　　　　　　先触れたちが反皇帝を挑発するために発進する。
　　　　　　　ファウスト鎧を着け、半分塞がった兜を被り
　　　　　　　三人の暴力男たち前記の武装と衣装で

ファウスト　　私ども罷り出まして、お咎めなきよう願っております
　　必要はなくとも用心は肝要と存じます
　　陛下ご承知の通り、山の住民は考え思案するものです
　　自然と岩との文字において学んでおります
　　とうに平地からは身を引きましたる諸々の霊が
　　以前よりも一層岩山の方へ靡いています
　　それらは迷路のような峡谷を縫い
　　金属豊かな匂いを帯びた高貴なガスの中で静かに働いています　　10430
　　常に分かち、吟味し、結合しつつ
　　その唯一の衝動は、新たなるものを発見することです

　　　　　精神的諸力の軽い指を以て霊たちは
　　　　　透明な諸形姿を建ててゆきます
　　　　　更に結晶とその永遠の沈黙のなかで
　　　　　彼らは上界の出来事を見つめています
　皇帝　　余もそれを聞いておる。お前の言うことも信じる
　　　　　だが、元気な男、言ってくれ、それがここでどんな意味を持つか？
　ファウスト　　ノルチアの降霊術者、北伊サルビアの出と申せば
　　　　　陛下の忠実なる、名誉ある臣下でございますが　　　　　　　　10440
　　　　　この人物になんとも恐ろしい大いなる運命が迫っております！
　　　　　柴がぱちぱちと鳴り、既に火もちょろちょろと燃えています
　　　　　周りには乾いた薪が組み立てられ
　　　　　瀝青と硫黄に混ぜ合わされています
　　　　　人間も神も悪魔も救うことが出来ませんでした
　　　　　皇帝陛下の尊厳が燃える連鎖を粉砕したのです
　　　　　場所はローマでございました。彼は陛下に深く恩義を感じ
　　　　　おんみの歩みに常に配慮と注意を向けて参りました
　　　　　あの時以来、彼は全く自分のことを忘れております
　　　　　彼は星に訊ね地下を窺い、全ておんみが為にのみ勤しんでいます　10450
　　　　　その彼が、急を要する仕事としてわれわれに課したのが
　　　　　陛下のお味方をすることでした。山の力は偉大であります
　　　　　そこでは自然は思うさま自由に働いています
　　　　　坊主どもは愚鈍にもこれを魔法と非難致しますが
　皇帝　　喜びの日に、われらが客を迎えるとき
　　　　　愉快に来たり愉快に楽しみする人らを見れば
　　　　　どんなに人が押しかけて来ようともわれわれは喜ぶ
　　　　　男同士の話に花が咲き、広間も狭きまでになる
　　　　　だがとりわけ歓迎さるべきは有為の人でなければならぬ

　　　　　　　　　　　　　　　　　　　　　　　前山にて / 10459

　　　　そのような人物が強力な味方となって参加してくれるなら　　　10460
　　　　明朝にも、その時、運命の秤が働く故に
　　　　気づかわれる刻限ではあるが
　　　　われらはここで最高の瞬間に、強い手を
　　　　逸る剣より引き戻して、刃を鞘に納めるであろう
　　　　何千という人間が歩む瞬間を敬うべし
　　　　余の味方であれ、敵するものであれ
　　　　まさに男一匹だ！　玉座と王冠とを欲する者は
　　　　個人としてそのような栄誉に値しなければならぬ
　　　　われらに刃向かって蘇ったる幽霊め
　　　　自らを皇帝と称し、われらが国土の君主と名乗り　　　　　　10470
　　　　軍の侯爵、われらが諸侯らの封建君主と僭するも
　　　　余は自らの拳を以てこの亡霊を死の国に突き落として見せる
ファウスト　　　いずれに致しましても、大を成し遂げるべく
　　　　陛下はご自分の頭を担保になさってはなりません
　　　　兜は鶏冠と花束とで飾られているではございませんか？
　　　　兜は頭を守り、頭はわれわれの勇気を鼓舞します。頭なくして
　　　　何でありましょう？　頭なき手足に何が果たせましょう？
　　　　頭が眠りますと、手足もすべてだらりと垂れます
　　　　頭が負傷しますと、すぐに他のすべても傷つきます
　　　　頭が素早く元気になれば、他も皆爽快に蘇ります　　　　　　10480
　　　　腕は逸早くその強い権利を利用することができ
　　　　楯を掲げて頭蓋を保護し
　　　　剣がその義務を直ちに悟り
　　　　力強く相手の剣を撥ね返し、一撃を繰り返します
　　　　有能な足も他の部分の回復に参加し
　　　　撃たれた相手の頸を新たに一蹴致します

皇帝　　それが余の怒りなのだ。そのように余はあの者を扱いたい
　　　その高慢な頸を足台に変えて踏んづけたいのだ！
先触れ　（戻って来て）　名誉も承認も
　　　　　われわれはそこで享受しませんでした　　　　　　　　　10490
　　　　　われわれの強力高貴な通告を
　　　　　彼らは気抜けした冗談だと笑い、こう言いました
　　　　　「お前たちの皇帝は地に埋もれた
　　　　　あの狭い谷に鳴るこだまに過ぎん
　　　　　われらが彼を思い出すことあれば
　　　　　童話に謂う ― 昔々或る所に」と
ファウスト　　最良の者らの願望通りに事は運んでいます
　　　確固として忠実におんみの味方をしている者らの
　　　あちらに敵が近づき、友軍は意気盛んに対峙しております
　　　さぁ攻撃を命じて下さい、この瞬間が絶好です　　　　　　10500
皇帝　　命令を余はここで断念する
　　　　　　　　　（最高指揮官に向かって）
　　　汝の手に、汝の義務を委ねよう
最高指揮官　　では右翼に出撃させましょう！
　　　敵の左翼は今ちょうど登りにかかっております
　　　彼らがまだ最後の足を踏まないうちに、彼らを
　　　実効ある忠誠の若い力の前に退散させてやりましょう
ファウスト　　では許し給え、この元気な戦士が遅滞なく
　　　友軍の戦列に加わることを
　　　貴官の列に溶け込み、そのように配置されたなら
　　　彼はその力強い本領を発揮するでしょう　　　　　　　　　10510
　　　　　　　　　（彼は右手を指す）
喧嘩男　（進み出る）

前山にて / 10510

　　　　　俺に顔を見せる奴は、二度と背けはならんぞ
　　　　　頬の上も下もぐしゃぐしゃにぶっ叩かれずにはな
　　　　　俺に背を向ける奴は、すぐさま頸も頭もぐったりだ
　　　　　髪は背中で恐れ震える
　　　　　そこへ味方の兵士らが、剣と棒とで打ちかかりゃ
　　　　　俺に劣らぬ憤怒をこめてな
　　　　　そうすりゃ敵はぶっ倒れるぜ、どいつもこいつも
　　　　　重なり合って己の血に溺れ死にさ　（去る）
最高指揮官　　我が軍中堅の密集方陣はこっそり後につけよ
　　　　　敵との遭遇は抜け目なく、全力を尽くせ
　　　　　少し右手、そこでは既に怒りに燃えて
　　　　　友軍の戦力が敵のいる草地を震撼している
ファウスト　（真ん中の男を指しながら）
　　　　　ではこの男にも貴官の言葉に従わせましょう
　　　　　とにかくすばしっこい男です。なんでもかでも奪って行きます
早取男　（現れる）　皇帝軍の英雄精神に
　　　　　獲物を狙う貪欲が伴わなければなりますまい
　　　　　なにものにも狙いをつけることが肝要
　　　　　反皇帝の豪華な天幕がそれだ
　　　　　彼を永くはその座に威張らせておくまいぞ
　　　　　俺は密集方陣の先頭に身を置こう
早取女　（従軍酒保女商人。早取男に身をすり寄せながら）
　　　　　彼の女房になったわけじゃないけれど
　　　　　彼は私の最愛の色男
　　　　　私らにはとんだ結構な秋が実ったものさ！
　　　　　女は掴むとなりゃ怖いもの
　　　　　情け容赦はしないからね、なんでも奪っちまう

勝てば真っ先に駆けつける、全ては許されているからね　（二人去る）
最高指揮官　　我が軍左翼へ、予め分かってはいたが
敵の右翼が猛烈に襲ってきた。一対一の抵抗で
この凄まじい行動に立ち向かうことになろう
それが岩道の狭い通路をかち取る作戦だ　　　　　　　　　　10540
ファウスト　（左手に向かって合図する）
ではどうぞ、君主よ、この男にも注目して頂きたく存じます
強者が一層強くなりますことは、害になりますまい
握り男　（出て来る）　左翼についてはご心配なく！
私が参りましたならば、所有はもう安全です
所有において老人の真価は発揮されます
私が把持するものを、電光といえども裂きは致しません　（去る）
メフィスト　（上方より下って来る）
さぁご覧あれ、背景に
あらゆる尖った岩の峡谷よりして
武装した者どもが押し出してくるさまを
彼らは狭い小径を一層狭くする　　　　　　　　　　　　　10550
兜、鎧、剣、楯で以て
我が軍背後に壁をつくり
襲撃の合図を待っている
　　　　　　　　　（小声で識者らに向かって）
どこからこういう事になったのかは聞いて欲しくありませんな
私は無論怠けていたわけじゃない
武器庫の周りも片付けましたよ
そこには色々並んでいました、騎馬用、徒歩用とね
いずれも今だに地上の主といった恰好で
かつてはそれが騎士、王、皇帝だったんですな

前山にて／10559

今では虚ろな蝸牛の殻に過ぎません　　　　　　　　　　10560
　　　沢山の幽霊どもがその中へ入って身を竄し
　　　中世をまざまざと再現したものです
　　　どんな小者の悪魔がその中に潜んでいても
　　　今回だけは効果があろうというものです
　　　　（声を大きくして）　聞いて下され、彼らが早、いかに怒っているか
　　　ブリキを打ち鳴らしては互いにぶつかり合っているかを！
　　　皇帝の方形の旗のもとには旗の端切れも翻っている
　　　倉庫の中で新鮮な空気を辛抱強く待っていたものだ
　　　お考えあれ、ここには古い民族が待ち構えている
　　　そしてなろうことなら新しい抗争に割り込みたがっているんだ　　10570
　　　　　恐ろしい喇叭の響きが上方から。敵方の軍勢には明らかな動揺起こる

ファウスト　　地平が翳ってきた
　　　ただあちこちで意味ありげに
　　　赤い、予感に満ちた輝きが火花を散らしている
　　　既に武器は血の色を帯びて光る
　　　岩山も森も辺りの空気も
　　　空全体が一つに混じり合っている

メフィスト　　右翼隊はよくもっておる
　　　だがそのなかで際立って
　　　ハンス・喧嘩男が、あのすばしこい巨人が
　　　彼流のやり方で素速く働いてる、それが俺には見える　　　　10580

皇帝　　始め余は、一本の腕が上がるのを見た
　　　今や既に一ダースの腕が暴れていると余は見る
　　　自然に即しては起こりえないことだ

ファウスト　　陛下は、シシリー島の浜辺で棚引く
　　　霧の帯のことを聞いていらっしゃいませんか？

あそこでは、揺れながらもはっきりと、昼日中に
中間帯の空気が持ち上げられ
特別な靄に反映して
不思議な像が出現するのでございます
幾つもの町が彼方此方と揺れ動くこともあり 10590
あちこちの庭園が上がったり下がったり致します
像また像と入れ代わってエーテルを突き破ります

皇帝　だが、なんと奇怪ではないか！　高い槍の
　　　穂先が皆光っておるのが見える
　　　我が軍の密集方陣の燦めく長槍の上に
　　　素速い焔の破片の踊っているのが見える
　　　これは余には全く幽霊めいているような感じだ

ファウスト　失礼ながら、陛下、あれは行方不明になった
　　　霊魂たちの痕跡でございます
　　　双子の兄弟ディオスクーレンが反映しているのです 10600
　　　この兄弟にすべての船乗りは誓いを立てました
　　　その霊たちがここで最後の力を結集しております

皇帝　だが言ってくれ、われわれは誰の恩恵に与かっているのか
　　　お蔭で自然はわれわれの上に目を向け
　　　極めて希有な事を寄せ集めているが、その元は誰なのか？

メフィスト　かの気高き招霊術の巨匠
　　　おんみの運命を胸に抱く、かのお方以外の誰でありましょうや？
　　　おんみが敵の強い脅迫を通して
　　　彼が最深の域にあって奮い立たしめられたのです
　　　彼の感謝がおんみの救われんことを念じております 10610
　　　たとい自分自身はそのために滅んで行こうとも、と

皇帝　あの頃民衆は歓呼し、余を派手に引っ張り回したものだった

前山にて / 10612

　　　　　　余もそこで一人前になったこととて何か試したいと思っていた
　　　　　　とかく考えるまでもなく、良い機会がやって来た。即位に伴う
　　　　　　大赦として、あの火炙り寸前の白髭男に冷風を恵むことだった
　　　　　　聖職者らには楽しみを壊すことになったから
　　　　　　彼らの好意は当然得られなかったが
　　　　　　今になってみると、もう何年も経っているのに、こういう形で
　　　　　　あの愉快な行為の作用を経験することになったというわけか？
ファウスト　　自由な心で為された善行は豊かに拡がります　　　　　10620
　　　　　　おんみの眼を上方に向けて下さいませ！
　　　　　　かの招霊術師が或る印を送っていると私には思われます
　　　　　　ご注目あれ。すぐに解明されましょう
皇帝　　鷲が一羽天空に舞っておる
　　　　　　猛禽グライフがあとを追い、しきりに脅している
ファウスト　　ご注意なさいませ、これは大層瑞兆だと私は思います
　　　　　　グライフは架空の話に出てくる生き物です
　　　　　　どうしてそれが、我を忘れて
　　　　　　本物の鷲と競い合えるとまで思い上がれるでしょうか？
皇帝　　今やもう大きく延びた輪を描いて　　　　　　　　　　　10630
　　　　　　両方が舞い合う。—　その瞬間に
　　　　　　互いに相手を目指して襲いかかる
　　　　　　胸と頸とを喰い千切ろうとする
ファウスト　　そらご覧下さい、厭わしいグライフは
　　　　　　引き裂かれ、羽を毟られ、損を見るだけで
　　　　　　獅子の尾を垂らし
　　　　　　峰の森へと墜ちて消えてゆくではありませんか
皇帝　　解されるように事が運べばよいが！
　　　　　　そう考えるとしよう、それにしても不思議だなぁ

メフィスト　（右手に向かって）
　　激しく繰り返された突撃の前に　　　　　　　　　　　10640
　　敵軍は後退を余儀なくされる
　　そしてあやふやな剣を振り回しながら
　　彼らの右翼へ押しかけ
　　こうして闘争のなかで
　　彼らの主力のある左翼を混乱させている
　　我が軍密集方陣の堅固な先頭は
　　右方に進み、稲妻のように速く
　　敵の弱い側面に突入する ─
　　今や、嵐にかき立てられた波のように
　　飛沫をあげながら、同じ力同士が激しく　　　　　　　10650
　　二重の合戦のなかで荒れ狂っている
　　これ以上に素晴らしいものは考えられない
　　この合戦はわれわれの勝利だ！
皇帝　（左側にいてファウストに）
　　見よ！　余にはあの辺りが心配だ
　　我が軍の位置は危険な所にある
　　投石弾の飛ぶ様子もない
　　下方の岩場には敵が登っており
　　上方は既に放棄されている
　　今や！ ─ 敵は全軍を挙げて
　　ますます近くへ攻め寄せており　　　　　　　　　　　10660
　　恐らく例の小径を勝ち取ったものであろう
　　神聖ならざる努力の最終成果がこれか！
　　諸君の業は無駄であった　（合間）
メフィスト　　そこへやって参ります、我が二羽の烏

前山にて / 10664

　　　　　どのような音信をもたらすのでしょうか？
　　　　　どうもわれわれ不利じゃないか、懸念されます
皇帝　この嫌らしい鳥どもがどうしたと言うのじゃ？
　　　　　彼らはその黒い飛行をこちらへ向けている
　　　　　暑い岩場の合戦から逃れて
メフィスト　（烏どもに）
　　　　　俺の耳元近くへ下りて止まれ　　　　　　　　　　　10670
　　　　　お前たちが守っているお方は負けてはいない
　　　　　お前たちの助言は理に適っている故
ファウスト　（皇帝に）　ずっと遠い国々から来て
　　　　　古巣の雛や餌の世話をする
　　　　　鳩の話は、陛下もお聞き及びのことでしょう
　　　　　ここでは重大な相違がございます
　　　　　鳩の音信は平和を手伝いますが
　　　　　戦争は烏の音信を要求致します
メフィスト　難しい局面が報じられた
　　　　　あれを見よ！　友軍の岩縁をめぐっての　　　　　10680
　　　　　あの苦境を認めよ！
　　　　　その次の高台にも敵は登って占領している
　　　　　もしも彼らがあの小径を勝ち取ったならば
　　　　　われわれは難局に陥るだろう
皇帝　ではやはり余は結局騙されたのか！
　　　　　お前たちは余を罠に引き入れたのだ
　　　　　その網が余の周りに絡んで以来、気味悪く感じておった
メフィスト　どうぞ勇気を！　まだ失敗したとは申せません
　　　　　忍耐と機知とを、最後の結び目まで持ちましょう！
　　　　　最終に険しくなるのが通常であります　　　　　　10690

　　　　　私はしっかりした使いの者らを持っております
　　　　　私が命じてよいとの命令を出して下さい！
最高指揮官　（その間に近寄っている）
　　　　　この連中と陛下は一体になられました
　　　　　それはこの間ずっと私を苦しめて参りました
　　　　　魔術は決して堅固な幸福を作るものではございません
　　　　　私はこの戦闘の行方をどう転じるべきか分かりませぬ
　　　　　この人たちが始めたように、終わるよりありますまい
　　　　　私はこの指揮棒をお返し致します
皇帝　　より良い刻限までその棒を保持せよ
　　　　　そのような時を多分運命はわれらに与えてくれよう　　　　　　　10700
　　　　　余はこの厭わしい物知りと
　　　　　その鳥に馴染んでおる様子とを不気味に思う
　　　　　（メフに）　この棒をそちに与えることは出来ぬ
　　　　　余にはそちが真っ当な男とは思えぬ
　　　　　命じるがよい、しかしてわれらを解放するべく努めよ！
　　　　　起こるがままに起こるがよい
　　　　　　　　　　去る。最高指揮官とともに天幕に入る
メフィスト　　あの鈍い棒が彼を守るようであればよいが！
　　　　　われわれ他人には、あんな棒は役にたたん
　　　　　十字架めいたものがあれにはくっついておる
ファウスト　　どうする？
メフィスト　　　　　　　　もうやってある —！　　　　　　　　　　10710
　　　　　さぁ、黒い従兄弟ども、早く用事にかかれ
　　　　　あの大きな山の湖へ！　水の精ウンディーネたちに宜しくとな
　　　　　そして彼女らに洪水の幻影を頼んでくれ
　　　　　女の芸で、よく分からんが、彼女らは

　　　　　　　　　　　　　　　　　　　　　　　前山にて / 10714

存在から外見を分かつことを理解している
だから誰でも、これが存在だと信じてしまう　（合間）
ファウスト　　水の娘たちに、件の烏どもがうまく取り入って
水底から出て来るように仕向けたに違いない
あの辺り既に水が流れ出し始めている
乾いて枯れた岩場のあちこちに　　　　　　　　　　　　　　10720
豊かな速い泉が噴き出している
奴らの勝利もこれで終わりだ
メフィスト　　これは驚くべき出迎えだ
どんなに大胆な登り手でも大弱りというもの
ファウスト　　もう小川が沢山の細流となり激しい勢いで流れている
峡谷からは倍の力になって水が返ってくる
奔流が今や弧状の光線を投げかける
突如それは平地の岩盤にのしかかる
そしてざわめき泡立ち、四方八方へ散り
段をなして谷に身を投げてゆく　　　　　　　　　　　　　　10730
勇敢に英雄もどきに突っ張ろうとしても何の役に立とう？
強大な浪が迸り、彼らを押し流してしまう
これほど激しい洪水を前にして、私でも身震いするほどだ
メフィスト　　俺にはこうした水の擬態は何一つ見えない
ただ人間の眼だけが欺かれるのだ
だがこの奇妙な状況は俺を喜ばせるな
奴らは目にも鮮やかな塊となって墜ちて行く
愚か者は溺れてしまうと思っている
本当は固い陸地で自由に息しているのに
滑稽にも泳ぐ恰好をして歩いているじゃないか　　　　　　　10740
今や混乱は到る所に拡がった

10715／第二部　第四幕

　　　　　　　　　烏どもがまた戻って来る
　お前たちを俺はかの気高き招霊術巨匠の名において褒めてやろう
　自らを巨匠として試そうと欲するならば
　お前たちはあの燃える鍛冶場へ急ぐがよい
　そこでは侏儒たちが倦まず撓まず
　金属や石を打ち、火花を散らしている
　話を拡げながらこの連中を口説いて
　火を貰って来い、輝き、閃き、弾ける火だ
　高い意味で人が心に抱くような
　遥かに遠い彼方での雷光や　　　　　　　　　　　　　　　10750
　最高の星々の稲妻の如き落下はなるほど
　夏の毎夜に起こりえようが
　繁った森の奥に走る遠雷や
　濡れた地面を掠める星々は
　滅多に人の見られるものではない
　それ故お前たちは、あれこれ悩むことなく
　先ず以て頼むことだ、そのあと命令しなければならない
　　　　　　　　　烏たち去る。言われたように事が運ぶ
メフィスト　　敵方に厚い闇を被せよ！
　そして奴らの一歩一歩を不確かにせよ！
　迷走する火花を隅々まで放て　　　　　　　　　　　　　10760
　突然目を眩ます光輝を浴びせよ！
　そのすべては見事なものとなろう
　だが更に驚異の音響も必要であろう
ファウスト　　広間の地下蔵から持ち出した虚ろの武器が
　自由な空気に触れて自分が強められたのを感じている
　かの上方で打ち合い擦り合う音がとうからしている

　　　　　　　　　　　　　　　　　　　　　前山にて / 10766

　　　　　　驚くべき擬音だ
メフィスト　　全くその通り！　あれはもう御しようがない
　　　既に騎士らの撃ち合う音まで響いている
　　　古きよき時代そのままだ　　　　　　　　　　　　　　10770
　　　腕の添え木、脚の添え木
　　　グェルフェン党やらギベリーネン党やら
　　　永遠の争いを素速く再現しているのだ
　　　手堅く、伝来の意味では住めるようにと
　　　彼らは妥協することなく自らを発揮している
　　　既に狼藉の響きは到る所に及び
　　　最後には、所詮は悪魔の祭りにもかかわらず
　　　党派同士の憎しみが一番よく働くってわけだ
　　　最終的な悲惨に陥るまで
　　　反撃また反撃の響きが恐慌状態にまで達する　　　　　10780
　　　その間にもどぎつい鋭い悪魔的な叫び
　　　それらが恐怖をかき立てながら谷の彼方へ伝わって行く
　　　　　　（オーケストラで戦闘の狂乱を表す。最後に
　　　　　　　移行的に軍楽風の軽快な調子）

反皇帝の天幕

玉座、富裕な環境
早取男、早取女

早取女　　やっぱり私らがここは一番手だね！
早取男　　烏でも俺たちより速くは飛べまい
早取女　　おお、何たる宝の山がここに積もっていることだろう！
　　　　　どこから始めよう？　どこで終わりだろう？
早取男　　なにしろ部屋じゅうが一杯だからな！
　　　　　何から手をつけりゃいいか、分からん
早取女　　この絨毯なんか私にはお誂え向きってもんだ
　　　　　うちの寝床なんざしょっちゅう簡素なもんだよ　　　　10790
早取男　　ここに懸かってる星形鉄球つきの棍棒
　　　　　こういうのを俺は前から欲しかったのさ
早取女　　金縁つきのこの赤マント
　　　　　こんなのを夢で見たもんだわ
早取男　　（武器を手に取りながら）
　　　　　これさえありゃぁ事は簡単
　　　　　相手をぶっ殺して進軍だ
　　　　　お前はもう随分沢山積み込んだが
　　　　　真っ当なものはまだ袋に入れとらん
　　　　　がらくたはその場に置いておけ
　　　　　この小箱を一つ持って行くがいい！　　　　　　　　 10800
　　　　　これは軍用給金だ
　　　　　純金がその腹のなかに詰まってる

早取女　　これは殺人的重さだね
　　私じゃ持ち上げられないし、運びもならないわ
早取男　　速く身を屈めろ！　背中を丸めろ！
　　俺がこいつをお前の丈夫な背中に載っけてやるからな
早取女　　おお、痛ぇ！　痛てぇ！　もう駄目だ！
　　この荷は私の屋台骨を真っ二つに折っちまうよ
　　　　　　　　　　　　小箱は墜ちて、蓋が開く
早取男　　なんと赤金貨が山ほどある ─
　　速く摑め、拾い集めろ！
早取女　　（匍いつくばって）
　　速く懐ろに入れとくれ！
　　まだまだ入るゆとりがあるよ
早取男　　よし、これで充分！　さぁ急げ！
　　　　　　　　　　　女は立ち上がる
　　なんてこった、前掛けに穴が空いとる！
　　お前の行く所立つ所、お前は惜しげもなく
　　宝をばら蒔くってわけだ
親衛隊員たち　　（味方の皇帝の）
　　お前たち何をしておる、この神聖な場所で？
　　何を引っかき回しとるのか、これは陛下の宝であるぞ？
早取男　　われらはわれらの手足を売り物にしておる
　　われらも分捕りの分け前に与かろうってわけだ
　　敵の天幕じゃぁそれが習いってものよ
　　われらもこれで兵士なんだからさ
親衛隊員たち　　それはわれらの領域では通らぬ
　　兵士であって同時に盗賊の屑、それは罷りならぬ
　　我が皇帝陛下に近づく者は

　　　　　　実直なる兵士でなければならん
早取男　　実直、それはとうから分かっておる
　　　　　　その意は敗者が勝者に支払う軍税とて同じである
　　　　　　お前たち皆も同列じゃ
　　　　　　寄越せ！　これが職人風の挨拶だ　　　　　　　　　　10830
　　　　　　（早取女に）　行こう、お前の持ち物を引きずれ！
　　　　　　ここはどうやら俺たち招かれぬ客のようだ　（去る）
最初の親衛隊員　　何故お前すぐさまあの生意気な野郎に
　　　　　　一発頬面をぶん殴ってやらなかったんだい？
第二の隊員　　よく分からんが、力が抜けてしまったんだ
　　　　　　奴ら、幽霊みたいだったぞ
第三の隊員　　俺は目の前がおかしくなった
　　　　　　火花が散って、よく見えなかった
第四の隊員　　どう言えばよいかよく分からんが
　　　　　　今日は一日じゅうとても暑かった　　　　　　　　　　10840
　　　　　　なにやら落ちつかず胸苦しくて蒸し暑かった
　　　　　　立っているのもいたが、倒れるのもいた
　　　　　　よろめいて進むのに、それでも打ちかかった
　　　　　　一発一発食らわす毎に敵は倒れた
　　　　　　目の前に薄絹のような霞が漂うていた
　　　　　　そのあと耳元でぶんぶんざわざわ、ひゅーひゅーと鳴る音がした
　　　　　　それが永く続いた。今はわれわれこうしているが
　　　　　　どうしてこうなったのか、われわれ自身分からない
　　　　　　　　　皇帝、四人の侯爵たちと共に登場
　　　　　　　　　親衛隊員たちは遠ざかる
皇帝　　何はともあれ、戦闘は我が軍の勝利するところとなり
　　　　　敵は追い散らされて逃走し、平地で四分五裂となり果てた　　10850

反皇帝の天幕 / 10850

ここに空なる玉座がある。裏切り者の宝たりしもの
絨毯に包まれ、回りの場を狭めている
われらは恭しく自らの親衛隊に守られ、皇帝として
諸民族より派遣されたる代表委員らを迎えんとしている
あらゆる方面より喜ばしいメッセージが届いておる
帝国の安泰は望ましい、われらも歓迎するところなり、と
われらの戦闘に魔術が編み込まれていたにもせよ
最終的にわれらは自力でのみ戦ったのである
さまざまの偶然が争う者において役立つことは当然ある
天より石は落ち、敵に血の雨が降る 10860
岩窟よりして強大なる不可思議の音響の轟くこともあろう
その響きは我が軍の士気を高め、敵軍の戦意を喪失させる
打ち負かされた者は倒れ、常に新たに嘲笑を呼ぶ
勝利者は誇るとともに、彼に好意を寄せたる神を讃える
こうして全ては和して一となり、神は命ずるに及ばない
主なる神よ、おんみをわれらは讃美する、幾百万の喉よりして！
しかしながら最高の褒美へと、余は敬虔なる眼を向ける
日頃は滅多になかったことながら、余自身の胸に振り返る
若い元気な君主はその日々を浪費することも許されよう
幾年もが経過するうち彼は瞬間の意義を教えられる 10870
それ故に余は躊躇なくおんみら四人と即刻
同盟する次第である。家と宮廷そして国のために
　　　　　　（最初の一人に向かって）
おんみの為せる業であった、おお侯爵よ！　軍勢を整え、賢明に
組織して、主要なる瞬間になされた勇敢且つ英雄的なる出撃
今平和時にあっても、時の欲するがままに働かれよ
大元帥、おんみを余は名指し、この剣を与える

10851 / 第二部　第四幕

大元帥　（ザクセン侯）
　　おんみが忠実なる軍隊、今まで国の内部で働いていましたが
　　それが国境においてもおんみと玉座とを力づけますならば
　　われらには恵まれましょう、祭りの賑わいのなかで
　　広大なる父祖伝来の城の広間でおんみが饗宴をお守りすることも　10880
　　輝きもあでにこの剣と共におん前に参りましょう、おんみが傍に
　　立ちましょう、最高の尊厳の永遠なる道連れとして
皇帝　（第二の者に）
　　勇士たるともまた、心根やさしく、人にも好かれることあり
　　その典型たるおんみ！　宮内卿、任務は容易でない
　　おんみは全ての家の使用人の最高位たる人物である
　　その者らが内で争いをする時、余は悪しき使用人を見る
　　おんみの範例が今後名誉を以て掲げられんことを望む。おんみは
　　いかにして人は主人、宮廷その他全てに気に入られるかを示した
宮内卿　（ブランデンブルク侯）
　　主君の大いなる志を促進することが、人を恩恵へと
　　運びます。最高の人らを手助けし、悪しき者らをも損ねない　10890
　　計略を持たずして明快、欺瞞なく冷静、これであります！
　　おんみが私を見抜いていらっしゃれば、最早本懐でございます
　　空想があの祭りのことに及んでも宜しいでしょうか？
　　おんみが食事に行かれます時、私は金の盥を差し出します
　　指輪の数々も私がお持ちします。歓びの時におんみの手が
　　生き生きと輝きますように、おん眼差しが私を喜ばせる如く
皇帝　祭りに思いを致すには、今は厳粛過ぎる心境であるが
　　まぁよかろう！　それがまた陽気な行事を促進するであろう
　　　　　　　　　　（第三の者に）
　　おんみを余は大膳卿に選ぶ！　それ故今後はおんみに

反皇帝の天幕 / 10899

　　　　狩猟や家禽場、分農場は従うものとする　　　　　　　　　　10900
　　　　好みの食べ物の選択は、余に任されよ。いつの時にも
　　　　月のもたらすままがよい。それ故念入りに調味をさせよ
　大膳卿　（プファルツ伯）
　　　　厳格な断食を私の快適な義務として下さいませ
　　　　御馳走がおんみの前に運ばれ、お喜び頂けますまでは
　　　　心して炊事場の使用人たちを私と一体ならしめましょう
　　　　遠きを引き寄せ、季節を早める方針でございます。尤もおんみが
　　　　食卓を飾る、遠きと早きをお好みでないことは承知しております
　　　　単純且つ活力あるもの、それがおんみのお望みでございましょう
　皇帝　（第四の者に）
　　　　ここでは祝勝のみが肝心であることは避け難いこと故
　　　　若き英雄よ、おんみは酒を酌む役に変身して貰いたい　　　　10910
　　　　酒蔵卿として、われらの酒蔵が極めて豊かに
　　　　且つ良き葡萄酒で以て整備されているよう配慮してくれ
　　　　おんみ自身は程々がよいぞ。客気にまかせて
　　　　出来心の誘惑に誤導されてはならんぞ
　酒蔵卿　（ボヘミア侯）
　　　　我が君主、若さ自体は、人がそれにのみ頼っておりますと
　　　　あっという間に壮年の身へと教化されているものでございます
　　　　私もあの大祭典へ身を置き入れます
　　　　皇帝の食器棚をこの上なく立派にお飾り致しましょう
　　　　金銀さまざまの華麗な容器で常に。けれども私は予め
　　　　おんみがためにこの愛らしい高脚杯を選んでおります　　　　10920
　　　　ぴかぴかのヴェネチアングラス、中には歓びが待ち構えています
　　　　酒の味は増し、それでいて決して悪酔いさせません
　　　　そういう不思議な宝を人はよく信頼し過ぎますが

10900／第二部　第四幕

　　　　　おんみ最高のお方おんみの中庸は更によき守りでございましょう
皇帝　　余がおんみらのためにこの厳粛なる刻限考えていたことを
　　　　　おんみらは信頼して、信用できる口から聞き取られた
　　　　　皇帝の言葉は偉大にして、あらゆる賜物をも保証する
　　　　　しかし効力を強めるには高貴なる筆が必要であろう
　　　　　署名が要る。それを形あるものにするべく、余は
　　　　　最適の男がまさに折よくやって来るのを見る　　　　　　　　　　10930
　　　　　　　　　　大司教（大官房長）登場
皇帝　　丸屋根がその頂点をなす要石に自らを託するとき
　　　　　安定は永遠の時にわたって建立されるのである
　　　　　おんみはここに四人の侯爵たちを見る！　われわれは先ず
　　　　　何がさしあたり家と宮廷との存立を促進するかを論じ合った
　　　　　今やしかし、帝国がその全体において抱えているものが
　　　　　重さと力とを以て、五という数に課されることが願わしい
　　　　　国の数において我が領土は他の全てに勝り輝かねばならぬ
　　　　　それ故余は今直ちに所有の境界を、われらに背を向けた者らの
　　　　　相続分によって拡張しようと考える
　　　　　おんみら忠臣たちに余は勧める、かくも多くの美しい領土　　　10940
　　　　　同時に高き権利、それを折ある毎に襲撃によって
　　　　　或いは購入または交換によって、更に拡張して行かれるがよい
　　　　　さすれば必ずや正しき者らのうちおんみら君侯に所属するものを
　　　　　なんの妨げもなく行使する道が恵まれるであろう
　　　　　裁き手としておんみらは最終判決を下すことができる
　　　　　控訴ということはおんみら最高位の面々には通用させない
　　　　　加えて租税、賃貸料、現物税、知行、通行税、関税
　　　　　山林、塩、貨幣等の収益特権もおんみらの手に委ねよう
　　　　　何故ならば我が感謝を充全に試すべく、余はおんみらを

　　　　　　　　　　　　　　　　　　　反皇帝の天幕 / 10949

　　　　　完全に、帝位に次ぐ位置にまで引き上げたからである　　　10950
大司教　　万人の名において、陛下に深甚なる感謝を申し述べます！
　　　　　おんみは私どもを強壮堅固にし、ご自身の力をも強められました
皇帝　　　おんみら五人に余は更に高い位階を与えるつもりである
　　　　　余はまだ我が帝国のために生き、生きる喜びを持っている
　　　　　だが、高き祖先の鎖は慎重な眼を、素速い活動から
　　　　　迫り来る暗いものの方へ引き戻そうとする
　　　　　余もまた時が来れば、親しき者らから離れることになろう
　　　　　となれば後継者を指名することがおんみらの義務となろう
　　　　　その者に王冠を被せ、神聖なる祭壇に高く昇らせよ
　　　　　その時、今こうして嵐のようだったものが平和に終わるがよい　　10960
大官房長　深い胸内に誇りを秘め、態度には恭順を表しつつ
　　　　　地上第一級の諸侯らが陛下のおん前に身を屈めております
　　　　　この忠実なる血が全血管を動かします限り
　　　　　私どもは、陛下の御意志が容易に動かしうる肉体でございます
皇帝　　　では最後に、これまでわれわれが確認してきたことを
　　　　　後々の代のために、文書と署名とで確証することにしよう
　　　　　確かにおんみらは君主としてその所有を完全に自由に持っている
　　　　　だがそれには所有が分かたれえないという条件がついている
　　　　　おんみらが、われわれから受け取ったものをいかに増やそうとも
　　　　　長男が同じ規準でそれをかち得るのでなければならない　　　10970
大官房長　この羊皮紙に私は直ちに喜んで信頼を致します
　　　　　国とわれわれの幸福にとって最重要の定款でございます
　　　　　浄書と押印とは官房事務局にやらせましょう
　　　　　神聖なご署名で主なるおんみがそれを有効にして下さいましょう
皇帝　　　ではこれでおんみらとは別れよう。大いなる一日を
　　　　　おんみらは集まって各自めいめい熟考されるが宜しかろう

10950 / 第二部　第四幕

世俗諸侯ら離れる

大司教 （残っており、激しい口調で語る）
　　官房長としては去りましたが、司教としては残っております
　　重大警告を是非お耳に入れたくと存じてのことにございます
　　その父親のような心は、おんみ故の憂慮に震えています
皇帝　　どんな不安があるのか、この楽しい刻限に？　話してみよ！　　　　10980
大司教　　どれ程の苦い苦痛を以て私はこの刻限に見ることでしょう
　　陛下の神聖なるおん頭は悪魔と同盟を結んでおられる！
　　なるほど一見、玉座に安定しておられるとは見えましょう
　　けれども悲しや！　主なる神、父なる法王を嘲ってのことです
　　法王がそれを聞けば、すぐにも彼は処罰にかかるでしょう
　　神聖な光で以ておんみの国を罪ありとして打ち壊すことでしょう
　　何故ならば彼はまだ忘れていないのです、おんみが最高の時に
　　おんみの戴冠の日に、かの魔術師を大赦で釈放なさったことを
　　おんみの豪華な頭飾からは、キリスト教界には痛手でしたが
　　あの呪われた頭に、恩寵の最初の光が打ち当たったのでした　　　　　　　10990
　　けれども胸に手を当てて、罪深い悦楽の中から、ほんの僅かでも
　　今すぐ寄進をして、法王庁に、その分でお返しをなさいませ
　　陛下の天幕がありました、あの幅広い丘の空間がいいでしょう
　　そこでは悪霊どもがおんみを守るべく徒党を組んでおりました
　　贋侯爵におんみは快く耳をお貸しになったことでした
　　あの空間を献じられませ、敬虔を学び、聖なる努力をなさるべく
　　山とこんもり繁った森、それがずっと遠くまで拡がっております
　　緑して、肥えた牧場に被さる丘もございます
　　魚の多い澄んだ湖、無数の小川
　　それらが急ぎ蛇行しながら谷へ流れ落ちます　　　　　　　　　　　　　11000
　　この広い谷自体が幾つもの牧草地や平原、凹地を持っています

反皇帝の天幕 / 11001

　　　　悔悟は充分語られたことになりおんみは恩寵を享けられましょう
皇帝　　我が重大な過失により余は深く驚愕を覚えしめられた
　　　　境界はそなた自身の規準によって設定されればよい
大司教　　先ず！　あれほど罪深い行為で汚された空間が即座に
　　　　教会最高のお方に役立つことが告知されねばなりません
　　　　急速に精神のなかで廃墟の壁が力強く立ち上がって参ります
　　　　朝日の眼差しが既に合唱団席を照らしています
　　　　成長する建物は十字架にも及んでおり
　　　　本堂は横にも上にも延びて信者らの喜びとなります　　　　　　　　11010
　　　　彼らは早熱烈に、立派な正面玄関を通って殺到します
　　　　最初の鐘の呼び声が山と谷にわたって鳴り
　　　　天をも目指すかと思える幾つもの高い塔から響いて来ます
　　　　懺悔者は新しく創造された命へと歩み寄ります
　　　　気高い献堂式の日です ― その日が早く来ればいいのですが！
　　　　陛下がこうして臨席される事、それが最高の飾りとなりましょう
皇帝　　それほどの大事業が敬虔の心を告知することは願わしい
　　　　それは主なる神を賛美し、併せて余の罪を祓うことにもなろう
　　　　よし分かった！　余は既に我が心の高まりを感じている
大司教　　官房長と致しまして私結論と書式とを進めさせて頂きます　　11020
皇帝　　形式的記録なら、教会にこれこれを献納する、でかろう
　　　　そういうことでおんみが持ち出せば、余は喜んで署名しよう
大司教　（暇乞いをするが、出口の所で振り返り）
　　　　その場合陛下はこの出来立ての事業に対して、全地税を
　　　　献じられることになります。十分の一税、賃貸料、通行税
　　　　それも永久にでございます。立派に保持するには多くかかります
　　　　注意深い管理も莫大な費用を要します
　　　　ああいう荒れた場所で素速く建設するためにも陛下はわれわれに

　　　　　なにがしかの金子を下さいましょう、おんみの戦利金から
　　　　　併せてこういうものも入用です、隠さずに申し上げますが
　　　　　遠方から運ぶ木材や石灰、粘板岩等々でございます
　　　　　運搬は民衆が行います、説教壇から教えられる通りに
　　　　　教会は、教会のために奉仕する者を祝福します
皇帝　　余が自らに招いた罪は、大にして重い
　　　　あの厭わしい魔法族は余を厳しい苦難に陥れた
大司教　（再び戻って来る。深くお辞儀をしながら）
　　　　　おお、主よ！　あのとかく噂のあった男に
　　　　　国の岸が授与されます。けれどもこの者には追放が係っています
　　　　　悔悟の念を表すということでしたら、教会の土地ではなく
　　　　　あの場所にも十分の一税、利息、贈与等の地税を課されませ
皇帝　（苦々しく）
　　　　陸地はまだそこにはないのだ。海が拡がっているだけだ
大司教　　権利と忍耐とを持つ者には、時もやって来ます。われらは
　　　　　ただ陛下のお言葉が末永く力強くあられん事を願うのみです
　　　　　　　　　　　　　（退場）
皇帝　（独り）
　　　　これでは余は早々と国全体を売り渡すことにもなりかねんぞ

第五幕

開かれた土地

旅人　　そうだ！　これだ、あの暗い菩提樹
　　　　あそこ、あの年経た力のなかで
　　　　私は彼らとまた会うことになる
　　　　永い旅路を終えた今！
　　　　懐かしいなぁ、この場所
　　　　あの小屋、あれが私を匿ってくれた
　　　　嵐に猛る波が私を
　　　　向こうの砂丘に打ち上げた時に！　　　　　　　　　　11050
　　　　私を泊めてくれた人たちにお礼を言いたい
　　　　人助けを弁えた、元気なご夫婦だった
　　　　今日会えるとしても、あの頃既に
　　　　二人ともお年だった
　　　　ああ、本当に敬虔な方々だったなぁ！
　　　　ノックしようか？　声を掛けようか？ ― 今日は
　　　　今日もまだ優しく迎えて下されば
　　　　ご好意がもたらした幸せを共に楽しんで頂けるのだが！
バウキス（老妻）これはこれはようこそ！　静かに！　静かに！
　　　　そっとしておいて！　旦那さんを休ませて下さい！　　11060
　　　　長い眠りが爺さんに
　　　　短い目覚めの忙しい働きを与えるのだから

旅人　　言って下さい、お母さん、あなたが
　　私の感謝を受け取られるお方ですね
　　かつて若者の命を救うために
　　旦那さんと一緒にお世話して下さった、あの折の？
　　バウキスさんでしょ、まめまめしく働いて
　　あの半ば死にかけていた口を元気にして下さった方でしょ？
　　　　　　　　　　旦那登場
　　あなたがフィレモンさん、私の宝を潮から
　　骨折って救い出して下さったお方でしょ？　　　　　　　　　　11070
　　すぐに火を入れて温めて下さった、あなた方の焔
　　お宅の小さな鐘の銀の音
　　あの恐ろしい冒険の解決
　　それは皆あなた方のお蔭だったのです
　　そして今、どうか私を歩み寄らせ
　　この限りない海を眺めさせて下さい
　　私を跪かせ、祈らせて下さい
　　私の胸はこみ上げんばかりです
　　　　　　　　　彼は砂丘の上を先へ歩いて行く
フィレモン　（バウキスに）　さぁ急いで食事の用意をしなさい
　　この小庭で愉快に華やかにやろう　　　　　　　　　　　　　11080
　　あの人を走らせておけばいい、驚かせてやればいい
　　何を見ても、信じられないことだろう
　　　　　　　　　（旅人の近くに立って）
　　あなたを恐ろしい目に逢わせ、さんざんに苛めたもの
　　浪また浪と猛り立ち、烈しく泡立っていたもの
　　それが庭園として扱われているのを、あなたは見る
　　楽園さながらの姿をご覧になる

　　　　　　　　　　　　　　　　　　　　　　開かれた土地／11086

　　　　年をとって私はもうお呼びでなかったし
　　　　私も以前のようには人助けする気になれなかった
　　　　そして私の力が失せたように
　　　　浪もまた今では遠くに去っている　　　　　　　　　　　11090
　　　　賢い人らの大胆な僕どもが
　　　　堀を穿ち、堰を作りして
　　　　海の権利を閉じ込め狭めてしまった
　　　　主になり代わってというわけだ
　　　　だからご覧なさい、緑の牧場また牧場
　　　　草地、庭園、村と森 ―
　　　　だがさぁお出でなさい、そして味わって下さい
　　　　陽もやがて暮れて行く ―
　　　　あのずっと遠い先で帆船が通い
　　　　夜の安全な港を探している　　　　　　　　　　　　　11100
　　　　鳥も塒を知っている
　　　　今ではあの辺りに港があるんだ
　　　　だからあなたは遠くの方に
　　　　やっと海の青い端っこを見つけるだけだ
　　　　右も左も四方八方ぎっしりと
　　　　ひしめき合って人が住む空間だ
　　　　　　　　　　　三人食卓につく、小庭で
バウキス　　あなた黙ってるわね？　どうして一口も
　　　　もってかないの、口は欲しがってるのに？
フィレモン　　お客はこの不思議を知りたがってるだろう
　　　　お前からよく話して、わけを知らせてお上げ　　　　　11110
バウキス　　いいわ！　まるで奇跡みたいだったのよ！
　　　　今日になっても私まだ落ち着けないほどだわ

11087 / 第二部　第五幕

　　　　　だってその動き全体がどうも
　　　　　真っ当な恰好で進んでいないみたいだから
フィレモン　　この岸を彼に与えられた皇帝陛下が
　　　　　罪を犯しておられるなんて、ありうる事だろうか？
　　　　　先触れの者がそう告知しなかったかい
　　　　　声張り上げて、通りすがりに？
　　　　　私どもの砂丘から遠くない所で
　　　　　最初に事は始まった　　　　　　　　　　　　　　11120
　　　　　天幕やら小屋やら！　だが緑地で
　　　　　間なしに宮殿が建てられた
バウキス　　昼間、従僕たちが無駄に騒音を立てていた
　　　　　鍬やらシャベルやら打ち込み打ち込み
　　　　　そこへ夜になると小さな焔が群がって
　　　　　翌日にはもうダムが出来上がってた
　　　　　人身御供が血を流したに相違ないわ
　　　　　夜には悲しい嘆きの声が響くんですもの
　　　　　海の方へ火の潮が流れ下って行きました
　　　　　すると翌日にはもう運河になっていたのです　　　11130
　　　　　神なき人です、彼は。その彼が
　　　　　私たちの小屋と林を欲しがっています
　　　　　あんな人が隣人になって威張るとなれば
　　　　　私たちはへこへこさせられるでしょう
フィレモン　　彼はしかしわれわれに、新しい土地が出来たら
　　　　　ちゃんとした地所を呉れると言ってるじゃないか！
バウキス　　水の上の土地なんか頼りにしなさんな
　　　　　あんたの高台で頑張って下さいよ！
フィレモン　　礼拝堂へ行って

開かれた土地 / 11139

最後の日の目を仰ごう！
　　　鐘を鳴らし、跪き、祈りを捧げ
　　　そして昔からの神に頼ろう！

宮　殿
広い遊歩庭園、大きな真っ直ぐに延びた運河
ファウスト、最高齢に達し、散歩しつつ思案している

塔守り　リュンコイス　（メガホンを通して）
　　　陽が沈む、最後の舟が幾艘か
　　　楽しげに港へと入って行く
　　　大きな船が一隻今まさに
　　　運河を渡りこちらへ来るところだ
　　　色とりどりの幟が愉快にはためいている
　　　真っ直ぐのマストが入港に備えている
　　　おんみにおいて、舟人は自らの幸を寿ぐ
　　　その幸せがおんみへの挨拶となる、最高の時に
　　　　　　小さな鐘が砂丘の上で鳴る
ファウスト　（はっとして）呪わしい音だ！　あまりにも厚かましく
　　　それは人を傷つけるではないか、まるで陰険な一突きさながらだ
　　　眼前にある我が帝国は無限である
　　　その背後で私をからかうこの不快
　　　私に思い起こさせる、妬ましい響きの蔭で
　　　我が最高の所有が、純なるものではないことを
　　　あの菩提樹の空間、茶色の家
　　　朽ちた礼拝堂は私のものでない

あそこで英気を養おうと思っても
馴染めぬ影に怖じ気づいてしまう
目の上の瘤、足裏の刺とはまさにこれだ
おお！　ここからはずっと離れた所におれぬものか！

塔守り　（先ほどのように）　なんと楽しげにあの色どりのよい帆船が
爽やかな夕風とともに近づいて来ることか！
いかにその速やかな帆走は
沢山の箱や木箱、袋に包まれ威勢よく見えることか！
　　　綺麗な船は、世界の遠い地方の産物をとりどりに山積している
　　　　（メフィストーフェレス、例の三人の強力仲間と）

合唱　　さぁ上陸だ
　　　　　もう着いたか
　　　　　帰着おめでとう、主よ
　　　　　パトロンよ！
　　　　　　　彼らは船を降りる。貨物は陸に運ばれる

メフィスト　　こうしてわれらは無事に試練を終えた
パトロンが褒めてくれれば大満足だ
たった二隻で出発したが
帰りは二十隻での入港だ
われらがどれほどの大仕事をやったかは
積み荷を見れば分かろうというもの
自由な海は精神を解放する
思案も糞もあるものか！
素速く摑み取る、これあるのみ
魚捕るもあれば船捕るもある
先ず三艘の主となれば
四艘めも掻き寄せられる

となりゃ五艘めは逃げられん
力ある者に正義ありだ
何は問うても、如何には問わん
俺も航海術を知らんわけじゃない
戦争、商売、海賊業
これぞまさしく三位一体

三人の暴力仲間たち
感謝もなけりゃ迎えもなしか！
迎えもなけりゃ感謝もなしか！ 11190
まるで俺たちご主人様に
臭いものでも運んだみたい
なにやら難しい
顔してなさる
王様ほどのこの財が
お気に召さんということか

メフィスト この先もなぁお前たち
報酬なんか当てにはするな！
自分自分の分け前はちゃんと
頂戴しておるではないか 11200

暴力仲間たち ほんの退屈凌ぎに
使っちまうほどさ
俺たちゃみんな欲しいんだ
ご主人様並みの分け前を

メフィスト 先ず整えよ
広間に次いで広間をな
この結構な品々で
どれもこれもじゃ！

11183 / 第二部　第五幕

　　　　　ご主人様が見えられて
　　　　　宝の山をご覧になれば　　　　　　　11210
　　　　　全てをもっと厳密に
　　　　　勘定なさることじゃろう
　　　　　振る舞い好きの
　　　　　お方じゃからな
　　　　　艦隊全員に下さるよ
　　　　　祝宴に次ぐ祝宴を
　　　　　艶なる鳥たち明日は来る
　　　　　そちらの手配は俺に任せろ
　　　　　　　　　積み荷が運び去られる
メフィスト　（ファウストに）
　　　　額に皺を寄せ、暗い目つきで
　　　　君は自分の立派な幸運の事を聞いている　　　11220
　　　　高い知恵は見事に花咲き
　　　　岸は海と和解した
　　　　岸から海は船を喜び迎え
　　　　それを素速い航路へ送る
　　　　だから言ってくれ、ここ、この宮殿から
　　　　君の腕は全世界を抱擁するのだ、と
　　　　この場所から事は始まった
　　　　ここに最初の板小屋が立った
　　　　小さな溝が一つ削り取られた所に
　　　　今、櫓がしきりと波を飛ばしている　　　　11230
　　　　君の高い想念、君の部下たちの勤勉
　　　　それは海の、また大地の称賛を得た
　　　　ここから遠く ―

　　　　　　　　　　　　　　　宮　殿 / 11232

ファウスト　　　　　呪われた此処だ！
　まさにそうだ。厭わしいまでにそれが私の心にのしかかっている
　よろず如才のないお前だから言っておくが
　私の心には次から次へと突き刺さってくるものがある
　到底我慢しきれないほどだ！
　いざそれを言う段になると、気恥ずかしいが
　あそこの老人たちに退いて貰いたいと私は考えている
　あの菩提樹を自分の居場所にしたいのだ　　　　　　　　　　11240
　僅かの樹だが、私のものではない
　それが私の世界所有を損ねている
　あそこで私は、遠くを見渡せるように
　枝から枝へ支えを作り
　眺望に広い軌道を開きたいのだ
　我が為せる全てを見たい
　人間精神のやり遂げた傑作を
　一望のうちに取り納めたい
　賢明な心を以て
　諸民族の広大な居住獲得を確認しながら　　　　　　　　　　11250

　そんな時われわれは一番厳しい苦痛に曝される
　富のなかにあって欠乏を感じるからだ
　あの小さな鐘の響き、菩提樹の香り
　それが、まるで教会と納骨所にいるみたいに、私を取り巻く
　全能の意志の選択が
　この砂地の所でふっつりと切れてしまう
　なんとかあれを我が心から片付けたいものだ！
　言う暇にもその鐘が鳴る。私は気が狂いそうだ

11233 / 第二部　第五幕

メフィスト　　当然だ！　大きな不快は
　　君の生活を苦きものとせずには措かない　　　　　　　　　　　11260
　　誰もこれは否定しまい！　どんな高貴な耳にも
　　あの響きばかりは厭わしく思えることだろう
　　ビンバンと鳴るあの呪われた音
　　それが、晴れた夕空を霧のように包み込み
　　あらゆる行事のなかへ混じってくる
　　産湯に始まって埋葬に到るまで
　　さながらビンとバンとの間にあって
　　人生、所詮鳴り終わった夢と謂わんばかりだ
ファウスト　　抵抗と意地とが
　　最高の獲得を妨げているのだ　　　　　　　　　　　　　　　11270
　　お蔭でこちらは深い苦い痛みを抱えて
　　なんとか正当にと疲労困憊さ
メフィスト　　何を君はここで遠慮することがある？
　　とっくに植民している筈じゃないのか？
ファウスト　　ではお前達行って彼らを私の傍から片づけてくれ！──
　　私があの年寄りたちのために選んでおいた
　　小さいながら結構な地所を、お前は知ってるだろ
メフィスト　　彼らを運び出して、別の所に住ませよう
　　なぁにあっと言う間に彼らまた元気になるよ
　　力に耐えたあとは　　　　　　　　　　　　　　　　　　　　11280
　　結構な住み心地が償うだろう
　　　　　　　　　彼は甲高い口笛を吹く。三人の男たち登場
メフィスト　　来い、ご主人様からのご命令じゃ！
　　明日は艦隊の祝賀祭がある
三人　　老ご主人様は俺たちを機嫌よくは迎えて下さらなかった

宮　殿 / 11284

　　　　無礼講の祝いは俺たち望むところ
メフィスト　（観客席に向かって）
　　　　ここでも、とうに起こったことが、また起こる
　　　　ナボトの葡萄園は既にあったのだ　（列王記 1.21）

深　夜

塔守り　リュンコイス　（城の見張り台で、歌う）
　　　　見るべく生まれ
　　　　観るべき定め
　　　　塔守る勤め
　　　　この世は楽し
　　　　遠きを眺め
　　　　近きに見入り
　　　　月と星々
　　　　森とのろ鹿
　　　　全てに見るは
　　　　永久(とわ)の飾りぞ
　　　　楽しきものを
　　　　見る身も楽し
　　　　楽しき眼
　　　　汝が見しものは
　　　　いかにてもあれ
　　　　麗しかりき！　（合間）
　　　　ただ喜んでばかりもいられない
　　　　こうして高い所に据えられている以上

なんたる酷い驚愕が
暗い世界から迫って来ることか！
火花が散って閃くのが見える
菩提樹の二重の闇を透かして
ますます烈しく焔は猛る   11310
疾風に煽られるまま
ああ！　小屋の中まで燃えている
苔に包まれ湿っていた筈の小屋まで
素速い救助が必要だ
その救い手が見当たらない
ああ！　あの善良な老人たち
普段は火の始末をよくしていたのに
今は煙に巻かれてしまうのか！
なんという恐ろしい冒険！
焔は揺れて、赤々と燃える中に   11320
黒い苔の木組が立っている
どうかあの善良な人たちが救われんことを
烈しく燃える地獄から！
舐めずるように、明るい火柱が上がる
葉の間、枝の間から
細い小枝はめらめらと燃え
素速く燃えて崩れ落ちる
我が眼はこれを認識しなければならない！
そして私はこうまで遠見が効かねばならぬのか！
小礼拝堂は崩れ落ちた   11330
枝が倒れてその重みに屈した
菩提樹は身を捩り、尖った焔に

深　夜 / 11332

　　　　梢は早捕らえられた
　　　　虚ろな幹は根まで燃える
　　　　真紅に輝きながら ──
　　　　　　　　　　永い間、歌
　　　　かつて我が眼に親しめるもの
　　　　幾百年とともに去りにき
ファウスト　（バルコニーに立ち、砂丘に向かって）
　　　　上の方から何やら歌うようなすすり泣きがするが？
　　　　言葉は届いているのに、音は遅れてやって来る
　　　　我が塔守りが泣き声を上げている。私を心の中で　　　　　　　11340
　　　　不愉快にするのは、あの性急な振る舞いだ
　　　　だがあの菩提樹の成長はなくなり
　　　　半ば炭となった幹が不気味に残っているだけらしい
　　　　展望台がやがて建てられよう。これでやっと
　　　　無限なるものに観じ入ることが出来るというものだ
　　　　そこで私はまた、あの老夫婦を包む
　　　　新しい住居のことも考える
　　　　彼らはきっと寛大な労りを感じて
　　　　この先の日々を楽しく享受することだろう
メフィストーフェレスと三人男ら、（下方で）
　　　　われわれ精一杯駆け足でやって来た　　　　　　　　　　　　11350
　　　　ご免よ！　穏便には事が運ばなかった
　　　　われわれはノックしたり、戸を叩いたりした
　　　　けれども何度やっても開けてくれなかった
　　　　われわれは戸を揺すぶり、叩き続けた
　　　　そこに朽ちた扉が倒れてた
　　　　われわれは大声で呼び、激しく脅した

　　　　　だが全然聞いて貰えなかった
　　　　　おまけに、そんな場合よくあるように
　　　　　彼らは聞こえないのじゃない、聞く耳持たんという風だった
　　　　　われわれはしかし怠っていたわけじゃない 11360
　　　　　早く君から彼らを片付けようとしたのだ
　　　　　夫婦は大して苦しまなかった
　　　　　恐怖のあまり気を失って倒れていた
　　　　　もう一人そこに隠れていた、よその男は
　　　　　戦おうとしたので、仕留められた
　　　　　ちょっとの間だったが激しい戦いのなかで
　　　　　辺りに散らばる炭火のせいで
　　　　　藁に火がついた。火は勝手に燃え盛り
　　　　　この三人の火炙りとなったのだ

ファウスト　　お前たちは私の言葉に対して聾だったのか？ 11370
　　　　　交換を私は望んだのだ、略奪を欲したのではない
　　　　　無思慮な乱行を
　　　　　私は呪う。お前たちの間でその責めを分かち持て！

合唱　　　古き言葉、その言葉は響く
　　　　　力には進んで従え！
　　　　　汝もし勇敢にして不動たらんとするなれば
　　　　　試練に曝せ、家と屋敷を、しかして ── 汝自らを　（去る）

ファウスト　（バルコニーで）　星々は瞬きと輝きを隠す
　　　　　火は衰えて僅かに燃えるのみ
　　　　　驟雨を含んだ風が少し火勢を煽るだけ 11380
　　　　　それが煙と靄とをこちらへ運んで来る
　　　　　命令は早きに終わり、実行は速きに失した！ ──
　　　　　影の如くに漂い来たるものあり、それは何か？

深夜 / 11383

深　夜
四人の灰色の女たち登場

最初の女　　　私の名は欠乏
第二の女　　　　　　　　私の名は罪責
第三の女　　　私は憂慮と謂う
第四の女　　　　　　　　　私は苦悩と謂う
三人で　　扉には錠がかかっていて、私らは入ることが出来ない
　　　　中に住んでいるのは富裕の人。私らは入りたくない
欠乏　　そこでは私は影になる
罪責　　　　　　　　　そこでは私は無になる
苦悩　　人は私から甘やかされた顔を背ける
憂慮　　姉妹たち、お前たち入りはならず、またそれは許されない　　11390
　　　　憂慮は鍵穴を抜けて忍び入る
（憂慮は消える）
欠乏　　お前たち灰色の姉妹らはここから離れよ
罪責　　お前のすぐ近く、その脇に私は繋がっている
苦悩　　すぐ近くに踵を接して苦悩が伴う
三人で　雲は流れ、星々は消える！
　　　　その向こう、その彼方、遠きより、遠きより
　　　　彼は来る、兄弟なる彼が来る、彼 ─── それは死だ
ファウスト　（宮殿にいて）四人来ると見えた。行ったのは三人だけだ
　　　　あの言葉の意味が理解できなかった
　　　　言葉の余韻はなにやらこう言っているみたいだった ─ 苦悩と　11400
　　　　陰気な脚韻がそれに続いて聞こえた ─ 死亡と

　　　　　虚ろな響きだ、幽霊めいて、密やかな音だ
　　　　　まだ私は自由の域へ入るべく戦いを挑んだことがない
　　　　　もしも私にして魔術を我が小径から遠ざけること能うならば
　　　　　魔法の呪文を完全に忘れ去ることが出来るならば
　　　　　自然よ、おんみが前に私も男一匹として立てようものを
　　　　　そうなれば、一個の人間で在ることは、さぞや努力に値しようが

　　　　　かつての私はそうだった、暗黒のなかで探し求めつつ雑言を吐き
　　　　　我が身と世界とを呪ったあの時以前の私は、人間で在った
　　　　　今では大気はかくも汚れた愚かな妖怪に満ち充ちて　　　　　11410
　　　　　いかにすればそれを避けうるやも分からぬ始末だ
　　　　　たとい一日がわれらに明るく理性的に微笑みかけようとも
　　　　　夜はわれらを夢の綾模様のなかへと絡め取る
　　　　　われらが楽しく、若芽の野から家へ帰るとき
　　　　　一羽の鳥ががぁーと鳴く。何を鳴くのか？　不運と鳴く
　　　　　迷信の網に朝も晩も取り絡まれている。だから人はすぐ思う
　　　　　これは何かの現れだ、何かの予告だ、何かの警告だ、と
　　　　　こうして怯えながら所詮われらは孤独だ
　　　　　入口の扉が軋む、だが誰も入っては来ない
　　　　　（身震いして）　誰かそこにいるのか？
憂慮　　　　　　　　　　　その問いの求める答えは、はい！　11420
ファウスト　　で、君は、一体君は誰なのか？
憂慮　　　　　　　　　　　　　　一度来たことがある
ファウスト　　退れ！
憂慮　　　　　　　　　　私は正しい場所にいる
ファウスト　　（最初むっとするが、やがて気を鎮めて　自分に対して）
　　　　　気をつけよ、そして魔法の言葉は一言も語るな

　　　　　　　　　　　　　　　　　　　　　深　夜 / 11423

憂慮　　仮に私を聞く耳がなかろうとも
　　　　それは心のなかで鳴り響いているに違いあるまい
　　　　さまざまに姿を変えて
　　　　私は恐るべき力を発揮するのだ
　　　　小径の上で、波の上で
　　　　永遠に不安を招く伴侶なのだ
　　　　常に見い出され、一度も求められず　　　　　　　　　11430
　　　　それでも身を擦り寄せてくる、呪われた友だ —
お前はこれまでに一度も憂慮を知らなかったか？
ファウスト　　私はただこの世を一目散に駆け抜けてきただけだ
　　　　あらゆる快楽を私はその髪元で引っ捕らえた
　　　　役立たぬものは、去るままに放置し
　　　　私から逃れ去るものは、行くに任せた
　　　　私はただ欲望を覚え、成就しただけだ
　　　　そしてまたしても願望し、こうして力づくで
　　　　我が人生を嵐のように走り抜けた。始めは大きく、力強く
　　　　今ではしかし賢明に、慎重に歩んでいる　　　　　　11440
　　　　この地球なる圏も私にはもう充分判っている
　　　　あの上方へ展望を働かせたとて、それはわれらを邪路に導くのみ
　　　　彼処へと目を瞬かせつつ仰ぎ見る、そんな人間は馬鹿だ
　　　　雲の上にも自分に似たものが存在すると仮想しているに過ぎない！
　　　　しっかりと立って、ここで周りをよく見るがいいのだ
　　　　有能な者にとってこの世は沈黙していない
　　　　永遠の中へと迷い出たとて何になる！
　　　　己の知っているものが、捉えられるのだ
　　　　されば人は地上の日々に沿うて歩み行くがよい
　　　　亡霊が迷い出ようとも、人は己の道を行くべきだ　　11450

　　　　　　歩み続けるなかで苦難も幸福も見い出せばよい
　　　　　　そのような人間はあらゆる瞬間に満足することがない！
憂慮　　　私が一度取り憑いた人間には
　　　　　　世界全部が何の役にも立たなくなる
　　　　　　永遠の暗黒が下ってくる
　　　　　　太陽は最早昇りも沈みもしなくなる
　　　　　　いかに完全な外的感覚にあっても
　　　　　　その内には諸々の闇が住もうている
　　　　　　そのような人間はどんな財宝でも
　　　　　　それを己の所有にする道を弁えない　　　　　　　　　11460
　　　　　　幸も不幸もふさぎの虫となり
　　　　　　彼は豊穣の中にいながら飢餓に苦しむ
　　　　　　歓びであれ苦しみであれ
　　　　　　彼はそれを他日に押しやる
　　　　　　未来しか期待できない
　　　　　　こうして彼は仕上げに到ることができない
ファウスト　　やめよ！　その調子ではお前は私の相手になれない
　　　そんな無意味な話は聞きたくもない
　　　とっとと出て行け！　下手な愚痴を並べおって
　　　どんなに賢い男でもその手のものに頭を狂わされるかも知らんが　11470
憂慮　　　行くべきか、来るべきか？
　　　　　　決断が彼から奪われている
　　　　　　敷かれた道の真ん中で
　　　　　　彼は試すように半歩ずつふらつく
　　　　　　そしてますます深みに迷い込む
　　　　　　全てのものを歪めてしか見ることが出来ず
　　　　　　自分にも他人にも重荷を押しつけるのみ

　　　　　　　　　　　　　　　　　　　　　深　夜 / 11477

　　　　息を吸い、息がつまりする度毎に
　　　　窒息はしないが生気がない
　　　　絶望してはいないが帰依してもいない 11480
　　　　そんな止めどのない回転
　　　　放置は苦しく、義務は厭わしい
　　　　時に解放、時に抑圧
　　　　眠りは浅く目覚めは不快
　　　　それが彼を動けなくし
　　　　地獄への道を作る
ファウスト　　汚らわしい幽霊ども！　そのようにお前たちは
　　　　人間という種族を何千回となく扱ってきたのだ
　　　　さしたる意味のない日をすらお前たちは
　　　　網に絡まれた苦痛の嫌らしい混乱に転換してきた 11490
　　　　悪霊どもからどうして人は離れられぬのか、私には分かる
　　　　霊界の厳しい絆は断ち切れぬ
　　　　だがお前の力、おお憂慮よ、その媚びる様子は大なるも
　　　　私はそれを容認しないであろう
憂慮　　　その力の程を身に凍みて知るがよい、私が速やかに
　　　　呪いをかけて、お前から離れて行くときに！
　　　　人間は生涯ずっと盲目である
　　　　さぁファウスト、お前はその最後において盲目となれ！
　　　　　　　　　　彼女は彼に息を吹き掛ける
ファウスト　（失明する）
　　　　夜は深く、一層深く侵入してきたと思われる
　　　　だが内には明るい光が輝いている 11500
　　　　私が考えたこと、それを急ぎ成し遂げよう
　　　　主人の言葉、それのみが重さを与える。その精神で行こう

11478 / 第二部　第五幕

寝床より起き出でよ、お前たち従僕！　どの男も皆！
我が考案せるものを無事成し遂げて人に見せよ
道具を手に取れ、鍬とシャベルを動かせ！
杭を打った境は速やかに仕上がらねばならぬ
厳しい整理と素速い勤勉を承けて
最高に美しい褒美は成る
最大の仕事が完成するには
一なる精神があれば足る、それが千の手となるのだ 11510

宮殿の大きな前庭
松　明

メフィスト　（監督として　先頭に）

　　集合！　集合！　入れ！　入れ！
　お前たち、震える死霊レムーレンよ
　靭帯と腱と骨より
　縫い合わされた半端ものども

レムーレン　（合唱で）　私らはすぐおんみの手伝いに参ります
　半分聞いたらもう来ます
　とても広い土地のことでしょ
　それを私ら頂けるそうで

　　尖った杭も揃っています
　測量用の長い鎖も 11520
　何故私らにお声が掛かったのか

　　　　　とんと忘れておりました

メフィスト　　　ここでは別段手のこんだ努力は要らん
　　お前たちの規準に従ってやればよい
　　一番のっぽの男が背丈一杯寝てみせろ
　　他の者らはその周りぐるっと芝を掘り起こせ
　　われわれの先祖に対してなされたように
　　長方形の溝を掘るんじゃ！
　　宮殿からこの狭い家へ
　　結局はそれで終わりか、馬鹿げた話　　　　　　　　　　11530
レムーレン　（からかうような身振りで掘りながら）
　　　　私が若くて恋もした頃
　　　　人生甘いと思われた
　　　　歌は楽しく暮らしも愉快
　　　　私の足は自ずと舞った

　　　　今では老いが意地悪く
　　　　私を捉え、松葉杖の身
　　　　墓の扉に躓いた
　　　　何故折も折、開いていたのかこの扉！
ファウスト　（宮殿から歩み出て、扉の側柱を手探りする）
　　鍬の打ち当たる音がなんと私を喜ばせることか！
　　大勢の人間が私のために賦役として働いている　　　　　11540
　　陸地を自分たちと一体にし
　　波にはその限界を定める
　　海を厳しい帯で囲っているのだ
メフィスト　（横を向いて）　君はただ俺たちのために

　　　　苦労しているだけだ、君のダムやら君の突堤やらでさ
　　　　何故なら君はもう既に海神ネプチューン
　　　　あの水の悪魔に大御馳走を提供しているんだから
　　　　どの道お前さんたちの負けさ ―
　　　　四大元素は俺たちと結託しているのだ
　　　　だから所詮は壊滅に帰するのさ

11550

ファウスト　　監督！
メフィスト　　　　　ここに！
ファウスト　　　　　　　　何はともあれ
　　　　労働者を集めよ、うんと大勢
　　　　快楽と厳格、その両方で元気を盛り立てよ
　　　　支払い、引きつけ、併せて締めつけ、だ！
　　　　毎日毎日私は報告を得たい
　　　　計画された堀がどこまで延びたかを知りたいのだ
メフィスト　（中程度の声で）
　　　　俺に報告のあったところでは、皆言ってるよ
　　　　堀ではなくて墓なんだとね
ファウスト　　沼地が一つ山沿いに続いている
　　　　それが全てのこれまでに獲得されたものを汚染している

11560

　　　　この腐った泥沼の水も吸い出す
　　　　この究極の仕事が終われば、最高の成果となろう
　　　　私は何百万の人たちに活動の余地を開くことになる
　　　　安心してとは行かぬまでも活動的に自由に住める空間を
　　　　地は緑して実り多く、人も家畜も忽ちにして
　　　　この最新の大地の上に快適に暮らせるし
　　　　すぐにも住めるであろう、勇敢且つ熱心なる民衆全体が
　　　　掘り起こしたその丘の力に惹かれ、そのもとへ移住するであろう

　　　　　　　　　　　　　　　　宮殿の大きな前庭 / 11568

この内陸に一つの楽園の如き土地が出来る
　　　そこでは、よしや外で潮が荒れて縁まで迫ろうとも　　　11570
　　　またいかにそれが強烈な力で以て割り込もうとしても、直ちに
　　　人は挙って駆けつけ、隙間を塞いでしまうことだろう
　　　そうだ、この想念に私は全面的に恭順の意を表する
　　　これこそ知恵の最終の結論だ
　　　生活といい自由というも、日々それを
　　　獲得せずには措かぬ者のみ、これを得るに値する
　　　こうして危険には取り囲まれていようとも
　　　若きも老いも、ここで有能の年月を送るのだ
　　　そのような人の群れを私は見たい
　　　自由の土地に、自由の民と共に立ちたい　　　11580
　　　その時私は瞬間に向かってこう言ってよいであろう
　　　「留まれ、汝はかくも美しいものか！」と
　　　我が地上の日々の痕跡が、永劫のなかに
　　　没することはよもありえまい —
　　　そのような高き幸福を予感しつつ
　　　私は今や最高の瞬間を享受しているのだ
　　　　　　　　　（ファウスト後ろへ倒れる。
　　　　　　　　　レムーレン彼を抱き止め、地面に寝かせる）

メフィスト
　　　どんな快楽にも彼は満足せずどんな幸福も彼には充分でなかった
　　　そうやって彼は、転変常なき諸々の形姿を求めて切望し続けた
　　　最後の、悪しき、空なる瞬間に
　　　この哀れな奴はそれを引き留めたいと望む　　　11590
　　　この男はあれほど烈しく俺に抵抗した
　　　時が主となり、老人はここ砂地に倒れている

11569／第二部　第五幕

　　　　　　時計は止まる ─
合唱　　　　静かに止まる！　時計は深夜の如くに沈黙している
　　針が落ちる！
メフィスト　　　　針が落ちる。事は終わった
合唱　　それは過ぎ去った
メフィスト　　　　　　過ぎ去った！　愚かな言葉だ
　　何故過ぎ去るのか？
　　過ぎ去って、純なる否定となる。全くの一様あるのみ！
　　永遠なる創造なんぞわれらにとって何でありえようか！
　　造られたものを無へと引き攫うだけではないか！
　　「そこで事は終わり、過ぎ去った」この言葉で何が読めるか？　　11600
　　何も在りはしなかったと同じではないか
　　だがまるで在るかのように、人は己を中心に動き回っている
　　俺にはいっそ永遠の空無、その方が好ましいってものだ

埋　葬

レムール　（ソロ）　誰がこの家をこんなに下手に建てたのか
　　　　　　　　シャベルや鍬を使って？
レムーレン　（合唱）　麻の衣装を纏うた暗いお客よ、汝には
　　　　　　　　これでも出来過ぎというもの
レムール　（ソロ）　誰がこの広間をこうも下手に案配したのか？
　　　　　　　　机や椅子はどこにある？
レムーレン　（合唱）　暫しの間だけ借りてあるのだ　　11610
　　　　　　　　なにしろ債権者が多いもので
メフィスト　　　　肉体は横たわっている、精神が逃げ去ろうとしている

埋　葬／11612

俺はこいつに素早くこの血で書かれた証文を突きつける ─
だが生憎当今人は沢山の手段を持っている
悪魔の手から諸々の魂を引き抜くためのな
昔の流儀では顰蹙を買う
新規のやり方ではこちとらがお呼びじゃない
以前はこんな事独りでやったものだが
今は共犯仲間を呼んで来なけりゃならん
万事俺たち遣りにくくなったもんだ！　　　　　　　　　　　　　11620

在来の習慣、古来の権利
何事にも最早信用が置けぬ
以前は最後の息と同時に魂が抜け出たものだ
俺はそれに気を付けていて、逃げ足一番の鼠のように
さっ！　とやれば魂はがっちり俺の組んだ爪の中ってものだった
ところが今は魂はぐずぐずしやがって、あの暗い場所
腐った死骸の吐き気のする家を離れようとしないのだ
互いに嫌い合っている四大元素
そいつらが結局は魂をにべもなく追っ払う
そこで俺は日々刻々苦しみ抜いて考える　　　　　　　　　　　　11630
いつ？　どうやって？　またどこで？　だがそれは苦い問いだ
昔の死はもう素速い力を失っていると分かったからだ
果して死んでいるのかどうか？　すらとうに疑わしくなっている
よく俺は硬直した肢体を興味半分眺めたものだ
それはただの外見だった。実際それはまた動いて働き出したから
　　　　　　　　（幻想的 ─ 門衛風の祓魔の身振り）
さっさと仕事にかかれ！　お前たちの歩調を倍にしろ
お前たち、真っ直ぐな角やら曲がった角やらの旦那たち

昔気質の悪魔連中
地獄の淵もちゃんと持って来たな
なるほど地獄には淵が一杯ある！　一杯にな！ 11640
身分相応、位階に合わせて呑み込む口じゃからな
だがこの最後の芝居においても将来は
あれこれ区分の思案なんぞしなくなるだろう
　　　　　恐ろしい地獄の淵が左側で大きく口を開ける
両方の犬歯が剝き出しになった。ドーム程もある喉の奥から
沸いて出る焔の奔流は怒りに燃える
その背景に煮え立つ煙のなかに
永遠の火をなす火炎の町が窺われる
紅の怒濤は歯にまで打ち寄せ
断罪された者らが救いを求めて泳ぎ回る姿さえ目に浮かぶ
だがそいつらを火のハイエナは猛烈な勢いで嚙み砕き 11650
彼らはまたまたおどおどと熱い道を辿るよりない
隅の方にはまだあれこれ発見物が残っている
極めて狭い空間に、なんと多くの驚くべきもののあることよ！
お前たち、罪人どもをさんざん驚かせてやるがよい
彼らはそれを噓だ、欺瞞だ、夢だと思っているんだから
　　　　　（短い真っ直ぐな角をした太った悪魔たちに）
さて、火の顎持った太鼓腹野郎ども！
お前たちは地獄の硫黄で脂肪太りしているだけによく燃えとる
丸太みたいな、短いがびくともせん頸！
この下で様子を見てろ、燐みたいなのがきらきら光るのをな
それが魂ちゃんだ、翼を持ったプシュケーって蝶だ 11660
それをお前たちが撮み出す、嫌らしい虫みたいにさ
俺はそれに俺の判子を捺して保証する

埋　葬 / 11662

そうしたらそれを持って火の旋風のなかを駆け抜ける！

下の辺りに注意しろ
お前たち飲み助ども、これがお前たちの義務だ
魂がそこに住むのを好むかどうか
そう厳密には分からんのだから
よく魂は臍を家にして暮らしとる ―
そこに注意しておれ、そこでお前たちさっと拭い取るのだ
　　　　　　（長い曲がった角をした痩せっぽ悪魔たちに）
お前たち門衛風巨人のがらくたども　　　　　　　　　　11670
お前たちは空気を摑め、休まずやってみよ！
腕を真っ直ぐに伸ばし爪を鋭く向けてな
ひらひらと舞う魂、逃げ足の速い魂を捕まえるんだ
魂はきっと元の古巣で居心地悪かったろう
まして天才ともなれば、すぐに上へ昇りたがる
　　　　　　　　栄光　上方右手より

天の軍勢　　あとに続け、遣わされたる者ら
　　　　　　　天の同胞
　　　　　　　穏やかなる飛翔のうちに
　　　　　　　塵埃を息づかすべく
　　　　　　　罪びとらに施与されたるものなれば　　　　11680
　　　　　　　なべての生けるものらに
　　　　　　　親しき痕跡を
　　　　　　　作りなせ、歩を留め
　　　　　　　漂ううちに！

メフィスト　　不協和音が聞こえるぞ、嫌らしい変則音だ
　　　上方からそれは来る、歓迎されざる日とともに

あれは少年だか少女だか分からん奴らの下手くそ演奏だ
信心ぶる趣味が何をやらかそうとも
お前たちには分かっとるな、いかにわれらが深刻邪悪の刻限に
人類なる種族に対して絶滅を考えて来たかが
われらが発見した最も恥ずべきもの、音楽
それが奴らの信心にとってはまさに好都合なんだ

彼らはやって来る、いかにも似非信者らしく、きざな奴らめ！
この手で奴らは俺たちから大勢かっ攫って行きやがったんだ
われら本来の武器で以てわれらと交戦しおる
奴らも結局は悪魔だ、ただ偽装しとるだけさ
ここで負けたら、お前たちには永久の恥辱となるぞ
墓に近寄れ、輪になって守りを固めよ！

天使らの合唱　（薔薇の花を撒き散らしながら）
　　　　薔薇よ、おんみら眩ますものよ
　　　　惜しみなく芳香を放つものよ！
　　　　ひらひらと舞い漂い
　　　　秘めやかに息づかせ
　　　　小枝より翼を得たる
　　　　蕾より開き出でたる、おんみら
　　　　咲けよかし、いざや今

　　　　春は芽生えよ
　　　　紅と緑に！
　　　　楽園をもたらせ
　　　　休らう者に

埋　葬／11709

メフィスト　（悪魔らに）
　　お前たち何しとる、屈み込んでびくびくして？　それが地獄の　　　11710
　　習いか？　しっかりせい。奴らには勝手に撒かせておけ
　　自分の持ち場を離れるな、どいつもこいつも！
　　奴らはきっとあんな小花で
　　暑い悪魔を氷漬けにでもするつもりじゃろう
　　そんなものはお前たちの息で溶けて縮んでしまうよ
　　息を吹っかけろ火吹きピューステリッヒ！　―　もうよい、止めよ
　　お前の熱い一吹きで花吹雪はおさまった　―
　　そんなに強く吹くな！　口と鼻を閉じよ！
　　確かにお前は強く吹き過ぎた
　　お前たちはしかし度を弁えんからいかん！　　　　　　　　　　　11720
　　相手は縮んだだけじゃない、焦げ茶色に乾き、そら燃えておる！
　　明らかに毒のある焔がもう漂うて来る
　　それを防げ！　しっかり体を寄せ合え！　―
　　その力が消えておる！　どいつもこいつも勇気を無くしとる！
　　悪魔どもが、思いがけず身を擦り寄せてくる火炎に見とれとる
天使の合唱　　聖なる花々
　　　　　　　愉しき焔
　　　　　　　愛を拡げつ
　　　　　　　歓びをなす
　　　　　　　心のままに　　　　　　　　　　　　　　　　　　　11730
　　　　　　　真なる言葉
　　　　　　　清きエーテル
　　　　　　　永久なる群れに
　　　　　　　遍ねき光！
メフィスト　　おお、呪いを！　恥辱を、この馬鹿者めらに！

11710 / 第二部　第五幕

悪魔どもが逆立ちしとる
不器用者らが何回ももんどり打って
尻餅つきつき地獄へ駆け込みおった
お前たちは熱い湯にとっぷりつかっとれ、それが分相応だ
俺はしかし残っておる、これが俺の持ち場じゃ ──　　　　　　　　11740
　　　　（漂うてくる薔薇の花と格闘しながら）
鬼火どもめ、去れ！　お前、お前はどんなに強く光っても
摑まえてみれば、所詮は忌ま忌ましいゼリー凝乳じゃ
こいつら何をひらひら飛んどる？　捕まえられたいのか！ ──
瀝青だか硫黄だかみたいなのが俺の背中にへばりついとる

天使らの合唱　　汝らに所属せぬものを
　　　　　　　　汝らは避けねばならぬ
　　　　　　　　汝らの内部を妨げるもの
　　　　　　　　それを汝らは甘受してはならぬ
　　　　　　　　もしそれが力づくで侵入するなら
　　　　　　　　我らは実力を用いねばならぬ　　　　　　　　　　11750
　　　　　　　　愛のみが愛する者らを
　　　　　　　　導き入れる！

メフィスト　　俺の頭が焼ける、心臓も肝臓も焼ける
こりゃぁ超悪魔的元素だ！
地獄の火よりも遥かに鋭いや！ ──
そうか、読めたぞ。あれほど猛烈に泣き悲しむ
世の不幸なる愛人たち、斥けられても拒まれても、彼らは所詮
捩じれた首をあの唯一最愛の女性の方に向けて窺っているわけだ
そう言う俺も怪しくなってきた！　どうして頭があっち天の方へ
引っ張られるのか？　俺とはそれこそ不倶戴天の敵ではないか！　11760
以前は俺の見る眼があれほど敵対的で厳しかったのに

埋　葬 / 11761

　　　　何やら異質のものが俺の心の隅々まで浸透したのかな？
　　　　奴らを見たい気がするぞ、早い話があの滅法可愛い坊やたち
　　　　俺を呪えなくさせているもの、それは一体何だ？　—
　　　　こんなでもしも俺がぞっこん惚れちまったりした日には
　　　　誰がこの先馬鹿者と呼ばれることになる？
　　　　これはこれはと吃驚するような坊やたち、日頃の俺は嫌いなのに
　　　　そいつらがてんで可愛ゆく思えてくるから困りものだ！　—

　　　　綺麗な子供ら、教えておくれ
　　　　お前さんたちも堕天使ルツィフェル一家の出じゃないのか？　　　11770
　　　　なんて愛らしいんだろう、ほんにキスしてやりたいよ
　　　　あんたらちょうどいい時にやって来たって気がするよ
　　　　俺はとってもいい気持ち、ごく自然な感じがする
　　　　お前さんたちに千度も会ってきたみたい
　　　　それほどこっそり‐仔猫のように欲しがってんだ
　　　　見る度毎にまたあらためて一層綺麗に見えてくる
　　　　もっと傍へ来ておくれ。おお一目なりと俺に恵んでおくれ！

天使ら　　　われわれはもう来ている。何故お前は後ずさりするのか？
　　　　われらは近づく。お前にそれが出来るなら、留まっていよ！
　　　　　　　　天使らは周りを行きながら、全体の空間を占めるようになる
メフィスト　（前舞台の中に押し込められて）
　　　　お前たちは俺らのことを断罪された霊どもだと非難する　　　　11780
　　　　だがお前たちこそ正真正銘、魔女の親方ってもんだ
　　　　何故ならばお前たちは男と女を誘惑するからだ　—
　　　　なんたる呪われたる冒険か！
　　　　これが愛の要素というものだろうか？

　　　　俺の体全体が火のなかに立っている
　　　　俺は、背中が焼けているのに殆ど感じなくなっている ─
　　　　お前たちは彼方此方と揺れ動き、そうやって下方に降りてくる
　　　　もうちょっと世間流に手足を動かしたらどうだ
　　　　確かに、真面目はお前たちによく似合っとる
　　　　だが俺は一度でもお前たちが微笑むところを見たいもんだ！　　　　11790
　　　　そしたらそれは俺にゃ永遠の恍惚となるだろうよ
　　　　だから俺は、まるで恋人たちの眼差しと言ってるのさ
　　　　口のほとりを一寸動かす、それで充分じゃないか
　　　　お前、のっぽの坊や、俺はお前が一番好きだ
　　　　坊主じみた仕種は全然似合いそうもない
　　　　だから俺をもそっと色っぽく視てくれないか！
　　　　お前たちも上品に－もうちょい脱いで歩けんものか
　　　　長ったらしい襞入りガウンは超道学者的ってもんだ ─
　　　　奴らは後ろ向きになる ─ 後ろから拝まして貰いましょ ─
　　　　悪戯っ子どもなかなか食欲をそそりよるわい！　　　　　　　　　11800

天使の合唱　　　清浄へ目を向けよ
　　　　　　　　　汝ら愛する焔たち！
　　　　　　　　　己が罪を呪う者らを
　　　　　　　　　真理が救えよかし
　　　　　　　　　されば彼らも悦びつ
　　　　　　　　　悪より身をば解き放ち
　　　　　　　　　しかして万有合一のうちに
　　　　　　　　　至福を得るに到るであろう！

メフィスト　（気を取り直しつつ）
　　　　俺の身はどうなった！　ヨブさながらに打擲また打擲を蒙り
　　　　それでも男一匹、目の前が真っ暗になりながら　　　　　　　　　11810

　　　　　　　　　　　　　　　　　　　　　　　　　埋　葬／11810

　　　　　凱歌を挙げる、己をとことん見据えている限り
　　　　　己とその血統とを信頼し続ける以上は
　　　　　かくて気高き悪魔の本領は救済されたぞ
　　　　　愛の妖怪、それは俺の肌を襲っただけで止まった
　　　　　呪わしかった焔も既に燃え尽きている
　　　　　そこで俺は改めてお前たち全員を呪うぞ、当然であろう！
天使の合唱　　聖なる火炎！
　　　　　　　それに包まれたる者は
　　　　　　　生にあって、善良の人らと
　　　　　　　共に己の至福を感じる　　　　　　　　　　　　　　11820
　　　　　　　汝ら全て一に合し
　　　　　　　自らを高め、讃美せよ！
　　　　　　　大気は浄化された
　　　　　　　精神は呼吸せよ！
　　　　　天使らは昇って行く、ファウストの不滅のものを引き離して運びつつ
メフィスト　（周りを見回して）
　　　　　だがどうして？　── 奴らはどこへ行っちまったのか？
　　　　　年端も行かぬ連中がこの俺を吃驚させた
　　　　　獲物を攫ってとっとと天へ逃げ去りやがった
　　　　　それを狙って奴らはこの墓穴でぺちゃくちゃしとったんだ！
　　　　　俺の手から大きな唯一の宝が掠め取られた
　　　　　俺に担保として預けられてた、気高い魂　　　　　　　11830
　　　　　それを奴らはちゃっかり俺から失敬して行きやがった
　　　　　どこの誰に一体俺は今訴えて出ればいい？
　　　　　何方が俺に俺の得ていた権利を回復してくれる？
　　　　　いい年をしてお前はまんまと騙されたんだ
　　　　　お前のせいだ、当然お前は滅法酷い目に逢うぞ

俺は恥ずべき間違いを犯した
　　金も暇もしこたま注ぎ込んで不名誉にも！　一切が無駄となった
　　下劣な情欲、馬鹿げた色恋沙汰が
　　海千山千の悪魔たる俺に襲いかかったのだ
　　そしてこの子供じみた－馬鹿げた奴に
　　老練の士がこだわっておるその暇に
　　思えば確かに馬鹿さ加減もいいとこだった
　　その愚劣さが最後に俺を打ち負かしたのだ

山　峡

　　　　　　森、岩、荒涼の地
　　聖なる隠者たちが山の上方へと分かれ、峡谷の間に位置している

合唱と反響　　森の命は揺れつつ来たり
　　　　　　巌は重く地にのしかかる
　　　　　　木の根は互いに絡み合い
　　　　　　幹また幹と身をば寄せ合い
　　　　　　浪また浪が飛沫を上げる
　　　　　　洞深くして守りを約し
　　　　　　獅子らも黙し秘めやかに行く
　　　　　　われらをめぐりいとも親しく
　　　　　　浄きこの地を崇むる如く
　　　　　　聖なる愛の宝の蔵を

恍惚の教父　（上下に漂いながら）
　　　　　　永遠の歓喜の焔
　　　　　　燃え上がる愛の絆よ

　　　　　胸ぬちに煮え立つ苦痛
　　　　　泡立てる神の喜び
　　　　　矢となってこの身を浸せ
　　　　　槍となり我が身を制し
　　　　　棒となりこの身を砕き
　　　　　稲妻の如く貫け！
　　　　　さればこの無なるもの皆
　　　　　一切は飛び散ろう
　　　　　恒星は輝き出でよ
　　　　　永遠の愛の核たれ

深淵の教父　（深い領域）
　　　　　　我が足下なる岩の深淵
　　　　　底なき底に重く休らう
　　　　　百千の小川輝き流れ
　　　　　迸る水烈しく墜ちる
　　　　　己が力の促すままに
　　　　　幹は空へと真っ直ぐに立つ
　　　　　かく全能の愛は働く
　　　　　全てを造り全てを抱く

　　　　　　我が周りなるざわめく響き
　　　　　森と岩底波立つ如く
　　　　　そは優しくも水の溢れて
　　　　　谷の淵へと墜ちゆく音ぞ
　　　　　谷を潤す天が掟か
　　　　　稲妻走り輝き落つる

毒と靄とを胸に抱ける 11880
世の空気をば改むる如 —

　　愛の御使い告ぐるは、永久に
造りつわれら囲む波音
我が心をも燃え立たしめよ
この精神の乱れ、冷たく
鈍き想いに囲まれ悩み
絶え間なきこの苦痛の鎖
かかる思想を、神、宥めませ
乏しき心輝かしませ！

熾天使の教父　（中間の領域）
なんと美しい朝雲が漂うことか 11890
樅の樹の揺れる葉先を透かして！
私は予感するのであろうか、我が内に生きるものを？
あれは若き霊の群れだ

少年たちの合唱　　僕たちどこを波打ち動いているのか言って下さい
教父さま、善いお方、僕たちは何者なのですか？
僕たち幸せです。全て、僕たち全てにとって
現に在ることはこうも穏やかなのですから

熾天使の教父　　少年たちよ！　真夜中に生まれた子ら
精神も感覚も半ば開かれたまま
両親にとっては早くも失われたものら 11900
天使らにとっては得られたものら

山　峡／11901

　　　　　一人の愛する者が居合わせることを
　　　　　お前たちは幸せに感じる。さぁこちらへおいで
　　　　　だが険しい地上の道を、幸せな者らよ
　　　　　お前たちは少しも知らない
　　　　　下ってお出で、そして私の眼の
　　　　　世と－地上とに即した器官のなかへお入り
　　　　　お前たちは私の眼を自分のものとして使うことができる
　　　　　そうやってこの辺り一帯をとくとご覧！
　　　　　　　（彼は少年たちを自分の体内に納める）
　　　　　これが木、これが岩　　　　　　　　　　　　　11910
　　　　　水の流れは下へ墜ちる
　　　　　そして物凄い勢いで転がりながら
　　　　　険しい道を短くして行く

至福の少年たち　（内側から）
　　　　　見ているだけで力強い
　　　　　けれどもこの場所は暗い
　　　　　僕らを恐れと不安とで揺すぶる
　　　　　高貴なる、善いお方、僕らを先へ運んで下さい！

熾天使の教父　　　更に高い圏へと昇れ
　　　　　ますます気付かれぬうちに成長するがよい
　　　　　さながら永遠に純なる仕方で　　　　　　　　11920
　　　　　神の現在が全てを強めるように
　　　　　何故ならばそれこそ霊の養分だから
　　　　　自由なエーテルのうちに働く力こそ
　　　　　それは永遠なる愛の啓示であり

11902／第二部　第五幕

　　　　　　　至福へと展開するものだ

至福の少年たち　（最高の峰を旋回しながら）
　　　　　手を取り合って
　　　　　喜びながら、輪舞の集いへ
　　　　　動いて歌おう
　　　　　聖なる想いを籠めて！
　　　　　神の教えを受けた以上　　　　　　　　　　　11930
　　　　　お前たちは信頼してよい
　　　　　お前たちが尊敬するお方を
　　　　　必ずやお前たちは観るであろう

天使ら　（ファウストの不滅のものを運びつつ、最高の雰囲気のなかを漂う）
　　　　　救われたり、かの高貴の肢体
　　　　　悪なる霊の世界よりして
　　　　　永久に努めて熄まざる者を
　　　　　われらは救い、解き放ちうる
　　　　　その者になお上より愛の
　　　　　与かり来たり働くなれば
　　　　　聖なる群れも心籠めたる　　　　　　　　　　11940
　　　　　歓びをもてそを迎えなん

年少の天使ら　　愛する－聖なる、かの贖罪の
　　　　　おみなが手より撒かれし薔薇は
　　　　　われらを助け勝利得さしめ
　　　　　高き業をば為し遂げしめぬ
　　　　　この魂の宝を奪えり

　　　　　　　　　　　　　　　　　　　山　峡 / 11946

われら撒くとき悪は退き
われら打つとき悪魔逃げたり
慣れし地獄の罰に代わりて
霊ども知りぬ、愛の苦しみ
老獪サタン師匠すらもが
鋭き痛み身に凍みいりて
いざ歓喜せよ！　事は成りにき

より完成せる天使ら
われらに残る、地の名残り
そを運ぶこといと辛し
石綿ほどのものにても
そは未だなお純ならず
霊の力はいと強く
四大要素を引き寄せて
一に合わするものなれば
天使といえど分かちえず
一なる二様の自然をば
地と霊ともに内にあり
永遠の愛それのみが
分かつ力を持てるなり

年少の天使ら　　岩山めぐり霧なして
我は覚おゆ今しがた
身近にもあり動くもの
霊らの命それならん
雲の姿の明るみて

　　　　　　　　　至福の子らの群がりて
　　　　　　　　　動く童ら見え来たる
　　　　　　　　　地の重みより放たれて
　　　　　　　　　輪をなし集う者たちは
　　　　　　　　　楽しむならん、この上の
　　　　　　　　　世界が持てる新しき
　　　　　　　　　春と飾りの数々を
　　　　　　　　　その昇り行く充足の
　　　　　　　　　始めに当たり、かの人も
　　　　　　　　　よき友となれ、童らが！　　　　　　　　　　　　　　11980

至福の少年たち　　　喜んで僕らは迎える
　　　　　　　　　蛹の状態にあるこのお方を
　　　　　　　　　これで僕らは、天使たりうる
　　　　　　　　　保証を得ることが出来るだろう
　　　　　　　　　蛹を包むこの繭の
　　　　　　　　　綿毛を解いてさしあげよう！
　　　　　　　　　これで立派に大きくなった
　　　　　　　　　聖なる命に養われ

マリアの教父　（最高至純の僧房で）
　　　　　　　　　ここは眺望が利く
　　　　　　　　　精神が高められる　　　　　　　　　　　　　　　　　11990
　　　　　　　　　かしこにはおみならが過ぎて行く
　　　　　　　　　漂いながら上方へと
　　　　　　　　　壮麗のお方がその真ん中におられる
　　　　　　　　　星の冠を着けて

　　　　　　　　　　　　　　　　　　　　　　　　　　山　峡 / 11994

　　　　天界の女王様
　　　　私はそれを光輝のなかに見る
　　　　　　　　（恍惚として）
　　　　世の最高の支配者たるマリアさま！
　　　　張りわたされた蒼穹のなかで
　　　　おんみが神秘のお姿を
　　　　私に観させて下さいませ　　　　　　　　12000
　　　　男子の胸を厳しくも優しく
　　　　動かして今、聖なる歓びとともに
　　　　おんみに向かい捧げ持つ
　　　　この心をば嘉し給わんことを

　　　　抑え難きわれらが勇気
　　　　おんみが崇高なる命令を給うとき
　　　　突如として和らぐその火
　　　　おんみがわれらを平和のうちに囲み給うとき
　　　　純にして最美の意味における処女
　　　　さまざまの名誉に相応しき御母　　　　　12010
　　　　われらがために選ばれたる女王
　　　　神々にも比肩されるお方

　　　　　マリア様をめぐり、軽やかな
　　　　　小さい雲が絡み合う
　　　　　贖罪のおみならだ
　　　　　愛らしい一塊をなして
　　　　　マリア様のお膝元で
　　　　　エーテルを啜りながら

11995／第二部　第五幕

　　　　恩寵を待ち受けている

　　　おんみ、なにものも触れえざる御方から　　　　　12020
　　　しかしそれは拒まれてはおりませぬ
　　　誘惑され易かった女たちが
　　　おんみを頼りに来たることは

　　　弱気のなかへ引き浚われて
　　　彼女らは救われ難かった
　　　何びとが独力で、快楽の鎖を
　　　断ち切りえようか？
　　　何故こうも速やかに、足はこの
　　　歪んだ滑り易い地から道を外れて行くものか？
　　　一目、一言、魅惑的なる呼気　　　　　　　　　12030
　　　それに現を抜かさぬ者はありえまい？
　　　　　　　　栄光の聖母漂い来たる

贖罪のおみならの合唱
　　　　おんみは漂う、高きへと
　　　　永遠なるかの豊けさの
　　　　聞き取り給え、この悲願
　　　　おんみ、類いもなきお方
　　　　おんみ、み恵み深き方！

大いなる贖罪の女　（ルカ 7.36）
　　　　おんみが神に清められたる御子イエス様の
　　　　おみ足に涙を注ぎ香油ともせるおみな
　　　　パリサイびとの嘲りをよそに

　　　　　　　　　　　　　　　　　　山　峡／12039

　　　　　　尽くした女の愛にかけて
　　　　　　かくも豊かに芳香の涙を滴り落としたる
　　　　　　女の脈管にかけて
　　　　　　かくも柔らけくイエス様のおみ足を
　　　　　　乾かしたる女の捲き毛にかけて、お願い申し奉る ー

サマリアの女　（ヨハネ 4章）
　　　　　　既に遠き昔アブラハムが羊を率いて
　　　　　　立ち寄った井戸にかけて
　　　　　　救い主イエスにその口を
　　　　　　冷しつつ触れえた水桶にかけて
　　　　　　かくてそこより注ぎ出でたる
　　　　　　純にして豊かな泉にかけて
　　　　　　辺りに溢れんばかり、そして永遠に明るく
　　　　　　世界全体に亘り流れる水にかけてお願い申し奉る ー

エジプトのマリア　（聖者伝）
　　　　　　主イエス様を十字架より下ろし奉った
　　　　　　かの高き浄めの場所にかけて
　　　　　　異教の戸口より戒めて、私を突き戻された
　　　　　　マリア様のみ腕にかけて
　　　　　　私が忠実に荒野のなかに留まって
　　　　　　過ごしたる四十年間の贖罪にかけて
　　　　　　私が砂地に書き下ろしたる
　　　　　　至福の別れの言葉にかけて、お願い申し奉る ー

三人で　　おんみ、大いなる罪のおみならに

　　　　おんみが近づきを拒まれざりしお方
　　　　そして懺悔の功徳を
　　　　永遠の域へと高めて下さるお方
　　　　どうぞこの良き魂にもお恵みを
　　　　これはかつて自らを忘れたばかりに
　　　　自分の過ちに気づかなかったのでございます
　　　　どうぞよしなにおんみがお許しを賜りますよう！

一人の贖罪の女　（かつてグレートヒェンと呼ばれし。身を擦り寄せて）
　　　　傾け給え、傾け給え
　　　　おんみ比類なきお方
　　　　おんみ光輝に満てるお方
　　　　どうぞおんみがかんばせを優しくあたしの幸せへ！
　　　　以前あたしが愛した人
　　　　もはや翳りのない人が
　　　　今戻って参ります

至福の少年たち　（圏をなして近づきつつ）
　　　　彼は早僕らを越えて成長する
　　　　力強い手足をえて
　　　　忠実な養いの報酬に
　　　　充分応えることだろう
　　　　僕らは早く離れてしまった
　　　　生の諸々の合唱から
　　　　だがこの人は学んだのだ
　　　　彼が僕らを教えてくれるだろう

一人の贖罪の女　（かつてグレートヒェンと呼ばれし）

　　　　　　高貴な霊の合唱に包まれ
　　　　　　この新参の方はおよそ気づきません
　　　　　　新たな命も殆ど予感しておりません
　　　　　　それほど彼はもうこの聖なる群れに同化しています
　　　　　　ご覧下さい、彼が古い衣の
　　　　　　あらゆる地上的束縛から身を解き放ち
　　　　　　エーテルの衣装よりして　　　　　　　　　　12090
　　　　　　最初の若き力となって立ち現れるさまを
　　　　　　どうぞあたしにお許し下さいませ、彼に教えますことを
　　　　　　新生の日が彼にはまだ眩しいのですから

栄光の聖母　　来たれ！　より高き領域へと昇り行け！
　　　　　　彼がお前を予感したなら、彼は後について来る

マリア崇拝の博士　（顔を伏せて礼拝しつつ）

　　　　　　瞳を上げよ、救いの眼へと
　　　　　　なべて悔いある優しき者ら
　　　　　　身を至福なる天が定めに
　　　　　　同化しうべく、感謝をもちて
　　　　　　より良き心すべておんみに　　　　　　　　12100
　　　　　　心捧げて仕えんことを
　　　　　　処女なる御母、女王様にて
　　　　　　女神よ、永久に恵み深かれ！

神秘の合唱　　過ぎ行くものはなべてこれ
　　　　　　ただ象徴にすぎぬなり

12084 / 第二部　第五幕

到りえぬもの今ここに
明らけくこそ生じたれ
言い難きものそも今は
果たし終わんぬ。永久にして－
女性的なるもの常に
われらを惹きて昇らしむ

   FINIS

訳者あとがき

　前著『ゲーテ詩考』の跋文で、私は『ファウスト』の「私自身による翻訳がまだ成し遂げられていない」ことを遺憾とする旨、告白していたのであるが、実際その時点では殆どそんな見込みは立っていなかった。三十年ほど前に「アウエルバッハの酒蔵」あたりまで試みた訳稿は、それこそ「黄ばんだ紙」の形で手元に残ってはいたが、そのあとが途切れたままだったのである。正直なところ私はもう大方諦めていたと言ってよい。ところが去年の暮れ、全く突然に ── およそ「文」との出会いはいつの場合にも、思いがけぬ「いつか或るとき」起こるものだが ── 急にやってみようという気に私はなった。一日百行を目処に訳して行けば、百日で一万行は不可能でない、そんな単純な計算で私は取り掛かった。とりわけ厳しかったこの冬を無事に切り抜け、八十数日後、ちょうどゲーテ百八十三回めの忌日に当たる３月22日私はなんとかFINISにまで辿り着くことができた。目下はその訳稿を検討しながら、あれこれ参考書に当たり直しているところである。

　この仕事に携わっていた間に私の脳裏を過った幾多の思い、焦りや探索、達成感や喜び、お世話になったすべての人々への感謝、とりわけゲーテその人の空想力また構成力に対する賛嘆の念、結局は「文」全体に対する感謝の気持ち、それには到底筆舌に尽くし難いものがある。けれども、その種の事柄は、これまでに『ファウスト』翻訳に従事した方々 ── 日本で現在容易に手にしうるものだけで、十数人のお名前を挙げることができようが ── すべてが感じられたに違いないこと故、私は立ち入りたくない。また私は、そうした訳書の多くに見ら

れる詳しい注釈や、ファウスト伝説、作品の成立史、形式や内容或いは理念に関わる解説、後代への影響、従って『ファウスト』のもつ現代的意義といった諸々の事象についても、ここでは言及を避けたいと思う。

　その代わりと言うつもりではないが、去年夏に大阪で行われた日本ゲーテ協会主催の「ゲーテ生誕の夕べ」において私が話した「ゲーテ晩年の叡知」と題する講演の原稿をここに収録したいと考える。これは全体として「『ファウスト』をどう読むか？」というテーマのもとに語られている、そう言ってよいであろう。それが終わったあとに私は特に教示を受けることの多かった訳書、及びドイツから出ている研究書をそれぞれ深い感謝の念とともに列記させて頂くこととする。南窓社の岸村正路さんと松本訓子さんには今回も大変お世話になった。ここに深甚の敬意と感謝を申し述べる次第である。併せて本書を私は前著と同様、既に故人となられた三人の畏友、鵜崎博、前田周三、森良文及び今は亡き二人の女性、妻の直子とドイツの詩人 Eva Dürrenfeld この五人の霊に捧げたいと思う。

　　忘れいし憧れの我を誘なう
　　静けくも厳けき霊の国へと

　2014年4月8日　　　　　　　　　　　　　　三　木　正　之

訳者あとがき

(2013. 3. 25.)

ゲーテ晩年の叡知

　これについては『ファウスト』最後の局面でゲーテ自身が「知恵の最終結論」と言っているのだから、そこを熟読玩味すればよいわけではあるが、なにしろそれは『ファウスト』全曲1万2111行を集約する箇所でもあること故、そう簡単にはゆかない。先ず当該の部分を読んでみると、こうある。――

　　これこそ知恵の最終の結論だ
　　生活といい自由というも、日々それを
　　獲得せずには措かぬ者のみ、これを得るに値する
　　こうして危険には取り囲まれていようとも
　　若きも老いも、ここで有能の年月を送るのだ
　　そのような人の群れを私は見たい
　　自由の土地に、自由の民と共に立ちたい
　　その時私は瞬間に向かってこう言ってよいであろう
　　「留まれ、汝はかくも美しいものか！」と
　　我が地上の日々の痕跡が、永劫のなかに
　　没することはよもありえまい ――
　　そのような高き幸福を予感しつつ
　　私は今や最高の瞬間を享受しているのだ　　（v. 11574-86）

　ゲーテがまだごく若いころから、万人一致協力して努力する姿において、人間的生存の高い意味を見ていたことはよく知られている。1784年2月イルメナウ鉱山ヨハニス坑再開発の折にゲーテが振るっ

た理想主義的熱弁は、あまりにも有名である。また 1807 年ヴァイマル劇場再開に当たって書かれた『序曲』に読まれる言葉「今日の日に見る、かくも活発／かくも激しき努力の姿／我知らざりき、かかる動きを／おのがじし皆人と努めつ／人にまさりて励まんとしつ／互いに人が手本たるべく／活動の気を奮い起たすも」の語はとりわけ見事と言うよりない。「ただすべての人間があってこそ人間存在の全体が出来上がるのだ。すべての力を結集してこそ世界は作り上げられる」(Lehrjahre, VIII, 5.)「人間存在というものは合わさってこそ初めて真の人間なのだという気持ち、そして個人はただ、自分を全体のなかに感じる勇気を持つ時にだけ、楽しくもあれば幸福でもありうるのだという、美しい感情が生じてくるのだ」(D.u.W., 9.B.) ── こうした言葉は、多少ともゲーテに親しんだ人なら誰しもすぐに思い浮かべられるところであろう。だがこの最終結論で謂われている「努力」には、人間世界だけではなく、天地万有の営みとの合一›Allverein‹ (v. 11807) が含まれている、と理解されうる。なるほどファウストは悪魔メフィストーフェレスとの契約通り、「瞬間よ留まれ」の語を口にしたために倒れるが、やがて現れた天使たちが、焔の薔薇を撒いて悪魔を退け「ファウストの不滅のものを引き離して運びつつ昇ってゆく」(v. 11824) のである。「常に努めて向上する者を／われらは救うことができる」のであって、天上より救済が下る。上の引用にあった「永劫のなかに没することはよもありえまい」というファウストの予感は果たされたわけである。この「不滅のもの」の箇所には、もとの原稿に「エンテレヒー」とあった由である。となるとエンテレヒーとは何か？ エンテレヒーの不滅とはどういうことか？ これを考えてみなければならない。エンテレヒーとは完成されてあること、また完成への不断の努力を指すギリシャ語であり、この概念はアリストテレスに由来するが、ゲーテは晩年とりわけこの語を好んだ。生けるもの一切万物には、自

訳者あとがき

らを「刻印された形式」に従って完成へと高めてゆく、根源的な力が働いている。この力に合致している限り万物は永遠性に与っており、それぞれ「一片の永遠」である。詩「一にして全」(1821)に謂う「造られたものを造り更え／すべてが凝固の鎧をまとわぬよう／永遠なる生ける営みは働き続ける」の句や、名詩「遺訓」(1829)の始め「なにものも無に崩壊することはない／永遠なるものが万物のなかにあって働き続けるのだ／安んじて存在に付き汝の身を養うがよい／存在は永遠である。何故ならば諸々の法則が／生ける財宝を守り／万有がその身を飾る姿を保っているからだ」といった言葉は、そう容易に理解され難いかも知れないが、詩作と自然探究とが一になった晩年のゲーテの真情を語るものである。われわれが上で見た「知恵の最終結論」にはそれ故、一方で万有合一、従って我にして汝、内にして外、また部分にして全体といった、存在するもの全体の在りようと、他方では永劫不滅、従って瞬間にして永遠、死して成れの妙諦、変転のなかの持続といった、時間に関わる思念と、この両方が、言わば横糸と縦糸とのように織り合わされているとされてよいであろう。その両者を一にするもの、だからゲーテ好みの「両極性を通しての上昇」を可能にするもの、それがエンテレヒー即ち完成への「努力」に外ならず、この努力こそ全『ファウスト』を縫う、ひとすじの道であった、それがファウスト救済の恵みであったと知るわけである。それ故われわれは今や『ファウスト』全曲をどう摑まえるのがよいか？　という難題を前にすることとなる。勿論、僅かな時間で、ましてや私如き至らぬ身に、それが幾分かでも果たせようとは思わないが、こういう風に話してゆきたいと考える。——

*

　『ファウスト』を読む多くの人が先ず疑問とするのは、この詩劇が第一部、第二部と分かれている点であろう。明らかにファウストは第

一部において破滅して終わっている。第二部の始め「優雅の地」で目覚めたファウスト、「最高の生存を目指して常に努力し続けるという力強い決意」（v. 4685）を覚えるファウスト、これはどう繋がるのであろうか？　同じ人物であろうか？　同じ名前ではあっても根本的に違っているではないか、そこをどう考えたらよいのか？　──　第一部でのファウストは個人であるが、第二部でのファウストはエンテレヒーつまり宇宙的生命である、そう考えるのがよいと私は思う。歴史的・伝説的な人物、それ故一つの限られた時代と社会とのなかに生きる ›Individuum‹ としてのファウストではなくして、詩的に解し直された、万有のなかに永遠の生を求める ›Entelechie‹ としてのファウスト、この解釈が妥当であるように私は思う。Wolfgang Binder のように、ゲーテ好みの ›Metamorphose‹ 理論を用いて説明している例もあるが、つまり蛹が蝶に変容するのに似ているというのだが、私は ›Individuum‹ から ›Entelechie‹ へという解釈が適していると考える。因みにこれには Dorothea Lohmeyer 女史の『ファウストと世界』にも同様の見解が認められる（a.a.O., S.33 f.）。──

　1831年2月17日にゲーテはエッカーマンにこう話している、「第一部は極めて主観的だ。すべては人一倍偏狭で情熱的な一個人（Individuum）から発しているのだが、この人物のそうした明暗交々の点が人々の意に叶ったとは言えるだろう。ところが第二部には殆ど主観的なものがない。そこに現れる世界は、一段と高次の、一段と広大で明るく、情熱を制した世界だ。なにがしかの努力をし一応のものを体験した人間でないと、これは歯が立たないだろう」と。主観的個人から客観的・悟性的な高次広大の世界へ、──　このことで直ちに気付かれるのが、『修業時代』から『遍歴時代』へと移ってゆくマイスター小説の場合である。個人としての人間形成に対して終了証書を得たヴィルヘルムは、「世界のオルガン（器官）」となるべく遍歴の旅に入って

訳者あとがき

ゆくのである。そしてそれが「星辰の文学」›ätherische Dichtung‹ たるマカーリエの域へと通じている。個人と時代および社会との葛藤ではなくして、エンテレヒーと万有との融合である。実はこれがまさにゲーテその人の辿った人生的経路でもあったと言えよう。若い頃のゲーテはまさしく「詩神の寵児」であり生粋の詩人であった。だが壮年期以後のゲーテはむしろ自然探究者であり、研究者、いや学者と呼ばれるに相応しい生活を送っている。もっとも学者であってなお詩人であり続けるということ、否、より一層深く詩人であるということ、そこがまたゲーテのゲーテたる所以でもある。——

さて第一部、第二部の問題はこれで措くとして、もう一つ『ファウスト』の読者が気にせずにはいられない事柄がある。それはこのゲーテ畢生の大作が成立してゆく事情に繋がっている。これは作者が六十年の余をかけて仕上げたものであり一気呵成の作では全くない。ゲーテが特に熱心に制作に携わった時期を四つに分けて把握することが通例である。詩人はその都度部分部分を書き加えては、死の前年夏、満八十二歳に完成したのである。となると、果たしてこの作品には全体的統一がありうるのか？　という疑問が、読者及び解釈者のうちに起こってきて当然であろう。だが、そこがまたゲーテのゲーテたる本領なのだ。上で見た「一にして全」と同様、部分にして全体、全体にして部分であるのがゲーテである。——「汝もし無限の域に踏み入らんとするならば／有限なるもののなかを隈なく行くがよい」「汝もし全なるものにおいて爽快を覚えんとするならば／最小のものにおいて全体を視るのでなければならない」といった格言詩をゲーテは、特に自然研究に関わらせながら数多く書いている。そしてゲーテは或る時こう発言している、「私の書いたものには、自分が体験しなかったような、ただ一つの文字もない」と。一言半句どころかひと綴りの文字もないと謂うのである。従ってゲーテの「文」には、その生きられた命と同

様一切の矛盾も存在しないというわけだ。ゲーテは常に ›Summa summieren‹ の人である。その限りにおいて、作品『ファウスト』にも、全体と部分との間に、いかなる不統一もありえないということになる。まさにシラー謂うところの「全体理念」›Total-Idee‹ である。このかけがえのない友は、『ファウスト』のみならず『ヴィルヘルム・マイスター』に関しても、それぞれ二分作とする上でゲーテに決定的な影響を及ぼした人である。その辺の事情を示す好適例がある。それが全体と部分とのいみじき繋がりを告げていること故、少し詳しくなり過ぎる嫌いはあるが、以下若干述べてみよう。──

*

イタリアに滞在していた一年半ほどの間にゲーテが『ファウスト』の旧稿に書き加えたのは、「魔女の厨」「森と洞窟」始めの部分、そしてこれから見るファウストの言葉六行、この三箇所のみであった。この六行がしかし物を言うのだ。先ずそこを読んでみよう。──

> およそ全人類に分与されたるものを
> 私は私の内なる自己において享受したい
> 我が精神を以て最高最深のものを摑み取りたい
> 人類の喜び悲しみを我が胸の上に積み重ね
> こうして我が固有の自己を人類の自己にまで拡張し
> そして人類そのものと同様、最後には私も破砕しようと思うのだ！

今日では v. 1770-75 に組み入れられているこの句を、旅人ゲーテは書き留めたのである。まだこの時点では、「献詩」も「劇場での前曲」も「天上の序曲」もなく、毒杯を仰ごうとするファウストも、復活祭の散歩もなければ、悪魔メフィストーフェレスが登場する「書斎」の場そのものが書かれていないのである。『原本ファウスト』では、助

訳者あとがき

手のヴァーグナーが功利的・現世的な言辞を吐いて立ち去ったあと「みみずを見つけて喜んでいるような奴だ」と苦々しく呟くファウスト（v. 605）、そしてなんの前触れもなく夜着をつけたメフィストーフェレスと新米学生の対話場面となる。第一部として出された 1808 年には、みみずから数えて約 1100 行ほどが、前曲を加えると 1500 行ほどもが増えているのである。そしてファウストの「全人類」に関わる発言の部分は（それはしかも「そして」から始まっている）踏まえている五脚ヤンブスの調子と韻まで生かされつつ、物の見事に絶好の位置に納まっている。そして表現内容の上では、先にも触れた個人から人類へと向かう、それこそファウスト的全人的努力がそこに現れているのである。ファウストはそもそも、「この世界をばその内奥で一に纏めて／統べるは何か、それを私は認識したい／一切の働く力、その種子を見極めたいのだ」（v. 382-84）という衝動に始まっていた。それが今や視るだけではない、己れの自我を全人類の自我にまで高めたいとする行動欲に転じている。Heinrich Rickert 謂うところの ›Kontemplation‹ と ›Aktivität‹ とが「二つの魂」として胸中に宿るファウストとなっているのだ。同じく第一部が仕上がる時期（それはシラー期とも呼び習わされる）に出来た「書斎（一）」の場面で出てくるヨハネ福音書冒頭の翻訳「始めに業ありき」のくだりも、この活動性へ向けて巧みに織り込まれている。総じてこの時期のゲーテの筆致には「純なる活動」とりわけ「努力」「向上」の語が目立つのである。「努力する限り、人間は迷う」の語を知らぬ人はありえまい。努力、それが、後のエンテレヒーの中核である。そのエンテレヒーとしてのファウスト、その大世界での発展をここで詳しく述べるには、時間のみならず力倆が不足することを痛感せずにはいられないが、あえて簡約するとすれば、微生物に始まって、人間美の最高たるヘレナへと至る全人類史をゲーテはここに詩的に表現しようとしたものであろう。蟻やスフィンクス、地震の神や海

の神、そして宇宙創造に関わる水成論・火成論、わけても人造人間ホムンクルスまたファウストとヘレナとの間に生まれたオイフォーリオン墜死の物語、それらはすべて、一個のエンテレヒーたるファウストをして全人類の歩みを詩的に追体験せしめようとするゲーテの意図を示しているとされてよかろう。「天上の序曲」に始まる、人類の代表者としてのファウストの役割、それが「古典的ヴァルプルギスの夜」全体の、従って「ヘレナ悲劇」全体の意義でもあろう。終わりのファウストに封土が約されることとなる戦争の場面、Rickertが名付ける「支配者悲劇」もまたこれに加えることができる。即ち私謂う所の「歴史のロゴス」が展開されているのである。自然と歴史、この両者を結び合わせることを特に尊重したのが晩年のゲーテである。自然と歴史とは互いに施与し合っている。歴史が宇宙を飾る、即ちコスモス（秩序）を作るとともに、自然は歴史を生むのである。「大地は再び歌を生む」（v. 9937）である。「万有より出でて万有へと還りゆく最美の命」、そう詩「世界の魂」の中で歌われる境地、それはどのようなものであろうか？　そのことを告げる最適の言葉が、やはり今問題にしている古典主義最高の時期に書かれた論文「ヴィンケルマンとその世紀」のなかに読まれる。こうある。—

　人間の健全なる本性が一つの全体として機能する時、また人間がこの世界において一つの偉大で美しく、崇高で価値ある全体のなかにいると感じる時、そしてまたこの調和に満ちた快適さが人間に純粋で自由な恍惚感を与える時、そのような時、宇宙もまた — もしそれが自己自身を感じうる存在であるなら — 己れの目標に到達したとして歓呼し、自己自身の生成と本質の高みを讃美することであろう。それというのも、或る幸せな人間が己れの存在をただ一人で無意識に享受するだけというのであれば、太陽と惑星、月や星や銀

訳者あとがき

河、彗星や星辰、既成の或いは生成中の世界といった一切のもののエネルギーは一体何の役に立つというのだろうか？」―

このような宇宙的原理に基づく「全一的生成」の世界を私は「ロゴス的」として目下考えている。『ファウスト第二部』に登場する夥しい数の神話的人物や自然現象に辟易する読者は多いことであろう。ゲーテ的世界がもつ余りにも多様複雑な教養的素材の横溢にわれわれは困惑するのである。だがこれには、あの忠実なエッカーマンが最良の手本となる。1825年1月10日にゲーテは例の「母たちの国」の考えのもとにプルータルクがあると洩らした。すわっとばかりこの弟子はその夜直ちに原典に当たった。これがいいのだ。それが人を生産的にするのである。詩「遺訓」に謂う「あやまたず柔軟にわたり行け／豊かに恵まれたこの世の牧場を」の境地がここにある。詩人ゲーテは、母親譲りの「物語る喜び」を以てあの多彩な天地創造の世界を展開しているのである。

*

まだしかしもう一つ残されている問題がある。それは第一部、第二部を統一することに関わる、このシラー期において確立した瞬間と永遠をめぐる考察である。「美しい瞬間」というものに賭ける、悪魔との契約において、これを賭けの鍵とする、つまり「努力」を担保として「怠惰の床にはつかぬ」(v. 1692) と約束するこの考えは、いつごろからゲーテの心に固まったのであろうか？ それが『ファウスト』全曲を貫く筋となるわけだから、作者ゲーテは相当な冒険を覚えたに違いない。先へ行って撤回することのできない、それこそ詩作的賭けがそこにはありえたことであろう。それを敢行することができた根拠はどこにあったのだろうか？ 私はそれがゲーテ特有の「先取り」であったと思う。›Antizipation‹ であり「妙想」›Aperçu‹ であると思う。詩

人たる者は先取りすることができなければならない、そんな趣旨のことをゲーテは、エッカーマンを始め少なからぬ人々に語っている。上で最初に読んだ「知恵の最終結論」の箇所にも「予感」›Vorgefühl‹ の語はあったし、詩「遺訓」の結句もまた「高貴なる魂を先んじて感じ取ることこそ／望みうる最高のつとめだからだ」と謂う。先に見たように「一にして全」と「瞬間にして永遠」と、この両方を可能にするのが「努力」であるとするなら、この「努力」の更に根底にあるものとは何であろうか？ ── これにもしかしゲーテは答えを用意してくれている。「情熱の三部曲」の中心に立つ句がそれである。

　　われらが胸の純なる奥に波打つ一つの力がある
　　より高く、より純なる、知られざるものに向かって
　　感謝の心から、自らを進んで与えてゆこうとする努力だ
　　永遠に名指しえぬひとを、己が心で解き明かしつつ
　　こうして励む心をわれらは。敬虔なることと呼ぶ、そのような
　　浄福の高みに与る身を私は感ずるのだ、かの人の前に立つ時

›Fromm sein‹ ── これが疑いもなくゲーテ詩全体の根底にあるものなのだ。それあってこそ詩神は「移ろわぬものを約してくれるのだ／汝の胸中に内容を／汝の精神には形式を」(Dauer im Wechsel)。この敬虔なる努力に対して、天上より救済の恵みが下されることはもはや言うを俟つまい。1818年4月20日付 Kanzler von Müller が記録しているゲーテの言葉を以下引いて本稿は閉じるとしたい。──

　　あらゆる感覚的なものを高貴なものにする能力、すべての死せる素材をも、理念と結合することによって活気づかせる能力、これこそわれわれが超感覚的な始源を持つことの最も美しい保証なのだ。

訳者あとがき

人間は、たとい彼を、大地がいかにその幾千幾万の現象を以て惹きつけようとも、しかしその眼を天空へと向け、探りつつ憧れつつ、自分の上に、測り知れぬ空間をなしてまどかに懸かっている大空へと高く引き上げられざるをえないのだ。それというのも人間は自分がかの精神の国の市民たることを、深くまた明瞭に自分の内に感じているからだ。かかる信念をわれわれは拒むことができず、また捨てることもありえない。このような予感のうちに、知られざる目標を求め永遠に努力し続けるということの秘密が宿っているのである。それは言わばわれわれの探究と思念との梃子なのだ。詩と現実とを結ぶ優しき絆だと言ってよかろう。

―　天地創造そのものが詩的なのである。まさにプラトン謂うところの (Phaidros)「詩的なるものが、真なるものを、最も純に創出するものの輝きのなかへともたらす」のであり、とは即ち「初めに詩ありき」なのである。地上に住まう人間の詩、この「天体の詩」「星辰の詩」たる天命に適うべく、敬虔の心を以て、その「始源」へと向上するのでなければならない。それでこそ「聖なるポエジー／天高く昇り行け！」(v. 9863 f.) と歌われるのであろう。

(2013. 3. 28.)

付論　「『ファウスト』をどう読むか？」

　二晩続けて大方徹夜に近い仕事をしたあと、上の原稿を書き上げた昨日、私は友人松下光進さんほか二人の方たちが永く続けておられる読書会に出掛けた。最近出した翻訳書 K. O. Conrady: *Goethe. Leben und Werk* をめぐって討論を交わそうということで私は招かれたのであっ

た。その折一人の方がごく率直に上記の質問を私に向かって提出されたのである。咄嗟のことではあったが、幸いその前夜いや当日の朝までまさにこの作品に携わっていた私は、殆ど躊躇うことなく以下のように答えることができた。忘れないうちにその概要をメモしておきたい。―

　『ファウスト』を読む際に、われわれ普通の読者が心してよい事柄は、次の三つの観点である。一つは勿論この詩劇を貫く全体的・統一的理念は何か？　という哲学的考察である。シラー謂うところの ›Total-Idee‹ とされてよかろう。二番めに大事なことは、作品『ファウスト』の到る所にちりばめられている素晴らしい言葉、言わば人生的反省と叡知に満ちた格言或いは感動的場面といった詩的表現である。実際殆どの読者はそういう箇所に心を打たれ、生涯消えることのない感銘を受けているのである。ただ、そういう読み方では断片的な印象に留まり、一番めの全体的把握には縁遠いものとなる。『ファウスト』を自分はただ部分的にしか読めないのではないか？　そう感じる人は多かろう。殆どの読者が躓くのはこの違和感である。これについてはあとでより詳しく述べることとして、三番めに大切な着眼点は何か？　であるが、それは何千となく登場する歴史的・伝説的人物や神話的形姿、出来事や場所とりわけその夥しい名前、つまり無数の伝承またその相互の意味関連というわけで、これは実に煩わしいとしか言いようのない事象群である。これを簡単に言うならば、山積する教養的素材の横溢である。ゲーテはしかもそれを面白がっている、楽しんでいるかのように見える。通常の読者はこれに辟易してしまう。以上の三つ、哲学的統一理念と人生知的・詩的名言、そして教養的素材群、これを以下一つずつゲーテの「生活と作品」を念頭に、その基本的な考え方に寄り添う形で、然しできるだけ簡単に見てゆくことにしよう。

　訳者あとがき

統一的理念の把握を一番難しくしているのが、この詩劇の構成、第一部、第二部という分け方である。その両部にわたり、ファウストは果たして同一人物と見なされうるのか？　この疑問に対して私はこう解するのが最適であると考える。第一部でのファウストは一個の ›Individuum‹ として描かれているが、これに反して第二部でのファウストは ›Entelechie‹ として登場する。前者が、「暗き衝動のなかにあって」（v. 328）個人として限られた特定の時代及び社会との葛藤に苦闘する姿を「主観的に」表現するのに比べると、後者（即ち「エンテレヒー」、この語は「完成への努力」を指すギリシャ語で、ゲーテはそれをアリストテレスから学んでいたのである）こちらは大宇宙のなかの一生命として万有との合一融和のうちに、それ故「より高次にして遠大な」即ち「拘束することのない」（v. 7433）詩的大世界に生きるファウストを描いている。そのことを特に ›Phantasmagorie‹ と呼ばれる「古典的ヴァルプルギスの夜」が明らかに示している。総じて第二部は、アメーバから最高の人間美たるヘレナを経て、フランス革命にまで及ぶ ─ だからゲーテは、「トロヤからミソルンギに到る三千年」（an W. v. Humboldt, 22. 10. 1826 u. a.）と言っている ─ 人類史の歩み全体を、人類の代表者たるファウストをして体現せしめようとする試みだと解されてよかろう。ところで「万有の命」との合一とは、即ち「永劫のなかに没することのない」（v. 11584）「不滅のもの」（v. 11824）への参入である。「どのエンテレヒーもそれぞれ一片の永遠である」（Eckermann, 11. 3. 1828）。ファウストが第二部の始め「優雅の地」で目覚め「最高の生存を目指して常に努力し続けよう」（v. 4685）と決意した時から、彼が「最高の瞬間を享受する」（v. 11586）時まで、彼ファウストは一貫してエンテレヒーとして生きたのであった。だからこそその「不滅のもの」を天使らは天上へと運んでゆくのである。となると、もう一つ分かって来ることがある。ファウストは悪魔との契約において、自

分の「努力」を担保として血の署名をしたのであった。美しい瞬間にすべてを賭ける、この詩劇の根本的な ›Handlung‹ を決定する考えがいつどのように、作者ゲーテの心中に生じたか？　それを確定することは難しい。だがここに友人シラーの助言なり勧奨なりが、大きく働いていたであろうことは間違いない。ゲーテはこの「美しい瞬間」にファウストの命を賭けるという決断において『ファウスト』劇の将来を言わば詩人的に賭けたのであったろう。それをなさしめた所以のものが、彼ゲーテ特有の「先取り」›Antizipation‹ であったのだろう。ともあれ、瞬間にして永遠、これが万有との合一とともに、全『ファウスト』を貫くもう一つの根本テーマであり、哲学的問題である。そしてこの二つ、一方を横軸とし他方を縦軸とするならば、この両方を結合するものこそ「絶えざる努力」に外ならない。まさしくゲーテ好みの「両極性を通しての上昇」である。この努力に対して天上よりして救済の恵みが下される。このように『ファウスト』全曲の結構は解されてよかろう。そして考えてみれば、ゲーテ自身の人生行路そのものが、›Individuum‹ から ›Entelechie‹ への発展であったとも言えるであろう。『ファウスト』が二部に分かれているように『ヴィルヘルム・マイスター』もまた、修業時代と遍歴時代とに分かれている。ゲーテの人生もまた詩人から学者へと、大きくは二つの時期に分けられうる。だがしかしここでもやはり「我は一にして二重」(Gingo biloba) である。

　二番めに取り上げるのが、勝れて美しい詩的場面であり。またそれと重なって読者の心に響いてくる人生的叡知に満ちた幾多の詩行群である。上で私はこれらがしかし全作品の言わば部分部分であるために、まま読者の躓きとなりうると指摘している。そんなことはない。「一にして全」を掲げるゲーテにあっては、常に部分は全体であり、全体は部分に反映されている。虚心に『ファウスト』を読む人ならば、いかに偶然にこの作品の数行を目にすることがあっても、これがゲーテ

訳者あとがき

だなぁと感じるであろう。『西東詩集』中の詩「万有の命」›All-Leben‹ から読み取られる通り、一片の塵にも全宇宙の力と恵みとが籠もっている、それがゲーテである。「大いなる告白の断片」(D. u. W., II, 7) の人である。ゲーテはまた或るところで、自分の書いたものには、自分が身を通して体験しなかったようなただの一字もない、と語っている。部分だ全体だと騒ぐには及ばない。「魂のなかから突き上げて来るもの」(v. 535) そこに「本源の力ある愉楽」はあるというのがファウストでありゲーテである。ところでこの所謂全体と部分とを結び付ける働き、それを示す好適例がまさしく『ファウスト』成立において最重要の事柄のうちに認められる。有名な台詞「およそ全人類に分与されたるものを」と始まる六行、「我が固有の自己を人類の自己にまで拡張し」と叫ぶくだり、それはゲーテがイタリア滞在中に書き込まれた僅かのうちの一つであって、その時点ではまだ「夜」の場で助手のヴァーグナーが立ち去ったあと、ファウストがいとも苦々しく「あのみみずのような奴」と呟いているだけであった。完成作においてはしかし、その前に 1100 行ばかりが加わり、そしてまさに悪魔メフィストーフェレスとの契約の箇所に、上の六行が五脚ヤンブス、韻ともどもすっぽりと納まっているのである。「献詩」「劇場での前曲」「天上の序曲」そして復活祭の朝と夕べ、「書斎」の場（一）（二）が加わって、第一部の制作は物の見事に成就する。一にして全である。それ故読者はなんの躊躇いもなく自らの胸に響いてくるものをそのまま受け止め、心に留めたらよいのだ。それがまた「のちになって鳴り出でる／喜びも悲しみも歌となる」。

　三番めの教養的素材に関してはもう多くを言う必要がなかろう。ゲーテは自らの生涯にわたって蓄積した、そして現に増殖しつつある膨大な知識を、言わば駒のように使って、それらを盤上に動かしているのである。「『ヘレナ劇』予告のための第二草案」(1826) を読むと、そこ

にはまるで童話を語るかのような空想的喜びの風情さえある。彼はこの ›Fabulieren‹ の才を母親アーヤ夫人から受け継いだ。また例えば「母たちの国」のモデルがプルータルクに由来することをゲーテはエッカーマンに (10. 1. 1825) 告げている。忠実なこの弟子はその晩早速原典を繙いた。これがいいのである。『ファウスト』のなかにちりばめられた無数の教養的素材を厭わしく思う読者は、この大作に親しめない。むしろ自ら進んで、細かい隅々まで調べてゆくことである。それが、人を能産的 ›produktiv‹ にする。ゲーテが詩「遺訓」(4. Str.) で、›Und wandle, sicher wie geschmeidig, / Durch Auen reichbegabter Welt.‹「あやまたず柔軟にわたりゆけ／豊かに恵まれたこの世の牧場を」と歌った時、彼はそれが、「無限なるものへ歩み入る」(›Willst du ins Unendliche schreiten, / Geh nur im Endlichen nach allen Seiten.‹) 道だと見ていたろう。

　こうして三つの観点 ― 統一的全体理念、人生的詩的格言、教養的空想的世界 ― を経てきたわれわれは、そのすべてにわたって、ゲーテの「常に内へも外へも働き続ける詩人的形成衝動」が及んでいることを今更のように覚えずにはいられない。この ›poetischer Bildungstrieb‹ が彼ゲーテの「生存の中心点であり根底である」ことは詩人自身の明言するところである (Selbstcharakteristik, 1797)。つまりは ›Streben‹ である。だがゲーテは更に、この「努力」の奥底に「敬虔なる心」が宿されていることを告げる。詩「情熱の三部曲」その中心に立つ言葉である。これらの詩句を私は本論でも引いているが、再度それをここに掲げて閉じることにしよう。―

　　われらが胸の純なる奥に波打つ一つの力がある
　　より高く、より純なる、知られざるものに向かって
　　感謝の心から、自らを進んで与えてゆこうとする努力だ

訳者あとがき

永遠に名指しえぬひとを、己が心で解き明かしつつ
こうして励む心をわれらは、敬虔なることと呼ぶ、そのような
浄福の高みに与かる身を私は感ずるのだ、かの人の前に立つ時

参 考 文 献

邦訳より（順不同）
　　森　林太郎　　第一部・第二部　　　　　　岩波文庫
　　相良守峯　　　第一部・第二部　　　　　　ワイド版岩波文庫
　　手塚富雄　　　上中下　　　　　　　　　　中公文庫
　　高橋義孝　　　　　　　　　　　　　　　　新潮世界文学
　　山下　肇　　　ゲーテ全集　3　　　　　　潮出版社

ドイツ書（テキスト、注釈書、研究書の順）
　　　Hamburger Ausgabe　　　　　　　　（hrsg. u. komment. von Erich Trunz）
　　　Festausgabe　　　　　　　　　　　　　　　　　　　　（Robert Petsch）
　　　Jubiläumsausgabe　　　　　　　　　　　　　　　　　　（Erich Schmidt）
　　　Artemis-Gedenk-Ausgabe　　　　　　　　　　　　　　　（Ernst Beutler）
　　　Münchner Ausgabe　　　　　　　（Dorothea Hölscher-Lohmeyer u.a.m.）
　　　Deutscher Klassiker Verlag　　　　　　　　　　　　（Albrecht Schöne）
　　　Goethes Faust　　　　　　　　　　　　　（hrsg. von Georg Witkowski）

　　　Theodor Friedrich und Lothar J. Scheithauer：Kommentar
　　　　zu Goethes Faust　　　　　　　　　　　　　　　Reclam, 7177 [5]
　　　Ulrich Gaier：Kommentar zu Goethes Faust　　　　　Reclam, 18183

　　　Emil Staiger：Goethe, Bd. I-III　　　　　　　　　　Zürich, 1952-59
　　　Friedrich Gundolf：Goethe　　　　　　　　　　　　　　Berlin, 1916

Heinrich Rickert：Goethes Faust	Tübingen, 1932
Wilhelm Emrich：Die Symbolik von Faust II	Berlin, 1943
Dorothea Lohmeyer：Faust und die Welt	München, 1975
Hermann August Korff：Die Lebensidee Goethes	Leipzig, 1925
Wolfgang Binder：Aufschlusse	Zürich, 1976
Fritz Strich：Goethes Faust	Bern, 1964
Jochen Schmidt：Goethes Faust. I. und II. Teil	München, 1999
Karl Otto Conrady：Goethe. Leben und Werk	München, 1994

訳者あとがき

(2014. 5. 23.)

「あとがき」以後

（以下は6月3日さる読書会で話すために書かれたものである）

　長いものにはしたくない。「訳者あとがき」を書いたあと心にしている事柄を二、三したためておきたいと考えるのみである。先ずしかし申し述べるべきは、この「読書会」への感謝である。ここで『ファウスト』を今回のテーマに取り上げて下さったことが、やはり私の翻訳に与かっているのは明らかだ。上述の文章では私は「全く突然に」やってみようという気になったと記しているが、そしてそれは真実ではあるが、それでも本会からの促しがなかったならば、私が三十年前にやりかけた当時の旧稿は「既に黄ばんだ用紙」のまま打ち捨てられたに違いないと思われる。前回三月六日の催しが決まった、昨年秋の時点で私は、それまでにせめて第一部だけでも仕上げられたら、どんなによかろうか？　そう見ていたのである。それが急に捗り始めて、ゲーテ第百八十三回めの忌日に ›FINIS‹ まで漕ぎ着けることができたのは、まさにこの読書会各位からの後押し、お励まし、そのお蔭であったと言うよりない。―

*

　今、その翻訳に専心して過ごした、この冬の八十数日を振り返る時、一番最初に心に浮かんでくるのは、翻訳という仕事が訳者の心を原作者の制作現場へじかに導くものだという事である。例えば第一部「夕べ」の場面で、グレートヒェンの部屋に足を踏み入れたファウスト、あのくだりを書いた若きゲーテ、その姿が直接、訳している私の胸に伝わって来るのである。これを書いた時まさしくゲーテはリリーか、それとも Charlotte Jacobi かともかくそういう親しい女性の部屋で詩

を書く、或いは詩想を練る、それはその頃のゲーテにとって稀でなかったことだろう。なにしろ『ヴェルター』が出た直後の詩人である。天来の妙想が閃いたと見れば、周りの人たちはこぞってどうぞどうぞとばかり場を提供したことであろう。メフィストーフェレスは例によって「どこの娘もみなこうまで綺麗にしているとは限らんぜ」なぞとまぜっかえすのだが、このシーンはきっと、多くの読者に印象深いものを残すであろう。とりわけファウストがこの聖なる場所に心打たれる箇所がいい。ファウストはその心底において瞑想的なのである。復活祭の散歩での「二つの魂」「書斎」の場でのランプの光は言わずもがな、グレートヒェンとの「宗教問答」でも、「森と洞窟」の箇所でも、常に己の内心に立ち返るところがその本領である。いよいよ恋人との初夜を迎えようという時に、これまたメフィストーフェレスからからかわれて、まるで教場に入って行くみたいな顔をしている、そこには「形而上学」と書いてある、それがファウストなのである。ただ読んで解釈をしてというのではなく、原作者と共に一つ一つの場面を、いや、一句一句を考えながら書いてゆく、言わば共に作ってゆく、そこに訳者の醍醐味もあろうというわけだ。少々口幅ったい言い方ながら、「認識と行為と」が一つになる、『遍歴時代』における重要問題、これを私は翻訳という所作においていささか味わうことができたように思う。汗牛充棟もただならぬとされる研究書を前にして初めて自分もそこそこ対等に立ち向かうことのできる位置に届いたか、そんな気持ちも動いてきた。—

*

と言うのが、二番めに考えるテーマへ繋がってゆく。それは詩人ゲーテの空想力、作品構成力に対する賛嘆の念である。とにかく一語一語移してゆくよりないのであるから、これからこれへはどういう思念の動きによるものか、どんな想念の結び付きがあるのか？　そこが多少

訳者あとがき

とも明瞭にならなければ、到底事は運ばない。なにしろ相手は ›Einbildungskraft‹「構想力」の天才である。そのうちに然し一寸見当がついてきた。ゲーテの空想力はとりわけ彼が物語をしてゆくなかで働くということである。まさしく母親譲りの「物語る喜び」である。『詩と真実』第二巻に出てくる「新パーリス」の物語、あのくだりを知っている読者ならば誰しも思い出されるであろう。この話を少年ゲーテから聞いた他の子供たちが早速、その家と覚しき屋敷の塀あたりを探して回った、あの愉快な情景が偲ばれる。詩と現実とが重なって現れてくる、そこにゲーテがアーヤ夫人から受け継いだ「陽気な天性」(›Frohnatur‹)の本領はある。そう思ってみると、「仮想舞踏会」やら「謝肉祭」、北方のヴァルプルギスの祭りやギリシャでの「古典的ヴァルプルギスの夜」等々、いや最終の「山峡」に到るまで、この詩劇全体にはオペラ風、オペレッタ風乃至はバーレスク風の組み立てが見られるということにも読者は気づくわけである。そればかりではない。ゲーテの空想力には、またその物語る喜びには、もう一つ大きな役割が課されているとも分かってくる。それはゲーテが、神話や伝説、古代学や古典から学びえた膨大な知識と記憶、加えて自然研究者として蓄えていた、いや現に蓄積しつつあるこれまた無際限なまでに豊富な観察と経験、要するに知的財産、教養的素材、その一切が、彼の詩的空想による濾過を経て形成されているのが「ファウストの世界」なのである。そして面白いことに空想力の的確さは、われわれが読み進めるなかで当初、やや冗長に過ぎると感じられることがあっても、少し先へ行ってみると、ああそうか、あれはここへ繋がれてゆく伏線であったのか、実にうまく構築されているものだなぁ、そう感心させられるわけである。つまりゲーテの構成力、その雄大でありつつ繊細、大胆でありながら綿密、そういった仕組みをわれわれは感知することとなる。ここでは私はもう余り詳説したくないから、無数にあるそのよう

な「膨張と収縮」とが合わさって作品構成に役立っている例を、一箇所に限って触れておきたいと思う。第二部第一幕終わりに近く「遊歩庭園」という場がある。贋の紙幣発行によって宮廷の財政状態が一遍に良くなる、その報告を各大臣らが喜び勇んで伝えに来る場面で、劇全体としてはさして重要な箇所ではないが、そこでメフィストーフェレスが皇帝に語っている（v.6007-27）言葉には、なかなか面白い響きがあると私は思う。前夜の火事騒ぎの話が出たあと一転してメフィストーフェレスは皇帝に海中の宮殿を描いて見せる。そしてこれから掘り出そうという土に移り、果ては大気の国たる「オリュンポスの地」まで制圧なされましょうと持ちかけるくだりだ。私がこの「シェヘラザード」もどきの語り口を面白いと言うのには、実は次のような事も関わっているのである。ここでのメフィストーフェレスの言葉には幾分長すぎる感じがある。いかにも持って回ったような調子で、訳をつけながらうんざりする程だったのである。けれどもそこから急転直下、そのすぐ後に、「母たちの国」の出て来る「暗き廊下」の場が待ち受けているのである。そうかこれがまさしくゲーテの「呼吸」なのだ、›Ein- und Ausatmen‹ それがこれなのだと私は感じた。そればかりではない。「四大の要素」── これはまた人造人間ホムンクルスが活躍する第二幕全体のテーマでもある。ターレスとアナクサゴラスとが論争をする箇所もある。そうした繋がりをゲーテはやはり予示しておきたかったのであろう。私が上でゲーテの空想力には作品の構成に繋がる働きがあると言ったのがこれである。となると作品は部分と全体との›inkommensurabel‹ 言い難き結合というわけであり、そこにまたゲーテ最大の特性は籠められている、そういう事にもなる。シラーが言っていた「全体理念」›Totalidee‹ あの最初から在りながら姿を見せず、制作を通して実現され打ち固められてゆく根本理念ということも想起される。 ──

　　訳者あとがき

*

　だが、これはこれで措くとして三番めに、訳者たる私が今回特に注目した事柄の一つに、こんな事もある。実は私は「宥和」の人であるゲーテが悪魔メフィストーフェレスに対して、徹頭徹尾、これを排撃するのみには終わらないのではないか、どこかで「悪」をも許容するのではなかろうか？　そんな気持ちを次第に抱くようになっていたのである。そう言えば読者の多くは直ちに、それは当初から明らかではないか、「天上の序曲」で既に「主」は人間社会に「悪戯者」を添わせてあると言っており、メフィストーフェレスもだから「あれだけ偉いお方が／こうも人間的に、悪魔風情とお話もして下さる」（v. 353）と独り言を呟いていたのだ、そう指摘なさることであろう。実際この「否定する精神」が発する皮肉や嘲笑には観客が喜ぶような、憎めないところがあり、舞台でもそれ故、ファウスト役を演ずる俳優よりも言わば上位の役者がメフィストをやる場合が多いのである。だが私の言いたいのはそれではない。このドラマそのものから響いてくる言葉として、メフィストーフェレスを「いい奴だなぁ」と実感させられる、そういう箇所にぶつかりたいと私は思うようになっていたのである。── ところがそれが実際あるのだ。「寂寥の地」「母たちの国」へ、ヘレナの幻影を求めて下って行ったファウストを、宮廷じゅうの人々が今や遅しと待ち受けている、その直前の場面（v. 6161）でメフィストーフェレスは「おお母たち、母たち！　どうかファウストを無事に解放してくれ！」と叫んでいる。事実この箇所を訳していた際、私はつい涙を誘われたものである。この呼びかけの言葉は、出発前のファウストと全く同じである。今メフィストーフェレスはその時のファウストと同じ心になって叫んでいる、これが私に熱いものを感じさせたのであった。いや、そうではない。ここでのメフィストーフェレスは宮廷人たちの手前、ファウストが無事に帰って来ることを望まずにはいら

れない、その計算から同じ言葉をもじって言っているのであり、だからここもただの ›Parodie‹ に過ぎない、と反論される向きもありえよう。だが私はそれは作者ゲーテの本意ではないと見る。何故ならば、まさにこの辺りから先へ向けて、メフィストーフェレスは再々ファウストと同じ言葉づかいを、それも明らかにパロディーとしてではなしに使っているからである。少し後の箇所ではあるが v. 8027 に謂う「混沌の最愛の息子」などその最たるものと言えよう。それどころかメフィストーフェレスが、ファウストの代弁者とすらなっている箇所もある。ヘレナがオイフォーリオンの墜死直後、衣装と薄絹を残して消え去った時、メフィストはこれが「君を一切の俗なものを越えて素速く／エーテルの彼方へ運ぶだろう」と慰めてもいるのだ。勿論そうした表現や、その前に触れたかつての言葉の再生には、ゲーテがこの作を第一部第二部と分ける構成に踏み切った時以来ずっと心掛けていた「接合」の要素が含まれている。ファウストかつての書斎もそれならば、「オーロラの愛」(v. 10061) はまさに最高の場面であろう。因みにゲーテがこの第四幕を書いていたのは、制作最後の段階たる 1832 年早春のことだったと注釈書は告げている。そこでその辺りの日記を調べたりしようものなら、もう涯しない作業となってしまう。だがそこに、ゲーテの青春は再来しているのである。「始めと終わりと」が結合する。詩「変転のなかの持続」›Dauer im Wechsel‹ である。『ファウスト』を読むとはまさしく全ゲーテの「生活と作品」に与かることを意味する。そしてこのテーマが四番めに当たる本文最後の事柄に関わってくる。

*

所謂ファウスト救済の問題である。始めに私は長いものにはすまいと言っていたが、どうやらまだ暫くはかかりそうな気がする。そもそもこの「所謂」の付いているのが問題的なのである。通常そう呼ばれているし私自身も永くずっとそう考え書いてもきたわけだが、実は今

訳者あとがき

回の翻訳を通して、私はファウストは少なくともキリスト教的な意味で「救済」されるのではなかろうと思うようになったのだ。地獄へ墜ちるのでも無論ない。総じて救済が最終の問題ではあるまい。ゲーテが「埋葬」及び特に「山峡」の場面でキリスト教的外装を施しているのは、言わば飾りでありご挨拶乃至は「象徴」であって、ファウスト究極の境地は「万有合一」›Allverein‹にあるのではないか？　これが訳者としての私の本心なのである。確かに、人も知る通りゲーテはエッカーマンに向かって（6. Juni 1831）次のように語っている。――「ところで上方へと救われた魂に関わる最終場面が非常に作りにくいものだったことは、君もよく分かってくれるだろう。だからもし私が自分のさまざまな詩的意図に対して、はっきりした輪郭のあるキリスト教的・教会的な諸々の形姿なり観念なりを通して、一個の有効に限定された形式或いは堅固さを与えていなかったならば、私がこういう超感覚的で殆ど予感されえないような事物を前にして危うく空漠のなかに迷い込みそうになったろうことも、君は認めてくれるだろう」と。これはよく引かれる発言で、大体ゲーテがキリスト教的観念においてファウスト救済を考えていたかのように解釈されているのである。私がこの解釈を疑問とするに到った次第はこうである。――つい先日夜更けに床のなかで私はこんな事を考えていたのだ。この訳書が今年秋の暮れ頃出版されたならば、南窓社から宣伝用の短い言葉が欲しいと頼んでくるやも知れない。既に何十人もの日本の訳者による『ファウスト』が出ているのに、今の時点で私がこれを敢えて試みる以上、なにがしかの新味がそこに加わっていなければなるまい。尤も私にはなんらか競う気持ちなど全くない。上で自分も漸くスタートラインに立ったと書いてはいるが、およそ「文」には競争だの優劣だのというような範疇はありえない、それが私の信念である。その夜、私は次のような短文を考えて、メモしておいたのである。――「これまでとかく

巨人主義、超人的英雄といった方向で解されてきた『ファウスト』を、むしろ原作者ゲーテと同じように『敬虔なる心』をもって『世界の魂』となってゆく人間として読んで頂きたい、それが訳者の心情である」。そうだ、詩「情熱の三部曲」に歌われる「われらが胸の純なる奥に波打つ一つの力がある／より高く、より純なる、知られざるものに向かって／感謝の心から自らを進んで与えてゆこうとする努力だ」、あの「敬虔なる心」›Fromm sein‹、また「万有より出でて万有へと還りゆく最美の命」を歌う詩「世界の魂」—— これが全『ファウスト』を貫く精神に外ならぬ。ゲーテがエッカーマンに語った「超感覚的で殆ど予感されえないような事物」とは、この「万有合一」の境地だと私は思う。原典 v. 11807 にこの語 ›Allverein‹ は読まれる。ここを訳していた時、私はこれに言うなれば「絶対善」が表現されていると思った。つまり絶対肯定である。天使らがファウストの「不滅のもの」を運び上げてゆく直前の箇所である。メフィストーフェレスはまだ何かぶつくさ言ってはいるが、この絶対善に敵う筈がない。委細構わず天使らは「大気は浄化された／精神は呼吸せよ！」(v. 11823 f.) と歌いつつ上昇してゆく。勝負は既に決せられている。その少し前に、悪魔は愛の焔に焼かれながら「こりゃぁ超悪魔的元素だ！」(v. 11754) と叫んでいたのである。この ›überteuflisch‹ の語は蓋し作中ベストテンそれも上位にランクされてよかろう。かつて超人を僭称したファウストをからかってもいたメフィストーフェレスが今は超悪魔的元素の前に屈した身を自嘲している。そして今述べた「絶対善」は「天上の序曲」での「主」の言葉に完全に一致する形で再現されている。「永遠に働き生きる、生成するもの」›Das Werdende, das ewig wirkt und lebt.‹ (v. 346) である。これはもと ›Das Seyn des Seyns‹ とあった由だが、まことに見事な言葉だと感嘆せざるをえない。これが即ち「世界の魂」そのものなのである。それはまた「エンテレヒー」とも呼ばれる。こ

訳者あとがき

れへと「感謝の心をもって自らを進んで与えてゆこうとする」者こそ、不滅の命に与かるのである。「一片の永遠」を得るのである。第二部始め「優雅の地」で目覚め、「エンテレヒー」の霊域 ›Ätherische Dämmerung‹ へ歩み出たファウストが、その終わりにおいてこれへと還ってゆく、それはもうキリスト教以上の「世界精神」の領域だと私には思われる。上の「万有合一」の語に関しては、オリゲネスという四世紀ごろの人を引き合いに出す解説が多く見られるが、私はもしなんらかの親和性を求めるとするならば、それは断然ヘラクレイトスだと見るのである。晩年の詩「一にして全」を挙げるまでもなく、ゲーテがこの紀元前五世紀頃のギリシャの哲人に寄せていた共感の念には並々ならぬものがある。となると私のようにもう一方でハイデッガーを勉強している人間は、当然そちらへも考察を拡げて行かねばならない。だがそれはもう別稿に譲るとして、ともかくここでの結びを付しておきたいと考える。「訳者あとがき」でも言ったように、私は今回のこの仕事を通してずっと「文」全体への感謝を覚えてきたものである。「文」に生き「文」に死する、この天命をささやかながら実践する喜びを味わうことができたと思う。仕事自体は決して楽ではなかったのである。だがそれを補って余りある、「文の国」に生きる喜びが常にそこには伴っていた。ゲーテは「世に尽くすこと」を ›Weltfrömmigkeit‹ と呼んだ。ハイデッガーは「問いつつ思索すること」をやはり「敬虔性」の語で語っている。言うなれば ›Denkfrömmigkeit‹ であろう。私はそれを「文への敬虔性」として ›Satzfrömmigkeit‹ と名づけたく思う。── これを要するに、天地万象の「現成」›Ereignis‹ は、美にして真なる自己完成への「努力」を語っており、吾人は「そのような高き幸福」を共に先取りし「予感」する時に、「最高の瞬間」を享受しうるのである。

(2014. 5. 23.)

三木正之（みき まさゆき）

1926年大阪府に生まれる。京都大学文学部独文科卒業。
現在　神戸大学名誉教授。
著書・訳書『ドイツ詩考』（クヴュレ叢書、1989）；フリーデンタール『ゲーテ』（共訳、講談社、1979）；シュタイガー『ゲーテ』（共訳、人文書院、1982）；コンラーディ『ゲーテ　生活と作品』（共訳、南窓社、2012）；ハイデッガー全集第53巻『イスター』；第52巻『回想』；第75巻『ヘルダーリンに寄せて』（創文社、1987；1989；2003）；『ロゴス的世界』；『ロゴス的随想』；『歴史のロゴス』；『ドイツ詩再考』；『ゲーテ詩考』（南窓社、2004；2006；2007；2013)、他に私家版冊子『三木文庫』1-26号および別冊Ⅰ－Ⅴ（アテネ出版、1989-2002）。

Goethe
FAUST

三木正之　訳

2015年2月15日印刷
2015年2月20日発行

発行者　岸村正路
発行所　南　窓　社

〒101-0065　東京都千代田区西神田2-4-6
電話 03-3261-7617　Fax. 03-3261-7623
E-mail nanso@nn.iij4u.or.jp

ⓒ2015 Published by Nansosha in Japan

ISBN978-4-8165-0423-5
落丁・乱丁はお取替えします。

三木正之著

ゲーテ、ドストイェフスキー。カミュ、リルケ…、無限に多くの「文」における、一片のそれぞれに異なる絶対的なものの燦めきを訪れた、ロゴスの国からのルポルタージュ。

ロゴス的世界

主要目次 漱石と日本人　ゲーテ頌　「日本学」事始め　「ドストイェフスキーと青春」「西田さんを読む」「ファウスト講義」の思い出　土佐の夏の『ファウスト』　マカーリエの世界　「『世界の魂』（ゲーテ）をめぐって」「ヘッセとゲーテ―『ガラス玉遊戯』をめぐって」

A5判　296頁　定価：本体3619円＋税

ロゴス的随想

主要目次 カフカの断片『カルダ鉄道の思い出』―訳と覚え書き　カミュの『ペスト』を読む　地震考　梅雨の晴れ間―リルケ随想　私と軍隊　枇杷の実るころ　ゲーテとともに生きる　「万葉」の一夜　漱石二題―『草枕』『こころ』を読む　『悪霊』について　西田さんを読む　『善の研究』について　詩作と思索（ゲーテ的世界）　ハイデッガー『ヘルダーリンに寄せて』の翻訳　講演「シラーとゲーテ―朋友の詩」

A5判　348頁　定価：本体3619円＋税

歴史のロゴス　文芸評論集

主要目次 ドストイェフスキー二題―『死の家の記録』『地下室の手記』について　カミュの『異邦人』を読む　「埋葬されざるもの」（ニーチェ）　最終講義「詩と時間」草案　ボードレール回想　ドイツ詩二題――トラークルとヘルダーリン　ゲーテとドイツ人　リルケの「変容」について　カフカの『断食芸人』―訳と覚え書き　カフカ『栖』について―再話と抄訳　チェーホフのこと　『未成年』日記　講演草案「ヒューマニズム」をめぐって　歴史のロゴス

A5判　448頁　定価：本体4286円＋税

ドイツ詩再考

主要目次　ドイツ詩再考　ゲーテとダンテ―古典性の新しい意味　ヘルダーリンの詩―時と運命　ヘルダーリンとリルケ　『ドゥイノの悲歌』第八および第九　ハイデッガーと詩　ドイツ詩と現代　後期ハイデッガーの「思索と詩作」への途　ハイデッガー訪問　ヴァージニア・ウルフ『灯台へ』をめぐって　老いの呟き　漱石の遺産

A5判　512頁　定価：本体4762円＋税

ゲーテ詩考

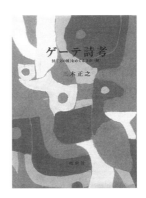

主要目次　ゲーテ詩略解　ゲーテ詩私注　ゲーテ詩考　ゲーテ詩の特質―「イルメナウ」「情熱の三部作」について　ゲーテ詩随感―悲歌「オイフロジューネ」「鐘」の話　講演「ゲーテの知恵」　ゲーテの時間意識―『詩と真実』をめぐって　『親和力』新解　講演「ゲーテとダンテ―古典性の新しい意味」

A5判　468頁　定価：本体4571円＋税

カール・オットー・コンラーディ著
三木正之／森　良文／小松原千里／平野雅史　共訳

ゲーテ　生活と作品

20世紀後半における代表的なゲーテ研究書が、フリーデンタールとＥ．シュタイガーによる二作であることは周知のとおりである。前者はゲーテの生涯と時代を語るポピュラーな伝記作品、後者は作品解釈を主軸にした専門的研究書である。丁度その中間に立つのが、コンラーディ教授の場合であろう。むろん折衷的というのではなく、およそゲーテの生活と作品に関わるどの項目においても、それぞれの要点を丹念にかつ学術的誠実さと古典性再現の筆致で詳述しているところに、この大著の特質はある。四名の訳者たちは、十余年にわたる共同討議のすえ出版される本書が、例えば輪読会のような「最も小さき集い」（詩「遺訓」）の中で読み深められることを切に願っている。

主要目次　故郷の町と両親の家　フランクフルトでの少年時代　ライプツィヒ学生時代　フランクフルト幕間劇　シュトラースブルクでの新しい経験　フランクフルトの弁護士兼若き著作家　ヴェツラルでのヴェルター時代　フランクフルトの能産時代　鬼火のように揺れ動く恋―1775年　ワイマル最初の十年　宮廷で、また旅先で　活動の場としての詩作と自然　イタリアでの年月　イタリアで完成したもの　元の場所での新しい始まり―ふたたびワイマルで　大革命の影のなかで　芸術家、探求者、戦争観察者―90年代初頭　シラーとの同盟　親方にならなかった徒弟『ヴィルヘルム・マイスターの修業時代』　叙事詩、バラード、恋愛詩　ワイマル古典主義の盛期　多様な文学情勢のなかで　シラーの死後　ナポレオン時代　古い道、新しい道　残るは理念と愛―1815年から1823年にかけての歳月　老年の視野　老年の二つの大作　最後の歳月

A5判　上下巻　全1322頁　定価：本体28000円＋税

南窓社創立五十周年記念出版